BIOCALYPSE

Jérôme Doe

Première publication : en numérique aux éditions HQN.

ISBN : 978-2-9563071-5-0
ISBN-13 : 9782956307150

Dépôt Légal 1er Trimestre 2019

DÉDICACE

Chère lectrice, cher lecteur,

Je vous remercie de vous être offert ce roman.

Vous souhaitant une bonne lecture,

Bien à vous.

Jérôme Doe.

« Entia non sunt multiplicanda praeter necessitatem. »

« Les entités ne doivent pas être multipliées au-delà de ce qui est nécessaire. »

Guillaume d'Ockham

BIOCALYPSE

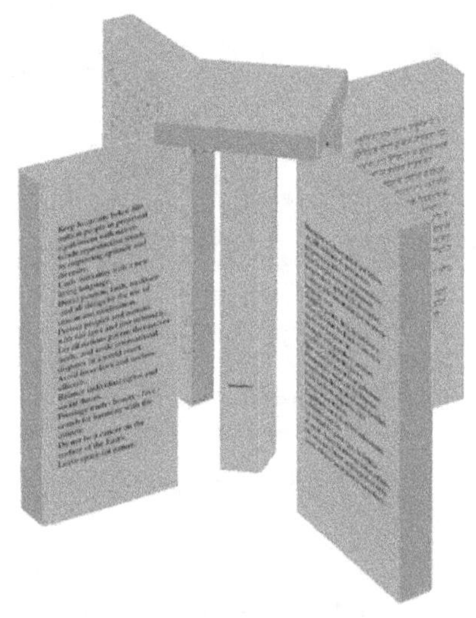

20 novembre 2000, 19 h 30, maison des Gordon, Saint-Louis, Missouri, États-Unis d'Amérique

— Papa, papa, maman a appelé !

La fillette de 6 ans tendit les bras vers son père qui venait de franchir le seuil. Le visage d'Adam Gordon se détendit. Avec un sourire, il posa sa mallette sur le meuble de l'entrée et accrocha sa veste avant de prendre Lisa dans ses bras.

— Alors, ma petite abeille préférée, qu'est-ce que maman t'a dit ?

— Elle a dit qu'elle rentrait demain soir et qu'elle avait un cadeau pour moi ! Tu crois qu'elle va me trouver une casquette ?

— Oui, ma chérie, j'en suis sûr !

Adam donna congé à la baby-sitter, qui serra la fillette dans ses bras et lui dit « à demain ». Lisa adressa un regard malicieux à son père.

— Qu'est-ce qu'on mange ce soir ?

— Je ne sais pas. Tu penses à quelque chose en particulier ?

Au sourire qui illumina le visage de la fillette, Adam comprit que ce ne serait pas que des légumes.

— Ben, je voudrais… si tu veux bien, mon petit papa magicien… une omelette aux petits pois ! Et puis des pancakes au sirop d'érable ! Allez, steplaît.

— On ne dit pas « steplaît ».

— S'il te plaît !

— D'accord. Laisse-moi quelques minutes.

Adam Gordon laissa sa fille trépigner au rez-de-chaussée et se rendit dans sa chambre à l'étage, où il troqua son costume contre un jean et un sweat-shirt de Harvard.

Il posa ses affaires dans le fauteuil dans l'angle de la pièce, descendit quelques marches et se ravisa.

— Ma chérie, encore une minute et j'arrive !

Il sortit un boîtier de mini-DVD de la poche intérieure de son costume et se rendit dans le dressing attenant à la chambre. Il déplaça quelques cintres pour accéder au coffre et vérifia de nouveau l'étiquette : « Projets pour le monde de Masanta ». Adam secoua la tête : « Tu parles, projets *contre* le monde… » Il souleva une pile de dossiers, plaça le boîtier en dessous et referma la lourde porte.

Il descendit les escaliers, l'air grave, et se composa un sourire en entrant dans la cuisine. Lisa avait sorti les œufs et les petits pois surgelés.

Adam cassa les œufs dans un saladier et commença à les fouetter mais s'arrêta net. Est-ce que quelque chose avait bougé, là, dehors, ou était-ce l'effet de sa parano ? Il opta pour le vent dans les branches, et tâcha de se détendre.

— Alors ma chérie, qui est le monsieur qui a amélioré les pois ?

— Gregor Mendel !

— Bravo ! Et qu'est-ce qu'il a fait ?

— Des lois sur la génétique qui te permettent de travailler aujourd'hui !

— Très bien, et qu'a-t-il trouvé ?

— Que c'était de l'hérédité !

— Et donc…

— C'est pour ça que je suis la plus intelligente et la plus jolie des petites filles, parce que papa et maman m'ont donné tous leurs bons gènes !

— Tu as tout compris, Lisa.

— Tu as oublié le sel !

— Tu as raison, et pourquoi on met du sel ?

— Parce que c'est un exhausteur de goût… et les petits pois…

— J'ai faim !

Adam comprit que le jeu était terminé et se concentra sur l'omelette, qui s'avéra encore plus délicieuse avec du ketchup.

Lisa insista pour participer à la préparation du dessert et cassa les œufs comme un chef. Elle alla jeter les coquilles dans le broyeur de l'évier pendant que son père préparait la fin de la recette, puis elle sortit une poêle et lança :

— On en fait un pour toi, un pour moi et un pour maman !

Il hocha la tête, amusé et fier de cette petite si généreuse, et versa le sirop d'érable sur les pancakes.

Soudain, les réflexions d'Adam furent interrompues par un fracas venant de la porte de service. Il eut juste le temps de voir une ombre faire irruption dans la cuisine. Terrorisée, Lisa poussa un cri strident tandis que son père bondissait sur elle pour la protéger. Puis un autre homme fit son entrée, lui aussi cagoulé et lourdement armé, et hurla :

— Fais taire ta fille, connard ! Plus vite !

— Qu'est-ce que vous voulez ? On n'a pas d'argent ici !

— Ta gueule ! Et fais-la taire ou c'est moi qui m'en charge !

— Ma chérie, calme-toi… ça va aller, tais-toi, je t'en supplie, papa va tout arranger. Je te le promets.

Complètement terrifiée, en larmes, Lisa se blottissait tout contre son père comme s'il pouvait faire disparaître ces deux monstres par magie.

Adam la serra plus fort même s'il n'en menait pas tellement plus large. Il trouva néanmoins la force de poser de nouveau la question dont, au fond de lui, il connaissait malheureusement la réponse :

— Qu'est-ce que vous voulez ?

— Le DVD, connard. Le DVD et les documents, tous les documents !

— Je ne sais pas de quoi vous parlez, vous vous trompez de personne. Partez, je n'appellerai pas la police.

— Prends-nous pour des cons, professeur Gordon.

— Si je vous donne ce que vous voulez, vous nous laisserez tranquilles ?

— T'as plutôt intérêt à coopérer, mon pote !

L'homme s'exprimait avec un fort accent d'Europe de l'Est. Les questions se bousculaient dans la tête de Gordon. Un Russe ? Un mercenaire ? Si c'était le cas, cela remontait forcément très haut… Le labo ou même la maison mère ? Alors cela signifiait qu'ils le surveillaient ? Le canon froid d'une arme automatique sur son front mit fin à ces considérations et le força à prendre une décision :

— Je vous y conduis, mais vous laissez ma fille tranquille.

— Mon pote Ig', ici présent, reste avec elle. Et maintenant magne-toi, professeur, on n'a pas toute la nuit.

L'homme à l'accent russe l'empoigna violemment, déclenchant les pleurs de la fillette.

— Ferme-la, gamine ! Putain, dis-lui de la fermer !

— Lisa, ma petite abeille, tout ira bien. Sois sage, je reviens.

Adam monta les escaliers en essuyant des coups et les hurlements du preneur d'otages, et le mena vers le dressing.

— Alors maintenant qu'on est au pied du mur, on se croit toujours aussi intelligent, professeur ? Allez, bouge-toi !

Il poussa nerveusement les cintres, dont quelques-uns dégringolèrent, faisant encore monter sa panique. Au moment de composer le code secret, Adam était tétanisé, incapable de penser. L'homme masqué appuya le canon de l'arme contre l'arrière de son crâne, ce qui eut pour effet de le sortir de sa torpeur. *Deux, quatre, sept, trois, B*. Le coffre s'ouvrit. Le preneur d'otages asséna un coup de crosse à Adam pour le faire dégager et s'empara des documents.

— Le DVD, il est où ?

— Au milieu, regardez, il est au milieu des papiers.

Adam désigna le boîtier.

— C'est tout ce que tu as ? Il n'y en a pas d'autres ailleurs ?

— Non, je vous jure.

— Il vaudrait mieux pour toi et pour ta fille, professeur. Allez, bouge ton cul, on descend.

Avec la crosse de son arme, l'homme poussa Adam qui supplia en pressant le pas :

— Je vous ai donné ce que vous vouliez, maintenant vous devez nous laisser tranquilles…

— Ta gueule, connard ! Je te laisse cinq secondes pour nous dire si tu as craché le morceau à quelqu'un ! aboya le type à l'accent en pointant le flingue sur Lisa. Cinq, quatre, trois…

— Arrêtez, je vais tout vous dire. J'ai appelé une journaliste !

— Qui c'est ? Qu'est-ce qu'elle sait ?

— C'est Pamela Guers du *New York Times*. Elle ne sait rien, je devais la rencontrer lundi et lui montrer les documents. C'est tout, c'est la seule !

Comprenant soudain ce qui les attendait, la journaliste et lui, Adam Gordon s'effondra. Il ajouta avec un mince espoir :

— Je vous le jure. Laissez partir ma fille, elle ne sait rien, elle n'a que 6 ans ! Laissez-la partir. S'il vous plaît.

— Dis-lui au revoir, professeur.

— Ma chérie, papa t'aime, ne t'inquiète pas. Je t'aime.

À genoux, le Pr Adam Gordon fixa sa fille avec tout l'amour qu'un père peut transmettre en un regard, mais il n'eut pas le temps d'ajouter un mot : une balle venait de lui traverser la tempe. Lisa poussa un nouveau cri strident, qui fut presque immédiatement suivi d'un second coup de feu. Le deuxième homme venait d'ôter la vie de la fillette.

— Igor !

— Ben quoi ? Wlad, tu sais bien que je ne supporte pas les chieuses.

L'autre haussa les épaules. L'assassin de Lisa observa un instant son œuvre, puis se pencha sur Adam et lui mit l'arme dans la main après avoir enlevé un projectile du chargeur. Son acolyte trouva la balle qui lui avait traversé la tête et la remplaça par une autre, usagée, elle aussi provenant du pistolet qui avait abattu la gamine. Il prit soin de tremper le projectile dans le crâne explosé du père, avant de le positionner avec soin dans le trou d'impact, sur le mur. Il frotta son gant sur la main d'Adam afin d'y déposer de la poudre, puis regarda autour de lui, satisfait de la mise en scène. Minutieux et méthodiques, ils firent disparaître toutes les preuves de leur intrusion, refermèrent la porte à clé à l'aide d'un passe et effacèrent leurs traces de pas en balayant la terre du pied sur leur passage. Comme s'ils n'avaient jamais existé.

Ils coururent jusqu'à un gros véhicule noir qui démarra sans même attendre la fermeture des portières. L'un des hommes ôta sa cagoule, dévoilant un visage anguleux durci par un regard bleu glacier, puis tendit son sac à dos à la femme assise à côté du conducteur. Sans se retourner, prenant soin de rester dans l'ombre, elle posa une unique question :

— Des témoins encore vivants ?

— Un seul. Une journaliste à qui il devait donner ces documents. Pamela Guers, du *Times*.

— Faites le nécessaire. Et détruisez les documents qui permettraient de remonter la piste.

— Pas de problème, madame.

— Aucune erreur sur ce dossier ne sera tolérée. Mes employeurs vous paient grassement pour cela.

— Suffisamment pour ne pas poser de questions. Mais la journaliste n'était pas prévue.

— Rassurez-vous, messieurs, je veillerai à ce qu'on vous règle les heures et les frais supplémentaires, fit-elle sèchement.

En disant cela, la femme tourna légèrement la tête, laissant entrevoir une mèche brune et une pommette pâle.

***

Le lendemain, entre deux reportages consacrés au décompte des voix de l'élection présidentielle en Floride, le journal télévisé accorda quelques secondes à la mort par balles d'Adam Gordon, chercheur en biotechnologies, et de sa fille Lisa, âgée de 6 ans.

Dans les locaux du *New York Times*, le rédacteur en chef s'en prenait au stagiaire qui partageait le bureau de Pamela Guers :

— Bon sang, mais elle est où ? Son gars de chez Masanta s'est fait sauter la tête après avoir tué sa fille hier soir ! Elle devait me tenir au courant de ce qu'il allait lui dire. C'est à elle de couvrir le dossier. Démerdez-vous pour la trouver !

Le jeune homme ne sut quoi répondre. Ils essayèrent d'appeler chez elle, puis sur son portable, sans succès.

Quand la police arriva devant l'appartement de Pamela Guers, elle n'eut pas à défoncer la porte, pas plus qu'elle n'eut à chercher longtemps une fois à l'intérieur. Une lettre, posée en évidence, expliquait que la journaliste était lassée de sa vie, submergée par le stress du boulot, et qu'elle ne voyait pas d'autre issue que le suicide.

La tête de la jeune femme reposait sur le bureau, une boîte de somnifères à son nom gisait ouverte et vide sur une pile de courrier. Un œil méticuleux aurait remarqué qu'elle avait pleuré.

Autour du corps régnait un fouillis presque normal, à ceci près que l'ordinateur portable sentait le brûlé, comme s'il avait surchauffé. Rien d'autre n'attira l'attention des enquêteurs. L'analyse de l'iBook révéla qu'une surtension avait totalement grillé le disque dur, rendant impossible la récupération des documents.

Sur le bureau de Pamela Guers, au *New York Times*, un carton presque vide contenant ses effets personnels patienterait le temps qu'un proche vienne le réclamer. Tout comme, dans le tiroir du bas, un dossier portant la mention « Affaire à suivre – Gordon » devrait attendre que quelqu'un reprenne l'enquête ou fasse le lien.

11 septembre 2001, aéroport de Newark Liberty, Newark, New Jersey, États-Unis d'Amérique.

Ce matin-là, Tiffany prit la décision de partir quelques jours chez ses parents, avec sa fille, pour faire le point. Elle espérait trouver un soutien de la part de sa mère.

Arrivée en taxi à l'aéroport de Newark Liberty, elle eut la mauvaise surprise de constater que son vol affichait quarante minutes de retard. Dans la file d'attente pour l'enregistrement, elle faillit faire machine arrière pour la troisième fois de la matinée, mais elle ne voyait pas d'autre solution face à l'obstination de son mari. Elle posa son passeport sur le comptoir.

— Ce retard est normal ?

— Oui, madame, ne vous inquiétez pas, c'est assez chargé là-haut. Vous pourrez monter dans quelques minutes.

***

Elle trouva rapidement leur place puis jeta un coup d'œil autour d'elle. Avec tous ces types en costume-cravate, l'avion ressemblait à un open space. Le passager le plus proche, côté couloir, leva le nez de son journal pour la saluer aimablement. Dans l'allée, à sa gauche, un homme priait. Elle n'y prêta guère attention – après tout, chacun combat comme il peut sa peur de l'avion – jusqu'à ce qu'il lui lance un curieux sourire. Gênée, elle se réfugia dans son sac, pour y trouver un téléphone portable pratiquement déchargé. Elle préféra l'éteindre et économiser le peu de batterie qui lui restait pour l'atterrissage, tout en gardant un œil sur ce curieux passager.

Tiffany finissait d'ajuster la ceinture de Rebecca quand le pilote du Boeing annonça leur décollage imminent.

— Votre fille est très courageuse.

Le voisin tentait d'engager la conversation.

— Merci, elle a l'habitude.

— Todd Jones, commercial dans les pièces automobiles.

— Tiffany, femme de militaire, et Rebecca.

— Ceci explique cela…

— Oui, c'est ça.

Jones comprit que la discussion était close.

⁂

Trente minutes plus tard, alors que le vol semblait se dérouler normalement, quatre hommes se levèrent en même temps. L'un d'eux fonça droit sur la cabine de pilotage tandis que les trois autres se dirigeaient vers les hôtesses. Tiffany et quelques passagers comprirent aussitôt ce qui se passait, mais il était trop tard. Les pirates de l'air avaient pris en otage l'équipage, qui tentait de rester calme.

Ils détournaient l'avion.

Les trois hommes restés en cabine hurlèrent aux passagers et au personnel de bord de ne pas bouger et de se taire, mais la panique gagnait tout l'appareil.

Todd Jones parvint à attraper discrètement un téléphone de bord pour appeler le 911. Le visage défait, il se pencha vers Tiffany, qui serrait désespérément sa fille dans ses bras, comme si cela pouvait suffire à la protéger.

— Nous ne sommes pas les seuls, deux avions ont été détournés et se sont crashés sur les Twin Towers. Le World Trade Center… Il faut faire quelque chose ou nous finirons comme eux.

Tiffany couvrit aussitôt les oreilles de Rebecca et chuchota, la voix nouée :

— Ils sont quatre. Je peux vous aider à en neutraliser un, mais ça ne suffira pas. Si d'autres passagers ont la même idée, on peut tenter le coup. Sinon, nous sommes morts.

L'avion avait viré de bord et ne répondait plus à la tour de contrôle. Au sol, à 9 h 30, le vol 93 de la compagnie United Airlines était considéré comme perdu et on envisageait déjà d'envoyer des chasseurs pour l'abattre s'il ne s'était pas déjà écrasé.

À bord, animés par leur instinct de survie et leur courage, les passagers s'organisaient furtivement pour reprendre le contrôle du Boeing 757. Les armes des pirates avaient beau paraître rudimentaires, elles pouvaient faire des dégâts. Avant de passer à l'action, Tiffany dissimula Rebecca sous son siège. Consciente qu'elle vivait peut-être ses derniers instants, elle saisit le téléphone de bord, mais seule la voix enregistrée de son mari lui répondit. Celle de Tiffany trahissait sa terreur, mais elle parvint tant bien que mal à la maîtriser :

— Chéri, je suis désolée, j'aurais dû t'attendre à la maison. Je suis dans le vol 93 United Airlines, je rentrais… provisoirement chez mes parents. Je suis désolée, des pirates nous ont détournés, je crois qu'on va se crasher sur la Maison Blanche ou un autre bâtiment. Comme les autres. Je vais être forte pour toi, on va tenter de les mettre hors d'état de nuire. Je t'aime. Chérie, dis à papa que tu l'aimes.

— Je t'aime, papa.

— Je t’aime…

— Raccroche, chienne d’Américaine ! Raccroche !

Ce fut comme un signal. Tiffany et Todd se jetèrent sur le pirate qui brandissait son cutter et hurlèrent « allons-y ». Ils furent suivis par d’autres passagers et par les membres de l’équipage, qui neutralisèrent deux autres pirates. Hélas, leur bravoure ne suffit pas. Le quatrième homme avait eu le temps de s’enfermer dans la cabine de pilotage. Comprenant que le détournement était sur le point d’échouer, il décida d’y mettre un point final en égorgeant le pilote. Le copilote tenta courageusement de s’interposer et reçut plusieurs coups avant de s’effondrer à son tour sur le tableau de bord.

Après quelques secondes d’une chute infernale, c’en était fini du vol 93 de la United Airlines.

16 janvier 2010, heure indéterminée, troisième sous-sol de l'immeuble Villiers, Direction centrale du renseignement intérieur, Levallois-Perret, France

— Putain, les mecs, lâchez-moi ! Je vous dis que je ne sais rien.

— T'as entendu, Georges ? Le gamin t'ordonne de le lâcher ! Cette *saloperie de teufeur*, comme on dit chez vous, elle donne des ordres à un agent de la DST.

L'homme qui venait de parler, avec un fort accent américain, était un colosse dont les traits, rendus plus durs encore par la fatigue, trahissaient une quarantaine bien tassée. Le regard noir, il s'adressait à Georges Pépin, un vieux de la vieille qui avait passé sa carrière à coffrer des criminels qui, eux aussi, en trente-cinq ans, avaient bien changé. Ses supérieurs lui avaient offert cette planque à la DST pour qu'il patiente en attendant de pouvoir profiter de sa cabane au bord de l'océan. Mais sa préretraite commençait plutôt mal. On lui avait refilé ce militaire américain en précisant qu'il ne servait à rien de poser des questions. Ne rien chercher à savoir, pas même le nom du type. Le gars avait juste dit : « Vous m'appellerez John. » Pépin s'était demandé s'il s'agissait d'une plaisanterie ou d'un véritable hommage à Rambo, mais il avait préféré la fermer.

Le patron avait précisé : « On reste dans le flou mais on coopère », puis s'était levé de sa chaise pour ajouter : « Il pète de travers et on le fout dehors à coups de pompes dans le cul, mais il vaudrait mieux éviter parce qu'il est invité par le Premier ministre en personne. » Dieu le Père avait ajouté : « Alors vous faites comme vous voulez,

Georges, mais vous devez ab-so-lu-ment l'empêcher de dé-con-ner sur le territoire national. »

Sauf que « dé-con-ner », c'était ce que ce type semblait faire de mieux. En une semaine, Pépin et « John » avaient parcouru tout Paris, le jour et la nuit, en quête d'informations sur des gens portant des noms de personnages de dessins animés. Ils avaient aussi coursé des trafiquants et, pour couronner le tout, ils s'étaient fait tirer dessus la veille. L'Américain avait pris une balle dans le bras mais, à la grande surprise de l'agent français, il avait juste râlé – tout en soignant lui-même sa blessure – à cause de son téléphone, que le projectile avait foutu en l'air. Cela s'était passé quelques heures à peine avant que GI John (le surnom que Pépin lui avait trouvé) ne plaque au sol le teufeur après avoir sauté du deuxième étage d'une barre HLM. Pépin avait assisté à la scène de loin sans en croire ses yeux, et était arrivé deux minutes plus tard pour coffrer ce « déchet de l'humanité ». Pépin n'avait vu en lui qu'un gamin de plus qui jouait au dur parce qu'il portait un treillis – le genre de débris qui pullulaient dans les quartiers ces dernières années.

— Et alors, je fais quoi ? J'obéis et je lui cire les rangers en prime ?

John, en retrait, eut à peine un sourire et répondit en assénant deux violents coups de poing sur le bureau, puis beugla :

— Alors salope, tu vas parler ? J'en ai marre d'attendre ! On sait que tu es mouillé là-dedans, et pas qu'un peu ! On a des enregistrements, on est certains que tu étais en cheville avec un certain Dany. Lui, il est mort aux États-Unis. On est sûrs aussi que tu traînes avec Diego et que vous êtes en train de monter une opération.

— Vous hallucinez, les gars, je sais pas de quoi vous parlez ! Je veux voir mon avocat.

— Pauvre petit blaireau, reprit Pépin, t'as pas l'air de comprendre dans quel pétrin tu t'es fourré. Ton avocat ? Tu as regardé autour de toi ? Ça ressemble à ton commissariat de quartier ? T'es vraiment débile, toi…

— J'ai rien à dire, vous m'avez gaulé avec dix barrettes de shit et un clébard sans muselière, et c'est tout. C'est pas moi qui vous ai tiré dessus, merde…

Crâne rasé, l'œil poché, le dealer arborait un T-shirt sale et taché de sang, sur lequel on pouvait voir un pitt-bull déféquer sur le drapeau français, le tout surmonté, en rouge, du « A » d'anarchie. Malgré les douze heures passées sanglé à une chaise, sans boire ni manger, dans une salle en béton glacial et sous une lumière aveuglante, le prisonnier conservait une posture de défiance, appuyant chacune de ses phrases d'un doigt rageur vers le sol. Il avait été frappé et projeté à plusieurs reprises contre l'angle de la lourde table métallique qui trônait seule au centre de ce bunker, mais il restait stoïque. Sa tête nonchalamment inclinée sur la droite et son regard en coin tapaient de plus en plus sur les nerfs de l'Américain.

— Ton nom, fils de pute !

— Putain ! On va pas recommencer… Si ? Bon… Je m'appelle Rafik Duffy Duc, je vis dans le neuf-trois…

Pépin l'arrêta d'un geste de la main. John ouvrit sa veste, en sortit une tablette numérique et la posa sur la table sans dire un mot.

— Te fatigue pas, le canard – t'as bien dit que tu t'appelais Daffy Duck, hein ? –, on a les résultats de tes empreintes. Tu t'appelles Léon Zaguiro. Tu es né en 1991 d'un père ukrainien qui a débarqué en France *via* l'ex-RDA et qui était chercheur au CNRS avant sa mort, il y a sept cent soixante-douze jours maintenant, dans un accident de voiture, et d'une mère française laborantine à l'INRA. Tu as grandi dans un pavillon de banlieue – je ne te donne pas l'adresse exacte, tu la connais – et tu as fréquenté l'école primaire Jules-Ferry, où ta maîtresse était Mlle Bertinaud. Au collège puis au lycée, tu t'es fait remarquer par ton indiscipline – si tu veux mon avis, tu avais un niveau pitoyable, tes parents devaient avoir honte – et tu t'es fait virer en seconde pour violence envers un camarade, qui t'a ensuite accusé de trafic de cannabis… Je continue ?

Le teufeur commença à paniquer. Pendant que le Français parlait, l'Américain lui colla sous les yeux les photos des personnes et des lieux qu'il était censé connaître.

— Putain, mais qui vous êtes ? Comment vous savez tout ça ? Et puis on est où ? Je veux un avocat !

— Ah non ! Mais en fait, cet animal n'a toujours pas compris.

Pépin observait à présent avec amusement son prisonnier, que ce changement d'attitude déstabilisa.

— Montrez-lui, vous, avec votre gadget, moi, il ne me croira pas, fit-il à John avant d'ajouter, à l'intention du dealer : Ils sont forts ces Ricains, non ? Je ne sais pas où ils vont chercher tout ça.

— Vous croyez, Georges ?

— Ça le fera peut-être réfléchir et se décider à parler.

John bidouilla sa tablette et la lui colla sous le nez. L'article, tiré des pages faits divers du *Libération* du jour, annonçait la mort d'un homme d'une vingtaine d'années, fan de techno, dévoré par son propre rottweiler. La victime s'appelait Léon Zaguiro. L'intéressé était maintenant complètement paniqué.

— Déconnez pas, les mecs ! Je suis innocent…

— Ouais, comme l'agneau qui vient de naître ! Allez, dernière chance de nous parler des choses qui t'amènent ici, sinon tu feras vraiment la une de la rubrique des chiens écrasés.

— Putain, mais je sais rien du tout sur ce Dany ou sur votre AKKRON je sais pas quoi. Et Diego m'aide juste à écouler ma came !

— Cinq, quatre, trois…

L'Américain avait sorti son Beretta et le pointait à présent sur le front du dealer.

— Arrêtez ! Déconnez pas !

— Deux, un…

— Marty !

— Marty comment ?

— Marty, Marty Mockettash ! C'est bon, arrêtez ! C'est trop con, je sais rien, je suis personne !

— Son vrai nom…

— Je sais pas, je vous le jure !

— Zéro.

Sous le regard choqué de Pépin, John appuya sur la détente, sans tenir compte de l'aveu du prisonnier et surtout sans interrompre ses réflexions. « Mockettash ? En coupant le nom en deux et en inversant, cela donnait Mac et Tosh. A comme Allemagne ? O comme… Ouganda ? Non… » John se força à réfléchir en français. « Allemagne de l'Ouest ! L'enfoiré avait dit la vérité. Dommage. » Le flic français interrompit ses réflexions :

— Merde, vous l'avez buté !

— Vous êtes décidément très observateur, Pépin.

— Pourquoi ? Il avait commencé à avouer.

— J'en sais suffisamment. Il n'en aurait pas dit plus et je n'ai pas le temps pour ces conneries.

— Merde, je fais quoi, moi, maintenant ?

— Le ménage, Georges, le ménage.

Avant de sortir, John ramassa la casquette du mort et la lui remit en place, bien droit, et, sans un mot, quitta la pièce.

— Putain d'amerloque, putain de cow-boy, plus que deux ans à tirer et voilà…

— Vous dites ?

Pépin sursauta en voyant la silhouette massive de l'Américain, qui occupait la presque totalité de l'encadrement de la porte.

— Non, rien, je l'amène à la morgue, je rédige le rapport et je vais me coucher. Et vous ?

— Je vais chercher Marty. Un Allemand à Paris, ça ne doit pas être si difficile à trouver.

— Jamais vous dormez ?

— Pas le temps…

— Pour ces conneries, je sais. Et… comment vous savez qu'il est allemand ?

Mais Pépin était de nouveau seul.

⁂

Il faisait déjà nuit. Robert Raven, « John » pour la police française, sortit de l'immeuble et observa le ciel quelques secondes, pensif. Quelles circonstances merdiques pour revoir Paris.

Au moment d'allumer une cigarette, il s'aperçut que son paquet était vide. *Shit.* Il le jeta par terre après l'avoir écrasé entre ses doigts et se maudit d'avoir donné la dernière à l'autre déchet. Il grimpa dans son gros 4×4 noir et laissa le GPS embarqué le guider jusqu'à son quartier général.

Une demi-heure de route plus tard, il montra au garde de la base aérienne 117 sa pièce d'identité et son laissez-passer biométrique. Le soldat français vérifia son véhicule et le salua avant de le laisser pénétrer dans l'enceinte. Quelques minutes plus tard, Raven montait les marches métalliques de la remorque extensible noire qui abritait l'unité placée sous son commandement.

Il présenta son œil à l'identification et pénétra dans ce qui était en réalité un quartier général roulant bourré de haute technologie. À son entrée, un lieutenant portant uniforme noir et béret vert se leva brusquement en aboyant des ordres, et les cinq membres de l'équipe se mirent au garde-à-vous.

— Repos. Hadow, du nouveau ?

— Mon colonel, nous avons des informations complémentaires sur Zaguiro.

— Intéressantes ?

— Il s'est rendu plusieurs fois au Maroc ces derniers mois, on a retracé ses appels entrants et sortants et cela nous a menés à un dénommé Ahmed Malik Aouaf. Il fait partie des importateurs d'huile de sassafras que nous avions listés.

— Il utilise un pseudo ?

— Emil S., mon colonel. On a cherché, ça correspond à Evil Scientist.

— Je vois. Un « V » qui est remplacé par le « M » de Maroc. C'est une piste. Phase un : envoyez une unité en reconnaissance qui ne le lâchera pas d'une semelle, surveillez tous ses faits et gestes, écoutez toutes ses conversations et lisez tous ses mails, ses SMS, son journal… Je veux tout savoir. Phase deux : entrez en contact avec lui. Ne lui envoyez pas de fleurs, rentrez-lui dedans, cuisinez-le. Phase trois : si c'est une cible avérée ou si vous avez un doute, démantelez et effacez toute trace de notre passage. C'est compris ? Dites-moi qui on peut avoir rapidement sur place.

— L'unité Pearl et l'unité Diamond, mon colonel.

— Envoyez immédiatement un ordre de mission à Binck.

— À vos ordres, mon colonel.

Le lieutenant Hadow transmit les ordres et demanda à son supérieur de les valider officiellement en posant sa main gauche sur une tablette numérique. Ce dispositif avait été mis en place quelques années plus tôt pour justifier les dépenses de l'unité et pour éviter tout piratage informatique. L'appareil lisait les empreintes digitales et palmaires, mais aussi et surtout les informations cryptées contenues dans la puce cachée sous un muscle du pouce. L'activation de ce dispositif était toujours un peu douloureuse à cause d'un mouvement du mouchard lors de la lecture.

Raven demanda ensuite au caporal Clara Monaghan, opératrice informatique aussi jolie qu'efficace, de lancer une recherche sur Marty Mockettash, un homme d'origine allemande ou né avant la chute du mur, vivant certainement à Paris et ayant des contacts avec les trafiquants du coin.

Balayant la pièce du regard, il lança à Hadow :

— Où est Polson ?

— Au mess, mon colonel.

— Qu'est-ce qu'il fout ?

— Il doit manger, mon colonel, intervint Clara.

— Qu'il rapplique. Tout de suite.

Polson, mal rasé, chemise à fleurs et pantalon baggy XL, était en pleine fraternisation avec la ravissante caporale-chef de la base quand il reçut un SMS lui ordonnant de se ramener. Plutôt enclin à vivre sa vie avant d'obéir, il sentit néanmoins qu'il ferait mieux de s'activer. Passant la main dans sa chevelure un peu trop longue pour l'armée, il s'excusa avec son plus beau sourire et courut à contrecœur jusqu'au QG. Il ouvrit la porte sans se plier à la corvée du scanner oculaire, qu'il avait bidouillé pour que son Smartphone se charge à sa place de cette astreinte.

— Ouais, chef, qu'est-ce qu'il y a ?

— Polson, changez-moi ça !

— Qu'est-ce que vous avez foutu avec ce téléphone ? Vous disparaissez pendant quatre jours et vous vous ramenez avec mon matos bon pour la benne !

— Me faites pas chier, ça n'est pas votre matos, c'est celui de l'armée. Au passage, si vous voulez que le prochain tienne, collez-lui une coque en Kevlar. Et puis tant que vous y êtes, démerdez-vous pour que ça passe en sous-sol…

— Faites ci, faites ça, je te jure, les militaires. Putain, si j'avais su, j'aurais pas signé…

Il pestait toujours en arrivant dans la partie de la remorque qui lui était réservée, à l'abri des oreilles indiscrètes. Un paradis pour geek où les étagères débordaient de câbles, de cartes, de boîtiers et autres gadgets que lui seul pouvait identifier – et surtout faire fonctionner. Il fouilla dans les cartons estampillés « Fragile » situés au niveau du sol et finit par dégotter un modèle similaire, qu'il connecta à son ordinateur pour y placer quelques logiciels de son cru.

— Voilà, plus performant et sécurisé, et prenez-en soin. Je ne peux pas vous en filer chaque fois que vous en flinguez un. Je justifie ça comment, moi ? Un coup, vous tombez d'un immeuble, la fois d'après, une voiture explose, et maintenant, vous vous prenez une balle. Faites un effort, bon sang ! Je ne sais pas, moi, mettez-le au moins sous le gilet.

— Vous l'avez dit, Polson : vous ne savez pas. Contentez-vous de me garantir que celui-là marchera et retournez à vos jouets. Hadow, gardez-moi sur vos écrans cette nuit, trouvez-moi ce Mockettash et tenez une unité héliportée en alerte.

— À vos ordres, mon colonel.

Raven sortit du QG et se mit au volant du 4×4. Il fouilla dans la boîte à gants en quête d'une clope, sans résultat. Agacé, il claqua la portière. Le manque de sommeil de ces trois derniers jours amoindrissait sérieusement sa patience, et il passa ses nerfs sur le troufion non-fumeur qui gardait la barrière.

Puis il prit la direction de Pigalle, afin de vérifier les informations de l'abruti qu'il avait descendu un peu plus tôt.

17 janvier 2010, 00 h 43, boulevard de Clichy, Pigalle, Paris, France

Raven trouva finalement un bureau de tabac et en profita pour montrer la photo de « son ami Diego » au buraliste, sans succès. Il apprenait depuis quelques jours que le quartier respectait ses propres règles, parmi lesquelles le silence semblait revêtir un caractère sacré. Il opta donc pour la bonne vieille méthode : discuter avec les habitués dans les bars et chercher un fournisseur de bonne marocaine.

Au bout de près de trois heures et de nombreux cafés, il trouva enfin quelqu'un qui connaissait un gars qui pouvait le mettre en contact avec un fournisseur correspondant à son cahier des charges. Deux coups de téléphone plus tard, un rendez-vous était fixé à l'angle des rues de Douai et Jean-Baptiste-Pigalle, devant le bar *Le Sans Souci.*

Raven gara son 4×4 dans une rue tranquille et se rendit sur les lieux en taxi. Avant de sortir de la voiture, il jeta un rapide coup d'œil aux environs et ôta discrètement le cran de sûreté de son arme.

Il attendit vingt bonnes minutes devant le café avant que le dealer se pointe. Nonchalant et sûr de lui, une veste à capuche couverte d'un vieux Bombers sur le dos, le type se donnait des airs de caïd.

— Diego ?

— Ouais, mec, tu veux quoi ?

— Tu as quoi ?

— Barrettes, coco, héro, méth, méphédrone, tout ce que tu veux.

— Marocaine ?

— Ouais, ça peut se faire. Combien ? Et on n'est pas beaucoup à la distribuer, donc elle est pas donnée.

— Combien ?

— Pour toi, 30 pour les barrettes et 25 le sachet pour quatre shoots.

— Dollars ?

— Euros, le Ricain, on a notre monnaie, en Europe.

Manifestement, le dealer le prenait pour un pigeon, et Raven devait montrer qu'il n'était pas un touriste de plus à plumer.

— Fous-toi de moi ! Tu crois que je ne connais pas les prix ? 20 pièce et 10 pour les quatre lignes, et pas des petites.

— Mec, t'es dur, 25 et 15, je peux pas moins.

— 20 pour les barrettes et OK pour 15 le sachet.

— Ça roule, offre de bienvenue, mec, mais pas d'embrouille.

Raven acquiesça.

— Bouge pas, je reviens, j'en ai pour un quart d'heure.

— Non, on se retrouve dans le parc, juste là, derrière l'immeuble. Et tu ne me fais pas poireauter deux heures.

— Mais il est fermé, mec.

— Il sera ouvert, on sera tranquilles.

— Comme tu veux mais pas d'embrouille. Tu comprends, « embrouille » ?

Le dealer parti chercher la marchandise, Raven marcha jusqu'à l'entrée du parc. Il vissa discrètement un silencieux sur le canon de son arme et fit sauter le cadenas d'une pression sur la détente. Il récupéra les morceaux, enleva la chaîne et se faufila derrière le portail.

Diego arriva quelques minutes plus tard. Il gara son scooter à la va-vite et entrouvrit la grille pour pénétrer dans le parc, où son client fumait paisiblement une cigarette.

— Tu as la came, Diego ?

— Tu as le pognon ?

— La came d'abord. Au fait ton pseudo ? C'est en rapport avec « Diego le Terrible », un hommage ?

— Ouais, comment tu sais ? Tiens, ta came.

Il brandit un sachet en plastique sous le nez de Raven, qui put distinguer, à la lumière d'un réverbère, son contenu ainsi que le visage inquiet du dealer, pressé de conclure :

— Alors ?

— Alors, OK, je te donne ce qui te revient de droit.

Raven plongea la main droite dans la poche intérieure de sa veste et Diego entrevit, trop tard, le reflet métallique d'une arme. Il leva les mains, dans un mouvement de recul. Raven parla le premier :

— Ferme ta gueule et file-moi ça.

— Tiens, tiens ! Mais tu vas pas me buter pour 315 euros !

— Ta gueule, j'ai dit. Viens par là, au calme. On va discuter.

Du canon de son arme, Raven indiqua le fond du parc sans cesser de maintenir le dealer en joue.

— Putain, mais tu bosses pour qui ? Pour Orlando ?

— J'ai dit ta gueule, Diego. Tu me laisses parler et tu réponds aux questions.

— OK, mec. Mais merde, t'es qui ?

— C'est curieux que tu demandes ça…

— Pourquoi ?

— Parce que c'est exactement ce qu'a demandé ton copain Rafik. Mot pour mot.

— Duffy Duc ? Mais, il est mort hier, bouffé par son clebs !

— C'est ce qu'on a dit aux médias.

— Je comprends pas !

— Y a rien à comprendre, gars… si ce n'est que, si tu ne me dis pas ce que je veux savoir, on cherchera un clébard pour toi.

— Merde, qu'est-ce que tu veux ?

Le petit mec commençait à paniquer sévèrement car, il le sentait, le colosse en face de lui n'avait même pas besoin de son flingue pour le tuer.

Raven prit deux secondes de réflexion et lui demanda s'il travaillait seul. Le dealer expliqua qu'il recevait des livraisons du Maroc *via* l'Espagne, et qu'il n'avait plus de contact depuis que Rafik s'était fait bouffer. Il assura qu'il ne connaissait pas les fournisseurs et que le teufeur était le seul à disposer des liens utiles à son business, voilà pourquoi il écoulait les derniers stocks à prix d'or.

Raven demanda un nom mais, malgré les menaces, n'obtint aucune réponse. Il décida d'abréger la conversation en appuyant sur la détente. Il put lire la surprise du dealer dans son ultime regard sans manifester pour autant le moindre signe d'émotion. Il mit onze barrettes dans les poches de Diego et en garda une, en plus du sachet de méphédrone, pour le labo. Les poches du jean du mort contenaient un portable et les clés du scooter. Il prit les deux, ferma la grille avec la chaîne et jeta un coup d'œil autour de lui : personne dans la rue, aucune lumière dans les immeubles.

Il enfourcha le deux-roues et fit une grimace à l'idée de mettre le casque de ce déchet de l'humanité mais tant pis : *à la guerre comme à la guerre.*

18 janvier 2010, au petit matin, sous-sol d'un parking, Paris, France

Le coffre du 4×4 abritait une cantine contenant le strict nécessaire – quelques vêtements, un peu de nourriture et une trousse d'urgence – et, en abaissant le siège de la banquette, on disposait de suffisamment de place pour s'étendre. La veille au soir, Raven avait abandonné le scooter de Diego à quelques rues de là et s'était couché dans le véhicule, où il avait dormi comme une souche. À 6 heures pile, son réveil mécanique sonna et il porta la main au holster qu'il ne quittait jamais. Il lui fallut quelques instants pour réaliser qu'il était en sécurité et qu'il devait seulement se lever. Comme chaque fois qu'il était contraint de fermer les yeux pour récupérer, il avait fait en sorte d'être indétectable. Machinalement, il reconnecta le boîtier GPS du véhicule, caché sous la moquette, et replaça la batterie de son portable. À présent, il était repérable et visible, ce qui importait peu car il ne dormait jamais deux nuits au même endroit quand il était en mission à l'étranger. Il s'accorda quelques secondes pour faire le point puis appuya sur le bouton d'ouverture du coffre et enfila ses rangers noires. Installé au volant, un sachet de nourriture de survie à la main gauche, il prit encore le temps d'ouvrir le pare-soleil, où étaient dissimulées les photos d'une jolie brune, la petite trentaine, et d'une fillette aux cheveux longs. Elles semblaient heureuses et adressaient au photographe le même sourire radieux. Avec un rictus, Raven leur assura silencieusement qu'il tiendrait sa promesse. Il replia le pare-soleil et mangea sa viande déshydratée.

Au QG, il passa la sécurité électronique et se retrouva seul aux commandes de la remorque. Il alluma les écrans pour avoir un bilan des avancées de la nuit, qui fut vite bouclé car rien n'avait bougé. Il sentit l'agacement monter en lui et décida de se faire un café, quand une voix l'interpella :

— Et merde, qu'est-ce que c'est encore ce bordel ? Vous dormez jamais, vous, les militaires ? Oups, c'est vous ! Désolé, colonel.

Polson, des poches sous les yeux, arrivait du fond de la remorque. Hirsute, il portait ses vêtements de la veille.

— Au moins un dans cette caisse high-tech qui bosse en dehors des heures de bureau. Pas le plus reluisant, mais bon ! Qu'est-ce que vous foutez là ?

— J'ai fait quelques recherches.

— Elle n'a pas gobé votre baratin ?

— Qui ? Euh, non, mais… non, les Françaises sont plus coincées que les Canadiennes.

— Ne vous inquiétez pas, on ne devrait pas tarder à bouger. Qu'est-ce que vous avez trouvé ?

— Le type, votre Allemand, il est dans le coin.

— Développez.

— J'ai entré son pseudo dans la base de données et j'ai lancé un programme d'alerte sur le réseau ECHELON[1], ça a tourné toute la nuit. Au début, j'ai eu des Marty en pagaille. Alors j'ai limité à « Mockettash » et là, vers 4 h 30, j'ai eu une touche. Ce nom a été prononcé dans une conversation téléphonique.

Voyant que, même aux aurores, Polson ne pouvait s'empêcher de l'inonder de détails, Raven lui fit signe d'aller au fait.

---

[1] Nom de code désignant un réseau mondial d'interception des communications téléphoniques et par Internet, utilisé par les États-Unis, le Canada, le Royaume-Uni, l'Australie et la Nouvelle-Zélande, notamment dans le cadre d'actions militaires ou politiques.

— Le problème, c'est qu'ils ont communiqué sur des téléphones « jetables », donc pas de nom et pas d'adresse. Ni pour l'un, ni pour l'autre. Par contre, par triangulation, on sait que notre gars était dans le quartier de la Défense et l'autre en banlieue. J'essaie de trouver le premier en téléchargeant les vidéos des caméras de surveillance du coin. À cette heure-là, il n'y a pas grand monde dans les rues. Si j'arrive à le choper, je ferai une capture d'image et on connaîtra sa tête.

— Bien. Combien de temps ?

— Ça risque d'être long, on est en France, je n'ai pas accès à tout… En parlant de France, vous savez comment ils vous appellent ici ? GI John !

Raven ignora ostensiblement la remarque et enchaîna :

— Je vous arrangerai ça. Autre chose ?

— Une phrase sans queue ni tête.

— Enregistrée ?

— Je vous fais écouter ça.

Polson se jeta dans son fauteuil et pianota vivement sur son clavier.

— Allez, vas-y mon Polson ! Voilà, écoutez.

Raven, resté sur le seuil pour ne pas empiéter sur le territoire du jeune homme, observa, sur l'écran, les courbes représentant les variations de sons et d'intonations qui commençaient à onduler, tandis qu'une voix grave sortait des haut-parleurs :

— Mockettash ?

— Qui le demande ?

— Bubs Gunny.

— *Dirty and fresh…*

— *Season for a toast.*

— OK. Qu'est-ce que tu veux ?

— Les roses sont au frais et le client voudrait bien que tu les livres. Mais il n'est pas content du mainate qui n'apprend pas assez vite.

Polson coupa l'enregistrement en haussant les épaules mais le colonel lui fit signe de reprendre.

— Tu lui diras que l'oiseau ne peut pas apprendre plus vite, que ses dresseurs y travaillent mais que je viendrai faire la livraison bientôt.

— Bientôt comment ?

— Deux cycles.

— OK. Force. Bye.

— Force. Bye.

Le colonel demanda à l'informaticien de mettre les casseurs de codes sur le dossier pour faire traduire ce charabia, puis il sortit un paquet de sa poche.

— Le dealer m'a refilé un échantillon de sa marchandise.

— Gratuit ?

— Non, ça m'a coûté une balle. Mais ce qu'il m'a dit était plus intéressant que prévu. Il a insisté sur le fait qu'il avait de la méphédrone très spéciale. Il aurait été approvisionné par le teufeur et ne pourrait plus en avoir. Il se peut qu'on soit sur une piste. Je voudrais qu'on analyse le sachet pour trouver ce qu'elle a de si particulier.

— J'envoie ça au labo.

— Mais que foutent les autres ? Ils ont pris le rythme français ou quoi ? Faites-moi venir ça au trot !

— Oui, chef, fit Polson en mimant un garde-à-vous.

Il fit biper les Smartphone de ses collègues avec un message des plus explicites – « Bougez-vous le cul » – qui ne tarda pas à faire son effet. En quelques minutes, l'équipe au grand complet était opérationnelle.

Jérôme Doe

20 novembre 2000, 23 h 56, hôtel Palomar, Washington DC, États-Unis d'Amérique

Le téléphone sonna plusieurs fois avant qu'une fine main soignée ne daigne émerger des draps de qualité pour le décrocher. Tâtonnant sur la table de nuit, les doigts saisirent le portable et l'approchèrent d'un visage d'ange aux yeux clos, qui répondit d'une voix enrouée :

— Oui ?

— Madame Gordon ?

— Oui…

— Madame Kate Gordon ?

— Mais oui ! À qui ai-je l'honneur ?

— Inspecteur Ford, madame.

— Qu'est-ce qui se passe ?

Kate se redressa sur le lit, bien réveillée cette fois. Elle se frotta les yeux et passa machinalement la main dans ses longs cheveux châtains en bataille.

— Vous êtes bien l'épouse d'Adam Gordon, employé par la société Masanta ?

— Oui, pourquoi ?

— Madame, j'ai bien peur d'avoir une mauvaise nouvelle à vous annoncer.

— Mon mari a eu un accident de voiture ? C'est grave ?

Tétanisée, la jeune femme tâchait d'envisager le pire. Son regard clair s'était figé.

— Non, madame, nous sommes chez vous actuellement. Les premiers éléments de l'enquête tendent à prouver qu'il s'est suicidé.

— Co… comment ? Mais, mais non, ce n'est pas possible, je ne peux pas le croire !

Des larmes ruisselaient à présent sur le visage de Kate.

— Madame Gordon… madame, ce n'est pas tout. Je ne sais pas comment vous annoncer ça. Il semble que votre mari ait tué votre fille avant de se donner la mort… Madame, madame Gordon, vous êtes toujours là ? Madame ?

Sous le choc, Kate lâcha le téléphone et tenta de se lever, mais ses jambes se dérobèrent. Au sol, repliée sur elle-même, incapable de se relever, le visage déformé par la douleur et l'incompréhension, elle reprit le combiné :

— J'ai dû mal comprendre… Ce n'est pas possible. Vous pouvez me redonner votre nom ?

— Je suis l'inspecteur Ford de la police de Saint-Louis, nous sommes chez vous, j'appelle de votre domicile, votre numéro était inscrit dans le répertoire…

Elle vérifia sur l'écran de son téléphone. Si c'était un cauchemar, il semblait cruellement réel.

— … et votre fille et votre mari sont morts. Il faut que vous reveniez au plus vite chez vous.

— Je suis à l'hôtel Palomar, à Washington, je pars tout de suite. Il faut que, il faut…

Sa vie entière se bousculait dans sa tête, puis d'un coup, plus rien. Un grand vide que vint combler la voix du policier :

— Un agent vous attendra à votre domicile, à moins que vous ne souhaitiez passer au poste.

— Je ne sais pas, je… Mais vous êtes sûr que c'est ma maison ? Que c'est ma fille ? Que c'est mon mari ?

— Je suis désolé, madame. Nous vous attendons au plus vite.

Kate Gordon raccrocha. La voix de Lisa, avec qui elle avait parlé un peu plus tôt dans la soirée, résonnait encore dans sa tête tandis qu'elle jetait mécaniquement ses affaires dans sa valise, avec un sentiment d'irréalité qui ne cessait de grandir.

28 novembre 2000, 10 h 15, cimetière Bellefontaine, Saint-Louis, Missouri, États-Unis d'Amérique

Au terme d'une semaine d'enquête, les légistes et la police conclurent au suicide. Un dossier rapidement classé invoquait la folie passagère d'un homme surmené. La thèse n'avait d'abord pas convaincu Kate mais les jours passant, elle commençait à s'y ranger. Son mari était assez secret et, ces derniers temps, elle l'avait trouvé particulièrement stressé. Trop occupée par ses propres responsabilités, Kate avait mis cet état de nerfs sur le compte de ses recherches. Mais pourquoi s'en prendre à leur fille qu'il adorait ? Cela resterait un mystère, une horrible interrogation en suspens.

En cette morne journée d'automne, il fallait mettre en terre un mari et une fillette, dans ce cimetière aux arbres dénudés qui se dressaient en un sinistre garde-à-vous le long des allées. Kate fut frappée par le gigantisme du lieu en mesurant le temps nécessaire pour atteindre, par les chemins sinueux, la dernière demeure de sa famille. Quand la voiture s'arrêta enfin, elle fut incapable de sortir de la limousine. Elle ferma les yeux quelques minutes et la seule pensée qui résonnait dans son esprit était qu'elle souhaitait les rejoindre. Puis, voyant les regards braqués sur elle, Kate se décida à affronter la cérémonie et indiqua au chauffeur qu'il pouvait ouvrir la portière.

Alors qu'elle approchait du parterre de proches et de collègues de son mari venus lui rendre un dernier hommage, elle fut frappée par le peu de stèles qui entouraient les deux trous fraîchement creusés. Un petit rien porté à son attention, comme pour souligner le sentiment d'isolement et d'injustice qui l'accablait. Depuis une semaine, nuit et jour, elle était hantée par cette petite phrase : « *Veuve à 36 ans, veuve à 36 ans, et ma fille est morte.* » Épuisée, elle avait dû opter pour des lunettes noires pour dissimuler ses cernes. Comme elle ne marchait pas très droit, le chauffeur la soutint jusqu'à ce que son frère, arrivé la veille de Prague, prenne le relais. Écrasés par une douleur commune, ils n'échangèrent pas un mot, mais elle tenta d'esquisser un sourire quand il l'aida à s'asseoir face aux cercueils.

Le prêtre prononça l'oraison funèbre qu'il avait préparée pour la petite fille et n'eut pas un mot pour l'homme qu'on s'apprêtait à mettre en terre. Il avait appris la veille que la police avait conclu au suicide et le diocèse ne lui aurait jamais pardonné d'accorder à ce pécheur les derniers sacrements.

Kate encaissa avec dignité le discours de cet inconnu qui décrivait une petite fille qui lui resterait à jamais étrangère. Surtout ne pas craquer, faire bonne figure malgré tout. Cachée derrière ses lunettes, elle espérait être foudroyée sur-le-champ. Et c'est avec cette unique pensée lancinante qu'elle traversa la cérémonie.

Au moment de déposer des roses sur les cercueils, chacun défila avec plus ou moins d'émotion, mais tous se crurent obligés d'adresser à la veuve un mot de réconfort. Ce fut une épreuve supplémentaire pour Kate, qui se sentait trahie par un homme qu'elle avait aimé depuis l'université et dont elle ne comprenait pas le geste de folie.

Depuis que le légiste avait rendu ses conclusions, une seule question l'obsédait : pourquoi ?

Alors qu'elle se la posait une fois encore, un homme lui tendit la main, l'air navré.

— Madame Gordon, je suis Niels Olger. Je suis… j'étais le patron de votre mari. Je voulais vous assurer que nous, l'équipe du laboratoire que dirigeait votre époux ainsi que toute la direction de Masanta, sommes navrés par la disparition d'Adam. Tous se joignent à moi pour vous présenter nos condoléances et vous témoigner notre soutien moral en ces jours sombres.

Kate le regarda faire son petit discours dans son costume hors de prix, en se demandant dans quelle mesure il n'était pas responsable de tout ça. Elle étouffa sa colère, privilégiant la quête de réponses avant tout le reste.

— Merci, monsieur Olger. Nous n'avions jamais été présentés et ce n'est sans doute pas le moment idéal… Mais peut-être pourrez-vous m'éclairer sur un point. Mon mari avait-il de graves soucis au bureau ?

— Pas à ma connaissance. Votre époux était quelqu'un de brillant et très apprécié. Nous le regretterons tous. Il faut que je vous laisse, conclut-il en désignant la foule derrière lui.

— Merci, fit-elle tout bas.

Après de longues minutes de mains tendues, d'amabilités stéréotypées et de violation de son espace vital, enfin seule devant la dernière demeure d'Adam et Lisa, Kate parvint finalement à pleurer et ne semblait plus capable de s'arrêter. Tombée au sol, les mains sur son visage, elle ne vit pas l'homme s'approcher sur sa gauche et sursauta quand il prit la parole :

— Madame Gordon. J'ai des choses à vous dire.

Il semblait immense, vu d'en bas. Il l'aida à se relever puis fit un pas en arrière. Elle le dévisagea mais ne reconnut pas le visage carré, les tempes grisonnantes et les petits yeux gris sans cesse en mouvement.

— Qui êtes-vous ?

— Un ami.

— Je ne vous connais pas, je ne vous ai jamais vu.

— Je sais. Mais moi, je ne vous mentirai pas.

— Que voulez-vous dire ?

— Suivez-moi.

Sans cesser de regarder autour de lui, l'homme la prit par le bras et l'emmena vers les arbres sans rencontrer de résistance. Après tout, elle n'avait plus rien à perdre.

— Madame Gordon. Je travaille pour la CIA mais je suis ici à titre officieux. Dans mon travail, je suis en relation directe avec plusieurs hommes politiques, des bons mais aussi des pourris…

— En quoi cela me concerne-t-il ?

— J'y viens. Votre mari était un chercheur de renom, parmi les meilleurs. Et un homme intègre. Et c'est son intégrité qui a causé sa perte. La sienne, et celle de votre fille.

— Qu'est-ce que vous êtes en train de me dire ? Soyez clair, je ne suis pas d'humeur à jouer aux devinettes.

— Votre époux allait informer les médias de ce que Masanta prévoyait pour le monde dans les années à venir. Ce que je suis en train de vous dire, c'est que votre fille et lui ont été assassinés par des hommes de main.

— Non, c'est un suicide, il l'a tuée et il s'est tué. Le légiste…

— Le légiste n'a pas su distinguer un suicide d'un travail de professionnels.

Sous le choc, mordillant sa lèvre inférieure, Kate réfléchissait à toute allure aux implications d'un tel aveu, quand l'homme reprit la parole :

— Oui, madame, je sais ce que vous pensez : ça expliquerait bien des choses.

Il souriait nerveusement, conscient de la tempête qui agitait les pensées de Kate.

— Mais… mais avez-vous des preuves de ce que vous avancez ?… Parce que si c'est vrai… je contacte la police et je fais rouvrir…

— Pas de police. On parle d'un sénateur qui trempe dans des histoires de valises pleines de billets pour services rendus à Masanta. On parle de deux tueurs à gages payés pour éliminer les preuves et effacer les traces. On parle de rouages d'un système qui vous dépasse.

— Alors qu'est-ce que je fais maintenant ? Pourquoi…

— Pourquoi être venu vous voir aujourd'hui ? Parce que nous sommes dans un lieu isolé et sans micro. Quant à votre autre question, « qu'est-ce que je fais maintenant ? », eh bien, rien. Vous réfléchissez et vous me rappelez avec ce téléphone sécurisé au numéro enregistré. Vous n'appelez aucun autre numéro avec. Vous avez jusqu'à demain soir, 22 heures, pour vous décider. Passé ce délai, le téléphone sera inactif. Vous pourrez alors le jeter dans une poubelle et vous ne me reverrez plus.

— J'ai jusqu'à 22 heures pour me décider à quoi ?

— À comprendre et à lutter. Quoi d'autre ? Votre position à l'ONU ne vous a pas appris cela ? Et puis cet enterrement, la compassion feinte, votre mari et votre fille abattus. Qu'est-ce que vous voulez ? Rester une victime ?

— Si je vous appelle, vous m'expliquerez tout ?

— Oui. Mais sachez aussi que dans ce cas, vous ne pourrez plus reculer. Vous serez dedans jusqu'au cou. Je préfère être clair : cela changera votre vie et il ne sera plus possible de faire machine arrière.

— Qu'est-ce que j'y gagnerai ?

— Si ce n'est la vengeance, au moins la vérité. Et ici, la vérité a un prix : votre liberté. Mais avez-vous encore quelque chose à perdre ? Si vous aimiez votre famille autant que j'ai aimé la mienne…

Les lèvres serrées, l'homme ne finit pas sa phrase et mit un terme à l'entrevue :

— Au revoir, madame Gordon.

Alors qu'il chaussait ses lunettes de soleil, il ajouta :

— Au fait, madame Gordon, ne parlez à personne de notre rencontre. Et, si vous m'appelez, présentez-vous comme « Eve », n'utilisez jamais votre vrai nom. Compris ?

— Compris. Et vous êtes… ?

Il la laissa plantée là, avec sa question, et partit sans un regard en arrière. Ce n'est qu'après quelques minutes que Kate mesura à quel point il était ironique de lui attribuer le nom de la première femme du premier homme, celui qu'elle venait de mettre en terre.

29 novembre 2000, 11 h 26, domicile des Gordon, Saint-Louis, Missouri, États-Unis d'Amérique

De nouveau seule dans la maison, Kate s'était enfermée à double tour dans sa chambre et avait enfin trouvé le sommeil, épuisée par la réception organisée à la va-vite par son frère après les obsèques. Elle avait donné le change et acquiescé aux allusions à la folie passagère de son mari, distribué des sourires reconnaissants à ceux qui répétaient que « Dieu merci », ils étaient morts sans douleur, et remercié pour toutes ces offres de soutien, qu'elle refuserait bien évidemment.

Il était près de 11 h 30 quand Kate se réveilla. Elle se retourna de l'autre côté du lit pour dire bonjour à Adam et fut brutalement ramenée à la réalité. Une vérité nouvelle et atroce qui signifiait aussi un avenir sans sa fille, sans les joies de la voir grandir, sans partager sa vie avec elle, des lendemains sans buts. Kate resta donc dans son lit pour réfléchir longuement à cette nouvelle donne.

À quoi bon continuer ? À quoi bon faire semblant de s'intéresser aux problèmes de la Palestine, d'Israël, de la Jordanie… Ce fut comme une révélation. Tout ça ne servait à rien. Et s'il y avait plus important ? Si l'homme du cimetière avait raison ? Si Adam avait des secrets ? S'il avait dissimulé des preuves ? Kate s'agita. Où aurait-il caché des documents ailleurs qu'au coffre ?

Persuadée que si cela était vrai, Adam lui aurait laissé une piste, elle se leva et chercha toute la journée, oubliant même de manger. Elle déversa au sol le contenu de tous les placards puis se rendit à la cave pour ouvrir tous les cartons et remuer les outils. Rien.

Le jour déclinait fortement. Frustrée et épuisée, Kate remit en place les coussins du canapé afin de s'y allonger, alluma une petite lampe et se mit à cogiter en sentant couler ses larmes. Après une heure d'intense chagrin, la jeune femme s'endormit là, recroquevillée sur elle-même.

⁂

Kate s'éveilla brusquement et se redressa d'un bond. Son regard se posa sur la bibliothèque, le seul endroit épargné par la tornade. Elle hésita quelques secondes, pensant que c'était trop simple, mais fut vite prise d'une frénésie incontrôlable qui la poussa à sortir tous les livres, un par un, à les ouvrir et à les secouer, persuadée qu'elle était sur le point de trouver enfin une piste. Au hasard des pavés, elle se jetait au sol pour ramasser tantôt une bien décevante note sur un chapitre, tantôt un marque-page ou même une simple fleur séchée. La nuit était tombée depuis longtemps, les trois quarts des étagères étaient déjà par terre, mais les ouvrages n'avaient livré aucun secret. Elle alluma le plafonnier pour s'en assurer, en vain. Il n'y avait rien. Sans trop d'espoir, elle s'attaqua à la dernière centaine de livres, et alors qu'elle secouait sans ménagement un ouvrage consacré à Mendel, plusieurs feuillets pliés tombèrent à ses pieds.

Cette fois, Kate se baissa doucement pour les ramasser. En les dépliant, elle reconnut aussitôt l'écriture de son époux, qui avait indiqué en haut de la page la date du 13 novembre 2000. Elle avait beau attendre ce moment depuis son réveil, ce fut un choc. Son cœur se mit à battre plus vite et ses jambes chancelantes la forcèrent à s'asseoir sur le sofa.

« Ma tendre et belle épouse,

Si tu lis ce mot, c'est que tu auras mis à sac le reste de la maison à la recherche d'un indice. »

Kate ne put s'empêcher d'esquisser un sourire. C'était du Adam tout craché, toujours à anticiper les réactions des autres.

« Mais si tu lis ces lignes, c'est surtout que je n'ai pas su tout prévoir et que cela m'aura été fatal. Je n'ai rien pu te dire, pour vous protéger, notre Lisa et toi, mais sache que si j'ai eu un accident, ce n'en est pas forcément un, et si je me suis "suicidé", il faudra y regarder de plus près.

Tout cela pour te dire que mon travail n'a pas tourné comme je le voulais et que j'ai essayé de changer les choses pour le bien de l'humanité. Mais, apparemment, l'humanité est plus pourrie que je le croyais. J'ai été trahi. Par Masanta, par quelqu'un du laboratoire, par la journaliste que j'ai contactée, par le facteur… je n'en sais rien, mais il y a eu une fuite malgré toutes les précautions que j'ai prises.

Pour les études de Lisa et pour que vous ne manquiez de rien en mon absence (le mot est peut-être mal choisi), j'ai ouvert une assurance vie dont tu es la bénéficiaire quelle que soit la cause de mon décès, et dont les papiers sont joints à ce pli. Pour le reste, sache qu'un recours en justice serait inutile, ces gens-là sont tout-puissants. J'ai sous-estimé leur pouvoir, cela m'a coûté la vie. Ne fais pas cette erreur. Quitte la ville, l'État ou même le pays et refais ta vie dans un coin perdu du Mexique, de l'Afrique ou de l'Asie.

Écoute-moi pour une fois et surtout protège Lisa. »

Kate avait du mal à lire à travers les larmes qui inondaient ses yeux. Elle passa maladroitement sa manche sur son visage et reprit :

« Tu trouveras aussi le courrier que j'ai adressé à une journaliste afin de prévenir tout le monde de ce qui se trame. Contacte-la pour savoir si elle veut bien faire un article ou si tu veux lui faire parvenir mes documents (ils sont dans le coffre). Mais surtout, aucun appel, aucune trace informatique ou aucune carte de crédit débitée pour un billet ou je ne sais quoi encore à proximité de son travail. Ils pourraient s'en servir pour te tracer. Et au cas où tu en douterais, ça se peut, et ça se fait. Je vous aime et je suis désolé d'avoir à te faire subir tout ça.

Sois prudente et surtout méfie-toi de Niels Olger, c'est un serpent. Refais ta vie. Je t'aime. Adam. »

Kate tourna la page, rien. Elle la plia soigneusement et regarda la police d'assurance, incrédule. Un million cent cinquante mille dollars. Elle s'enfonça un peu plus dans le canapé, accablée par l'absurdité tragique de la situation. Elle n'avait plus à se préoccuper de l'avenir, certes. Mais quel avenir lui restait-il ?

Feuilletant le reste du document, elle tomba sur la lettre que mentionnait Adam, adressée à une certaine Pamela Guers, journaliste au *New York Times*. Un début d'explication, peut-être.

« Mon nom est Adam Gordon.

Nous sommes le 13 novembre 2000.

La plupart d'entre vous ne me connaissez pas. Pourtant, si vous regardez autour de vous, vous trouverez de nombreux produits qui ne doivent leur présence dans les rayons de vos supermarchés et de vos pharmacies qu'à mes recherches.

Si vous lisiez les étiquettes et que vous pouviez les déchiffrer (vous savez, en tout petit, en bas, les lettres ZHC, GJY et autres BIIE), vous me remercieriez sans doute pour leur efficacité. Mais vous ne devriez pas. Sous l'apparence marketée du sauveur, je suis en fait l'un de vos pires cauchemars.

Je suis généticien et chercheur en biologie moléculaire, respecté et même maintes fois primé. J'ai travaillé pour les plus grands laboratoires aux quatre coins du monde, au service de la connaissance dans le vaste domaine du génie génétique, pendant quinze longues années. Une carrière gratifiante, lucrative et bien remplie. Bref, une vie de rêve pour beaucoup.

Oui, mais voilà, il se trouve que j'ai aussi une conscience, et qu'à présent, elle me tourmente jour et nuit. J'ai tourné le problème dans tous les sens et essayé d'alerter les dirigeants des laboratoires, les comités d'éthique, les responsables politiques… sans succès. Alors, même si je sais pertinemment que je ne suis ni un bon conteur, ni un bon rapporteur, les derniers événements survenus chez mon dernier employeur, Masanta, me poussent à rendre publiques ces quelques pages. »

Kate lut rapidement les lignes suivantes, où son mari décrivait avec quelle naïveté il avait abordé son travail de généticien, croyant que celui-ci serait utilisé à des fins humanitaires, et comment il était en réalité tombé entre les mains d'entreprises avides qui s'approprient le vivant. Désabusé, il ajoutait :

« Le seul traitement que j'ai mis au point contre un type de cancer du sein n'a jamais vu le jour. La raison est tombée récemment : pas assez rentable. »

Mais Kate découvrit surtout avec stupeur en quoi avaient consisté les dernières années de travail d'Adam. Il avait participé à l'élaboration d'un désherbant qui faisait polémique dans les journaux, contribué au séquençage et au brevetage de l'ADN humain. L'épouse ne put s'empêcher de penser que même s'il y demandait pardon, cette lettre était un aveu de complicité qui salirait sa mémoire si un jour elle était rendue publique.

Kate, qui avait séché ses larmes, continua sa lecture. Sur l'état des sources d'énergie, Adam écrivait :

« Nous en sommes arrivés à un point de non-retour dans les sciences appliquées. »

Et il ajoutait, avec l'humour du désespoir :

« Tchernobyl n'est que la partie émergée de l'iceberg. Les essais nucléaires aériens, que ce soit en Afrique du Nord, en Sibérie ou dans les déserts du Nouveau-Mexique et de Mojave, nous ont rapporté une bonne part de nos cancers. L'humain, le végétal et l'animal s'adaptent et résistent, au prix de quelques mutations génétiques niées par les pouvoirs en place. Mais cela est bien loin d'être aussi "cool" que dans les X-Men, croyez-moi. »

La suite révélait une information plus qu'inquiétante :

« … ces rapports ont été passés sous silence, certains ont même mystérieusement disparu. Le Dr Emery Stuart a péri dans l'incendie de son Audi neuve, le rapport parle d'un accident, mais Emery ne fumait pas. »

Son mari évoquait ensuite le PCB, le tritium rejeté en toute légalité dans l'air et dans les eaux, sur les plages, dans plusieurs pays, les engrais chimiques non résorbables qui transformaient les terres arables en une bombe à retardement par bioaccumulation, l'exploitation du gaz de schiste et d'autres polluants.

Kate se concentrait sur ces données, même si beaucoup de choses lui échappaient. Si son mari n'avait pas été tué, elle l'aurait pris pour un fou ou un paranoïaque. Il accusait les gouvernements d'être au courant de ces catastrophes écologiques et même d'en cautionner certaines, au point d'en anticiper cyniquement les conséquences :

« … la conquête de l'espace puis d'une autre planète. Les agences spatiales développent des technologies visant à permettre à une infime partie de l'humanité, la plus fortunée et la plus scientifique, de survivre à l'apocalypse. »

Délire d'un scientifique aux abois ou réalité bien plus terrifiante ? Mais Adam avait manifestement, hélas, les pieds sur terre :

« … le code génétique ne doit pas être la propriété de quelques-uns, c'est un patrimoine et non un bien. »

Dans sa conclusion, il affirmait vouloir protéger sa famille. Il disait aussi avoir une pile de documents qu'il tenait à la disposition des médias. Kate était abasourdie. Elle n'imaginait pas que son mari ait pu devoir faire face à de tels cas de conscience. Bien sûr, son travail avait souvent été salué et récompensé. Mais à quel moment avait-il été rattrapé par ces préoccupations éthiques ? Et surtout, comment cette prise de conscience avait-elle pu s'opérer à son insu ? Pis encore : quels étaient ces projets de Masanta qui lui avaient fait prendre de tels risques et avaient précipité sa perte ?

Kate sortit soudain de ses pensées pour regarder l'heure. L'horloge du salon affichait 22 h 02.

— Merde ! Le coup de fil !

Kate se souvint alors qu'Adam, avec son obsession de la ponctualité, avait toujours cinq minutes d'avance sur l'heure officielle. Elle monta en trombe à l'étage et se jeta sur le téléphone. Une sonnerie.

— Vous jouez avec le feu, Eve.

— J'ai trouvé des papiers. Vous connaissez une certaine Pamela…

— Guers ? Oui, morte la même nuit que votre époux. Un suicide, bien sûr… Vous êtes décidée ?

— Oui, mais j'ai des questions et une exigence.

— Plus tard. Je vous rappellerai bientôt sur ce téléphone. De votre côté, faites comme si de rien n'était et surtout aucun appel depuis cet appareil. Nous sommes bien d'accord ?

— Oui.

— Au fait, pour vous, je serai Abraham. Au revoir, Eve.

Son interlocuteur avait raccroché, la laissant, une fois encore, seule avec toutes ses questions.

10 novembre 2007, 16 h 27, bureau du général Potter, Pentagone, Arlington, Virginie, États-Unis d'Amérique

— Colonel, vous nous dites avoir démantelé une cellule BYE en Inde. Pouvez-vous nous expliquer en quoi cette mission nécessitait des moyens de cette envergure ?

— Mon général, vous et le Président en personne m'avez donné carte blanche, à moi ainsi qu'aux unités sous mes ordres, pour anéantir la menace BYE. Vos objectifs auraient-ils changé sans qu'on m'en ait informé ?

— Là n'est pas la question, colonel. Je sais mieux que quiconque ce que cette enquête représente pour vous depuis la mort de votre fille et de votre épouse. Cela fait déjà six ans.

— Six ans, un mois et vingt-neuf jours ; 2 251 jours exactement.

— Vous devez être au courant que nous, « les huiles », comme on dit, nous voulons toujours savoir où va l'argent que nous confions. Aujourd'hui, je veux comprendre pourquoi nous nous retrouvons avec une note de près de 300 000 dollars pour quelques pauvres carcasses de tigres et la gratitude de trois villageois d'un pays sous-développé.

« Parce qu'une vie est une vie, pauvre type, celle des villageois comme celle de ma femme et celle de ma fille », songea-t-il, mais il garda ses réflexions pour lui. Pourtant, il y a encore quinze jours, ils en bavaient, lui et ses hommes, à chasser le tigre, l'ours à collier et le léopard des neiges dans l'Himalaya.

***

Un mois plus tôt, Raven avait reçu un curieux coup de fil d'un informateur de la CIA, lui signalant qu'un tigre avait été abattu aux abords d'un village de montagne. Jusque-là, rien d'exceptionnel pour la région, mais la conversation avait pris un tour bien plus intéressant quand l'homme avait évoqué l'analyse ADN de l'animal qui, affirmait-il, allait le laisser sur le cul.

Se trouvant à Sydney pour vérifier une piste qui s'était révélée stérile, le colonel avait modifié ses plans et s'était envolé pour New Delhi afin de connaître le fin mot de l'histoire. Il se rendit au laboratoire vétérinaire central où l'attendait le Pr Jivan Gandesh, analyste en caryotypes et mutations génétiques des mammifères. Le laboratoire s'avéra d'un niveau bien supérieur à ce que le colonel s'attendait à trouver.

— Colonel Faust, et voici M. Polson.

— C'est votre vrai nom ça ?

— Affirmatif, pourquoi ?

— Je ne sais pas, vous pourriez être amateur de théâtre ou d'opéra… Quoi qu'il en soit, on m'a prévenu de l'objet de votre visite. Suivez-moi.

Gandesh les conduisit à son bureau, une simple pièce meublée de trois chaises de bois et d'une table surchargée de livres d'où émergeait l'écran d'un ordinateur. Il appuya sur la touche « Enter », puis trouva sa souris sous une pile de dossiers et cliqua enfin sur l'un des fichiers en hindi.

— L'un d'entre vous est-il capable de lire une analyse d'ADN ?

— Polson.

— Très bien. Vous voyez, nous avons ici de l'ADN de tigre commun.

Polson s'avança et acquiesça.

— Voici maintenant celui du tigre qui a été abattu à Saree, un petit village de montagne près de la frontière. Voyez-vous une différence ?

— À première vue, non.

— C'est ce que je me suis dit aussi ! s'écria le professeur avec un air malicieux. Mais, j'ai cherché, et puis, j'ai cherché encore. On m'avait décrit l'animal comme très fort et très agressif. Ce qui, contrairement à ce que l'on pourrait croire, n'est pas si courant. Alors, j'ai poussé l'analyse plus loin… J'ai d'abord opté pour la méthode Sanger.

— La plus utilisée…, compléta Polson avec un regard orgueilleux vers son patron. Synthèse enzymatique.

— Tout à fait. Mais ça n'a rien donné. Comme si les enzymes détruisaient toute trace de mutation. Et c'est en utilisant la méthode Maxam et Gilbert que j'ai eu des résultats.

— Par dégradation chimique ?

— Oui, c'est ça. Et après une électrophorèse…

— Pour séparation et analyse.

— Vous vous y connaissez un peu, à ce que je vois.

— Oui, j'ai fait mes études au…

— On fera la causette plus tard, coupa Raven. Et alors ? Qu'est-ce que vous avez trouvé ?

— Vous allez être surpris.

L'Indien double-cliqua sur une image en trois dimensions d'un brin d'ADN.

— Alors voilà ! Il n'y a rien qui vous choque ?

Après quelques agrandissements, ils distinguèrent la composition de la cytosine. À leur grande surprise, un sigle formé des lettres « BYE » apparaissait clairement, comme greffé au cœur du nucléotide.

— Ceux qui ont fait ça ont de l'humour ! Vous les connaissez ?

— Très bien.

L'expression de Raven avait changé. Il tenait enfin une piste, la plus sérieuse depuis des mois. Le regard dur, il interrogea le professeur :

— C'est ça qui provoque les attaques ?

— Du tout, monsieur Faust, du tout. Ça, c'est inerte, c'est juste de la décoration !

— Une signature alors.

— Exact, une signature génétique. Si ce tigre avait eu une descendance, elle aussi aurait porté cette modification dans son génome. S'il existe d'autres mâles modifiés, et qu'ils s'accouplent à des femelles, même communes, nous allons avoir affaire à une espèce haploïde. Un pas de géant dans l'évolution.

— Surtout une aberration génétique, s'agaça Raven devant un enthousiasme qu'il jugeait déplacé. Est-ce qu'on peut en tracer l'origine ?

— Moi, non, mais avec ça, certainement.

Le professeur sortit une boîte de bois de sous ses livres et la confia au militaire en ajoutant, narquois :

— Les ordres ont été très clairs. Ce n'est pas souvent qu'on m'impose une totale collaboration avec les États-Unis. Alors, quand on le fait, c'est que cela doit être important. Nous autres, pauvres Indiens, n'avons apparemment pas à poser de questions.

Le colonel ouvrit la boîte, dont l'intérieur était tapissé de métal. Elle contenait ce qui ressemblait à une petite puce de traçage. Qui émettait certainement encore. Il montra l'objet à Polson, qui fit aussitôt claquer le couvercle :

— Refermez ça, ils vont repérer le signal ! Du traçage par satellite ! Putain, c'est du lourd. Colonel, vous saviez qu'ils avaient accès à cette technologie ?

— Je m'en doutais.

— Professeur Gandesh, reprit Polson, vous avez ça depuis quand ?

— Depuis que le vétérinaire de la réserve a scanné l'animal pour voir s'il était fiché.

— Vous disposez de scanners ?

— Vous savez, cher monsieur, nous avons même Internet…

— Désolé, professeur, nous…

— Messieurs, coupa Gandesh en se levant, je vais vous demander de partir maintenant. J'ai du travail.

— Une dernière chose.

— Oui, monsieur Faust ?

— Où est le village ?

— Oh non, ne me dites pas que vous n'avez pas Google ?

Raven préféra s'abstenir de relever la pique.

— Merci pour votre collaboration, professeur Gandesh.

— Je ne doute pas que vous retrouverez le chemin de mon laboratoire en cas de besoin. Salutations, conclut-il en désignant la sortie.

12 septembre 2007, 9 heures, minibus de tourisme, centre de New Delhi, Inde

— Messieurs, ne vous y trompez pas, il ne s'agit pas d'un safari ordinaire ni d'un camp scout aux frais de l'armée. Vous êtes tous les six, à cet instant et jusqu'à votre mort, soumis au secret militaire. Ce que vous allez entendre et voir ici est classifié. Nous ne nous connaissons pas, vous ne m'appellerez pas « colonel », même quand nous serons entre nous. Pour tout le monde, je serai « Bob » ou « patron », surtout face aux civils que nous croiserons.

Les faux touristes, tous des professionnels aguerris, acquiescèrent.

— Vous avez tous une spécialité : Zack et Rajan se chargeront de l'infiltration et de la traduction, Steve et Peet sont des experts en tir de longue distance et explosifs, et Rob et Mike sont des spécialistes de l'assaut de bâtiments sécurisés. Toutes ces compétences nous serviront pour la mission. Officiellement, nous participons à un trek d'entreprise organisé par notre employeur, Woodgift, société d'ameublement de luxe implantée à New York. OK ?

Dans le bus, les militaires se jaugèrent sans échanger un mot.

— Polson, à vous.

— Messieurs, pour cette mission, je serai « Ronald », le directeur des ressources humaines. Dans la vraie vie, je suis spécialiste en informatique, communications et autres applications numériques, et accessoirement en biologie, un hobby… Enfin bref, le 7 septembre, un contact nous a prévenus que des attaques de tigres avaient eu lieu dans le nord-est de l'Inde. Cela n'aurait pas été grave si un chercheur n'avait pas fait une découverte qui intéresse le gouvernement. Et donc, vous.

Il tendit trois photographies A4.

— Sur la première photo, le tigre de gauche a été modifié génétiquement. Résultat, un tiers de masse musculaire en plus et une bestiole très irritable. La deuxième photo représente deux gènes, pour simplifier, un normal et un muté. Le muté porte une signature, que vous voyez sur la troisième photo. C'est ce qui nous amène ici aujourd'hui.

Il marqua une pause théâtrale, que Raven interrompit d'un geste exaspéré.

— BYE est la signature d'une organisation responsable de plusieurs attentats commis dans le monde depuis 2001. Un groupe terroriste que nous tentons de démanteler et qui ne cesse de nous échapper. Aujourd'hui, nous avons enfin une possibilité concrète de faire sauter l'une de ses cellules et de remonter jusqu'à son cœur.

— Alors aucune erreur ne sera tolérée, compléta Raven. Les détails vous seront fournis quand nous serons sur site. Peet, vous suivez le GPS. Relève dans trois heures par Rajan. Musique, livres et appareils photo bien en vue, n'oubliez pas que nous sommes en vacances, messieurs. Exécution. Ronald avec moi au fond, ajouta-t-il avec une pointe de sadisme.

Le minibus démarra mais resta immobilisé un moment. Hésitant, le chauffeur n'osait pas s'engager dans le flux anarchique de véhicules plus ou moins déglingués.

— Vous vous bougez le train, Peet, on ne va pas coucher là !

Il grommela un « oui, patron » puis klaxonna et s'engagea brutalement dans cet enfer routier, manquant de percuter ici un rickshaw bloqué par une vache, là un piéton suicidaire. À l'avant du véhicule, les autres jouaient consciencieusement les touristes et mitraillaient le paysage.

— Polson, j'ai eu un coup de fil de Russie. La police a démantelé un réseau de combats de chiens. Ils ont trouvé des restes humains dans les cages. Ils ne savent pas si ce sont des exécutions d'un nouveau genre ou autre chose. Si vous voulez mon opinion, ces connards donnaient des mecs vivants ou non à bouffer à leurs chiens pour les habituer à la chair humaine. À mon avis, c'est signé BYE.

— Vous en êtes sûr ? Au fait, ça va, vous ? Hier, c'était l'anniversaire de la mort de votre épouse et de votre fille, on n'en a pas par…

— Non, j'ai dit « à mon avis », alors prenez votre matos et téléchargez le dossier, vous vérifierez en route les photos, les rapports et le reste. Comme ça, on sera fixés.

⁂

Raven descendit du bus en s'assurant que l'environnement était sécurisé. Un réflexe.

Il était capable de repérer une issue ou d'identifier un piège potentiel en un coup d'œil. Quand il fut fixé, il tapa sur le portail en tôle rouillée. Un homme en short et en chemisette usée lui ouvrit. Raven lui tendit une petite liasse de billets qu'il empocha avant de s'éclipser sans un mot. Raven ouvrit le deuxième vantail et fit signe à Rajan d'entrer.

Les « touristes » sortirent du bus en file indienne et Zack demanda où ils se trouvaient. Polson expliqua qu'il s'agissait d'une scierie désaffectée.

— D'où la société d'ameublement de luxe..., déduisit Zack après quelques secondes de réflexion.

— Je vois que nous tenons une lumière ! On dira qu'on veut la racheter, ça expliquera le trek en forêt et les questions que vous poserez, avec Rajan.

Tandis que Polson terminait son petit briefing, Raven fit sécuriser la zone avec des caméras et des détecteurs de mouvement. Il demanda à l'informaticien de les connecter au reste du monde et attendit d'être seul avec lui pour le questionner de nouveau :

— Polson, vous êtes sûr que rien ne relie les chiens à BYE ?

— Certain. J'ai approfondi mais il n'y a aucune trace, aucun lien, rien.

— OK... Vous n'aurez qu'à installer vos trucs dans un coin là-bas, à couvert.

Le colonel cacha sa déception, prit son sac et alla inspecter le travail de ses troupes.

***

À 19 h 15, le camp était prêt. Le colonel organisa la garde et donna quartier libre aux hommes pour la soirée, dans les limites d'une rue dotée de restaurants et de bars, avec pour instruction de se fondre dans le paysage pour Zack et Rajan et de jouer les touristes américains pour les autres.

Raven portait une chemise bleu pétrole dont les pans dépassaient d'un pantalon de lin noir. Il était sorti sans arme et déambulait à présent dans le quartier commerçant et touristique de la ville, qui lui rappelait la Thaïlande – le côté bars à putes déguisés en boîtes de nuit. Il avait laissé ses hommes dans un rade à deux pas et demeurait aux aguets, seul, le regard mobile et l'esprit affûté.

Soudain, des éclats d'une voix féminine en anglais retinrent son attention. Sans réfléchir, il entra d'un bond dans le bar et s'interposa entre une jeune femme et un Indien éméché, qui s'effondra après un coup sec au plexus. Groggy, l'homme rampa hors de l'établissement sous les railleries des autres clients sans demander son reste.

— Ça va, mademoiselle ?

— Oui, merci, il avait trop bu et… enfin, merci.

— Pas de quoi. Faites attention à vous.

Le colonel tourna les talons et s'apprêtait à sortir de ce bouge quand une main légère se posa sur son épaule.

— Je vous offre un verre pour vous remercier.

La jeune femme n'avait plus l'air si penaud et Raven eut le loisir de l'observer. Elle portait une longue robe beige, qui laissait voir ses épaules, et elle serrait contre elle une besace marron. On aurait dit l'une de ces bourgeoises du XIXe siècle qui accompagnaient leur mari en safari. Elle ne l'intéressait absolument pas mais un véritable touriste n'aurait pas refusé un verre.

— OK, juste un, après je dois rentrer.

Elle tendit la main en souriant.

— Jane Marsh.

— Bob Pearce, enchanté.

Le militaire remarqua son joli petit nez et ses pommettes saillantes.

— Affaires ou plaisir ?

— Un peu les deux.

— Tiens donc ?

— Une sorte de trek d'entreprise.

— Où sont les autres ?

— Dans un bar. Ils s'amusent.

— Vous ne devriez pas être avec eux ? Enfin, pour la cohésion du groupe, vous savez…

— C'est vrai, mais je ne raffole pas des soirées beuverie entre collègues.

— Vous êtes leur boss ?

— Comment vous le savez ?

Un brin de paranoïa passa dans sa voix et Jane se sentit obligée de s'excuser.

— Désolée, déformation professionnelle.

— Flic ou journaliste ?

— Journaliste. D'investigation.

Le colonel réprima un mouvement de recul et décida d'écourter.

— Et donc vous enquêtez sur les poivrots dans les bars indiens ?

Elle lui sourit.

— Presque. Je suis ici pour une histoire d'attaque d'animaux.

— Ah oui ? Vous m'inquiétez, nous devons faire une marche dans le parc national Corbett.

— Effectivement, ce n'est pas la bonne période ni le bon endroit. D'après mes informations, des attaques de tigres ont eu lieu vers Dudhwu. Mais ce qui m'inquiète, c'est que des ours à collier et des léopards ont aussi attaqué des villageois dans la zone de Gangotri.

— C'est où ça ?

— Près de la dernière des quatre sources du Gange.

— Mais je suppose que vous n'êtes pas ici pour quelques attaques de villageois, non ?

— Effectivement. J'enquête ici depuis deux mois, mais ma piste va beaucoup plus loin. Une histoire de vol de cadavres.

— Où ça ?

— À Moscou. J'ai passé quatre mois là-bas à remonter la filière, au début je croyais que c'était la mafia, mais en fait je suis tombée sur une sorte de réseau alimentaire parallèle et… Hey ! Je ne peux pas tout vous dire, je n'ai même pas encore publié cet article ! Vous n'êtes pas journaliste au moins ?

Elle eut un rire forcé.

— Non, vous bossez…

— Dans l'ameublement. Et donc, vous allez…

— Dans le même coin que vous dans les prochains jours.

Ils s'observèrent avec méfiance et décidèrent, chacun de leur côté, qu'il valait mieux en rester là.

— Alors je vous souhaite de trouver ce que vous cherchez. Merci pour le verre.

— Oh, mais non, merci à vous.

Tenez ma carte, mon numéro perso est au dos. Merci encore pour…

— Pour le poivrot ? C'est rien. Au revoir, Jane Marsh, journaliste d'investigation, dit-il en s'éloignant sans se retourner.

Il était déjà loin quand la jeune femme sortit son calepin pour noter : « Bob Pearce, ameublement, trek d'entreprise, à creuser. » Souligné deux fois.

Raven, quant à lui, avait déjà décroché son téléphone et ordonnait Polson d'écourter sa fiesta et de se radiner vite fait au QG. Celui-ci s'exécuta sans enthousiasme, laissant ses « collègues » à leur billard. Le débrief ne fut pas long et, aussitôt après avoir congédié la sentinelle, Polson lança les recherches en connectant son ordinateur au réseau sécurisé.

Rien.

22 décembre 2000, 18 h 30, domicile de Kate Gordon, Saint-Louis, Missouri, États-Unis d'Amérique

Kate raccrocha, sonnée. Alors qu'elle se battait depuis des jours avec la banque pour récupérer l'argent de l'assurance vie d'Adam, un employé venait de lui annoncer que la situation était réglée. Quand elle demanda comment ce miracle avait pu advenir et qui elle devait remercier, l'homme lui répondit que l'ordre venait directement de son P-DG. Il précisa :

— Je ne sais pas qui sont vos amis mais ils sont convaincants.

Il présenta ses plus plates excuses pour le retard pris par le dossier puis, il la remercia pour sa patience. Pour finir, il la salua avec une chaleur obséquieuse.

Assise dans son canapé, Kate alluma son ordinateur portable pour vérifier qu'elle ne rêvait pas. Son compte courant affichait la somme de 1 502 496,78 dollars. Elle se couvrit le visage de ses mains et embrassa les manches du pull de coton beige d'Adam. Elle prononça le montant à haute voix, à la fois soulagée et submergée par la mélancolie. Aucune somme ne lui ramènerait son mari et sa fille, certes, mais à présent, elle commençait à nourrir l'espoir d'utiliser cette fortune inattendue pour les venger. Elle ignorait encore comment, mais l'idée l'aidait à tenir. Demain, elle reprendrait le travail, elle ferait comme si rien ne s'était passé mais ouvrirait les yeux et les oreilles comme jamais en attendant un signe de son mystérieux ange gardien.

Ses idées en étaient là quand la sonnerie du téléphone sécurisé la fit bondir.

— C'est Abraham. Bonsoir, Eve.

— Bonsoir !

Kate sentit les battements de son cœur s'accélérer.

— Que me vaut votre appel ?

— Vous venez d'en recevoir un, n'est-ce pas ?

— Comment le savez-vous ?

— Allons… Qui sont « vos amis » si « convaincants » d'après vous ?

Kate se rassit et laissa Abraham poursuivre d'un ton sec :

— Qu'allez-vous faire de cet argent ? Une idée ?

— Oui. Mais seule, je ne peux pas la mener à bien.

— Nous vous devons bien ça.

— Pourquoi ?

— Les questions attendront. Mettez de la musique, sortez par la porte de la cuisine, marchez tout droit dans les bois pendant cinq minutes. Je vous attends.

Abraham raccrocha et, sans réfléchir, Kate enfila bottes et manteau, alluma la télévision puis sortit, sans le savoir, par le chemin qu'avaient emprunté les assassins de Lisa et Adam. Elle marcha aussi droit qu'elle le put dans le froid et la pénombre, consultant l'heure sur l'écran de son téléphone portable. Cinq minutes. Elle chuchota le prénom Abraham. En dehors de sa voix étouffée, pas un bruit ne lui parvint. Elle se remit en marche dans le silence des bois. Alors qu'elle s'apprêtait à rebrousser chemin, certaine de s'être fait purement et simplement manipuler, Abraham apparut au détour d'un tronc. Il coupa court aux politesses et lui tendit une cagoule en tissu épais, dépourvue d'orifices. La voyant hésiter devant ce procédé aux relents de guerre froide, il fit mine de partir.

— Non, restez ! Je vous obéis. Je ne pose pas de questions. Je ferai ce que vous voudrez.

Elle enfila le masque et il l'attrapa par la taille pour la guider. Abraham marchait lentement mais Kate sentait des branches lui fouetter le visage et elle trébucha à plusieurs reprises. Ce calvaire dura quelques minutes qui lui parurent une éternité, durant lesquelles elle écoutait les bruits ambiants et tentait, en vain, de retenir les directions. Désorientée et regrettant déjà de s'être engagée dans un tel pétrin, elle entendit soudain une voiture.

— Où m'emmenez-vous ? Je n'ai pas fermé la maison, tout est allumé…

— Taisez-vous et soyez rassurée. Quelqu'un surveille votre maison. Tout ira bien.

Elle sentit une piqûre dans le cou et le vide l'envahit sans lui laisser le temps de réagir.

***

Kate s'éveilla dans le noir complet, avec la bouche pâteuse et un terrible mal au crâne. À tâtons, elle sentit le métal de la chaise sur laquelle elle était assise et, devant elle, une table. Après quelques secondes, il lui sembla percevoir de la lumière sur sa gauche. Elle se décida à ôter la cagoule.

— Bonjour, Kate, ou devrais-je dire Eve, même si vous n'êtes pas encore des nôtres. Désolé pour la mise en scène, mais nous avons tendance à être un peu, comment dire ? Paranoïaques. Vous conviendrez que l'évolution de la technologie nous donne plutôt raison.

Ses yeux avaient du mal à s'accommoder à la lumière aveuglante du projecteur braquée dans sa direction. Il fallut que l'homme se déplace et s'asseye en face d'elle pour que Kate réalise, à sa grande surprise, qu'il s'agissait de Peter Swanson, le fondateur de MicroWare, qui détenait un quasi-monopole sur les *softwares* informatiques du globe.

Le deuxième homme d'affaires le plus riche du monde reprit très calmement :

— Rassurez-vous, madame, nous sommes entre gens de bonne compagnie. Enfin… je crois. Nous n'avons pas l'habitude d'inviter chez nous des étrangers. Nous faisons en quelque sorte une exception pour vous. Il est vrai que nous vous connaissons un peu, vous et feu votre époux… Mais avant d'entrer dans le vif du sujet, avez-vous apprécié notre cadeau de Noël ?

— Le règlement de l'assurance vie ? Oui, merci. Une simple formalité pour « vous », je suppose…

— Les amis de mes amis sont mes amis, comme on dit… Que comptez-vous faire de cet argent ? Suivre les directives de votre époux ?

— Je ne comprends pas…

— Mais si, vous comprenez. Quitter le pays, changer de vie…

— Non. Abraham m'a dit…

— Que vous pourriez venger vos morts ?

Il la provoquait, mais elle joua franc-jeu.

— C'est ce que je compte faire. Même si je ne sais pas encore comment pour l'instant.

— Notre organisation pourra vous y aider… si vous nous rejoignez.

Swanson marqua un temps d'arrêt pour regarder derrière lui.

— Votre position et votre détermination pourraient nous être utiles.

— Vous œuvrez pour la bonne cause ?

La question parut amuser Swanson. Kate le regarda sans ciller et rectifia :

— Il n'y a pas de bonne cause, c'est entendu.

— Soyons clairs. Notre « cause », comme vous l'appelez, est au-delà du bien et du mal. Mais si c'est ce que vous voulez savoir, aucun innocent ne prendra une balle dans la tête. Votre mari a voulu faire cavalier seul, nous n'avons pas eu le temps d'intervenir avant le drame. Nous ne pouvons maintenant que déplorer cette perte immense.

— Êtes-vous en train de me dire qu'il faisait partie de votre groupe ?

— Non, mais il s'en est fallu de peu. Nous le regrettons, mais peut-être que vous…

— Vous aurez mon âme s'il vous la faut, tant que j'obtiens ce que je veux.

— Un dévouement inconditionnel, une fidélité absolue, et bien sûr une capacité sans faille à garder un secret suffiront. Pour le reste, Dieu jugera nos actions. Vous êtes croyante ?

Kate hocha la tête et Swanson se retourna une nouvelle fois. Une silhouette tendit un dossier.

— Ce que vous vouliez, madame.

Les photos nocturnes de sa maison se succédaient sous les doigts de Kate, qui ne savait plus quoi penser. Alors elle les vit. Nets, saisis sur le vif, deux hommes cagoulés s'enfuyant de chez elle. Elle se força à ne pas détourner les yeux et contint les larmes de rage qui montaient.

— Je vous présente Wladimir Couroujev, à gauche, et Igor Kovatch, à droite, membres de la mafia russe et tueurs à gages. Le premier est chez nous avec un visa de tourisme, la famille du second vit ici depuis trois générations, il parle sans accent. Tournez encore. Lui, c'est le sénateur Baum…

— L'homme dont Abraham m'a parlé, celui qui touche des pots-de-vin de Masanta.

— En personne. Un politique véreux qui vendrait sa mère pour des cigares cubains. Il a commandité les meurtres pour étouffer un scandale qui aurait pu éclabousser sa belle réputation. Ce n'est pas la première fois… Il paie une « chef de la sécurité », Vicky Garf – photo suivante –, pour effacer toutes les traces derrière lui. C'est elle qui a engagé les mafieux. Voilà. Votre première doléance est satisfaite, vous connaissez les assassins. Quant à la seconde, je serai honnête avec vous, nous nous ferons une joie de vous livrer sur un plateau les deux Russes, mais Baum et Garf, ce sera pour plus tard. Peut-être.

— Intouchables ?

Swanson se pencha vers elle comme pour lui confier un secret.

— Personne ne l'est, pas même nous. Mais c'est juste une question de temps et de circonstances qui ne sont pas encore favorables. Cela vous convient-il ?

— Je crois que oui.

— À ce stade, nous avons besoin de certitudes.

Kate s'accorda quelques secondes de réflexion. Il s'agissait de sceller son avenir, pas d'un camp de vacances ou un club de crochet qui demandait une adhésion à l'année.

— Je vous suis.

— Vous allez donc prêter serment d'allégeance. Mais avant cela, vous devez avoir conscience que devenir une de nos sœurs signifie protéger nos secrets jusqu'à la mort. Il n'y aura pas de passe-droit ni d'échappatoire.

— Vous avez ma parole. De toute façon, c'est tout ce qu'il me reste.

Swanson se leva et se tourna de nouveau, mais cette fois pour appeler un groupe de personnes restées jusque-là dans l'ombre du projecteur qui aveuglait Kate.

— Frères et sœurs de B, rejoignez-moi et accueillez notre sœur Eve qui a souffert par l'humanité et qui réclame notre protection.

La lampe s'éteignit et cinq personnes en robe de bure s'avancèrent. Parmi elles, des visages connus, très connus même. Des patrons, des capitaines d'industrie, que Kate tâcha d'identifier en hâte.

La seule femme du groupe, une blonde au teint pâle d'un certain âge, s'approcha de la nouvelle recrue, et lui posa une main sur l'épaule. Il s'agissait du Pr Elizabeth Carlson, une chercheuse renommée, dont le visage parut familier à Kate sans qu'elle puisse y associer un nom.

— Sois la bienvenue, sœur Eve, je suis la sœur Betty. Nous nous sommes croisées il y a quelques années, lors d'une remise de prix scientifique. Nous étions à la même table, avec ton mari. Mes sincères condoléances. Si nous avions pu faire quelque chose, sois certaine que nous l'aurions fait. Enfin… c'est ainsi.

Elle semblait sincèrement peinée.

— Voici le frère Bernard, il est français, enchaîna-t-elle… Nous n'avons pas le droit de le préciser normalement…

— Ce n'est pas grave, je le savais, répondit Kate.

— J'en suis flatté, madame, fit-il en inclinant la tête, mais nous n'avons pas le droit de parler de notre vie civile ici. Enchanté de vous compter parmi nous. Une présence féminine de plus sera la bienvenue, croyez-moi.

Le ton de frère Bernard, un économiste plutôt médiatique, mieux connu sous le nom de Robert Falachon, était courtois et même chaleureux, mais l'échange s'arrêta là. Un Asiatique, que Kate se souvenait avoir vu à la télévision, se présenta :

— Bonsoir, sœur Eve, je suis le frère Calvin.

L'homme se nommait Tatsuo Tanaka et était un milliardaire, actionnaire majoritaire, entre autres, de la société Matsuyama.

Sœur Betty désigna enfin un homme d'origine indienne qui se tenait un peu à l'écart et ne semblait pas partager leur enthousiasme. Elle prit Kate par le bras :

— Je vous présente le premier d'entre nous : frère Pierre.

Elle dit cela avec tout le respect qui semblait dû à l'homme approchant la soixantaine, dont le charisme indéniable était accentué par une abondante chevelure poivre et sel coiffée en arrière, ainsi qu'un collier de barbe et une moustache soignés.

— Betty, votre impatience n'est toujours pas guérie, dit, avec une douceur mêlée de fermeté, celui qu'on appelait le « docteur Indivar Suresh » dans le civil. Madame ne sera des nôtres que lorsqu'elle aura prêté serment. Vous tous ici avez insisté pour déroger à nos règles, vous vous présentez inconsidérément et vous espérez que j'approuve cela ?

Il fit signe à Kate de patienter.

— Mais il est vrai que je suis un brin paranoïaque, comme le disent mes confrères, même si je préfère me qualifier de prudent. Vous pouvez parler.

— J'ai été amenée ici dans des conditions qui ressemblaient fortement à celles d'un kidnapping. Et il me semble que j'ai droit à des explications. Je me suis laissé faire parce qu'on m'a promis deux choses. Vous devez savoir lesquelles puisque vous me surveillez, moi et ma famille, depuis des mois. J'ai promis mon allégeance sans savoir dans quoi je mettais les pieds, mais je n'ai qu'une parole. Reste maintenant à savoir si vous aussi.

— Vous avez terminé ?

— Je crois, oui.

— D'abord je vous demande de nous excuser pour ces précautions, mais le secret nous est vital. Ensuite, sachez que même si je comprends au fond de moi le désir de vengeance qui vous anime, celui-ci est très éloigné de nos aspirations. Néanmoins, je suis prêt à admettre que ce moteur peut les servir.

L'Indien réfléchit quelques secondes.

— Je ne peux espérer qu'une chose, c'est que le moment venu, votre soif de vengeance sera étanchée et que vous pourrez nous appuyer dans notre démarche.

— Démarche et aspirations qui sont ?

— Secrètes, tant que vous n'avez pas prêté serment. Et puisque c'est ce que vous voulez, nous allons maintenant procéder au rituel.

Kate, qui tentait de masquer son incrédulité, regarda « Pierre » s'approcher d'« Abraham » et lui souffler quelques mots à l'oreille :

— Abraham, est-ce bien raisonnable ?

— Pierre, vous le savez, elle peut nous être utile. Et puis elle est ici, elle a vu nos visages, nous ne pouvons plus reculer.

— Oui, mais je crains qu'une fois sa vengeance assouvie, elle ne devienne une menace.

— Une menace, cela s'élimine.

— Les autres ont la foi. Elle… Mais vous avez raison, Abraham, procédons.

Ils firent signe aux autres, qui les suivirent vers une petite pièce où Kate remarqua des pigeons qui roucoulaient sur les poutres en acier. L'endroit était vide et froid. Seules deux rangées de lampes métalliques pendaient à un fil.

Swanson tapota sur le clavier d'un ordinateur et affirma qu'ils étaient toujours en sécurité.

Kate ne savait plus si elle se trouvait sur le tournage d'un film ou dans un asile de fous, mais elle revêtit la robe que lui tendait Elizabeth Carlson, qui alla rejoindre les autres et présenta comme eux ses paumes vers le ciel, bras écartés. Pierre prit la parole :

— Frères et sœur, par votre volonté commune et d'une voix unique, nous avons souhaité accueillir en notre sein Kate. Vous avez accepté son passé et sa volonté, nous acceptons de la protéger comme on protège un membre de sa famille. Par cette cérémonie, Kate deviendra Eve, une sœur qui nous restera indéfectible tant en actes qu'en paroles. Kate, acceptez-vous la mission qui vous est confiée de protéger la planète de la menace humaine ?

Kate parvint à grand-peine à ne rien laisser paraître de sa surprise. Tout ce cirque pour occuper une bande de milliardaires écologistes ? Incrédule mais soulagée, elle répondit d'une voix ferme :

— Oui, je l'accepte.

— Acceptez-vous le sacrifice qui en découlera ?

— Oui, je l'accepte.

— Jurez-vous d'emporter dans la tombe le secret de vos frères et sœur ici présents ?

— Oui, je le jure.

— Eve, êtes-vous prête à mourir pour défendre la cause de Biocalypse ?

Kate sursauta et se reprit.

— Oui, j'y suis prête.

Abraham sortit un long couteau ancien sous la lumière d'une torche portée par « frère Bernard », et qui semblait tout droit sortie d'un château fort.

— Le feu purifie l'âme.

Abraham plaça la lame quelques secondes sur la flamme.

— La lumière nous montre la voie.

Abraham tendit la dague vers une des lampes, faute de mieux.

— L'air clarifie notre vision. La terre emporte nos secrets.

Abraham fit tournoyer la lame et l'abaissa d'un coup, pointe vers le sol. Bernard frappa le haut de la torche sur le plancher, ce qui eut pour effet de l'éteindre et de répandre des cendres jusqu'aux pieds de Kate, qui recula d'un pas.

— Répète ces quatre phrases et engage-toi dans la lutte en jurant fidélité à Biocalypse, sœur Eve !

Kate s'exécuta. Elle avait à peine fini qu'Abraham saisissait sa main droite et lui entaillait le majeur. Elle eut un réflexe de retrait mais la prise était ferme. Falachon approcha une coupelle dorée et recueillit son sang.

Le cœur battant, Kate observa « Bernard » montrer à chacun le contenu du récipient. Puis, accompagné de « Pierre », il ouvrit le couvercle d'un boîtier métallique accolé à un ordinateur et y versa précautionneusement une grosse goutte de sang. Ils refermèrent l'objet et tout le monde attendit en silence qu'il se passe quelque chose qui échappait à Kate. Deux minutes passèrent puis Pierre se retourna et déclara :

— C'est fait, l'hydre a toutes ses têtes. Réjouissons-nous.

Quelques applaudissements résonnèrent dans la pièce vide et Kate reçut les félicitations de chacun.

— Ils ont testé ton sang contre les biomarqueurs, des mouchards radioactifs, et ils l'ont enregistré, lui glissa Elizabeth Carlson. En cas de doute sur un frère ou une sœur, n'importe lequel d'entre nous peut demander le test du sang.

Kate acquiesça, dubitative, mais « sœur Betty » s'en contenta.

— Bientôt, quand tu seras initiée et quand tu connaîtras nos projets, tu comprendras pourquoi nous devons prendre toutes ces précautions. Mais maintenant, tu vas nous quitter pour accomplir tes projets. Abraham t'aidera et te protégera.

— De qui ?

— À ton avis ? Ceux qui ont assassiné ta famille n'en resteront pas là.

— Je ne leur en laisserai pas le temps.

***

Abraham raccompagna Kate chez elle et la rassura sur les moyens qu'il mettrait à sa disposition. Il ajouta que ce qu'elle avait vu était un folklore nécessaire, mais qui était loin de représenter réellement l'essence de l'organisation qu'ils mettaient en place depuis quelques mois.

Kate voulut en savoir plus.

— Pierre est le premier, c'est un médecin qui m'a sauvé la vie lors d'une opération secrète de la CIA en Inde contre une rébellion paysanne qui nuisait aux intérêts de la nation.

— En clair ?

— Les paysans refusaient d'acheter des semences. Et j'ai été blessé et laissé pour mort par mes hommes. Pierre m'a recueilli, a soigné mon corps et s'est occupé de mon esprit.

— Qu'en est-il sorti ?

— Que je défendais des crapules qui n'ont qu'un objectif : s'enrichir quelles que soient les conséquences… Et que cette course au profit va finir par détruire le seul habitat dont dispose l'humanité.

— C'est une sorte de gourou de l'apocalypse ?

— Pas du tout, mais c'est un paradoxe : sa religion prône la vie mais sa raison sait que des sacrifices sont nécessaires.

— En somme, sa devise c'est « je décide qui doit vivre ou mourir » ?

— Il ne se prend pas pour Dieu, si c'est ça que vous insinuez. Même si j'admets que sa vision cartésienne du monde peut paraître abrupte.

— C'est le moins qu'on puisse dire.

— Mais réfléchissez en oubliant votre cadre de valeurs actuel. Pensez à Masanta, pensez aux exploitants du nucléaire. Pensez aux conséquences des actes de ceux qui, par leur volonté insatiable de profit, polluent la planète, détruisent ses ressources, hypothèquent la santé des peuples. Pensez, sœur Eve, au passif que les trois dernières générations laisseront aux suivantes. Pensez aussi que nous sommes plus de six milliards et que les chiffres augmenteront, si nous ne faisons rien, d'un tiers d'ici 2050, selon des prévisions scientifiques raisonnables. Notre mission principale, Eve, est donc de convertir le plus de gens possible à un mode de vie qui empêche la catastrophe qui vient.

— Et ceux qui ne veulent pas entendre le message ?

— S'ils ne sont pas un danger pour la biodiversité ou pour l'environnement, nous nous contenterons de freiner leur progression, s'ils sont nuisibles…

— Vous agirez.

— Nous agirons.

Le « nous » fit à Kate l'effet d'un électrochoc. Cette aventure dans laquelle elle était engagée comme les autres commençait à trouver un écho positif dans son esprit.

— Oui, nous agirons. Mais avec quels moyens ?

— Illimités au niveau financier. Pour le reste, dans la limite de ce que la nature peut supporter sans dommages majeurs.

— Donc pas d'armes nucléaires ni biochimiques, tout dans le feutré ?

— Nous ne sommes pas opposés aux secondes tant que l'environnement n'en souffre pas. Quant au « feutré », comme vous dites, c'est la condition primordiale pour protéger nos intérêts. Je serai là pour faire écran, dans la mesure de mes possibilités… Donc, prudence et discrétion.

Kate commençait à comprendre dans quoi elle avait mis les pieds. Elle attendait, avec appréhension à présent, de prendre connaissance de la première mission que la confrérie allait lui confier.

— J'imagine que B est l'initiale que vous utilisez pour les lieux non sécurisés et que vous gardez le nom complet pour les lieux sûrs… Au fait, avez-vous une carte de visite ? Je veux dire une signature, qui permette de vous identifier et de revendiquer vos actions ?

— C'est à creuser. Nous en parlerons lors de notre prochaine réunion à Paris.

— Quand ?

— Vous le saurez en temps et en heure. Comme les autres.

Abraham marqua une pause en regardant par la vitre puis conclut :

— Eve, nous sommes arrivés.

— Où sommes-nous ?

— En ville, vous prendrez un taxi. Simple précaution, au cas où les hommes de Masanta, qui surveillent votre maison, se seraient rendu compte de votre virée nocturne. Demandez au chauffeur de s'arrêter bien avant chez vous, et rentrez par la forêt.

Abraham la laissa sur le trottoir. Il faisait froid. Kate regarda autour d'elle, les rues étaient désertes et sombres, à l'exception des décorations de Noël qui éclairaient faiblement l'intérieur des appartements. Le clocher d'une église sonna deux coups. Elle attendit là un moment, puis un taxi fit son apparition à l'angle de l'avenue et s'arrêta pile devant elle. Le chauffeur entrouvrit la fenêtre.

— Votre véhicule est avancé, madame.

Elle décida de ne faire aucun commentaire. Après les événements de la nuit, elle avait la sensation que plus rien ne pourrait la surprendre.

— Nous allons à Powders Mill, Wildwood.

15 février 2001, 7 h 30, domicile de Kate Gordon, Saint-Louis, Missouri, États-Unis d'Amérique

Kate finissait de se préparer dans la salle de bains quand le carillon de la porte d'entrée se fit entendre. Elle resserra la ceinture de son tailleur en descendant les escaliers et s'attendit à voir Adam sortir de la cuisine, comme d'habitude, en lui disant de faire attention et qu'il se chargeait d'ouvrir. Elle dut bien vite surmonter sa déception car son visiteur, apparemment pressé, sonna encore deux fois alors qu'elle atteignait le rez-de-chaussée.

Le jeune coursier se fit confirmer qu'elle était bien Kate Gordon et lui remit une enveloppe cachetée de cire. Kate referma la porte et se dirigea vers la cheminée en décachetant le pli. À l'intérieur, quelques mots indiquaient simplement une heure et un lieu de rendez-vous, le jour même. Elle jeta le tout sur les braises avant de les étouffer. Bien consciente de l'absurdité de la situation et étonnée par la facilité avec laquelle elle s'était glissée dans ses nouveaux habits de conspiratrice, elle sortit du coffre une partie des documents confidentiels qu'elle devait remettre à un quasi-inconnu.

À 9 h 30, elle entra dans son bureau du centre-ville, accueillie par Sally, sa secrétaire, qui lui tendit son café du matin en souriant.

— Kate, vous avez un rendez-vous avec le colonel Potter à 16 heures.

— J'ai presque terminé le rapport sur la menace islamiste. Je dois finaliser le PowerPoint pour que tout soit bien clair, notamment la partie sur notre intérêt à soutenir Massoud. J'en ai pour la matinée et même le déjeuner. Ne me calez rien sur ce créneau et s'il y a des choses, annulez.

Sally s'assura que sa patronne n'avait besoin de rien et retourna à son bureau, où le téléphone sonnait. Kate referma sa porte et baissa les stores en tissu beige, en espérant que cela dissuade ses collègues de venir la déranger.

Quand elle releva la tête de son rapport, l'horloge de l'ordinateur indiquait déjà 12 h 30. Elle imprima le document en double exemplaire, en glissa un dans sa serviette et, par mesure de prudence, détruisit dans la broyeuse le même nombre de feuilles.

⁂

13 heures sonnèrent au clocher de la cathédrale Saint-Louis. Kate vit arriver une BMW noire aux vitres teintées qui s'arrêta devant elle, le long du parvis. La portière arrière s'entrouvrit. « Eve » se glissa dans la berline où frère Bernard l'attendait. Il lui serra la main, de cette manière particulière qu'on lui avait enseignée, en recouvrant la main droite de la gauche.

La voiture redémarra et circula au hasard des rues. Une vitre les séparait du chauffeur, insonorisant l'arrière du véhicule.

— Sœur Eve, ravi de vous revoir. Nous allons continuer à rouler car il est très difficile d'écouter une conversation dans un véhicule en mouvement. Personne ne vous a suivie ?

— Pas que je sache. Et le chauffeur ?

— Un des nôtres, Selvester.

— Curieux nom.

— C'est un code. Sylvester avec le « y » remplacé par le « e » d'« États-Unis ». Un nom des *Looney Tunes* et une lettre changée pour la nationalité. Un code qui peut connaître de légères variations suivant les personnages. C'est une invention de frère Korny pour nous reconnaître…

Kate garda pour elle ses réflexions sur cette nouvelle idée qu'elle jugeait ridicule, et marmonna quelque chose sur les dessins animés de sa fille qu'elle devrait apparemment étudier.

— Très bien. Alors, Eve, vos recherches ont-elles avancé ?

Elle tendit un épais dossier.

— Voici les documents, tous classés top secret. Pour résumer, les États-Unis sont face à l'alternative suivante : soit ils laissent le milieu islamiste se développer sans intervenir, soit ils décident de le considérer comme une menace et ils tentent de l'éradiquer avant qu'elle ne prenne de l'ampleur.

— Et, dans la seconde hypothèse, cette menace porte un nom ?

— Al-Qaida. Il s'agit d'une organisation que l'on peut qualifier de « naissante », de par sa faible activité jusqu'à maintenant. Son chef est Oussama Ben Laden.

— De la famille saoudienne du groupe de construction ?

— Précisément. Mais ce qu'il faut savoir, c'est qu'il a été formé dans les années 1980, aux côtés des moudjahidin, par la CIA et les services de renseignements français. À l'époque, cela arrangeait tout le monde, quand l'ennemi était à l'Est. Autrement dit, c'est un pur produit de l'Agence.

— Ce n'est pas le premier venu.

— C'est le moins que l'on puisse dire. Il est charismatique, organisé, riche et déterminé, ce qui le rend particulièrement dangereux. Sur cet échiquier explosif, un seul homme semble à même de lutter contre son ascension : Massoud. C'est le commandant de l'alliance du Nord afghane, un islamiste modéré, qui a été chassé de son gouvernement par les fondamentalistes.

— Les fameux talibans ?

— Oui. Ils sont au pouvoir depuis 1996, avec l'appui du Pakistan, sous le contrôle du mollah Omar, un intégriste. Massoud continue à lutter contre leur dictature mais il a perdu peu à peu le soutien des Saoudiens. Il réclame notre aide logistique et militaire depuis longtemps, dans l'indifférence générale. Comme si on attendait qu'un drame se produise. Le problème, c'est que ce Ben Laden a l'envergure qu'il faut pour provoquer le drame en question et qu'il ne cache pas son hostilité à l'égard des États-Unis, autant dire de l'Occident tout entier.

— Cela en fait un excellent pion pour nous. On peut le contacter ?

— Certainement. Mais de là à ce qu'il réponde…

— Nous ferons en sorte de le convaincre. Au fait, vous allez faire le même topo au colonel Potter ?

— Comment le savez-vous ?

— Voyons, Eve…

— J'oubliais… À propos, avez-vous trouvé des gens pour moi ?

— Les meilleurs. Deux anciens militaires prêts à faire le sale boulot si c'est pour la bonne cause. Tenez.

Il tendit à Kate un téléphone.

— Le code PIN est onze vingt.

— La date du meurtre, très fin…

— Certes, mais il fallait que vous le reteniez. L'appareil et les numéros préenregistrés sont sécurisés. Vous fixez un rendez-vous demain soir. Ces hommes sont sur place, à Baltimore, il vous suffit de prétexter un voyage à

Washington. La balle est dans votre camp, nous comptons sur votre prudence et votre discrétion.

— J'ai compris le concept.

Le chauffeur leur signifia en tapant sur la vitre qu'ils étaient presque revenus à leur point de départ.

— Et en Afrique du Nord ? Vous nous avez trouvé des contacts ?

— Rien de convaincant. Je pense qu'il faut se concentrer sur l'Afghanistan et la Syrie, il faudra bien dix ans avant que le Maroc ou l'Algérie ne soient prêts, en Tunisie par contre, selon les informations des agences de renseignements, il existe quelques cellules, rien de très organisé pour l'instant.

— Sœur Eve, ce fut un plaisir. Nous allons étudier tous ces documents et prendre en compte votre avis. Pour l'heure, je vous souhaite bonne chance.

Kate acquiesça et sortit du véhicule le plus naturellement possible.

17 février 2001, 15 h 12, parc Wilson and Etting, Baltimore, Maryland, États-Unis d'Amérique

Dans une allée anonyme d'un parc triste où ne passaient que quelques joggers, Kate, manteau noir et foulard sur la tête, discutait avec deux bruns costauds à la large mâchoire, qui se ressemblaient beaucoup et ne cessaient de jeter des regards furtifs autour d'eux. Le plus jeune arborait une cicatrice qui formait comme une flèche sur son menton, mais à ce détail près, c'étaient de vrais clones. Ils étaient tous deux vêtus comme des ouvriers du bâtiment, avec Bombers et chaussures de chantier, et se présentèrent brièvement. Kate, quant à elle, dissimulait le bas de son visage sous un large col et se présenta en disant juste « Madame ».

— Steve, Owen, que ce soit clair, je veux leur parler avant que vous ne leur régliez leur compte.

— Entendu. Nous leur avons fixé un rendez-vous à 22 h 30 dans une rue isolée. Ils monteront dans un véhicule aux vitres renforcées. Non seulement elles sont pratiquement incassables, mais en plus vous pourrez même les voir cramer. On se retrouve ici une demi-heure avant.

⁂

22 heures.

Kate ne put avaler quoi que ce soit ce soir-là, l'estomac retourné par un mélange de haine et de culpabilité. Le taxi la déposa devant l'entrée du parc et s'en fut, aussitôt remplacé par une Toyota. La portière arrière s'ouvrit.

— On a failli attendre.

— Il est 22 h 02.

— On a un timing à respecter.

— Alors roulez !

Ils arrivèrent tout de même au lieu de rendez-vous avec dix minutes d'avance et les hommes désignèrent à Kate un renfoncement où elle pourrait se cacher. Les minutes s'égrainèrent lentement, Kate sentait l'adrénaline monter en elle, en même temps que des sentiments contradictoires. Mais chaque fois, ses pensées revenaient sur la raison de sa présence dans cette rue sombre. Elle se sentait plus déterminée que jamais à faire payer les assassins d'Adam et de Lisa, quand ceux-ci arrivèrent finalement à pied, avec cinq minutes de retard.

Steve et Owen les fouillèrent soigneusement et les autres exigèrent d'en faire autant, pendant que Kate priait pour qu'ils n'aient pas d'armes. Elle admira le professionnalisme de ses hommes quand elle vit les mafieux monter, de leur plein gré, dans la voiture, un devant, un derrière.

À peine les Russes installés, Steve sortit l'arme qu'il avait dissimulée derrière une poubelle et coupa court aux protestations en leur ordonnant de rester assis. Il appuya sur une télécommande qui verrouilla les portes et fit signe à Kate de prendre son téléphone. La tonalité se fit entendre, et le bruit des poings des Russes qui tambourinaient sur les vitres cessa soudain. Une voix répondit :

— Mais merde ! Qu'est-ce que c'est que ce bordel ?

— Pas terrible, votre accent, Wladimir Couroujev.

— Comment vous connaissez mon nom ?

— Dites-moi plutôt comment ça va, Igor ?

— *Suka ! Menya eto zaebalo Igor !*

— Je ne parle pas russe, mais *suka*, je sais que ça veut dire « merde ». Maintenant, vous allez être assez aimables pour me dire, en anglais, si vous vous rappelez où vous étiez dans la nuit du 20 au 21 novembre.

— J'en sais rien et je m'en fous ! Putain, laisse-moi sortir ou je te crève !

Kate s'avança vers le véhicule, seule, et se posta devant la vitre de la voiture. Elle abaissa son col et remonta son foulard sur ses cheveux, ce qui provoqua un redoublement de violence à l'intérieur du véhicule. Soudain, Wladimir se figea et dit quelque chose à Igor, que Kate ne put entendre mais qui sembla le paralyser. Devant eux se tenait la femme dont on leur avait montré la photo quelques semaines plus tôt.

— Je crois que vous avez compris. C'est de la part d'Adam et Lisa.

Kate raccrocha. Elle se couvrit de nouveau le visage avant de tourner la tête.

— Qu'est-ce que je fais maintenant ?

— Vous reculez de quelques mètres et vous appuyez sur le bouton de gauche. Vous êtes toujours certaine de vouloir le faire ?

— Reculez, dit-elle d'un ton ferme.

Lorsqu'ils se furent exécutés, Kate actionna la télécommande. Dans le véhicule, une explosion retentit et le feu envahit presque instantanément l'habitacle. Kate regarda les flammes sortir par le pare-brise éventré. Durant trois secondes, on entendit des cris d'horreur, puis le silence revint, à peine troublé par le crépitement des flammes. Les hommes avaient brûlé vifs sous ses yeux. Le malaise le disputant au soulagement, elle préféra détourner le regard. Owen lui empoigna le bras et tenta sans succès de l'emmener loin de ce sinistre spectacle.

— Vous avez eu votre vengeance. Tournez la page.

— Ils sont morts, mais croyez-moi, ce n'est pas fini. Que trouvera la police sur les lieux ?

— Un tas de cendres qu'ils ne pourront pas identifier.

— Pourquoi ?

— Parce qu'il faisait plus de mille degrés Celsius dans cette voiture, et qu'à cette température, même les dents disparaissent, répondit Steve.

— Et le dispositif ?

— Construit par mes soins, avec des produits de supermarché, intraçables.

Owen répéta :

— C'est fini.

— Non, ce n'est pas fini, loin de là. Il m'en manque au moins un, Owen, et il devra payer. Que fait-on maintenant ?

Steve prit la parole pour ne pas perdre de temps :

— Vous jetez votre téléphone et la télécommande dans le feu et vous venez avec nous.

Kate s'exécuta et attendit la suite.

— Ensuite, on se sépare, vous refaites votre vie et vous nous réglez le solde comme convenu. Enfin, nous oublierons que nous nous sommes croisés.

Kate regarda Steve, hésita à lui répondre mais s'abstint. Arrivés au coin d'une rue, elle aperçut une église, les remercia et leur demanda de la laisser là.

Resté seul avec son frère, Owen ôta sa cicatrice.

— Tu sais, Owen, je me demande… Pourquoi c'est toujours sur toi que les femmes craquent ? Pourquoi elles ne me disent jamais merci à moi ?

— Va savoir, Steve… J'ai le charme, toi, les muscles. Je ne sais pas. Demande à papa, il te dira « avant un chef-d'œuvre…

— … faut toujours un brouillon », ouais, je sais ! Allez, dégage ! On va boire un coup, ça sera mieux.

17 septembre 2007, 12 h 47, une rue passante de Saharanpur, Uttar Pradesh, Inde

— On est prêts ? lança Raven à Rajan, le spécialiste des infiltrations longue durée.

Les deux hommes parcouraient les rues de Saharanpur en devisant comme des touristes, appareil photo au cou.

— On peut partir demain. Est-ce que Zack a vérifié les informations d'hier ?

— Il m'a confirmé que les villageois ont vu passer une flopée de camions ces derniers mois sur la route du parc national Corbett. C'est très inhabituel. On n'a pas plus d'informations. Ah, si ! Ils parlent tous de « maisons sur des camions ».

— C'est déjà ça. On peut extrapoler que cela leur sert de labo. D'autres attaques ?

— Affirmatif.

Raven retint brutalement Rajan par le col tandis qu'un véhicule d'un autre âge zigzaguait dangereusement sur la chaussée défoncée.

— Faites gaffe à vos fesses, lieutenant. Alors, ces attaques ?

— Apparemment, les tigres ont fait des émules, fit Rajan en lissant sa chemise. J'ai lu dans le journal local que des ours à collier et des léopards venaient attaquer les humains la nuit. Le plus curieux, c'est que les animaux semblent laisser tranquilles toutes les bestioles environnantes. Alors, je me suis dit que comme ces animaux sévissent entre Haridwar et Rishikesh en ce moment, on pourrait aller jeter un coup d'œil. C'est pratiquement sur notre…

Rajan s'interrompit et fit un signe discret à Raven :

— Colonel, une civile semble s'intéresser à la planque.

— Je m'en charge. Vous, vérifiez ce tas de boue.

Il désigna un véhicule garé de travers sur sa gauche.

— Ensuite, faites le tour et donnez l'ordre à tout le monde de se préparer et d'effacer toute trace de notre passage. Nous partons demain matin.

— À vos ordres, mon colonel.

Rajan s'éloigna par une rue adjacente tandis que Raven s'approchait de la fouineuse.

— Mademoiselle Marsh !

— Monsieur Pearce, vous m'avez fait peur !

— À ce point ? Je croyais les journalistes plus intrépides… Que faites-vous dans le coin ?

— Et vous ?

— Mon boulot : je recherche des usines encore en activité.

— Pour votre entreprise…

— Woodgift. Et donc ?

— Moi ? Je vous cherchais et je me suis dit qu'en tournant autour des scieries…

— … vous me trouveriez.

— C'est ça.

— Celle-là a l'air désaffectée.

— Oui, c'est vrai. Mais il y a des traces de pneus récentes au niveau du portail…

— Vous feriez une bonne pisteuse.

— Vous avez mangé ?

— Oui, mais vous pouvez toujours m'offrir le café.

Jane les conduisit au bar où ils s'étaient rencontrés, racontant quelques platitudes sur le trajet afin d'amadouer Raven. Quand ils furent arrivés, elle passa la commande sans lui demander son avis.

— Vous savez, après notre rencontre, j'ai fait quelques recherches sur vous.

— C'est trop d'honneur. Et ?

— Et je crois que vous n'êtes pas celui que vous prétendez être.

— Et on peut savoir d'où vous sortez ça ? Google ?

— Pour commencer, oui. Mais c'était facile, bien trop facile. Au passage, vous avez un joli site, qui annonce même votre voyage, c'est trop mignon. Alors j'ai poussé mes recherches un peu plus loin. Mais je vous rassure, je n'ai pas eu besoin de trop me fatiguer, quelques coups de fil ont suffi pour m'assurer que l'entreprise à laquelle vous dites appartenir n'existe que sur Internet. Il n'y a personne à l'adresse indiquée. Alors comme ça, quand vous partez en excursion, vous emportez tout ? Même les meubles ? Je continue ?

Raven porta la main à son holster par réflexe. Mais c'était moins à elle qu'il en voulait qu'à Polson, qui avait bâclé leur couverture. Après tout, cette fille ne faisait que son job, même s'il consistait à remuer la merde.

— Vous ne dites rien ?

— Que voulez-vous que je vous dise ?

— Je ne sais pas. Qui vous êtes en réalité, par exemple.

— J'ai moi aussi fait mes recherches. Vous êtes journaliste au *New York Times* depuis le 25 novembre 2000. Vous avez bénéficié d'une « promotion express », vous étiez très jeune, à peine sortie de l'école. Un poste décroché « grâce » au suicide d'une collègue. Certains disent de vous que vous avez quelque chose à vous prouver. Vous vivez seule, avec un chat, qui ne vous reconnaît plus parce que vous êtes toujours en vadrouille. Vous aimez le danger mais votre vrai moteur, c'est découvrir la vérité. Je continue ?

— Si ça vous chante.

— Mademoiselle Marsh, nous sommes confrontés à un dilemme.

Jane jugea plus sage de le laisser poursuivre.

— En temps normal, je vous aurais mise hors d'état de nuire.

Il parlait de plus en plus doucement. La jeune femme approcha son visage de celui de Raven et demanda à son tour, d'une voix basse, mais ferme, malgré la tension qui montait :

— Mais vous êtes qui, bon Dieu ? Et vous auriez fait quoi, « en temps normal » ? Vous m'auriez flinguée ?

Raven se pencha à son tour. Ils n'étaient plus qu'à quelques centimètres l'un de l'autre.

— Non, vous êtes citoyenne américaine et surtout innocente. Enfin… jusqu'à preuve du contraire. Je vous aurais renvoyée au pays et fait enfermer quelques jours, jusqu'à ce que j'en aie terminé ici.

Ils reculèrent un peu pour s'observer. Se jauger même.

— C'est charmant !

— Un moindre mal, dirais-je. Mais il se trouve que nous ne sommes pas « en temps normal », alors je vais vous proposer autre chose. Que diriez-vous d'un marché ? Un échange d'infos. Donnant, donnant.

— Pas si je ne sais pas qui vous êtes.

— Tout ce que je peux vous dire, c'est qu'officiellement, je n'existe pas, et qu'officieusement, je fais le sale boulot aux quatre coins du monde. On m'appelle Bob Faust. N'hésitez pas à me googler.

— Comptez sur moi. Et que faites-vous en Inde, « Bob Faust » ?

— Pas avant que nous soyons sur la même longueur d'ondes. Si on veut s'entendre, on devra mettre en place des règles.

— Sans rire ?

— *Je* n'existe pour personne d'autre que vous. *Je* vous appelle. *Je* vous demande des infos, *vous* les partagez avec moi, *vous* restez tranquille et enfin… *je* résous l'enquête.

— Et qu'est-ce que *j'y* gagne, *moi* ?

— Je viens de vous le dire : des infos exclusives sur l'enquête. Mais aussi les photos et les preuves. Et je vous laisse écrire votre papier tant qu'aucun de mes gars n'est nommé ou impliqué, et ça vaut aussi évidemment pour moi.

— Ça paraît honnête. Mais qu'est-ce qui me garantit que vous me dites la vérité et que vous ne me baladerez pas ou ne me jetterez pas à la première occasion ?

— Rien. C'est à prendre ou à laisser.

— Et si je ne prends pas ?

— Alors nous aurons un problème et nous nous trouverons dans la situation que je qualifiais de « normale ».

— Laissez-moi jusqu'à demain pour vérifier tout ça.

— Vous avez jusqu'à cet après-midi, 16 heures. La note, c'est pour moi. On se retrouve donc ici dans…

Il consulta sa montre.

— Deux heures et vingt-trois minutes exactement.

Le colonel se leva et paya au comptoir pour le café qu'il n'avait pas bu.

***

À 16 heures, Raven entra dans le bar et s'assit directement à la table de Jane. Il avait pris soin de faire bosser Polson sur une couverture qui tenait mieux la route face à une fouille-merde. Le seul autre client du bar était Steve, posté à côté d'une fenêtre par précaution. Il était armé et prêt à arrêter la jeune femme s'il le fallait.

— Alors Jane ? Je peux vous appeler Jane ? Qu'avez-vous décidé ?

— J'ai vérifié, Bob. Je peux vous appeler Bob ? Tout ce que vous m'avez raconté semble vrai. Je suis prête à coopérer si vous me dites ce que vous fabriquez ici.

— Donnant, donnant ?

— Donnant, donnant.

— J'enquête en sous-marin sur un trafic d'animaux, de tigres pour être exact, que les Chinois braconnent pour en faire de l'alcool. Cette contrebande finance aussi l'activité des planteurs qui participent ainsi au trafic international de drogue.

— Et où est-ce que j'interviens ?

— Votre enquête sur le trafic de corps humains en Russie, celui qui vous a amenée jusqu'ici, et les attaques de tigres… Nous pensons qu'il y a un lien.

Steve intervint dans l'oreillette : il y avait du mouvement. Raven se pencha et porta discrètement la main à son oreille.

— Quel genre ?

— Du genre « groupe de civils qui vont mettre le bordel en deux minutes ». Je développe ?

— Négatif, répondit sèchement Raven. Jane, nous sortons. Nous discuterons en chemin.

La journaliste, surprise, attrapa son sac et sortit sur les talons de Raven, qui tendit le bras pour écarter les jeunes Anglais qui entraient en chahutant.

Après deux heures de marche, Jane lui avait donné – sans grand entrain, il est vrai – l'emplacement d'un lieu de stockage de corps ainsi que quelques noms. Elle se sentait un peu piégée et espérait qu'elle avait fait le bon choix.

— Merci pour toutes ces informations. Mon unité se charge de les vérifier et de les hiérarchiser.

— Ça veut dire quoi ?

— Qu'à partir de maintenant et pour quelques jours, vous vous tenez à l'écart.

— Comme ça ?

— Comme ça. J'ai votre numéro. Je vous appelle dès que c'est réglé. J'espère que vous ne vous formaliserez pas de quelques arrangements avec la vérité.

— C'est-à-dire ?

— Que nous n'existons pas et qu'en conséquence, toute action devra être attribuée aux autorités locales. Je vous rappelle qu'on parle de sécurité nationale.

— Nous avons un marché, je le respecte.

— Donnant, donnant. Je vous fais confiance.

Raven ne put s'empêcher d'ajouter :

— De toute façon, j'ai les moyens de vérifier. Jane Marsh, rentrez à votre hôtel et soyez sage.

— Oui, papa…

21 janvier 2010, 7 h 30, niveau 9 de l'immeuble Villiers, Levallois-Perret, France

Raven se présentait devant la porte à double battant de bois massif du patron de la DST pour la seconde fois. Elle portait une plaque dorée qui trahissait le sens de l'humour parfaitement mégalomane de Gohode. L'inscription disait : « Votre Dieu ».

— Putains de Français tarés…

Raven frappa.

— Entrez ! Ah ! Colonel Faust… Quel mauvais vent vous amène ?

— Je cherche Pépin. Il est censé être à ma disposition chaque fois que j'en ai besoin et là, personne ne sait où il se trouve. Je me suis dit que…

— Je l'ai envoyé en vacances après votre partie de tir aux pigeons.

— Donc maintenant, je me débrouille tout seul ?

— Surtout pas, je vous ai assigné un agent de la DNAT, la…

— La brigade antiterroriste, je connais. Et je peux savoir pourquoi ?

— Une histoire m'est venue aux oreilles, ironisa-t-il. Une histoire touchante qui raconte comment un grand chevalier venu de l'autre côté de l'océan parcourt le monde pour traquer une vilaine organisation terroriste inconnue des pauvres pays sous-développés des autres continents.

Son sourire disparut.

— Nous aussi, nous avons des services de renseignements efficaces.

— Je ne vois pas de quoi vous parlez.

— Prenez-moi pour un con, Faust, c'est votre droit le plus strict. Jouez-la perso si ça vous chante, mais sachez que nos services se sont mis sur la piste de cet AKKRON qui semble vous tenir tellement à cœur.

Raven eut l'air surpris, ce qui ravit Gohode.

— Et nous aussi, nous avons des gadgets électroniques, nous savons nous servir de caméras et de micros. Juste pour information.

— Je note, fit Raven, impatient. Maintenant, donnez-moi le nom du successeur de Pépin.

***

Cinq jours plus tôt.

Georges Pépin réussit à trouver un chariot libre pour transporter le corps du teufeur jusqu'aux frigos de la morgue. Il eut un mal de chien à le glisser dans un sac noir et à le hisser jusque-là, comme en témoignaient les traces de sang qui maculaient son costume. Avançant en crabe, comme le client malchanceux qui choisit toujours le mauvais Caddie au supermarché, il croisa un ancien collègue des RG qui lui lança, sur un ton triomphant :

— Au fait, le patron veut te voir !

— Et merde !

— Qu'est-ce qui t'arrive ?

— Rien, laisse tomber, je chaperonne GI John, ça va me retomber dessus.

Georges reprit son chemin, traînant son boulet en pestant contre les roues de son maudit chariot et le macchabée qui se trouvait dessus, puis il abandonna la dépouille du dealer au milieu de la pièce sans autre forme de politesse. Il laissa juste un mot sur le sac : « Merci de faire disparaître. Officiellement mort bouffé par son chien. »

Regrettant amèrement d'avoir accepté de chaperonner cet Américain, Georges retourna dans l'ascenseur, telle une pauvre âme montant droit vers le purgatoire, accompagné d'une musique ennuyeuse à souhait. Il s'était souvenu que l'homme avait eu de la chance quand son téléphone avait pris la balle à sa place. « Moi, avec le bol que j'ai, je l'aurais prise en pleine poire… » Après un temps d'arrêt sur le seuil, se demandant comment il allait justifier le petit cadeau qu'avait laissé l'Américain à la morgue alors que lui-même était censé l'empêcher de déconner, il se dirigea au fond du couloir.

Gohode l'invita à entrer avant même qu'il ait frappé à la porte de son antre, une vaste pièce surchargée d'un mobilier années 1970 au milieu de laquelle trônait un imposant bureau en métal et verre fumé. « Dieu » désigna un siège bien trop vieux pour être confortable.

— Alors, Pépin, vous vous plaisez chez nous ?

— Bonsoir, monsieur. Oui, monsieur.

— Pourtant, j'ai comme l'impression que vous faites tout pour nous quitter prématurément.

— Je ne comprends pas, monsieur.

— Quels étaient mes ordres concernant l'Américain ?

— De ne pas le laisser déconner, monsieur.

— Et donc vous le laissez flinguer un dealer de seconde zone, qui plus est, dans nos locaux. Et vous faites quoi ? Rien ! Vous le laissez même gérer la désinformation !

Le patron jeta le journal en direction de Pépin, qui comprit d'où venait la fuite. Il tenta de bredouiller des excuses mais Gohode l'envoya se faire voir avant de lui montrer la sortie :

— Je m’en fous. C’est pour le principe. L’Américain ne peut pas faire ce qu’il veut sur le territoire FRANÇAIS, merde ! C’est facile à comprendre ! Allez, foutez-moi le camp ! Je vous relève de cette mission, ça vaut mieux pour vous et pour moi.

— Mais, monsieur, je suis en contact avec lui et je peux…

— Trop tard, j’ai mis un autre agent sur le coup, qui saura calmer votre cow-boy. On va changer de régime. Monsieur Pépin, je ne vous retiens pas, votre remplaçant sur cette mission doit arriver d’une minute à l’autre. Vous vous reposez et vous revenez lundi prochain. Je vous trouverai quelque chose de plus… comment dire, « pépère ».

Alors qu’il appuyait sur le bouton de l’ascenseur, les portes s’ouvrirent sur un homme que Pépin détestait. En costume noir, « Kleber l’enragé » le toisa d’un air dédaigneux et força le passage. Georges s’écarta pour laisser sortir celui qui avait acquis dans le service une réputation de psychopathe, à coups d’opérations musclées et particulièrement sanglantes. Il réprima un sourire et souhaita mentalement bonne chance à GI John.

***

Le ton de Gohode était respectueux mais un peu hautain. Raven s’impatientait et cela se voyait.

— Il s’appelle Kleber, c’est un ancien des stups. Comme officiellement vous chassez les dealers, je me suis dit que cela vous serait utile.

— Où je le trouve, ce Kleber ?

— Bureau 809, huitième étage. Je vous laisse y aller seul ?

Raven acquiesça et sortit du bureau en claquant la porte, juste pour le plaisir d'entendre le boss gueuler. Puis il sortit son téléphone.

— Polson, des renseignements sur un certain Kleber de la DNAT.

— Bonjour, patron, oui, très bien, merci, et vous, bien dormi ?…

— Quand vous aurez fini de déconner, vous pourrez commencer à chercher.

— C'est un agent fraîchement muté, il y a maintenant deux mois. Il vient des stups.

— Je sais. Qu'est-ce que vous avez de mieux ?

— 42 ans, 1,65 m, brun. Baccalauréat à 19 ans au rattrapage, école de police de Nîmes, a gravi les échelons petit à petit sans lécher de bottes. Quelques blâmes pour violences sur suspects. Il a la réputation de ne rien lâcher et de mordre.

— OK. Rien d'autre ?

— Non, vous voulez que je… reste calme quand vous me raccrochez au nez. OK.

Vexé, il marqua une pause et s'adressa, furieux, aux autres membres de l'équipe :

— Eh ben quoi ? Qu'est-ce que j'ai ? Vous n'avez pas du boulot ? Retrouver les deux mecs du coup de fil ou bien traduire leur code, non ?

***

Raven sortit du bâtiment et s'isola dans sa voiture pour passer un autre coup de fil.

— Jane Marsh ?

— Oui, qui est à l'appareil ?

— C'est Bob Faust.

— Bonjour, Bob. Si c'est ton vrai nom, bien sûr…

Jane taquinait Raven avec ça depuis trois ans.

— Tu es où en ce moment ?

— Londres, pourquoi ?

— Je suis sur une affaire de stupéfiants d'un nouveau genre…

— De quel genre ?

— Du genre pire que le choléra. Mais pour l'instant, j'ai besoin d'infos sur un agent de la brigade antiterroriste de Paris, un certain Kleber.

— Qu'est-ce que j'y gagne ?

— Un bon article comme d'habitude, mais c'est donnant, donnant.

— Qu'est-ce qu'il te faut ?

— Ce qu'on ne trouve pas sur Internet, ce qui est « Off », sale, louche. Tu as un contact à Paris ?

— T'inquiète. Rappelle-moi dans quelques jours.

La journaliste raccrocha pour activer aussitôt son réseau. Elle savait que Bob serait correct et que, si ses informations lui étaient utiles, il lui offrirait un scoop qui lui rapporterait un jour un Pulitzer.

Raven regagna le bâtiment et poussa la porte du bureau 809.

— Vous ne frappez jamais ?

— Désolé, j'ignorais qu'on était dans une école de jeunes filles. Kleber, je suis John.

— Ou plutôt Bob. Bob Faust, le seul pseudonyme qu'on puisse trouver en creusant. Curieux pour un homme censé être… quoi ? Un espion ? Un soldat ? En fait, apparemment, personne ne sait. Et moi, je n'aime pas ça.

— On discutera état civil plus tard. Pour l'instant, j'ai besoin d'informations sur les réseaux de distribution du « neuf-trois ».

— On discutera géographie plus tard. Pour l'instant, j'ai besoin de savoir où je vais.

— Si vous avez la même habilitation que Pépin, vous savez déjà ce que je cherche et ne comptez pas sur moi pour vous en dire plus. Nous cherchons des chimistes qui produisent une drogue qui tue ses consommateurs, récita-t-il. Ils tombent comme des mouches. Nous voulons savoir qui ils sont, où ils travaillent, qui les fournit et qui distribue leur merde.

— Et bien sûr, le gouvernement français donne carte blanche à une espèce de militaire pour mener une investigation hors de sa juridiction pour trois toxicos crevés ?

— Écoutez, Kleber, on n'est pas dans une série, c'est la vraie vie, là. Alors si vous ne voulez pas m'aider, allez vous faire foutre mais ne me mettez pas de bâtons dans les roues.

— Bon. On va calmer le jeu.

Voyant qu'il n'arriverait à rien, Raven décida de profiter de l'ouverture que lui laissait le Français pour lui livrer quelques informations sans importance.

— OK. Au début, on a trouvé quelques junkies morts dans les rues de Saint-Louis, de New York et de Portland. Les policiers n'ont rien trouvé de bizarre mais un mois après le dernier cas recensé, un sergent a lâché qu'il connaissait l'une des victimes et nous a relaté l'extrême rapidité du processus. Ils ont alors déclenché des batteries d'analyses et ont trouvé une méphédrone un peu curieuse.

Kleber l'interrogea du regard.

— Je ne suis pas chimiste. Tout ce que je sais, c'est qu'elle tue en quelques prises. Et que cette même drogue était en vente libre en France il y a encore quelques mois. Ils en vendaient sous le nom d'« engrais pour cactus »… Bref, cela faisait de votre pays une base rêvée pour ces producteurs, amis des plantes ou pas. Nos informations nous ont confirmé une activité parisienne. Plusieurs victimes ayant reçu des colis du 93.

— OK, je me contenterai de ça pour l'instant. Vous pouvez rentrer chez vous, enfin, l'endroit où vous vous pieutez… Mais vous ne bougez pas sans moi !

⁂

Le colonel arriva à la base de mauvaise humeur. Il ne sentait pas ce type, mais alors pas du tout, et il attendait avec impatience les informations que Jane aurait à lui apprendre.

— Repos. Du nouveau ?

Le sergent Black se releva et répondit d'un ton enjoué :

— Oui, colonel. On a reçu les analyses du labo. La drogue est une variante de celle que nous avions trouvée dans l'appartement de la victime alpha.

— Donc nous avons confirmation qu'elle est bien distribuée dans le coin et qu'ils sont en train de l'améliorer.

— De la rendre plus mortelle, colonel.

— Comment ça ?

— Elle est bidouillée, ils ont ajouté une molécule pour qu'elle se fixe mieux sur les récepteurs du cerveau. On n'est plus sur du methylamino totylpropane simple.

— Trouvez-moi l'origine de la substance en question.

Black se retourna et donna ses ordres tandis que Raven se tournait vers Polson.

— Où en sont nos hommes avec notre affaire du Maroc ?

— Aux dernières nouvelles, Gossaler est bien un fournisseur d'herbe et de cocaïne.

— Elles datent de quand ces nouvelles ?

— Hier.

— Rappelez.

Polson pianota sur son clavier et les haut-parleurs de l'ordinateur émirent les cliquetis caractéristiques d'une ligne sécurisée.

Raven lui fit signe de transférer la communication sur un combiné téléphonique. Il n'aimait pas parler dans le vide.

— Je vous passe le colonel.

— Vous avez du neuf ?

— Affirmatif, la cible doit faire passer des produits à Charenton-le-Pont le 23, à 7 heures du matin, à l'angle du chemin du Cimetière et de l'avenue de Gravelle. Son frère Ahmed assurera le chargement.

— Vous avez identifié l'intermédiaire ?

— Négatif. Impossible à identifier.

— Une idée de la substance ?

— Négatif, ils ont utilisé un code.

— Vous restez sur le coup jusqu'au jour de la livraison. Mais vous risquez de devoir nettoyer.

Raven tournait déjà les talons quand Polson se souvint soudain :

— Colonel ! J'allais oublier… J'ai dégotté des choses sur ce Kleber. En plus, ça devrait vous plaire.

— Montrez-moi ça.

L'informaticien lui tendit un dossier qu'il parcourut rapidement, mentionnant diverses arrestations qualifiables de « rock'n'roll », ainsi que quelques dépositions de dealers qui l'accusaient de violences. Son attention se porta sur le témoignage d'un revendeur, qui avait déclaré disposer de dix kilos en stock avant son arrestation par Kleber, qui lui-même n'en avait déclaré que huit.

— Où ils sont passés, ces deux kilos ?

— Personne ne le sait. Mais si ça se trouve, il s'est fait piéger par le dealer.

23 janvier 2010, 6 h 57, chemin du Cimetière, Charenton-le-Pont, France

Deux gars de la DST passèrent la nuit à Charenton-le-Pont dans une vieille camionnette banalisée garée à l'angle du chemin du Cimetière et de l'avenue de Gravelle. Ils regardèrent passer des voitures, des prostituées ainsi que des chiens qui pissaient sur leurs roues jusqu'à l'arrivée de la relève, constituée de Raven et de Kleber.

Cela faisait maintenant près de deux heures que les deux hommes restaient immobiles, dans un silence pesant, à attendre qu'il se passe enfin quelque chose. Voyant Kleber s'agiter, Raven ne put réprimer une remarque :

— Putain, Kleber, je croyais que vous pouviez rester trois jours en planque sans bouger !

— C'est du passé. Je me suis rangé, je suis trop vieux pour ces conneries. D'ailleurs, vous devriez y songer aussi.

— Moi, c'est différent.

— En quoi ?

Raven fit un signe au Français : trois minutes avant l'heure fixée par le dealer, un scooter se gara près de l'enceinte du cimetière, à quelques dizaines de mètres de leur véhicule. Kleber jeta un œil à une photo sur la tablette tactile de l'Américain – un prototype dégotté par Polson – et s'approcha de la vitre sans tain.

— C'est lui ? demanda Kleber en chuchotant. C'est Ahmed ?

— Affirmatif. Merci à lui d'avoir une photo de profil Facebook.

— On fait quoi ? On le coffre ?

— Non, il me faut l'intermédiaire. On attend.

Le jeune Marocain, engoncé dans un épais blouson, semblait chercher quelque chose et regardait partout autour de lui, méfiant.

— Je crois qu'il s'intéresse à une trappe devant le cimetière.

— Kleber, sortez les jumelles et dites-moi ce qu'il fait.

— Il force le cadenas.

Raven sortit son portable.

— Polson, il y a une trappe devant le cimetière, je veux savoir où ça va.

— Faust ! chuchota Kleber.

— Attendez, il cherche des infos.

— Faust ! dit l'agent, plus fort cette fois.

— Quoi ? s'énerva l'Américain.

— Je crois que c'est un accès aux catacombes.

— Pourquoi vous ne l'avez pas dit tout de suite ?

Le Français haussa les épaules et Raven poursuivit :

— Polson, on peut avoir un plan des catacombes ?

— Je cherche. Mais je ne trouve rien ! Vous n'avez pas autre chose ?

— Essayez une recherche sur « carrières de Charenton », proposa Kleber.

Raven répercuta l'information et on entendit le clavier cliqueter.

— J'ai un truc mais ce n'est pas précis ! C'est un vrai bordel là-dessous !

— Envoyez. Merde, il y entre.

— Qu'est-ce qu'on fait ? demanda de nouveau Kleber qui semblait étonnamment dépassé par la situation. Ça fait bien quinze minutes que l'autre aurait dû arriver…

Raven regarda la montre de son téléphone.

— Putain, 7 h 19 ! Vous avez raison, Kleber, ils se sont peut-être donné rendez-vous en dessous ! Allez, on bouge. Vous avez des torches ?

— Oui, dans la caisse.

Raven en essaya deux avant d'en trouver une qui fonctionne, en testa une autre et la tendit à son équipier. Il ajusta l'oreillette de son Smartphone et poussa le Français vers la sortie.

— Polson, il vient, ce plan ?

— Je vous l'envoie tout de suite. Ne descendez pas là-dessous avant de l'avoir reçu. Je ne pourrais peut-être plus rien pour vous sous terre !

Les deux hommes cavalèrent jusqu'à la trappe. Raven regarda une dernière fois autour de lui : toujours personne. Il consulta son téléphone pour constater que le chargement du plan n'était pas fini, et prit la décision d'y aller quand même. S'accrochant aux montants de l'échelle, serrant les chevilles sur le métal pour ralentir sa descente, il s'engouffra dans le puits.

Il alluma sa lampe de poche et balaya les murs. La hauteur sous plafond était impressionnante.

Kleber sauta lourdement au sol, sous le regard désabusé de Raven qui venait de voir que le téléchargement sur son téléphone était bloqué.

— On fait quoi ?

— *Shut up!*

Raven regretta son manque de diplomatie et se reprit.

— Plus bas. On suit les traces de pas récentes.

L'Américain se pencha pour scruter attentivement le sol irrégulier de la carrière, sous le regard dédaigneux de son équipier.

— Il marche tranquillement. Si on court, on pourra le rattraper.

— Vous le lisez dans les traces ? Foutez-vous de moi, Faust…

— Non, j'ai regardé ma montre quand il est entré ! fit Raven ironiquement en accélérant le pas. Bon, on y va ?

Raven, qui avançait sans quitter des yeux le faisceau de sa lampe torche, regarda son téléphone : plus de réseau.

La salle avait tendance à se rétrécir ; le plafond s'abaissait à mesure que le sol sablonneux remontait. Ils se trouvaient maintenant dans une sorte de couloir où les arches en béton de l'entrée avaient laissé la place à des fondations d'allure plus inquiétante. Les torches ne produisaient qu'un faisceau étroit, ce qui n'avait pas l'air de déranger l'Américain, qui cavalait droit devant lui.

Ils arrivèrent dans une portion de couloir dont les murs étaient tapissés d'ossements.

— On est dans un ossuaire, expliqua Kleber. Au Moyen Âge, ils exploitaient les carrières de calcaire. Ensuite, on a vidé les cimetières pour entreposer les morts le long des murs. Le sol, c'est du remblai, des déchets qui…

— Vous me ferez la visite guidée la prochaine fois, chuchota Raven en se courbant pour ne pas s'assommer. Courez !

— Courez, courez, vous êtes marrant… On sait où on va, au moins ?

— Il est allé tout droit.

Après quelques minutes, le colonel s'arrêta net. Kleber, qui suivait, manqua de lui rentrer dedans.

— Qu'est-ce que vous foutez ? On est perdus ? C'est un cul-de-sac ?

— Non. Il est passé par ce trou.

— C'est une chatière.

— Me cassez pas les couilles, Kleber ! Il faut juste que je passe.

— Comme on dit chez moi : « si le cul passe, tout passe », alors mettez-vous dedans et on verra.

Raven sortit son arme, puis cala sa torche entre ses dents et s'engouffra dans le boyau, après quelques hésitations. Ses fesses frottèrent sur la paroi, mais il passa.

De l'autre côté de l'éboulis, il n'y avait rien, pas même un bruit. Raven se releva et se cogna la tête contre le plafond. Dans la lumière de sa Maglite tombée à terre, il remarqua des traces toutes fraîches qu'il suivit immédiatement.

Alors qu'il avançait, de plus en plus courbé mais d'un pas rapide et décidé, sa lampe de poche éclaira un symbole gravé dans un cercle parfait sur un mur en face de lui. Une forme d'hippocampe allongé, qui semblait indiquer une direction, car il se trouvait à l'embranchement de deux chemins. Raven s'arrêta quelques instants pour vérifier les traces au sol de chacune des possibilités et entendit des pas derrière lui, ponctués de jurons.

— Alors, qu'est-ce que vous en dites, Kleber, au lieu de traîner ?

— Moi, je ne sais pas lire dans le sable. C'est vous l'Indien.

— Alors à gauche. Et avancez, je ne peux pas vous attendre.

Le boyau était maintenant si étroit qu'ils ne pouvaient plus courir, ce qui arrangeait bien le Français qui pouvait enfin reprendre son souffle. Ils entendirent un bruit au loin.

Raven, handicapé par sa haute stature, fit une grimace en se raclant le poing contre la pierre calcaire qui l'entourait. Kleber sortit de sa poche un mouchoir et le posa sur sa lampe pour en atténuer l'intensité, tandis que l'Américain tournait la bague de sa Maglite. Ils progressèrent à pas de velours et aboutirent à une petite plate-forme qui surplombait une salle de près de quatre mètres de hauteur et plus de cent mètres carrés. Au centre, un pilier en pierre gisait en morceaux.

Cachés derrière un éboulis, les deux hommes tendirent l'oreille. L'Américain profita de la lumière de la puissante lampe qu'avait apportée l'un des dealers pour balayer de nouveau la salle du regard. Il dénombra trois sorties en plus de celle qu'ils avaient empruntée.

Derrière le poteau écroulé, Ahmed et un inconnu discutaient âprement.

— Allez, arrête ! Mon frère t'a dit : « Tu veux de la bonne, tu auras de la bonne… » Mais il t'a dit aussi : « La bonne, ça a un prix ! » Alors, qu'est-ce que tu veux ? Tu veux améliorer la marchandise sans payer le prix ?

Le ton était monté mais l'autre homme, qui tournait le dos à Raven et Kleber, semblait indifférent aux arguments de son fournisseur.

— Tu sais très bien que le partenariat que ton frère a accepté avec les gens que je représente ne peut pas subir l'inflation.

— Mon pote, tu vis en France, tu ne sais pas à quel point mon frère en bave pour te fournir en méphédrone depuis que la loi est passée ! Tu sais combien ça coûte les bakchichs et le transport depuis le Maroc ?

Raven et Kleber se lancèrent un regard entendu. L'Américain, dont les vêtements noirs étaient devenus gris, tenta d'appeler son QG, mais le réseau était toujours inexistant. « Putain, Polson était censé régler la question », songea Raven.

En contrebas, les deux hommes semblaient s'être calmés d'un coup. Kleber fit un signe de tête à Raven, qui regarda discrètement ce qui se passait pendant que le Français, non moins discrètement, dégainait son arme.

— OK pour cette fois, disait l'inconnu. Mais tu sais très bien que si ça marche, on t'en commandera des tonnes, alors n'essaie pas de nous entuber sinon…

— Tout de suite les grands mots. Fais tes tests et après on verra…

— Tu l'as ?

— Mais bien sûr. Et toi, tu as l'argent ?

L'homme sortit une mallette de derrière une grosse pierre.

— Alors tiens, Mockettash, ton oxidado.

Raven fut très surpris d'entendre mentionner ce nom dans cette conversation. Il se souvint de l'appel téléphonique codé que Polson avait intercepté *via* ECHELON cinq jours plus tôt. L'Américain pensa : « Alors l'oiseau, c'était de la drogue ? Et "apprendre" signifiait "améliorer" ? »

Le fournisseur expliqua qu'il s'agissait d'un dérivé de la cocaïne, « oxydée » à l'aide de chaux vive et d'un produit pétrolier « en vente libre aussi », sans vouloir le nommer. Kleber savait qu'une seule prise de ce genre de substance, qui faisait des ravages au Brésil, pouvait rendre complètement dingue et vit rouge quand Ahmed Malik Aouaf employa le terme « vénéneux ».

Raven ouvrait la bouche quand il vit Kleber se lever, arme au poing, et brailler :

— Police ! Au nom de la loi je vous arrête, mettez les mains en l'air !

— Putain, mais qu'est-ce que vous foutez, Kleber ?

— Ça ne se voit pas ? J'arrête des dealers avant qu'ils ne pourrissent mes rues avec leurs saloperies !

Kleber avait tourné la tête pour répondre, et les dealers en avaient profité pour prendre la tangente avec l'argent et la marchandise.

— Merde ! Regardez ce que vous m'avez fait faire ! Ils se barrent !

— Eh bien, qu'est-ce que vous attendez ? Putain, courez !

Raven était furieux.

— Je prends lequel ?

— On part tous les deux sur le client !

— Et Ahmed ?

— On s'en fout, je veux savoir où va l'autre ! Je dois trouver pour qui il travaille !

Les deux hommes traversèrent la salle en courant. Raven dépassa Kleber assez rapidement et s'engouffra dans le passage qu'avait emprunté le fuyard.

Raven tentait de ne pas céder de terrain, mais il avait du mal à passer dans les couloirs de pierre. L'autre gars, quant à lui, se faufilait plus aisément et semblait savoir où il allait. Il cavalait comme un lapin et son mètre soixante-quinze lui facilitait la vie. Raven devait se plier en deux et courir en même temps, ce qui lui coupait la respiration et l'obligeait à souffler comme un bœuf. Mais il était habitué à souffrir pour obtenir ce qu'il voulait et ne lâchait rien. Sa persévérance finit par payer après quelques minutes, quand il arriva dans un tunnel un peu plus haut de plafond, peut-être un vieux collecteur d'eaux. Raven prit quelques instants pour tenter de déterminer à l'oreille la direction qu'avait prise Mockettash. Ce n'était pas évident car ils se trouvaient dans une vraie caisse de résonance. De plus, Kleber courait quelques mètres plus en amont.

— Kleber, moins de bruit !

— Je fais ce que je peux, Faust. Je n'ai pas l'habitude de galoper comme un fou sous terre !

— Taisez-vous ! J'écoute.

Raven repartit presque aussitôt sur la droite, suivi de son boulet, toujours essoufflé. Ils arrivèrent dans une salle plus basse de plafond que la précédente où résonnait un bruit sourd et continu. Les piliers semblaient avoir été bétonnés plus récemment. Tout en marchant d'un pas rapide, Raven, qui continuait à balayer le sol avec sa lampe torche, demanda :

— Où on est ?

— Je pense que nous sommes sous les rails de la gare de Lyon.

— Putain, mais où il va ?

— Il doit le savoir, lui, parce qu'il cavale !

Raven regarda au sol avec attention mais ne trouva rien, aucune trace, comme si le type s'était envolé.

Après quelques instants, il décida de traverser la salle et chercha devant chaque sortie des indices d'un passage récent. Il y avait bien des empreintes devant la première, mais elles allaient dans les deux sens. La deuxième sortie était une chatière, un trou trop petit pour laisser passer un homme adulte. Il examina les deux autres couloirs et choisit de s'engouffrer dans le plus large, suivant son instinct ainsi que son expérience des proies traquées.

Très vite, son choix fut conforté par un impact sur le sol sablonneux. Le fuyard avait dû trébucher sur quelque chose et s'était étalé de tout son long.

Après une progression que Raven estima à deux kilomètres, Kleber éprouva le besoin de faire une pause. L'Américain protesta et en profita pour regarder son Smartphone : toujours pas de réseau. Il repartit, agacé par Polson, qui n'avait pas fait son boulot, et surtout par Kleber, qui le suivait comme il pouvait. La pause lui avait néanmoins fait du bien et il commençait même à s'habituer à cet environnement.

Soudain, il sentit la terre se dérober sous ses pieds et partit à la renverse sur un sol détrempé qu'il dévala sur une vingtaine de mètres. Sa glissade se termina dans une eau froide et boueuse, ce qui ne le ravit pas.

— Kleber, faites atten…

Trop tard. Raven se décala pour lui faire une place dans sa baignoire.

— Maintenant, je comprends pourquoi Pépin a pris des vacances ! Vous êtes une plaie, moi je vous le dis, une plaie, Faust ! Une plaie ! fulmina-t-il en soulevant des gerbes d'eau croupie.

Kleber se releva sans cesser de pester et sentit des gouttes lui tomber sur la tête.

— Merde, je crois que nous sommes sous la Seine ! C'est un canal d'écoulement, je pense qu'on doit prendre à gauche. Cet enfoiré doit chercher une sortie en centre-ville pour nous semer définitivement !

— OK, je vous fais confiance. De toute façon, maintenant c'est pile ou face.

Ils pataugèrent donc sous la Seine et réussirent à s'extraire de ce boyau en empruntant un tuyau étroit dans lequel ils durent ramper. Parvenus à mi-chemin, Raven aperçut un bout de tissu qui s'était pris dans un rivet du tube métallique qui leur servait de sortie. Ils étaient donc sur la bonne piste. Ils débouchèrent sur une autre petite salle où une sorte d'autel recouvert de bougies, sans doute laissé par des amateurs de frissons, attira son attention par son aspect lisse et serein. Mais sa réflexion fut interrompue par un bruit de course qu'il décida de suivre, précédant Kleber de quelques secondes.

22 mars 2001, 17 h 56, aéroport de Kaboul, Afghanistan

Sur la foi de son rapport, l'ONU confia à Kate Gordon la mission de rencontrer les chefs de clans afghans afin de négocier avec eux une entente basée sur un partenariat. Le voyage avait l'appui de l'armée, représentée par le colonel Potter, qui appréciait le contact de sa conseillère en stratégie et savait reconnaître la qualité et la clarté de son travail. Quinze heures avant son arrivée, il la convoqua pour un ultime briefing.

— Madame Gordon, c'est toujours un plaisir.

Elle lui tendit une main ferme et marqua un temps d'arrêt en constatant la présence d'un invité-surprise qui ne passait pas inaperçu avec son uniforme et sa haute taille.

— Madame Gordon, je vous présente le commandant Robert Raven, une très bonne recrue.

— Commandant…

— Appelez-moi Robert. Et, oui, je sais, je suis grand…

— Oui, excusez-moi.

Résolue à dissimuler ses pensées, même les plus anodines, elle enchaîna :

— Colonel, que me vaut ce rendez-vous à une heure et demie de mon départ pour l'Afghanistan ?

— Je tenais à vous prévenir des dangers qui vous attendaient. Mais, après réflexion, j'ai trouvé mieux. Je vous offre une escorte en la personne du commandant Raven.

— C'est gentil, mais ce n'est pas nécessaire. C'est une mission de négociation diplomatique, pas une opération militaire.

La discussion avait pris fin sur une pique à peine déguisée :

— Ne discutez pas, tout est arrangé en haut lieu. Nous devons assurer votre protection. Les montagnes afghanes ne ressemblent pas à Aspen, vous verrez.

C'est ainsi qu'elle s'était retrouvée à Kaboul avec un garde du corps, et pas des plus discrets. Elle espérait, sans trop y croire, que cela ne constituerait pas un handicap.

— Madame Gordon, si vous voulez bien me suivre, nous allons rejoindre l'hôtel.

Se tournant vers les gardes de l'ambassade, Raven ajouta d'un ton sans équivoque :

— Vous, les gars, vous encadrez Mme Gordon jusqu'à ce qu'elle entre dans le 4×4.

— Vous croyez vraiment que toutes ces précautions sont nécessaires ? Je ne suis personne ici.

— C'est ce que vous pensez. Nous savons ce que nous faisons.

Kate préféra en rester là et se laissa mener à son véhicule, encadrée par six hommes portant un costume noir. Raven, quant à lui, avait fait l'effort de porter une tenue civile.

Une voiture ouvrait le passage sur les rues chaotiques. La nuit était tombée et Kate s'étonna de voir si peu de lumière en ville. C'était la première fois qu'elle passait ainsi de la théorie à la pratique, elle qui était plus habituée aux rapports, aux analyses, aux articles et aux colloques qu'au contact avec le terrain. Le militaire assis à côté du conducteur se retourna.

— L'ambassadeur a pensé qu'il serait mieux que vous logiez à l'extérieur de la ville. Nous nous dirigeons par les petites routes vers l'hôtel Intercontinental. Ce n'est pas ce qu'il y a de plus confortable mais nous pourrons vous protéger plus facilement.

— Comme vous voudrez.

Après une trentaine de minutes, Kate aperçut enfin au loin les lumières d'un bâtiment. La voiture de tête s'arrêta devant l'entrée principale de l'hôtel et les gardes du corps sortirent en premier pour sécuriser la place.

— Je vous assure que nous devrions être plus discrets, Robert.

— Je reconnais qu'ils font un peu de zèle. Demain, je réduirai l'équipe et je les brieferai.

À l'hôtel, les Américains congédièrent les porteurs qui s'étaient déjà emparés des bagages et accompagnèrent Kate jusqu'à sa chambre, dont ils inspectèrent tous les recoins avant de la laisser seule. Le vol avait épuisé la jeune femme et le zèle des représentants de l'ambassade avait fini de l'achever.

La chambre était loin des standards de qualité dont Kate avait l'habitude. La tête de lit violette jurait avec les murs tapissés d'un papier peint crème, dont on pouvait douter que ce fut sa couleur d'origine, et enfin, une note punaisée sur la porte prévenait les voyageurs que des coupures d'eau et d'électricité étaient fréquentes. La télévision, quant à elle, aurait pu aller directement dans un musée. Trop lasse pour faire quoi que ce soit, même manger, Kate décida de se coucher après une courte douche relaxante. Elle posa la tête sur le traversin mais n'eut pas le temps de s'apitoyer sur son sort car elle sentit immédiatement quelque chose de dur sous son oreille. Décidée à passer une nuit correcte malgré la tension et le manque de confort, elle enleva la housse et tira sur les coutures du tissu pour les faire craquer et atteindre l'objet. Assise sur son lit au matelas trop mou, elle trifouilla dans la mousse, de laquelle elle extirpa un téléphone portable. Un seul numéro était enregistré. Surprise de la facilité avec laquelle elle se glissait dans son rôle d'espionne, malgré la tension provoquée par la proximité avec les gardes du corps, elle se dirigea vers la porte pour vérifier qu'elle était bien fermée et cala une chaise sous la poignée. Après quelques instants d'hésitation, elle appuya sur la touche d'appel. La sonnerie retentit.

— Vous êtes Eve ?

— Qui la demande ?

— Vous vouliez entrer en contact avec nous. Je suis Syed et je parle en son nom, dit l'homme qui s'exprimait dans un anglais teinté d'un fort accent.

Kate, qui avait bien appris sa leçon, n'identifia aucun code dans le nom que l'homme lui avait fourni.

— Comment saviez-vous que…

— Pas de questions, vous vous contentez d'écouter et de répondre aux miennes. Dans quatre jours, vous serez à Bâmiyân, n'est-ce pas ?

— Oui, mais comment…

— Encore une question et je raccroche.

— Non, non, je vous écoute.

— Bon… Quand vous irez voir les ruines des statues impies, arrangez-vous pour vous éloigner de vos gardes du corps…

— Mais comment ?

— C'est votre problème. Nous vous emmènerons dans une cache. Nous ne discuterons que si vous êtes seule, sinon, nous n'aurons pas à nous poser la question de votre libération.

— Je ne sais pas si je pourrai.

— Il faudra bien. Remettez le téléphone à sa place après l'avoir totalement éteint et nous nous verrons là-bas, aux pieds des statues impies.

L'homme raccrocha. Kate éteignit le téléphone, remit la chaise à sa place et laissa enfin le sommeil la gagner.

26 mars 2001, 15 h 21, site de destruction des deux bouddhas géants, Bâmiyân, Afghanistan

Les trois jours précédents avaient été éreintants. Les températures, glaciales la nuit, restaient froides le jour. La pluie s'était invitée plusieurs fois, ce qui avait rendu les pistes boueuses et les trajets plus longs, plus dangereux aussi. Heureusement, le conducteur du 4×4 semblait savoir ce qu'il faisait et Raven détendait l'atmosphère chaque fois qu'il le pouvait. Malgré ces difficultés, chaque rendez-vous avait été honoré et Kate avait donc pu parlementer avec quelques chefs de clans du pays.

Elle expliquait à Raven qu'elle comptait beaucoup sur sa rencontre avec Massoud quand le chauffeur leur indiqua que la piste prenait fin et qu'ils devraient continuer à pied. Le passager côté conducteur, un jeune homme détaché par l'ambassade depuis le matin, semblait indifférent à ce qui se passait autour de lui. Il pianotait sur un ordinateur dont il ne levait presque jamais les yeux. À part lui, tous remarquèrent la présence de trois véhicules aux vitres placardées de feuilles stabilotées du mot « PRESS », stationnés à une vingtaine de mètres du leur. Ils s'engagèrent sur le chemin en plaisantant, malgré la tension ambiante et le ciel incertain. Kate et Raven avaient eu le temps de faire connaissance, tout en conservant une certaine distance. Il lui avait confié qu'il avait une femme et une petite fille de bientôt 10 ans, dont il avait sorti une photo. Elle y avait vu l'image du bonheur, une belle femme brune au large sourire, de 25 ou 30 ans, tenant sur ses genoux une fillette aux longs cheveux bruns, hilare. Quand il lui avait demandé ce qui la rendait si triste, Kate avait répondu qu'elle aussi avait eu une famille. Raven s'était excusé et, malgré les efforts de Kate pour ne rien laisser paraître, il était resté embarrassé de longues heures.

***

La zone était semi-désertique. Ils marchèrent quelques minutes, sur un sable réchauffé par un soleil de plomb, jusqu'à un promontoire depuis lequel ils ne pouvaient pas encore apercevoir les falaises.

Kate appréhendait le triste spectacle qui l'attendait. Début mars, ces colosses de trente-cinq mètres de hauteur avaient été dynamités et n'étaient plus aujourd'hui que des morceaux de pierres accrochés à la montagne. Les niches qui accueillaient autrefois les deux statues représentant Bouddha debout étaient désormais vides.

Troublant l'atmosphère de désolation, une horde de journalistes venue constater les dégâts sortit soudain de nulle part. Les micros tendus, ils se disputèrent la première question. Un des Français, mal rasé et transpirant à grosses gouttes sous son chapeau, posa la sienne sans ménagement :

— Qui êtes-vous, madame ?

— Madame est envoyée par la Commission du patrimoine mondial de l'Unesco, s'interposa Raven en français. Elle ne doit pas répondre à vos questions. Pas de photos, merci.

En regardant Raven, qui tentait de repousser une équipe japonaise en même temps qu'un photographe français et une armée de gratte-papier, Kate comprit qu'elle tenait là une occasion unique d'échapper à sa vigilance.

— Raven, s'il vous plaît… Laissez nos amis faire leur travail. Au pire, vous traduirez, vous semblez parler le français à la perfection.

Après avoir répondu de manière très évasive aux premières questions, Kate prit une grande inspiration et profita de l'arrivée d'un dernier groupe pour s'éloigner d'un pas rapide, tandis que Raven tentait de repousser tout le monde en vociférant en plusieurs langues.

— Votre collègue nous a dit que vous répondriez à nos questions !

— Je n'ai pas le temps, laissez-moi passer ! Kate ! Kate ?

Raven était furieux de s'être fait avoir comme un bleu. Ce n'était pourtant pas la première fois qu'il faisait le baby-sitter pour une personnalité mais là, il ne l'avait vraiment pas vu venir. N'apercevant plus la diplomate, qui venait de passer derrière une colline au détour du sentier, il sentit monter l'inquiétude.

Il finit par se dépêtrer des journalistes et se mit à courir dans la direction où avait disparu Kate mais ne la vit nulle part. Comment avait-elle pu s'évanouir dans la nature en si peu de temps ? Trois minutes, quatre, à tout casser ! Il tourna et tourna encore sur lui-même. Rien à l'horizon. Il se dirigea vers la falaise pour y chercher des traces mais la jeune femme semblait s'être volatilisée.

Après cinq bonnes minutes de recherches au hasard, Raven sortit un téléphone portable satellite.

— Commandant Raven ?

— Eh bien oui, qui voulez-vous que ce soit ?

Le colonel Potter sentit qu'il y avait un problème et préféra ne pas relever. Raven exposa la situation.

— Comment puis-je vous aider ?

— Faites-moi parvenir les photos-satellite de la zone sur les quinze dernières minutes.

— Je vais vous trouver ça. Vous avez un ordinateur connecté ?

— Oui, le gars de l'ambassade joue avec depuis ce matin.

— Très bien. En attendant, bougez-vous le cul pour repérer les lieux et trouver des traces.

— À vos ordres.

Il raccrocha et se rendit directement à la voiture. Le jeune type de l'ambassade pianota alors furieusement sur son clavier. Après d'interminables secondes de téléchargement, il lui montra des images où on distinguait des véhicules, eux sortant de la voiture, les journalistes, Kate s'éloignant et puis plus rien, à part le départ des journalistes.

— Putain, ça ne nous avance à rien ! Pas un mouvement, en dehors de moi qui la cherche comme un con.

— Elle n'a pas pu aller bien loin, il n'y a qu'une minute entre chaque photo. Et en une minute, avec ce sac qu'elle traîne partout, elle n'aurait pu faire que quatre cents mètres tout au plus. De son plein gré.

— Alors il y a forcément un truc ! Un passage par exemple !

— Vous voulez que je cherche dans les données topographiques du pays ?

— Vous pouvez faire ça ? C'est quoi votre nom déjà ?

— Polson. Oui, bien sûr que je peux ! Je pourrais même détourner un satellite, enfin je dis ça, je ne l'ai jamais fait… C'est un délit fédéral, et je respecte la…

— On s'en fout ! Faites votre boulot. Moi, je cherche à l'ancienne. Elle doit être dans une de ces foutues grottes.

Il désigna les cavités parsemées çà et là dans la falaise et qui ressemblaient à des habitats troglodytiques.

***

La satisfaction de Kate d'avoir trouvé un moyen de s'éclipser fit bientôt place à une immense tristesse lorsqu'elle parvint à la voûte de pierre qui abritait naguère l'un des bouddhas géants. Elle n'eut pas le temps de s'abandonner à la contemplation des ruines, car elle entendit un sifflement léger au-dessus de sa tête. Levant les yeux, elle vit une corde tomber.

Par terre, au bout de la corde, un harnais traînait dans la poussière. Un homme lui adressa un geste impatient depuis la cavité creusée dans la pierre dans laquelle il se tenait. Elle se sangla aussi vite que possible et se sentit aussitôt violemment soulevée. Quelques secondes plus tard, elle s'agrippait comme elle pouvait à la paroi de ce qui servait, dix-huit siècles plus tôt, de cellule aux moines bouddhistes. Deux hommes enturbannés, gilets et pantalons marron, chemises plus ou moins blanches, se précipitèrent pour la tirer par les aisselles.

— Suivez-nous.

— Où est Syed ?

— Il est là-bas, suivez-nous.

Leurs kalachnikovs ne lui laissaient pas beaucoup de choix. Ses yeux s'habituèrent rapidement à l'obscurité dans ce tunnel qui ressemblait à une carrière artificielle. Quelques mètres plus loin, elle distingua un bruit de moteur. Un des talibans désigna le siège arrière d'une petite moto. Kate plaqua son écharpe sur son visage en guise de protection et enfourcha le deux-roues. Bizarrement, elle n'avait pas peur.

Ils roulèrent lentement et même à cette vitesse, la poussière était gênante. Au bout d'une dizaine de minutes, ils arrivèrent dans une salle où d'autres partisans en armes les attendaient.

— Eve, je vous souhaite la bienvenue à la forteresse Shar-i-Zuhak. Je suis Syed Akbar, que puis-je pour vous ?

L'homme s'exprimait depuis la dernière marche d'un escalier taillé à même la pierre. En montant le rejoindre, Kate se voila intégralement avec son écharpe puis lui répondit :

— Je croyais que j'allais rencontrer Ben Laden.

— Si vous me parlez, vous lui parlez.

— Comment puis-je en être certaine ?

— La confiance n'est pas votre fort, remarqua-t-il en souriant.

— Les gens que je représente préfèrent les preuves.

— C'est légitime. Suivez-moi, je vous donnerai une preuve.

***

Il la guida jusqu'à une pièce qu'il referma derrière elle. Un empilement de coffres de bois marqués d'inscriptions militaires faisait office de bureau improvisé. Syed sortit un ordinateur d'un sac et lança une vidéo où Oussama Ben Laden expliquait en anglais que Syed était son bras droit et que rien de ce qui se dirait ne sortirait de la forteresse.

Kate exprima sa satisfaction et se lança :

— Nous savons que vous êtes sur le point de frapper fort et que votre cible est occidentale. Je suis là pour assurer la réussite totale de votre opération.

— Qu'est-ce qui vous dit que nous avons besoin de vous pour cela ?

— Nous savons aussi que vous avez de l'argent mais que vous manquez de moyens logistiques et de contacts sur les territoires que vous visez. Nous sommes prêts à vous donner ce qu'il vous manque, à l'exception des armes.

— Pourquoi trahiriez-vous votre pays ?

— Donc, c'est le sol américain.

Voyant le sourire de l'homme disparaître, Kate comprit qu'elle l'avait fait parler un peu trop à son goût.

— Peu importe. Nous avons ce qu'il vous faut.

— Nous aussi, nous aimons les preuves.

Kate plongea doucement la main dans son sac. Syed, nerveux, posa la sienne sur son arme.

— Calmez-vous. Tenez.

Elle lui tendit dix passeports.

— Que voulez-vous que…

— Ouvrez-les.

Le taliban s'exécuta et parut surpris.

— Ils sont vierges. Faites le nécessaire et vous serez plus américains que moi.

— Intraçables ?

— Naturellement.

Syed ne mit pas longtemps à réagir. Il rangea les précieux sésames dans une poche de son pantalon et commença sa liste.

— Nous avons besoin d'ordinateurs puissants, de lunettes 3D et d'un programme de simulation de vol.

— De quel type ? Avion de chasse ?

— Non, de ligne.

— Cela ne suffira pas, nous pourrons faire mieux. Nous vous ferons prendre de vrais cours de pilotage si vous le souhaitez.

— Quelles sont vos conditions ?

— Nous voulons que ce soit gros et revendiqué ; nous voulons que notre existence et les liens qu'il y a entre nous restent secrets ; nous voulons connaître la date, ou mieux encore, la fixer.

— Pourquoi ? Nous sommes maîtres de notre destin par la grâce d'Allah et seul Mahomet, son prophète, est notre guide.

— Pardonnez-moi. Je voulais juste vous préciser que nos contacts montaient très haut et que si vous suivez nos conseils, et par la grâce d'Allah, vos efforts auront toute la répercussion que vous souhaitez.

— De belles paroles. Mais des paroles prononcées par une infidèle.

— Si vous souhaitez des faits, dit-elle en lui tendant une carte SIM, appelez le numéro enregistré sur cette carte. Il n'y en a qu'un et vous ne pourrez l'utiliser qu'une fois.

Syed sortit de la pièce et appela un complice, avec qui il échangea quelques mots dans sa langue, afin que leur invitée ne les comprenne pas. De retour dans la salle le bras droit de Ben Laden eut un petit sourire.

— Alors comme ça, vous travaillez à l'Unesco ?

— Qui vous a dit cela ?

— Nous avons aussi nos sources, dit-il en souriant. J'espère que vous savez que vous êtes arrivée trop tard pour sauver les statues. J'espère que votre garde du corps armé le sait aussi.

— C'est l'ambassade qui a insisté, pour ma sécurité. Je n'ai pas pu refuser, c'était une sorte de pack avec le chauffeur et le guide.

— Nous allons donc devoir improviser une sortie. Suivez-moi.

Kate, Syed et les membres de son groupe se rendirent dans la première salle et descendirent les escaliers. Syed ordonna qu'on lui apporte une chaise.

— Pour votre couverture et la nôtre, je vais devoir vous attacher et vous frapper devant l'homme qui va venir vous chercher dans quelques minutes.

— Soyez gentils d'éviter le visage.

Syed sourit.

— Je ne vous promets rien.

⁂

Raven avait suivi les traces laissées par les chaussures de Kate, jusqu'à la falaise, que l'absence de vent avait épargnées. Là-bas, près de la paroi, un impact au sol l'intrigua. Il retourna au 4×4 au pas de course pour y chercher des armes tout en prenant soin de balayer du regard les environs, qui lui parurent trop calmes.

— Polson, votre numéro de téléphone.

— Je vous l'envoie sur le vôtre.

— Comment ça ?

— Ah oui, d'accord… Les technologies et vous…

Il sortit un sac de sport noir et tendit un pistolet à Polson.

— Tenez-vous prêt à intervenir si nécessaire.

— Mais, mais…

— Il n'y a pas de « mais, mais »… Votre truc c'est les gadgets, le mien, c'est les armes.

Polson avait saisi le message et suivit attentivement les instructions de Raven :

— Vous armez, vous enlevez le cran de sécurité, vous tendez le bras en direction des méchants, vous visez et vous appuyez sur la détente, comme dans les jeux vidéo. Sauf que là c'est un 45, il y a du recul, alors faites gaffe.

Une dernière chose : quand ça commencera à tirer, planquez-vous derrière un caillou. Oh ! Polson, vous rêvez ?

— Non, non, cran de sécurité, je vise, je tire et je me planque. C'est OK… enfin, je crois. Au fait, j'ai trouvé des infos sur les trous dans la paroi. Ce sont des cellules de moines qui communiquent entre elles. Il y a même des tunnels super longs. C'est fun, non ?

— J'ai encore plus fun : collez-vous derrière le rocher là-bas et n'en bougez plus !

Raven désigna un bloc de pierre qui faisait face à la falaise avant de prendre une lampe de poche et de se mettre à courir. Polson le regarda s'éloigner en se dirigeant fiévreusement vers l'emplacement indiqué. Tentant de se rassurer, il pensa : « C'est comme dans *Doom.* » En deux temps, trois mouvements, Raven avait escaladé la paroi et, une minute plus tard, il disparaissait dans une cavité.

Il chercha, sans succès, des empreintes dans la première cellule. Il en explora une deuxième, puis une troisième, sans plus de réussite, et décida de sauter pour atteindre un trou entouré de peintures bouddhistes situé plus en hauteur. À la force des bras, s'accrochant à la pierre, il parvint à se hisser jusqu'à une petite galerie dans laquelle il rampa sur plusieurs mètres. Un autre tunnel, beaucoup plus large, s'ouvrait au bout, en contrebas. Raven reprit son souffle et en profita pour guetter les mouvements autour de lui. Rien. Une prise dans la roche lui permit de sortir le buste. De sa main libre, il braqua sa lampe vers le sol et descendit de son perchoir. Accroupi, il observa les traces dans la poussière. Des pneus et des pas, de formes et profondeurs bien distinctes, vieilles d'une heure au maximum.

Raven décida de prendre sur la droite. Il suivit les empreintes en silence et au pas de course pendant quelques minutes, et arriva vers la lumière. La piste menait jusqu'au bord du précipice, où il trouva des traces différentes : quelqu'un avait manifestement été hissé. Quelqu'un qui allait devoir s'expliquer.

Raven sortit son téléphone :

— Polson, vous allez sûrement entendre des coups de feu tout à l'heure.

— Et qu'est-ce que je fais ?

— Vous tirez sur tout ce qui bouge sauf nous. Je reviens avec la conseillère et je descends par la paroi.

— Avec elle sur le dos ?

— Exactement ! Couvrez-nous, c'est tout ce que je demande, et dites au chauffeur de mettre le moteur en route aux premiers coups de feu.

Raven réussit à fixer, tant bien que mal, sa corde à un rocher qui dépassait du mur gauche du tunnel. Il s'engouffra aussitôt dans les entrailles de la montagne, remontant sa piste et repérant au passage quelques coudes, renfoncements dans la paroi, où ils pourraient se replier en cas de besoin.

Moins de dix minutes plus tard, il entendit du bruit et ralentit le pas. Il s'avança en se collant au mur.

— Vous ne voulez toujours pas nous dire qui vous êtes ? Nous savons que vous êtes de l'Unesco, nous voulons un nom pour la rançon ! Un nom.

— Je n'ai rien à vous dire !

L'homme qui parlait avec un fort accent pachto frappa la conseillère au ventre.

— La prochaine fois c'est dans la tête. Vous êtes seule et personne ne vous retrouvera ici, vous mourrez seule !

Il s'éloigna avec deux gardes armés pour discuter. Raven prit sa torche et fit un petit appel de lumière destiné à attirer l'attention de Kate, qui lui sourit. Il demanda par signe si elle pouvait se lever.

Elle hocha la tête, puis sembla se raviser. Raven insista. Elle descendit de sa chaise pour ramasser sa besace, les mains dans le dos, ce qui eut pour effet d'exaspérer Raven. Elle se releva enfin et, après un rapide coup d'œil vers Syed, toujours occupé à discuter, courut le plus vite possible jusqu'à son « sauveur » qui la retourna contre la paroi et trancha ses liens.

La supercherie semblait fonctionner. Au moment opportun, les talibans se retournèrent vers la chaise vide. Ils poussèrent des hurlements et se mirent à courir vers les deux sorties possibles. Raven attrapa le poignet de Kate.

— Mais courez !

— Je fais ce que je peux !

Juste avant le premier coude, un coup de feu retentit, qui passa assez loin d'eux mais rameuta les deux autres poursuivants. Arrivés à un renflement, Raven ordonna à Kate de foncer tout droit.

— Ne discutez pas. Je les ralentis et je vous rejoins.

Raven arma l'un des fusils d'assaut qu'il portait en bandoulière, tandis que Kate galopait pour donner le change. En embuscade, Raven tint en joue les ravisseurs et tira une rafale au plafond, espérant qu'il s'effondre. Seuls quelques cailloux tombèrent. Il tira de nouveau, mais en visant les têtes. Les talibans se replièrent et Raven reprit sa course. Il rattrapa Kate trop vite à son goût et l'empoigna par le bras pour la presser. Les autres se rapprochaient dangereusement. Raven le savait, ce n'était plus qu'une question de secondes. Tout en regardant en arrière, sans cesser de courir, il attrapa son second fusil et détacha les sangles des deux armes. Il attacha les mousquetons entre eux pour former deux boucles.

— Vous enfilerez ça au niveau des jambes après l'avoir passé dans la corde !

— Quelle corde ?

— Celle qui est au bout du tunnel. Par là où vous êtes arrivée. Ça aussi, il faudra me l'expliquer !

Ils étaient arrivés au dernier coude exploitable. Des faisceaux de lumière apparurent au loin. Raven attendit quelques secondes et tira une longue rafale pour protéger son avance, ce qui lui valut quelques tirs en retour. Sous le feu ennemi, il dévissa le bout du manche de son couteau et en tira du fil de pêche. Il riposta de quelques cartouches puis cala son arme dans une faille de la roche après avoir vérifié l'état de son chargeur. L'arme était presque vide, il pouvait la sacrifier. Le fusil ainsi fixé, il attacha son fil à la détente, fit sauter le cran de sécurité et partit rejoindre sa protégée en déroulant la petite bobine.

Après quelques secondes, il tendit son fil, déclenchant une dernière rafale qui ne toucha aucun des ravisseurs mais qui eut pour effet de ralentir leur progression un moment.

En rejoignant Kate qui avait enfilé son harnais improvisé, il lança la corde le long de la paroi, l'empoigna solidement et dit à Kate :

— Mettez les mains autour de mon cou !

— Mais on va mourir !

— C'est ça ou les balles de vos copains barbus. Ils ne vont pas avoir peur très longtemps d'une arme vide et sans tireur. Attrapez ça et tout ira bien, fit-il en lui tendant son fusil pour enfiler ses gants.

— Je vous rappelle que je ne suis pas Spiderwoman. Mais qu'est-ce que vous voulez que je fasse de ce truc ?

Raven se contenta de la charger sur son dos sans un mot.

Kate s'agrippa de toutes ses forces à Raven le temps de la brève descente en rappel, et atterrit sur les fesses. Malgré ses doigts engourdis par le frottement de la corde et l'effort pour ralentir leur chute, Raven trouva la force de la relever et de saisir son deuxième M16 pour tirer en direction des niches, là-haut. Alors que ses munitions s'épuisaient dangereusement, il aperçut Polson toujours posté derrière son rocher.

— Kate, courez ! Polson, tirez, voyons !

Terrifié, l'informaticien fit feu comme il put. Mais le recul de l'arme le secouait dans tous les sens. L'une de ses balles s'écrasa sur une roche à quelques centimètres de la tête de Raven, qui se retourna et adressa au tireur du dimanche de grands signes furieux.

— Putain, Polson, je vous ai dit de me couvrir, pas de me canarder ! Courez à la voiture et posez-moi ce flingue ! Et tâchez de ne blesser personne !

Raven tira quelques rafales dans le vide : les assaillants s'étaient repliés. Il sauta dans le véhicule, qui démarra sur les chapeaux de roues.

À côté d'une Kate essoufflée mais indemne, Raven surveillait la route et rechargeait son arme. Polson, quant à lui, préféra oublier cette expérience et se replongea dans la récupération d'images satellites du secteur en temps réel.

— On nous voit bien partir de la zone, mais personne ne nous suit. Vous avez dû les tuer ou leur faire peur… Euh, on peut peut-être ralentir ?

— Non ! Vous continuez à foncer ! ordonna-t-il au chauffeur. Et vous, Polson, vous contactez le colonel Potter, vous lui dites que tout le monde est sauf.

— OK, OK, j'ai rien dit.

Pendant que l'informaticien s'absorbait dans la contemplation de son écran, Raven se détendit un peu, posa son M16 et se tourna vers Kate. Il inspecta ses vêtements, lui leva les bras puis palpa ses côtes.

— Mais enfin, je ne vous permets pas !

— Taisez-vous et retournez-vous.

Il regarda son dos et toucha son crâne.

— Vous n'avez rien. Pas de côtes fêlées ou fracturées, pas de trauma crânien. Vous avez de la chance.

— J'ai surtout de la chance que vous soyez venu me chercher ! Ils me sont tombés dessus…

Le militaire la coupa :

— Qu'est-ce qui s'est passé exactement ?

— … alors que j'allais voir les vestiges du Bouddha pendant que vous vous chargiez des journalistes. J'admets que c'était complètement idiot. Je croyais être seule jusqu'à ce que j'entende un sifflement au-dessus. Il y avait un type qui pointait son arme sur moi. Quand il m'a lancé une corde, je n'ai pas eu le choix. J'ai passé une sorte de harnais et il m'a hissée.

— Et ensuite ?

— Ensuite, ils m'ont emmenée en moto jusqu'à la salle où vous m'avez trouvée.

Raven ne la laissait pas respirer. Il voulait la vérité. Une toute petite alarme s'était déclenchée et il devait être fixé.

— Après ?

— Après, ils ont voulu savoir ce que je faisais là, pourquoi je parlais à des journalistes, avec qui j'étais.

— Qu'avez-vous répondu ?

— Que je travaillais pour l'Unesco, ça avait marché avec les journalistes. Ils ont dit qu'ils le savaient. Et puis, ils ont voulu connaître mon identité et j'ai refusé de la leur donner. Ils ont fouillé mon sac. Mais j'avais laissé mon passeport au coffre donc…

— Ils n'ont rien trouvé.

— Et ça ? lança Raven en désignant son carnet de bord.

— Ils ne l'ont même pas ouvert.

— Ah, vraiment ? Et ils voulaient quoi ?

— Oui, *vraiment*. D'après ce que j'ai compris, ils voulaient m'échanger contre une rançon.

Kate, qui ne savait pas quelle contenance adopter face aux soupçons évidents de Raven, décida de rester assez neutre, l'air juste un peu choquée. Cela sembla le convaincre. Raven jeta un regard circulaire à l'extérieur et finit par dire au chauffeur de ralentir. Puis il observa Kate en se demandant si elle était réellement très forte ou si elle bluffait. Mais pourquoi aurait-elle fait une chose pareille ? Et peut-être n'était-elle tout simplement plus à ça près. Après tout, quand on a perdu toute sa famille, plus grand-chose ne peut vous affecter. Peut-être même s'était-elle jetée délibérément dans la gueule du loup.

— Considérez-vous comme une miraculée. Il n'y aura pas de seconde chance, alors ne vous avisez plus de me fausser compagnie.

— Évidemment ! Je ne fais jamais deux fois la même erreur.

— Vous avez un nom ? Une description ?

— Rien. Ils dissimulaient leur visage et parlaient dans leur langue. Je suis désolée.

Raven accepta ses explications et ne décrocha plus un mot jusqu'à leur retour à l'hôtel. Il conduisit sa protégée jusqu'à sa chambre, qui le remercia avec une chaleur qui se heurta à sa raideur militaire.

Kate conclut son séjour par un aller-retour sous haute surveillance dans les montagnes, à proximité de la vallée du Panshir où résidait Massoud depuis le putsch. Elle y avait trouvé un homme sage, un peu désabusé par la politique occidentale. Lui qui avait eu le soutien des États-Unis et l'avait perdu à la suite de leur rapprochement avec le Pakistan se retrouvait aujourd'hui dans la position d'une Cassandre. Le meneur fatigué sentait bien que la situation était tendue et espérait que cette jeune conseillère de l'ONU, qui était venue de loin pour le voir, l'aiderait à convaincre les Occidentaux de la « menace Oussama Ben Laden », comme il la qualifiait lui-même.

Alors qu'elle s'apprêtait à le remercier pour son combat pour les femmes, cet homme du peuple, qui était avant tout un guerrier doublé d'un stratège, avait prophétisé : « Vous verrez, si vous ne faites rien, dans les prochains mois, Oussama Ben Laden mettra l'Occident à feu et à sang. »

24 août 2001, 22 h 37, quelque part dans la réserve indienne de Papago, Arizona, États-Unis d'Amérique

Un balai d'hélicoptères volant à très basse altitude perturba le début de la nuit de quelques scorpions, pumas et autres bestioles qui constituaient toute la population de cette zone désertique. Les appareils se posèrent sur un vaste terrain, très loin de toute habitation, et leurs pilotes avaient reçu l'ordre de ne pas bouger de leur siège en attendant le retour de leurs sept passagers qui, vêtus de robes de bure, s'étaient engouffrés dans un bunker souterrain.

Un ventilateur bruyant assurait la confidentialité des discussions qui allaient se tenir dans l'unique pièce de cet abri. Indivar Suresh ouvrit la séance en invitant, d'un geste, chacun à s'asseoir.

— Frères et sœurs de Biocalypse, soyez les bienvenus.

Inquiète, Kate demanda à voix basse à Abraham :

— Vous avez pensé aux images satellites ?

— Ne vous inquiétez pas, sœur Eve, nous avons un homme pour chaque problème. Je vous suggère plutôt d'écouter ce que Pierre a à nous dire.

— Quelque chose ne va pas, frère Abraham ? s'enquit Suresh.

— Rien de grave, frère Pierre. Sœur Eve s'inquiétait pour la confidentialité de ce rendez-vous.

— Tiens donc, elle qui nous suggérait de laisser des cartes de visite… D'ailleurs, ma chère, cette proposition a été étudiée à Paris pendant votre voyage et rejetée par la majorité.

Il se tourna vers Abraham.

— Vous l'avez rassurée ?

— Oui.

— Parfait. J'aimerais cependant que chacun ici ait le même souci du secret. J'y tiens d'autant plus que nous avançons à grands pas cette année. Le départ prématuré de frère Clarence nous a permis d'accueillir sœur Eve, qui nous a apporté une aide précieuse, grâce à laquelle nous allons pouvoir participer à une opération visant à déstabiliser la première puissance mondiale ainsi que, du moins nous l'espérons, une bonne partie du monde occidental. Sœur Eve, c'est à vous.

Kate résuma rapidement sa rencontre avec Syed Akbar, qui avait finalement accepté sa proposition lors d'une seconde entrevue, à New York.

— Les passeports que nous lui avons fournis ont permis à ses hommes d'entrer dans le pays. Je ne connais pas les détails de leur opération mais nous en savons assez pour nous attendre à quelque chose d'énorme. Ce sera du jamais vu. Ils ont refusé de me donner la date et la cible mais m'ont assurée que nous recevrions un message clair deux jours avant.

— De quel type ? coupa Robert Falachon.

— Du type que la communauté internationale recevra sans en tirer de conclusions, frère Bernard. C'est tout ce que je sais.

— Peut-on leur faire confiance ? s'inquiéta Tatsuo Tanaka.

— Nous leur avons fourni du matériel qui constitue aussi une mine d'informations pour nous, intervint Peter Swanson. Nos contacts qui les côtoient nous tiendront au courant du moindre dérapage. Il n'y a pas de souci à se faire.

— Nous guetterons donc le signal…, conclut Indivar Suresh. En attendant, frère Bernard, dites-nous quelques mots de notre nouvelle action à plus long terme.

— Je suis fier de vous annoncer que nous sommes aujourd'hui en mesure de lancer notre cellule financière. Grâce à nos différentes activités, nos sociétés-écrans et nos banques partenaires, nous avons pu amasser des sommes colossales, que frère Korny nous a suggéré de placer en Bourse *via* plusieurs fonds d'investissement. Notre seconde attaque pourrait se faire contre l'Euro. Pour cela, nous visons à terme l'installation sur les marchés financiers de personnes capables de tirer les ficelles à notre place.

Falachon accompagnait son discours de grands gestes enthousiastes.

— Nous allons véroler le système de l'intérieur ! Faire exploser tout ce qui peut être détruit. Nous mettrons sur le marché des produits financiers tellement complexes que personne ne se doutera qu'ils sont des bombes à retardement !

— Je ne suis pas d'accord avec cela ! objecta Tanaka. Nous menons actuellement des protocoles de tests particulièrement coûteux sur différentes molécules provoquant l'accoutumance, dont nous envisageons d'inonder le marché mondial quand le jour sera venu. Ce genre d'initiatives risque de se retourner contre ma société, ce qui serait très dommageable pour la suite de nos opérations.

— Frère Calvin a raison, trancha Suresh. Frère Bernard, il vous faudra attendre un peu pour entamer cette dernière phase ou que vous vous entendiez pour spéculer de concert. À qui comptez-vous déléguer les opérations légales ?

— Nous avons approché un certain Allen Stockord, qui semble prometteur. C'est un requin de la finance qui ne fait pas de sentiments.

— Merci, frère Bernard. Si vous en êtes tous d'accord, nous reportons donc la création de la cellule financière à une réunion ultérieure.

Ils croisèrent les avant-bras, poings fermés, sur leur poitrine en signe d'assentiment. Suresh poursuivit :

— Je souhaitais aussi vous annoncer que grâce au frère Korny, qui en sera le plus gros donateur, la fondation Reforestation existera de plein droit dans les prochaines semaines. Sa mission officielle sera de replanter des arbres partout dans le monde. Pour le reste, je peux juste vous dire qu'elle servira au financement de nos projets. Sachez aussi qu'avant la fin de l'année 2004, chacun d'entre vous aura une mission propre, des hommes sous ses ordres et une responsabilité face à ses autres frères. Biocalypse est lancée, rien ne l'arrêtera. Frères et sœurs de Biocalypse, soyez forts, soyez invisibles, soyez les défenseurs de la nature contre l'humanité.

Cette fin de discours théâtrale provoqua un léger sourire chez Kate, qui s'assura aussitôt que personne ne l'avait remarqué avant d'aller saluer les autres. L'humour n'avait pas l'air d'être le genre de la maison.

Kate prit place avec Abraham dans l'hélicoptère qui les ramenait aux abords de Las Vegas. Elle ajusta son casque et son micro pour demander :

— Pouvez-vous me parler de frère Clarence ?

Abraham s'avança vers le pilote, lui tapa sur l'épaule et lui fit un signe de la main.

— Veuillez couper votre casque.

— Comme vous voudrez.

Il se tourna de nouveau vers Kate.

— Clarence était un de nos frères. Il était sud-africain, il œuvrait à nos côtés depuis le début.

— Mais qu'est-il devenu ?

— Il a décidé de trahir la cause, il y a un peu plus d'un an.

— Et que lui est-il arrivé ?

— Il est mort. Dans un accident de parachute. Il va sans dire qu'il ne sautait jamais.

— Ah… Et comment l'avez-vous appris ?

— Nous sommes tous sous surveillance, pour notre propre sécurité. Un livreur de pizzas, un employé des télécoms, une femme de ménage, enfin, vous voyez le truc.

— Et lui ?

— Il est entré en contact téléphonique avec un agent du FBI. Sa ligne a été coupée sur-le-champ et… il a tenté d'apprendre à voler. C'est dommage, je l'aimais bien. Chez nous, il n'y a pas d'avertissement.

— Reçu cinq sur cinq. Et quand vous disiez que vous aviez un homme pour chaque problème, vous exagériez ou c'est la vérité ?

— Je n'exagérais pas.

— Mais comment y parvenez-vous ?

— C'est assez simple la plupart du temps. C'est souvent une question d'argent, or nous en avons beaucoup. Parfois, c'est un peu plus compliqué. Il faut alors trouver ce que souhaite vraiment la personne qui nous intéresse, son désir secret. Mais nous parvenons toujours à trouver le levier, qu'il soit honteux ou jugé inaccessible. Les gens ont des envies simples : une maison, des vacances, une promotion au travail, de la sécurité pour leurs proches, un médicament, une luxure inavouable, une vengeance qu'ils ne peuvent accomplir seuls… Vous êtes sûre que ça va ?

Kate venait de se rendre compte qu'elle était un pion comme les autres. Juste un peu plus haut placé que les autres, mais un pion quand même. Elle venait aussi de se rendre compte qu'il était trop tard pour reculer.

— Oui, oui. Votre chauffeur me ramènera-t-il à l'hôtel après ce « Las Vegas by night » ?

— Un escort-boy pourra témoigner, si nécessaire, que vous étiez avec lui. Il s'appelle Raoul et il a fait passer des achats sur votre carte à différents endroits de la ville.

Un long moment de silence passa avant que le pilote ne fasse un signe pour savoir s'il pouvait rebrancher son casque. Il avait volé très bas en dessous de la couverture radar. À présent, il survolait une piste. Abraham salua Kate chaleureusement et l'accompagna jusqu'à la limousine. Mais avant qu'il ne remonte dans l'hélicoptère, il ajouta en criant, pour couvrir le bruit des pales :

— Je vous recontacte, comme d'habitude. Cette fois, ce sera un vendeur d'aspirateurs qui frappera à votre porte.

Abraham s'enferma dans le cockpit et ils décollèrent. Kate fit la connaissance de Raoul, qui buvait son champagne vautré sur la banquette arrière.

4 septembre 2001, 8 h 36, Dunyea Street, nouveau domicile des Raven, Newark, New Jersey, États-Unis d'Amérique

Après avoir ramené Kate Gordon à bon port, le commandant Robert Raven n'avait pas chômé. Une mission classée « secret défense » en Angola – un camp d'entraînement destiné à former l'élite des soldats du pays – et le baby-sitting d'une famille de diplomates en Somalie. Juillet était arrivé sans qu'il n'ait pu voir sa femme et sa fille. Six mois d'absence en tout. Mais cela allait changer. Il s'était arrangé pour être plus présent et avait fait déménager « ses deux femmes » depuis San Francisco pour une petite maison de banlieue avec jardin dans le New Jersey. Une bicoque qu'il avait achetée et fait entièrement retaper grâce à ses soldes gonflées par ses interventions à l'étranger.

Le mois d'août était passé entre travaux de toiture, abattage de cloisons, peinture, installation d'un arbre dans le jardin, jeux avec leur fille et petites siestes crapuleuses.

Raven savait au fond de lui qu'il était passé très près de foutre son couple en l'air. Tiffany ne supportait plus ses absences et il sentait que ces disputes récurrentes allaient le conduire au divorce, avec, de surcroît, la perspective intolérable de ne pas voir grandir au quotidien la petite Rebecca. Il avait pris la décision qui s'imposait, qu'il comptait annoncer à sa femme dès la fin des travaux. Il avait trouvé un emploi de garde du corps à New York. Un poste tranquille, dans un immeuble la plupart du temps, qui le garderait près de la maison.

Ce 4 septembre, il se leva aux aurores, sans bruit, pour passer la dernière couche de peinture dans la chambre de sa fille qui dormait dans un coin du salon aménagé façon cabane. Il avait ensuite préparé un petit déjeuner copieux, le premier depuis très longtemps, puis était monté à l'étage afin de réveiller sa femme avec un baiser.

— Bonjour, chérie.

— Bonjour.

— Tu as bien dormi ?

— Pour ça, il faudrait que tu arrêtes de me faire l'amour trois heures sur les sept que Rebecca nous accorde.

Raven lui rendit son sourire.

— Pardon. J'oublie qu'on est un vieux couple maintenant.

— Viens plutôt là, mon homme des bois.

— J'ai fait le petit déjeuner…

— Tu es malade ?

— Non ! s'offusqua-t-il en riant. C'est une journée spéciale.

— Pourquoi ?

— Je te dirai ce soir.

***

Dans son salon, le colonel Potter raccrocha, perplexe. Quelle mouche avait piqué Kate Gordon ? Au bruit ambiant et à la mauvaise qualité de la communication, il lui avait semblé que la jeune femme appelait d'une cabine téléphonique.

Ses instructions étaient aussi étranges que limpides : venir en civil, sans prévenir personne, à l'église du Sacré-Cœur sur Pine Street. En clair, rien qui ressemble à la Kate Gordon qu'il connaissait. Potter héla un taxi.

— 3211 Pine Street Northwest par Park Road.

Un œil sur la route, l'autre sur sa montre. L'église était à vingt minutes de chez lui. Il demanda au chauffeur de se garer dans une ruelle et lui tendit un billet :

— Attendez-moi là. Laissez tourner le compteur.

Il scruta les environs, marcha le long d'un bâtiment industriel en tôle, jeta un regard distrait au couple qui disputait une partie de tennis sur l'un des cours qui jouxtaient l'église puis frappa à la porte. Une petite voix passa à travers le bois :

— Qui est-ce ?

— Potter.

— Entrez vite. Vous n'avez pas été suivi ?

— Non ! Mais je ne comprends pas à quoi tout ceci rime !

— Taisez-vous ! Nous allons parler de tout ça au sous-sol.

— Pourquoi chuchotez-vous ?

Kate Gordon ne répondit pas et l'emmena en bas par un escalier étroit. Elle alluma la radio sur une station qui diffusait de la variété et continua à chuchoter :

— Je suis désolée de vous imposer cela mais j'ai bien peur d'être suivie depuis quelques jours.

— Pourquoi ne pas me l'avoir dit plus tôt ?

Il parlait lui aussi à voix basse pour ne pas inquiéter Kate.

— Parce que je n'ai confiance en personne, à part vous… et Raven. Et surtout, j'ai fait de nouvelles recherches sur le Moyen-Orient, les islamistes… En bref, je crois que j'ai déniché quelque chose. Ça va bouger dans les prochains jours ! Je ne veux pas être nommée dans cette histoire mais jurez-moi que vous allez creuser.

— On doit chercher où ?

— Afghanistan, Arabie Saoudite. Cherchez du côté d'Oussama Ben Laden.

— Nous ferons notre possible.

— Surtout, ne parlez à personne de cette entrevue.

— Kate, vous ne croyez pas que vous en faites un peu trop ?

— Je vous dis que je pense que je suis suivie ! Vous avez accès aux mêmes informations que moi, eh bien, creusez, et vous verrez bien si j'exagère. Je ne suis pas du style à dramatiser, non ?

— C'est vrai. Et maintenant ?

— Je vous laisse, je sors par-devant et vous attendez cinq minutes avant de partir par-derrière. Après, seulement, vous pourrez utiliser votre téléphone pour demander des confirmations. Au revoir.

Kate grimpa quelques marches puis se retourna pour une dernière remarque :

— Si vous réagissez vite et bien, vous aurez peut-être une promotion mais moi, je n'existe pas sur ce coup-là !

— J'ai compris, filez.

Le colonel fit ce que Kate avait demandé et trouva un autre taxi car le sien n'avait pas eu la patience de l'attendre. Au bout de quelques kilomètres, il décrocha son téléphone et convoqua à la base aérienne d'Andrews ses « fouille-merdes » pour tirer cette affaire au clair. Accessoirement, le colonel leur passerait un savon s'ils étaient passés à côté d'un événement si gros qu'une simple analyste l'avait trouvé en faisant de simples recherches depuis son bureau.

Les « fouille-merdes », dont certains ignoraient même jusqu'à l'existence de ce Ben Laden, bossèrent comme des forçats. Ils finirent par trouver le lien bancaire entre trois sociétés off-shore et un militant tunisien, deux billets d'avion vers l'Afghanistan, une location de voiture et une autre de caméra, le tout saupoudré de recherches sur la vallée du Panshir. Les « méchants » voulaient abattre

Massoud. Mais les analystes butaient sur une information arrivée en parallèle : de brefs échanges téléphoniques, des phrases banales, qu'il avait fallu traduire en anglais, entre l'Arabie Saoudite et les États-Unis.

Le rapport, certes incomplet, posé sur son bureau, avait décidé Potter à décrocher son téléphone :

— Général Muring, colonel Potter. J'ai des informations concernant une attaque terroriste contre le général Massoud, en Afghanistan.

— Que voulez-vous que ça me foute ?

Assis à son bureau du Pentagone, dans son fauteuil en cuir pleine fleur, le gradé ne semblait en effet pas très concerné.

— Apparemment, ce ne serait que la première vague d'attentats.

— Qu'est-ce qui vous permet de l'affirmer ?

Potter expliqua.

— Ce n'est pas très probant. Tenez-moi au courant si vous avez mieux. Mais ne me dérangez pas pour rien.

Potter raccrocha, un peu surpris par cette indifférence. Il réfléchit longuement et finit par se décider à taper plus haut. Il décrocha le téléphone rouge. Une voix de femme répondit immédiatement :

— Maison Blanche, département de la Défense, Dorothy à votre écoute, bonjour. Veuillez vous identifier.

— Colonel Potter, code Delta Bravo 2-5-6 Charly. Passez-moi le secrétaire d'État à la Défense.

— Il est en réunion, voulez-vous que je lui laisse un message ?

— Non, c'est une situation potentiellement Titan.

— Je vais voir ce que je peux faire.

La standardiste le mit en attente et appuya sur la touche d'appel automatique du numéro de son patron. Le secrétaire d'État était en « réunion ». Ce qui signifiait, à un peu moins de 5 heures de l'après-midi un mardi, qu'il se trouvait dans sa garçonnière, avec sa maîtresse. Et ce qui expliqua l'attente nettement plus longue que d'habitude.

— Monsieur Stockwell, je suis désolée de vous déranger en pleine « réunion »…

— Qu'est-ce qu'il y a de si urgent ?

L'homme vieillissant et bedonnant tentait laborieusement d'enfiler une robe de chambre estampillée du logo d'une célèbre chaîne hôtelière tout en tenant son portable. La très jeune femme blonde entièrement nue, qui était restée dans son lit, manifesta une lueur d'intérêt l'espace d'une seconde. Elle entendait distinctement la conversation grâce au haut-parleur du Smartphone réglé très fort.

— J'ai le colonel Potter en ligne, il prétend avoir repéré un potentiel code Titan.

— Passez-le-moi.

Il s'éloigna du lit et ferma la porte qui séparait la chambre du petit salon de la suite.

— Colonel Potter, que me vaut cet appel ? Vous n'êtes pas censé passer par votre hiérarchie ?

— J'ai essayé mais on ne semble pas me prendre au sérieux.

— Il s'agit de quoi, au juste, pour que vous évoquiez une menace sur le sol américain ?

— J'ai des informations concernant une attaque terroriste contre le général Massoud, en Afghanistan, en provenance de Tunisie, commanditée par un ancien de la CIA, Oussama Ben Laden.

— Et vous vous étonnez qu'on ne vous prenne pas au sérieux ? Que voulez-vous que ça nous foute ? On ne le soutient plus depuis des années.

La jeune maîtresse du secrétaire d'État à la Défense ouvrit la porte et se fit congédier d'un geste agacé.

— Mon équipe planche sur des communications entre l'Arabie Saoudite et chez nous, poursuivit Potter. Nous pensons sérieusement que cette action ne représenterait que le prélude à une vague d'attentats.

— Et c'est pour ça que vous m'emmerdez ?

— Affirmatif. Nous préparons le dossier, général. Je vous demande d'en parler au Président.

— Je vais l'appeler, mais je ne vous garantis rien. Il serait plus enclin à soutenir les Saoudiens qui ont en partie financé sa campagne. Je vous appelle dans une heure.

Il raccrocha et se tourna vers la jeune fille qui faisait mine de bouder sous les draps.

— Je te l'ai dit cent fois, mon sucre d'orge : quand je suis au téléphone, tu me laisses tranquille.

— D'accord, mon gros chou à la crème. Tu me rejoins au lit ?

— Non, je n'ai plus le temps.

Elle repoussa les draps et se pendit nue à son cou.

— Oui, je sais, mais on vient de me prévenir de… Habille-toi. Je te rapporterai un cadeau mardi prochain, promis. Tiens, achète-toi une belle robe en attendant.

Il lui tendit négligemment quatre billets de cent dollars.

Elle protesta pour la forme et prit l'argent avec une moue renfrognée. Stockwell était bien conscient qu'elle en faisait un peu trop, mais il aimait son petit côté capricieux et, surtout, elle était ravissante. Et puis il persistait à croire qu'elle s'intéressait à lui sans savoir qui il était et ce qu'il faisait dans la vie.

Il s'engouffra dans la limousine qui l'attendait sur le pas de la porte et donna l'ordre de se rendre à la Maison Blanche. Puis il composa le numéro du Président :

— Monsieur le Président, Stockwell.

— Que vous arrive-t-il, cher ami ?

— On a un problème, j'arrive dans dix minutes.

— Je n'en aurai que quinze pour vous.
— Ça suffira.

***

Raven sortit une table et trois chaises et alluma le barbecue pour cuire son fameux « steak à la sauce secrète », une recette qu'il tenait de son père, qui la tenait lui-même du sien, qui la tenait d'un Français qui l'avait accueilli après le débarquement sur les côtes normandes. Tous deux avaient été des militaires de carrière décorés de la Silver Star pour leur bravoure au combat. Il rendait en quelque sorte ainsi un dernier hommage à la tradition familiale avant d'annoncer sa démission de l'armée au dessert.

Tiffany arriva derrière lui les assiettes à la main.

— Quelque chose ne va pas, mon amour ? Tu as l'air préoccupé.

— Au contraire, tout va très bien, tu ne peux pas savoir à quel point. J'ai quelque chose d'important à t'annoncer, mais il faudra que tu patientes jusqu'au dessert.

— Tu ne veux pas me le dire tout de suite ?

— Non, mangeons d'abord, ce sera la cerise sur le gâteau. En attendant, va chercher Rebecca et installez-vous. Ce soir, c'est « steak à la sauce secrète ».

Ils profitèrent pleinement d'un de ces trop rares repas en famille. Rebecca adorait son nouveau jardin et Raven imita le tigre à dents de sabre en plaçant deux frites dans sa bouche, ce qui la fit mourir de rire. Tiffany goûtait son bonheur quand le téléphone de son mari sonna. En un instant, son regard changea. L'expérience lui avait appris que ce n'était pas bon signe. Raven prit l'appel et écouta, silencieux et droit comme un « i ». Puis il raccrocha et se tourna vers sa femme.

— Une voiture passe me prendre demain matin à la première heure. Je pars pour Washington.

— C'était ça, ta grande nouvelle ?

— Non, absolument pas. Chérie, je suis désolé, je n'ai pas le choix. C'est une question de sécurité nationale, justifia Raven sans se faire d'illusions.

Il hésita un instant à lui confier que c'était sa dernière mission et pensa que ce n'était pas le moment opportun. De toute façon, dans sa colère, Tiffany refuserait de le croire.

— Ils n'ont personne d'autre pour sauver le monde ?

— Crois-moi, si je pouvais faire autrement je n'hésiterais pas une seconde, mais c'est impossible, fit-il en serrant les poings.

— Eh bien, Bruce Willis, je crois que je vais me passer de dessert… Fais des crêpes à ta fille, qu'elle garde un bon souvenir de son père !

Tiffany quitta la table avec les assiettes sales, les posa lourdement dans l'évier et jeta dans le broyeur les restes de nourriture. Raven n'avait rien à ajouter. Rebecca regarda son père et, le voyant si triste, lui adressa un grand sourire.

— Papa, on fait l'avion ?

Raven acquiesça avec soulagement, plein d'amour et d'admiration. Il prit les mains de sa fille et fit tournoyer cet adorable « avion », qui ne pouvait plus s'arrêter de rire. Il la fit atterrir et demanda :

— Tu veux des crêpes ?

— Oui, oui, au sirop d'érable.

— C'est nouveau ça ? Je croyais que tu n'aimais que la pâte à tartiner.

— Non, c'est meilleur, le sirop d'érable.

Il faisait sans doute les pires crêpes de l'univers mais sa fille les adorait. Ils n'en profitèrent qu'à deux, car Tiffany s'était isolée dans sa chambre pour ne pas laisser sa colère d'adulte gâcher le plaisir de sa fille.

Raven baigna et coucha Rebecca. Lorsqu'il rejoignit Tiffany, elle était déjà au lit et lui tournait le dos.

— Ne me fais pas ça la veille d'une mission, s'il te plaît.

— Parce que c'est *ma* faute, peut-être ? Et tu pars où cette fois ? Ou peut-être que ça non plus, tu ne peux pas me le dire…

— Afghanistan.

— Ce sera dangereux ?

— Peut-être. Mais je te promets que je reviendrai vite.

— Je n'en peux plus.

— Qu'est-ce que tu veux dire ?

— Ce que je viens de dire. Je n'en peux plus, c'est trop.

— C'est la dernière.

— Tu parles… Je ne suis pas stupide, Robert, tu as ça dans le sang. D'ailleurs, c'est aussi ce que j'aime chez toi, tu ne lâches rien, jamais.

— Je ne sais pas quoi te dire.

Robert s'appuya sur son coude gauche afin d'apercevoir le visage de sa femme. Il la trouva toujours aussi belle, en dépit de la contrariété qui dessinait une ombre sur son front.

— Laisse-moi un peu de temps et je ferai ce qu'il faut.

— Je ne sais pas si j'en ai encore la force. Si ça ne s'arrête pas très vite…

Elle prit une inspiration.

— Je ne pourrai plus continuer comme ça.

Ils dormirent peu cette nuit-là, dos à dos, chacun plongé dans ses pensées. Tiffany s'endormit vers 4 heures du matin, une demi-heure avant le départ de Raven, qui laissa un mot sur la table de la cuisine disant qu'il les aimait et qu'il promettait de revenir.

24 mars 2002, 3 h 12, Court Street, Brooklyn, New York City, État de New York, États-Unis d'Amérique

Jane Marsh enquêtait pour son propre compte, en plus de son travail sur le terrain pour le *New York Times* qui, un peu moins de deux ans plus tôt, employait Pamela Guers pour des investigations très appréciées des lecteurs. Jane avait repris son flambeau et surtout son credo : « toujours étayer par des preuves, ne jamais faire de sensationnalisme ». Son rédacteur en chef, au courant de ses premières recherches, insista rapidement pour qu'elle les arrête et qu'elle admette enfin la thèse du suicide, ce qui était naturellement mal la connaître.

Depuis près d'un mois, Jane se démenait pour récupérer les informations des caméras de surveillance des commerces situés à proximité de l'appartement de Pamela, sans succès. Elle avait donc décidé de passer à la vitesse supérieure.

Cagoulée et accompagnée de ce qui s'apparentait le plus à un ami – Sam, un spécialiste, entre autres, des « visites de courtoisie » –, elle s'apprêtait à s'introduire dans le centre de traitement des données de la SECUTECH, qui détenait toutes les vidéos de sa cliente, la banque Dommer Parker, dont une succursale jouxtait l'appartement de Pamela. Cette salle de stockage était la plus prometteuse des pistes, et surtout la seule qu'elle pouvait encore exploiter, puisque toutes les bandes avaient été détruites quelques jours après le drame. Les trois systèmes de sécurité à franchir étaient impressionnants mais n'entamaient pas la détermination de la journaliste.

Les mains gantées, Jane et Sam se tenaient devant la porte de service de l'entreprise, située sur l'arrière-cour d'un Dunkin' Donuts. Pour passer ce premier obstacle,

Jane avait obtenu le code d'accès en draguant effrontément l'un des employés de la SECUTECH qui y avait ses habitudes au petit déjeuner. Le cœur battant, elle composa les neuf chiffres, et le boîtier émit une lumière verte qui fut comme un signal l'autorisant à reprendre son souffle.

Ils rasèrent les murs du couloir pour éviter l'œil des caméras, mais le gardien censé surveiller les écrans n'était pas à son poste, ce qui ne les rassura pas pour autant.

Sam lui fit signe de s'accroupir et lui indiqua la sortie d'un air interrogatif. Jane secoua vigoureusement la tête. Leur discussion muette tourna court quand ils entendirent le gardien se rasseoir lourdement sur son fauteuil. À quatre pattes, ils se dirigèrent vers la salle des serveurs. Si les plans de l'urbanisme étaient bons, ils n'avaient que quelques mètres à faire avant de se retrouver devant un lecteur de carte magnétique qui leur donnerait accès à la salle de stockage.

Sam sortit d'une poche de son blouson noir un passe-partout électronique fait maison et, en quelques secondes, la serrure céda. Mais l'ouverture déclencha aussi un compte à rebours imprévu. Sans céder à la panique, Jane chuchota :

— On est tranquilles pendant quatre minutes trente, j'espère que tu es au point !

— Oui, mais je te préviens, quoi qu'il arrive, je serai sorti de la pièce avant que ça sonne !

— Cherche plutôt le disque dur de la banque.

En quelques secondes, Sam trouva l'emplacement et brancha un câble USB qu'il relia à un boîtier muni d'un écran. Il sélectionna deux dates dans la liste qui s'affichait sur la bécane et lança le téléchargement. Sam faisait des moulinets de la main gauche pour encourager la machine à accélérer pendant que Jane faisait le guet devant la porte.

Au bout de trois minutes et quarante secondes, il ôta le câble USB du disque dur et se précipita vers la sortie, poussa Jane et referma la porte sécurisée.

Ils rampaient vers la sortie quand un bruit de canette tombant d'un distributeur résonna comme un coup de tonnerre. Abandonnant leurs précautions d'apprentis espions, ils se redressèrent aussitôt et cavalèrent jusqu'à la sortie de secours la plus proche. L'alarme se déclencha immédiatement mais le temps que le corpulent gardien ne réagisse, Jane et Sam étaient déjà loin. Ils reprirent leur souffle deux palissades et trois cents mètres plus loin, sur Clinton Street, devant le tas de boue qui servait de voiture à Sam. Ils retirèrent leurs cagoules et partirent d'un éclat de rire incontrôlable. Lorsque l'adrénaline cessa de faire son effet, Jane s'inquiéta :

— Tu as ce qu'il nous faut ?

— J'espère, j'ai dû couper le téléchargement de la deuxième journée. On n'avait plus le temps !

Sam ôta ses gants et ouvrit son PC. L'ordinateur mit un temps infini à s'allumer au goût de Jane, qui attendait cet instant depuis si longtemps. Il fallut encore quelques secondes à Sam pour lancer la lecture des fichiers.

— Avance !

— Hé, une minute !

— Là !

Regarde le 4×4 noir et les deux mecs qui en sortent. Tu peux me faire un agrandissement de la plaque et du visage de ces types ?

— C'est jouable, mais j'aurai besoin d'une bonne heure pour retraiter chaque image.

Jane regardait nerveusement les images qui défilaient à toute allure. D'un coup, elle pointa du doigt l'écran.

— Regarde, ils ressortent de l'immeuble de Pamela ! Ils y ont passé quoi ? Vingt minutes ?

— Dix-huit minutes cinquante et une secondes d'après l'horodatage.

— C'est forcément eux. Regarde l'heure, pile ce qu'a dit le légiste. Le problème, c'est que vu la manière dont on a obtenu la bande, on va avoir du mal à passer ça comme preuve.

Sam déposa Jane sur le perron de son immeuble et retourna dans sa tanière, un appartement en sous-sol qui ressemblait plus à un lieu de stockage de matériel informatique qu'à une habitation. À six heures et demie du matin, Sam, les yeux gonflés par la fatigue, imprimait la dernière photo retraitée numériquement. À 7 heures, Jane recevait le SMS suivant : « Beaux portraits. Un café à midi. Cette fois, c'est pour Pam. » Elle sourit et se rendormit aussitôt.

Sam tendit un sac en papier à Jane, qui l'attendait, emmitouflée, au bord de la fontaine mise à l'arrêt pour l'hiver.

— Tiens ton café, Marsh.

— Merci.

— Tu verras que leur plaque est lisible mais je pense que c'est une fausse.

— Ne t'inquiète pas, je vais chercher. Tu es sûr que je ne te dois rien ?

— Sûr. Cette fois, c'est pour Pamela…

Sam eut un sourire crispé.

— Bon, je te laisse. Fais gaffe à toi !

— Que la force soit avec toi !

Sam se retourna pour lui lancer un ultime salut de Jedi mais Jane était déjà partie en direction du commissariat pour faire identifier la plaque par un policier qui, elle en était persuadée, serait plus coopératif si elle lui ramenait des donuts.

12 avril 2002, 10 h 46, Maryland State Police, Washington Boulevard, Jessup, Maryland, États-Unis d'Amérique

— Monsieur l'agent, cela fait une heure que l'inspecteur Blair doit me recevoir ! Nous avions rendez-vous !

— Mademoiselle Marsh, retournez vous asseoir, s'il vous plaît. L'inspecteur est prévenu… Merci.

Jane regagna son siège, à côté d'une prostituée défraîchie qui reniflait sans arrêt, en songeant que ce planton se foutait d'elle. Elle commençait à bouillir dangereusement quand elle l'entendit s'exclamer :

— Vous voyez, ma petite dame, tout arrive !

Un homme nonchalant d'une cinquantaine d'années s'approchait du comptoir qui séparait la salle d'attente des bureaux.

— Stewart, la jeune femme pour toi.

— Qu'est-ce qui me vaut l'honneur d'une si jolie visite ? Ce n'est pas mon anniversaire… hein, les mecs ? brailla-t-il à la cantonade dans une indifférence quasi générale, à l'exception de deux ou trois sourires gênés.

Vexé, il donna l'ordre d'envoyer la prostituée au trou et, sans écouter ses protestations, se tourna vers Jane, raide comme un piquet.

— Suivez-moi dans mon bureau.

Le « bureau » en question tenait plus du cagibi que du poste de travail. Des dossiers s'amoncelaient au milieu des cartons de pizzas et de donuts, et la poubelle débordait de gobelets de cafés du Starbucks du coin. Jane observa, écœurée, cet environnement dégoûtant pendant que Blair lui libérait un siège caché sous une montagne de papiers. Il l'invita à prendre place et s'assit lourdement sur son fauteuil hors d'âge.

— Alors, dites-moi ce que vous voulez.

— Voilà, j'ai remonté une piste jusqu'à Baltimore…

— Une piste ? Vous êtes quoi ? Chasseur de primes ? Pire ? Merde… me dites pas que vous êtes journaliste !

— Au *New York Times*, fit Jane de sa voix la plus calme. Je disais donc que j'avais remonté la piste de deux hommes que je cherche depuis presque deux ans. Bon, avec les attentats…

Elle marqua un temps d'arrêt, comme beaucoup le faisaient depuis le 11 Septembre.

— … j'ai mis ça entre parenthèses.

— Et ?

Elle sortit de sa sacoche deux clichés provenant apparemment d'une caméra de surveillance et les lui tendit.

— Celui de gauche, je ne le connais pas. Celui de droite, il me dit quelque chose…

— Celui de droite s'appelle Igor Kovatch. L'autre, je ne sais pas.

— Igor, c'est ça. Et qu'est-ce que vous lui voulez ?

— Je le cherche pour lui poser des questions.

— Et les photos ? Elles viennent d'où ?

Jane ignora délibérément la question.

— Que savez-vous sur lui ?

— Rien. On l'a pas vu depuis plus d'un an, et c'est pas un mal. Un braqueur de vieilles dames, une enflure de petite frappe, si je me rappelle bien… Il est peut-être retourné dans son pays.

— Il est américain !

— Ouais, c'est ça, comme Schwarzenegger.

Blair se leva et montra la sortie, apparemment très contrarié par la tournure que prenait cet entretien.

— Je ne peux rien de plus pour vous.

— Charmant… Merci, inspecteur. Vous permettrez que je ne vous cite pas, dit-elle en sortant.

En se tournant vers la sortie, Jane heurta un policier qui passait, ce qui fit tomber sa sacoche à terre. L'homme se baissa pour la ramasser et, en la lui tendant, il glissa un papier dans le creux de sa main. La journaliste ne laissa rien paraître de sa surprise et s'excusa de sa maladresse.

***

Le bar semblait tout droit sorti d'un film des années cinquante, avec sa petite salle tout en longueur et son comptoir vieillissant. Jane choisit une table au fond et regarda machinalement l'horloge : 7 h 25.

Ponctuel, le policier fit son apparition habillé en civil et s'approcha de la table de Jane. Il lui tendit une main ferme.

— Bacilio Ramos. Baci.

— Jane Marsh. De quoi voulez-vous me parler de si secret ?

— De votre affaire.

— Et que voulez-vous en échange ?

Ramos recula.

— Rien. Pour qui me prenez-vous ? Vous n'avez jamais rencontré de flic intègre ?

Jane s'excusa et sourit.

— J'ai bien peur que vous ayez raison. Je vous invite pour me faire pardonner.

Quand la serveuse fut repartie avec la commande, Ramos reprit :

— Pourquoi cherchez-vous Igor Kovatch ?

— En quoi cela vous regarde-t-il ?

— Laissez-moi en juger.

— Si c'est ce qui vous préoccupe, je ne suis pas chasseuse de scoop. Lui et un autre type ont tué une amie à moi, Pamela Guers. Cela remonte à plus d'un an et demi. Ils ont fait passer ça pour un suicide. Je n'y ai jamais cru et depuis, j'enquête. J'ai remonté leur piste à partir d'une photo, et maintenant me voici dans ce restaurant… Ça vous va comme raison ?

Ramos laissa passer quelques secondes.

— Ça me va. Par contre, j'ai le regret de vous apprendre que votre bonhomme est mort avec un de ses copains dans une voiture piégée. C'était le 17 ou le 18 février dernier.

— Ils se sont fait sauter ?

— C'est ce que le capitaine a fait mettre dans les rapports.

— Et vous, vous croyez…

— Moi, je ne crois rien. J'étais là le 18 au matin. C'est mon quartier. J'ai trouvé le portefeuille de ce type, avec celui d'un certain Wladimir Couroujev, derrière une poubelle, non loin de l'épave de la voiture. C'est un truc que les caïds utilisent pour ne pas se faire dépouiller bêtement et laisser une trace de leur passage, au cas où ils disparaîtraient prématurément…

Jane lui fit signe de se taire, le temps que la serveuse pose leur chili sur la table. Puis elle sortit sa photo.

— C'est lui ?

— Oui. Mais officiellement, son copain et lui sont des « John Doe », des inconnus qui se seraient fait prendre à leur propre piège. En haut lieu, ça doit arranger quelqu'un qu'on ne puisse pas les identifier avec certitude.

— Et vous, vous en dites quoi ?

— J'en dis que j'ai trouvé un morceau de télécommande calciné près du véhicule… Et que, contrairement à ce qu'en pense le capitaine, ça n'était pas celle de la fermeture centralisée.

— Mais vous ? Vous en concluez quoi ?

— Que c'était un contrat. Un différend, une vengeance, ce que vous voulez. Et pour moi, c'est un travail de pro, vu ce qui restait des corps et les produits utilisés, intraçables. Maintenant, dites-moi comment vous avez obtenu cette photo.

— Vidéosurveillance d'un commerce qui filmait la rue et l'immeuble de mon amie. Et vous, pourquoi personne ne vous a écouté ?

— Allez savoir… Manque d'expérience, manque de potes, racisme ordinaire…

Manifestement contrarié, Ramos finit son chili et but son café d'une traite.

— Je vous remercie pour le repas. On est bien d'accord que cet entretien n'a jamais eu lieu et que je ne vous ai jamais rien dit.

— Oui, oui… Mais attendez, si j'ai besoin de vous recontacter ?

— Il n'y a aucune raison… mais vous savez où je travaille. Au revoir, Jane.

— Au revoir, Baci.

8 septembre 2001, 17 h 30, hôtel Palomar, Washington DC, États-Unis d'Amérique

— Room service, madame.

En peignoir blanc, Kate lâcha son pinceau de maquillage et se précipita pour ouvrir. Deux billets de vingt dollars attendaient sur la console, près de la porte.

— Bonsoir, madame Gordon.

Le garçon d'étage tenait à bout de bras le crochet d'une housse provenant du pressing de l'hôtel.

— Bonsoir, Phil. Tenez, merci. Un pour vous, un pour la blanchisseuse. Je compte sur vous.

— Bien sûr, madame. Merci, madame. Bonne soirée. Heu… Si vous avez besoin d'autre chose…

Ce dévouement n'était pas uniquement la conséquence d'un généreux pourboire. Kate n'était pas une cliente ordinaire, mais une habituée de l'établissement, pour qui l'hôtel était, pour ainsi dire, une seconde maison.

— Merci, Phil, ça ira.

Kate referma la porte et ouvrit la housse, qui libéra une belle toilette de satin noir. Vide, la fine protection de plastique lui parut curieusement lourde. Elle la secoua et sentit quelque chose bouger au fond. Elle y plongea la main et en sortit ce qui semblait être une petite boîte à cigares, dans laquelle était pliée une simple feuille volante :

Le sénateur est fou de cigares cubains. Chaque bague y est très spéciale, comme vous nous l'avez demandé. Placés sur son cœur, ils vous diront où il bat.

Signé : A.

« Enfin ! » Kate s'assura que les bagues des cigares ressemblaient en tout point à des vraies puis se rendit à la salle de bains pour finir sa toilette. Devant sa glace, elle mesura à quel point ses cheveux avaient poussé en une année. Alors, pour la première fois depuis les meurtres d'Adam et de Lisa, elle décida de prendre réellement soin d'elle et fit appeler la coiffeuse de l'hôtel.

Une heure plus tard, Kate arborait un superbe chignon élaboré en parfait accord avec sa petite robe noire, dont le décolleté discret était mis en valeur par le pendentif en saphir – symbole de fidélité – qu'Adam lui avait offert pour leur premier anniversaire de mariage. Le téléphone sonna.

— Madame Gordon ? Rupert de la réception. La limousine vous attend devant la porte.

Kate prit sa pochette, qui ne fermait plus à cause des cigares, et jeta une étole sur ses épaules. Le miroir de l'ascenseur lui renvoya l'image d'une femme élégante et très mince, presque maigre.

Sans attendre ses instructions, le chauffeur ferma la vitre de séparation et démarra sans un mot vers l'adresse qu'elle lui avait indiquée. Lorsqu'ils furent partis, Kate, main gantée, appela son contact depuis son téléphone sécurisé.

— Eve ?

— Qui d'autre ? répondit-elle, agacée.

— Qu'est-ce qui vous arrive ?

— C'est ce soir que l'on fait le marquage du taureau.

— Très bien. De mon côté, le vétérinaire est prêt.

— Vous ne m'avez toujours pas dit quand le rodéo commencerait.

— Je vous préviendrai deux jours avant, comme convenu. Lisez la presse.

— Vous grouperez avec l'action du vétérinaire ?

— Naturellement. Et la piqûre sera efficace, je vous le garantis. Mais vous ne m'avez pas dit à quel nom je devais mettre la facture.

— « BYE ».

— Bye ?

— Oui. En majuscules et entouré même, si ça vous chante. Mais comme personne de chez nous ne paiera cette facture, ce n'est pas la peine de le mentionner. Seriez-vous assez courtois pour prendre la facture à votre charge ?

— Nous ferons ce qu'il vous plaira, fit Syed Akbar sur un ton serein, presque jovial, que Kate ne lui connaissait pas. En attendant, soyez attentive. Au revoir, Eve.

Kate raccrocha et se détendit. Syed s'était procuré le missile sol-sol qui réagirait à la signature des bagues des cigares, et serait guidé ainsi jusqu'à sa cible : le commanditaire des meurtres de sa famille, le sénateur Baum en personne. « Avec un peu de chance, sa pétasse de la sécurité y passera aussi », songea Kate avec délectation. La seule question qui se posait maintenant, et pas des moindres, était la manière d'aborder son politicien véreux sans se faire repérer.

Trente-cinq minutes de trajet plus tard, la voiture franchit le portail monumental d'une maison coloniale qui donnait un aperçu de la modestie des lieux. Le chauffeur s'arrêta quelques instants pour faire descendre sa passagère, avant d'aller se garer sur le parking attenant avec les autres voitures de luxe. Kate monta les escaliers sur un tapis rouge qui la mena jusqu'à la salle de réception où se tenait la soirée de charité qui devait lui permettre enfin d'approcher le sénateur Baum.

Un homme de la sécurité en costume sombre lui demanda son carton d'invitation puis vérifia sa présence sur la liste des invités. Il lui souhaita une bonne soirée. Focalisée sur sa mission, Kate ne lui adressa pas un regard et s'avança vers les escaliers. L'agent la regarda les monter avec un mélange d'envie et de dédain.

Au moment de passer le portique de sécurité, Kate retint sa respiration et fit un pas vers le grand monde comme on sauterait dans le vide. Elle ne fut pas longue à repérer sa proie et s'interrogeait sur la meilleure manière de l'approcher quand le colonel Potter fit irruption dans son dos. Elle sursauta.

— Excusez-moi, Kate, je ne voulais pas vous faire peur.

— Non, c'est moi, colonel, je suis toujours un peu nerveuse dans ce genre de soirée. Et puis je ne connais personne. À part vous, bien sûr !

— Puis-je faire quelque chose pour vous mettre à l'aise ?

— Eh bien, vous pourriez peut-être me permettre de remercier en personne notre hôte ?

— Le sénateur Baum ? Cette courtoisie vous honore, Kate. Faisons vite, le dîner va commencer.

Kate, qui s'interrogeait d'ailleurs sur ce qui lui avait valu cette invitation, se faufila derrière Potter.

— Sénateur Baum, excusez-moi. Voici Kate Gordon.

Le politicien se tourna, abandonnant sans autre forme de politesse son interlocuteur, un notable quelconque, qui s'éclipsa, beau joueur. Baum parut charmé par cette apparition, qui lui rendit son sourire.

— Chère madame Gordon, enchanté de faire enfin votre connaissance. On ne tarit pas d'éloges sur vous en haut lieu, mais j'ignorais que vous étiez aussi belle.

Il lui tendit une main potelée que Kate saisit avec dégoût, mais sans se départir de son sourire.

— Sénateur, j'ai appris que c'était à vous que je devais cette invitation…

— Et comment l'avez-vous su ?

— Voyons, sénateur, mes talents dans le renseignement peuvent servir à autre chose qu'à sauver le monde.

— Et en plus vous êtes spirituelle ! Appelez-moi Phil, voulez-vous ?

Elle acquiesça et tira quelque chose de son sac, qu'elle tendit à Baum. « Phil, comme le garçon d'étage », s'amusa-t-elle.

— Pour vous remercier… Phil. Cette même source secrète m'a rapporté que vous appréciiez particulièrement ce genre de petites gâteries.

Baum s'empressa d'ouvrir la boîte et son visage s'éclaira.

— On raconte même que vous ne vous déplacez jamais sans un ou deux cigares cachés dans votre veste.

— Décidément, votre source est excellente !

Il sortit un étui en cuir de sa poche intérieure gauche.

— Comme c'est charmant, juste sur votre cœur. Promettez-moi que les miens ne resteront pas dans leur boîte !

— Vous plaisantez ? Voyez vous-même.

Baum ôta les quatre cigares de leur étui et les jeta négligemment dans un pot de fleurs pour les remplacer par ceux de Kate, qui sourit, cette fois sans se forcer.

Un peu méfiant néanmoins, il rouvrit la boîte pour en offrir un au colonel, qui l'accepta de bonne grâce.

— Je suis confus, colonel, j'ai failli commettre un impair. Vous le fumerez en pensant à moi.

— Merci, sénateur, je vais de ce pas en profiter à votre santé.

Kate endormit définitivement la méfiance de Baum en le mettant malicieusement en garde contre l'abus de ces petits trésors castristes, et ils passèrent à table.

Ils ne se revirent pas ce soir-là. Kate fit un chèque conséquent pour les bonnes œuvres et s'en alla avant la première danse.

Le lendemain soir, les journaux télévisés annonçaient l'assassinat du commandant Massoud.

Mardi 11 septembre 2001, 8 h 20, école primaire Emma Booker, Sarasota, Floride, États-Unis d'Amérique

— Madame la directrice, veuillez laisser votre bureau et l'ensemble des locaux de l'école à la disposition de monsieur le Président.

— Mais que se passe-t-il ? Nous devions voir les enfants dans moins de vingt minutes…

— Madame, exécution.

La directrice de l'école, une femme corpulente aux cheveux noirs, demanda à contrecœur au personnel d'évacuer les lieux.

Des murmures de protestation se firent entendre dans les rangs des enseignants, qui ne semblaient pas enchantés à l'idée de recevoir leur Président. Quand il se fut débarrassé de la directrice, priée de suivre le mouvement, l'agent parla dans sa manche :

— On est prêts, vous pouvez libérer l'aigle et envoyer le deuxième paquet.

— Bien reçu. Sur place dans moins de deux minutes, répondit Raven en précédant le colonel Potter et le général Muring. Deuxième paquet en mouvement. On arrive. Au fait, très classe, votre nom de code, les gars, ajouta-t-il.

La tension était montée d'un cran entre les trois militaires depuis le retour sur le sol américain, la veille, de Raven, qui était arrivé trop tard sur les lieux de l'attentat. Il n'avait presque rien pu tirer des assassins de Massoud. Autant dire que la mission avait été un échec complet et même, de l'avis du général Muring, qui ne s'était pas gêné pour le dire haut et fort, un gaspillage d'argent du contribuable et de temps.

Pour couronner le tout, Robert s'était disputé par téléphone avec Tiffany :

— Chérie, c'est moi. Je sais, il est tard.

— Comment ça va ?

— J'ai tout foiré, mais physiquement intact.

— Tu es où ?

— Washington.

— Tu rentres ?

— Non, pas tout de suite, je dois aller en Floride.

— Bon Dieu, tu m'avais promis que c'était la dernière !

— C'est la dernière.

— Eh bien, profites-en bien ! Je vais me coucher.

Elle avait raccroché avant d'entendre le « bonne nuit » de Robert qui, depuis, se repassait la conversation en boucle.

***

— Messieurs, quelles sont les nouvelles ?

— Un fiasco total, monsieur le Président.

— Général, si vous aviez réagi plus tôt, nous n'en serions peut-être pas là !

Le Président était assis dans le fauteuil de la directrice, qu'il trouvait visiblement inconfortable. Cela mis à part, il affichait une sérénité qui troubla Raven.

— Commandant Raven, votre rapport.

— Monsieur le Président, les deux assassins nous ont pris de court, cela s'est joué en deux minutes. J'en ai abattu un qui avait blessé mon lieutenant pendant un échange de tirs. L'autre a tout juste survécu assez longtemps pour nous insulter et nous dire que le sol américain allait être touché avant que nous puissions nous organiser.

— Vous y croyez ?

— Monsieur le Président, je n'y crois pas, j'en suis certain : nous sommes face à un code Titan. La seule question c'est : quand frapperont-ils ?

— Il me semble que le général n'est pas de cet avis.

— Non, monsieur le Président, effectivement.

Le Président n'apprécia pas cette manière de désavouer publiquement ses subalternes.

— Cela suffit, général, je n'ai pas besoin d'opinions mais de preuves. Messieurs, apportez-moi celles qui confirmeront ces allégations et je vous donnerai carte blanche ainsi que les crédits qui vont avec.

Le Président marqua une pause et se composa un visage plus jovial.

— En attendant, je dois me faire lire une histoire par mes futurs électeurs… ou peut-être est-ce l'inverse… Peu importe, en tout cas ils m'attendent ! Il est quelle heure ? 8 h 45, parfait. Rompez.

Les trois hommes, au garde-à-vous, regardèrent le chef des armées partir mener sa campagne tout sourires, comme si tout était pour le mieux dans le meilleur des mondes. Le général Muring attendit quelques instants et ouvrit les hostilités :

— Alors colonel, vous me les montrez, ces preuves, ou c'est encore le fruit de votre imagination débordante ?

— Avec tout le respect que je vous dois, général, nous avons des conversations téléphoniques qui prouvent…

— Qui ne prouvent rien du tout, sinon j'espère bien que vous seriez en train de les déjouer, ces fameux attentats !

Raven sortit de sa poche son téléphone, qui venait de biper, et changea aussitôt de visage. Un message des « fouille-merdes » lui annonçait qu'un avion venait de s'écraser sur l'une des tours jumelles du World Trade Center.

— Colonel, colonel…

— Quoi encore, Raven ?

Robert tendit son téléphone. Les traits de Potter s'effondrèrent. C'était impossible, inconcevable, mais tout ce qu'il parvint à dire fut :

— Merde ! Ça commence…

— Quoi ? aboya le général.

Il lut à son tour et haussa les épaules.

— Un banal accident aérien un peu spectaculaire et vous concluez tout de suite à l'attaque terroriste. Vous feriez bien de prendre des vacances. Moi, je vais admirer le travail des politiques en action.

Le général Muring s'éloigna en secouant la tête.

⁂

Dans la salle de classe, le Président subissait patiemment une interminable lecture de *My Pet Goat* annoné par des enfants peu doués. Discrètement, son chargé de cabinet vint lui chuchoter l'impensable à l'oreille :

— Monsieur le Président. L'Amérique est attaquée.

L'homme resta sans réaction, abasourdi par la nouvelle. Il sourit mécaniquement et se replongea dans le livre. Après quelques minutes, il demanda aux élèves s'ils travaillaient bien à l'école puis se leva pour quitter la pièce.

⁂

Dans le bureau de la directrice transformé en quartier général, des téléviseurs diffusaient en boucle les images de l'attentat. Tête basse et air grave de circonstance, le Président entra pendant que le colonel Potter incendiait le général Muring, en oubliant le respect qu'il devait à son grade. De son côté, Raven faisait face à un mauvais pressentiment. Il tentait de joindre sa femme et sa fille depuis dix bonnes minutes, sans succès, et à présent, les lignes étaient surchargées.

— Alors, Muring ? Vous vouliez des preuves ?

— Messieurs, l'heure n'est plus à ces enfantillages !

— Pardon, monsieur le Président, mais…

— J'ai deux choses à vous annoncer, coupa le Président. Premièrement, colonel Potter, vous êtes à présent général. Vous serez chargé de la lutte antiterroriste, en lien direct avec moi, et vous aurez les moyens de mener vos actions en toute discrétion. Trouvez un nom à l'unité que vous formerez dès que nous aurons fini. Deuxièmement, général Muring, vous prenez votre retraite sur-le-champ.

— Mais, monsieur le Président…

— Rompez !

Les trois hommes tournèrent les talons.

— Non, seulement vous, Muring. Général Potter, commandant Raven, vous restez. Je veux votre avis sur la suite des événements.

***

Dans le bureau de la directrice, alors que les mauvaises nouvelles semblaient s'accumuler, une information tomba.

— Général Potter, on a la liste des passagers. Je… il faut que vous veniez voir ça.

— Quoi ?

Le conseiller du Président lui tendit le fax et pointa du doigt deux noms. Le général se rembrunit.

— Raven.

Il n'entendit pas.

— Raven !

— Quoi ?

— Je suis désolé. Regardez ça.

Robert se décomposa. « Vol 93 United Airlines, Tiffany Raven et Rebecca Raven. » « Impossible. Elles n'étaient pas du tout censées se trouver dans un putain d'avion. Elles devaient dormir tranquillement dans leurs chambres. J'ai refait les peintures. » Il sortit son portable, qui clignotait. Fébrile, Robert appuya sur le bouton :

« Chéri, je suis désolée, j'aurais dû t'attendre à la maison. Je suis dans le vol 93 United Airlines, je rentrais… provisoirement chez mes parents. Je suis désolée, des pirates nous ont détournés, je crois qu'on va se crasher sur la Maison Blanche ou un autre bâtiment. Comme les autres. Je vais être forte pour toi, on va tenter de les mettre hors d'état de nuire. Je t'aime. Chérie, dis à papa que tu l'aimes.

— Je t'aime, papa.

— Je t'aime…

— Raccroche, chienne d'Américaine ! Raccroche ! »

***

Robert écouta le message jusqu'au bout, la rage et la peur au ventre. Il se tourna vers Potter.

— Les chasseurs sont là-haut ?

— Ils seront sur la cible dans une minute, pourquoi ?

— Écoutez.

Cela confirmait leurs craintes sur le devenir du vol 93 et sema le doute dans l'esprit du général. Devait-il donner l'ordre ?

— Laissez-leur une chance de reprendre le contrôle, je vous en prie, supplia Raven.

— Je ne peux pas risquer un crash sur la Maison Blanche. Je suis désolé.

— Ils en sont loin !

— Plus que quinze minutes, général, fit un agent en communication avec la tour de contrôle.

— Laissez-leur cinq minutes, général, s'il vous plaît. Vous avez entendu le message, ils vont tenter de les neutraliser !

— Accordé. Cinq minutes, mais pas une de plus.

Potter donna l'ordre de mettre les pilotes en stand-by.

⁂

Là-haut, les passagers tapaient sur la porte de la cabine de pilotage avec ce qu'ils pouvaient, essayant de l'entrouvrir à l'aide de plateaux-repas et de faire sauter la serrure avec le Thermos de café. Il était à présent 10 h 03. Un homme cria de regarder par les hublots. Deux avions de chasse escortaient le Boeing. Tiffany comprit aussitôt qu'ils attendaient l'ordre de les abattre. Impuissante, elle rejoignit sa fille et la serra très fort.

Le dernier pirate avait lui aussi aperçu les chasseurs, qui venaient lui signifier que sa « mission divine » était terminée. Il entonna une prière et poussa à fond le manche. L'avion piqua du nez sous les cris des passagers. Tiffany serra sa fille aussi fort qu'elle le put. En quelques secondes, l'avion tomba comme un boulet de canon jusqu'à l'impact au sol et une gigantesque explosion.

⁂

Le sénateur Baum et sa chef de la sécurité, Vicky Garf, étaient arrivés au Pentagone à 9 heures. Cette femme, qui glaçait le sang de toutes les personnes qu'elle croisait, se sentait chez elle dans cet environnement militaire où tout était sous contrôle. Installée dans un fauteuil en cuir brun, dans le bureau d'un général de la Navy, dans l'aile ouest, elle ne perdait pas une miette du spectacle.

— … je suis sénateur des États-Unis d'Amérique et quand je vous dis qu'il faudra intervenir aux Philippines, vous dites OK et vous demandez quand vous interviendrez ! Je vous paie assez cher pour cela ! cria Baum.

— Enfin, sénateur, je ne peux pas lancer une opération officielle dans un pays souverain sous prétexte que vos intérêts sont menacés par quelques paysans qui se rebellent. C'est de l'ingérence !

— Démerdez-vous pour que ce soit officieux… Mais qu'est-ce que c'est que ce bruit ?

Le militaire, ses précieux cigares sur le cœur marquant sa position, se retourna en reconnaissant le son d'un missile. Le temps qu'ils réagissent, la vitre, et tout le bâtiment avec, avaient explosé.

Dépêchés sur zone mais arrivés après l'impact, les avions de chasse ne purent transmettre en Floride que des images du désastre. Il s'en était fallu de peu, quelques secondes fatales, pour que l'ordre du Président d'envoyer ces chasseurs ne sauve cent vingt-cinq vies. Ceux qui protégeaient la Maison Blanche et le Capitole, quant à eux, n'avaient rien vu dans le ciel.

***

Le Président venait d'être informé, photos à l'appui, de l'attaque du Pentagone par un missile sol-sol. Il s'assit dans le fauteuil bancal de la directrice, prit quelques secondes pour respirer puis s'en remit à l'avis de Potter :

— Général ?

— On doit lancer tout de suite une désinformation à grande échelle. Cela passera inaperçu au milieu de ce chaos. Quelques témoins crédibles, de jolies photos retravaillées, une liste de victimes, des familles éplorées, et tout le monde n'y verra que du feu. Par contre, nous allons devoir enquêter sur la raison pour laquelle ils n'ont pas utilisé d'avion. Inutile de vous dire que nous allons aussi devoir revoir nos systèmes de sécurité.

— Pour le moment, doublez le nombre de chasseurs au-dessus des points sensibles et interdisez tout survol du territoire par des avions commerciaux ou privés.

— À vos ordres, monsieur le Président.

Un homme en costume fit irruption dans la pièce.

— Monsieur le Président ?

— Qu'est-ce qu'il y a encore ?

— Le vol 93 de la United Airlines s'est écrasé dans un champ. Il n'y a aucun survivant.

14 septembre 2001, 6 heures, base aérienne d'Andrews, Camp Spring, comté de Prince George, Maryland, États-Unis d'Amérique

Dans le hangar d'Air Force One, six hommes au garde-à-vous attendaient le discours de leur supérieur. Le général Potter, qui lui aussi commençait à trouver le temps long, les avait recrutés avec l'aide de Raven, qu'il avait promu au grade de colonel. Aux côtés de ses hommes – moins une recrue de dernière minute censée arriver d'un instant à l'autre et qui était la cause de ce retard –, celui-ci piaffait, assoiffé de vengeance, attendant fiévreusement le début des opérations sur le terrain.

En deux jours, grâce aux listes des passagers fournies par les compagnies aériennes et à la coopération des écoles de pilotage, il avait remonté la piste de ces terroristes d'un nouveau genre, qui avaient assassiné tant de citoyens américains en si peu de temps. La veille déjà, il débusquait le responsable de l'attaque du Pentagone au missile sol-sol, un gamin d'à peine 20 ans, qui se terrait depuis dans un hôtel miteux. Un interrogatoire musclé lui permit d'apprendre, que le gosse était un complice des pirates de l'air, des fanatiques obéissant aux ordres de Ben Laden au nom d'une certaine vision de l'islam – une information que le monde entier connaissait à présent grâce aux médias.

Comme le gamin invoquait le djihad, Raven, enragé, le gifla avant d'approcher son visage de son oreille tuméfiée :

— Tu me parles de djihad, mais il y a bien plus dangereux : la vengeance. Et moi, je désire me venger plus que tout.

Mais le terroriste en herbe reprit :

— Tu ne sais rien. Mais vous allez bientôt comprendre, toi, ta famille…

Un autre coup, plus violent, interrompit quelques secondes ce flot de menaces. Mais reprenant son souffle et son sourire de défiance, il déblatéra la suite de sa phrase :

— … tes amis et les amis de tes amis, tous les infidèles apprendront bientôt dans le sang ce qu'est une vraie guerre sainte.

L'interrogatoire se poursuivit dans un climat de terreur, mais le gamin ne lâcha pas un mot de plus.

Cependant, lorsque Raven lui demanda s'il avait d'autres commanditaires que son dieu, il décela dans le regard du gamin une lueur qui lui laissa penser qu'il voyait juste. Comme le gosse s'obstinait à se taire et que la chambre d'hôtel manquait de matériel pour lui éclaircir la voix, Raven, lassé de donner des coups, sortit son flingue et lui explosa les genoux. Tout ça pour obtenir un seul et unique nom, peut-être un acronyme, dont personne n'avait jamais entendu parler : BYE. Ce fut tout. Pas une raison, pas une explication sur cette attaque si différente de celles que le monde avait connues jusque-là, rien sur l'utilisation du missile. Le terroriste n'eut pas le temps de finir sa prière et mourut des blessures causées par un second tir. Raven nota, à cette occasion, qu'il lui faudrait faire plus attention à l'artère fémorale la prochaine fois qu'il voudrait faire durer la conversation.

***

Aujourd'hui, le colonel Robert Raven dirigeait une nouvelle unité totalement secrète et attendait cette recrue qui semblait, à en croire le bruit de moteur qui se fit soudain entendre, atterrir enfin.

Directement cueilli à Kaboul, jeté dans un TC-135C/W volant à près de mille kilomètres par heure, Polson sortit enfin de l'appareil avec sa tête des mauvais jours.

Le général Potter descendit de son estrade pour se mettre au niveau de ses hommes.

— Messieurs, vous êtes tous ici sous le sceau du « secret défense ». Est-ce bien clair ?

— Oui, mon général, à vos ordres, mon général.

Polson leva les yeux au ciel. Il n'était pas habitué à entendre un groupe armé répondre en chœur et n'appréciait visiblement pas. Le général s'adressa à lui en particulier :

— Le colonel a insisté pour vous avoir dans son équipe. Il dit – et après étude de votre parcours, cela se vérifie – que vous êtes un crack en informatique.

Polson se redressa et afficha un sourire qui disparut bien vite.

— Mais les règles militaires s'appliqueront à vous aussi. Toutes. Cela vous pose-t-il un problème, monsieur Polson ?

— Non, général.

— Très bien, et félicitations : vous faites donc aujourd'hui partie de l'unité Infinity. Une unité secrète, une unité d'élite, avec pour unique mission de faire tomber cette organisation nommée BYE, qui a commandité les attentats ayant touché la nation dans sa chair et dans son sang. Chacun d'entre vous possède des compétences qui nous seront précieuses sur le terrain. Le Président lui-même met à votre disposition les moyens nécessaires à votre action.

Les hommes se regardèrent, dubitatifs.

— Vous disposerez d'un gros porteur qui vous déposera où vous le voudrez sur le globe, de deux hélicoptères, d'une semi-remorque équipée de la technologie la plus performante, ainsi que de toutes les armes et de tous les gadgets existants en matière d'espionnage et d'antiterrorisme. Vous aurez toutes les accréditations nécessaires à votre mission, l'autorisation de tirer à vue, de torturer… En un mot, vous ne répondrez de vos actes que devant le colonel, qui n'en répondra que devant moi, qui n'en répondrai que devant le Président. Est-ce clair ?

— Oui, mon général, à vos ordres, mon général.

— Soldats, vengez nos morts et éliminez cette nouvelle menace. Tels sont vos objectifs. Votre seule raison de vivre sera de détruire BYE à la minute où le colonel sonnera le rappel.

— Maintenant, rompez, messieurs, vous avez quartier libre jusqu'à nouvel ordre.

Tous les hommes se dirigèrent à l'extérieur du hangar, à l'exception de Polson qui ne semblait pas vouloir bouger. Le colonel lui fit signe de s'avancer.

— Que voulez-vous, Polson ?

— Vous préciser deux choses : d'abord, je n'ai aucune formation militaire comme vous avez pu vous en rendre compte par vous-même en Afghanistan…

— L'autre chose ?

— Je veux du matos de pointe pour bosser, d'ailleurs, j'ai une liste que j'ai eu le temps de rédiger dans le… cette chose…

L'informaticien désigna le TC-135C/W qui l'avait amené jusque-là.

— Vous la ferez passer au lieutenant Hadow.

— À qui ?

— Tenez, les fiches des membres de l'unité. Lisez, apprenez et détruisez-les. Autre chose : vous me ferez disparaître de la surface du globe, seuls le général Potter et le Président devront savoir qui je suis. Personne d'autre ne saura que nous existons ni ce que nous faisons. Débrouillez-vous pour que cela soit effectif dès demain.

— OK. Quelle identité voulez-vous ?

— Aucune qui me relie à mes empreintes ou à mon ADN. Pour le reste, faites ce que vous voulez, pourvu que ma couverture tienne la route. Vous pouvez disposer.

Le colonel se tourna vers le général et entendit Polson grommeler dans son dos.

— Ah oui, vous logez dans le quartier des officiers. Le sergent Black vous dira où aller.

— Merci, trop aimable. Allez, au revoir, colonel, au revoir, général.

— Au revoir, Polson, et rappelez-vous : assimilé militaire.

L'informaticien fit un signe de la main, singeant un salut militaire, et s'éloigna en regardant ses fiches pour savoir à qui demander ses clés.

Alors qu'ils marchaient vers la sortie en parlant logistique, Potter surprit Raven en abordant un sujet qui lui sembla parfaitement hors contexte :

— Au fait, Raven, j'ai eu la surprise d'apprendre que votre protégée en Afghanistan, Kate Gordon, avait démissionné de son poste à l'ONU.

— Tiens, c'est curieux. Vous ne trouvez pas, mon général ?

— Pas tellement en fait. Elle m'avait mis, sans le savoir, sur la piste du 11 septembre. Comme je n'ai pas pu l'empêcher, alors… Enfin, tout ça a dû être trop lourd pour elle.

— Je la comprends maintenant.

— Remarquez, son patron n'a pas encore accepté sa démission…

Il s'arrêta un instant et posa la main sur l'épaule de Raven.

— Et… vous ne m'avez même pas laissé le temps de vous présenter mes condoléances. L'enterrement est pour quand ?

— Il n'y en aura pas, affirma-t-il sèchement. Quant aux condoléances, je vous remercie mais, sauf votre respect, j'en profiterai mieux quand j'aurai eu les responsables de ce carnage.

— Colonel… Robert, vous êtes l'un de nos meilleurs soldats, l'un des plus droits qu'il m'ait été donné de connaître. Je n'ai jamais eu à regretter de vous avoir sous mes ordres…

— Mais ?

— Mais, votre mission aujourd'hui doit se concentrer sur BYE. Exclusivement.

Le général leva la main pour montrer qu'il n'avait pas fini.

— Si nous avançons plus vite que prévu, et même si nous piétinons d'ailleurs, vous avez ma parole que je vous donnerai les moyens d'aller au bout de votre guerre.

Raven remercia, s'arrêta au garde-à-vous devant la porte du hangar et salua son supérieur.

Potter monta dans la Jeep qui l'attendait et partit superviser l'aménagement de son nouveau bureau au Pentagone.

Quand Raven franchit la porte du mess, il trouva Polson qui pianotait frénétiquement sur son clavier.

— Que faites-vous là ?

— J'étudie vos fiches.

— Et l'ordinateur ?

— Je vérifie vos données sur le site de la Défense. Entre autres.

— Parce que vous y avez accès ?

— Évidemment. Saviez-vous que les frères Pickels, Owen et son aîné Steve, avaient participé à plusieurs opérations « spéciales » mais qu'on les avait mis en « retraite anticipée » à la suite d'un incident avec un gradé ? Ils bossent en free-lance depuis deux ans.

— Affirmatif. Cela pose un problème ?

— Dans l'absolu ? Non. Enfin, si vous avez confiance…

— J'en réponds personnellement, le gradé en question était un con. Owen est spécialiste en planification d'interventions complexes et son frère est un orfèvre pour tout ce qui peut exploser. Je connaissais bien un membre de leur unité et j'ai étudié leur CV plus longtemps que vous : ils sont intègres.

— Si j'étais vous, je les garderai à l'œil. Le free-lance, on sait ce que c'est : trafics en tout genre et parfois même assassinat.

— Faites ce qui vous plaît mais magnez-vous le train, briefing dans cinq minutes dans la cour.

Le colonel tourna les talons sans voir la parodie de garde-à-vous dans son dos.

9 mars 2002, 19 h 16, domicile de Kate Gordon, Dune Road, Lewes, Delaware, États-Unis d'Amérique

Depuis quelques mois, Kate se sentait *persona non grata* au sein de Biocalypse, qui ne lui adressait plus ni message ni appel. Était-ce lié à sa démission de l'ONU, qui s'était finalement transformée en disponibilité, ou à sa manière de gérer sa mission ? Elle l'ignorait mais s'accommodait de ce silence, qui la laissait un peu en paix. Elle vivait désormais à Lewes, seule, dans une jolie maison dont les grandes baies vitrées lui offraient une vue imprenable sur la mer et les levers de soleil. Elle passait ses après-midis dans le rocking-chair de la terrasse, plongée dans les livres que lui avait conseillés Abraham. Ces lectures l'avaient peu à peu convaincue qu'elle n'avait pas si mal fait de collaborer à ce cataclysme qui avait entraîné son pays dans une guerre qu'elle prédisait longue et coûteuse. Inspirée par la nature sauvage qui l'entourait, Kate songeait même à des actions capables de changer la face du monde pour le bien de cet environnement que l'homme bafouait. Parfois, elle relisait la lettre qu'Adam avait rédigée pour cette journaliste assassinée. Elle y retrouvait un mari que ces entreprises irresponsables pour lesquelles il avait travaillé lui avaient peu à peu enlevé.

Ce soir-là, Kate regardait d'un œil distrait les informations télévisées quand le présentateur rapporta que le *Los Angeles Times* venait de révéler que le Pentagone, dans un rapport destiné au Président, prônait l'« utilisation d'armes nucléaires de dernière génération contre les pays qui menaceraient la sécurité de la nation »… Puis il annonça que les villes de New York et de Washington s'apprêtaient à commémorer les six mois des attentats, avant de passer à l'actualité internationale.

Des armes nucléaires, voilà où en était l'humanité. Kate se dirigea vers la commode de sa chambre, la poussa et détacha une carte SIM scotchée au fond. Elle l'inséra dans le téléphone qu'elle avait caché dans le tiroir du bas, parmi ses sous-vêtements, et passa son appel. Sans résultat. Positionnant de nouveau la carte, elle se demanda s'ils ne l'avaient pas éjectée sans autre forme de procès, mais ça ne collait pas avec les méthodes de Biocalypse. Elle était dedans jusqu'au cou, et même jusqu'à la mort.

Elle retourna dans le salon et termina la soirée devant *Meet Joe Black*. Elle ignorait à quoi elle allait être confrontée et c'est avec émotion qu'elle vécut la dernière scène. Un peu perturbée, elle alla se coucher à minuit moins le quart.

***

Kate fut réveillée par le contact d'une main gantée de cuir qui se posa sur sa bouche et étouffa son cri. Après quelques secondes, la lumière de la lune lui permit de distinguer un visage familier. Son cœur se calma un peu et Abraham enleva doucement sa main.

— Qu'est-ce que vous faites là ?

— Vous m'avez appelé, non ?

— Cela ne veut pas dire « entrez chez moi par effraction et faites-moi hurler de peur », ça veut dire « rappelez-moi » !

— Désolé, la donne a changé. Passez quelque chose de chaud. Je vous attends à côté. Il veut vous parler.

— Tournez-vous.

Elle s'habilla rapidement et prit quelques secondes pour estomper ses cernes. Un coup d'œil à l'horloge lui apprit qu'il était 3 h 47 du matin.

— Je suis prête.

Elle ferma la maison à clés.

— Au fait, lança-t-il, je vous conseille de faire vérifier la fenêtre de la cuisine. Enfin, ne vous inquiétez pas, je l'ai refermée derrière moi.

Ils descendirent à la plage où un Zodiac les attendait. Abraham l'aida à monter, posa un imperméable sur ses épaules puis mit l'embarcation à l'eau et poussa le moteur à fond. Kate s'accrocha à deux cordes qui longeaient les boudins en plastique. Après dix minutes de secousses, elle distingua les lumières d'un yacht. Le commandant de bord lui tendit la main en lui souhaitant la bienvenue et l'invita à entrer dans le salon, où l'attendait Indivar Suresh, tout de blanc vêtu. Il se leva pour l'accueillir.

— Ah, Eve, cela faisait longtemps !

— Je me demandais si vous vouliez encore de moi.

Abraham salua discrètement et se dirigea en silence vers l'intérieur du bateau.

— Nous en reparlerons tout à l'heure, fit sèchement Suresh en lui indiquant le canapé.

— Pourquoi pas maintenant ?

— Vous êtes toujours aussi directe, Eve. Vous vous demandez pourquoi nous vous laissions sans nouvelles ? Mais parce qu'il y a des choses que je ne comprends pas.

— Quoi donc, Pierre ?

— Eh bien, j'ai cru comprendre que vous aviez eu votre vengeance…

— Oui ?

— Alors, dites-moi pourquoi ne pas vous être plutôt occupée de la fille du sénateur… ou même du mari de sa fille et de leur petit garçon ?

— Mais parce qu'ils ne sont pas responsables ! Ils sont innocents.

— Contrairement aux cent vingt-trois autres morts du Pentagone ?

— Je ne suis pas responsable de ça !

— Vraiment ? N'est-ce pas vous qui l'avez commandité ?

— J'avais demandé à ce qu'il n'y ait pas de dommages collatéraux. Je n'ai pas appuyé sur le bouton.

— Si cela peut vous permettre de dormir…

— Où voulez-vous en venir ?

— Sœur Eve, vous vouliez nous donner votre âme, mais je crains que vous ne l'ayez vendue, et pas à nous… Et pourtant, qui, mieux que nous, peut vous comprendre ? Qui saurait mieux vous protéger ?

Kate commençait à comprendre.

— Alors, comprenez mon désarroi quand vous lâchez, contre notre gré, un nom, même codé. Et qu'ainsi, vous livrez en pâture une piste.

— Mais enfin, Pierre ! Pendant qu'ils cherchent BYE, qui n'existe pas, ils ne cherchent ni B, ni Bio…

Suresh leva la main pour l'arrêter. Le commandant venait de frapper à la porte.

— Monsieur, nous devons lever l'ancre.

— Faites. Mais prévenez Abraham, il ne reste pas.

Kate attendit le départ d'Abraham et reprit, fébrile :

— J'ai appris comment vous régliez le sort des traîtres, alors si vous me considérez comme telle, je me demande… Que me vaut votre indulgence ?

— Abraham m'a dit que vous étiez honnête et calculatrice. Que ce « BYE » était un leurre. J'ai trouvé ça, comment dire ? Commode. Finalement, votre initiative pourrait nous simplifier la vie.

Kate souffla :

— Heureuse de vous l'entendre dire. J'ai quelques idées à vous soumettre, Pierre, si vous permettez.

— Plus tard. Je suis fatigué. Votre cabine vous attend. Vous aurez une journée pour me convaincre et encore une autre pour persuader les autres de votre intégrité et de l'utilité de vos projets.

Pierre fit appeler un matelot qui la conduisit à sa cabine, qui s'avéra aussi luxueuse que le salon qu'elle venait de quitter. Le temps d'inspecter les lieux à la recherche de micros ou de caméras qu'elle ne trouva pas, elle se déshabilla et se coucha. Elle dormit mal.

***

Kate s'éveilla bizarrement reposée, regarda par le hublot et ne vit que du bleu. Elle revêtit sa tenue de la veille et sortit de sa cabine. Une hôtesse l'accueillit avec un café et des viennoiseries dans le salon baigné de lumière, et s'effaça lorsque Suresh arriva. Il semblait préoccupé.

— Bonjour, Eve. J'espère que vous avez bien dormi, parce que nous entrons maintenant dans le vif du sujet.

— Quel sujet ? Il y a quelque chose que je dois savoir ?

— La raison pour laquelle nous vous avons laissée sans nouvelles. Il s'agit de votre garde du corps, ce Raven. Il semble s'intéresser à nos activités d'un peu trop près, et nous avons donc préféré vous tenir à l'écart pour qu'il ne fasse pas le lien.

— Il est sur nos traces ?

— Apparemment. Depuis un mois, il fouine dans le milieu des faussaires pour remonter la piste des faux passeports. Il se rapproche et j'ai dû prendre des mesures. Mais ce n'est pas ce qui m'inquiète le plus. Non, le vrai problème, c'est qu'il a monté une unité directement liée au Président. Ils se sont entraînés à Camp Pendleton pendant un mois. Et, d'après les renseignements obtenus par Abraham, ils ont recruté un génie de l'informatique, un jeune homme que vous avez déjà croisé en Afghanistan.

— Et qu'allez-vous faire ?

— Ce qu'il faudra. D'ailleurs, à l'heure où je vous parle…

***

— Colonel, ça bouge !

La voix de Polson trahissait son soulagement. Cela faisait deux heures qu'il patientait, avec Raven, dans cette camionnette garée à l'angle de Church et de White, non loin de l'académie des arts de New York, devant une petite boutique de photocopies qui, jusque-là, paraissait parfaitement innocente.

— Qu'est-ce que vous avez vu ? demanda Raven qui tentait de se familiariser, sans le mode d'emploi, avec son nouveau téléphone.

— Cet homme qui sort, c'est Tony Depato. Le logiciel de reconnaissance faciale est formel.

— Et alors ?

— Alors, il est connu comme le loup blanc dans le petit monde de la mafia, et Interpol le soupçonne d'avoir assassiné une dizaine de personnes qui dérangeaient la Camorra. Pour ça, il doit avoir besoin de changer d'identité…

— Je le chope.

Raven sortit aussi discrètement que sa haute taille le lui permettait et attendit que sa cible passe à proximité. Il l'attrapa et le plaqua sans ménagement contre le flanc du véhicule.

— Alors, Tony ?

— Eh, mec, faut vous faire soigner. Je ne connais pas ce Tony ! protesta-t-il en levant les mains. Je suis Gregory Taylor.

— Prouve-le !

Il tendit son passeport. Raven l'examina et releva la tête.

— Eh bien, félicitations, mon gars, tu viens de prendre deux ans pour usage de faux ! Je t'arrête.

En lui passant les menottes dans le dos, il ajouta :

— Et merci, maintenant je vais pouvoir rendre visite à ton ami Marceau.

— Je ne connais pas plus de Marceau que de Tony, et je suis Gregory Taylor, je le jure !

— Tu raconteras tes malheurs aux flics du commissariat, moi, j'ai autre chose à foutre.

Raven ouvrit la porte arrière de la camionnette et jeta son prisonnier aux pieds de Polson qui, manifestement, était nettement plus sûr de lui depuis son entraînement de choc à Camp Pendleton.

— Salut, mec. Toi, t'es mal barré.

— Mais qui vous êtes ?

— Des bonnes fées… Un vœu ?

Polson regarda Raven entrer dans le magasin à découvert en se disant que ce type-là était vraiment cinglé. Le colonel sonna au comptoir. Un petit homme chauve sortit de l'arrière-boutique, lunettes relevées sur le crâne.

— Si vous venez pour des photocopies, c'est en libre-service.

— Raté. Je viens pour l'autre activité du magasin.

— Le fax est sur votre gauche, uniquement les numéros du…

— Encore raté.

En souriant, Raven pointa son arme sur le propriétaire dont la voix monta soudain dans les aigus comme celle d'un mauvais acteur :

— Je n'ai pas d'argent, c'est une petite boutique de quartier !

— Tss, tss, ne vous fatiguez pas. Je sais que vous venez de vendre un faux passeport au nom de Gregory Taylor à un tueur de la mafia. Alors on parle, sinon je m'énerve, ajouta-t-il en secouant son arme sous le nez de l'autre, qui blêmit.

— OK, OK… Laissez-moi cinq minutes, je ferme la boutique.

— Plus tard ! Tu as vendu des passeports vierges à des gens, une bonne dizaine.

— Je ne sais pas de quoi vous parlez.

Le petit chauve se dirigea vers la porte comme pour la fermer, mais l'ouvrit à la volée et s'enfuit en courant. À sa grande surprise, Raven le vit s'arrêter net après quelques mètres, terrorisé. Encore plus étonné, il comprit ce qui effrayait à ce point Marceau : Polson, très calme, assis à l'arrière de la camionnette, pointait sur lui un pistolet d'une main qui ne tremblait pas.

— Merci, Polson, vous m'avez épargné un sprint.

Raven attrapa Marceau par sa veste de velours et pointa son index sous le nez du faussaire.

— Et j'en ai marre de répéter les mêmes questions.

— Je ne vous dirai rien. Je ne connais aucun nom. Leurs commandes sont ano…

L'homme s'arrêta net.

Polson et Raven virent alors une trace rouge qui fleurissait puis s'élargissait rapidement sur la poitrine de leur prisonnier. Sans comprendre ce qui lui arrivait, celui-ci porta la main à son cœur puis à son visage avant de s'écrouler. Raven entraîna Polson et le blessé derrière la camionnette et prit quelques secondes pour analyser la situation. Un seul coup de feu, sûrement tiré depuis un immeuble et sans un bruit, c'était sans aucun doute un travail de professionnel. Il leva les yeux vers les toits mais ne vit pas une ombre. Marceau poussa un gémissement en bougeant faiblement ses doigts sur le bitume.

— Dans la rue, un bruit court, une organisation…

Raven se pencha sur le faussaire pour constater l'absence de pouls, et ramena les mains du cadavre sur son torse. Avec la droite, l'homme avait tracé sur le sol trois lettres de sang qui ne laissaient aucune équivoque.

BYE venait de glisser une fois encore entre les mailles de leur filet. Raven tapa du poing sur le capot puis tira le corps de Marceau qu'il fit reposer contre une boîte aux lettres. Il monta à l'arrière en compagnie du prisonnier, qui ne semblait pas ému par le sort du faussaire.

— Polson, vous conduisez. Assez perdu de temps, on emmène celui-là au commissariat, il ne nous sert à rien.

⁂

Polson patienta au volant tandis que Raven expédiait les démarches administratives et s'abstint de tout commentaire quand le colonel revint. En six mois, il avait appris à identifier chez lui les signes avant-coureurs de la tempête.

— Polson.

L'intéressé hocha la tête.

— Je pense comme vous, on a une taupe dans l'unité. Vous allez chercher des mouvements bancaires, des sorties inexpliquées, des bruits de couloir. Tout ce qui nous permettra de démasquer le traître.

— Et d'ici là ?

— Jusqu'à nouvel ordre, on ne laisse rien filtrer.

***

Kate regarda Suresh sans comprendre le sens de sa dernière phrase.

— À l'heure où vous me parlez, quoi ? Vous pouvez me dire ce qui se passe ?

— Non. Vous n'avez pas à être au courant des détails. Sachez simplement que la piste des faux passeports s'est brutalement refroidie. Mais ce n'est pas de cela que je voulais vous parler, Eve.

Kate l'interrogea du regard.

— Il m'est venu l'idée que, peut-être, vous auriez souhaité un échec de nos « amis » afghans. Cela vous aurait-il traversé l'esprit ?

— J'apprécie que vous jouiez franc-jeu avec moi, Pierre. En effet, j'y ai pensé. Et je dois dire que les informations d'hier me porteraient à croire que cela aurait été mieux pour la planète.

— Les armes nucléaires ?... Grotesque ! Ce n'est qu'une tentative d'intimidation. Je suis surpris qu'une femme telle que vous se laisse impressionner par ce vieil épouvantail. Un épouvantail dangereux, certes, mais au point que seuls des fous en feraient usage.

— Des fous comme nos « amis » ?

— Non, même eux ont leurs limites. Mais Eve, souvenez-vous que si nos intérêts divergent des leurs, nous visons le même résultat. Nous n'avons fait qu'avancer l'heure du déclin. L'humanité est ainsi faite. Il y aura des crises, des guerres, des attentats. Rien de bon pour la nature, si on y regarde de trop près. C'est à long terme que nous devons raisonner.

Kate hocha doucement la tête.

— Mais les armes sales ?

— Elles entacheront la nature pour quelques centaines d'années. Une goutte d'eau dans l'océan du temps environnemental. Vous commencez à comprendre ? L'impermanence. L'humanité qui n'est pas éternelle, l'inutilité de bâtir une civilisation… Ce sont des choses que vous avez lues, il me semble, mais qui ne trouvent écho qu'aujourd'hui, n'est-ce pas ?

Kate écouta poliment.

— Dans le passé, de grands peuples ont eu un rayonnement que nous percevons encore aujourd'hui. Je pense aux Incas, aux Mayas ou aux Égyptiens. Tout ce qui subsiste de leurs efforts pour exister en tant que nations est leurs constructions de pierre. À présent, les hommes construisent en béton et en verre, quand ce n'est pas pire, sans volonté de durer. Coincés dans le présent, ils consomment, ils s'agitent pour toujours plus de confort et de bien-être immédiat. Tout ceci est bien égoïste, bien loin de la nature, bien loin des interactions du grand tout. Nous, Biocalypse, nous agissons pour réparer et nous essayons d'anticiper la catastrophe annoncée. Nous nous sommes donné la mission de protéger ce grand tout de l'action néfaste de l'humanité.

— Mais qu'avez-vous fait jusqu'à présent ?

— Nous avons lutté pour exister en tant que confrérie, nous nous sommes organisés. Certains se sont enrichis afin de financer nos actions, d'autres ont fait carrière pour nous ouvrir des portes ou, comme Abraham, nous protéger, parfois de nous-mêmes.

— Autrement dit, vous n'aviez mené aucune action concrète jusqu'au 11 septembre ?

L'importance de son action au sein de la confrérie sauta soudain aux yeux de Kate.

— Nous sommes à l'origine de l'explosion de la bulle Internet d'avril 2000. Les TMT et la chute de Global Growing, c'était nous. Mais à notre goût, ce n'était qu'un essai sans envergure. Grâce aux attentats, nous commençons enfin à voir les effets de notre action. Comme vous le dites, nous sommes aujourd'hui prêts à agir plus « concrètement », à frapper fort.

— Je vois…

— Votre regretté mari nous avait donné de nouvelles pistes. Sur certains points, Adam était peut-être plus extrême que moi. Quel dommage qu'il ait préféré agir seul…

— Que voulez-vous dire ?

— Qu'il aurait pu nous aider, s'il avait voulu agir, plutôt que de dénoncer. Mais ça n'a plus d'importance, Eve. Votre mari était quelqu'un d'intègre et je respectais ses positions, il le savait. C'est tout ce qui compte. Pour le moment, oubliez cela et préparez votre intervention devant le conseil. Si vous devez écrire, ayez soin de brûler les brouillons. Et prenez votre après-midi pour vous détendre, vous en aurez besoin.

Passant sans transition d'une autorité qui ne souffrait aucune contradiction à la plus parfaite courtoisie, il indiqua :

— Au fait, des affaires à votre taille vous attendent dans votre placard, du maillot à la tenue de soirée. Prenez ce qui vous chante, la robe de bure ne sera pas obligatoire ce soir.

Indivar Suresh se leva et, avant de quitter le salon pour rejoindre sa cabine, précisa :

— Si vous sortez sur le pont, mettez une capeline, cela évitera aux satellites de vous identifier. Et sachez que seule cette pièce bénéficie d'un brouillage. Facilitons le travail d'Abraham.

— Compris.

Kate resta assise à contempler le café qui refroidissait dans sa tasse.

***

La fin de journée arriva plus vite que Kate l'aurait voulu. Elle ne se sentait pas prête à passer en jugement quand un matelot vint la chercher dans sa cabine.

Docile, elle avait passé une robe de soirée noire et dissimulé son visage sous une capeline. En arrivant sur le pont, elle constata la présence, à la gauche de leur propre navire, d'un yacht si grand qu'un hélicoptère stationnait sur une plate-forme à l'arrière.

Passé son étonnement, Kate vit, en contrebas, que Suresh l'attendait sur un Riva, l'un de ces bateaux comme on en voit à Venise, de bois rouge, à l'allure fuselée. L'océan était calme. Elle descendit les quelques marches qui la séparaient de l'embarcation et tendit la main au pilote, qui l'aida à embarquer. Suresh, qui arborait un panama blanc d'une élégance très british, désigna le yacht.

— Nous allons sur le *Quantic*, il est à frère Korny.

Ils parcoururent à peine vingt mètres avant de s'amarrer au yacht. Suresh, lisant dans les pensées de Kate, désigna Peter Swanson, qui les saluait depuis le bastingage.

— Il va falloir vous y habituer, ma chère. D'ailleurs, avec votre million en banque, vous devriez fréquenter plus de gens comme lui. Inutile de vous dire que cela nous aiderait beaucoup pour certaines opérations.

— J'y penserai. Bonsoir, frère Korny.

— Bonsoir, sœur Eve, bienvenue à bord de mon modeste bateau. Nous n'attendions plus que vous.

La porte du salon d'accueil coulissa devant eux. La pièce aux vitres teintées débordait de luxe et de technologie qui faisaient oublier qu'on se trouvait sur une embarcation. Devant l'air interrogatif de Kate, qui contemplait la table en marqueterie manifestement ancienne, Swanson précisa :

— Française, précieuse, un système de régulation de l'hygrométrie fonctionne vingt-quatre heures sur vingt-quatre, sœur Eve. Je vous ferai visiter le navire plus tard. Si vous voulez bien me suivre, maintenant, nous allons rejoindre les autres dans la salle de conférences. Naturellement, elle est sécurisée avec la dernière technologie de brouillage.

Dotée d'une étonnante hauteur sous plafond, la salle était richement ornée de dorures et de marbre, ainsi que d'un écran digne d'un cinéma et d'un vidéoprojecteur. Les membres de la confrérie saluèrent les retardataires. Quand le tour de Robert Falachon arriva, Kate sentit chez lui une froideur inhabituelle et comprit qu'elle aurait à s'expliquer. Tatsuo Tanaka ferma les lourdes portes puis invita sa « famille » à s'installer. Indivar Suresh prit la parole :

— Chers frères et sœurs, nous ouvrons cette réunion sur une note positive. Sœur Eve a passé son examen d'entrée avec succès. Le 11 septembre 2001 restera gravé dans tous les esprits.

Falachon bondit de son siège, outré.

— Frère Pierre, vous oubliez qu'elle nous a sciemment mis en danger en livrant un nom à des terroristes !

— Absolument ! approuva Elizabeth Carlson. Sœur Eve nous doit des explications.

— Allons, allons. Le sujet est clos. Vous savez très bien que si sœur Eve avait pu nous exposer ses arguments à

Paris, sa voix s'ajoutant aux autres, nous aurions sûrement approuvé sa proposition. Grâce à elle, aujourd'hui, nos actions prennent une dimension bien plus concrète. Mieux vaut que nos ennemis, mais aussi nos intermédiaires et nos petites mains, connaissent un nom, d'autant que rien ne le relie à nous. Ce nom nous fait entrer dans la légende, mes chers frères et sœurs, sans nous mettre en danger. Nous ne sommes que sept à connaître la vérité, et que cela reste ainsi.

Indivar Suresh regarda chacun dans les yeux.

— L'homme a besoin de nommer les choses. Eh bien, ce sera BYE. Nous noterons au passage l'ironie de sœur Eve qui dit ainsi pour nous au revoir à l'humanité.

Suresh regarda les bras se croiser sur les poitrines, les uns après les autres, y compris ceux d'Elizabeth Carlson et, avec quelques secondes d'hésitation, de Robert Falachon.

— Très bien. Cette nouvelle donne demande de petits ajustements dont je voudrais vous faire part.

Il leur montra ce qui ressemblait à une grosse gélule.

— Voici notre nouveau mode de communication. Non que je ne fasse pas confiance aux technologies de l'information, cher frère Korny, mais nous devons être plus prudents.

Swanson acquiesça.

— Nous communiquerons donc à l'ancienne, par messages codés rédigés sur de minuscules rouleaux glissés dans ce genre de capsules. Si vous, ou un intermédiaire, êtes pris, avalez-la. Le message se dissoudra instantanément dans les sucs gastriques.

Suresh détailla le protocole de communication, et passa la parole à Swanson qui expliqua longuement son codage alphanumérique, jusqu'à ce que chacun soit capable de l'utiliser et de le traduire parfaitement. Puis Suresh annonça qu'il voulait voir chacun des frères de manière individuelle, une première qui suscita des murmures de protestation.

— Du calme, frères et sœurs. Il est temps de passer aux choses sérieuses, et pour notre sécurité, il est indispensable que nous cloisonnions les missions. Nous allons donc travailler en cellules, dont chacune aura pour couverture une unité gouvernementale secrète.

Face aux regards interrogatifs qui lui étaient destinés, Suresh déploya une nouvelle fois ses talents d'orateur :

— La plupart des gens ne se posent pas de questions quand les ordres viennent d'une autorité qu'ils respectent et dans laquelle ils ont placé toute leur confiance. Alors nous allons leur dire qu'ils œuvrent en secret pour la seule autorité qu'ils ne mettront jamais en doute : leur propre gouvernement. Nous morcellerons les responsabilités, les informations et les connexions afin que chacun n'ait à exécuter qu'une tâche simple et dénuée de sens. En bas de l'échelle, les actes violents seront laissés à des barbares sans tête, et au-dessus d'eux de petits chefs répondront à de plus grands, jusqu'à celui qui s'adressera à vous. Cela vous convient-il ?

Suresh regarda non sans orgueil les avant-bras se croiser de nouveau, puis il tourna le dos à sa confrérie et se dirigea vers la pièce que Swanson lui avait attribuée. Comme un patron, il s'installa derrière le vaste bureau et convoqua chacune de ses brebis.

La première à passer fut Elizabeth Carlson, vêtue d'un pantalon noir et d'un chemisier blanc au luxe discret.

— Sœur Betty, j'ai pour vous une mission de la plus haute importance.

Elizabeth Carlson, qui semblait toujours accablée et dont la beauté slave s'était fanée trop vite, avança son siège.

— Compte tenu de vos aptitudes, vous prenez la tête des cellules « drogue » et « bactériologie ». Vous devrez d'ici la fin 2002 avoir créé au moins une unité de fabrication de produits dont la vente contribuera à financer nos actions. Dans ce laps de temps, vous aurez aussi pris le contrôle d'un laboratoire spécialisé dans le génie génétique afin de trouver un moyen, indétectable par les autorités, de faire baisser de façon substantielle la population mondiale. Est-ce clair ?

— Parfaitement.

— Votre couverture sera bien entendu un contrat fictif avec le gouvernement du pays où vous agirez, et vous aurez des investisseurs tout aussi fictifs qui seront intéressés sur les bénéfices qui vous permettront de dégager des fonds pour d'autres opérations.

— C'est ainsi que je l'entendais. Sociétés-écrans, fonds d'investissement étrangers…

— Parfait, conclut Suresh. Votre boîte postale sera à Londres, la mienne à Mumbai. Voici les deux adresses, retenez-les et détruisez le papier. Faites appeler frère Calvin, je vous prie.

Tatsuo Tanaka, en capitaine d'industrie, mit de côté son malaise à se trouver ainsi de l'autre côté du bureau et s'inclina respectueusement.

— Frère Calvin, mon ami, je veux que vous preniez le contrôle d'un laboratoire canadien de génie génétique. Vous aurez pour mission de développer une technique de stérilisation d'une partie conséquente de la population mondiale. Les perturbateurs endocriniens me paraissent une bonne piste pour commencer, mais je vous laisse le champ libre, tant que cela n'arrive pas aux oreilles des autorités. Je compte sur votre maîtrise de l'agroalimentaire pour mener à bien cette mission. Vous savez comment vous cacher derrière des écrans de fumée pour l'acquisition ?

— Naturellement.

— Arrangez-vous pour que le fonctionnement du laboratoire semble normal et qu'il dégage des bénéfices. Pour les employés, vous travaillerez pour l'Organisation mondiale de la santé. Voici l'adresse de votre boîte postale à Tokyo et la mienne à Mumbai. Retenez les adresses et détruisez…

— … toute trace. Adieu, frère Pierre.

— Dites à frère Bernard que je l'attends.

Le Français entra, fier comme un paon.

— J'espère que vous m'avez réservé quelque chose d'excitant, lança Robert Falachon en prenant place face à Suresh.

— Ne vous inquiétez pas, frère Bernard. La communication et l'économie étant vos spécialités, votre mission sera de monter une cellule « information et désinformation », destinée à déstabiliser l'économie mondiale.

— J'ose espérer que vous avez mieux !

— J'y viens. Vous monterez aussi une cellule financière. Vous spéculerez sur les matières premières pour créer des perturbations sur les marchés. C'est parfaitement légal. Focalisez-vous sur les produits agricoles de première nécessité, les céréales, le sucre…

— Vous comptez affamer le tiers-monde ?

— Non, *nous* comptons affamer le tiers-monde. Et les employés devront croire qu'ils travaillent pour le gouvernement.

— Vous plaisantez ? Pierre, je suis désolé, mais il va falloir faire une exception pour la cellule financière ! Vous devrez simplement les payer un maximum. Seul l'argent motive ces gens-là.

Pierre acquiesça sans entrer dans le débat. L'arrogance n'était pas un trait de caractère qu'il appréciait chez cette tête de fouine. Il lui tendit les adresses et fit appeler frère Korny.

Peter Swanson se présenta, les mains dans les poches de son élégant costume blanc.

— Alors ? Comment avez-vous trouvé l'organisation de cette réunion ?

— Parfaite. Merci encore pour votre superbe bateau.

— Ce n'est rien, j'en ai encore deux. Vous pouvez couler celui-là si ça vous chante !

Suresh sourit, l'unique manifestation de joie qu'il s'autorisait en présence des membres de la confrérie.

— Frère Korny, étant donné vos indéniables succès sur les marchés financiers, je vous confie aujourd'hui une mission clé pour notre organisation. Nous voulons disposer d'une banque dans un paradis fiscal et d'agences dans différents pays. La cellule que vous monterez sera chargée de bousculer le système boursier jusqu'à la rupture. Vous jouerez aussi contre les monnaies, donc contre les États. Je veux être prévenu de chacune de vos offensives. Vous avez carte blanche pour recruter des traders, des programmateurs, des requins de la finance… Bref, des gens dont le seul but est de s'enrichir.

— Merci de votre confiance.

— Mais nous voulons un homme de paille à la tête de cette cellule. Un homme aux contacts très sélects, et qui vous couvrira en cas de nécessité. Cet Allen Stockord dont nous avions parlé fera l'affaire. Vous êtes trop important pour que Biocalypse vous perde.

Swanson sortit du bureau, gonflé d'orgueil, et fit signe à Kate de prendre sa place.

— Vous êtes la dernière arrivée dans notre groupe, vous passez donc en dernier, sœur Eve.

— Ce n'est pas grave. Que m'avez-vous réservé ?

— Droit au cœur du sujet, releva Suresh. Très bien. Vous devrez tout d'abord gérer la fondation Reforestation, puis vous en créerez une autre que vous nommerez Inde/Afrique, alimentée par des dons de nos fonds de pension et de nos entreprises, mais aussi de particuliers. Vous les ferez transiter sur des comptes que nous vous indiquerons. Ensuite, vous gonflerez les factures pour générer une trésorerie occulte qui financera votre deuxième action. Menée conjointement avec moi.

Surprise, Kate l'interrogea du regard.

— Nous – je veux donc dire vous et moi – lancerons une campagne d'« aide sanitaire aux populations ». En d'autres termes, nous proposerons de l'argent à ces gens pour qu'ils subissent des opérations visant à les stériliser.

Kate en eut le souffle coupé.

— Vous parlez de stériliser votre propre peuple ?

— Le mien ou un autre, cela n'a guère d'importance ! La croissance incontrôlée des populations africaine et asiatique menace l'équilibre planétaire. De toute façon, si nous ne faisons rien, ce sont les guerres et les famines qui les décimeront…

Kate, à contrecœur, dut admettre la pertinence du raisonnement et accepta la mission.

— Votre troisième tâche, Eve, sera d'attiser les haines et les incompréhensions entre les religions. Il me semble que vous avez fait vos preuves en la matière, ma chère. Gardez votre poste à l'ONU, il vous servira. Abraham vous fournira tous les contacts nécessaires pour éviter les mauvaises surprises.

— Entendu.

— Chez nous, on dit : « Il en sera fait selon vos ordres. »

Bonne élève, Kate rectifia et suivit Indivar Suresh qui les fit raccompagner jusqu'à leur bateau.

La lune était déjà haute, le ciel et la mer se confondaient à l'horizon, le retour s'annonçait long.

15 mars 2002, 15 heures, Quantico, centre de formation des marines, FBI et CIA, comté de Prince William, Virginie, États-Unis d'Amérique

Alors que l'unité Infinity terminait sa formation dans le sanctuaire du renseignement et de l'action commando, Polson commençait à réceptionner le matériel promis par le Président. Les premiers ordinateurs tournaient déjà dans une remorque de camion de la taille d'un terrain de tennis. L'informaticien y disposait d'un coin réservé à sa petite personne, où son fauteuil fétiche devrait bientôt être rejoint par l'écran géant de ses rêves. Il vissait des étagères métalliques destinées à recevoir de nouveaux gadgets quand une alarme le fit sursauter. Sa chasse au traître donnait enfin des résultats, qui s'affichaient maintenant en gros caractères rouges sur l'écran d'un des ordinateurs. Il pianota sur son téléphone portable :

« Rejoignez-moi au QG, on le tient. »

Raven débarqua dans le quart d'heure qui suivit, au pas de course.

— Alors, qui c'est ?

— Vous aviez raison sur Owen et Steve Pickels. Apparemment, ils sont clean. Par contre, il semblerait que notre caporal Boca ait remboursé aujourd'hui, à 15 heures, un emprunt de huit mille dollars en liquide.

— Il est en permission, donc ça colle. Mais d'où sort-il ce pognon ? On a une idée ?

— Non, aucun des billets n'était marqué.

— Bien, fit Raven, manifestement contrarié. Nous allons donc lui tendre un piège.

— On peut savoir quoi ?

Raven se contenta de pianoter sur son téléphone.

— Boca, c'est le colonel, fit-il en enclenchant la fonction mains-libres à l'intention de Polson.

— À vos ordres.

— Demain matin, nous retournons à la boutique de Marceau, à l'angle de Church et de White. Polson et moi pensons que nous sommes passés à côté de preuves. Je vous veux sur le terrain en civil à sept heures zéro, zéro. Compris ?

— Angle Church et White, en civil à sept heures zéro, zéro. À vos ordres, mon colonel.

Raven avait le sourire du chasseur sûr du collet qu'il a posé. Polson demanda :

— Et maintenant ?

— On attend. Deux possibilités : soit il ne se passe rien, c'est qu'il a flairé le guet-apens ; soit ceux de BYE fouillent le local du vieux et nous saurons.

***

Au volant de sa vieille Chevrolet, Boca se demandait ce qu'il devait faire. La dernière fois, un homme était mort, mais là, après tout, il ne s'agissait que d'une banale fouille de bâtiment. La perspective des huit mille dollars facilement gagnés acheva de le convaincre.

— C'est Raoul.

— Qu'est-ce qu'il y a ? répondit une voix déformée électroniquement.

— On est toujours d'accord sur le chiffre ?

— Huit mille. Si l'info est valable.

— On se retrouve au *Burger King* dans vingt minutes ?

— Comme la dernière fois.

Boca sortit de la voiture, qu'il avait garée à l'écart, et se dirigea vers l'entrée du restaurant, qui s'avéra presque vide. Après trois minutes, il en ressortit avec un sac en papier. Il regarda plusieurs fois à droite et à gauche afin d'être certain de ne pas avoir été suivi et retint instinctivement son souffle quand un van qu'il jugea suspect passa au moment où il ouvrait sa portière.

Assis au volant, il nota sur la serviette en papier les informations sur la descente prévue le lendemain et la replaça dans le sac graisseux, avec le téléphone qui lui avait permis de contacter son mystérieux bienfaiteur.

Quelques minutes s'écoulèrent. Un 4×4 Ford noir aux vitres teintées s'arrêta au niveau de la portière de Boca et la fenêtre s'entrouvrit, laissant passer une main, qui saisit le sachet. La main réapparut quelques secondes plus tard et le sachet fit le chemin inverse. Boca l'ouvrit et trouva les billets promis ainsi qu'un nouveau portable. Il se félicita de cette paranoïa.

— Je vous appelle si j'ai du neuf.

Personne ne répondit et la vitre se ferma en même temps que le 4×4 reculait pour s'éloigner.

Raoul vérifia son butin. Le compte y était, mais sa conscience l'empêchait d'en profiter.

***

À 2 heures du matin, les riverains de White Street furent tirés de leur sommeil par des sirènes de pompiers. Un incendie ravageait la boutique de photocopies du vieux Marceau. Durant près de trois heures, les soldats du feu luttèrent pour circonscrire le sinistre au bâtiment. Il fallut encore une heure et de nombreux renforts d'hommes et de matériel pour venir définitivement à bout de l'incendie.

À 6 h 30, Polson et Raven arrivèrent à pied sur les lieux. La colonne de fumée qui s'échappait des décombres ne laissait aucun doute sur la violence de l'incendie. Le capitaine de la brigade, arrivé le premier sur les lieux, discutait âprement avec un expert. Le premier défendait la thèse de l'accident électrique, tandis que le second citait des facteurs aggravants qui évoquaient la piste criminelle.

Polson regarda son patron.

— Nous sommes fixés.

— Je crois que c'est très clair.

Ils passèrent la demi-heure suivante dans la camionnette, à attendre l'arrivée de Boca.

Avec une ponctualité militaire, celui-ci tapa sur la porte arrière à l'instant où le 7 apparut sur l'horloge. Raven ouvrit aussitôt et pointa son arme sur le caporal, qui fit un bond de côté en portant la main à son holster.

— Non, ne faites pas ça, Boca ! cria le colonel. Entrez.

Les mains en évidence, Boca s'exécuta. Il avait compris mais décida de tenter un ultime coup de bluff.

— Mais… Attendez… Qu'est-ce qui se passe ?

— Je n'attends rien ! Tu as touché combien pour nous donner, Boca ? Huit mille, c'est ça ? Et pas la peine de protester, tu étais le seul à savoir, pour la fouille du local. De toute façon on le saura vite, je suis sûr que le fric est encore dans ta bagnole.

— Je vais vous expliquer, colonel !

— M'expliquer quoi ? Que tu es un vendu ? Si c'est ça, te fatigue pas, on le sait déjà.

— Je n'ai pas eu le choix, j'ai une femme, des gosses… C'est la crise, je ne pouvais plus m'en sortir. Et là, je trouve un mot sur ma Chevrolet qui me dit que je peux gagner gros pour de petites infos.

Raven agita son arme.

— Accouche, ou je me passe du jugement de la cour martiale.

— J'ai laissé le mot sur le pare-brise avec un OK, et le lendemain, j'avais un téléphone sur mon siège. J'appelle et là, une voix brouillée me donne la marche à suivre pour échanger l'info contre le fric.

— On s'en fout ! Qui c'est ? Un homme ? Une femme ?

— Un homme, je crois. Je n'ai vu que sa main gantée, mais entre la chemise et le gant, la peau était blanche.

— Et la voiture ?

— Il en change… Je suis vraiment désolé, mais je lui ai fait promettre qu'aucun membre de l'unité ne serait blessé !

— C'est ça. Et la Schtroumpfette est restée vierge…, déclara Polson, pour contribuer à sa manière à l'interrogatoire.

— Tu vas le contacter ! reprit Raven en lui montrant son arme.

— Ce que vous voulez ! Mais il me tuera s'il sent que c'est un piège !

Voyant Boca prêt à sombrer dans la panique, Raven préféra calmer le jeu :

— Boca, tu es un traître mais tu es avant tout un soldat. Alors au fond, tu sais très bien ce que tu dois faire.

L'homme réfléchit quelques secondes et tendit des clés à Raven.

— Elle est garée dans cette rue, à cent mètres, une Chevrolet. Le téléphone est dans la boîte à gants.

Raven remit les clés à Polson, qui revint quelques instants plus tard, le portable désossé dans une main, la carte SIM dans l'autre.

— C'est un jetable, on n'en tirera rien. Une seconde, j'essaie un truc.

Polson pianota sur son clavier, naviguant en toute illégalité dans le fichier des numéros de la CIA.

— Le numéro enregistré sur la SIM vient aussi d'un jetable… Désolé, pas d'infos là-dessus non plus.

— Eh bien, Boca va nous arranger un rendez-vous.

⁂

La Chevrolet de Boca stationnait au fond du parking du Walmart, boulevard Ridgeville, à Mount Airy. Depuis près d'une heure qu'ils attendaient, Raven, couché à l'arrière, tenait en joue le caporal. Son contact était toujours ponctuel, et, à bientôt minuit, Boca commençait à s'inquiéter du sort qui lui serait réservé si celui-ci ne se pointait pas. Raven était sur le point de se relever quand un homme arrivé par-derrière frappa soudain au carreau avec son arme, et leur fit signe de lever les mains. Il présenta une carte de la CIA avant d'ordonner à Raven de lâcher son arme. Au lieu d'obtempérer, celui-ci fit à son tour un signe et sortit quelque chose de sa veste. Abraham scruta l'insigne de Raven à travers la vitre et lui demanda de descendre du véhicule.

— Boca, filez-moi les clés et mettez ces menottes aux poignets sans oublier de les passer par le volant d'abord. Ne faites pas le con et tout ira bien.

Le prisonnier s'exécuta, il n'avait pas vraiment le choix et depuis 7 heures ce matin, il avait eu le temps de méditer sur ses mauvais choix.

— Vous êtes ?

— Bob Faust, services spéciaux. Et vous ?

— Agent Gregory Sheperd. Donnez-moi votre arme. Je dois vérifier votre identité.

— Je ne peux pas laisser ce gars-là tout seul. Il est important dans mon enquête.

Raven se tourna vers Abraham.

— Et vous ? Qu'est-ce que vous fabriquez ici à minuit ?

— Je rentrais chez moi quand j'ai capté un message d'alerte sur la fréquence de la police. La sécurité du magasin les a informés. Suivez-moi, mon véhicule est juste à côté.

Abraham chercha sur son ordinateur l'identité de ce Bob Faust. Polson reçut aussitôt une alerte et déclencha pour la première fois la procédure qu'il avait prévue pour ce genre de cas.

Il envoya une réponse « secret défense » sur le PC d'Abraham et l'appela aussitôt qu'il l'eut identifié.

— Agent Gregory Sheperd ?

— Oui. Comment avez-vous eu ce numéro ?

— Peu importe. Laissez tomber vos recherches, vous n'avez pas le degré d'accréditation.

— Seul mon patron a l'autorité pour me donner des ordres.

— Il vous appellera dans quelques minutes.

Polson raccrocha.

Raven ne quittait pas des yeux la Chevrolet, et commençait à sérieusement s'impatienter, même s'il avait décidé de coopérer. Après quelques minutes, le supérieur de Sheperd appela son agent pour lui intimer l'ordre de laisser « Bob Faust » tranquille.

— Mais qui êtes-vous ?

— Je ne peux rien vous dire de plus. Mais pour le coup, je crois que ma mission est définitivement morte. Le type ne viendra pas.

— Je suis désolé. Mais vous comprenez, avec les attentats, on essaie tous de contribuer à l'effort de sécurité… Enfin, vous savez.

— Je sais. J'y retourne. Au revoir, Sheperd.

— Je vous accompagne.

Abraham lui rendit son arme et attendit qu'ils se trouvent suffisamment près de la Chevrolet pour actionner une télécommande dissimulée dans sa poche. L'explosion pulvérisa la voiture et propulsa les deux hommes deux mètres en arrière. Ils se relevèrent, groggy et assourdis par la déflagration. Raven repoussa le bras d'Abraham et se précipita vers les restes de la Chevrolet en feu, mais il était trop tard. Il avait perdu son seul lien concret avec BYE.

Il inspecta rapidement les alentours sans rien repérer de suspect, puis remercia Sheperd pour la qualité de son intervention et le découragea de faire un rapport.

— Je me charge des vidéos de surveillance. Vous, vous rentrez chez vous.

— OK, apparemment, je ne suis pas en position de discuter. Je ne vous ramène pas ?

— Non, dégagez les lieux avant que la police n'arrive. Ça ne sert à rien de compliquer les choses. Merci.

***

Abraham tourna les talons, assez satisfait de sa mise en scène, et laissa le colonel se débrouiller pour rentrer.

Raven observa encore la scène et appela Polson, qui s'attaqua sur-le-champ au piratage du système de surveillance de l'hypermarché.

Le colonel entendait déjà les sirènes.

— L'identité de Boca est verrouillée ?

— Complètement. Mais sa veuve ?

— Quoi sa veuve ? Il faisait des courses un peu tardives, voilà tout. Bossez sur les caméras et envoyez Hadow me récupérer, je serai en face du Walmart.

⁂

Raven se dirigea vers l'autre côté de la rue tandis qu'au loin, les gyrophares clignotaient frénétiquement.

1er avril 2002, 18 h 27, autoroute Seashore, à la hauteur de l'aéroport Sussex County, Delaware, États-Unis d'Amérique

Quinze jours auparavant, une nouvelle recrue, un marine spécialisé dans les infiltrations nommé Peet, avait intégré le groupe en remplacement de Boca. Le lendemain de son arrivée, Raven l'envoya en mission dans un foyer où des islamistes recrutaient des jeunes. Ce jour-là, il était néanmoins présent comme tous les membres de l'unité.

Polson avait travaillé d'arrache-pied à son système de sécurité et il ne lui restait qu'à y mettre la touche finale, et pas des moindres : un dispositif de positionnement satellitaire par puces sous-cutanées indétectables permettant de suivre les mouvements de chacun des membres de l'unité.

Raven montra l'exemple et tendit le premier sa main droite à Polson.

Muni de son pistolet à air pulsé, l'informaticien hésita un instant. Bien sûr, il s'était entraîné sur de la viande de bœuf, mais ce n'était pas pareil en vrai. Raven donna l'ordre d'appuyer sur la détente. Polson visa la base du muscle court fléchisseur du pouce, ferma les yeux et tira. Raven fit une grimace qui en disait long sur la douleur provoquée par cette opération, que Polson renouvela encore cinq fois avec la même réaction pour le moins mitigée de la part de soldats pourtant habitués à souffrir. Quand vint le moment de sa propre implantation, Raven, le voyant blêmir, lui prit le pistolet des mains :

— Vous ne pouvez pas le faire vous-même. Montrez-moi.

— Vous l'orientez comme ça et vous ne bougez plus. On compte jusqu'à trois. Un… Deux… Putain, ça fait un mal de chien ! Vous étiez obligé de me perforer la main ?

Raven prit le bras de Polson, qui secouait la main en faisant des grimaces d'agonie, et l'entraîna à l'écart.

— C'est certifié indétectable, c'est certain ?

— Vu comme ça fait mal, j'espère bien ! Euh… Oui, colonel, on sera les seuls à pouvoir les repérer.

— Parfait. Remettez-vous sur la piste canadienne.

— C'est plus compliqué que ça n'en a l'air. Nous devrons certainement aller sur place pour démêler tout ça.

— Ce sera notre prochaine destination. Mais je veux d'abord tester Peet, il n'a obtenu aucun résultat jusqu'à présent, pourtant cette mission n'est pas une planche vermoulue. Qu'il retourne sur le terrain dès maintenant, on verra ce qu'il vaut vraiment… Et je voulais vous dire que demain, je ne serai là pour personne sauf cas de force majeure.

***

Raven, au volant depuis de longues heures, voyait enfin le bout du voyage quand son téléphone sonna.

— Polson, qu'est-ce qu'il y a encore ?

— Peet vient de rentrer de mission. La bonne nouvelle, c'est qu'il a identifié les recruteurs intégristes. On va pouvoir faire péter la cellule.

— J'imagine qu'il y a aussi une mauvaise nouvelle.

— Le foyer n'a rien à voir avec BYE.

— OK. Transmettez les infos au général et… Polson ? Dites-moi une chose, comment se fait-il que je n'ai pas trouvé votre prénom dans votre dossier ?

— Information classifiée, colonel. Même le Président l'ignore…

Polson était très fier de lui sur ce coup-là. Il s'échinait à le cacher depuis son enfance, maintenant qu'il en avait les moyens, il ne laisserait personne le découvrir.

— Colonel, moi aussi j'ai une question : vous allez où ? Qu'est-ce qu'il y a à Lewes ?

— Merde ! Vous me suivez avec la puce ou quoi ?

— Ben oui, faut bien que je les teste !

— Putain, assurez-vous que vous êtes le seul à savoir où je suis et effacez les données. Je vais voir Kate Gordon, vous vous rappelez ?

— La chieuse de l'ONU.

— Épargnez-moi vos commentaires. Reprenez le boulot et ne me dérangez plus. Ce n'est pas ce que j'appelais « un cas de force majeure ».

Raven raccrocha, à la fois amusé et agacé par Polson. L'écran du GPS indiquait qu'il restait vingt-deux minutes de route.

La maison de bois à la lasure gris-bleu donnait sur la plage et avait des allures de retraite dont aucun bruit, sauf celui du ressac, ne venait troubler la quiétude. La nuit tombait déjà et Raven se demanda s'il n'aurait pas dû prévenir. Il frappa doucement à la porte.

Après quelques secondes, le rideau de la fenêtre de gauche bougea puis aussitôt après, la serrure fit entendre ses goupilles. Raven recula d'un pas.

— Commandant Raven ? Que me vaut le plaisir de votre visite ?

Kate était un peu gênée, elle n'était pas coiffée et portait simplement un pantalon large et un vieux sweat-shirt d'Adam.

— C'est « colonel » maintenant.

— Eh bien, félicitations alors. Et que puis-je faire pour vous, colonel Raven ?

— Je viens vous demander un coup de main. Je sais que vous reprenez le travail dans quinze jours, mais… Vous permettez ?

Kate, embarrassée, l'invita à entrer.

— Au fait, je vous présente toutes mes condoléances pour…

— Merci. C'est le général Potter qui m'a dit de passer.

— Général ?

Raven ignora la question et poursuivit :

— Il m'a confié, en privé, que vous étiez à l'origine de son intervention pour stopper les at…

Elle l'interrompit d'un geste et lui tourna le dos afin d'aller mettre de la musique.

— Vous voulez quel genre d'informations ?

— Je voudrais avoir votre opinion sur une organisation nommée BYE.

— BYE ? Qu'est-ce que c'est ?

— Ce sont les commanditaires de l'attaque du Pentagone. On les soupçonne d'avoir aidé les terroristes du 11 septembre.

— Jamais entendu parler.

— Cela ne m'étonne pas. Je voudrais savoir comment ce genre d'organisation fonctionne.

Kate éluda la question en proposant à Raven de rester dîner. Devant ses réticences, elle insista :

— Cela fait presque un an que je n'ai pas mangé en compagnie de quelqu'un que j'apprécie.

— Et moi huit mois.

— Eh bien, vous voyez ! Ce soir c'est…

Elle ouvrit le frigo.

— Steak et brocolis accompagnés d'un bon vin rouge.

— Parfait.

***

Abraham fut très surpris d'entendre une voix d'homme dans la maison de Kate. Il ne mit pas longtemps à l'identifier et appela aussitôt Suresh depuis un téléphone sécurisé.

— Nous avons un souci.

— Lequel ?

— Eve parle avec Raven.

— Et alors ?

— Il veut des renseignements.

— Laissez-la faire. Je croyais que vous aviez confiance.

— Oui, mais après ce qu'elle a fait…

— Abraham, « après ce qu'elle a fait », comme vous dites, elle est obligée de poursuivre son action. Si elle s'arrête, l'horreur de ses actes lui explosera en pleine figure. Elle doit continuer pour que son esprit puisse justifier ses actes grâce à une cause supérieure dans laquelle elle peut croire. Restez à l'écoute si vous le voulez mais vous verrez que j'ai raison. Adieu.

— Adieu.

Abraham regretta de n'avoir posé qu'un seul micro dans la maison. Depuis quelques minutes, la musique couvrait les voix.

***

Kate prépara le repas sous le regard nostalgique de Raven. Elle dressa la petite table de bois de la cuisine et sortit deux verres à pied dépareillés.

— Je suis désolée.

— Vous n'avez plus de verres et moi, je n'ai bientôt plus de maison. Je l'ai mise en vente il y a trois mois.

— Tout ce que je peux vous souhaiter, c'est de ne pas le regretter quelques jours après… comme moi.

Reprenant le fil de la conversation, ils évoquèrent la Camorra, puis Kate émit l'hypothèse que BYE soit fondée sur un système de cellules indépendantes éparpillées dans le monde.

— Ce n'est qu'une possibilité. Il peut aussi s'agir d'une organisation traditionnelle, moins complexe.

— Je ne pense pas. On commence à trouver leur nom un peu partout sur ECHELON.

— Nous passons dans le salon ?

Kate prit la bouteille à moitié vide, lui les verres, et elle s'assit sur le canapé en faisant signe à son invité de s'installer à ses côtés. Ils avaient perdu l'habitude de discuter et firent passer leur gêne en écoutant de la musique, baignés dans la douce chaleur qui émanait de la cheminée. Quand Kate voulut le resservir, Raven posa la main sur son verre.

— Je vous remercie pour le repas et la discussion, mais je ne voudrais pas vous déranger plus longtemps.

— Vous ne me dérangez pas, Robert, au contraire. Et même…

Kate n'eut pas le temps de finir sa phrase. Raven l'embrassa. Surprise, elle se laissa faire mais il s'arrêta.

— Pardon, je n'aurais pas dû, je suis navré, je vais…

Kate lui rendit son baiser, aussi tendre que désespéré.

***

Raven s'éveilla tôt mais Kate était déjà levée, ce qui atténua la sensation déplaisante qui l'avait effleuré la veille d'avoir trompé sa femme. Pour la première fois depuis la perte de sa famille, les cauchemars l'avaient épargné.

Il se leva et trouva ses affaires pliées sur une chaise. La maison était silencieuse. Un mot était posé en évidence sur la table de la cuisine. Des remerciements et des instructions pour faire le café qui lui arrachèrent un sourire. Sa tasse à la main, il sortit par la baie vitrée et vit Kate qui marchait sur la plage. Il préféra ne pas insister et se contenta de laisser un petit mot à côté de celui de Kate.

Merci pour vos conseils et pour cette nuit que je n'oublierai pas. Vous êtes hors du commun, soyez-en consciente.

RR.

Kate, emmitouflée dans un long châle en laine beige, attendit que le bruit du 4×4 eût disparu pour remonter chez elle, pétrie d'une culpabilité nouvelle en songeant à cet homme qui avait voulu lui sauver la vie et à qui elle avait arraché la sienne.

Elle trouva le mot de Raven et eut un sourire crispé. Son écriture était étonnamment proche de celle d'Adam, et elle eut soudain le sentiment de l'avoir trompé.

30 mai 2002, 17 h 12, à quelques milles marins de Miami, eaux territoriales, Floride, États-Unis d'Amérique

— Et voilà, tout arrive ! Ce n'est pas trop tôt…

Peter Swanson, qui sirotait son deuxième cocktail dans le salon de son yacht, venait d'entendre le bruit de l'hélicoptère qui vrombissait enfin au-dessus du bateau. Le milliardaire se rendit sur le pont supérieur afin d'accueillir en personne celui qui allait prendre des balles à sa place.

La porte s'ouvrit sur un homme d'une cinquantaine d'années, vêtu d'un costume de lin blanc, qui plaqua les mains sur son abondante chevelure comme si elle allait s'envoler. Les deux hommes se saluèrent.

— Mon contact aux Bermudes vous a-t-il fait passer la petite enveloppe, monsieur Stockord ?

— Ce compte à six zéros me paraît une excellente entrée en matière.

— Pour vous prouver mon implication dans le projet.

Swanson invita son hôte à descendre avec lui jusqu'à la salle de conférences et adressa un signe à l'hôtesse pour qu'elle leur serve à boire. Il tendit la main vers l'un des fauteuils Louis XV qui se faisaient face de part et d'autre de l'imposant bureau installé au centre de la pièce.

— Que puis-je exactement pour vous ? demanda Allen Stockord.

— Je veux ouvrir une banque et des filiales dans différents pays.

— Pourquoi vous imposer ce genre de tracas ?

— Cela me regarde. Combien vous faut-il ?

— On met sur la table au moins dix millions de dollars et on choisit bien l'endroit où on implante son business.

— Pour le lieu, je pense aux Bermudes. L'argent non plus ne sera pas un problème. Ce qui m'inquiète en revanche, c'est la paperasse, les dessous-de-table, les contacts, tout ce que je n'ai pas et dont je ne veux pas m'occuper pour garder les mains propres.

— Je suppose que vous voulez que cela se fasse vite.

Swanson acquiesça, soulagé d'avoir affaire à un pro. Allen Stockord avait la double nationalité américaine et antiguaise, mais surtout de multiples vies dans les affaires. Des histoires plus ou moins glorieuses qui l'avaient aguerri et rendu aussi hargneux que les requins les plus féroces. Swanson le regarda dans les yeux.

— Combien ?

Stockord se gratta la moustache et répondit, laconique :

— Un.

Swanson se cala dans son siège.

— Vous ne vous embêtez pas. Mais j'imagine que c'est le prix à payer, n'est-ce pas ?

— Services compris, sourit Stockord.

— Très amusant. Autre point à l'ordre du jour, je voudrais créer un fonds alternatif. Et je voudrais que vous en soyez la vitrine, le sélectionneur, le recruteur, bref l'instigateur officiel.

Swanson leva la main pour que l'autre ne l'interrompe pas.

— Vous serez intéressé aux bénéfices à hauteur de quarante pour cent des profits réalisés avec mes fonds.

Swanson pouvait presque voir des chiffres se dessiner dans les yeux de son interlocuteur et sut que la partie était gagnée.

— Je veux que mon nom apparaisse dans le libellé de la banque. « Stockord International Bank », ça sonne bien, vous ne trouvez pas ?

— Si vous renoncez à votre part pour la création, je vous associe à trente pour cent avec avance de fonds.

— Cinquante.

Swanson eut un ricanement.

— On n'arrive pas à ma place en se laissant mener à l'abattoir sans réagir. Quarante et vous apportez vos fonds. Vous ne touchez pas à mes prises de bénéfices. Vous gérez le *hedge fund* mais vous me prévenez de vos actions et, le moment venu, vous suivez mes ordres en matière d'investissements.

— Nous sommes donc associés.

Stockord se leva pour serrer la main de Swanson, qui se redressa et le regarda droit dans les yeux.

— Faites votre boulot et vous serez riche. Le million servira à graisser des pattes mais aussi à acheter l'immeuble.

Il ouvrit un tiroir.

— C'est un téléphone satellitaire crypté pour nos prochaines conversations. Ne parlez à personne de cet arrangement, ne mentionnez jamais de noms et n'essayez pas de me doubler. Vous le regretteriez.

Stockord finit son verre et conclut avec un sourire :

— Ce fut un plaisir.

12 juin 2002, 11 h 43, trente-neuvième étage de l'immeuble des Nations unies, New York City, État de New York, États-Unis d'Amérique

— Kate, j'ai bien pris en considération votre demande, même si elle m'a semblé quelque peu surprenante. Je sais que vous vous êtes investie dans des fondations pour aider les plus démunis et cela me touche. Je sais aussi que ces fondations nécessitent que vous vous déplaciez à Genève plus souvent.

Le secrétaire général adjoint la regarda avec bienveillance. Il avait sauvé son poste quelques mois auparavant en refusant sa démission et elle lui avait demandé cette nouvelle faveur deux semaines plus tôt.

— C'est cela.

— Vous ne m'avez pas laissé beaucoup de temps pour vous trouver quelque chose qui soit totalement dans vos cordes, mais j'ai deux propositions de postes à vous soumettre, l'un à Paris, l'autre à Vienne.

— Vienne ? Au Vienna International Center, j'imagine ?

— Oui, je pensais vous proposer de diriger une section de l'UNICRI[2]. Mais si ça ne vous intéresse pas…

— Au contraire, j'en suis flattée ! Je commence quand ?

— Ah, on en est là ? D'accord… Nous pourrions envisager la fin du mois de juillet, le temps de vous trouver un logement de fonction et d'organiser votre déménagement. Je fais préparer votre nouveau contrat, ma secrétaire vous appellera pour la signature.

---

2 Institut interrégional de recherche des Nations unies sur la criminalité et la justice.

Le secrétaire général adjoint regarda sa montre et se leva en s'excusant de la chasser ainsi.

— Pas de problème. Heureusement que je me décide vite, sourit-elle.

— Oui, merci, Kate. Mais je vous connais, vous ne me ferez pas croire que vous n'aviez pas une idée de ce que j'allais vous proposer.

La diplomate eut un sourire entendu.

— Au revoir, Kate, n'oubliez pas de laisser vos dossiers en ordre pour votre remplaçant.

Kate sortit du bureau, peu convaincue par sa propre prestation. Mais elle chassa ces pensées : il était plus que temps de quitter le pays. Seule, dans l'ascenseur, elle lâcha :

— On sera bien en Europe.

17 octobre 2002, 17 h 55, bar de l'hôtel Four Seasons, 2800 Pennsylvania Avenue NW, Washington DC, États-Unis d'Amérique

— Mais oui, Sam, c'est vrai que je n'ai pas donné de grands résultats ces six derniers mois, mais quand même… L'affaire des écoutes dans les mosquées, ce n'était pas rien ! Le *Patriot Act* mis en application pour espionner une partie de la population sous prétexte qu'elle pratique une religion que le Président juge suspecte… Ben oui, mais avec ça et l'explication du logiciel Carnivore installé chez les fournisseurs d'accès, je visais le Pulitzer… Je dois te laisser.

Jane Marsh raccrocha en voyant enfin arriver la scientifique. Elle se leva et se composa un sourire en pestant intérieurement contre son rédacteur en chef qui lui avait imposé cette interview plan-plan.

— Bonjour, docteur Carlson.

— Madame Marsh, je suis désolée de vous avoir fait attendre, le conseil d'administration a duré plus longtemps que prévu.

— Des soucis ?

Le Dictaphone numérique s'enclencha.

— Non, rien que de très normal après un changement de direction.

Elizabeth Carlson éluda la question de sa légitimité d'un revers de la main et Jane Marsh, plus habituée aux reportages sur le terrain, rebondit comme elle put :

— Pouvez-vous nous dire vers quelles grandes causes vous pensez orienter l'allocation de fonds ?

— Nous sommes tombés d'accord sur l'utilisation d'une partie conséquente des ressources dégagées par la production de nos médicaments phare. Nos équipes concentreront leurs efforts dès la fin de l'année sur la recherche contre certaines maladies rares, la lutte contre le cancer ainsi que sur la découverte de nouveaux traitements fondés sur nos récents succès en matière de génie génétique.

— Pouvez-vous développer ce dernier point ?

— Le détail reste confidentiel, je suis désolée.

— Je comprends.

Jane réfléchit quelques secondes et décida d'entrer dans le vif du sujet :

— Quand vous parlez de « production de médicaments phare », vous pensez au fluradrine ?

— Entre autres. Le mésédrine, par exemple…

— Le mésédrine ? Celui que l'Agence française de la santé vient tout juste de clouer au pilori ?

— Il s'agit d'un malheureux malentendu qui se réglera, j'en suis certaine, dans les mois à venir, coupa Elizabeth Carlson en se levant. Je pense que nous avons fini, madame Marsh.

Elle tendit la main à cette journaliste un peu trop agressive, qui n'avait pas bougé d'un millimètre.

— Juste deux petites questions, s'il vous plaît. Ça ne prendra que deux minutes et j'ai attendu plus d'une demi-heure pour vous les poser.

— Soit. J'espère qu'elles seront plus agréables.

— Quel est l'intérêt de prendre le contrôle d'un laboratoire en devenant actionnaire majoritaire ?

— Eh bien, c'est le même que celui que vous auriez à l'être dans votre journal. Au lieu d'interviewer une vulgaire scientifique, vous pourriez être en train de travailler sur de vrais sujets qui vous rapporteraient le Pulitzer. Vous me suivez ? Eh bien, moi aussi, je veux travailler sur ce qui me passionne sans devoir obéir à des ordres qui me détournent de mes objectifs.

— Comment avez-vous réuni les fonds ?

— Ce ne sont pas les solutions qui manquent dans ce beau pays pour qui a l'esprit d'entreprise.

— On parle d'un fonds spéculatif, d'un cercle très fermé d'investisseurs. Pouvez-vous m'en dire plus ?

Elizabeth Carlson se leva de nouveau.

— Cette fois, je dois vraiment y aller. Mais croyez bien que je suivrai désormais votre carrière avec plus d'intérêt encore, madame Marsh.

— Nous serons deux alors. Ce fut un plaisir.

Sans se retourner, la scientifique lâcha :

— La prochaine fois, dites non à votre patron, c'est un homme qui aime tester ses subordonnés.

Elizabeth Carlson monta dans la limousine noire qui l'attendait, soulagée d'avoir échappé aux questions qui auraient pu s'avérer véritablement embarrassantes sur les recherches sur l'ADN humain et le clonage. Ses recherches officieuses se concentraient actuellement sur le développement d'un virus capable de s'attaquer aux ovaires sans laisser de trace. Un petit bijou capable de rendre impossible toute procréation chez les femmes atteintes.

— Chauffeur ? Changement de programme. Nous allons directement à l'héliport.

— Bien, madame. Je préviens le pilote de notre arrivée.

Elizabeth Carlson ferma la vitre de séparation et sortit son portable.

— Yesemite Sam ?

— Oui.

— Où en est l'implantation de nos locaux ?

— Ça avance. Nous serons prêts avant la fin du mois, comme prévu. Vous voulez venir voir vous-même ?

— Naturellement.

— Je vous retrouve demain au lieu habituel, à 11 heures.

— Force.

— Force.

Elle encoda les dernières nouvelles pour les confier à son pilote qui, lui-même, les ferait passer à Abraham.

Les pales de l'hélicoptère tournoyaient déjà sur l'aire de décollage et Elizabeth Carlson se pencha inutilement en avant, comme le font par réflexe la plupart des gens de taille moyenne, afin de ne pas être happée. Le pilote, un homme au visage sévère, l'accueillit d'un signe de la main puis referma la portière. Il mit son casque et ajusta son micro.

— Madame, le plan de vol est toujours le même ?

— Oui, Eebert. J'ai un message pour la boîte de Liberty Point. Remettez-le dès ce soir et rapportez-moi la réponse demain matin à la première heure.

— Bien, madame. Autre chose ?

— Oui, vous passerez me prendre demain à 10 heures, armé.

— Puis-je savoir ce qui nous attend, pour choisir l'arme ?

— Rien de précis, mais on ne sait jamais avec Yesemite et ses acolytes. Quand arrivons-nous ?

— Dans moins de cinq minutes.

Elizabeth Carlson avait toujours été mal à l'aise dans les hélicoptères mais reconnaissait aisément que c'était le moyen de transport le mieux adapté à ses missions un peu spéciales.

En vue des pistes, elle ordonna, sur un ton qui n'admettait aucun commentaire :

— Vous irez chercher notre ami à l'aéroport.

⁂

Vingt bonnes minutes plus tard, Eebert revint, accompagné d'un petit homme dégarni qui traînait une valise plus grosse que lui dont, visiblement, il refusait de se séparer. Le pilote n'insista pas et l'invita à monter. Elizabeth le laissa s'installer puis désigna le casque au-dessus de sa tête. Après un nettoyage à grand renfort de lingettes, le petit homme le positionna sur sa tête sans cacher sa nervosité.

— Chère Elizabeth, le voyage depuis Londres a été éreintant et je déteste les hélicoptères. Ce sont des machines de mort. Dès leur sortie d'usine, elles ne cherchent qu'à vous entraîner avec elles dans la tombe.

— Thomas, vous ne regretterez pas le voyage. Je vous ai réservé notre plus beau laboratoire. Vous pourrez y mener vos recherches comme vous l'entendez.

— C'est bien parce que c'est vous, ma chère… parce que le climat d'ici ne me convient pas du tout.

— Vos appartements ont été redécorés à vos goûts et équipés d'un système d'assainissement de l'air suisse, le meilleur du marché. Je connais vos petites habitudes, faites-moi confiance, vous serez bien.

— Vous me gâtez. J'aurai bien le matériel et l'équipe que je vous ai demandés ?

— Bien sûr, le gouvernement finance généreusement vos recherches sur les souches de grippe, vous pourrez compter sur une équipe dévouée et très professionnelle.

— Bien, bien. Je suis étonné mais content que mon travail sur un « super vaccin » intéresse la première puissance… Nous arrivons bientôt ?

Elizabeth songea à la justesse de l'intuition de Suresh : il n'y a rien de plus stimulant que la raison d'État.

— Nous y serons dans une vingtaine de minutes. Détendez-vous et profitez du paysage.

⁂

Le lendemain, Eebert revint de Liberty Point avec un message. Elizabeth Carlson saisit la gélule avec empressement et entreprit aussitôt de la déchiffrer. Pierre avait bien eu son message et était satisfait.

— Bien, allons au point de rendez-vous.

— Dans la zone industrielle abandonnée ?

— Où d'autre ?

Après cinquante minutes de route, la voiture pénétra dans un bâtiment désaffecté de l'ancienne distillerie de Purcellville, une bourgade touchée de plein fouet par les crises successives qu'avait connues le pays depuis près de trente ans. Yesemite Sam les attendait, adossé contre un poteau rouillé. Eebert arrêta son véhicule à la hauteur de la portière arrière pour laisser monter le latino tatoué d'une croix dans le cou et paré d'une grosse chaîne en or.

— Salut, boss.

Cette entrée en matière désinvolte déplut souverainement à Elizabeth Carlson, qui ne lui rendit pas son salut.

— Vous avez trouvé ce qu'il nous faut ?

— Oui. Tiens, le chauffeur, c'est le plan. C'est à dix minutes d'ici dans une banlieue. J'ai équipé le lieu et mes gars sont prêts. Reste plus qu'à prévoir un petit supplément.

Eebert commença à ralentir, prêt à parer à toute éventualité.

— Comment cela ?

— Eh oui, finalement, c'est moi qui fais tout le taf, alors un petit pourcentage s'impose ! Au lieu de vingt-cinq pour cent pour le groupe, j'en veux cinq de plus pour moi sur un compte que…

Le métal froid d'une arme posée sur sa joue l'arrêta net.

— On ne t'a jamais appris à être poli avec les dames ?

— Du calme, mec ! C'est un malentendu, moi je parle comme ça dans la vie !

— Pas avec nous ! Et pour le pourcentage, tu t'assois dessus. Un contrat est un contrat. La prochaine fois, tu soigneras mieux ta phase de négociations.

— OK, OK. Conduis, mec, on nous attend !

— Donne-moi ton arme !

— Quelle arme ?

Eebert lui agita la sienne sous le nez. Yesemite s'exécuta et la voiture redémarra, sans qu'Eebert ne cesse de lui jeter des coups d'œil dans le rétroviseur. Le plan les mena à une maison de banlieue isolée du reste du quartier par une allée arborée et un petit bois.

Le chauffeur s'arrêta devant le perron, où un vieux Mexicain montait nonchalamment la garde. Elizabeth sortit après Yesemite Sam, qui n'apprécia pas qu'Eebert suive le mouvement.

— Eh non ! L'autre, il reste là !

— L'autre, il vous suit, c'est non négociable !

— Comme tu veux, mec, mais faut pas respirer sinon tu vas te prendre pour un oiseau.

Elizabeth fit un signe discret à son homme de confiance, puis ils enfilèrent chacun une combinaison, un masque et des lunettes de chantier, et descendirent dans un sous-sol entièrement bâché de plastique blanc où trois chimistes du dimanche dans leur tenue de protection s'affairaient à produire une poudre immaculée. Yesemite embrassa la pièce d'un geste théâtral.

— Vous avez vu ? Ils sont déjà au boulot pour produire une drogue aux effets délirants.

— J'espère surtout que vous respectez le cahier des charges que je vous ai fixé.

— Betty, vous plaisantez ? Si nous le suivions, en à peine un an, nos clients seraient six pieds sous terre !

— Mauvaise réponse, Yesemite. Vous semblez oublier les raisons pour lesquelles je vous ai engagés, vous et votre clique.

— Tout doux, la British, c'est contre-productif !

Elizabeth se tourna vers Eebert qui comprit le message et s'approcha silencieusement du dealer.

— Qui est le responsable de production ?

Un homme leva la main.

— OK. Yesemite et vous, vous restez. Les autres, vous nous laissez.

Les deux autres hommes lâchèrent leurs outils et grimpèrent l'escalier, sous le regard de Yesemite, qui s'attendait à une explication mouvementée. Un signe de tête d'Elizabeth Carlson et Eebert lui fit une clé de bras et l'immobilisa par un étranglement très musclé. Le dealer tenta de bouger mais la pression croissante exercée sur sa trachée l'en dissuada.

— Eh bien, nous sommes devant une situation de conflit d'intérêts que je qualifierais d'insoluble.

Yesemite Sam protesta d'une voix éraillée. Elizabeth Carlson désigna un sachet que le responsable de production lui apporta aussitôt avec une certaine lâcheté.

— Merci…

— Andrew.

— Vous êtes étudiant en chimie ?

— En quatrième année, madame.

— Regardez bien ce qui va suivre, Andrew.

D'une main ferme, Betty arracha le casque de la combinaison de Yesemite Sam.

— Monsieur, ici présent, a essayé de me rouler. Mais non content de se moquer de moi, il essaie aussi de se faire de l'argent sur le dos de consommateurs que je voudrais voir rapidement morts.

— Mais non ! C'est pas du tout…

Betty lui fit signe de cesser ses jérémiades.

— Nous allons donc régler le problème aujourd'hui. J'avais d'abord pensé à une balle mais ceci provoquera certainement moins de questions.

Betty ouvrit le sachet et aspergea de poudre le dealer qui commença aussitôt à tousser et à se débattre. Andrew se précipita vers son patron, arrêté dans son élan par Eebert.

— Mais il va mourir ! La dose est trop importante.

— Jeune homme, fit Elizabeth, c'est vous qui fabriquez cette substance. Vous devriez donc vous réjouir d'avoir enfin l'occasion de constater en direct ses effets sur l'organisme humain. Souriez, vous venez d'obtenir une bourse d'études et un emploi.

Ils regardèrent Yesemite agoniser encore quelques secondes avant que son calvaire ne prenne fin.

— Les gens pour lesquels je travaille ne sont pas du genre à tolérer l'insubordination. C'est aussi ma ligne de conduite. Suivez mes instructions et tout le monde sera gagnant. Vous serez mon nouveau Yesemite Sam. Vous trouverez un téléphone sur lui qui ne sert qu'à m'appeler. Ne donnez jamais de nom ni d'adresse. Nous nous rencontrerons toujours dans le bâtiment de l'ancienne distillerie de la zone industrielle de Purcellville. Je vous rappelle le cahier des charges : une drogue qui rend ses consommateurs complètement accros dès la première prise et qui les tue le plus rapidement possible. Ne laissez aucune trace, aucun indice que la police pourrait remonter. Vous acceptez le job ?

— Oui, je crois que oui…

— Ne croyez pas, vous êtes un scientifique ! Soyez sûr.

— Oui, je prends.

— Très bien. Si vous faites ce qu'il faut, vous serez bientôt riche. Votre part sera de un pour cent du chiffre d'affaires, en plus des vingt-cinq pour cent que nous vous octroyons pour les différents frais : salaires, et autres dépenses.

— Si nous disions plutôt cinq pour cent ?

— Je ne sais pas d'où vous vient cette assurance, jeune homme, mais vous avez raison, mieux vaut négocier avant de commencer le travail, notre malheureux ami vient de nous le prouver. Deux pour cent, pas un sou de plus, et ça vous fera un beau bas de laine, croyez-moi. Je vous le répète : ne laissez pas de trace. Soyez malin et tenez bien vos comptes, je sais ce qu'est une formule chimique.

— Bien, madame.

— Appelez-moi Betty. Vous emmènerez le corps dans une ruelle. Et vous prendrez ses bijoux afin que cela ressemble à une overdose classique. Nous vous laissons nettoyer tout ce bazar et reprendre le travail.

Alors que Betty et Eebert se dirigeaient vers l'escalier, Andrew, qui avait sans doute vu trop d'épisodes de *Columbo*, posa une question de dernière minute :

— Pour qui je travaille ?

— Personne ne demande de noms et personne n'en donne. Pour moi, vous vous appellerez Yesemite Sam et pour vous, je serai « Madame » ou Betty. Eebert, ici présent, reviendra pour vous faire une prise de sang. Vous serez ainsi fiché chez nous et…

— Pourquoi ?

— Parce qu'on peut changer d'apparence mais pas de sang. Pour vos collègues, vous restez des chimistes dans l'illégalité, mais sachez que même si aucune agence gouvernementale ne le reconnaîtra officiellement, l'oncle Sam n'est pas loin et attend de notre part des résultats.

⁂

Jane Marsh n'en menait pas large. Son rédacteur en chef avait tendance à renvoyer facilement ces temps-ci et une petite enquête avait appris à la journaliste qu'il était en plein divorce et que la procédure ne se passait pas pour le mieux. Mais, et c'est ce qui inquiétait le plus Jane, elle avait surtout compris qu'Elizabeth Carlson comptait parmi ses amies proches. Jane, qui n'avait pas peur de grand-chose, craignait par-dessus tout de perdre son emploi.

Elle l'attendait dans son bureau et se leva d'un bond quand il poussa la porte.

— Ah, patron, je suis désolée.

Le quinquagénaire aux traits tirés, plongé dans ses notes de service, ne sembla pas prêter attention à ses excuses.

— Jane, vous êtes gonflée. J'ai eu le Dr Carlson hier soir… Vous êtes une teigneuse !

Son regard se planta d'un coup dans celui de la journaliste, qui sentit son sang se glacer.

Comme une gamine réprimandée par son institutrice, elle tenta de se justifier :

— Je suis désolée, j'ai essayé d'être objective et de…

— Pas de ça. Vous êtes une tête de mule et vous n'avez pas digéré que je vous envoie là-bas. Où est votre article ?

Le ton était étonnamment posé. Jane lui tendit la feuille en tentant de ne pas la faire trembler. Son boss la lui arracha de la main et lut rapidement.

— Ouais…

Il prit un Stabilo et surligna quelques passages.

— Vous corrigerez ça. Moins de hargne, plus de neutralité.

— Bien sûr, oui, bien sûr, bafouilla Jane, au comble du soulagement.

— Ensuite, vous irez vous trouver un sujet intéressant pour votre prochaine investigation. Je le validerai personnellement. Je voudrais un Pulitzer dans ce journal.

— Pas de problème. Je m'y mets tout de suite.

— Ah, au fait, maintenant que vous savez pour mon couple…

Jane se retourna, surprise.

— Je compte sur votre discrétion.

— Heu, oui, oui, bien sûr. Je ne voulais pas… enfin, je me demandais…

— C'est ce qui vous vaut de rester dans l'équipe, alors ne vous excusez pas. Mais, à l'avenir, soyez plus discrète et faites en sorte que vos questions ne remontent pas aux oreilles de votre « proie ». C'est à se demander comment vous êtes encore en vie avec ce genre d'erreur de débutante…

Du revers de la main, il lui fit signe de filer avant d'esquisser un sourire. Jane le remercia encore et s'éclipsa, heureuse d'être passée entre les gouttes, pour cette fois.

05 janvier 2003, 8 h 12, un kiosque à journaux de Central Park, New York City, État de New York, États-Unis d'Amérique

Raven salua machinalement le marchand de journaux et partit s'asseoir sur un banc, à quelques mètres du kiosque. Le temps était gris, la neige recouvrait la pelouse. Son long manteau noir sur le dos pour se protéger du froid mordant, il s'installa lourdement sans prendre la peine d'enlever la neige de l'assise. « Quand le Japon s'attaque à la santé des Canadiens », titrait le journal.

« Hier, à l'ouverture des marchés, Wall Street a tremblé. Quelle n'a pas été la stupeur des employés du célèbre laboratoire canadien Neobiotech face au fait accompli : le géant de l'agroalimentaire Tatsuo Tanaka, un multimillionnaire dont on ne présente plus les lubies commerciales, vient de prendre le contrôle de la firme. Cette action hostile, qui couvait apparemment depuis quelques mois, a été rendue possible par l'achat de parts au sein même du comité directoire de Neobiotech et contre l'avis des administrateurs de la Matsuyama [entreprise ombrelle détenue à 73 % par M. Tanaka]. L'annonce a donc fait l'effet d'une bombe… »

Raven parcourait distraitement l'article quand son regard fut accroché par une curieuse information.

« Tatsuo Tanaka a effectivement mené à terme une OPA hostile sur ses deniers personnels. Interrogé en fin de soirée par un confrère canadien, l'homme s'est montré évasif et a affirmé sa volonté de diriger la recherche sur la lutte contre l'infertilité. Il a ajouté qu'il tiendrait une conférence de presse dès le lendemain au siège de Neobiotech. Gageons que cette nouvelle orientation prend racine dans l'absence de successeur dont souffre ce chef d'industrie qui fait partie des puissants de ce monde. »

Un individu vêtu d'un Bombers noir et d'un bonnet bleu s'avança vers Raven, qui ferma son journal et lui fit signe de s'asseoir.

— Peet. Cela faisait longtemps.

— Oui, colonel. Un peu plus de neuf mois : le temps de faire un gosse.

— Des résultats ?

— Le général Potter est très content. Les réseaux que j'ai pu mettre au jour vont nous permettre de remonter jusqu'à la source.

Raven lui fit signe de développer.

— J'ai passé quelques mois dans les foyers, les centres d'accueil de sans domicile fixe du coin, et j'ai été contacté par des fanatiques islamistes. Quelques-uns n'avaient aucune envergure mais je les ai signalés. Par contre, j'ai réussi à identifier des cellules dormantes qui n'attendent qu'un signal pour lancer une offensive sur le territoire.

Peet s'interrompit pour laisser passer un couple de promeneurs.

— Aujourd'hui, j'ai eu confirmation de la présence sur le sol américain de trois responsables de cellules, dont une que j'ai pu infiltrer. Je pars pour l'Afghanistan dans un mois. Là, je serais capable de faire tomber leur chef.

— Vous tenez le coup ?

— Oui, bien sûr !

— Vous gardez les idées claires ?

— Affirmatif, je sais dans quel camp je suis.

— Je m'arrangerai pour être sur cette opération et nous vous suivrons grâce à votre puce. Rompez.

Peet se leva et serra chaleureusement la main de son supérieur.

— Quel vol ?

— American Airlines pour le Pakistan.

— On se verra à l'aéroport d'arrivée. Je viendrai équipé.

— Merci, ça risque d'être mouvementé.

Peet s'éloigna, les mains bien au chaud dans son blouson usé aux coudes.

***

Dans son bureau de Tokyo, Tastuo Tanaka finissait sa journée de travail. À une heure du matin passée, le grand patron commençait à fatiguer et songeait à rentrer chez lui quand le téléphone sonna.

— Une personne de l'Organisation mondiale de la santé souhaiterait vous parler, monsieur.

— Vous avez vérifié son identité ?

— Bien sûr, monsieur.

— Passez-le-moi. Vous pouvez aller vous coucher.

— Merci, monsieur. Je vous passe M. Fenweck.

— Monsieur Fenwek, que me vaut cet appel tardif ?

— Monsieur Tanaka, enchanté. Je ne doutais pas qu'un homme tel que vous travaille encore à cette heure.

— Venez-en au fait, s'il vous plaît.

— Comme tout le monde, nous avons eu vent de votre acquisition et nous souhaiterions vous rencontrer pour connaître l'orientation de vos recherches. Ce que les journaux disent est-il vrai ?

— L'infertilité humaine ? C'est parfaitement exact. Nous continuerons à produire les molécules que le laboratoire distribue depuis des années, mais une équipe dotée de moyens conséquents travaillera sur ce domaine.

— Nous ne saurions trop vous conseiller de ne pas communiquer directement avec la presse sur les résultats de vos « recherches ». Notre organisation voudrait avoir un droit de regard.

— Je n'ai aucun conseil à recevoir de votre part, monsieur.

— Oui, je sais bien, excusez ma brusquerie. Nous souhaiterions vous rencontrer lors de votre voyage sur le continent.

— Ma secrétaire vous rappellera. Je ne suis pas opposé au principe, mais les affaires sont les affaires.

— Je prends note. Je me réjouis d'avance de vous voir, monsieur Tanaka.

⁂

Tatsuo Tanaka raccrocha avec un sourire satisfait, jugeant que l'OMS ferait une couverture de nature à contenter frère Pierre.

07 février 2003, 18 h 34, aéroport d'Islamabad, Rawalpindi, Pakistan

Debout derrière une table de bois, l'officier de la police des frontières scruta Peet d'un air ouvertement suspicieux avant de lui demander son passeport.

— Américain ?

— Oui, cela pose un problème ?

— Tourisme ou affaires ?

— Tourisme.

— Combien de jours ?

— Trois semaines.

L'officier fouilla le sac. Et n'y trouva que des vêtements.

— Pas de caméra ? Pas de d'appareil photo ? Pas d'ordinateur ?

— Non.

— Quel genre de touriste ?

— Le genre qui n'aime pas les souvenirs et la technologie.

— OK, passe, passe.

Derrière une barrière de bois, un homme vêtu d'une fokia et d'un pantalon beige brandissait un carton indiquant « Hicham », prénom que Peet s'était choisi après sa « conversion » à l'islam. Celui-ci le salua de loin et acquiesça quand l'Afghan lui fit signe de le rejoindre.

— *Massaa el keir*, mon frère. Je suis Zourbech. Suis-moi.

***

L'unité Infinity atterrit à Kaboul accompagnée d'un impressionnant dispositif matériel. Raven passa outre les protestations du commandant Peterson, à la tête de la base américaine qui les accueillait, et obtint un renfort de sécurité, tandis que l'équipe de Polson s'activait à retrouver la trace de Peet.

— Je l'ai ! fit Clara Monaghan, qui était parvenue à pirater les caméras de surveillance de l'aéroport. Il a passé la fouille et se dirige vers la sortie.

Raven s'approcha de l'écran.

— L'homme, là ! C'est le contact.

— Trouvez-moi qui c'est.

— Je prends une photo, puis les marqueurs et je lance…

— Je ne veux pas un cours, je veux savoir qui c'est !

Raven quitta la remorque en claquant la porte. Un soulagement se fit sentir parmi les « fouines » chargées de la gestion de l'outil informatique. Polson se tourna vers la jeune femme.

— Clara, ne le prends pas mal, il est toujours comme ça en début de mission. Ce n'est pas contre toi.

— Je ne vous ai rien demandé, monsieur le génie. Je suis une grande fille qui a un grade. Et pour vous, ce ne sera pas « Clara », mais caporal Monaghan.

Se désintéressant ouvertement des hormones de Polson, elle lança la recherche dans tous les fichiers disponibles.

Polson, de son côté, venait de réussir à détourner un satellite afin d'y introduire un programme qui lui permettrait de repérer le signal de Peet. Il cliqua deux fois sur la petite croix, ce qui déclencha un zoom sur l'emplacement, et saisit son portable en grommelant :

— Colonel, on l'a trouvé, il mange avec le type… Non, on ne sait pas encore qui c'est… Oui, elle cherche dans toutes les bases de données mondiales… Non, pas d'estimation de temps… sauf si je m'y colle. Très bien, colonel, merci.

Il poussa Clara pour accéder à son clavier, ce qui déplut visiblement à la jeune femme, et ouvrit un fichier.

— Qu'est-ce que c'est ?

— Un logiciel de la CIA que j'ai chopé à Quantico et que j'ai légèrement amélioré pour en faire un incrémentiel qui se « colle » à la base de données interrogée et augmente la rapidité du traitement de… Je dirais deux cents pour cent.

Quelques clics plus tard la recherche était lancée et Clara faisait la tête.

Les visages de criminels et autres fanatiques défilaient sur les écrans à un rythme effréné quand une discrète alarme retentit. Polson se précipita dans son bureau et annonça que Peet bougeait.

Après quelques instants, un nouveau signal se fit entendre. Polson n'eut pas besoin de regarder l'écran pour savoir que l'homme recherché était inconnu de tous les services interrogés.

***

Depuis l'arrivée de Peet sur le sol afghan, Polson suivait avec attention le moindre de ses gestes, les yeux rivés sur ses écrans, utilisant sans scrupule les satellites privés ou gouvernementaux qui survolaient le pays.

Après vingt heures sans nouvelles de leur infiltré, qui n'avait apparemment pas bougé d'un petit bâtiment dans ce qui semblait être un camp d'entraînement, Polson observa enfin du mouvement. Il déclencha l'enregistrement des images qui défilaient en saccade.

Deux hommes sortaient de la maison. Il crut reconnaître Peet, mais l'image était si médiocre qu'il ne comprit pas ce qu'il faisait. Puis les deux individus disparurent dans un autre bâtiment. Cela n'avait duré que quatre-vingt-douze secondes.

Polson lança aussitôt un logiciel de traitement de photos. Après quelques minutes, la première image confirma qu'il s'agissait bien de Peet, qui paraissait bien amoché. Sur le cliché suivant, celui-ci, la tête levée, semblait former une croix avec le pouce et l'index. La troisième photo le montrait l'index dressé. Polson tapa sur son clavier et une sonnerie se fit entendre.

— Colonel, c'est Polson. J'ai des nouvelles de Peet. Je n'y comprends rien.

— Qu'est-ce qu'il y a ?

Le son était mauvais, le colonel était dans un 4×4 qui roulait à pleine vitesse vers le camp.

— Je vous envoie les images.

Raven rappela quelques secondes plus tard :

— C'est tout bon, merci !

— Tout bon ? Mais ils l'ont battu !

— Bizutage, certainement. On se voit demain soir.

Le colonel raccrocha et laissa Polson dans l'expectative. Celui-ci se tourna vers Clara.

— Caporal, ça veut dire quoi ce signe ?

Polson envoya l'image de Peet et de son doigt sur tous les écrans. Clara jeta un rapide coup d'œil.

— Il nous demande d'intervenir demain vers la même heure. Un doigt, un jour ; un doigt plié, une demi-journée ; et l'index qui joint le pouce, c'est que tout va bien. Ah oui, c'est vrai qu'on n'apprend pas ça dans les jeux vidéo…

— Merci pour cette remarque constructive, caporal Monaghan. Je vous laisse ce quart, ne vous endormez pas ! Moi, je vais manger !

***

La nuit était tombée sur les collines désertiques qui jouxtaient la vallée fertile du village de Methar Lam. Le grondement lointain de la rivière couvrait le bruit du moteur des deux 4×4 qui approchaient tous feux éteints, précédés d'un éclaireur muni d'un détecteur de métaux. À quatre cents mètres du dernier relevé GPS où Polson avait déclaré avoir vu Peet, Raven profita d'un petit dénivelé pour garer les voitures et les camoufler sous une bâche aux couleurs du désert. Ils feraient le reste du chemin à pied, suivant les préconisations stratégiques d'Owen, qui avait chargé son frère, Steve, de piéger les murs d'enceinte de ce qu'ils supposaient être un camp d'entraînement.

Dans une totale obscurité et un silence complet, Steve posa une première charge censée faire diversion au niveau de l'entrée principale. Alors qu'il en plaçait une deuxième derrière un bâtiment de l'enceinte délabrée, il perçut des voix qui provenaient d'une fenêtre, juste au-dessus de lui :

— Hicham, ne t'inquiète pas, Syed sera là demain midi.

— Je ne m'inquiète pas, Zourbech. Ce que j'ai à offrir sera là demain, après-demain et les jours d'après. La cause est grande et Allah guidera chacun de nos pas.

Un mégot de cigarette vola par la fenêtre, que le dénommé Zourbech referma.

Steve courut jusqu'à la planque et résuma la situation à Raven.

— Bien. Je vais au 4×4 pour prévenir Polson et le commandant de la base, on aura besoin de F-16 pour faire le ménage.

11 février 2003, 11 h 23, camp d'entraînement, sud-ouest de Methar Lam, Laghmân, Afghanistan

Un gros 4×4 blanc traversa la rivière et le village à grande vitesse, et klaxonnait à présent devant l'entrée du camp. La porte de bois s'ouvrit et le véhicule s'engouffra dans l'enceinte sans autre forme de vérification. Caché sous sa bâche de camouflage, Raven se dit qu'il avait affaire à des débutants. Il appela la base depuis son téléphone sécurisé :

— Commandant Peterson ? C'est le colonel Faust. J'ai besoin d'un appui aérien qui parte dans deux heures et vingt minutes. Confirmez.

— Appui aérien dans deux heures et vingt minutes. Vous aurez deux F-16 armés de missiles air-sol conventionnels.

— Soyez à l'heure.

— À vos ordres, conclut sèchement Peterson.

Raven raccrocha avec la désagréable intuition que celui-là allait le planter. La nuit précédente, Peet avait déjà surpris l'un des hommes qu'il avait mis à sa disposition sur le point d'allumer une cigarette en pleine planque, le genre de négligence qui était pour Raven comme un signal d'alarme.

⁂

Un homme suivi de deux gardes imposants entra dans la pièce où Zourbech, Peet et deux autres barbus jouaient aux dominos. Un sabre pendait le long de sa cuisse gauche, qui lui donnait des allures de samouraï d'opérette. Après les politesses d'usage à ses hommes, Syed saisit le menton tuméfié de Peet.

— Tu as réussi le test d'entrée à ce que je vois. Nos frères ont fait un peu de zèle, désolé.

— Rien de grave.

— J'oubliais que tu étais soldat. Je suppose que tu veux connaître mes faits d'armes ?

Peet acquiesça.

— Je suis le bras droit d'Oussama Ben Laden. J'ai fait trembler ton pays en lançant sur son sol des avions qui ont détruit vos tours, votre Pentagone…

— Mon unique sol est celui de La Mecque.

Syed éclata de rire.

— Je t'aime bien, toi. Maintenant à ton tour de m'impressionner, dis-moi ce que tu sais faire.

— Laissez-moi vingt minutes et je vous fabrique une bombe avec tout ce qui se trouve dans une maison. Et si vous me donnez deux téléphones portables, elle sera même déclenchable à distance.

— Zourbech, fais dégager les femmes de la cuisine, je voudrais une démonstration.

Sous les odeurs de cuisine, Peet perçut des relents d'œuf pourri. Du soufre, un produit utilisé dans le temps pour désinfecter par fumigation. Cela allait lui faciliter le travail. Il récupéra quelques morceaux de bois charbonneux dans le foyer. Il gratta un morceau de salpêtre avec un couteau, qu'il glissa discrètement dans sa manche, puis demanda à Zourbech s'il pouvait lui trouver un bout de fil de cuivre.

Une fois seul, il se jeta sur une cocotte dans laquelle il broya avec précaution sa poudre à canon artisanale, avant d'y plonger un morceau de corde imbibé d'un détergent à base d'alcool. Pour faire un maximum de dégâts, il ajouta des couverts en métal dans le récipient sur lequel il posa soigneusement le couvercle.

***

Syed commençait à s'impatienter quand un violent grondement fit trembler les murs du bâtiment.

— L'Américain s'est fait sauter ! Allez voir !

Les deux gardes se précipitèrent dans la cuisine, où Peet les attendait, dissimulé derrière la porte. Devancé par l'unité, il guettait maintenant la deuxième explosion qui sonnerait l'attaque. La seconde déflagration retentit au moment même où les gardes franchirent le seuil, ce qui les déstabilisa suffisamment pour permettre à Peet d'en égorger un et de mettre l'autre hors d'état de nuire. Peet déboula dans la salle en courant et criant :

— Syed, Syed, on est attaqués !

— Par qui ?

— Des Américains ! Ils ont eu les autres ! Il renversa la table d'un coup de pied.

— Donnez-moi une arme et planquez-vous !

Surpris, Syed obtempéra sans réfléchir. Dehors, les explosions se succédèrent avant de laisser la place à des tirs.

— On fait quoi, Hicham ?

***

Au milieu de cette apocalypse, Raven progressait mètre après mètre, avec Hadow à ses côtés, chargé de maintenir en vie trois bleus de la base qui venaient de réaliser qu'ils ne se trouvaient pas dans un jeu vidéo. Les deux gradés éliminaient au passage toute menace à grand renfort de M16 et de grenades.

En défonçant une porte, Raven se trouva nez à nez avec deux femmes et un garçon d'une douzaine d'années aux grands yeux terrifiés. Après avoir vérifié que le périmètre était sûr, il fit signe aux civils de partir par la fenêtre. Le gamin venait de sortir quand le colonel vit deux taches argentées dans le ciel.

Il ressortit en trombe de la maison, téléphone à la main. Les trois bidasses étaient toujours là mais Hadow avait disparu.

— Polson ! Ordonnez à ce putain de Peterson d'annuler le largage des missiles ! Il est en avance ! On est sur place, on cherche encore.

***

Peet braqua son flingue sur Syed qui porta la main à son sabre.

— Chien de traître.

— Chien de terroriste.

Hadow interrompit cet échange d'amabilités en défonçant la porte.

— Tout est sous contrôle ?

— Oui, je te présente Syed, un ami de ce cher Oussama !

— Mets-lui ça et on dégage !

Hadow lui jeta des menottes en plastique, deux anneaux à serrage rapide, que Peet passa aux poignets de son prisonnier. Il saisit le terroriste et l'emmena hors du baraquement, où régnait un calme surprenant.

Des coups de feu retentirent. On les canardait depuis le bâtiment. Alors qu'ils couraient se replier derrière un muret, ils entendirent les rafales d'un M16 répliquer aux balles des assaillants. Raven venait les chercher et assurait leur couverture. Peet empoigna Syed et suivit Hadow, quand une nouvelle explosion se fit sentir. Un avion de chasse venait de larguer son premier missile, faisant voler en éclats un édifice au fond de la cour. Syed trébucha lourdement, parvenant à échapper à la poigne de son gardien, il s'enfuit. Hadow dissuada celui-ci de le rattraper :

— On avance !

— Mais je…

Une deuxième explosion retentit, suivie d'une troisième qui emporta le bâtiment où s'était réfugié le prisonnier. Des pierres volèrent à proximité des deux soldats : le soutien aérien allait finir le boulot et ils se mirent à courir aussi vite que leurs jambes le leur permettaient jusqu'à ce qu'une dernière salve leur fît mordre la poussière.

Raven se précipita vers ses hommes qui se relevèrent en toussant.

— Ça va ?

— Oui, ça va ! Qu'est-ce que c'était que ce bordel ?

— Où est le prisonnier ?

— En morceaux, là-dedans…Hadow montra les ruines.

— Putain de commandant, il était censé retenir ses avions ! Je vais le faire passer en cour martiale. Allez, on dégage.

Arrivé à la base, Raven appela le général Potter pour recommander des sanctions exemplaires, puis il rejoignit Polson.

— Trouvez-moi tout ce que vous avez sur ce Syed Akbar, sur ses liens avec Oussama Ben Laden, les attentats, ses proches…

— Colonel, il y a un problème. Je n'ai pas vu Zourbech mort ou mourir.

— Qui d'entre vous l'a vu sur le site lors de l'attaque ?

Personne ne répondit.

Polson inscrivit le terroriste sur la liste des personnes recherchées vivantes et fixa la récompense à cinquante mille dollars.

L'unité Infinity décolla dans les deux heures qui suivirent, avec la désagréable sensation d'être de nouveau passée à côté d'une mission qui paraissait simple. Comme s'ils étaient victimes du mauvais œil. Ou d'une taupe.

2 mai 2003, 12 h 31, devant l'Internet-café Galaxity du 301 George Street, Sydney, Nouvelle-Galles du Sud, Australie

Robert Falachon était extrêmement contrarié de devoir assurer cette mission ingrate en personne, et plus encore d'avoir dû pour cela annuler un déjeuner dans le seul restaurant français acceptable de la ville. Au lieu de déguster un canard à l'orange, il patientait donc, adossé à une boîte aux lettres, le feutre enfoncé sur son crâne malgré la chaleur, pour ne pas être repéré par des fans, lui dont la notoriété ne dépassait pas – sauf dans sa très présomptueuse imagination – les frontières de son pays d'origine. Du haut de son mètre soixante-huit qui mettait en valeur son léger embonpoint, il se serait bien vu dans la peau d'un Bernard-Henri Lévy. Malheureusement, faute du physique adéquat et du talent rhétorique, il avait renoncé à la philosophie pour se spécialiser en économie, avec le rêve secret d'avoir un jour une autre utilité dans ce monde que de générer du profit.

En attendant de le réaliser, il était posté à un endroit stratégique, à proximité de la Sydney School of Business and Technology, pour rencontrer le bon candidat, l'un de ces geeks aux tendances rebelles qu'il exécrait. Comme d'habitude, le type aurait la trentaine au plus, serait étudiant sans le sou, soutenant des causes trop grandes pour lui. Falachon les distinguait généralement de leurs congénères grâce à leur T-shirt à slogan et, justement, il y en voyait un se diriger droit sur lui. Le garçon s'apprêtait à lâcher son enveloppe dans la boîte quand un quinquagénaire grassouillet l'aborda avec un fort accent français :

— Hé, toi, tu es étudiant ?

— Oui, pourquoi ?

— Tu milites pour la cause ? Écologiste ?

— Comment le savez-vous ?

— Ton T-shirt. Tu t'y connais en informatique ?

— Oui, j'ai même un blog.

— Parfait ! Tu voudrais te faire un peu d'argent en défendant la planète ?

— Faut voir.

L'étudiant devenait méfiant. Falachon lui tendit une clé USB.

— Qu'est-ce que c'est ?

— Un ensemble d'informations concernant les agissements de certaines entreprises qui nuisent à l'environnement. L'importance de respecter la nature, de ralentir, de moins consommer…

Falachon montra discrètement un billet de cent mais le jeune ne sembla pas impressionné. Il eut même un mouvement de recul et Falachon dut rectifier le tir.

— Pas de panique, jeune homme ! Moi aussi, étudiant, je militais, et je suis bien placé pour savoir que tout travail mérite salaire. Alors, considère ça comme un encouragement à continuer. Et si tu mets ceci sur Internet correctement, bien référencé, je t'en filerai cent de plus.

— Pas d'embrouille alors ?

L'étudiant fit un pas en arrière en voyant Falachon mettre une main dans son sac.

— Aucune. Tu mets cette casquette, tu vas au cybercafé, tu ne donnes pas ton nom et tu bosses. Je reviens dans une heure, ici même, et je contrôle le boulot. Si c'est bon, tu touches ton juste salaire.

Le jeune homme vérifia le billet puis regarda la casquette en grimaçant.

— Tu sais, on s'en fout que tu n'aimes pas les Los Angeles Raiders. Je veux juste que tu ne l'enlèves pas tant que tu n'es pas sorti de là.

— OK… Au fait, je n'aurai besoin que de trois quarts d'heure.

— On se voit dans une heure. Au bout de la rue. Là-bas. Tiens, conclut Falachon en lui mettant dans la main un billet de dix dollars australiens. Pour la connexion.

— Ça marche, boss.

Falachon déjeuna sans plaisir dans un établissement loin de ses standards et rejoignit le lieu de rendez-vous où l'étudiant l'attendait, adossé à un réverbère.

— Alors ? C'est fait ?

— Bien sûr !

— L'adresse ?

Il lui tendit un morceau de papier déchiré. Falachon la dicta par téléphone à son secrétaire et lui demanda :

— C'est quoi ce site ?

— De la propagande écologiste, qui dénonce les abus des industries à travers le monde et surtout en Australie. Ça parle de « slow life », de consommation de masse… Enfin, c'est un beau site pas très constructif du point de vue de l'économie ! Qui vous a donné cette adresse ?

— Merci.

Falachon, déjà dérangé par ses aigreurs d'estomac, raccrocha sans autre forme de procès et tendit les billets à l'étudiant.

— Bon boulot. Tu en voudrais plus ?

— Dites toujours…

— C'est moins simple, mais mieux payé. Si ça t'intéresse, tu notes ton nom et ton adresse sur ce carnet et, chaque trimestre, tu recevras une liasse de billets en fonction de ton implication. Cela financera ta lutte pour la planète… ou ce que tu veux.

— Je dois faire quoi ?

— Des recherches, des actions, ce que tu veux, pourvu que le site soit le plus visible possible. Tu changeras chaque fois de cybercafé, tu ne quitteras jamais ta casquette et tu signeras toujours « By BYE », « B » majuscule, « y » minuscule, plus loin : B, Y, E en majuscules.

L'étudiant cessa un instant d'écrire.

— Pourquoi « By BYE » ?

— Tu viens d'intégrer un réseau international de lutte écologiste d'un nouveau genre. Nous dénonçons puis nous agissons. Si nous sommes satisfaits de ton travail, tu n'auras plus de soucis à te faire pour ton avenir.

Falachon vit que l'étudiant restait dubitatif.

— Va sur Internet et regarde par toi-même. Tu trouveras d'autres sites à travers le monde qui portent cette signature.

— Mais, vous êtes qui ?!

— Tu ne m'as jamais vu et nous ne nous reverrons pas de sitôt alors, pendant ce temps, lutte pour tes convictions, petit gars, on te surveillera de loin.

29 août 2003, 20 h 37, soirée de charité Summerend, Royal Pavilion, Brighton, Royaume-Uni

Depuis plus d'une heure, la cour du château était le théâtre d'un défilé ininterrompu de Rolls, de Ferrari et autres Bentley, qui ne s'arrêtaient que quelques instants sous l'imposant porche pour laisser sortir leurs prestigieux occupants, dans une débauche de smokings et de diamants. Si ces habitués des colonnes de *Forbes* et de *Rolling Stones* n'accordaient qu'un coup d'œil distrait au somptueux édifice de style indo-saracénique évoquant les palais des maharadjahs, ils n'auraient, pour rien au monde, raté cette soirée de bienfaisance. Certains ignoraient tout des activités de Reforestation qui les avait conviés (et s'en moquaient), d'autres venaient pour les flashes et les caméras omniprésents, mais la présence de la jeune star montante Sylvio Urago, qui militait depuis des mois en faveur de la fondation au volant de sa voiture hybride, était sûrement pour quelque chose dans cet enthousiasme mondain pour la forêt tropicale. Il avait « fortuitement » rencontré Kate lors d'un tournage à Prague, dans un restaurant où ils avaient passé la soirée à débattre des enjeux écologiques contemporains. Bien que le hasard ne fût pour rien dans cette rencontre, le comédien, pourtant peu connu pour son goût des mondanités, avait agréablement surpris Kate en lui proposant spontanément de parrainer un grand événement festif et lucratif pour la fondation. Il avait même ajouté avec de grands gestes : « Ma chérie ! La soirée sera masquée ou ne sera pas ! » C'est ainsi que ce soir-là, chaque invité reçut, en échange de son carton d'invitation, un loup orné de plumes ou de paillettes.

La voix inimitable de Sylvio Urago résonnait dans la démesure de la salle de bal où se pressaient les convives, tandis que Kate attendait anxieusement, dissimulée derrière un rideau de velours :

— … Et maintenant, je vous demande d'applaudir la présidente de la fondation qui va sauver notre planète de l'asphyxie… Une femme qui vous montrera l'exemple à suivre en mettant une jolie donation dans l'une des urnes… Je vous présente : Kaaaateeee Gordon.

Le rideau s'ouvrit et Kate, en robe bustier noire, s'avança jusqu'au pupitre. Elle respira aussi fort que le permettait son corset, mal à l'aise à l'idée de mentir devant une assemblée si nombreuse.

— Mesdames et messieurs, merci d'être là ce soir pour contribuer à un avenir meilleur pour la planète ainsi que pour nos enfants. Je sais que certaines sont venues pour rencontrer Sylvio…

Elle désigna le jeune acteur d'un geste volontairement maladroit qui fit s'esclaffer l'assistance…

— Mais veillez tout de même à ne pas en oublier nos urnes ! Permettez que je vous montre l'exemple, ajouta-t-elle en signant un chèque de dix mille dollars.

Elle invita ensuite ses hôtes à se rendre dans la salle de réception où un repas « exceptionnel » les attendait. Un repas, songea-t-elle, dont la facture a été gonflée afin de libérer une somme rondelette qui permettra peut-être l'extinction de la race humaine, mais bon appétit… Puis elle s'éclipsa dans les coulisses sous des applaudissements nourris.

— Félicitations pour ce petit discours.

Kate se retourna très surprise. Le masque tomba, confirmant ses soupçons.

— Pierre ?

— Indivar !

— Pardon. Mais que faites-vous ici ? Je ne vous ai pas vu sur la liste des invités.

— Nous aurons une réunion d'ici quelques minutes dans la salle de musique. Un garde du corps viendra vous chercher. Et vous n'avez vu aucun de nous sur la liste des invités, ma chère, pour la bonne raison que nous n'y étions pas. Mais, est-ce nécessaire de le préciser, nous ne sommes pas de ceux qui ont besoin d'un carton pour assister à une soirée. Enfin… Il est néanmoins possible que vous receviez un appel du service d'ordre dans un instant, sourit-il.

— Pourquoi ?

— Parce que quelqu'un comme Falachon a toujours besoin d'une invitation !

Suresh quitta les coulisses pour réapparaître dans le monde paré de son beau loup noir.

Très contrariée par cet imprévu, Kate répondit au téléphone avec une agressivité inhabituelle :

— Quoi ?

— Madame Gordon ?

— Qui voulez-vous que ce soit ?

— J'ai devant moi un monsieur, français, qui dit qu'il devrait être sur la liste… Monsieur, laissez-moi faire mon travail !

— C'est M. Falachon ? lui demanda Kate.

— Vous êtes monsieur ?… Falachon, c'est ça ! Vous le connaissez ? Je le laisse passer ?

— Oui, faites-le entrer et demandez à l'office d'ajouter un couvert.

Kate raccrocha et fit demi-tour dans le couloir, où Falachon avançait vers elle à grandes enjambées.

— Ma chère, c'est proprement scandaleux, toutes ces petites gens qui ne connaissent rien à rien et qui vous font perdre votre temps ! Bonsoir, je manque de politesse, désolé. Comment allez-vous ?

— Je vais bien, merci. Et…

— Cette robe vous va à ravir ! Excusez-moi de vous le faire remarquer, mais vous aviez pris un peu de poids ces derniers temps… Vous le portiez fort bien, naturellement, mais là, je dois vous dire que vous avez une ligne magnifique !

— Merci, je m'étais un peu laissée aller… En tout cas, c'est très gentil de vous en être aperçu

— Cela fait un an déjà. Enfin, nous papoterons plus tard, je meurs de faim !

Kate remercia silencieusement la légendaire gloutonnerie de Falachon d'avoir mis fin à ce bavardage et le guida jusqu'à la salle de réception, où elle l'abandonna pour jouer son rôle d'hôtesse de table en table. L'un des invités la salua avant d'enlever son masque. Tatsuo Tanaka lui demanda aimablement de bien vouloir faire entrer son amie Elizabeth, qui n'avait pu se libérer avant le dessert. Kate fit le nécessaire et poursuivit son efficace travail de relations publiques.

Après deux heures et demie de ce régime, les invités, un peu ivres et délestés d'une somme qui ne les empêcherait pas de dormir, emboîtèrent le pas à Sylvio Urago jusqu'à la salle de bal. Dans un coin de la pièce, un convive en costume sombre adressa à Kate un signe discret.

— Abra…

— Nous allons dans la salle de musique.

— Mais, je ne peux pas laisser mes invités…

— Votre hidalgo s'en chargera très bien tout seul.

***

Dans cette salle au plafond voûté richement orné de feuilles d'argent d'où pendaient une douzaine de lustres, un homme en habit de serveur finissait de poser le matériel de brouillage. Il s'excusa d'une courbette avant de s'éclipser, laissant la place aux invités qui s'installèrent autour de la table.

— Mes frères et sœurs, permettez-moi d'abord de présenter mes excuses à sœur Eve pour cette intrusion dans sa soirée de bienfaisance.

— Je trouve effectivement cela assez cavalier. Au niveau discrétion…

— On ne peut mieux faire ! coupa Abraham.

— Je suis d'accord avec sœur Eve, intervint Robert Falachon. Nous aurions dû être prévenus plus tôt. Et je voudrais ajouter que la manière dont nous fonctionnons, en cavaliers seuls, ne me convient pas du tout. Je propose que nous votions pour que chaque membre de la confrérie sache ce que font les autres.

Suresh jeta un regard à un Abraham visiblement crispé et acquiesça :

— Frère Bernard propose, à nous de disposer. Ceux qui donnent raison à frère Bernard…

Tous, à l'exception d'Abraham et de Suresh, croisèrent les bras. Après une hésitation, Peter Swanson décroisa les siens, même si cela ne changeait rien au vote.

— Nous ferons donc selon la volonté du plus grand nombre. Sachez néanmoins que je désapprouve ce fonctionnement mais que je m'y plierai, même si cela met en péril notre sécurité à tous.

À contrecœur, Suresh invita donc chacun des membres à faire part aux autres de l'avancement de leurs missions et mit un terme à la réunion avant que ne commencent les discussions privées.

Kate l'arrêta sur le seuil.

— Puis-je vous demander quelque chose ?

— Dites toujours.

— Que fait Abraham ? Personne ne lui demande jamais où en est sa mission. Je suis peut-être novice, mais…

— Vous le savez. Il nous protège, il efface nos traces et fait le ménage, au besoin. Et vous qui êtes à présent employée au VIC, vous êtes nos yeux et nos oreilles. Abraham ne vous a pas contactée depuis l'année dernière ?

— Non.

— Il le fera sûrement le moment venu.

— Une dernière chose.

— Soyez brève.

— Pourquoi ne s'attaque-t-on pas aux entreprises plutôt qu'aux hommes ?

— Eh bien, parce que nous ne disposons pas encore de l'armée qui nous permettrait de le faire.

— Donc ce n'est qu'une question de moyens ?

— Pratiquement, conclut-il en franchissant la porte.

8 septembre 2003, 7 h 30, bureau du général Potter, Pentagone, Washington DC, États-Unis d'Amérique

— Colonel, je veux bien… Mais que voulez-vous que je fasse avec ça ? Ce ne sont que des activistes qui créent leur « site » et leur « blog »… Alors quoi ?

La veille, le Président américain avait demandé au Congrès de voter une rallonge de près de quatre-vingt-dix milliards de dollars afin de gagner la croisade que le pays devait mener contre le terrorisme et les États qui le soutenaient. Raven, quant à lui, sentait le vent tourner. Jusque-là, les missions de l'unité Infinity s'étaient soldées par des échecs coûteux qui lui laissaient présager le pire.

Potter posa le rapport où Polson avait consigné les détails de leur unique piste valable.

— Polson a comparé toutes les données, elles se recoupent. Elles ne sont pas reprises d'un site à l'autre. Elles émanent d'une seule source. Les adresses IP sont toujours celles de cybercafés, et sur les quelques images qu'on a pu obtenir, on voit constamment un homme apparemment jeune portant une casquette des Los Angeles Raiders. On n'a pas de visage mais toujours la signature « By BYE », pas « Bye les amis », mais bien « By BYE ». Je refuse de croire qu'il s'agisse d'un hasard.

— Peu importe, coupa Potter, laconique. Le Président voulait des résultats rapides, vous êtes incapables de lui en donner.

— Il y a toujours un grain de sable au dernier moment. Vous avez refusé de suspendre le guignol de la base afghane alors qu'à cause de lui, nous avons perdu une piste sérieuse.

— Ne revenez pas là-dessus ! Je protège vos arrières. Le guignol, comme vous dites, est le fils d'un général dont l'uniforme croule sous les décorations. De plus, votre mission était en rapport avec Ben Laden et non avec ce BYE.

— Tout est lié, j'en suis persuadé. Nous n'avons pas une vision assez large. Ils opèrent certainement en cellules indépendantes, mais il y a forcément une tête.

— Sauf que vous n'en avez aucune preuve.

— Et alors quoi ? Vous voulez dissoudre l'unité ?

— Il en a été question. De même que le Président a pensé à un canular…

Raven haussa les épaules.

— Oui, je sais. Néanmoins vous avez de la chance, les élections approchent et il a besoin de ramener des têtes pour être réélu. Vous avez six mois, huit tout au plus, pour les trouver et me les ramener.

— À vos ordres. Mes respects, mon général.

— Rompez.

Potter se replongea dans ses papiers et décrocha son téléphone :

— Dorothy, passez-moi le Président.

— Ne quittez pas.

Deux sonneries retentirent dans le combiné.

— Potter ?

— Monsieur le Président. Leur enquête piétine.

— C'était prévisible. Qu'avez-vous dit à Raven ?

— Qu'il se bouge les fesses pendant les six prochains mois.

— Il y a une chance qu'ils trouvent ?

— Faible.

— Bien. Tenez-moi au courant en temps réel. Le coup de grâce à mes adversaires sera l'aboutissement de la traque de Ben Laden.

— Oui, merci, monsieur le Président. Mes respects, monsieur le Président.

Potter raccrocha, soulagé d'avoir limité la casse alors que, de son côté, Raven rentrait à la base d'Andrews avec le sentiment d'être un candidat à la potence. Il songea à appeler Kate Gordon. Elle aurait peut-être des pistes à lui soumettre. Après deux sonneries, une voix enregistrée lui apprit que le numéro de son domicile n'était plus attribué.

Il se rendit sur les lieux le lendemain pour trouver la porte close et la boîte aux lettres pleine.

⁂

— Polson ?

— Tiens, bonjour, colonel. Colonel : Bonjour Polson, comment allez-vous aujourd'hui ? Moi ça va que puis-je faire pour vous ?

— Trouvez-moi où est passée Kate Gordon.

23 décembre 2003, 9 h 45, zone industrielle désaffectée de Purcellville, Purcellville, Virginie, États-Unis d'Amérique

Andrew, *alias* Yesemite Sam, avait de bonnes nouvelles : depuis quelques jours, les essais sur les souris donnaient des résultats.

Une berline noire s'arrêta à son niveau et la porte arrière s'entrouvrit.

— Bonjour.

— Montez.

« Betty », qui lui glaçait le sang depuis qu'elle avait froidement exécuté son patron, dit à Eebert de repartir.

— Alors Yesemite, où en êtes-vous ?

— Eh bien, j'ai travaillé sur la molécule active de la mésédrine, comme vous me l'avez demandé. J'ai combiné la molécule avec une base très proche du LSD, et là, j'ai obtenu des résultats. J'ai adapté les dosages, à présent nous sommes prêts à mettre le produit sur le marché.

— Quand ?

— Dès demain…

— Mais ?

— Mais j'ai peur que nous ayons un souci dans très peu de temps.

Les anciens associés du précédent Yesemite Sam n'ont pas apprécié sa disparition et encore moins le fait que nous ayons arrêté de nous fournir chez eux. Je ne vous parle même pas des conséquences de la mise sur le marché de ma X-Trip…

Devant la réaction mitigée de sa patronne, il ajouta aussitôt :

— Si ça ne vous convient pas, on peut changer le nom.

— Ce sera parfait.

Après quelques secondes de réflexion, elle ajouta :

— Ne vous inquiétez pas pour la concurrence, nous nous en occupons. Restez discret, approvisionnez à bas prix des dealers qui ne soient pas du coin, à New York par exemple, et quand tout ce petit monde sera bien accro, vous augmenterez les tarifs et le dosage.

Elle se pencha vers son chauffeur :

— Eebert ?

— Oui, madame ?

— Arrêtez-vous, nous déposons le petit ici.

Elle se tourna vers Andrew pendant que le véhicule s'immobilisait.

— Vous avez bien travaillé, continuez comme ça. Si vous avez des soucis sur le terrain, appelez Eebert.

Le jeune homme descendit de voiture. À quelques mètres, un panneau indiquait qu'il était à deux kilomètres de la ville. Au moment de claquer la portière, il entendit un dernier conseil qui le déstabilisa un instant.

— Ne négligez pas vos études. Vous avez un test de chimie le 15 janvier, il me semble. Nous ne pouvons pas passer le diplôme pour vous. Au revoir.

Elizabeth Carlson demanda à Eebert le téléphone sécurisé réservé aux appels d'urgence. Elle laissa sonner jusqu'à ce que le répondeur prenne le relais.

— J'ai un souci qui nécessite votre savoir-faire. Je voudrais vous voir à l'endroit habituel à 6 heures ce soir.

Elle raccrocha, pensive.

— Eebert, ramenez-moi au laboratoire.

— Bien, madame, aurez-vous besoin de moi demain ?

— Ah, c'est vrai que vous avez un fils. Tenez, pour son cadeau.

— Merci madame, avec tout ça je vais pouvoir le gâter.

Elle passa le reste du trajet enfermée dans ses souvenirs. Elle vit son fils et son mari lors de leurs vacances à Pryp'Yat' en avril 1986. Ils riaient dans une barque, partaient pêcher et l'embarcation s'éloignait tranquillement sur le lac. C'était juste avant son départ pour Moscou, trois jours avant l'explosion du réacteur de Tchernobyl. Cinq jours avant qu'ils ne décèdent et qu'elle ne finisse par s'exiler en Angleterre. Cette image si nette de ces dernières vacances en famille, de son ancienne vie, l'emplit d'une grande tristesse puis d'une rage indicible.

Elizabeth s'efforça de faire bonne figure et d'afficher un sourire de circonstance devant les équipes du labo, auxquelles elle offrit sans entrain des chocolats. Elle passa devant la lourde porte hermétique du laboratoire privé de Thomas. Celui-ci, seul face à son écran d'ordinateur, semblait très absorbé par une simulation.

L'endroit était stérile, sans une décoration, sans un germe pathogène, presque sans une once d'humanité. Thomas était fidèle à lui-même : de la science, rien que de la science. Il ne savait sûrement même pas que c'était la veille de Noël. Après quelques secondes à regarder par le hublot, celle qui était ce qui ressemblait le plus pour lui à une « amie » s'éclipsa pour s'isoler à son tour dans son bureau.

***

La nuit était déjà tombée sur le parc Pershing, désert, où brillaient mille décorations de Noël. Le froid intense avait rougi les joues d'ordinaire si blanches d'Elizabeth, qui attendait, dans l'ombre d'un escalier, sous le regard attentif d'Eebert.

Vêtu d'un long manteau et d'un Stetson, Abraham lui dit avec douceur :

— Sœur, que puis-je pour vous ?

— Nous avons un problème avec le laboratoire. Les Colombiens ont la mainmise sur le secteur et vont voir d'un mauvais œil notre marchandise arriver.

— Un nom ?

Betty lui donna un bout de papier plié en huit qu'Abraham parcourut rapidement.

— Ce sera de l'histoire ancienne dans quelques jours. Il prit son briquet et brûla la liste.

— Vous avancez ?

— Nous commençons à livrer demain. Cela s'appelle du X-Trip, nous verrons son efficacité et adapterons les dosages en fonction. Pierre sera content.

— Et concernant l'autre mission ?

— Mon chercheur… cherche.

— Vous continuez à surveiller Eve ?

— De loin, rien à signaler. Elle prend un vol pour l'Inde dans moins de trois mois, mais vous devez déjà le savoir.

— Oui. Aucun contact venant de l'entreprise de son mari ?

— Toujours rien. Je pense qu'ils ont reçu le message avec le sénateur.

— Force.

— Force, mon frère.

Avant de monter dans sa voiture, Abraham vérifia que sa mallette était bien dans le coffre. Dans le bagage en aluminium se trouvaient un nécessaire de maquillage ainsi qu'une photographie de lui méconnaissable, blond aux yeux marron, une cicatrice sur la joue gauche.

26 janvier 2003, 10 h 18, devant l'immeuble de la Trust Investments, Miami, Floride, États-Unis d'Amérique

Le 3 janvier, lorsque Robert Raven débuta la lecture de cet article du *New York Times* signé par une certaine Jane M., il se dit qu'il tenait peut-être une piste. La journaliste y décrivait l'assaut d'une villa deux jours plus tôt. Une attaque d'une rare violence contre un baron de la drogue surnommé « Diego le terrible » qui ressemblait fort, telle qu'elle était relatée, aux techniques utilisées dans les commandos. L'article décrivait « C'est une scène d'apocalypse : des vitres explosées, des impacts de balles de gros calibre partout, des murs éventrés par des grenades, du sang au sol ». Plus loin était écrit : « Rien ni personne ne fut épargné lors de l'attaque menée contre la forteresse de ce despote sur lequel j'enquêtais depuis trois mois. Un homme qui avait mis en esclavage la population des campagnes afin de produire sa drogue ». Et là, le militaire comprit qu'il y avait matière à creuser.

Dans l'heure qui suivit, il demanda au général Potter à avoir accès à toutes les opérations menées sur la période. Après maintes vérifications et recoupements, il s'avéra qu'aucune ne visait le territoire colombien.

Ne voulant pas lâcher cette piste qui lui donnait l'espoir de conserver l'unité Infinity active, le colonel redoubla d'efforts pour obtenir les autorisations qui permettraient au lieutenant Hadow et au caporal Monaghan de se rendre sur place pour passer au peigne fin les lieux de l'attaque.

Quelques jours plus tard, les « agents de la CIA chargés de la lutte antigang » arrivèrent à Bebarama, au milieu de la jungle, dans un palais qui avait perdu de sa superbe. Leur guide, un policier qui se prenait très au sérieux, leur interdit de prendre des photos, mais cette brève visite suffit à leur donner confirmation que les armes et les techniques utilisées étaient bien américaines. Ce que Hadow se garda bien de signaler à l'officier qui les suivait à la trace (et qui, de toute façon, s'intéressait surtout à la combinaison beige de Clara), c'est cette petite inscription, qu'il avait trouvée en s'accroupissant, sur le rebord intérieur du bureau de Diego. Un sigle, gravé dans le bois, au couteau, visiblement à l'endroit même où le maître des lieux avait été exécuté d'une balle dans la tête. Hadow et Monaghan eurent la conviction que le coffre-fort, ouvert et vide, n'était là que pour faire diversion. Au sol, les marquages à la craie ne laissaient aucun doute : un homme avait neutralisé les gardes, un autre s'était introduit dans la pièce, avait obtenu la combinaison du coffre avant d'exécuter le baron de la drogue. Par ailleurs, contrairement à ce que pensaient les autorités locales, l'explosion du portail n'avait pas servi à entrer mais à sortir des lieux, comme le prouvaient les traces de pneus récentes.

De retour à l'aéroport de Bogotá, ils eurent la surprise d'être accueillis par un ambassadeur, qui parut très embarrassé en apprenant leurs conclusions, et qui leur demanda de partir « par le premier avion » en gardant pour eux « ce détail » qu'était l'implication américaine.

Dès qu'ils posèrent le pied à la base d'Andrews, Hadow et Monaghan conclurent ainsi leur rapport :

— Il faut se rendre à l'évidence, colonel, une unité privée financée par BYE vient tout bonnement de se débarrasser d'un gêneur.

— Si c'était un gêneur, comme vous dites, c'est que nous sommes face à un réseau de type mafieux et non, comme nous le pensions jusqu'à maintenant, à un groupe terroriste. Cela veut dire que nous nous sommes totalement plantés sur la nature de la menace et que nous cherchons dans la mauvaise direction !

Une conclusion que Raven rapporta aussitôt au général Potter. Cela constituait un grand pas en avant, qui sauverait probablement l'unité de la dissolution si « cette mission était couronnée de succès », précisa le général.

En analysant des attaques similaires et en recoupant les listes de compagnies aériennes, Polson finit par trouver un lien : des noms ressortaient. Ceux-ci étaient associés à des passeports, de très bons faux qui menèrent Raven et ses hommes à des adresses. À force de filatures, l'unité relia tout ce petit monde à un seul bâtiment, l'immeuble de la Trust Investments, à Miami, où les allers et venues firent l'objet d'une intense surveillance durant une semaine.

Le matin du 26 janvier 2003, à deux minutes du top départ d'une opération minutieusement préparée, l'unité était sur site, prête à en découdre.

Cachés dans leur camionnette, le chauffeur et Polson observaient sur un écran les points immobiles représentant les membres de l'unité. Dans les égouts, Steve et Hadow attendaient, pliés en deux, le moment de faire sauter la paroi du « niveau souterrain -3 », qui n'existait pas sur les plans de la ville. Monaghan parvint à ouvrir la porte de secours du parking et fit signe à Raven, Owen et Black qu'ils pouvaient entrer.

Les trois hommes neutralisèrent les caméras sans être repérés par l'agent du hall, occupé à contrôler un lieutenant en civil qui se faisait passer pour un coursier et se dirigeait maintenant tranquillement vers l'ascenseur, donnant aux autres le top.

Clara se précipita dans les escaliers pour faire le guet et éviter une évasion. Owen fit sauter la serrure du local technique puis, dans la foulée, Black et Raven dévissèrent une grille d'aération qui descendait tout droit jusqu'à leur cible. Dans l'ascenseur, le faux coursier suivait les instructions de Polson pour déverrouiller l'accès au niveau -3 quand une secousse se fit sentir. Le chauffeur sortit de la camionnette et traversa la rue en courant.

— On est à la bourre ! Sautez ! cria Raven.

Owen et Black se jetèrent dans le tuyau et arrivèrent à toute allure sur la grille de la gaine du niveau -3 avant d'atterrir dans la pièce, où Hadow et Steve tiraient sur tout ce qui bougeait dans un enfer de fumée, de flashes et de bruit. Raven parvint *in extremis* à se retenir à la gaine en aluminium et, depuis son perchoir, mitrailla à son tour les hommes en costume. Au bout de quelques minutes, on n'entendit plus de détonation. Le colonel porta la main à son oreillette.

— Polson, vous pouvez venir faire votre boulot.

L'informaticien se leva sans entrain, besace sur l'épaule, et traversa la rue à son tour. Très rapidement, il trouva le cœur du système, mais la nouvelle qu'il devait annoncer à Raven n'était pas bonne :

— Ils ont grillé l'ensemble des disques durs, mais quand je dis « grillé », c'est grillé avec des flammes.

— Heureusement que j'ai remplacé les balles par des tranquillisants… Si on arrive à les placer sous la catégorie « préparation d'attentat sur le sol américain », je pourrai peut-être en torturer un ou deux…

Polson eut l'air scandalisé.

— Je plaisante, ça va ! On tâchera de les faire parler de manière civilisée… sauf s'ils ne veulent pas coopérer…Raven conclut sa phrase par un petit rictus :

— Emballez-moi tout ce qui est utile et mettez-moi ce petit monde dans les camionnettes !

— Je pense à un truc…

— Quoi encore ?

— Le miroir de l'ascenseur cache un scanner d'empreintes. C'est comme ça qu'ils avaient accès à ce niveau secret. Je peux trouver la base de données protégeant l'ascenseur. En toute logique, elle est encore active.

— Et alors ?

— Alors on aura toutes les identités des gens qui bossent ici.

— Et avec les gogos qu'on est allés chercher chez eux, s'il y en a un qui manque, ce sera leur chef ! Très bien, Polson, au boulot.

⁂

Les prisonniers s'éveillèrent le lendemain sur la base d'Andrews, groggy par les tranquillisants et affamés.

Polson, dans son antre, recoupait les données du système de sécurité qu'il avait piraté avec celles de leurs empreintes. À chaque main, ils avaient associé une photographie pour verrouiller leur méthode de recoupement. Sur les dix-huit personnes que le scanner devait reconnaître, une seule manquait dans les cellules.

En retraçant l'historique des allées et venues, Polson s'aperçut qu'un seul arrivait et repartait systématiquement avant tout le monde : Wally Binck, la quarantaine, allure et coupe de cheveux militaires. Il transmit l'information à Raven, qui envoya Hadow chercher Binck.

Derrière un miroir sans tain, le colonel regardait Hadow beugler sur le prisonnier Binck, qui ne bronchait pas :

— Mon gars, tu es cuit ! Préparation d'attentat sur le sol américain, c'est Guantánamo assuré ! Et tu sais ce qu'ils font aux traîtres là-bas ?

— Je ne suis pas un traître à mon pays !

— Comment tu appelles ça alors ?

— Vous êtes lieutenant. Je ne parlerai qu'à votre supérieur.

Un instant plus tard, la porte de la salle d'interrogatoire s'ouvrit.

— Colonel Faust, à la tête de l'unité qui vous a arrêté sur ordre du Président.

Binck parut décontenancé.

— Qu'est-ce qui me prouve que vous dites vrai ?

— Lieutenant, on va faire un tour.

Hadow empoigna le prisonnier enchaîné et le poussa vers l'extérieur. Raven fit signe aux soldats d'ouvrir la porte du hangar, derrière laquelle s'alignaient avions de chasse et véhicules militaires. Binck commença à comprendre.

— Nous sommes donc au pays. Je suppose qu'il s'agit de la base d'Andrews ?

— Affirmatif.

Le prisonnier se raidit.

— Agent spécial Wally Binck, numéro d'affectation 0 8 1 2 2 6, nom de code mission Truelander.

Dérouté à son tour, Raven lui fit répéter sa déclaration devant le micro de son téléphone, tandis que Polson vérifiait ses dires.

— Alors ? demanda Raven.

— Alors rien dans les fichiers. J'appelle le directeur à Langley.

Le temps que Polson effectue les vérifications, les trois hommes étaient revenus à la salle d'interrogatoire.

— Bien tenté. Mais vous deviez vous douter qu'on allait contrôler. J'ai donc le regret de vous dire que si vous êtes de bonne foi, quelqu'un s'est moqué de vous en beauté.

— Comment ça ? Notre unité est secrète, c'est pour cela que vous avez du mal à obtenir les informations. Appelez Herman Drager à la CIA, c'est mon patron, il confirmera.

— Polson, mettez-nous en visioconférence avec le directeur Teneyt. Il semble croire à ce qu'il dit.

Quelques minutes plus tard, le directeur de la CIA découvrait les traits de son soi-disant agent à travers un écran d'ordinateur.

— Colonel Faust, je vous confirme que son visage m'est inconnu.

— C'est parce que nous n'avons jamais été présentés, se défendit Binck. Je suis sous les ordres d'Herman Drager !

Voyant que ce nom ne déclenchait aucune réaction, il poursuivit :

— La mission Truelander ? Un homme d'une cinquantaine d'années, blond, les yeux marron, une cicatrice sur la joue gauche.

Le directeur entra ces caractéristiques physiques sur sa base de données.

— Je suis désolé, monsieur, mais aucun de mes agents ne correspond à cette description.

— Je l'ai vu sortir du bâtiment le jour où il m'a recruté !

— Vous en êtes certain ?

— Oui. Enfin… je l'ai vu dans le périmètre, je ne pouvais pas accéder au bâtiment lui-même ! insista Binck, un début de panique dans la voix.

— Colonel, passez-le au détecteur de mensonge et rappelez-moi.

Wally Binck répondit à toutes les questions sans affoler la machine, de même que les autres membres de « l'unité », qui racontèrent tous la même histoire. Certains étaient affectés au terrain, d'autres non. Ils décrivirent la signature que Drager leur demandait de déposer sur les lieux de leurs interventions « pour que le secrétaire à la Défense sache qu'ils avaient fait leur boulot ». Toutes les actions étaient menées à l'étranger, jamais sur le sol américain, ce qui n'était pas sans poser problème à Raven. Aucune archive n'était disponible et les hommes ne divulguèrent aucun nom ni adresse, bref, on ne pouvait recouper aucune information.

Raven rappela le directeur de la CIA, qui l'informa que seule l'utilisation de faux passeports pouvait être retenue contre ceux qui en possédaient, et qu'aucune charge ne pesait sur les subordonnés, ceux-là resteraient donc libres de rentrer chez eux. Il ajouta que la CIA s'assurerait néanmoins qu'aucun d'entre eux ne quitte le territoire.

Furieux, Raven coupa la communication et appela Potter à la rescousse.

Une heure et demie plus tard, dans la salle de debriefing des pilotes, le général confirmait aux prisonniers les conclusions de Raven, les qualifiant d'imposteurs gênants.

Binck se leva mais un soldat braqua son M16 sur lui.

— Monsieur Binck, pensez-vous être en mesure de nous dire quelque chose qui vous éviterait la cour martiale si nous retenons les charges de préparation d'acte de terrorisme ?

— Nous sommes des patriotes ! Nous avons reçu une formation dans un centre secret, qui s'avère être autre chose que ce qu'on nous avait affirmé. Nous pouvons même vous montrer nos fiches de paie, que l'on croyait signées par le directeur de la CIA. Même si vous le contestez, nous sommes des agents et nous ne méritons pas d'être traités comme des criminels.

Le général prit le temps de réfléchir avant de répondre.

— Messieurs, vous formez certes une unité, mais une unité scélérate, que nous allons donc d'ores et déjà dissoudre, mais nous devons nous assurer qu'elle ne se reformera pas et que vous n'êtes plus manipulés individuellement. Ma décision donc est la suivante : je vous ferai entrer à Camp Peary où vous passerez tous les tests pour que je sois certain que vous serez des atouts et non une menace. Si vous réussissez, vous serez formés et entrerez dans le service actif en tant qu'agents de terrain, les opérationnels agiront sous de nouvelles identités.

Binck se leva de nouveau et le colonel fit signe qu'on le laisse parler :

— Et si nous échouons ?

— Eh bien, nous aviserons. Programme de protection des témoins, détention, exécution…

— Et nos familles ? protesta un des prisonniers.

— Elles vous croient prospecteurs dans le pétrole, c'est ça ? Eh bien, vous prospecterez dix mois.

Le général donna ses ordres pour qu'on les traite bien d'ici leur transfert à Camp Peary puis partit sans un mot, suivi de Raven, qui attendit d'être à l'abri des oreilles indiscrètes pour prendre la parole :

— Général, c'est une réussite. Nous savons aujourd'hui que BYE est une organisation qui s'occupe de narcotiques, peut-être une mafia qui n'a rien à voir avec le terrorisme.

— Ou peut-être que ce baron de la drogue était gênant pour leurs activités. Quoi qu'il en soit, c'est un progrès qui joue en votre faveur. Exploitez les infos que vous en tirerez et mettez-vous au boulot pour remonter leur piste. Maintenant, excusez-moi de vous quitter ainsi, je suis pressé.

15 février 2004, 15 h 27, grand salon de l'hôtel Carlton, Cannes, France

Loin des grandes capitales et de l'agitation médiatique, le Carlton accueillait depuis la veille au soir l'élite banquière mondiale. Robert Falachon, quant à lui, tenait sa revanche sur tous ceux qui, dix ans auparavant, le traitaient d'incompétent et d'idéaliste et s'acharnaient à discréditer sa démarche « économico-écologique ». Alors certes, il avait officiellement mis de côté « son combat pour une économie écologiquement responsable et compétitive », mais c'était bien lui qui, aujourd'hui, s'adressait depuis une heure trente-cinq déjà aux plus grands responsables de banques commerciales de la planète. Le thème de la conférence était « Les agences de notation et les banques commerciales ». Il reprit sa respiration.

— En conclusion, messieurs, rien ne sert de spéculer à tout-va, une simple notation d'État revue à la baisse et vous pouvez gagner deux points ou plus d'intérêts sur des sommes colossales. Nous entrons dans une nouvelle stratégie de recherche de rentabilité au détriment même de l'économie. Mais je ne vous apprends rien en vous disant que vous ne risquez pas grand-chose. D'ailleurs, c'est une quête qui est elle-même cautionnée par les États, *via* leurs banques centrales, qui continueront à vous prêter, à vous banques commerciales, à des taux ridiculement bas alors qu'une généralisation du principe édicté en 1973 dans la loi française et imposé par le traité de Maastricht en 1992 (dans les articles 104 à 109) – pour l'exemple de l'Europe – leur interdit définitivement de prêter à leur pays à taux zéro. Vous avouerez, messieurs, que c'est un cadeau en or ! Excusez-moi pour le jeu de mots, l'étalon-

or n'existe plus depuis longtemps, à votre grand soulagement.

Quelques applaudissements feutrés se firent entendre.

— Merci. Je reste à votre disposition jusqu'à 16 h 30.

Falachon classa ses notes, descendit de la petite estrade puis se dirigea seul vers le bar de l'hôtel. Ce qui allait suivre dans cette pièce ne le regardait pas. Son boulot s'arrêtait à leur faire prendre pleinement conscience du potentiel des nombreuses failles qui existaient dans le système. Et manifestement, il y était parvenu puisqu'une heure plus tard, le dirigeant de Hermanns s'installa à sa table.

— Monsieur Falachon.

— Docteur Falachon, corrigea-t-il avec un sourire. Que puis-je pour vous ?

— Docteur, naturellement… Parlez-moi de cette astuce sur les crédits que vous n'avez pas développée. Si les autres ne comprennent pas la portée de votre travail, je saurai l'apprécier.

— Si vous dites vrai, vous savez que cela se monnaie.

— Combien pour une exclusivité ?

— Étonnez-moi.

Blasé, l'homme sortit son chéquier, griffonna une somme et tendit le chèque sans le lâcher.

— Cela vous paraît-il correct ?

Falachon tenta de dissimuler sa surprise devant l'alignement de zéros.

— Très correct. Pour ce prix, je vous donne la primeur d'un éclaircissement complet. De toute façon, je ne peux pas le publier, cela ferait un tollé.

L'économiste commença son explication, dans son anglais aux accents parisiens :

— Dans votre pays, les pauvres ne peuvent pas acheter de maisons…

— Effectivement.

— Eh bien, faites que cela change. Accordez des crédits immobiliers à taux variables.

— Trop risqué ! s'exclama le businessman.

— Justement, non. S'ils le sont, vous ne les gardez pas. Vous faites maquiller ces créances par une agence de notation qui leur donne un triple A. Vous êtes de gros clients, ils ne peuvent pas refuser. Vous revendez ensuite ces crédits revalorisés et vous encaissez. Ceux que vous garderez vous rapporteront ; le manque de logements disponibles entraînera une hausse des prix du marché.

— Jusqu'à ce que les gens ne puissent plus payer, remarqua le banquier, perplexe.

— Et alors ? Si le marché est toujours favorable, vous récupérez et revendez des maisons qui ne vous ont presque rien coûté et qui vous rapporteront beaucoup. Et si le marché est en berne, c'est là le « miracle », vous cédez le crédit avant que cela sente… mauvais.

— Jusqu'à…

— Jusqu'à l'explosion de la bulle. Mais noyés dans des portefeuilles d'actions, soit cela sera absorbé, soit cela affaiblira certains de vos concurrents. Et là, autre miracle : croyez-vous que les États puissent se permettre de perdre une banque ? Ils renfloueront avec l'argent des contribuables que vous aurez déjà « plumés ». Le temps que tout le monde réagisse, vous aurez engrangé des milliards. L'investissement que je représente pour vous n'est que de 0,000001 %.

Falachon s'empressa de conclure car il sentait que son jeu ne plaisait pas au businessman.

— Oui, vous êtes un bien piètre négociateur, remarqua-t-il.

— Un simple chercheur à qui vous offrez la maison en Provence dont il rêve. Si vous avez besoin de moi, vous connaissez mon prix.

Le banquier lui tendit son chèque en le regardant droit dans les yeux.

— Au revoir, « docteur ». Et rappelez-vous que j'ai payé pour votre silence, ajouta-t-il en lui serrant la main.

— Et vous, souvenez-vous que vous n'empêcherez pas longtemps les imitateurs. Profitez de votre avance.

L'homme lâcha la main de Falachon.

Ce dernier quitta l'hôtel le soir même pour prendre un avion à Nice, direction le Maroc. En chemin, il déposa son chèque dans une banque encore ouverte et déclina distraitement les propositions de placements de la guichetière en songeant avec satisfaction qu'il venait de lancer la bombe financière.

***

À Marrakech, il prit ses quartiers habituels au *Sofitel* du quartier huppé de l'Hivernage et se rendit directement au spa avant de commander au room service un repas français qu'il dévora devant la télévision. Il vérifia la présence, dans la penderie, de la panoplie complète de baroudeur qu'il avait commandée – du moins, c'était l'idée qu'il se faisait du costume adéquat pour voyager en Afrique, mais le tout tenait surtout du déguisement vendu à un gogo qui part en safari – et rejoignit son lit king size, rassuré et repu. Il songea aux trois heures de route qui l'attendaient le lendemain pour rencontrer le contact de sœur Betty, un certain Emil S. avec qui il devrait mettre les choses au point.

— Vous qui êtes un homme, il vous écoutera, avait plaidé Elizabeth Carlson. Il faut qu'il comprenne que nous lui prendrons d'énormes quantités à l'avenir mais que son prix n'est pas le nôtre. Il doit rester raisonnable et discret pour que nous réussissions notre implantation en Europe.

— Mais je croyais que les drogues classiques étaient dépassées et que nous étions sur le point de produire quelque chose de mieux ?

— Oui, c'est vrai. Mais avant de la distribuer, il faut mettre en place un réseau de dealers et de clients fidèles, qui ne testeront nos nouveaux produits que s'ils ont apprécié les anciens. Vous avez rendez-vous au restaurant Ouzoud, route de Marrakech à Béni Mellal.

Fatigué d'avance par cette journée, Falachon appela le room service pour être réveillé à 8 heures avec un café et des croissants, et sombra dans le sommeil.

13 avril 2004, 13 h 24, bidonville de Calcutta, État du Bengale occidental, Inde

Kate fut réveillée aux premières lueurs du jour par les bruits de la rue, après une nuit exécrable dans un hôtel qui était loin de mériter ses quatre étoiles. Elle se leva en prenant soin de glisser ses pieds nus directement dans ses chaussures sans toucher le sol d'une propreté douteuse. Elle se doucha rapidement et enfila nerveusement un pantalon de trekking et une saharienne légère.

Devant l'hôtel, Suresh l'attendait en rickshaw pour la conduire au bidonville dont il souhaitait lui faire mesurer l'étendue et la variété. Les premiers effluves l'indisposèrent à plus d'un kilomètre de distance, comme pour la préparer au choc de la découverte. Le visage de Kate se décomposa quand elle vit les femmes et les enfants accroupis, triant à mains nues le verre cassé, le plastique et les métaux parmi les aliments putréfiés. Dans ces rues improvisées, les maisons étaient faites de morceaux de bois ficelés, de bâches trouées superposées et de pneus hors d'usage. Suresh avait expliqué :

— Ils n'utilisent plus de tôles, maintenant ils les revendent. C'est une vie d'animal. Chez nous, on les appelle des intouchables, ils sont considérés comme des sous-hommes.

— C'est au-delà de toute description, je comprends que vous ayez tenu à ce que je voie ça, c'est d'une tristesse, une telle misère. « Innocents dans un bagne, anges dans un enfer », cita Kate.

— Je n'ai plus de pitié pour ceux-là. Ils s'enfoncent dans la misère par la procréation, comme si c'était une assurance pour leurs vieux jours… Ç'en serait une s'ils disposaient de terres, mais là…

— Là, ils s'appauvrissent.

— Tout à fait.

— Mais si quelqu'un les éduquait, s'ils avaient accès au savoir ?

— Nous ne sommes pas là pour ça. Nous sommes là pour mettre fin à cet état de fait, à cette multiplication erratique. Vous citiez Victor Hugo, non ?

— Oui, c'est dans « Melancholia ».

Au bout de deux longues heures de marche pénible au milieu des immondices, des miséreux et des échoppes improvisées, Indivar Suresh décida d'emmener Kate dans un restaurant typique, mais elle fut incapable d'avaler quoi que ce soit.

Il était à peine midi et Kate avait déjà abandonné deux espoirs : celui de trouver de l'eau potable dans cet environnement et celui de se remplir le ventre avec autre chose que ce précieux liquide.

Sur le chemin du dispensaire, les images de la matinée affluèrent soudain dans sa tête et elle s'autorisa une critique :

— Je ne vous cache pas que le traitement du mal ne me convient pas. Je préfère la manière douce.

— Sauf quand il s'agit de venger la mort de votre famille, coupa Suresh, mettant un coup d'arrêt au débat avant qu'il ne commence.

Kate s'arrêta un instant de marcher pour encaisser la remarque. Elle savait qu'il ne plierait pas et préféra se taire, confiant ainsi son âme à l'homme qui allait signer sa damnation. Celui-ci héla un rickshaw au moment où les premières gouttes de pluie se mirent à tomber.

Ils arrivèrent au dispensaire sous une pluie battante, qui cessa à temps pour que Kate, dans son rôle de présidente de la fondation Inde/Afrique, puisse tenir sa conférence de presse.

Accompagnée des deux médecins indiens recrutés par Suresh, d'une infirmière et de trois généralistes volontaires d'une ONG étrangère, Kate monta sur l'estrade de fortune et prononça d'une voix forte une brève allocution destinée à présenter la fondation.

Puis elle se retourna et appela :

— Anasuya ?

Après quelques instants, des pas légers se firent entendre venant de derrière l'estrade. Kate prit dans ses bras la fillette timide vêtue d'un sari rouge usé jusqu'à la corde et dont la main bandée témoignait des soins qu'elle avait reçus. L'Américaine lui sourit.

— Messieurs, je vous présente notre première patiente : la petite Anasuya. Elle est arrivée ce matin, la main coupée par du verre alors qu'elle triait des déchets avec sa sœur. Nous l'avons soignée et lui donnerons chaque jour des antibiotiques, jusqu'à ce qu'elle soit hors de danger.

Suresh, resté dans le dispensaire, entendit les applaudissements des trois envoyés spéciaux et des deux journalistes locaux. Il se réjouit du succès de cette opération de communication.

— Messieurs, conclut Kate, je vous invite maintenant à venir visiter nos locaux et apprécier le travail des vrais héros ordinaires.

Suresh sortit par la porte de derrière et contourna le bâtiment pour rejoindre Kate, restée à l'extérieur.

— C'est lancé. Il ne reste plus qu'à donner nos instructions.

— Que voulez-vous leur dire ?

— Ce que j'ai dit à Kinshasa. Nous leur offrons des soins pendant quelques mois, le temps de gagner leur confiance. Nos médecins indiens les écouteront, entreront dans leur intimité et quand ces gens seront prêts, parce qu'ils auront faim ou par cupidité…

— Ou par désespoir.

— C'est cela. À ce moment-là, les médecins leur proposeront de l'argent contre une stérilisation.

— Vous êtes parfois tellement cynique.

Suresh s'arrêta de marcher et regarda sœur Eve avec un air dubitatif doublé d'une certaine méfiance.

— Je suis réaliste. Concentré sur l'objectif. Pragmatique. Tout cela, si vous voulez. Mais je ne tue pas ces gens à coup de fusils ou de canons. Je les sauve d'eux-mêmes. Je leur permets de suivre un autre chemin.

Kate coupa court à ce qu'elle estimait être d'une brutalité intolérable :

— Nous jouons un jeu dangereux, vous le savez. Vous me demandez chaque fois de recruter des membres d'organisations non-gouvernementales qui ne parlent pas la langue du pays pour permettre aux médecins locaux d'aborder librement leurs patients. Vous avez conscience du risque. Un jour, il y aura une fuite.

— Ce jour-là, nous dirons que l'autochtone cupide a agi de son propre chef, pour plus d'argent, et nous le licencierons. C'est lui qui portera le chapeau, pas nous. Au pire, la police les mettra en prison, mais ils sont payés assez grassement pour se taire. Et puis ils diraient quoi ? « Un homme nous a demandé d'opérer des pauvres en leur donnant de l'argent ? Il nous a demandé de ne rien dire à Mme Gordon. » Vous ne risquez absolument rien en tant que Kate Gordon, présidente de la fondation.

— Je ne disais pas ça seulement pour moi. Que fait-on maintenant ?

— On se quitte. Et on se revoit dans six mois à Kinshasa, même rendez-vous que la dernière fois.

Suresh partit, toujours méfiant. Kate passa le reste de la journée au dispensaire, frappée par le sourire qu'arboraient les patients malgré leurs difficultés extrêmes. Ce fut presque à contrecœur qu'elle quitta les lieux pour prendre l'avion qui la ramena à Vienne.

28 mai 2004, 11 h 28, université de Georgetown, Washington DC, États-Unis d'Amérique

Depuis le début de la matinée, le Dr Elizabeth Carlson n'avait vu défiler devant le stand du laboratoire International Care que des étudiants sans envergure. Elle commençait à désespérer de trouver de nouvelles recrues à la hauteur quand elle aperçut Andrew un peu plus loin dans la file. Elle savait qu'il avait réussi ses examens avant même que celui-ci ne sache qu'ils avaient été corrigés.

Elle expédia les trois étudiants médiocres qui le précédaient et, voyant la surprise se dessiner sur le visage de son protégé, décida de parler la première :

— Bonjour, jeune homme. Vous désirez des informations ?

— Euh, oui, je crois.

— International Care est un laboratoire américain, pur produit du génie des États-Unis en matière de chimie et biochimie. Un laboratoire qui participe à la recherche sur le cancer du sein, sur des maladies rares ou orphelines ainsi qu'à la lutte contre les virus en général.

— Vous n'en faites pas un peu trop ?

— Je vois que monsieur fait partie de ces chercheurs qu'il faut motiver.

Elle se tourna vers la ravissante hôtesse recrutée pour l'occasion, lui confia le stand et emmena Andrew hors du bâtiment. Le jeune homme regarda son badge.

— Elizabeth Carlson ? Et vous êtes…

— La patronne de ce laboratoire. Avec qui vous allez avoir l'honneur de déjeuner. Suivez-moi.

Ils montèrent dans la limousine noire qui les attendait non loin de là. Betty donna l'adresse du restaurant avant de fermer la vitre qui les séparait du chauffeur.

— Alors, Andrew, où en est-on ?

— De quoi ?

— Pas de vos études, ça, je sais. De vos recherches, voyons.

L'étudiant parut soupçonneux.

— Ne vous inquiétez pas, tout ira bien pour vous. Alors ?

— Je suis arrivé au maximum de la formule. Si je pousse plus loin, il n'y aura plus d'effets hallucinatoires et donc plus de clients. Faisons de l'argent avec ce que nous avons.

— Ce n'est pas ce que j'ai demandé. Vous avez une mission et vous avez des moyens. Débrouillez-vous pour la mener à bien.

Malgré l'affection qu'Elizabeth lui portait, pour des raisons qu'elle ignorait mais qui l'avaient poussée à commettre cette imprudence, le ton avait changé.

— Bien sûr, vous avez raison, mais, vous le savez mieux que personne, la recherche ne va pas toujours là où on veut qu'elle nous mène. Mis à part des défaillances hépatiques, je n'ai pas obtenu les résultats prévus.

Devant le regard vert glacé de sa patronne, il joua son va-tout :

— Mais je planche sur une piste sérieuse. Une molécule de la famille des cathinones. J'ai remarqué que c'était très proche de la famille de l'ecstasy, je veux la travailler avec des phénéthylamines. Je dois faire une synthèse.

— Est-ce qu'on obtiendrait l'effet souhaité ?

— Foudroyant, mais il me faudrait du temps.

— Vous l'aurez. Nous sommes arrivés, nous en reparlerons.

Andrew, quelque peu rassuré, suivit Betty qui se dirigeait à grands pas vers leur table, quand le téléphone de cette dernière sonna. Elle se rembrunit, dit quelques mots et raccrocha, visiblement très contrariée.

— Andrew, vous viendrez à nos locaux signer votre contrat, vous ne le regretterez pas. Nous ne mangerons pas ensemble finalement, mais profitez de ce repas, je vous l'offre.

— Très bien, mais…

Partagé entre les sentiments d'être piégé et chanceux à la fois, le jeune homme ne savait plus quoi dire. Ce qui tombait plutôt bien car Elizabeth Carlson avait déjà tourné les talons.

Sur la table trônait un billet de cent dollars. Il regarda autour de lui, s'assura que la serveuse n'avait rien vu et le ramassa.

— Désolé, un rendez-vous imprévu, dit-il sans s'arrêter de marcher et en désignant Elizabeth, qui s'éloignait. On reviendra, c'est sûr, c'est très joli.

La berline démarra quand Andrew franchissait la porte vitrée.

Elizabeth demanda au chauffeur :

— Vous savez où je peux trouver du thé anglais ?

L'homme réfléchit quelques instants puis se retourna.

— Je connais une boutique spécialisée mais cela nous fera faire un détour.

— Ce n'est pas grave, on y va. De toute façon, j'ai vu large.

⁂

Devant la porte du laboratoire, Elizabeth Carlson prit une longue inspiration.

Elle passa son badge devant le boîtier de sécurité, franchit le seuil et fut accueillie par un curieux spectacle.

Le chercheur tournait en rond, les yeux fixés au sol, en se tapant la tempe droite de l'index et répétait :

— Le chercheur crétin, la honte de sa profession ? Eh bien, il a cette tête !

Elizabeth l'interrompit en se raclant la gorge une première fois, puis une seconde, plus bruyamment.

— Ah, ma chère Elizabeth ! Merci d'être venue, si vous saviez.

Ses airs de tragédien n'impressionnèrent guère Elizabeth, qui connaissait la chanson. Avec beaucoup de douceur, elle coupa court :

— Bonjour, Thomas.

Pas de réponse.

— Vous avez une théière stérile ?

— Bien évidemment ! répondit-il agacé. C'est là, avec l'eau pure et les sels minéraux ! Mais qu'est-ce que cela vient faire dans cette histoire ?

— Je vous ai pris du thé anglais.

Elizabeth fit chauffer l'eau pure sur un bec Bunsen, vérifiant régulièrement la montée en température à l'aide d'un thermomètre laser. Quand le liquide frémit, elle la versa dans la théière et laissa infuser, regardant patiemment Thomas qui s'était remis à tourner. Elle versa le thé dans deux grandes tasses et en glissa une en direction du chercheur, qui interrompit enfin son manège pour s'asseoir. Il souffla et goûta. Son visage se détendit.

— C'est bien, ça.

— Alors Thomas, que vous arrive-t-il, mon ami ?

— Je n'ai qu'un but dans la vie, vous le savez.

Tous deux récitèrent en même temps : « Tuer des virus en tuant leur faiblesse ! »

— Et vous êtes reconnu dans le monde pour cela… Et alors ? insista Elizabeth.

— Alors ? Alors ! Alors… depuis que je suis arrivé ici, j'ai travaillé sur une hybridation du virus de la grippe espagnole, celle qui a fait des millions de morts… Le chercheur crétin, la honte de sa profession ? Eh bien, il a cette tête !

Elizabeth, qui commençait à perdre patience, l'interrompit encore une fois dans ses élans mélodramatiques.

— Et ?

— Et ? Et ! Et, j'ai créé une souche plus résistante au lieu de le tuer ! J'ai appelé cette abomination Hybridation 1 Neutralisation 1. Sur une échelle personnelle de zéro à dix, dix étant le plus facile à tuer. H1N1, c'est un joli prénom pour un tueur de masse, non ?

— H1N1 alors ?

— Oui, et le Seigneur m'est témoin si, dans six mois, je n'ai pas trouvé de quoi le tuer par la chimie ou la biologie, il périra par les flammes !

Elle ne releva pas cette excentricité supplémentaire. Un scientifique qui invoque Dieu…

— Pour l'instant, il est en caisson haute sécurité, je suppose ?

— Bien évidemment !

— Je suis certaine que vous trouverez. Il est bon ce thé, non ?

— Oui, très bon, mais il manque un bon pudding.

Elizabeth lui lança un regard complice et sortit de son sac le carton d'une pâtisserie qu'elle plaça sous le nez du chercheur. La figure de Thomas s'éclaira d'un large sourire : son monde tournait de nouveau correctement. Il saisit la boîte et, protégeant son trésor comme un enfant, se dirigea vers un placard. Il ouvrit la porte et le posa dans le four à micro-ondes en déclarant :

— Pour tuer les microbes.

Elizabeth sourit en acceptant la plus petite part, tandis que Thomas se régalait d'un monstrueux morceau.

— Au fait, Thomas, vous n'avez rien dit à personne sur ce virus ?

— Pour me discréditer ? Certainement pas ! dit-il, la bouche pleine.

— C'est très bien, ne déclarez rien, n'en parlez qu'à moi durant vos recherches.

— C'était mon intention.

Elizabeth se leva et lui posa une main sur l'épaule.

— Je vous laisse.

Son au revoir resta sans réponse. Le chercheur mangeait son pudding dans une pièce à l'air recyclé et filtré, tout allait pour le mieux dans le meilleur des mondes.

29 juin 2004, 15 heures, laboratoire clandestin de Biocalypse, Purcellville, Virginie, États-Unis d'Amérique

Au secrétariat à la Défense américain, personne ne fut dupe quand le gouvernement colombien déclara qu'aucune enquête ni archive n'existaient sur le baron de la drogue assassiné. C'est finalement un piratage par Polson des bases de données des bureaux de la lutte antidrogue qui se révéla la meilleure source d'informations. L'unité entendit d'ailleurs Polson se vanter un bon moment de son coup de génie.

Après traduction des différents mails, appels téléphoniques et écoutes, il s'avérait que Diego avait beaucoup d'ennemis, parmi lesquels seulement trois avec qui les relations étaient particulièrement tendues sur le sol américain. La première intervention ne donna rien, à part des échanges de coups de feu et des blessés côtés dealers, dont aucun n'avait la moindre idée de ce qu'était BYE. Raven acquit la certitude, en écoutant les dernières traductions des enregistrements, que la clé se trouvait à Purcellville, en la personne d'un certain Sam Yesemite, une « racaille avec sa croix tatouée dans le cou et ses chaînes en or » qui avait rompu le contrat qu'il avait avec Diego pour se lancer seul « dans le business des produits de synthèse ». Il confia néanmoins à Hadow la direction de l'assaut mené contre des Mexicains basés à Phénix. Pour motiver les troupes.

Raven se chargerait lui-même de Purcellville.

***

L'unité s'approchait sans un bruit d'une maison de banlieue décatie, isolée des autres par une allée arborée et un petit bois. Posté en éclaireur, Black les informa de la présence d'un vieux Mexicain apparemment endormi. Sauf qu'un examen un peu plus attentif aux jumelles lui apprit qu'il s'agissait d'une sieste armée. Autrement dit, le type montait la garde. Le détecteur de chaleur ne révéla pas âme qui vive au rez-de-chaussée, mais on pouvait déduire, de la fumée qui s'échappait du conduit de cheminée, que les occupants se trouvaient au sous-sol.

Raven reçut ces informations alors qu'il progressait dans le sous-bois. Il chuchota au talkie :

— Monaghan ? Sous votre uniforme, vous portez un T-shirt ?

Clara, restée dans la camionnette, jeta un œil à Polson, qui la regardait avec des yeux ronds. Un peu gênée, elle répondit par une autre question :

— Sauf votre respect, colonel, quel rapport ?

— Si je ne me trompe pas, vous avez du sang mexicain, non ? Et vous êtes plutôt jolie ?

— Par ma mère, oui, et euh… si vous le dites…

— Eh bien, il se trouve qu'on a un compatriote de votre maman devant la porte d'entrée qu'il faudrait distraire et neutraliser en silence.

— Compris, à vos ordres, colonel.

En aparté, Clara confia à Polson :

— Je n'ai rien sous ma tenue, il fait trop chaud ! Je vais devoir improviser.

Les yeux de Polson s'élargirent encore. Elle lui avait vraiment dit ça alors qu'elle lui infligeait râteau sur râteau depuis trois ans ? Le temps qu'il se demande si elle le prenait pour un gay ou son meilleur pote, Clara était déjà descendue. À l'aide des caméras du véhicule, il la repéra qui rôdait autour d'un étendoir et décrochait avec vigueur une robe d'été à fleurs. Elle remonta dans la camionnette pour se changer sous le regard ahuri de Polson qui découvrait la plastique d'une femme aussi parfaite qu'inaccessible. Il eut à peine le temps de noter combien les rangers mettaient en valeur ses mollets graciles, que Clara se précipitait déjà à l'extérieur pour sauter sur le siège conducteur d'une vieille décapotable. Avec le canif glissé dans sa chaussure, elle coupa deux fils qu'elle reconnecta et fit démarrer l'épave. Elle roula lentement dans l'allée qui menait à la maison en passant la main dans ses cheveux bruns pour leur donner du volume et posa sur sa langue un chewing-gum qu'elle se mit à mâchouiller avec une vulgarité étudiée. Elle ajustait son décolleté quand elle vit le vieil homme se lever et attraper son arme. Elle se gara aussi près que possible du perron au cas où et, sortant doucement de la voiture, elle lança :

— Eh salut, vieux ! Est-ce que Sam est là ? Il m'a dit de passer le voir un de ces quatre, et il se trouve qu'on est « un de ces quatre » !

La tenue eut l'effet escompté sur le vieil homme, qui se détendit aussitôt et lâcha la crosse de son pistolet.

— Non, ma jolie, il n'est pas…

La sentinelle n'eut pas le temps de finir sa phrase. Clara s'était déjà jetée sur lui et lui avait asséné un coup de genou au visage, suivi d'une clé d'étranglement fatale. Black avait vu la scène dans ses jumelles et prévint aussitôt le colonel :

— Colonel, c'est fait ! Et un conseil les mecs, ne vous y frottez pas !

— On se passe des commentaires, Black. Deux hommes sont remontés de la cave. On y va.

Quand elle vit arriver les renforts, Clara enfonça la porte et tira sur un type qui pointait son kalachnikov sur elle.

Une seule balle, en pleine tête. Owen neutralisa le second d'un tir dans le cœur. Raven éteignit la lumière et fit signe aux autres d'enfiler masques à gaz et lunettes infrarouges, tandis que Peet balançait un fumigène par un soupirail.

Ils dévalèrent les escaliers enfumés, croisant dans leur viseur des silhouettes blanches recroquevillées et quelques cibles armées. Des coups de feu retentirent avant que les talkies ne signalent que la zone était sécurisée.

Quand la lumière revint, trois corps gisaient inanimés et les hommes en blanc suppliaient les militaires du regard.

— Lequel d'entre vous est Yesemite Sam ? demanda posément Raven. Qu'il se lève sans crainte. Coopérez et vous resterez en vie.

Personne ne broncha. Raven s'avança vers une combinaison blanche et lui fit signe de se lever avec son arme. L'homme s'exécuta, le dos voûté par la peur.

— Tu connais Yesemite Sam ? Tatouage dans le cou, une croix. Tu le connais ?

À travers son masque, l'homme interrogea les autres du regard.

— Alors, tu le connais ? Ou tu veux y passer toi aussi ?

Un léger bruit attira l'attention de Raven, qui vit un des chimistes, téléphone à la main. Stoppé net d'une balle, l'homme s'écroula. Celui que Raven avait choisi au hasard esquissa un geste timide vers le sol, où un morceau de dalle semblait plus récent.

— Il est là ?

L'homme hocha la tête.

— Mais qui est votre chef ?

Le chimiste regarda de nouveau ses complices, qui haussèrent les épaules.

— Il s'appelle Yesemite Sam.

Raven s'énerva :

— Tu viens de me dire qu'il était mort, non ?

— Celui-là, oui !

— Qu'est-ce que tu me racontes, tu…

Un petit bruit aigu et répétitif venait de se faire entendre.

***

Andrew se baladait sur une plage de Floride, savourant des vacances bien méritées. En short à fleurs, lunettes de soleil sur le nez, il profitait pleinement de la mode des Bikini minimalistes en cultivant la certitude que, de ce côté-là aussi, sa vie allait changer. Il dépliait sa serviette à côté d'une jeune et jolie blonde quand son téléphone bipa : « On est attaqués, aide. » Oubliant la bimbo, il composa aussitôt le numéro qu'Eebert lui avait donné en cas d'urgence et attendit une réponse qui ne vint pas.

***

Le bruit aigu retentit de nouveau en s'intensifiant et Raven comprit aussitôt que ça sentait le roussi.

— On dégage !

Aussitôt, les militaires détalèrent vers la sortie. Raven, qui fermait la marche, fut projeté en avant par le souffle de l'explosion et resta au sol en se protégeant le visage, attendant que les débris arrêtent de tomber.

Quand il se releva et ne vit aucune combinaison blanche, il comprit qu'une nouvelle piste venait de se refroidir. Il regarda Clara qui se frottait les genoux puis vérifia l'état du reste des troupes, tandis qu'au loin, on entendait déjà des sirènes de police.

— On décolle, foncez !

En courant devant ses hommes, Raven voulut appeler Polson pour qu'il vienne les récupérer avant l'arrivée des officiels mais son portable n'avait pas survécu à l'explosion. Il fit signe à Black de lui passer son talkie.

— Polson, venez nous chercher et débrouillez-vous pour qu'une voiture du FBI rapplique au *Diner* du coin et me ramène à cette baraque dare-dare pour répondre aux questions gênantes.

— Avec un vrai agent dedans ? Hey ! Au fait, pourquoi vous n'utilisez pas votre téléphone ?

— Il n'a pas aimé l'explosion. Eh oui, avec un agent dedans !

— Ah non, mais c'est pas possible ! Vous…

Raven venait de couper la communication. Deux minutes plus tard, la camionnette s'arrêta devant eux. Polson, au volant, brandit un doigt vengeur.

— Vous me faites chier avec vos téléphones ! Ce n'est pas de ma faute s'ils ne résistent pas à quelques secousses.

— C'est ça ! Mais je ne peux pas vous en fournir un par mission, l'armée n'a pas d'actions chez MicroWare !

***

Mille questions tourbillonnaient dans la tête d'Andrew, qui ne parvenait pas à joindre Eebert, quand il eut soudain le sentiment angoissant que les choses devenaient réelles. Il s'arrêta de marcher en pensant tout haut :

— Je suis foutu !

Deux demoiselles sursautèrent en l'entendant et accélérèrent le pas. Andrew se retourna en soupirant et sursauta à son tour quand son téléphone vibra puis sonna, indiquant un numéro masqué. Il décrocha :

— J'ai failli m'impatienter… Yesemite Sam ?

— Oui ?

— Eebert. Vous venez d'appeler le numéro d'urgence ?

— Oui, le labo a été attaqué ! fit Andrew à voix basse, main gauche devant la bouche.

— Comment le savez-vous, vous n'y êtes pas ?

Il y eut un blanc. L'étudiant commença à paniquer. Ses doigts se crispèrent sur son pouce. Il se rongea un ongle qui dépassait.

— J'ai reçu un SMS me disant que…

— Vous avez reçu un SMS ? Ah, ça, c'est ennuyeux ! Quand ?

— Il y a trois minutes à peine.

— C'est ennuyeux.

— Vous l'avez déjà dit ! Qu'est-ce que je fais ?

— Suivez mes instructions. Vous comprenez ?

— Oui, oui ! répondit-il, cette fois pris de panique pour de bon.

— Quand je raccrocherai, vous enlèverez la batterie de votre téléphone, vous ôterez la carte SIM, que vous jetterez dans un égout. Puis vous ferez deux cents mètres et vous balancerez le téléphone dans une poubelle. Compris ?

— Oui ! Et après je fais quoi ?

— Vous avez de l'argent liquide ?

— Oui.

— Suffisamment pour aller voir vos parents sans vous servir de cartes de crédit ?

— Je pense.

— Eh bien, allez-y, j'y envoie un nouveau téléphone pour vous. On parlera des suites à donner à ce moment-là.

— Ne raccrochez pas ! Et le labo ?

— Il n'y a plus de labo ! J'en informe qui vous savez. Force.

Eebert raccrocha, laissant Andrew dans un état à la limite de la dépression. Il venait de comprendre que son coup de fil avait signé l'arrêt de mort de ses collègues chimistes. Une autre interrogation ne cessait de le tarauder : comment le gouvernement pouvait-il cautionner tout ça ? Le jeune homme suivit à la lettre les instructions d'Eebert et se paya, en liquide, un téléphone prépayé pour prévenir sa famille. Il fit au passage l'acquisition d'une casquette pour faire baisser sa parano dans cette ville truffée de caméras.

Au téléphone, malgré ses tentatives pour ne rien laisser paraître, sa mère sentit qu'il y avait un problème.

— Viens vite, ta chambre t'attend, dit-elle avant de l'embrasser et de le laisser raccrocher. Andrew se mit en quête d'un bus.

***

Une heure après l'explosion, un blanc-bec en costume noir et chemise blanche entra dans le restaurant. Il s'avança et inspira avant d'ouvrir la bouche, mais Raven ne le laissa pas se présenter. Il se leva de son tabouret et, sans finir son café, lui ordonna de le conduire au lieu de l'incendie.

Sur place, ils présentèrent leur badge aux policiers qui bloquaient le passage.

— Agent spécial Faust. Nous prenons le relais. L'incendie est maîtrisé ?

— Oui, monsieur, répondit sèchement le policier qui n'appréciait pas cette intrusion. Mais il y a eu des coups de feu, il doit y avoir des corps là-dessous.

— Justement, ça nous concerne. Vous me faites un cordon de sécurité et vous ne touçhez plus à rien. Une équipe viendra nettoyer les lieux.

Devant l'air mi-interloqué, mi-scandalisé du policier, il précisa :

— On emmène tout au labo du FBI pour analyse, et inutile de vous dire que mes gars ne vous laisseront rien à vous mettre sous la dent.

Il se dirigea vers la maison qui s'était écroulée, comme avalée par la cave, puis se tourna vers son chauffeur.

— Vous restez là jusqu'à ce que je revienne.

Avec un geste nerveux, il ajouta :

— Vos clés.

— Mais, mais je ne sais pas si je peux…

— Vous ne savez pas quoi ? Vos ordres viennent de qui ?

— Du directeur. Pourquoi ?

— Eh bien, vous avez votre réponse.

Après un nouveau geste saccadé, Raven prit les clés puis le volant pour ne revenir que cinq heures plus tard, en début de soirée, accompagné d'un excavateur de l'armée et d'un groupe d'une trentaine de soldats répartis dans deux véhicules de transport de troupes.

Au petit matin, le jeune agent, qui dormait contre un arbre, fut réveillé par un bruit de marteau-piqueur. Il se leva péniblement et demanda à Raven :

— Mais vous ne dormez jamais ?

— Pas le temps pour ces conneries.

— Qu'est-ce qu'ils cherchent ?

— Un corps.

— Le corps de qui ?

— Ça, c'est classé « secret défense ».

— Bien sûr…

Le jeune homme allait protester quand il entendit un cri :

— Colonel, on l'a !

L'agent, surpris par ce grade, s'abstint de commenter. Puis il suivit Raven vers ce qui restait de la cave. Un amas de bois calciné et de meubles soufflés par l'explosion gênait la progression de l'agent mais son compagnon ne semblait pas plus incommodé que cela. Quand le bleu parvint enfin au but, un militaire lui bloqua le passage et il ne put voir qu'une main qui émergeait du béton. Raven, déjà penché dessus, sortit un boîtier et, dépliant avec difficulté les doigts putréfiés et rigides, en scanna les empreintes, même si le béton avait apparemment eu le temps de ronger la peau. Il eut une grimace de dégoût quand un doigt se cassa entre les siens. Il le scanna néanmoins puis envoya le fichier à Polson. Il fit de même avec la photo du visage du mort que les militaires étaient parvenus à dégager sans trop de dégâts.

— Hé oh, Faust ?

— Quoi ?

— C'est quoi ce matos ?

— Du matos maison, vous n'en trouverez pas chez vous.

— Tu m'étonnes ! marmonna-t-il. Et vous bossez pour qui au juste ?

— Si je te le dis, petit, il faudra que je te tue.

— Je prends le risque !

Raven sourit :

— Le Président.

— Ouais, facile, ironisa tout bas le jeune agent.

Raven, amusé, le laissa grommeler et appela Polson :

— Qu'est-ce que ça donne ?

— Pour les doigts, c'est mort. Pour le visage, vu l'état des tissus, ça sera long… Mais je le trouverai.

— Autre chose : un des types a dit que leur chef s'appelait aussi Yesemite Sam. Après tout, c'est peut-être une affaire de famille. Si ça se trouve, ce n'est pas important, mais faites une recherche.

Raven jeta un regard à l'agent qui ne savait pas quoi faire de ses bras et eut pitié de lui.

— Allez, viens, je te ramène et je te rends ta voiture.

— Au fait, le nom du gars dont vous avez parlé, son nom est bizarre… Ça ressemble à Yosemite Sam.

— Qui ça ?

— Yosemite Sam, le pirate des *Looney Tunes*.

Devant l'air dubitatif du militaire, il ajouta :

— Moi, je dis ça…

Raven lui tapa sur l'épaule en passant à ses côtés.

— T'as entendu quoi d'autre ?

— Rien ! Que ce nom, je vous jure !

16 juillet 2004, 22 h 30, salle souterraine du restaurant Sukiyabashi Jiro, Roppongi, Tokyo, Japon

Tatsuo Tanaka ignorait pour quelle raison Indivar Suresh lui avait demandé d'avancer d'un mois la réunion qu'il était chargé d'organiser, ce qui n'était jamais arrivé en quinze ans d'existence de Biocalypse. Tanaka réserva néanmoins le sous-sol d'un restaurateur dont la famille restait fidèle à la sienne depuis des générations et qui ne posait jamais de questions. Facile d'accès, la salle comprenait plusieurs sorties, vestiges du temps où le père du patron se livrait à des trafics pour faire vivre ses proches.

Abraham arriva le premier pour vérifier les systèmes de sécurité que Tanaka avait dû installer lui-même, tandis qu'à l'étage, les autres membres se présentaient un à un.

Indivar Suresh eut à peine le temps de leur souhaiter la bienvenue qu'il fut interrompu par Falachon :

— Où est sœur Eve ? On ne l'attend pas ?

Sans se formaliser, Suresh expliqua très calmement :

— J'y viens. Nous nous sommes réunis en urgence car nous avons des problèmes de sécurité qui peuvent nous mettre en grand danger. L'unité d'intervention d'Abraham et le laboratoire de sœur Betty ont été attaqués. Pour répondre à votre question, frère Bernard, Eve n'est pas ici ce soir parce qu'elle est proche de l'homme responsable de ces assauts et que j'ai des doutes la concernant. Doutes que seule sœur Betty peut lever.

Il se tourna vers Elizabeth Carlson, qui argumenta avec vigueur :

— J'ai quelqu'un qui la surveille quotidiennement et elle n'a eu aucun contact avec quiconque de cette unité. Ou alors, elle est très forte.

— Les micros que j'avais mis dans sa maison de la plage sont restés muets, confirma Abraham. Je regrette juste d'avoir perdu la taupe que nous avions dans l'équipe. Ce colonel ne dit pas tout à son général, c'est très ennuyeux.

Swanson observait la discussion, un sourire moqueur au coin des lèvres, qui déplut fortement à Suresh.

— Peut-on savoir ce qui vous fait rire, frère Korny ?

— Pas grand-chose… Je vous signale que ma société fournit à l'armée toutes sortes de gadgets, dont les téléphones portables, les ordinateurs, et tout un tas de petits outils de bureautique.

— Et alors ? demanda Abraham.

— Alors, je peux savoir où sont ces appareils et ce qui s'y dit si je connais le numéro du lot ! Cela fait longtemps que je mets ce petit logiciel espion dans les lignes de programmation… histoire de garder le contrôle. J'ai l'impression, entre cela et mes missions au rabais, que vous me sous-estimez, Abraham. Si cela continue, je vais commencer à croire que vous n'en voulez qu'à mes millions !

— N'oubliez pas où je vous ai trouvé et ce que vous êtes devenu depuis, répliqua froidement Abraham. Moi, je me souviens bien, vous voulez peut-être que je vous rafraîchisse la mémoire ?

Swanson se radoucit immédiatement. Il se rappelait parfaitement, malgré l'état d'ébriété dans lequel il se trouvait quand Abraham l'avait ramassé, quatorze ans auparavant. Le père de l'actuel président des États-Unis, prévenu *in extremis* d'une descente imminente du FBI, avait chargé l'agent Gregory Sheperd d'aller récupérer son fils en pleine partie fine avec ses amis dans une maison close texane. Parmi eux, Swanson, ivre mort, tentait de sucer le sang d'une jeune femme droguée avec de fausses dents de vampire, pendant qu'un autre la violait sous les yeux de l'homme appelé à diriger la première puissance mondiale. Pris de pitié, Sheperd avait aussi emmené le jeune homme et, avec Suresh, lui avait donné un but, une éthique et un réseau, tandis que le futur Président se tournait vers son Église.

— Je n'ai besoin que des lots attribués à cette unité, fit Swanson. Peu importe le niveau de sécurisation qu'ils ont tenté de placer.

— Nous les aurons, conclut Abraham.

— Peu importe, coupa Suresh. Nous arrêtons nos actions pour une durée de dix-huit mois.

Cette annonce fit l'effet d'une bombe chez les membres de la confrérie, Abraham compris. Suresh mit fin au brouhaha qui monta aussitôt :

— Vous continuez vos missions courantes mais nous ne lançons aucune action d'envergure avant dix-huit mois. Est-ce clair ?

— Mais, intervint Elizabeth Carlson, j'ai une nouvelle exceptionnelle. Un virus capable de…

— Nous verrons cela le moment venu. Pour l'instant, concentrons-nous sur les questions de sécurité. J'en informerai sœur Eve.

13 octobre 2004, dispensaire Hope de la fondation Inde/Afrique, bidonville de Kinshasa, République démocratique du Congo

Six mois s'étaient écoulés sans que Kate ait le moindre contact avec la confrérie. À croire qu'ils l'avaient oubliée. Cette perspective était d'ailleurs loin de lui déplaire, d'autant qu'elle avait grandement ralenti son action.

Durant les huit dernières semaines, elle avait cessé de financer les groupuscules islamistes dont elle avait la charge, et les laissait s'activer sans mettre le nez dans leurs affaires. Elle avait en revanche travaillé d'arrache-pied pour ses fondations, dont la dimension humanitaire lui apparaissait essentielle. Pour rien au monde elle n'aurait abandonné ces femmes, ces hommes et ces enfants pour qui elle passait le plus clair de son temps à récolter de l'argent. Mais, tapi au fond d'elle, le spectre de la complicité attendait une nouvelle alerte.

Suresh lui avait fait faux bond deux heures plus tôt, et Kate se retrouvait maintenant face à des médecins qui lui demandaient une multitude de produits dont elle ignorait même l'existence.

— Je ne suis pas médecin ! Je ne peux rien pour vous, je suis désolée ! Attendez le docteur…

— Mais, nous avons besoin de…

— Je fais ce que je peux !

On frappa à la porte du bureau, qui s'ouvrit dans la foulée. Suresh apparut, les traits tirés et l'air beaucoup moins serein que d'habitude. Il régla aussitôt les problèmes logistiques sous la forme d'un chèque de quinze mille dollars qui fit taire les médecins et entraîna Kate à l'extérieur dès qu'elle eut rangé son chéquier.

— Montez.

Suresh manœuvrait habilement la moto dans les embouteillages, roulant avec une rapidité surprenante malgré les obstacles humains et animaliers. Après une vingtaine de minutes, que Kate passa à se demander où ils se rendaient, Suresh ralentit. Devant eux s'élevait un hangar en face duquel se formait une longue file d'attente exclusivement composée de femmes. Il klaxonna. Le portail métallique s'ouvrit.

Kate descendit de la moto et lança un regard effaré autour d'elle. La réalité lui explosait en pleine figure. Dans ce grand « dortoir », où seules trois tentes de plastique étaient éclairées, s'alignaient des dizaines de lits, occupés par des femmes gémissantes. Il faisait chaud, l'odeur médicamenteuse mélangée à la sueur était insupportable.

Suresh la prit par le bras et l'emmena jusqu'à l'une des tentes stériles. En se retournant, Kate aperçut des hommes armés postés à l'entrée qui en filtraient l'accès. Elle posa avec réticence sur son visage le masque en papier qu'on lui tendait, écœurée à l'idée de participer à cela. Mais faute d'avoir le choix, elle suivit Suresh quand il l'invita courtoisement à entrer. Une femme se déshabillait tandis qu'une autre, épaulée par deux hommes en blouse blanche, sortait et se voyait remettre quelques billets par un troisième. Le médecin introduisit une seringue dans le vagin de la femme allongée sur une table d'une propreté douteuse, aidé d'un endoscope qui lui permettait de contrôler sa manœuvre. Il lui dit quelques mots que Kate ne comprit pas.

— Il a dit : « Pas de sexe pendant trois mois », traduisit l'un des hommes en blouse blanche. « On se revoit dans trois mois et tu auras le reste de ton argent. »

— Et c'est tout ? demanda Kate, incrédule.

— Elles restent une ou deux heures, on leur donne du paracétamol et elles retournent travailler, répondit tranquillement Suresh. Vous allez encore me dire que je suis cynique, ma chère, et je vous dirai encore une fois que je suis simplement pragmatique. Je conçois la vie comme un enchaînement de choix ; je fais ou je ne fais pas ; j'accepte ou je n'accepte pas. Ces femmes acceptent pour améliorer leur vie. Croyez-vous qu'ils en opéreraient cent par jour si ce n'était pas le cas ? Les hommes refusent. Malgré l'argent et la simplicité de l'intervention. C'est une question de virilité. Les femmes font ça sans le dire à leur mari.

— C'est du travail à la chaîne… Mais, se reprit Kate, je suis heureusement surprise de voir que vos techniques ne sont pas invasives.

— Et moi, je suis heureux de vous l'entendre dire. La pose d'implant est plus rapide et moins risquée pour nous. Si nous multiplions les sites, nous parviendrons à freiner un peu la croissance démographique.

Kate hocha la tête en silence et suivit Suresh d'un pas lourd.

⁂

Depuis sa voiture, Jane Marsh observa avec stupéfaction la file de femmes qui s'étirait devant ce hangar. C'était le premier attroupement de cette sorte qu'elle voyait depuis son arrivée à Kinshasa et elle décida aussitôt qu'il fallait s'arrêter.

— On doit avancer ! lança son chauffeur. Ton reportage ne se fera pas comme ça. Les Forces démocratiques de libération et l'Union des patriotes ne vont pas t'attendre.

— Je sais. Je sais, Matando. Mais je veux savoir.

— Savoir, c'est pas toujours bon, fit-il en arrêtant la voiture sur le bas-côté.

Jane enquêtait sur le respect des droits de l'homme promis par le gouvernement de transition récemment entré en fonctions. Elle s'intéressait plus particulièrement au sort réservé aux femmes et voulait confirmer ses hypothèses par des faits. Matando demanda à une dizaine de femmes ce qu'elles faisaient ici et n'obtint aucune réponse. Un Klaxon retentit derrière le portail métallique. Jane s'écarta et, d'instinct, se dissimula derrière son chauffeur en sortant son appareil photo. Elle prit quelques clichés d'une moto conduite par un homme au teint basané accompagné d'une femme très pâle aux longs cheveux châtain clair. Celle-ci tourna trop rapidement la tête pour que Jane sache si elle avait eu son visage ou non. Elle regretta de ne pas avoir acheté un boîtier numérique et prit d'autres photos par acquit de conscience, même s'il n'y avait pas grand-chose à voir. Matando reprit ensuite le volant pour l'emmener vers le nord du pays, où elle devait rencontrer des chefs de milices. Un voyage long et périlleux qui frôlait l'inconscience.

***

Suresh ramena Kate à son hôtel et insista pour l'accompagner jusqu'à sa chambre.

Il poussa la porte et passa les coins et recoins de la pièce au scanner.

— Vous cherchez un micro ?

— On ne sait jamais. J'ai quelque chose à vous demander et je ne veux pas que cela tombe dans de mauvaises oreilles.

Il alluma la télévision et monta le son.

— Vous travaillez encore à Vienne, au VIC ?

— Question rhétorique je suppose, mais, oui, bien sûr, je surveille pour la confrérie et je m'occupe des groupements anarchistes, terroristes. J'en contacte occasionnellement quand leur action est compatible avec la nôtre. Mais ça aussi, vous le savez déjà.

— Ce n'est pas pour cela que je vous en parle. Nous voulons que vous alliez au siège de l'Agence internationale de l'énergie atomique et que vous piratiez l'ordinateur du directeur général adjoint, Frederick Thompson.

— Mais…

— Il y aura une réunion en mars prochain, coupa Suresh. Lors de cette réunion, il y aura une présentation de l'état du nucléaire dans le monde. Nous avons des raisons de penser qu'ils veulent étouffer la situation en Iran. Ils essaieront de faire passer leur programme d'armement comme inexistant. De plus, l'AIEA muselle depuis le début l'Organisation mondiale de la santé. L'OMS a beau émettre des rapports alarmants sur les catastrophes et les accidents, l'AIEA refuse de communiquer sur les conséquences réelles. Nous devons disposer des preuves de cette supercherie et les rendre publiques.

— Mais enfin, je ne peux pas aller comme cela dans le bureau du secrétaire général et poser un mouchard !

— Il faudra bien. Ce sera votre plus grosse mission et nous comptons sur votre efficacité. Abraham se chargera de vous fournir le matériel et vous lui remettrez les documents par la voie habituelle. Si vous avez besoin de quoi que ce soit, il vous le fournira. Je vous laisse.

Suresh s'éclipsa, laissant Kate seule avec le vacarme du poste de télévision et des interrogations qui ne cessaient de croître sur les véritables raisons de son engagement dans la confrérie.

20 novembre 2004, 14 h 12, cimetière Bellefontaine, Saint-Louis, Missouri, États-Unis d'Amérique

Kate s'agenouilla devant la tombe de sa fille et de son mari. Cela faisait quatre ans maintenant.

— Bonjour, ma petite Lisa. Bonjour, Adam. Je suis désolée de vous avoir délaissés si longtemps, et pourtant je n'ai pensé qu'à vous. Je vous ai vengés. Oh ! je n'en suis pas fière mais je n'avais pas le choix. Lisa, maman a pris le risque de ne pas te rejoindre au paradis mais…

Kate se mit à pleurer.

— … je ne pouvais pas les laisser vivre. Maintenant, je suis dans de beaux draps mais, ma chérie, ne t'inquiète pas, maman va bien.

Entre deux sanglots, elle parvint à glisser un dernier mot à son époux :

— Tu aurais dû me dire que tu avais des problèmes, Adam, je t'aurais aidé. Maintenant, veille sur notre fille.

Kate essuya ses larmes avant de nettoyer soigneusement la stèle de marbre blanc de Lisa avec la manche de son manteau. Les yeux fixés sur celle de son mari, elle hésita quelques secondes, se sentant coupable du ressentiment qu'elle conservait bien malgré elle à son égard. Des centaines de fois, elle s'était imaginé la scène et ne pouvait s'empêcher de croire qu'il avait péri sans se battre pour sa fille. Quatre ans après le drame, son cœur souffrait encore lorsqu'elle y repensait. Elle se leva sans nettoyer sa tombe.

— Pardonne-moi, Adam.

Dans son dos, Kate entendit craquer les feuilles mortes, puis une voix de femme, qui la sortit de sa torpeur :

— Bonjour, madame Gordon.

Kate se retourna vivement et, les yeux rougis, interrogea du regard cette jolie jeune femme au style décontracté qu'elle ne connaissait pas.

— Je suis désolée, madame Gordon, mais il fallait que je vous voie… Jane Marsh, journaliste, fit-elle en tendant une main que Kate ignora.

— Qu'est-ce que vous faites là ?

— Je savais que je vous trouverai ici aujourd'hui. Je n'avais pas d'autre moyen de vous contacter discrètement. Je veux vous parler de la mort de vos… proches.

— Il n'y a rien à en dire. Mon mari, non content de se suicider, n'a rien trouvé de mieux que d'emporter ma fille.

— Oui, enfin ça, c'est la version officielle… Si vous avez un moment, on peut peut-être…

— Je ne crois pas !

— Madame Gordon, c'est important. Ils ont été assassinés.

Kate feignit d'être sous le choc, et joua visiblement bien la comédie puisque Jane esquissa un mouvement pour la soutenir.

— Vous avez des preuves ?

— J'ai de quoi étayer mais pas encore de quoi prouver. Venez avec moi, je vous montrerai, fit Jane en désignant sa grosse besace qui avait vécu.

⁂

Installées à la table d'un restaurant chinois, le seul à servir à cette heure un samedi, les deux femmes se faisaient face, tentant chacune de lire dans les pensées de l'autre.

— Quand vous serez rassasiée, vous pourrez peut-être me dire ce que vous avez à me raconter ?

— J'avais une amie, une journaliste du *Times*. Cette amie, Pamela Guers, s'est fait assassiner mais, officiellement, elle s'est suicidée. Ça ne vous évoque rien ?

— Hasard.

— La même nuit que votre époux et votre fille ?

Jane reprit une bouchée et mâcha un peu bruyamment. Le regard de Kate changea et la journaliste poursuivit :

— D'après les vidéos que je me suis procurées, deux hommes sont entrés dans son immeuble et en sont ressortis un peu moins de dix-neuf minutes plus tard, pour monter dans un 4×4 noir et repartir aussi vite qu'ils étaient venus. J'ai remonté leur piste jusqu'à Baltimore…Jane leva les yeux vers Kate pour guetter une réaction, qui ne vint pas.

— Et cette piste s'est refroidie.

— Je suis désolée pour votre amie, mais je ne vois vraiment pas le rapport. Je ne comprends pas ce que vous me voulez. Me faire revivre la pire journée de ma vie ?

Jane attendit que la serveuse reparte pour répondre :

— Alors un, les deux tueurs étaient russes, ils correspondent à la description que m'a faite un employé de l'aéroport régional de Columbia qui jure qu'un vol privé de dernière minute a décollé cette nuit-là pour New York. Deux, j'ai dit « étaient » parce que quelqu'un les a fait brûler dans leur voiture. Et trois, je viens d'avoir accès aux listings du Pentagone.

Kate coupa net la conversation. Cette fouineuse devenait dangereuse :

— Et la police ? Qu'a-t-elle dit au sujet des Russes ?

— Que c'était un accident, qu'ils s'étaient fait cramer tous seuls.

— Vous voyez… Et pourquoi le Pentagone ?

— Vous n'êtes pas sans savoir que certaines personnes remettent en cause la thèse officielle du crash d'un avion sur ce bâtiment. Les études des photos tendent à accréditer le fait qu'un missile aurait été tiré…

— Excusez-moi, mademoiselle, mais cette conversation m'échappe complètement. Quel est le rapport entre mon mari, votre amie, ces Russes et maintenant le Pentagone ?

— J'ai épluché le listing des présences. Et il se trouve que le sénateur Baum et Vicky Garf, sa chef de sécurité, étaient dans le bureau d'un général chargé des opérations dans la zone du Pacifique.

— Je ne vois toujours pas où vous voulez en venir.

— Ça va venir. Votre mari travaillait pour Masanta, non ?

— Oui, mais ça, vous le savez déjà.

— Eh bien, il se trouve que le sénateur Baum était… Comment formuler cela sans manquer de respect à un défunt ? Non, je ne vois pas autre chose que « véreux ». Il avait été payé par la firme qui embauchait votre mari, pour protéger ses intérêts.

En reprenant une cuillère de riz, Jane ajouta :

— Et le plus drôle – pardonnez-moi, ce n'est pas le mot – c'est qu'à ce moment-là précisément, les paysans philippins se révoltaient contre le semencier en question, et que ça allait leur coûter très cher… à Masanta et au sénateur, j'entends.

— Donc, si je vous suis, les « assassins » de mon mari et de ma fille auraient fait le trajet dans la nuit pour tuer votre amie, se seraient à leur tour fait tuer, et un sénateur des États-Unis ainsi qu'un général et près de deux cents autres personnes seraient mortes pour protéger le secret ? Sans vouloir vous offenser, je crois que vous êtes atteinte d'une maladie grave : la théorie du complot. Je travaille à l'ONU, je suis bien placée pour savoir que le terrorisme est une réalité.

— Vous pouvez penser ce que vous voulez, mais votre mari devait bosser sur un truc énorme et ça n'a pas plu. Je ne sais pas moi…

— Non, vous ne savez pas ! Mon mari était un génie, il travaillait dans le monde entier. Il n'a peut-être tout simplement pas supporté la pression. Mais je doute qu'une personne telle que vous, à l'affût du scoop ou animée par je ne sais quelle autre curiosité malsaine, soit en mesure de comprendre…

Kate posa deux billets sur la table et se leva. D'un geste ample, elle enfila son manteau et plaça ses lunettes de soleil sur sa tête. Elle salua Jane d'un signe de tête et se dirigea vers la sortie. La journaliste resta quelques secondes interdite devant cette crinière châtain clair puis se redressa d'un coup. Elle courut après Kate pour lui saisir le bras.

— Madame Gordon, en fait, nous nous sommes déjà vues !

— Je ne crois pas, mademoiselle Marsh.

— Si, si, vous étiez sur une moto… À Kinshasa, il y a un mois environ.

— Je n'ai aucun souvenir de vous avoir croisée là-bas.

— Non, j'étais avec ces femmes qui se font stériliser pour de l'argent. Mais moi, je vous ai aperçue.

— J'allais voir si ces gens respectaient les normes médicales élémentaires et les droits de l'homme. Ce genre de choses. J'ai une fondation qui gère un dispensaire là-bas, Inde/Afrique.

— Et qu'en avez-vous pensé ?

— Pour ma part, je trouve cela scandaleux.

— Et vous n'avez rien dit ?

— Que voulez-vous que je dise ? Ils ne volent pas d'ovules, ça ne représente rien de répréhensible dans ce pays. Ce sera tout ?

— Oui, merci. Même si votre attitude m'échappe.

— Mademoiselle, je ne vous souhaite pas de passer par les épreuves que j'ai traversées, mais si c'était le cas, vous comprendriez la douleur et la résignation face à l'évidence. Mais si vous préférez croire à votre théorie, vous devriez être satisfaite que les assassins de votre amie soient morts… Si je puis me permettre, il manque des liens dans votre histoire. Au revoir et bonne chance pour votre carrière, vous avez l'air tenace.

⁂

Dans sa voiture, Kate frappa du poing le volant. Cette discussion confirmait de manière indéniable que la confrérie ne lui avait pas menti et, maintenant, Masanta allait devoir payer.

Elle démarra en direction de l'aéroport international Lambert-St. Louis.

Au comptoir d'enregistrement, elle sentit une main se poser sur son épaule. Elle sursauta avant de reconnaître la sensation et se retourna pour vérifier son intuition.

— Robert ! En civil ? C'est bien aussi.

— Bonsoir, Kate, cela faisait longtemps. Vous semblez plus, enfin moins… Pardon, vous semblez détendue, l'Europe vous réussit à ce que je vois.

— Vous me surveillez ?

— Je ne devrais pas ?

— Vous avouerez que c'est un brin inquiétant.

— Où allez-vous ?

— Vous devez le savoir, non ?

Il se pencha vers elle et baissa la voix :

— Et je sais aussi que vous n'avez que peu de temps, alors j'irai droit au but. Kate, j'ai un problème avec les gens que je cherche. Ils me glissent entre les doigts. On m'a parlé d'une femme blonde plus très jeune, qui aurait été à la tête d'un labo que j'ai démantelé, mais à part cela, depuis quatre mois, rien… C'est incompréhensible.

— Que voulez-vous que je vous dise ?

Raven l'emmena dans un coin plus calme.

— Je vous en prie, je sais qu'on ne se doit rien, mais vous m'avez aidé dans le passé à interpréter le fonctionnement des cellules. Je dois avancer, vous êtes mieux placée que quiconque pour me comprendre. Donnez-moi des tuyaux pour parvenir à repérer des signes. C'est votre domaine, le renseignement.

— Oui, mais ce n'est pas évident du tout. Vous vous attaquez peut-être à… Cherchez des liens dans ce qui ne semble pas en avoir, cherchez qui a intérêt à quoi. Essayez Internet, pourquoi pas ? Infiltrez-vous. Je ne sais pas, moi, c'est vous le professionnel.

— Nos unités ont retourné la Toile, pour ne trouver qu'un activiste écologiste qui a la bougeotte. Un Français semble-t-il. C'est tout ce que nous avons.

— Ne vous découragez pas, vous y arriverez. Apparemment, c'est une organisation internationale. Alors, voyez grand.

— Oui, c'est sûr. Mais, vous à l'ONU, vous n'avez rien noté de…

— Non, désolée. Il faut que j'y aille. Ils appellent pour l'embarquement. C'était bien de vous revoir. La prochaine fois, faites en sorte que ce ne soit pas pour le boulot. Bonne chasse, colonel.

Raven hocha la tête tandis que Kate tournait les talons avant de disparaître dans le couloir qui la menait à son avion.

20 novembre 2004, 20 h 05, stade Comerica Park, 2100 Woodward Avenue, Detroit, Michigan, États-Unis d'Amérique

Kate travaillait depuis un mois à cette rencontre, usant des ressources de l'ONU pour dénicher un groupuscule suffisamment voyant pour ne pas passer inaperçu mais assez discret pour ne pas se faire attraper avant l'heure.

Assise parmi les supporters, le col de son manteau remonté et un pashmina sur le nez, une perruque blonde sur la tête – l'idée lui était venue après sa discussion avec Raven –, Kate se sentit un peu oppressée quand les premières clameurs montèrent dans le stade. Bien qu'il ne s'agît que d'un match amical, la foule était dense et remuante, et des mains géantes en mousse passaient au-dessus de sa tête toutes les vingt secondes au rythme des slogans. Dans sa lettre, « Aristide » précisait qu'il occuperait le siège situé juste devant le sien et qu'elle ne pourrait pas le manquer parmi les supporters. Plusieurs personnes se succédèrent à la place en question, portant toutes les couleurs des clubs. Au moment précis où l'arbitre sifflait le début du match, un homme se présenta, affublé d'une écharpe et d'un chapeau noirs. Il parlementa rapidement avec le supporter qui occupait son siège sans un regard pour elle. Quand il se fut assis, Kate se pencha vers lui :

— Aristide ?

— Harriette ? fit-il avec un accent canadien très marqué.

— Oui. En fait, c'est Betty.

L'homme esquissa un mouvement de la tête que Kate interrompit aussitôt.

— Ne vous retournez pas ! J'ai ce que vous vouliez. Vous le trouverez dans une petite boîte sous la plaque d'égout de la place de parking 1367. Vous avez réfléchi à un nom pour l'action de votre groupe ?

— Je n'ai qu'un souhait, c'est qu'on dise « bye bye » au nucléaire…

Kate sauta sur l'occasion.

— Et donc, vous avez pensé à BYE, c'est bien vu.

L'homme réfléchit deux secondes et hocha la tête, ce qui confirma ce que Kate pensait de lui. Encore un qui était vaniteux avant d'être militant.

— J'ai une dernière question, Betty. Pourquoi ne demandez-vous rien en échange ?

— Nous avons le même objectif : prouver que les centrales ne sont pas sûres. Vous avez les hommes, nous avons les moyens techniques…

— Nous ? Qui êtes-vous ?

— Si je vous le dis, il faudra me promettre que cela ne sera jamais mentionné.

— Naturellement.

— Nous sommes AKKRON avec deux « k », improvisa Kate. Soyez discrets.

Kate se leva, se fraya un chemin vers la contre-allée et se dirigea vers la sortie, satisfaite d'en avoir fini avec la première étape de sa mission à haut risque, tenant une raison d'aller à l'AIEA. Elle pouvait enfin rentrer chez elle, à Prague, où sa vie se reconstruisait petit à petit.

Aristide attendit quelques minutes avant de sortir du stade. Il souleva avec difficulté la plaque d'égout de la place 1367, où il trouva une petite boîte qui ne contenait, à sa grande surprise, qu'une clé et un mot dactylographié : « Vous saurez le 16 décembre quelle porte elle ouvre et vous trouverez ainsi votre matériel. Je vous protège, vous me remercierez après. »

21 décembre 2004, 11 h 15, bureau du secrétaire général de l'AIEA Frederick Thompson, 5 Wagramer Strasse, 1220 Vienne, Autriche

Quand l'assistante personnelle de Frederick Thompson lui demanda des informations avant de lui accorder un rendez-vous, Kate se contenta de préciser qu'il s'agissait d'une question de sécurité nucléaire. L'argument eut l'effet escompté : le lendemain, elle se trouvait dans le bureau du secrétaire général de l'AIEA, qui lui indiqua un siège de cuir noir avant de s'installer dans le fauteuil voisin. Kate se repassa en silence les instructions que lui avait dictées Abraham – *d'abord, l'éloigner du bureau, puis caler la clé USB dans l'unité centrale, attendre que la LED verte s'allume, éteindre le brouilleur, ôter une vis et placer l'émetteur miniature à l'arrière du boîtier en enlevant la membrane et sans la toucher. Enfin, repartir normalement.*

— Alors, il paraît que vous avez quelque chose à me dire qui ne peut pas être communiqué par téléphone ?

— J'irai droit au but. Mon travail à l'UNICRI consiste à éplucher les données concernant les groupes terroristes. Il y a quelques jours, mon équipe m'a alertée au sujet d'une centrale nucléaire. J'ai préféré vous en faire part en direct.

— Sage décision. Où ? demanda Thompson, laconique.

— Il s'agit de la centrale de Point Lepreau, Canada. Un groupe d'activistes qui se fait appeler BYE projette de la faire sauter.

— Et vous pensez qu'on doit les prendre au sérieux ?

Kate lui tendit une clé USB.

— Tout est là. Des transcriptions de discussions sur des réseaux sociaux, des échanges de mails où ils font allusion à des explosifs qu'ils devaient récupérer le 16 décembre.

— Pardonnez-moi, mais je préfère le papier, question de sécurité.

Kate acquiesça et posa un mince dossier sur le bureau, que Thompson parcourut rapidement.

— C'est donc prévu pour demain, d'après vous si je lis bien vos conclusions ?

Kate hocha de nouveau la tête avec gravité. Thompson saisit son téléphone :

— Veuillez m'appeler le numéro… Allô ? Allô ?

Manifestement, le brouilleur fourni par Abraham fonctionnait parfaitement.

— Excusez-moi, madame Gordon, il semble que j'aie un problème de ligne. Laissez-moi quelques instants.

— Je vous en prie, j'ai tout mon temps.

Dès que la porte se fut refermée, Kate se jeta littéralement sous le bureau, et connecta la clé USB à la tour de l'ordinateur, posée à même le sol. Il fallut plus de trois minutes de chargement, qui parurent une éternité, pour que la LED verte s'allume enfin. Guettant le moindre bruit, elle s'acharna sur la vis, qui refusa de tourner.

Son cœur se mit à battre plus vite, un flot d'adrénaline lui parcourut le corps et, dans un geste désespéré, elle brisa net le clip de son stylo pour s'en servir de tournevis de fortune. Au prix de quelques efforts, elle parvint à visser l'émetteur, quand des pas se firent entendre dans le couloir, rythmant des bruits de conversation. Toujours à quatre pattes, elle eut juste le temps de se rapprocher de sa chaise.

— Madame Gordon, tout va bien ?

Le cœur de Kate accéléra encore.

— Oui ! J'ai juste cassé mon stylo en voulant l'attacher à mes documents.

— Ah oui, ça m'est arrivé dans le temps. Maintenant, je n'utilise que des Montblanc. Vous devriez essayer.

Le secrétaire général l'aida à se relever et Kate en profita pour glisser la clé USB dans la poche de son tailleur. Elle montra les deux morceaux de son stylo. Thompson ouvrit un tiroir et lui tendit un des siens.

— Bille, c'est ça ? Tenez, je vous l'offre.

— Non, c'est trop !

— Trop ? Madame Gordon, vous venez de sauver une centrale nucléaire !

***

La baie de Fundy était tranquille. À 6 heures du matin, dans le froid mordant de la nuit, Aristide, Jerry et Lynda accostèrent à la rame à quelques mètres de la centrale. Sac à dos en bandoulière, Aristide plaça sa rame à la proue de la petite embarcation pour amortir le choc contre les rochers, puis escalada deux cailloux afin de trouver un ancrage. Jerry le suivit, muni d'une grosse pince, et les deux hommes traversèrent la route en se fondant au mieux dans le paysage.

Jerry coupa le grillage sur quatre-vingts centimètres et en écarta les pans. Aristide passa le premier.

Tapi dans le noir, Raven attendait patiemment que les deux hommes sortent leurs explosifs tandis que, perché en haut d'un bâtiment, Hadow surveillait l'embarcation à l'aide de jumelles infrarouges. Il transmit les informations à Owen, qui, à la tête du commando, pénétra dans l'eau glacée et nagea jusqu'à Lynda.

Au même moment, sur la terre ferme, à côté de l'enceinte de confinement du réacteur, Jerry filmait Aristide qui, cagoulé, prit la parole :

— Mesdames, messieurs, nous sommes membres de BYE, ici postés devant le mur du réacteur de la centrale de Point Lepreau. Nous sommes entrés sans aucune difficulté et nous allons déclencher une charge explosive qui ne fera quasiment pas de dégâts, mais prouvera au monde que la sécurité des centrales nucléaires n'est pas assurée. Où sont les gardes ? On se le demande !

Aristide montra à la caméra une bombe de peinture et lui tourna le dos. Quand il lui fit face de nouveau, le mur portait l'inscription « BYE », cerclée de rouge vif. Il saisit ensuite le semtex avec un luxe de précautions et le colla sur le mur à l'aide d'un adhésif puissant tout en expliquant le processus à la caméra. Il s'apprêtait à poser le détonateur à minuterie avec la même minutie quand quelque chose tomba sur sa gauche. En moins de deux secondes, Raven, cagoulé, descendit en rappel et braqua son arme sur la tête du Canadien qui en resta bouche bée. Steve, masqué lui aussi, tenait Jerry en ligne de mire, qui filmait encore sans comprendre ce qui lui arrivait. Quant à Owen, il interpella Lynda, qui leva les mains aussi haut que possible dès qu'elle le vit jaillir à côté du bateau. Foutue pour foutue, elle fondit en larmes.

Aux premières lueurs du jour, Raven et ses hommes emmenèrent au PC de sécurité les apprentis terroristes entravés par des menottes en plastique. Leur couverture, concoctée par Polson, avait reçu l'appui du secrétaire général de l'AIEA en personne.

Le téléphone de Raven vibra.

— Monsieur Faust ? Frederick Thompson. J'ai dans mon bureau une directrice de section au VIC qui me signale l'attaque dont vous m'avez parlé il y a trois jours. Elle dit que c'est pour demain.

— Comment s'appelle-t-elle ?

— Gordon. Kate Gordon. Pourquoi ?

— Je la connais. Elle est fiable, mais cette fois elle a été prise de court, ils ont avancé la date. C'était pour ce matin et nous venons de déjouer l'attaque. Passez-la-moi, que je la remercie.

— Attendez, restez en ligne, je ne suis pas dans mon bureau. Je vous la passe. Mais dites-moi, quel était leur but ?

— On les a pris en train d'expliquer à une caméra les failles du système de sécurité. Vous me la passez ?

— Ah voilà… Madame Gordon, tout va bien ?… Ah oui, ça m'est arrivé dans le temps. Maintenant, je n'utilise que des Montblanc. Vous devriez essayer… Bille, c'est ça ? Tenez, je vous l'offre.

— Allô ! Je n'ai pas que ça à faire !

— Trop ? Madame Gordon, vous venez de sauver une centrale nucléaire !

— Allô ? Mais que vient faire le mont Blanc ici ?

Raven, excédé, raccrocha pour s'occuper des activistes, qui n'en menaient pas large, terrés les uns contre les autres dans un coin de la salle de repos du PC. C'était un trio de gamins à peine sortis du lycée.

Raven leur tira le portrait et envoya les clichés à Polson, resté sur la base d'Andrews.

— Alors comme ça vous êtes BYE ?

— Euh, oui, hésita Aristide. Mais nous ne parlerons pas, nous voulons voir notre avocat. Vous n'êtes pas de la police, c'est ça ? Raven fit non de la tête.

— Alors nous exigeons d'être emmenés au commissariat.

— Vous n'avez aucun droit. Le terrorisme se paie cher. Il annule vos droits civiques, vos parents ne vous l'ont pas dit ? s'énerva Owen.

— Mais…

— D'où sortez-vous du semtex A militaire ? Répondez, ou je vous envoie croupir dans une prison dont personne n'a entendu parler.

— Dis-leur, Aristide !

— Tais-toi, Lynda !

Raven sortit son pistolet et débloqua le cran de sécurité, plongeant les jeunes gens dans une panique totale. Owen s'avança et chuchota à l'oreille d'Aristide :

— Parlez, c'est un conseil. Il n'est pas patient et a la gâchette facile. D'autres y sont passés pour moins que ça.

— J'ai vu de dos une femme blonde ! s'exclama Aristide. Je n'ai pas vu son visage, elle m'a donné l'adresse où je pourrais trouver le colis dans un stade de base-ball. Sa boîte postale à Washington est au nom de Harriette Potter. C'est tout ce que je sais.

Raven prit une photo du semtex et du détonateur pour vérifier leur origine. Un SMS lui confirma qu'ils provenaient d'une unité américaine postée en Afghanistan.

Raven prit une respiration et dit d'un air désolé :

— Tu sais Aristide, la dose de semtex A que vous aviez là pouvait facilement détruire le mur d'enceinte. Mais qu'est-ce que tu avais dans la tête ?…

— Mais non ! protesta l'apprenti terroriste. C'est une toute petite quantité !

— Fous-toi de moi, reprit Raven en changeant de ton. On sait que c'est vous qui avez attaqué le Pentagone, vous qui avez tué cent vingt-cinq personnes ! Alors, pourquoi ne pas faire péter une centrale ?

Du haut de ses presque deux mètres, il braqua de nouveau son arme sur le gamin qui se mit à pleurer.

— Ce n'est pas nous, ça ! Nous n'y sommes pour rien, on n'est jamais allés au Pentagone. Vérifiez ! Vous devez pouvoir faire ça !

Raven prit son téléphone et tomba sur le caporal Clara Monaghan qui confirma qu'aucun des trois n'avait utilisé de carte bancaire pour se rendre plus loin qu'à Detroit. Sans un merci, il raccrocha.

— Si je décide de vous croire, ce qui reste à voir, cela signifie que vous êtes une cellule indépendante ?

— Non, m'sieur ! On est indépendants, mais de tout le monde. Je voulais juste…

— Juste quoi ?

Le jeune homme baissa la tête, jeta un œil penaud à sa camarade qui n'arrêtait plus de pleurer et regarda de nouveau le sol.

— Je voulais juste que Lynda s'intéresse à moi. Et je trouvais ce nom cool.

— Cool ?

— Dis-lui, Aristide, le nom qu'elle a donné, intervint Lynda en reniflant.

— Elle a dit qu'elle bossait pour AKKRON.

— Qui ça ?

— A-K-K-R-O-N, avec deux « k ». C'est vraiment tout ce que je sais ! cria-t-il. Ne nous tuez pas ! Lynda ne faisait que le guet !

— Trop mignon ! s'esclaffa Raven. Sauf peut-être ce surnom débile. Tu ne pouvais pas garder Jeremy ? Ah non, pardon, c'est pas « cool » ! Bon, les enfants, fini de rire. On va vous remettre à la police de votre pays, avec un peu de chance, ils vous relâcheront avec une amende ! Je n'ai jamais rien compris à la justice canadienne…

Il donna le signal du départ, emportant avec lui l'explosif et le détonateur en lançant à ses hommes :

— Propriété de l'armée américaine.

Lynda s'approcha de Jeremy pour le consoler, mais, blessé dans sa virilité, le jeune homme la repoussa. Jerry, de son côté, ressemblait à un fantôme.

Raven donna ses ordres aux gars de la sécurité et appela l'hélicoptère qui stationnait un peu plus loin.

Owen s'approcha.

— Sauf votre respect, vous avez emmené les preuves.

— Ce sont des gosses, ils ont volé un bateau et fait une connerie. La vidéo montrera le pain de semtex qui pourrait tout aussi bien être de la pâte à modeler. Avec un bon avocat, ils écoperont de sursis et seront fichés à vie. Cela devrait suffire comme punition, vous ne croyez pas ?

Raven avait imaginé ce qu'il aurait ressenti – s'il avait eu la chance de voir sa fille devenir adolescente et tomber amoureuse d'un jeune crétin idéaliste – en retrouvant sa gosse derrière des barreaux après avoir fait la bêtise de sa vie pour l'impressionner.

— À vos ordres.

10 janvier 2005, 8 h 34, bureau du général Potter, Pentagone, Arlington, Virginie, États-Unis d'Amérique

Le général Potter retournait rageusement les documents accumulés en deux semaines sur son bureau. Il leva la tête vers Raven, qui se tenait au garde-à-vous depuis cinq bonnes minutes.

— Rompez. Colonel, je passe les fêtes en famille à Aspen, avec des petits-enfants pires que des Viêt-côngs en mission suicide, et à mon retour du… front, qu'est-ce que j'apprends ?

Il brandit un CD qu'il glissa sans ménagement dans l'ordinateur, avant de tourner l'écran vers Raven.

« Hier matin, après avoir volé un bateau, trois étudiants de l'université du Nouveau-Brunswick se sont introduits dans la centrale de Point Lepreau. Après avoir coupé le grillage, ils sont parvenus sans difficulté jusqu'à l'enceinte du réacteur et ont bombé le sigle de leur groupe que voici, puis ont posé un pain d'explosif. C'est alors qu'un commando armé les a arrêtés. Commando non identifié à ce jour qui a emporté l'explosif après avoir interrogé les jeunes activistes sur leurs motivations et les avoir remis au service de sécurité de la centrale. Nos contacts nous ont précisé que le mystérieux commando s'en était allé en hélicoptère aussi vite qu'il était venu et certains témoins parlent d'un cap vers les États-Unis. L'AIEA se refuse à tout commentaire autre que, je cite : "Nous assurons un niveau de sécurité élevé pour les sites à risque que sont les centrales." Les trois activistes pourraient bien échapper à la justice si la vidéo était reconnue insuffisante par le juge en charge de l'affaire. D'ores et déjà, l'une des trois, Lynda Parkson, a été relâchée et comparaîtra libre. Les chefs d'inculpation la concernant sont : le vol de bâtiment navigant et la complicité de tentative d'acte terroriste. C'était Molly Sing pour *CBC News Network*… »

Le général coupa net la vidéo et attendit des explications.

— Ce ne sont que des gosses. Ils voulaient juste dénoncer les failles dans la sécurité de la centrale. Ils ignoraient que la dose de semtex serait assez puissante pour creuser une brèche. J'ai confisqué l'explosif et le détonateur pour que Polson puisse en déterminer l'origine.

— Et alors ?

— Je vous le donne en mille. Le matos vient de la base de Peterson, en Afghanistan.

— Vous n'auriez pas falsifié les…

— Mon général ! s'offusqua Raven. Je ne vois pas d'autre explication que la présence d'un traître là-bas. De là à dire qu'il est lui-même à l'origine de ce trafic… En tout cas, nous n'avons qu'un jeu d'empreintes : celui du gosse qui se fait appeler Aristide.

— Vous ferez parvenir les preuves au gouvernement canadien.

Raven protesta, mais Potter resta inflexible.

— Des gens capables de se procurer ce genre de matériel peuvent tout aussi bien organiser une attaque sur le Pentagone. Pour moi, votre mission s'arrête là. Cette décision prendra effet le jeudi 13 à 19 heures. Vos unités seront redéployées sur le front, et vous pourrez satisfaire votre désir de faire payer les responsables des attentats. Les frères Pickels seront réintégrés, ceux de Truelander seront intégrés à la CIA ou au FBI en binôme, pour que nous gardions un œil sur eux.

— Et BYE ? Et AKKRON ?

— Vous aviez trois semaines pour me dénicher une information fiable et votre petit génie n'a rien trouvé.

C'est un leurre, comme le reste. Le gouvernement ne paiera pas pour cela. Estimez-vous heureux que le Président vous confie une nouvelle mission clandestine.

Il lança à Raven un jeu de photos plastifiées.

— Ces hommes ont un rapport avec Al-Qaida. Vous avez carte blanche pour les capturer ou les éliminer.

Raven se mit au garde-à-vous et tourna les talons. Potter l'interpella :

— Robert, faites-leur payer le prix fort, je compte sur vous.

⁂

Emmitouflée dans un long manteau noir, Kate observait les rares fidèles qui s'aventuraient dans la petite église du village d'Ebergassing, Basse-Autriche, en cet après-midi glacial. Une vieille dame alluma un cierge, pria quelques minutes puis se signa et tint la porte pour laisser entrer Abraham.

— Bonjour, Eve, fit-il en s'asseyant derrière elle.

— Bonjour, Abraham. J'imagine que ce n'est pas seulement le plaisir de me voir qui me vaut ce rendez-vous ?

— En effet. J'ai un problème, Eve. Il me manque quelques documents et l'émetteur n'est pas aussi performant que prévu.

— Je ne peux malheureusement plus rien de ce côté-là. J'ai joué toutes mes cartes.

— Oui, j'ai cru comprendre.

Kate se retourna.

— Comment ?

— Le blog, les mails signés BYE, la CIA qui se met soudain à rechercher un certain « Akkron ». C'est vous, non ? Vous aimez brouiller les pistes, « Harriette Potter » !

— Vous appréciez ?

— Je dois dire que vous avez pris du métier.

— Je crois que j'ai réussi à arrêter les recherches sur BYE, ce n'est déjà pas mal.

— Vous saviez que l'unité de Raven allait être dissoute ?

— J'ai l'impression que vous surestimez notre degré d'intimité. Raven surveille mon passeport et me sonne quand il a besoin. Je protège ma couverture en lui donnant de vagues conseils et je m'éclipse. Nos rapports se limitent à cela.

— Parfait. Pour l'instant, mettez vos actions pour B en stand-by. Nous sommes malgré tout en alerte, Pierre préfère que nous restions discrets.

— Et vous ?

— Peu importe. Je vous recontacte pour la prochaine réunion, dans un an.

— J'ai une dernière question…

— Oui ?

— Comment justifiez-vous vos déplacements à votre hiérarchie ?

— Bonne question ! ricana-t-il. Eh bien, j'enquête sur BYE !

— Et… ?

— Et je n'ai pas une seule piste ! À croire qu'ils n'existent pas ! s'esclaffa-t-il en se levant.

Kate regagna son appartement de fonction du centre de Vienne, où elle limitait ses séjours depuis qu'elle logeait en secret à Prague. Avec les précautions d'un démineur sur un champ de bataille, elle promena son radio-réveil le long de tous les murs et tous les meubles, jusqu'à ce qu'un larsen se fasse entendre à proximité de sa lampe de bureau.

Furieuse, elle démonta toute la structure à l'aide d'un couteau de cuisine. Dans la douille, elle trouva une capsule de la taille d'un pépin d'orange qu'elle jeta au sol et écrasa d'un coup de talon.

— Abraham ou qui que vous soyez, l'émission est terminée !

Elle s'installa sur le canapé et sortit de sous un coussin un téléphone prépayé.

11 janvier 2005, 8 h 30, base aérienne d'Andrews, Camp Spring, comté de Prince George, Maryland, États-Unis d'Amérique

— Messieurs, asseyez-vous, fit Raven à ses hommes, au garde-à-vous dans la salle de débriefing des pilotes. J'ai deux mauvaises nouvelles à vous annoncer. La première est que nous avons été lâchés par le général Potter et le Président. Ils estiment que BYE a été démantelé après l'intervention à la centrale…

— Quoi ? Mais ce sont des gosses, ils ont pris ce nom au hasard ! intervint Black.

— Sergent !

— Mon colonel, mes excuses, mais c'est de la connerie.

— Je suis bien d'accord. Mais cela n'empêche pas qu'ils nous couperont les vivres jeudi prochain à 19 heures.

Raven stoppa d'un geste les protestations qui montaient.

— Deuxième mauvaise nouvelle, les nouveaux seront affectés à la CIA, en binôme avec des agents confirmés. Messieurs, notre mission sur le sol des États-Unis est officiellement terminée, nous sommes désormais chargés de traquer les terroristes sur leur terrain en Afghanistan et au Pakistan. D'ici jeudi 13, à dix-neuf heures zéro zéro, je veux que tout le matériel soit inventorié, nettoyé et rangé, et prêt à être utilisé le cas échéant.

Un dernier point, messieurs, vous êtes toujours soumis au secret militaire concernant toutes nos activités passées. Nous n'avons jamais existé.

Les hommes se levèrent au garde-à-vous.

— Rompez.

Raven fit signe à Binck et Polson de rester tandis que les autres se dispersaient.

— Binck, le gouvernement vous veut pour d'autres missions, mais j'ai une proposition à vous faire.

Binck l'interrogea du regard.

— Polson va devoir repartir dans une ambassade pour s'occuper de réseaux ou de je ne sais quels autres bidules…

Devant l'air dépité de l'intéressé, il ajouta :

— Je suis désolé, mais la vie civile vous allait bien… Bref, je tiens à ce que nous restions tous trois en contact de manière discrète.

L'informaticien se redressa.

— Je vous prépare des téléphones, des pocket PC, j'ai tout dans le bahut.

— Non, je n'ai plus confiance. Je ne crois pas que l'échec de nos missions soit le fruit du hasard. Il va falloir trouver autre chose, mais sans fonds…

Binck intervint :

— On peut piocher dans les fonds secrets de mon ex… « unité ».

— Quels fonds secrets ?

— J'ai un compte à Miami dont j'ai changé les mots de passe avant votre attaque. Je n'ai pas eu le temps de les communiquer à Drager.

— Combien ?

— Deux cent cinquante mille par là.

— Parfait, vous irez faire vos emplettes ensemble demain… Binck, fit-il en lui tendant la main, on se voit un peu plus tard. Il se tourna vers Polson.

— Vous avez trouvé ?

— Suivez-moi.

Dans la remorque, l'informaticien ouvrit un fichier sonore daté du 11 février 2003 et une voix déformée se fit entendre :

— Peterson ! Vous avez reçu l'ordre de bombarder le camp.

— Heu… oui.

— Ne respectez pas le délai, avancez-le de vingt minutes.

— Je ne peux pas, il y a des soldats à nous là-dessous !

— Vous voulez vraiment qu'on rende visite à votre petite famille ?

— Non, non ! Je ferai ce que vous me demandez.

Cette conversation laissa Raven perplexe. S'il s'expliquait maintenant leur échec en Afghanistan, il ne comprenait pas comment « ils » étaient parvenus à faire ainsi pression sur un militaire.

— Très bien, Polson, je sais ce que je voulais savoir. Cela explique pas mal de choses. Pour la suite, débrouillez-vous pour vous faire réaffecter à l'ambassade où je vous ai trouvé pendant que nous serons sur le front. Mais, je vous préviens, ça risque de chauffer.

— J'ai déjà préparé le terrain avec « mes bidouilles informatiques ».

Raven hocha la tête. En quittant la remorque, il sortit son téléphone.

« Chéri, je suis désolée, j'aurais dû t'attendre à la maison. Je suis dans le vol 93 United Airlines, je rentrais… » Il écouta le message jusqu'au bout, comme chaque fois. C'était sa façon d'entretenir sa haine, de ne pas oublier.

15 janvier 2006, 22 h 45, château de Bran, Transylvanie, Roumanie

La silhouette imposante du château de Dracula dominait tout le paysage alentour. Le chauffeur de taxi s'arrêta et signifia à Kate qu'il ne pouvait pas rester. Il faisait moins vingt dehors, une nouvelle tempête de neige menaçait de s'abattre et les congères qui s'étaient formées la nuit précédente empêchaient tout stationnement. Kate négocia quelques instants et sortit une liasse de billets qui achevèrent de convaincre le chauffeur de l'attendre quelques heures.

Soulagée, elle sortit de la Dacia et observa l'immense bâtisse plantée sur un éperon rocheux, entourée d'une masse sombre qu'elle devinait être des sapins. Emmitouflée dans son manteau de fourrure, la tête couverte d'une chapka, elle s'avança dans le parc en maudissant Suresh d'avoir cédé au caprice de Swanson, qui avait imposé ce lieu de rendez-vous absurde, après dix-huit mois de silence radio, en souvenir de sa jeunesse dissolue. D'un pas aussi rapide que lui permettait le vent glacé, elle grimpa les escaliers illuminés par le clair de lune et parvint à la lourde porte de l'entrée. Le heurtoir paraissait d'une taille démesurée entre ses mains gantées. Elle le ramena vers elle puis le lâcha, provoquant un bruit sourd et métallique. La porte s'ouvrit sur un colosse qui la fit sursauter.

— Bonsoir, madame. Le mot de passe, s'il vous plaît ?

— Rivière de décembre.

— Suivez-moi.

En traversant une cour cernée de murailles, occupée seulement par un puits, Kate remarqua des ombres dissimulées dans les coursives, des gardes sans doute.

Ils gravirent encore les marches de trois escaliers monumentaux puis franchirent un long couloir avant que le colosse, que Kate peinait à suivre, n'ouvre une porte. Au fond, Tatsuo Tanaka se réchauffait au coin d'une cheminée aux dimensions impressionnantes où crépitaient des bûches grosses comme des troncs. Lorsqu'il se retourna pour lui serrer la main, Kate remarqua son regard triste.

— Bonsoir, frère Calvin. Quelque chose ne va pas ?

— Non, je... Bienvenue, sœur Eve, venez vous réchauffer. Les autres ne vont pas tarder.

— Excusez-moi d'insister, mais j'ai l'impression que mon arrivée vous contrarie. Je vais peut-être vous paraître paranoïaque, mais j'ai la sensation de n'être toujours pas intégrée. Et il y a quelque chose dans votre regard qui n'est pas pour me rassurer.

Tanaka approcha ses mains jointes du feu et resta un instant silencieux.

— Je ne devrais pas vous le dire, mais vous avez raison. Vos positions tranchées, vos initiatives personnelles déplaisent à Pierre et Abraham.

— Et à vous aussi ?

— Moi, c'est différent... Moi, je comprends vos motivations. J'ai eu à faire des choix similaires.

Encouragé par le regard de Kate, il prit une profonde inspiration.

— Peut-être savez-vous qu'il y a à peine dix ans, j'étais un heureux homme marié. Pas un père, hélas, car ma femme était une enfant de Nagasaki. Elle a affronté la mort de ses parents, puis une malformation utérine, qui nous a privés de descendance. Mon épouse est décédée sans avoir connu la joie d'être mère. Frère Pierre l'a aidée jusqu'au bout. Il a soulagé ses souffrances et a été présent jusqu'à son dernier souffle.

— Je suis vraiment désolée.

Un bruit d'hélicoptère se fit entendre.

— Ne le soyez pas. Nous savons qui sont les responsables et vous n'en faites pas partie.

— Mais, notre confrérie ne fait rien contre eux ?

— Pour l'instant… Je fais confiance à Pierre. Le moment venu, nous viserons les vrais coupables. Le lobby du nucléaire, tous ceux qui entretiennent le risque, qui mettent les gens face à l'horreur inéluctable d'une catastrophe surhumaine. Et vous, vous tenez le choc ?

— Ne vous inquiétez pas pour moi, j'ai des raisons d'avancer.

Elle frissonna.

— Je me demandais…

— Oui ?

— … tout le monde sait qui est chacun…

Tanaka acquiesça.

— … Tout le monde sauf frère Abraham. Qui sait qui il est ?

— Pierre le sait, et cela nous suffit pour que nous lui fassions tous confiance. Il exécute ses ordres, il nous protège, nous aide, nous soutient. C'est sa mission.

Tanaka récitait une leçon apprise par cœur et que Kate connaissait déjà.

— Mais pourquoi ne pas lui avoir demandé quelle était sa vraie identité ? D'après ce que j'ai compris, le culte du secret ne vaut pas entre nous. Et vous saviez que j'étais sous écoute ?

— Nous l'avons tous été.

L'apparente banalité de l'aveu ne laissa pas Kate indifférente, mais la porte s'ouvrit sur Suresh, suivi d'Abraham et Swanson qui plaisantaient :

— Alors, ça vous plaît de savoir que Dracula a séjourné ici ?

Abraham leva les yeux au ciel.

— De votre part, je ne trouve pas ça franchement hilarant.

— Détendez-vous, Abraham, ce n'est qu'une plaisanterie, fit Suresh. Une plaisanterie certes coûteuse et pas vraiment reposante, mais une boutade plutôt amusante. Et puis, profitez du paysage magnifique. N'est-ce pas sœur Eve ?

— Splendide. Bonsoir, Pierre. Bonsoir, messieurs, ajouta-t-elle en inclinant la tête.

Ils échangèrent des poignées de main tandis qu'Elisabeth Carlson et Robert Falachon faisaient leur entrée, frigorifiés.

Abraham posa une aiguille et une lamelle de verre devant chacun. Autour de l'immense table de banquet qui semblait bien vide, ils s'exécutèrent tour à tour sans broncher, sous le regard stupéfait de Kate. Elle se garda néanmoins de parler pendant les premières interventions, jusqu'à ce que Tanaka prenne la parole :

— Je devrais bientôt pouvoir mettre sur le marché japonais des semences de riz, dont le rendement exceptionnel attirera les paysans dans un premier temps. Ce qu'ils ne savent pas c'est qu'elles sont sensibles aux variations de température et ne survivront pas au réchauffement climatique.

Kate se leva d'un bond.

— Vous agissez comme Masanta !

— Pas du tout ! se défendit Tanaka. Ces semences sont totalement naturelles, sélectionnées pour leurs caractéristiques intrinsèques, et n'ont fait l'objet d'aucune modification génétique !

— C'est facile de se donner bonne conscience ! Et d'ailleurs, pourquoi n'attaque-t-on pas cette entreprise qui veut la mort de la biodiversité et mène la planète à sa perte ?

— Sœur Eve, vous devriez vous calmer et garder vos remarques pour la fin.

— Non, je ne peux pas me taire ! Je veux bien stériliser des femmes cupides, je veux bien monter des religions les unes contre les autres. Si les hommes sont assez bêtes pour se laisser mener à l'abattoir, c'est leur problème… Je veux bien financer des crises économiques ou je ne sais quoi encore sous couvert de planter des arbres et de soigner les pauvres, mais mon mari est mort en essayant de prévenir le monde des agissements de Masanta. Si nous n'intervenons pas, demain, le vivant leur appartiendra ! Qu'attendons-nous ?

Pierre lui fit signe de se rasseoir.

— Nous sommes très au fait des productions F1, chimériques, hybrides, peu importe comment vous les nommez. Je vous signale que ces semences ne se reproduisent pas. Les graines issues de ces « hybrides » ne conservent pas les caractéristiques du plan dont elles sont issues. Nous nous occuperons de Masanta et de ses concurrents quand le moment sera venu. Et en attendant, avec leurs semences trafiquées, ces apprentis sorciers favorisent nos plans.

— Ce que vous affirmez reste de la théorie, mais allez au bout de votre raisonnement, je vous prie.

— Ces semences ne sont pas adaptées aux sécheresses, aux inondations et autres aléas climatiques. Elles favorisent donc les famines. Aujourd'hui déjà, les pauvres vendent leurs organes ou leurs enfants pour en acheter. Demain, il suffira de souffler sur ce château de cartes pour qu'il s'écroule en emportant tout sur son passage.

— Mais les OGM nuisent à la nature… Je ne vous comprends pas.

Abraham se leva à son tour et pointa son index droit sur la table.

— Votre étroitesse d'esprit ne vous honore pas, sœur Eve. Nous vous avons accueillie, fourni les armes de votre vengeance et rendue riche, même si cela ne vous ramènera personne.

Pierre, à sa gauche, lui toucha l'avant-bras et chuchota :

— De la mesure.

Abraham se radoucit :

— Pardonnez-moi. La nature se régule d'elle-même. Ce qui compte c'est que l'impact humain cesse. La menace c'est le nombre et le mode de vie, ce n'est pas Masanta. Il faut penser à l'échelle de la planète, pas à l'échelle d'une vie d'homme.

Suresh approuva et donna la parole à Kate, qui exposa brièvement ses avancées, avant de la céder à Falachon. Le Français raconta ses exploits sur les marchés, et conclut en bombant le torse :

— En somme, grâce à moi, le système bancaire va s'écrouler comme la maison de paille des petits cochons ! Je ne donne pas deux ans avant que les premiers affolements ne débutent.

Swanson croisa les bras et lui lança un regard aussi froid que la température extérieure.

— En somme, « grâce à vous », j'aurais surtout pu perdre toute ma fortune, et Biocalypse tous ses avoirs. Pour ma part, je préfère attendre votre aval à tous avant d'attaquer les monnaies. On est une famille ou on ne l'est pas.

Suresh tapa du plat de la main sur la table.

— Nous sommes une famille et je souhaite qu'elle reste unie, d'autant que nous n'avons jamais été si près du but. Restons soudés et travaillons conjointement. Frère Korny, attaquez dès maintenant les monnaies. Visez les marchés des matières premières, créez des famines en attendant que les effets de l'arme de frère Bernard fassent le reste. Pour ma part, je suis très satisfait des résultats de mes recherches sur les animaux. Dans deux ans, nous aurons de vrais fauves tueurs d'humains. J'ai fait acheter un petit zoo en Russie, j'ai monté un laboratoire qui sera bientôt trop petit et inadapté. Cela nécessitera quelques investissements… Et sœur Eve, nous frapperons Masanta, je vous en fais le serment. D'ici là, continuez à être notre vigie et notre bras armé. Je prédis la fin prochaine de ce mode de vie qui détruit tout sur son passage et qui nous a coûté, à chacun, tant d'êtres chers.

Il les regarda un à un dans les yeux.

— Frères et sœurs de Biocalypse, si nous ne faisons qu'un, nous vaincrons. Nous sommes unis à la vie, à la mort. Force, mes frères ; force mes sœurs.

— Force.

Alors que les membres quittaient un à un la pièce, le bruit d'un hélicoptère retentit. Kate se tourna vers Abraham.

— C'est votre taxi ? Il y a plus discret, non ?

— Mais pas plus rapide. Cela dit, pour une fois, votre sens de la prudence vous honore. Vous devriez y penser plus souvent. Pierre, je vous dépose quelque part ?

— Je prends des vacances ici, fit Suresh avec un sourire. Et vous, sœur Eve, profiterez-vous du joujou d'Abraham ?

— Merci, mais sans façon, je préfère les taxis traditionnels. D'ailleurs, le mien sera là dans un quart d'heure.

Suresh invita Kate à patienter en sa compagnie dans une petite pièce bien chauffée du rez-de-chaussée. La jeune femme tentait d'entretenir un bavardage stérile et s'apprêtait à poser des questions polies sur ce curieux projet de vacances quand un souffle puissant fit vibrer les fenêtres, immédiatement suivi d'un fracas métallique qui se propagea comme une onde de choc dans la pièce.

Kate comprit aussitôt et entraîna Suresh dehors. Ils dévalèrent les escaliers gelés, échappant par miracle à la chute, et parcoururent le parc en courant malgré l'épais tapis de neige et l'air glacé qui leur brûlait les bronches. Ils traversèrent la route et escaladèrent une congère, d'où ils purent voir, dans le lit d'une rivière toute proche, la carcasse de l'hélicoptère qui menaçait de devenir la proie des flammes.

Sans réfléchir, ils se jetèrent dans la neige, soulevant les jambes pour avancer plus vite, et arrivèrent épuisés à la machine. À la lueur des flammes, Suresh distingua le pilote, qui reposait sur son manche, la tête en sang. Il lui tâta le pouls et se tourna vers Kate, blême.

— Il est mort.

— Aidez-moi, je ne peux pas ouvrir la porte !

Lorsqu'ils y parvinrent, après plusieurs tentatives, ils perçurent des gémissements.

— Prenez ses jambes et tirez-le quand je l'aurais détaché.

Ils traînèrent péniblement Abraham dans la neige, par les épaules, et n'avaient parcouru qu'une quarantaine de mètres quand l'hélicoptère explosa. Kate et Suresh furent projetés au sol tandis que leur fardeau reprenait conscience.

— Que se passe-t-il ?

— C'est plutôt à vous de nous le dire !

Reprenant ses esprits, Abraham expliqua :

— Le pilote m'a dit que la turbine gelait. Et puis l'appareil a commencé à tomber. C'est tout ce dont je me souviens. Il est où d'ailleurs ?

Pierre désigna le feu qui dévorait la carcasse métallique.

— Ah, merde, ça va être difficile à expliquer. Filez, avant que les villageois ne sortent. Filez, on ne doit pas vous voir avec moi.

— Hors de question. Vous avez peut-être des côtes cassées, il y a un risque de perforation pulmonaire. Je reste pour vous examiner. Vous, Kate, secouez l'ahuri qui vous sert de chauffeur et partez.

Kate se retourna et vit l'homme en question appuyé sur sa portière, un nuage de buée devant sa bouche bée.

— Tenez-moi au courant.

Alors qu'elle pressait le pas en direction de la voiture, elle entendit Abraham lancer :

— Je vous en dois une !

Elle remonta son col, dissimulant son sourire et protégeant ses lèvres gelées.

Jérôme Doe

13 avril 2006, 13 h 30, bidonville d'Accra, région du Grand Accra, République du Ghana

Le paysage de désolation tirait des larmes à celles et ceux qui avaient connu, quinze ans plus tôt à peine, ce petit coin de paradis. La rivière, aux berges désormais jonchées de détritus, serpentait toujours, mais à en croire les habitants, elle n'abritait plus un seul poisson. Les alentours n'offraient pas une vue plus douce. On y trouvait, abandonnées, des tonnes de carcasses en plastique et des feux à la fumée plus noire que la nuit brûlaient, là même où des enfants triaient à mains nues déchets coupants et substances toxiques.

Jane enquêtait depuis une semaine sur un nouveau scandale écologique qui secouait le pays. La convention de Bâle avait beau interdire l'exportation des déchets électroniques dans les pays du tiers-monde, les dégâts s'étendaient sous les yeux de la journaliste et dans le viseur de son appareil photo numérique flambant neuf.

Alertée par une association, elle débuta son enquête sur les docks. Quelques billets glissés dans la main de plusieurs agents de sécurité et de dockers avaient permis de faire ouvrir plusieurs conteneurs remplis d'ordinateurs bons pour le rebut, de vieilles télévisions et autres téléphones portables hors d'usage. Son fixeur lui expliqua l'astuce :

— Juste derrière la porte de chaque conteneur, bien à la vue des rares fonctionnaires à s'en soucier, les expéditeurs européens et canadiens exposent quelques machines en état de marche. Évidemment, personne n'ira fouiller derrière la première rangée de produits. Grâce à ce stratagème, les entreprises censées les recycler dans leur pays respectif justifient chaque expédition par ce qu'elles appellent « une coopération internationale en faveur de l'accès à l'information », contournant ainsi honteusement la convention.

En remontant la filière de recyclage, Jane mesura l'incroyable cynisme du processus : les producteurs asiatiques qui vendaient aux pays riches des marchandises à l'obsolescence programmée rachetaient au rabais à des pays pauvres, devenus de véritables poubelles géantes, les métaux résiduels nécessaires à leur production.

Un odieux cercle vicieux qui ferait l'objet d'un long article pour le *National Geographic* dès que l'enquête serait bouclée. Mais ce matin-là, en se rendant de nouveau au port, Jane fut saisie par une vive impression de déjà-vu et décida cette fois de ne pas laisser passer sa chance. Elle gara la moto, se composa un sourire rassurant et s'approcha de la longue file de Ghanéennes qui attendaient en silence, comme insensibles au soleil de plomb. Les visages se fermèrent les uns après les autres devant ses questions, jusqu'à ce qu'une jeune femme, plus loquace que les autres, lui lance une réponse évasive qui aiguisa sa curiosité :

— Ma sœur, ne viens pas là… ce n'est pas bien, cela ne te concerne pas.

— Mais qu'attendez-vous ?

— Je ne peux pas t'expliquer. Si je te parle, je ne toucherai pas mon argent. Va-t'en ! C'est une chance pour nous, tu ne dois pas intervenir.

Jane préféra obtempérer et se posta à l'écart du petit groupe. Il lui fallut patienter deux heures avant que la première femme ressorte du bâtiment, en se tenant le ventre. Jane la suivit en poussant la moto et attendit d'être assez éloignée pour lui demander :

— Vous n'allez pas bien ?

— J'ai mal au ventre, mais le docteur a dit que c'était normal.

— Vous vous faites soigner ici ?

— Non… enfin, pas vraiment.

— Pourquoi vous paient-ils ?

— Je ne peux pas le dire parce que s'ils l'apprennent, je n'aurai pas le reste des dollars qu'ils m'ont promis.

— Combien ils ont promis ?

— Dix dollars.

— Si je t'en donne vingt, tu me racontes ?

— Pas ici.

— Monte.

Jane démarra la bécane et roula quelques minutes jusqu'à une rue commerçante où la jeune femme lui indiqua un bar à la devanture anonyme. Jane commanda deux sodas.

— Alors, comment vous appelez-vous ?

— Je suis Serwa. J'ai 22 ans et déjà six enfants. Mon mari est parti travailler à la mine. Notre vie est très dure.

Jane adressa un sourire compréhensif à la jeune femme, qui sembla se détendre.

— Donc, vous avez besoin d'argent et vous avez trouvé un moyen d'en obtenir.

— Oui, les docteurs m'ont donné dix dollars pour arrêter d'avoir des bébés.

— Qui sont ces docteurs ?

— Il y a des docteurs anglais et des docteurs de chez nous. C'est tout ce que je sais.

— Vous avez remarqué quelque chose, un signe qui dirait qui ils sont ? Vous avez peut-être vu comment ils faisaient ?

— Non, non, je ne crois pas, ce n'est pas important…

Jane lui prit la main, l'encourageant à lui parler.

— Si tu veux… Sur un paquet, j'ai vu un oiseau blanc et marron avec de grosses griffes.

— Un aigle ?

— Je ne sais pas. Mais ils mettent deux ressorts dans le ventre en passant par en bas, pas d'opération, fit Serwa en décrivant l'opération par gestes, sans se départir de son sourire. Ça, ça va bien.

— Et depuis quand ces docteurs font-ils ça ?

— Deux, peut-être trois mois. C'est tout ce que je sais. Je peux avoir mon argent maintenant ?

Jane lui tendit les deux billets en lui assurant qu'elle garderait son secret.

La femme quitta le bar très vite, toujours courbée par la douleur.

La journaliste commanda un nouveau soda et sortit son téléphone portable. Elle tomba une première fois sur le répondeur et rappela, jusqu'à ce qu'au bout de la ligne, une voix pâteuse articule un vague « allô ».

— Sam ?

— Qui tu veux que ce soit ? Et… Mais t'es dingue ! Tu crois que c'est une heure pour me réveiller ? Il n'est même pas 10 heures ! J'espère que c'est important.

— Je suis sur un gros coup, mais rien à voir avec les déchets. Je suis retombée sur une antenne de stérilisation, comme à Kinshasa. J'ai un logo, un aigle, griffes dehors. J'ai aussi des sortes de ressorts qu'ils posent dans l'utérus. Tu peux me faire des recherches ?

— Oh ! je ne suis pas David Copperfield ! Tu me réveilles pour ça ? Et puis j'y gagne quoi, moi ?

— Ah ben bravo ! Facture-moi à l'heure tant que tu y es ! Je viendrai avec un repas digne de ce nom, ça te va ?

— Va pour un repas digne de ce nom. Allez, je vais me recoucher.

***

Le soir même, Jane suivit un homme qu'elle identifia comme un médecin, ce dont elle eut confirmation le lendemain lorsqu'il sortit un stéthoscope de sa mallette pour ausculter un patient en pleine rue. Quelques minutes plus tard, elle l'aborda en prétextant une cheville douloureuse et engagea la conversation. L'homme expliqua d'abord qu'il travaillait dans le cadre d'un projet humanitaire soutenu par la Grande-Bretagne puis, voyant que les questions s'enchaînaient, il se renferma vite. Jane sortit bien quelques billets pour l'encourager à poursuivre, mais ce fut peine perdue.

Faute de mieux, elle se rabattit sur les poubelles du bâtiment qui ne lui livrèrent que des documents d'expédition venant de Californie où ne figurait pas le nom du client payeur. Sans trop y croire, elle communiqua à Sam un numéro d'identification, qui n'aboutit à rien. Tout était faux, le nom, l'adresse, le téléphone. La seule information apparemment exploitable, un numéro de compte, qui la mena aussi dans une impasse. En désespoir de cause, Jane demanda si la fondation Inde/Afrique disposait d'une antenne dans le pays. Mais, là encore, la réponse fut négative.

Jane, qui n'abandonnait jamais une enquête sans la boucler, resta sur un détestable sentiment d'échec. Elle décida de reprendre son travail sur les déchets à sa source – les ports d'Europe – et d'en faire un article de fond qui serait un retentissant pavé dans la mare.

29 juin 2006, 15 h 30, base aérienne américaine de Bagram, province de Parvan, Afghanistan

La base, une véritable ville fortifiée cernée par le désert, était en pleins travaux quand Raven arriva à ses portes. Les engins de chantier soulevaient une poussière opaque et ocre pour aplanir une terre aride destinée à devenir une piste d'atterrissage à près de soixante-dix millions de dollars.

Raven avait volontairement omis d'annoncer sa petite visite au commandant Peterson, de manière à ne pas lui laisser le loisir de se façonner une jolie histoire. Le chauffeur tendit les papiers aux gardes qui les accueillirent, l'arme au poing, et après une fouille minutieuse du véhicule, ils s'engagèrent dans le dédale de bâtiments.

— Tournez à gauche, je vous dis ! Non ! Votre vraie gauche, pas celle-là… Bon, arrêtez-vous là, lança Raven en indiquant un baraquement anonyme. Et prévenez-moi si quelqu'un s'approche.

— À vos ordres, mon colonel.

Raven frappa du poing sur la porte à plusieurs reprises et, comme personne ne répondait, il la força d'un coup d'épaule. Comme il s'y attendait, la gâche céda sans entamer le chambranle. La pièce était d'une austérité toute militaire. Au terme d'une brève inspection, il s'attarda sur le bureau du commandant, dont un seul tiroir était fermé à clé. Tandis qu'il appuyait sur la poignée tout en la tirant, de façon à libérer la façade du plateau, un coup de Klaxon retentit. Raven contourna le meuble et s'installa tranquillement face à l'entrée.

De l'autre côté de la porte, Peterson contemplait l'ouverture sans comprendre. La serrure ne présentait pas de trace d'effraction et il se demanda un instant s'il n'avait pas lui-même oublié de fermer, jusqu'à ce qu'il tente de tourner la poignée.

— Putain de porte de merde ! jura-t-il en franchissant le seuil.

— Je ne vous le fais pas dire ! Bonjour, Peterson.

Le commandant ne savait visiblement plus où se mettre. Il hésitait entre s'avancer et sortir en courant.

— Je sais ce que vous vous dites : qu'est-ce qu'il fout là ? Il est entré par effraction, c'est un dingue, il m'a déjà humilié devant mes hommes, là je peux peut-être le faire passer en cour martiale… Mais je vous avais prévenu, je ne lâche jamais rien… Je vous en prie, entrez, on a des choses à se dire.

— Qu'est-ce que vous me voulez ? Vous n'allez tout de même pas m'emmerder pour un malheureux incident vieux de trois ans ? C'est une affaire classée, colonel.

Raven suivit Peterson du regard comme un chat contemple sa proie et sourit largement.

— Ce que vous appelez un « malheureux incident », moi, j'appelle ça une trahison. C'est fascinant comme deux points de vue peuvent différer, non ?

— Une trahison ? Mais je m'insurge ! Je ne vous…

— Tu ne me… quoi ? « Permets pas », c'est ça ? On n'est pas dans un vaudeville, Peterson, arrêtons de jouer, je sais ce qu'il s'est passé.

Raven posa son téléphone sur la table et poussa le volume à fond :

« Peterson ! Vous avez reçu l'ordre de bombarder le camp.

– Heu… oui.

– Ne respectez pas le délai, avancez-le de vingt minutes.

– Je ne peux pas, il y a des soldats à nous là-dessous !

– Vous voulez vraiment qu'on rende visite à votre… »

Peterson se jeta sur l'appareil, le jeta au sol et l'écrasa d'un coup de talon.

— Belle réaction ! Tu crois donc que je suis assez con pour te laisser foutre en l'air l'original ? Je peux en avoir mille exemplaires si je veux, mais ce n'est pas ça qui m'intéresse. Allez, ramasse-moi ce bordel !

Peterson se plia en deux pour récupérer les morceaux du téléphone, qu'il déposa sur le bureau. Raven mit de côté la carte SIM et rangea le reste en vrac dans sa poche.

— Qu'est-ce que vous voulez alors ?

— Je veux savoir qui te menace.

— Je l'ignore ! Tout ce que je sais, c'est qu'un jour, j'ai reçu des photos de mes filles sortant de leur cours de danse, puis d'autres de ma femme promenant le chien ou chez le coiffeur. Le tout expédié à la base et accompagné d'un mot disant qu'ils allaient m'appeler et que, ce jour-là, je devrai obtempérer. Je n'ai pas eu le choix. Mais je n'ai rien fait qui pouvait…

— Qui pouvait quoi ? Mettre en danger la patrie ? Ce n'est pas l'impression que j'ai eue quand tes F-16 nous sont tombés dessus.

— Mais vous avez entendu ce type ! Et puis je savais que vous étiez des forces spéciales… Les mecs comme vous s'en sortent toujours !

— On n'est pas non plus dans un film, Peterson ! Et le semtex et le détonateur qui manquent dans vos stocks et qui ont servi dans un attentat contre une centrale nucléaire ? C'est aussi un « malheureux incident » ?

Peterson fronça les sourcils.

— Je vous rassure, mes hommes l'ont déjoué juste avant que ça fasse boum.

Le commandant se décomposa.

— Je veux des noms, Peterson.

— Je n'en ai qu'un et c'est un pseudo ridicule. Ça ne vous avancerait à rien et ça mettrait ma famille en danger.

— Vous êtes militaires de père en fils dans votre famille, Peterson, votre femme et vos filles devraient être en sécurité dans une base depuis longtemps. Alors de deux choses l'une, soit vous êtes complètement inconscient, pour ne pas dire idiot, soit la menace n'est pas aussi grande que vous le dites.

Piqué au vif, Peterson ôta un lien passé à son cou d'où pendait une petite clé, qu'il inséra dans le tiroir. Il en sortit un épais dossier.

— Je me fous de la paperasse, donnez-moi le nom et je vous laisse tranquille. Personne ne saura que vous avez cédé.

— Pépé le Putois.

— Pardon ?

— Pépé le P…

— J'avais compris. Mais qu'est-ce que c'est que ce truc ?

— Un personnage des *Looney Tunes* apparemment.

Raven se mit à réfléchir à haute voix :

— Un pseudo ridicule en effet. Ce n'était pas plutôt Popé, Papé, Pupé le Putois ?

— Par téléphone, avec la déformation…

— OK. Merci pour l'info. Mettez votre famille à l'abri et ne donnez plus d'explosifs à l'ennemi.

Peterson referma le tiroir, qui contenait une arme, et, pour la première fois, regarda Raven dans les yeux.

— Je peux vous poser une question ? Qui êtes-vous ? Vous semblez sortir de nulle part, vous n'existiez pas avant septembre 2001.

— Cela ne vous concerne pas, vous n'avez pas l'habilitation requise. Mais je peux vous assurer que dès que j'aurai trouvé celui qui vous a fait chanter, il ne vous créera plus jamais de problèmes.

***

Par mesure de sécurité, Raven fit expédier à son chauffeur les soixante kilomètres qui séparaient la base de l'ambassade en un temps record – un véritable bunker, gardé par des hommes visiblement sur les dents. Alors qu'il s'apprêtait à demander son chemin après dix minutes d'errance dans le dédale de bureaux, Polson se matérialisa comme par magie au détour d'un couloir.

— Salut, boss, alors comme ça vous venez enfin me rendre visite ? Vu le temps que vous m'avez fait attendre, j'imagine qu'il y a du neuf. Dites voir, ça fait un quart d'heure que j'essaie de vous joindre. Vous avez éteint votre téléphone ou… ? Non ! Ne me dites pas que…

— Bonjour, Polson. Oui et non, en fait, c'est Peterson qui s'en est chargé pour moi.

Il tendit les miettes de son téléphone à Polson, qui lui sourit en lui remettant à son tour un petit paquet.

— Dommage que je n'aie eu personne pour parier ! Allez, boss, ouvrez-le.

Raven ouvrit la boîte soigneusement emballée de papier journal, qui contenait un portable flambant neuf. Il éclata de rire.

— Merci, Polson. Et ce coup-ci, j'ai la carte SIM !

— Encore heureux ! Décidément, boss, vous progressez de jour en jour ! Allez, venez, on va discuter au calme dans mon bureau.

Polson avait été relégué dans un sous-sol, qu'il avait aménagé à son image : quelques étagères appuyées contre un mur et couvertes de cartons, et une planche posée sur deux tréteaux où bourdonnaient trois ordinateurs, dont deux des unités centrales paraissaient éventrées. Un groupe de climatisation poussif assurait une température acceptable pour les hommes et les machines. Surtout pour les machines, songea Raven.

— Ils vous ont mis dans un trou !

— J'ai repris mes quartiers. J'ai un canapé pour dormir et je gère les virus que ces messieurs les diplomates choppent en allant sur des sites porno. Mais bien sûr, je ne leur fais aucune remarque et je me contente de réparer les dégâts.

— Je vois. Je suis désolé.

— Vous êtes désolé, je suis désolé… Nous sommes dans la même galère. Notez que je suis moins à plaindre que Clara, qui classe des papiers dans un bureau toute la journée. Mais parlons de sujets moins déprimants. Pourquoi vouliez-vous me voir ? J'imagine que ce n'est pas juste pour avoir un nouveau téléphone ?

— J'ai quelque chose de solide. Enfin, je crois.

— Ah oui ? Vous êtes bien le seul, parce que pour moi, depuis l'année dernière, c'est le silence radio. À croire que BYE s'est évaporé ou a été rasé par l'ouragan Katrina.

— La pièce est vierge ?

— Oui, je vérifie tous les jours qu'il n'y ait pas de micros. Alors ?

— Lors de l'attaque du laboratoire de Purcellville, un agent du FBI m'avait donné une information que j'avais jugée inutile sur le moment, à tort. Cela va vous sembler ridicule, mais je suis certain qu'ils prennent des noms des *Looney Tunes* pour se repérer entre eux.

Polson lança un regard éloquent que Raven ignora.

— Le dealer, c'était « Yesemite Sam » et le maître-chanteur de Peterson s'est présenté sous le nom de « Pépé le Putois ».

— Dans le dessin animé, ce n'est pas « Yesemite », mais « Yosemite Sam ». Vous avez trop d'imagination.

— Je ne crois pas. Le changement de lettre a sûrement un sens.

— Et vous voulez que je le cherche.

— Vous avez toujours accès au réseau ECHELON ?

— Si je veux, mais ils vont râler là-haut parce que ça va grandement réduire leur débit… le téléchargement des films X sera beaucoup plus long !

— Ils se branleront sur des photos, nous, on a un vrai boulot.

— Ça me fera moins de virus à traquer ! Bon, je lance une recherche sur la base des personnages, avec et sans changement d'orthographe, et je vous tiens au courant. Si votre intuition est bonne, on ne devrait pas tarder à le savoir.

— Des infos pour moi du côté d'Al-Qaida ?

— Une seul, et j'ai ramé pour l'obtenir. Je crois qu'ils ont compris que l'utilisation de matériels électroniques laissait des traces.

Devant l'air mi-indifférent, mi-exaspéré de Raven, Polson préféra abréger :

— Il s'appelle Lactat Hussein, c'est le commandant en second du TNSM Bajaur[3], il cherche à s'implanter en Afghanistan. D'après mes infos, il doit leur rester encore deux mille soldats dans le pays.

— C'est du lourd. Des détails ?

— Il sera le 30 octobre du côté de Khalozai, dans la région tribale de l'agence de Bajaur au Pakistan, justement. Il participera à un « séminaire » où il rencontrera des croyants, ou plutôt des partisans. J'imagine qu'il y a une action terroriste dans l'air.

---

3 TNSM Bajaur est le mouvement pour le renforcement de la loi islamique, fondé en 1994 au Pakistan.

— Rien de plus précis ?

— Non, désolé. Vous devriez vous estimer heureux que je trouve encore des choses à vous mettre sous la dent après votre carton sur l'imam El-Assaf en mars. Franchement, le commandant du camp de la garde noire, les gardes du corps d'Oussama Ben Laden… Vous avez fait fort !

— Oui, je sais. Bon, je me contenterai de ça. Vous, amusez-vous bien avec mes personnages de dessins animés et tenez-moi au courant.

11 novembre 2006, 14 h 20, cimetière national d'Arlington, comté d'Arlington, Virginie, États-Unis d'Amérique

Après avoir déposé une gerbe de fleurs devant la tombe du Soldat inconnu, le Président s'adressa solennellement aux soldats triés sur le volet qui assistaient à la cérémonie retransmise sur toutes les chaînes nationales.

« … Depuis des générations, les hommes et les femmes en uniforme ont fait tomber les tyrans et libéré des pays. Ils ont, par leur valeur au combat, instauré de nouvelles normes de courage et d'engagement mettant en avant leur idéalisme aux yeux du monde. Le jour des anciens combattants, le peuple rend hommage à ceux qui défendent et ont défendu la Nation en servant fièrement dans l'armée des États-Unis d'Amérique. D'entre nous, ce sont les meilleurs citoyens. »

Des applaudissements retentirent et le Président salua avec chaleur et solennité avant de regagner sa voiture, suivi du général Potter. Raven s'apprêtait à monter dans l'un des véhicules du cortège quand son attention fut attirée par une femme entièrement vêtue de noir qui semblait agitée de tics. Les sens en alerte, il s'approcha d'elle par-derrière. Au moment où le Président atteignait sa voiture, il eut juste le temps de voir la femme sortir une arme de son sac avant de se mettre à courir en direction du chef des armées.

— Stop ! Arrêtez-vous ou je tire !

Surprise, la jeune femme tourna la tête, mais ne s'arrêta pas et leva son arme d'un geste maladroit. Tandis que les gardes du corps du Président emmenaient leur patron en lieu sûr, Raven fit feu, prenant soin de viser les jambes pour éviter les dégâts collatéraux. Mais les deux militaires qui tirèrent juste après lui n'eurent pas cette délicatesse et la touchèrent au ventre et en pleine poitrine. Couchée sur le dos, la jeune femme respirait avec difficulté. Quand Raven s'approcha pour la désarmer, elle planta son regard déjà lointain dans le sien. S'humectant les lèvres, elle émit un son rauque à peine audible. Raven se pencha vers elle jusqu'à pratiquement toucher son visage.

— C'est un traître à son pays, souffla-t-elle. Je voulais qu'il paie.

— Qui ? Le Président ? Dites-moi !

Mais la tête de la jeune femme roula sur le côté et Raven comprit qu'il était trop tard.

Il s'apprêtait à monter dans l'un des véhicules de tête du cortège quand le général Potter le retint par le bras.

— Suivez-moi, colonel, le Président veut vous parler.

Potter monta à l'avant de la Cadillac blindée, tandis que Raven prenait place à l'arrière. Le Président se tourna vers lui avec un sourire.

— Merci, colonel ! Je crois que vous m'avez sauvé la vie aujourd'hui.

— C'est mon devoir, monsieur.

— Il n'empêche, je vous dois une faveur.

— Monsieur le Président…

— Colonel, vous avez réagi le premier et c'est ce qui m'a sauvé de cette folle. Vous avez accompli bien plus que votre devoir. Alors, dites-moi ce que je peux faire pour vous. Et ne protestez pas, c'est un ordre.

Raven fixa le Président droit dans les yeux et hocha la tête.

— Très bien, monsieur, à vos ordres, fit-il en sortant de sa poche un petit paquet. Je pensais vous en parler cet après-midi au Pentagone, mais… voyez.

Il sortit soigneusement de leur emballage en plastique quelques cartes du jeu que Potter lui avait confié près de deux ans auparavant, ainsi que des feuilles pliées en quatre.

— Lui, c'est Al Jowair, qui dirige Al-Qaida en Arabie Saoudite, et lui, c'est son prédécesseur, Al Oufey. On les a eus tous les deux le 27 février 2006. Lui, on l'a abattu en août 2005, poursuivit-il en distribuant de nouvelles cartes. Celui-là, c'est Abou Hamza Rabat, il a tenté une fois de trop de tuer le Président pakistanais. Et lui, c'est…

— L'imam El-Assaf que vous avez eu en mars. Le commandant des gardes du corps d'Oussama Ben Laden. On n'a jamais été aussi proche de lui.

— Ouais, et là, c'est Lactat Hussein. C'était le commandant en second du TNSM Bajaur, je l'ai eu à Khalozai le 30 octobre avec trente de ses copains qui voulaient instaurer la charia en Afghanistan.

Le Président le félicita pour ces résultats et Potter signifia de la main que c'en était assez.

— Je suis désolée, général, mais je n'ai pas fini. Vous avez coupé mes fonds et démantelé mes unités au début de l'année 2005, en soutenant que BYE était tombé quand on a arrêté ces gamins canadiens.

— Oui, et c'était une décision logique, intervint le Président.

— J'ai des documents qui prouvent le contraire.

Raven lui tendit une feuille où figurait une liste de noms associés à des villes du monde entier. Sur une autre étaient imprimées des photos de personnes en pleine discussion et d'autres qui échangeaient des mallettes.

— Et alors, colonel ? Qu'est-ce que nous sommes censés comprendre ? questionna Potter, agacé.

— Mon général, tous ces gens sont liés à BYE d'une manière ou d'une autre. Les commanditaires de l'attentat contre notre pays, contre les Twin Towers, contre le

Pentagone, ceux qui ont assassiné ma famille, ils sont là, partout dans le monde. Nous avons trouvé un moyen de les localiser. Président, vous me demandiez ce que je voulais ?

— En effet.

— Eh bien, je veux finir la mission que vous m'aviez confiée et détruire BYE. Je veux que mes unités reprennent du service.

Le chef des armées réfléchit quelques secondes tandis que Raven repliait ses papiers.

— Accordé. Je suis un homme de parole, mais je veux des résultats. Si vous ne m'apportez pas très vite des preuves, nous partirons du principe que votre mission se recentrera sur Ben Laden et ses amis.

— À vos ordres, monsieur le Président.

— Edouard, vous ferez le nécessaire pour que tous ses petits gars soient de retour au pays en décembre.

Visiblement contrarié, le général Potter acquiesça. Le Président se tourna de nouveau vers Raven.

— Alors, racontez-moi, comment vous avez su pour cette femme ?

— Elle faisait tout pour passer inaperçue, mais elle était bourrée de tics nerveux et se triturait les doigts. Quand j'ai vu son regard, j'ai compris qu'elle n'était pas là pour vous embrasser.

— Bien, bien, on peut être fier de l'entraînement de nos soldats, général.

Potter secoua la tête, sans cacher son agacement.

— Et elle vous a dit quelque chose avant de mourir ?

— Non, monsieur, c'était déjà trop tard, mentit instinctivement Raven.

Potter profita de leur arrivée au Pentagone pour se débarrasser de Raven.

— Le Président et moi descendons ici, le chauffeur va vous raccompagner. N'oubliez pas notre rendez-vous à 14 heures, dans mon bureau.

— À vos ordres, mon général.

Il sortit le premier et fit le tour pour ouvrir au Président, raide comme un piquet. Il attendit de se trouver dans l'ascenseur pour se permettre une remarque :

— Vous lui avez servi ça sur un plateau. Je ne sais pas si c'est une bonne chose.

— Je n'avais pas le choix, Edouard. De toute façon, il éliminera ce qu'il pourra, c'est toujours ça de pris.

2 janvier 2007, 7 heures, base aérienne d'Andrews, Camp Spring, comté de Prince George, Maryland, États-Unis d'Amérique

Durant l'entretien qui se déroula dans son bureau le 11 novembre, le général Potter confirma à Raven qu'il rapatrierait les membres de l'unité Infinity sur le sol américain à la fin du mois de décembre. Il promit également qu'il laisserait au directeur de la CIA le soin de démobiliser les anciens de la mission Truelander. Raven n'avait néanmoins pas obtenu de lui que ces derniers puissent rejoindre l'unité. Lors de ce même rendez-vous, Raven inventa une histoire pour expliquer comment, sans moyens, il était parvenu à faire le lien et à regrouper tant d'infos. Ne voulant mouiller ni le commandant Peterson ni Binck, il attribua tout le mérite à Polson et à ses programmes informatiques, ce qui permit au passage à l'informaticien de réintégrer l'unité.

Le 22 décembre 2006, avant le lever du soleil, Raven, en grand uniforme, rassembla ses hommes.

— C'est un honneur de vous retrouver dans ce hangar. Il fait froid, il fait nuit, mais c'est ce froid et cette nuit que nous apporterons aux ennemis de notre Nation. Je me suis battu pour que vous soyez ici, pour que vous accomplissiez votre devoir. Votre permission exceptionnelle prendra fin le mardi 2 janvier prochain à sept heures zéro, zéro, et vous ne quitterez pas les rangs tant que cette menace nommée BYE ne sera pas éradiquée. Est-ce clair ?

— À vos ordres !

Celui qui le surprit le plus fut Polson qui, non seulement portait l'uniforme, mais vint aussi lui annoncer qu'il ne prendrait pas ses congés.

— Vous n'avez pas de famille ?

— J'irai voir mes parents le jour de Noël et je reviendrai aussi sec.

— Rien ne vous y oblige.

— Vous ne pensez tout de même pas que je vais vous lâcher au moment où je suis enfin réellement utile ? Bon, par contre, pour l'uniforme, ne croyez pas que c'est du définitif…

Ne sachant quoi répondre, le colonel lui ordonna de remettre en route la remorque. Une manière bien à lui de le remercier.

⁂

Dix jours plus tard, dès l'aube, les hommes attendaient leurs ordres dans ce même hangar où était entreposé tout le matériel de l'unité.

— Tu ne crois pas qu'on pourrait s'offrir un moment de détente ? demanda Polson à voix basse à Clara. Ça fait un bail qu'on se connaît maintenant, et je pense qu'on le mérite tous.

— C'est sûr que quand on voit ta dégaine, on imagine bien que tu veuilles que tout le monde se détende. Mais désolée, Polson, c'est l'armée ici.

Elle le coupa alors qu'il tentait de lui expliquer combien il avait pensé à elle ces dernières années et désigna Raven, qui s'apprêtait à prendre la parole :

— On y est ? Vous parlerez chiffons plus tard. Nous partons pour le Canada dans une heure. Nous y retrouverons un officier de la Gendarmerie royale qui nous fournira les autorisations dont nous aurons besoin pour récupérer notre cible.

— Morte ou vive ? demanda Peet.

— Vive.

— Qui est la cible ?

— Un certain « Ecmer Fudd », un passeur qui nous intéresse particulièrement parce que ces deux derniers mois, il a fait trois allers-retours entre Detroit et Montréal. Nous ne savons pas encore s'il a un rapport avec l'affaire de la centrale nucléaire, mais son pseudo est sorti sur ECHELON dans des conversations sans queue ni tête qui ont retenu notre attention. Nous avons aussi l'heure et le lieu de rendez-vous. Il rencontre toujours ses contacts dans le même centre commercial, donc l'opération doit se dérouler en douceur, interdiction de tirer dans le tas. Je suis clair ?

Raven attendit qu'ils aient tous hoché la tête pour continuer :

— Le signal GPS est fiable à deux mètres, mais n'indique pas le niveau. Polson vous équipera de balises pour atteindre la cible et son contact. On veut les deux. Préparez-vous, tenues civiles chaudes, armes de poing et holsters. Vous avez cinquante-trois minutes, pas une de plus.

⁂

Raven sortit le premier de l'hélicoptère et se dirigea droit vers l'homme qui patientait à quelques mètres de l'aire d'atterrissage, adossé à un minivan gris.

— Bonjour, vous êtes Coderre ?

L'homme sortit son badge et attendit que Raven fasse de même pour lui serrer la main.

— Faust, vraiment ? Coderre, enchanté.

Il fit un grand signe aux hommes qui tentaient de se réchauffer en passant d'un pied sur l'autre.

— Salut, les gars, il fait bon aujourd'hui, vous ne trouvez pas ? lança-t-il, avant de se tourner de nouveau vers Raven. Je suis votre caution, si vous faites du grabuge, je vous vire de mon pays. Si vous respectez l'ordre public, vous aurez carte blanche dans les limites de l'accord passé avec mon gouvernement. Je ne veux rien savoir.

— OK, tout est clair. Vous nous servez de chauffeur ?

— Et de nounou. Si je vois quelque chose qui ne me plaît pas, vous remballez.

— Compris. On va au centre commercial du Complexe Desjardins, quartier Sainte-Marie. Vous savez par où on peut passer pour arriver discrètement ?

Coderre ouvrit la porte du minivan.

— Bien sûr, montez, on terminera en métro.

— Notre homme est à environ une heure des lieux, intervint Polson. On y est dans combien de temps ?

— Trente minutes maximum.

— On fonce !

***

L'unité se répartit en binôme par étage : Clara Monaghan et Steve Pickels déjeunaient en amoureux ; Owen et Hadow faisaient du shopping dans un magasin de sport ; Raven et Peet attendaient leurs femmes devant une boutique de lingerie.

— Colonel, ça ne doit pas être cet étage, chuchota Peet.

— Ici c'est Faust ! On n'est pas à la maison ! Et on n'est pas encore certains de l'étage, Polson dit qu'il n'est pas encore arrivé. Prévenez-moi si vous avez du nouveau.

Il bascula sur l'oreillette de Clara, qui venait de l'appeler.

— Clara ?

— Pour l'instant, on a un couple et un homme seul qui vient d'arriver et qui lit des papiers au fond de la salle. Je ne sais pas si ça veut dire quelque chose, mais il n'a pas retiré son chapeau.

⁂

Quelques minutes plus tard, Polson prévint qu'il avait un signal.

— Je capte son téléphone plus fort, donc il monte. Apparemment, ça se stabilise ! Tout se joue entre l'étage de Clara et Steve et celui d'Owen et Hadow, je ne peux pas être plus précis.

Dans la salle de restaurant, un téléphone sonna. Robert Falachon, qui n'avait toujours pas ôté son chapeau, décrocha en s'excusant auprès de ses voisins :

— Oui ?

— Vous êtes en danger. Vous prenez vos billes et vous partez tout de suite.

— Comment ? Par où ?

Un homme de petite taille, en manteau noir, s'approcha de lui, une mallette à la main.

— Par les cuisines. Vous prenez la sortie de secours et après, je vous guiderai.

L'économiste eut juste le temps d'attraper la valise en aluminium et de faire signe à l'autre de partir. L'homme en noir tenta de rebrousser chemin, mais Clara était déjà sur lui. Elle le fit tomber et l'immobilisa d'une prise de jiu-jitsu, avant de le relever sans ménagement pour lui passer les menottes.

Falachon, complètement paniqué, courait aussi vite qu'il le pouvait sans lâcher son téléphone, dans lequel Abraham dictait ses instructions. Il se sentait au bord de la crise cardiaque, mais, suivant les ordres à la lettre, il parvint à échapper à ses poursuivants, qui se croisèrent sans comprendre comment ils avaient pu passer à côté d'une cible apparemment prise au piège.

Ils retrouvèrent Clara, attablée à côté de son prisonnier, et furent bientôt rejoints par Coderre, qui brandissait son badge.

— Gendarmerie royale du Canada. Tout va bien. Faust, on embarque ce gars ?

— Oui, c'est notre Ecmer Fudd.

L'intéressé fit de son mieux pour ne rien laisser paraître de sa surprise, mais n'en menait pas large.

Encadré par six inconnus et un policier, il fut évacué par un escalier qui donnait sur la rue, où un véhicule de police les attendait.

Suivis par le minivan confié à Owen, ils arrivèrent au 4225 boulevard Dorchester Westmount après quarante longues minutes de circulation ralentie par la neige. Coderre passa un bref coup de fil et les mena au sous-sol. L'ambiance de la salle d'interrogatoire était glaciale, et le resta pendant les trois heures qui passèrent : le prisonnier demeura muré dans son silence malgré les menaces de Raven. Lorsque celui-ci fit mine de lever le poing sur son prisonnier, qui ressemblait plus à un employé de bureau qu'à un terroriste, Coderre apparut immédiatement sur le seuil, furieux.

— C'est fini, vous outrepassez vos droits sur ce sol. Vous n'avez rien contre ce citoyen. Je vous demande de quitter les lieux.

— Ne faites pas ça ! Nous savons que…

Devant la raideur de Coderre, Raven se ravisa. Le Canadien avait raison, il n'avait aucune autorité sur ce sol.

— OK, je m'incline, merci pour votre aide.

— Merci à vous, je préfère que cela se passe comme ça.

Le prisonnier retrouva figure humaine, et esquissa même un sourire, qui disparut lorsque Coderre se tourna vers lui.

— Si j'étais toi, je ne me réjouirais pas trop vite. Tu seras libre dans quelques minutes, ça te laisse largement le temps de réfléchir à ce que vont penser tes commanditaires. Si l'Américain a raison, tu ne vas pas vivre vieux.

Raven retrouva ses hommes dans le minivan et leur fit un résumé de la situation. De toute façon, il n'y avait pas grand-chose à raconter.

— Monaghan, vous avez pu voir quelque chose ?

— Le type au chapeau a reçu un appel sur son portable et a complètement changé d'attitude. Le temps qu'on réagisse, il avait déjà filé avec la mallette. Et…

Hadow la coupa pour formuler à voix haute ce que tous pensaient :

— On a une fuite.

— … et j'ai autre chose, reprit Clara. J'ai trouvé ces dossiers sur la table. Le type les lisait avant de partir, il n'a pas eu le temps de les prendre.

Elle tendit la liasse à Raven, qui la feuilleta aussitôt, tandis que Steve démarrait. Il s'interrompit très vite et dut presque se pincer pour croire ce qu'il voyait. En haut à gauche du troisième document s'étalaient, presque obscènes, trois lettres cerclées de rouge qui ne laissaient aucune ambiguïté.

— C'est eux, souffla-t-il.

Le silence se fit dans le minivan tandis que Raven commençait la lecture du manifeste :

« Nous sommes un groupe d'hommes et de femmes réunis par l'idée que l'homme moderne est le cancer de cette planète, un cancer qu'il faut éradiquer avant qu'il ne détruise toute vie sur et sous la surface de la Terre.

Nous jurons de tout mettre en œuvre pour que ce qui suit se réalise.

Notre raison d'être réside en l'avènement d'un ordre nouveau qui commencera par la réalisation de sept missions sacrées :

– Déstabiliser les Bourses, les marchés mondiaux des matières premières et spéculer sur les devises, afin de générer des crises à répétition.

– Provoquer des conflits, en s'appuyant sur les différends religieux et le choc des civilisations. Profiter des catastrophes naturelles pour recruter de nouveaux adeptes.

– Arrêter la croissance d'une partie de la population mondiale moyennant quelques billets, afin de limiter son impact sur les réserves naturelles.

– Changer le rapport de force entre l'homme et la nature en augmentant le nombre des gros prédateurs.

– Éradiquer les déchets de l'humanité en leur fournissant à bas prix des drogues toujours plus addictives et plus mortelles.

– Diffuser de la propagande contre l'ordre établi et notamment la société de consommation pour laisser une chance à certains de se racheter une conduite. Pour que chacun ait conscience de la folie des hommes et de ses conséquences sur l'environnement.

– En dernier recours, éliminer l'humanité en coordonnant des attaques bactériologiques visant exclusivement les humains à travers leur consommation de masse de produits industrialisés.

Nous faisons le serment de tout mettre en œuvre pour que seule l'infime partie de l'humanité qui respecte la nature survive à ce monde décadent et destructeur.

Que le Créateur nous bénisse si nous exécutons sa volonté.

Que le Créateur nous reconnaisse comme ses exécutants.

Que le Créateur, dans sa bonté, nous pardonne si nous nous trompons.

Que le Créateur accorde à Adam d'être assis à sa droite.

Nous sommes BYE.

Nous sommes partout.

Nous vaincrons. »

Raven s'interrompit un instant.

— Eh bien, je crois qu'il n'y a plus de doute. BYE a déclaré la guerre à l'humanité.

Polson rajouta son grain de sel :

— Putain, comme si on n'en chiait pas assez avec Greenpeace…

Le long trajet en hélicoptère jusqu'à la base d'Andrews se déroula dans un silence fébrile. Clara, épuisée, s'endormit, la tête sur l'épaule d'Owen et se réveilla sur celle de Steve, pour entendre que Raven leur donnait à tous une permission jusqu'au lendemain, à 18 heures. Reconnaissants, ils ne se firent pas prier pour gagner leurs quartiers. Raven se rendit dans la remorque où il trouva Polson, le nez collé à son écran, indifférent au hard rock qui sortait des baffles.

— Qu'est-ce que c'est que ce bordel ?

— C'est *Load*. Le dernier album de Metallica ! Oh, mais je rêve ou vous êtes de mauvais poil ? C'est parce que vous avez dû laisser partir le passeur ?

— Coupez le son, gardez vos commentaires pour vous et analysez-moi ça. Il y a mes empreintes, celles de Clara et celles du contact. Je veux son nom.

Polson saisit délicatement le document entre deux stylos et l'inséra dans son scanner. Quelques traces palmaires apparurent sur l'écran, qu'il isola avant de lancer une recherche. Au bout de trente secondes, il se tourna vers Raven.

— Je suis désolé, il n'y a que les vôtres et celles de Clara. Il devait porter des gants. Polson jeta un œil au texte.

— C'est ça, BYE ?

— Il faut croire.

Raven lui tendit le reste des documents que Polson analysa. Il secoua la tête.

— Toujours rien. Je peux juste vous dire que c'est une imprimante Hewlett Packard série Deskjet 840C qui les a imprimés, ce qui ne vous avance pas à grand-chose.

— On a un autre problème. Le contact a été prévenu par téléphone de notre arrivée. Comment cela a-t-il pu se produire ?

— Vous allez me pourrir si je vous le dis, mais j'ai fait une analyse de nos communications et j'ai trouvé quelque chose d'anormal.

— Accouchez.

— Un programme a communiqué une information. Nos coordonnées GPS en fait.

— Putain ! Et c'est la première fois que vous le voyez ?

— C'est la première fois que ça se passe. J'ai vérifié plusieurs fois. Ce sont tous les téléphones de MicroWare. Ils nous pistent. On dirait que quelqu'un a activé une fonction de géolocalisation.

— Tirez ça au clair. Je veux les responsables ! Et je veux surtout que, dès demain, tous nos téléphones soient clean. Retirez le mouchard ou remplacez les appareils, c'est un ordre.

— Ce sera fait, boss. En attendant, je peux aller me coucher ?

Raven parut surpris et regarda sa montre : il était près d'une heure du matin. Il hocha la tête et regagna ses quartiers, prêt à affronter les démons du sommeil.

27 janvier 2007, 18 h 30, Forum économique mondial, palais des congrès de Davos, canton des Grisons, district de Prättigau/Davos, Suisse

Reclus depuis le 24 janvier dans l'antre de la mondialisation, Raven regardait s'agiter les puissants de ce monde avec une curiosité et une distance d'entomologiste. Les chefs d'États et de gouvernements prenaient visiblement plaisir à parler boutique avec les grands patrons, inconscients de la menace qui planait sur leur trente-septième sauterie annuelle.

Car d'après les documents récupérés par Clara au Canada puis dûment analysés par Polson, le risque était grand que BYE prenne le sommet pour cible. Échaudé par l'affaire des mouchards, Raven en avait juste dit assez au général Potter pour que celui-ci accepte que l'unité renforcée par Binck et ses hommes se charge de la sécurité du forum. Le plus ardu avait été de convaincre les autorités suisses et les organisateurs du sommet de la nécessité d'une telle ingérence.

Mais les fouilles quotidiennes de l'énorme bâtiment qui abritait l'événement n'avaient jusque-là rien donné et Raven eut rapidement le sentiment de perdre son temps, à une exception notable : le 24 janvier au matin, il croisa, au détour d'un couloir, un homme à l'allure décontractée qu'il identifia aussitôt. S'étant présenté comme le responsable de la sécurité du sommet – et un utilisateur convaincu des technologies MicroWare –, il eut droit à une chaleureuse poignée de main.

— Monsieur Swanson, j'ai une question. Pardonnez-moi si je suis naïf, mais j'aimerais savoir pourquoi les téléphones de l'armée américaine émettent un signal de localisation GPS.

— Colonel, vous êtes tout pardonné. En fait, c'est l'état-major des armées qui a demandé à ce que chaque appareil soit repérable en cas d'enlèvement ou de disparition d'un de ses hommes.

— Mais qui peut y avoir accès à ces informations ?

— Eh bien… ce que l'homme fait, l'homme peut le défaire. Je dirais donc n'importe quel excellent ingénieur en informatique disposant des numéros de série…

Le milliardaire réfléchit une seconde.

— … ou n'importe quel pirate d'ailleurs ! Heureusement que les numéros de série sont confidentiels, et il va de soi que les lots sont éparpillés. Cependant, je crains qu'il soit difficile de tracer un tel piratage.

Il regarda sa montre.

— Heureux d'avoir pu vous aider.

À moitié convaincu, Raven regarda Swanson se rendre à une conférence tout en communiquant les informations à Polson.

— Eh ben, pour un génie de l'informatique… Je suis dessus en plus de la supervision de l'intranet et des systèmes de sécurité de ce putain de gros bordel de bâtiment ! Au fait, merci de m'avoir encore mis à la cave !

***

La troisième journée que Raven passait à arpenter le bâtiment en espérant que rien ne se détraque dans cette belle mécanique suisse touchait à sa fin. Les premières huiles sortaient des bâtiments après cent quatre-vingt-dix conférences menées sans un accroc, et Raven commençait à souffler quand un brouhaha inattendu se fit entendre depuis les salles fermées par un badge électronique qu'aucun membre de l'unité n'avait pu se procurer. Il appela ses hommes, postés dans les couloirs, qui lui rapportèrent tous que, d'un bout à l'autre du palais des congrès, ils percevaient les mêmes clameurs.

— Polson ! Je veux savoir ce qui se passe !

— Bougez pas, j'ouvre la porte qui se trouve devant vous.

Ce fut fait en quelques secondes et, dans la foulée, Polson lâcha :

— Oh merde !

— Ça, ça veut dire que vous voyez ce que je vois ?

— Oui, je suis connecté à leurs écrans et ils affichent tous la même chose.

— Et les journalistes ?

— Toujours sous leur tente chauffée… mais ils ne voient rien de tout ça. J'essaie de tout couper, mais c'est du costaud !

Raven relut l'avertissement qui défilait en plusieurs langues avant d'ordonner à Polson de le couper.

> « Ce message s'adresse à vous, impérialistes capitalistes, qui voulez décider de l'avenir du monde.
>
> Si vous et vos dirigeants politiques, ceux que vous avez placés là où ils sont, ne prenez pas des mesures en faveur de la préservation de la planète, vous saurez ce que le mot "chaos" veut dire.
>
> Nous vous promettons un ouragan qui balaiera les économies de vos pays. Aucune nation n'y échappera, nous vous le garantissons.
>
> Œuvrez pour le bien de la planète ou nous réduirons en cendres ce système perverti.

Nous sommes BYE.

Nous sommes partout.

Nous protégeons la planète malgré vous. »

Les écrans du bâtiment s'éteignirent brusquement. Le premier surpris de cette interruption de son petit programme fut Swanson, qui se reprit très vite et se mit à applaudir fermement. Incrédules, les autres spectateurs commencèrent par le dévisager jusqu'à ce que le ministre suisse de l'Économie l'imite. Au bout de quelques secondes, toute la salle battait des mains sans bien savoir au juste ce qu'elle saluait.

Swanson profita du relâchement général pour grimper sur l'estrade et s'emparer du micro du conférencier, qui ne comprenait toujours pas ce qui était venu perturber la présentation de ce beau PowerPoint préparé avec amour par l'un de ses stagiaires.

— Mais…

— Pas de mais, vous savez ce qui s'est passé ici ? Visiblement pas ! Alors, laissez-moi expliquer.

La discussion qui sortait des haut-parleurs suscita des ricanements et quelques sifflements. Manifestement, les sympathies allaient au PDG de MicroWare, à tel point que l'autre finit par lâcher son précieux micro.

— Polson, enregistrez-moi le micro de la salle Sanada 1+2, souffla Raven.

— Qu'est-ce qu'il se passe ?

— Cherchez pas ! Enregistrez, on verra ce qu'on en fait ensuite.

Le public s'amassait devant la porte de la salle, tandis que Peter Swanson, très à l'aise, lui livrait un discours sur-mesure, mêlant flatteries et *private jokes*, avant d'adopter un ton plus grave :

— Mesdames et messieurs, cette année, le forum est ouvert aux réseaux sociaux tels que Facebook… et nous venons de subir ce que nous appelons dans notre jargon « une cyber-attaque ». Quelqu'un a pris le contrôle des installations électroniques pour diffuser cet avertissement. Quoi qu'on en pense, des gens capables d'une telle manœuvre méritent que nous leur portions de l'intérêt…

Il se pencha comme s'il s'apprêtait à livrer une confidence.

— Libre à vous de continuer comme si de rien n'était, mais pour ma part, j'en tiendrai compte. La bonne nouvelle, toutefois, c'est que nous avons apparemment dans les locaux un très bon informaticien qui est parvenu à couper le message en un temps que je qualifierais de record. D'ailleurs, s'il daigne se montrer, je l'embauche tout de suite !

Des applaudissements nourris retentirent, que Raven mit à profit pour demander à Polson de diffuser le discours dans toutes les autres salles, avant de lui passer Klaus Schwab, l'organisateur du sommet, qui tenait à le remercier en personne.

— Je ne sais pas ce que nous aurions fait sans vous. Ces terroristes informatiques sont redoutables.

— Des hackers, monsieur. Je pense que vous serez satisfait de savoir que cela ne se reproduira pas. Il y avait une faille dans votre système, une liaison entre votre serveur Internet et votre réseau intranet. C'est réglé.

— Mais comment est-ce possible ?

— Tout ce que je sais, c'est que l'action a été lancée de l'intérieur par une Yes card… Pour faire simple, c'est une carte qui dit oui à toute demande d'identification. Apparemment, ajouta-t-il en tapant à toute vitesse sur son clavier, elle a été utilisée pour pénétrer dans le centre informatique il y a huit jours. Par… attendez, je vérifie…

désolé, il va être impossible de le reconnaître, il a un chapeau et baisse la tête devant toutes les caméras.

— C'est déjà beaucoup, je vous remercie encore. M. Swanson souhaite vous embaucher, mais, si cela vous intéresse, nous aurions bien besoin d'un petit gars comme vous chez nous.

Polson déclina aimablement et ils raccrochèrent. Raven se dirigea vers le sous-sol, où l'informaticien avait pris ses quartiers, et dont la voix surgit du désordre d'ordinateurs et de fils :

— Eh oui, je suis le meilleur ! Je mériterais…

— Une augmentation, je sais. On y pensera après votre rapport.

— C'est plutôt simple. Un type est venu dans le local informatique et a relié deux serveurs entre eux, ce qui a permis à un logiciel de se répandre dans le système et de prendre le contrôle des écrans pour diffuser son message.

— Donc, on ne sait pas qui.

— Non, impossible. Cinq cents personnes ont pu passer par là à ce moment précis. Ce que je sais, c'est que c'est un travail de pro.

— Isolez-moi le message, ça me fera une preuve pour Potter.

— Comment ça ? Et le manifeste qu'a récupéré Clara ?

— Il ne l'a jamais vu, avoua Raven à voix basse.

— Donc, vous ne lui faites pas confiance. Ni à lui ni à Swanson. Ni à personne en fait.

— M'emmerdez pas, fit Raven d'un ton las. Je vous l'ai dit à vous. Vous en avez bavé avec moi et pourtant, vous venez de refuser un job peut-être trois fois mieux payé, alors…

— J'arrête de vous emmerder… OK. Ça fera une preuve irréfutable pour Potter, qui ne doit rien savoir du manifeste du Canada, même si je ne sais pas pourquoi. Au fait, j'ai menti au type de tout à l'heure : il y a une piste. Le gars au chapeau d'il y a huit jours est monté dans une voiture de location garée sur le parking.

— Alors on peut l'identifier ?

— On peut toujours essayer.

Après une heure de recherches, Polson trouva l'agence de location de la berline et s'infiltra dans les fichiers, où il pêcha un scan de passeport canadien.

— Un faux, affirma le colonel.

— À quoi le voyez-vous ?

— Le truc là, dans l'angle, fit-il en désignant une petite rayure. Mais même sans ça, la fausse barbe et les lentilles, c'est un peu trop. Vous avez une piste ?

— Eh, je suis le meilleur, mais je n'ai pas encore de superpouvoirs !

— Arrêtez de déconner tout le temps, Polson… Dites-moi plutôt ce que vous pouvez me trouver.

— Son identité, c'est pas gagné pour l'instant. Par contre, quand il quittera le pays, je le saurai. Enfin, s'il utilise le même passeport.

— Eh bien, qu'attendez-vous, Batman ?

— « Jake 2.0 », mais bien tenté. Je m'y mets.

⁂

Dans le hall du palais des congrès, tassée au milieu de ses confrères – et de quelques rares consœurs –, Jane Marsh poussa un soupir de soulagement en voyant enfin arriver Schwab.

Le Suisse monta à la tribune et expédia son point presse quotidien en un temps record, tandis que les crayons couraient sur les calepins. La pointe de lassitude qui s'était installée sur les visages se mua en une nette curiosité lorsqu'il conclut son allocution sur un appel à de meilleures pratiques écologiques, bien loin de la tonalité habituelle du sommet. Jane fut la première à réagir :

— Monsieur Schwab ? Peut-on en savoir plus sur cette déclaration d'intention ?

— Eh bien, mademoiselle, j'estime que le développement durable ne peut plus rester une vague notion ni l'apanage des écologistes. Nous devons profiter de la bonne santé de l'économie pour passer à la pratique. En attendant, je vous remercie d'être venus et vous attends demain pour notre dernière entrevue de l'année.

⁂

Raven fit doubler la sécurité de l'hôtel Sheraton de Davos, transformant le hall façon chalet de luxe en véritable coffre-fort. Jane Marsh, quant à elle, expédia son compte rendu quotidien et abandonna la salle de presse au profit d'un salon de coiffure, où des mains expertes lui donnèrent une allure chic et bohème. Vêtue d'une robe de soirée, elle s'installa dans un profond fauteuil du très cosy Matha Bar en attendant les dragueurs, un carnet de croquis à la main. Le premier candidat coupa rapidement court devant les questions trop insistantes de la jeune femme. Jane décida alors de se concentrer sur son personnage d'inoffensive artiste peintre en vacances. Elle dut subir les bavardages sans intérêt de trois financiers insipides avant d'obtenir enfin une information intéressante.

— Quel plaisir de rencontrer quelqu'un qui n'est pas de la partie ! Vous êtes ma deuxième surprise de la journée : à la vôtre !

— Ah ? Et pourquoi seulement la deuxième ? badina-t-elle.

— Je ne sais pas si je peux vous le dire, mais puisque vous êtes…

— Artiste peintre. Et aussi muette qu'une tombe.

L'homme but une gorgée de son cocktail et fit tinter son verre contre celui de Jane.

— Oh ! rien de bien passionnant, mais cela nous a distraits un peu. Un dingue a piraté le système informatique et menacé de déclencher un ouragan si nous, les « capitalistes » libéraux, ne prenions pas le taureau par les cornes pour protéger l'environnement.

— Apparemment, vous n'avez pas pris la menace au sérieux…

— Moi, non. Mais certains ont été impressionnés par le piratage. Ça a créé un sacré désordre avant qu'un petit génie de l'informatique, si j'ai bien compris, réussisse à couper les écrans.

— On n'est à l'abri nulle part ! Et personne ne sait de qui venait le message ?

— Je n'en ai pas la moindre idée. Par contre, je boirais bien une coupe de champagne dans un endroit plus tranquille. Et si on continuait cette discussion dans ma chambre ?

— Je suis désolée, mon galeriste m'a épuisée. Laissez-moi votre numéro de chambre, je vous rendrai visite demain soir.

— Je suis à la 4075.

Jane se leva et gratifia l'homme d'affaires, visiblement déçu, de son sourire le plus charmeur.

Elle sortit du Sheraton et héla un taxi qui l'amena à son hôtel. Dans sa chambre, elle appela son patron et lui résuma la situation en ôtant les épingles qui retenaient son chignon.

— Merde, Jane, vous ne voulez pas arrêter de voir des complots partout ? C'est un hacker, un plaisantin, au pire, un écolo… Faites ce pour quoi vous êtes payée pour une fois ! Bon, ça suffit. Il est tard, je rentre, on m'attend. Vous avez compris ?

— Oui, oui, d'accord. Bonne soirée.

***

Le lendemain, au bar d'un restaurant huppé de la station, un homme se planta devant elle, deux flûtes de champagne à la main. Il paraissait très sûr de lui. Piquée par la curiosité, Jane Marsh accepta son invitation à sa table. Serguei Petrov, ainsi qu'il se présenta, se montra très affable. Il n'était pas l'un des deux mille quatre cents participants au sommet économique et cherchait à se faire des contacts.

Il se disait millionnaire en dollars et, après une heure de bavardages anodins, lui proposa très sérieusement de venir mener avec lui la grande vie à Moscou. Jane déclina aimablement son offre, prétextant être « overbookée » avec ses shootings de mode, tout en laissant la porte entrebâillée. Après tout, il y aurait peut-être un papier à en tirer, plus en tout cas que de l'affaire du hacker, sur laquelle l'omerta semblait de mise.

18 février 2007, 10 h 47, parc Stanley, Vancouver, Colombie-Britannique, Canada

Raven et ses hommes planchèrent jour et nuit pour découvrir l'identité des commanditaires du hacker de Davos. Après quinze jours infructueux passés à éplucher ses contacts, ses factures, à écouter son téléphone et à le suivre dans le moindre de ses déplacements, Raven décida d'agir.

Assis sur un banc, il lisait dans le *Los Angeles Times* le récit des prémices d'un bouleversement économique. « La réserve fédérale ayant relevé ses taux directeurs d'un à plus de 5 % entre 2004 et 2006, les petits emprunteurs se voient peu à peu incapables de rembourser leur prêt immobilier, souvent signé à la va-vite et sans voir qu'ils hypothèquent leurs biens en contractant leur crédit.

Résultat des courses, nous assistons depuis l'année dernière à des expropriations en série. Mais là où le bât blesse, c'est que les biens récupérés, parfois dégradés par les propriétaires furieux d'être spoliés, ne parviennent plus à se vendre. Les experts prévoient une crise sans précédent qui devrait toucher la planète dans les mois à venir. »

Raven regarda sa montre et compta silencieusement. Au top, il leva la tête au-dessus de son journal et vit passer la cible qui faisait son jogging, comme tous les jours.

— Préparez-vous, il sort du parc. Cinq, quatre, trois, deux…

La porte d'une camionnette blanche s'ouvrit.

— Un. Top !

— Le colis est emballé.

Raven replia tranquillement son journal et se dirigea vers le véhicule en observant les passants, dont aucun n'avait remarqué quoi que ce soit. Il fit glisser la porte latérale et adressa un sourire glacial au jeune homme bâillonné et menotté, dont les yeux bleus lançaient des éclairs. Il tapa sur le métal pour donner le signal du départ. L'homme respirait fort par le nez et il commençait à trembler sous l'effet de la sueur froide, ce qui ne l'empêchait pas de défier Raven du regard. Le militaire répondit par une gifle sonore qui le calma un peu. Lorsqu'ils arrivèrent en pleine campagne, Owen ôta le bâillon au prisonnier qui commença à gueuler.

— Mais qui vous êtes ? Qu'est-ce que vous me voulez ? Vous ne savez pas qui vous avez enlevé ! Je suis…

Un coup de poing dans l'estomac interrompit ses protestations.

— Arnold Quartone. Tu vis à Vancouver, à Québec aussi, tu travailles comme technicien informatique pour Y-Tech. Tu es un bon citoyen qui paie ses impôts et ses contraventions. Et sinon, ces vacances en Suisse, c'était comment ?

Le jeune homme reprit son souffle et entreprit de s'asseoir.

— Je ne vois pas de quoi vous parlez.

Raven décida que l'endroit était trop exigu pour un interrogatoire. Il ouvrit la porte et poussa son prisonnier dehors, qui roula dans une fine couche de neige.

— On sait pour ton faux passeport et on a la vidéo du palais des congrès. Apparemment, tu es plus doué pour entrer discrètement dans un ordinateur que dans un lieu public.

— Qu'est-ce que vous voulez ?

— Des noms, des adresses, tout le truc.

Les mains toujours attachées dans le dos, Quartone se redressa péniblement tout en réfléchissant à ce qu'il allait bien pouvoir dire.

— Je ne peux pas vous parler de ce que j'ignore.

— C'est une réponse, ça ? fit Raven en se tournant vers Owen.

— Non, patron. Mais il faut dire qu'il ne sait pas qui vous êtes.

— C'est vrai.

Raven sortit son arme et y vissa un silencieux.

— Je suis celui qui n'hésitera pas à te descendre si tu ne lui lâches rien. Je suis un de ces gars qui n'ont aucune existence officielle et qui peuvent donc tout faire sans être inquiétés. Tu commences à me comprendre ? Oui ! Il comprend.

— J'ai été contacté par mail.

— Faux, nous n'en avons trouvé aucune trace.

— Si, si, je vous jure ! Mais les mails s'effaçaient au bout de quelques minutes et c'était impossible de les retrouver. On me demandait d'aller à tel endroit, à telle heure, j'y allais et je trouvais des enveloppes.

— Pourquoi toi ?

— J'en sais rien ! Peut-être pour mon passé de pirate activiste. Je hackais des sites officiels, j'étais célèbre dans mon…

Voyant l'agacement sur le visage de Raven, Quartone s'arrêta net.

— J'ai eu un passeport, du fric, des vêtements et même des lentilles ! Puis j'ai reçu un mail que j'ai dû apprendre par cœur.

— Qu'est-ce qu'on te demandait ?

— De me rendre en voiture de location à Davos, de pénétrer dans le palais des congrès et de switcher les serveurs tout en préparant le terrain pour que ça fiche le bazar dans l'installation.

— Et on t'a dit de revenir pour le bouquet final ?

— Non ! On m'a dit de prendre quelques jours aux frais de la princesse à Genève. Le reste de l'argent m'attendait dans ma boîte aux lettres à mon retour. Fin de l'histoire.

Raven braqua son arme sur le front du jeune homme paniqué.

— Un nom ?

— Non, aucun. Juste une signature : BYE. Je ne sais même pas ce que c'est, mais on dirait qu'ils grouillent sur la Toile.

Raven rangea son arme et se tourna vers Owen.

— Il n'en sait pas plus.

Puis il regarda en contrebas.

— Tourne-toi.

Le jeune homme s'exécuta et Raven détacha ses menottes.

— Puisque tu es en tenue de sport, j'imagine que tu ne vois pas d'inconvénient à rentrer à pied ?

— Euh, non. Mais je suis où ?

— Tu n'as qu'à nous suivre, on va du côté de chez toi !

La camionnette démarra.

Raven ouvrit la trappe de la cloison qui les séparait du chauffeur.

— Polson, qu'est-ce que vous pensez de ces mails ?

— Je ne sais pas, c'est très difficile à réaliser. Il faut de gros moyens.

— Comme ceux de MicroWare ?

L'informaticien avait déjà cherché le lien, sans aboutir à aucune conclusion qui le satisfasse. Il fixa son regard sur la route, ce qui avait l'avantage de lui éviter de soutenir celui de Raven, et finit par répondre :

— Nous n'avons rien trouvé. Vous m'avez fait remonter la piste, elle s'arrête au bureau du général Potter…

— Il ne reste plus que les *Looney Tunes* alors.

Pour la première fois ce jour-là, Robert Raven douta de sa capacité à atteindre la tête de l'organisation qui avait assassiné sa famille. Lorsqu'il rentra dans ses quartiers, il écouta le message de sa femme et se fit le serment de ne jamais baisser les bras. Aux petites heures du jour suivant, il s'était résolu à retourner à la maison qu'il avait quittée en septembre 2001 une fois sa mission accomplie. Il se mit aussitôt au travail.

30 mars 2007, 23 h 12, Samode Palace, Samode, Rajasthan, Inde

Indivar Suresh surprit tous ses disciples, qui le tenaient pour un homme des plus austères, quand il les invita à célébrer avec lui le Nouvel An hindou dans un palais aux allures de petit Taj Mahal qu'il avait loué pour l'occasion. Ils ne se firent néanmoins pas prier à l'heure de s'attabler comme des maharadjahs, et même la très guindée Elizabeth Carlson profita des délices du spa qui leur était réservé. Enroulée dans sa serviette, confiant son dos raide aux doigts de fée d'une masseuse, elle passa le premier après-midi à plaisanter avec Tatsuo Tanaka, qui semblait enfin se détendre. Kate, quant à elle, prétexta une migraine et dit qu'elle montait s'isoler dans sa suite.

— Ne soyez pas paranoïaque, Abraham, Eve est peut-être tout simplement pudique, fit Suresh en reposant délicatement sa tasse de porcelaine fine. Que savez-vous des femmes, vous, le solitaire ? Si je ne vous avais pas sauvé la vie ce fameux jour de mai, vous seriez mort sans avoir connu l'amour.

— Et vous savez aussi bien que moi où cela m'a mené, Pierre. Elle est morte maintenant.

— Je ne peux pas le nier. N'oubliez pas que c'était aussi ma fille… Mais il est inutile de refaire l'histoire : ceux qui ont permis cela sont en train de payer.

Alors c'était ça l'histoire des semences, songea Kate, qui avait préféré se dissimuler derrière un paravent lorsqu'elle avait compris que la conversation prenait ce tour étrange.

***

Le soir, les faux touristes VIP eurent droit à un dîner fastueux au terme duquel Indivar Suresh les prit de nouveau au dépourvu.

— Frères et sœurs de Biocalypse, demanda-t-il en refermant la porte de la bibliothèque sécurisée, avez-vous déjà assisté à des combats de chiens ?

Il eut un petit rire en voyant un étonnement teinté de désapprobation se peindre sur tous les visages.

— Eh bien, vous avez tort, c'est passionnant ! Ces bêtes sont indifférentes à la douleur et combattent parfois jusqu'à la mort. Ou plutôt devrais-je dire jusqu'à un épuisement fatal. Alors, imaginez que ces animaux s'attaquent à l'homme. Qui aurait le dessus d'après vous ? Pour tout vous dire, j'ai la réponse puisqu'il m'a été donné d'assister à ce genre de spectacle récemment en Russie… Mais plutôt que de vous raconter ma vie, je préfère vous faire partager ce que cela m'a inspiré. Abraham, vous voulez bien lancer la petite vidéo ?

Le visage de Swanson vira au verdâtre quand le tigre se jeta sur un villageois terrifié et commença à le déchiqueter, tandis que Kate détournait le regard.

— Pierre, devons-nous vraiment subir cette… chose ? intervint Elizabeth Carlson. C'est parfaitement écœurant !

— Cette chose, comme vous dites, est le résultat du travail acharné de mon laboratoire. Nous avons produit des spécimens redoutables, aussi agressifs que furtifs, qui formeront bientôt une armée animale prête à se lancer à l'assaut des villes.

Il émit de nouveau un petit rire qui glaça l'assemblée et fit signe à Abraham d'arrêter la vidéo.

— Eh bien, je ne vous croyais pas si sensibles ! Passons à vos projets. Frère Bernard ?

— Eh bien, moi, je…

— J'ai quelque chose à dire, coupa Kate, essuyant un regard si furibard de Falachon qu'il lui sembla presque comique.

— Très bien, les dames d'abord, fit le Français en serrant les dents.

— Merci. Eh bien, je voulais vous dire que j'avais envoyé quelqu'un rendre une petite visite au siège de Masanta.

Il y eut quelques regards furtifs en direction de Suresh, qui semblait aussi abasourdi que les autres et adressa à Kate un signe qu'elle fut sans doute la seule à percevoir. Elle leur raconta comment elle avait envoyé un cambrioleur professionnel faire les fonds de tiroirs des bureaux de la multinationale au début du mois de février, et comment l'homme, qu'elle n'avait jamais rencontré en personne, lui avait déposé dans une boîte postale une épaisse enveloppe kraft. Elle avait payé le prix fort pour qu'il fasse le tri pour elle et ne lui apporte que les dossiers estampillés « à détruire après lecture » et autres « confidentiel, vu uniquement ». Des papiers dont elle avait naturellement fait des copies dont elle distribuait à présent un exemplaire à chacun. Elle ne mentionna pas la copie qu'elle avait fait parvenir, sous pli anonyme, à Jane Marsh.

Elizabeth Carlson manqua s'étouffer.

— Je suis outrée que vous fassiez ce genre de choses de votre propre chef sans en référer à notre conseil !

— Je n'avais pas le choix, Betty. Faute d'obtenir votre soutien, il était de mon devoir de vous ouvrir les yeux, à tous, sur les agissements de cette société.

Voyant Abraham sur le point de prendre la parole, Pierre leva la main.

— Nous vous remercions pour ces documents, sœur Eve, mais que croyez-vous ? Nous savons déjà tout cela !

Tout ce que vous avez obtenu, c'est de vous exposer à un danger que vous ne mesurez pas.

— Que je ne mesure pas ? Et mon mari ? Et ma fille ? Vous croyez qu'ils ont disparu par l'action du Saint-Esprit ?

— Ne pensez pas que nous soyons indifférents à votre malheur, Eve. Nous avons tous ici une histoire douloureuse qui nous permet de compatir à la vôtre. Mais il faut que vous compreniez que ce n'est pas une manière d'agir. La priorité va aux missions que nous avons définies. Suis-je bien clair sur ce point ?

Kate hocha la tête avec un regard qui contredisait son attitude soumise.

— Alors l'incident est clos. Dites-nous plutôt où en sont vos missions.

Kate s'exécuta, tout en se repassant la scène. Quelque chose, dans l'attitude des conjurés, avait attiré son attention, mais elle avait du mal à l'identifier. Elle comprit soudain pourquoi, car plus que les protestations de Betty et d'Abraham, c'était le mutisme de Swanson, Tanaka et Falachon qui l'avait frappée. S'agissait-il d'une approbation silencieuse ? Alors si c'était le cas – et si Biocalypse fonctionnait selon des règles réellement démocratiques, comme le prétendait Suresh –, son opinion n'emportait-elle pas la majorité des suffrages ? Kate se promit de creuser cette possibilité et écouta d'une oreille distraite les témoignages suivants qui se succédèrent dans une ambiance électrique.

Dès le lendemain, elle faussa compagnie aux autres, ravis de profiter quelques jours encore des installations du palace, et partit pour Vienne retrouver son foyer.

12 avril 2007, 19 h 25, entrepôt de stockage, route de Khimki, Moscou, Russie

Jane batailla ferme avec son rédacteur en chef pour tenter d'imposer son article sur la firme Masanta au *New York Times*, mais l'homme refusa de publier des informations de source anonyme. Elle vendit donc le papier au *Guardian* et, pour regagner sa confiance, proposa à son patron son histoire de magnat russe au passé douteux.

Elle se rendit donc fin mars à Moscou, où elle se mit à fréquenter assidûment ce Serguei Petrov, qu'elle avait croisé quelques fois depuis Davos. Elle se débrouilla pour maintenir entre eux une intimité suffisante pour qu'il se confie à elle sans toutefois mettre en jeu sa sécurité. Jane n'était pas facilement impressionnable, mais elle avait bien conscience, cette fois, d'avoir affaire à un authentique dingue, et désœuvré qui plus est.

Dans la lignée des diverses excentricités plus ou moins inquiétantes, il avait décidé ce soir-là qu'un combat de chiens constituerait le rendez-vous romantique parfait pour fêter son premier mois de flirt avec cette photographe de mode délurée. Après tout, les photos porno chic que Jane lui avait montrées dans un numéro de *Vogue* n'étaient pas le travail d'une oie blanche. En arrivant dans l'entrepôt miteux perdu sur la route de Khimki, vêtue du sublime manteau de cuir noir que Petrov lui avait offert pour l'occasion, Jane sentit que la soirée serait plus éprouvante que les autres. Petrov, qui la présentait comme sa « petite amie » aux relations qu'ils croisaient, ne semblait pas décidé à lui laisser l'initiative, et de toute façon, à dix mille dollars la place, il était hors de question de partir avant la fin du « spectacle ».

Après plus d'une heure de violence pure, où les hurlements des parieurs le disputaient aux aboiements sauvages des bêtes, la voix du maître de cérémonie résonna, tonitruante, dans les haut-parleurs. Jane, dont le russe se limitait à quelques formules de politesse, comprit que quelque chose était sur le point d'arriver. Elle ne se trompait pas, mais sentit son cœur s'arrêter quand elle vit l'homme pénétrer dans la cage située en contrebas. Blême, elle se tourna vers Serguei, qui sortait une liasse de billets.

— Non ! Ne me dis pas que… Ils ne vont pas lâcher les chiens sur ce gars ?

— Il est payé pour ça, répondit-il avec un grand sourire. S'il sort vivant, il sera riche.

— Mais…

— Tais-toi, regarde. Profite. Ils donnent des bouts de cadavres aux chiens pour qu'ils apprennent. Il paraît qu'ils adorent le goût de la chair humaine, c'est dingue, non ?

— Mais où trouvent-ils les morceaux ? demanda Jane.

— J'en sais rien ! Regarde, tu vas rater le plus drôle !

À la grande surprise de presque tous les parieurs, l'homme semblait prendre le dessus sur la bête. Il plaça sous son bras le cou du molosse, qui enserra son avant-bras dans ses puissantes mâchoires. Même au prix d'un effort surhumain, il ne parvint pas à desserrer l'emprise de la bête, mais à force de coups sur la gueule, celle-ci lâcha un instant sa prise. Grognant furieusement, le chien revint aussitôt à la charge. Essuyant morsures et griffures profondes, l'homme contre-attaqua de ses poings nus, se concentrant sur le corps de l'animal, tandis que les clameurs du public descendaient jusqu'à la fosse, de plus en plus présentes. Certains tapaient carrément sur les grilles, encourageant l'homme ou la bête, et les billets passaient de main en main à une allure vertigineuse. Sergei semblait éprouver un grand plaisir à regarder cette scène, jusqu'au moment où, dans un dernier effort, le gladiateur des temps modernes arracha la trachée de l'animal, qui lâcha prise instantanément et tomba raide mort dans son propre sang. Le bras gauche déchiqueté, l'homme se releva et leva la main droite en signe de victoire, sous les huées des parieurs malheureux.

— Ce n'est pas grave, ce n'est que de l'argent ! lança Petrov. Viens *dragatsennaïa*, allons manger et danser.

Jane le regarda droit dans les yeux sans cacher son mépris. Il avança d'un pas martial jusqu'à la sortie et l'entraîna à l'écart de la foule.

— Tu commences à ne plus m'amuser du tout, l'Américaine. Je t'emmène au meilleur spectacle de Moscou et tu arrives juste à faire la gueule. Alors, soit tu te calmes et tu viens dans ma chambre ce soir, soit c'est terminé entre nous. D'ailleurs, ce n'est pas comme si ça avait vraiment commencé.

— Si tu crois que tu vas me séduire comme ça, Serguei, tu te trompes lourdement.

— Très bien, tu as raison, de toute façon, je me suis lassé de toi. Tu gardes le manteau, mais tu rentres chez toi toute seule, toi et ton indépendance !

Petrov fit signe à son chauffeur de démarrer en laissant Jane en plan. Sidérée, la jeune femme mit quelques minutes à réagir. Elle ne savait pas exactement où elle se trouvait ni comment elle allait se débrouiller pour rentrer, en revanche, elle avait parfaitement conscience que son prochain reportage venait tout juste de commencer.

2 octobre 2007, 10 h 15, parc national Jim Corbett, État d'Uttarakhand, Inde

Faute d'informations précises sur l'emplacement exact du laboratoire, les hommes de Raven, dans leur panoplie de randonneurs, crapahutèrent pour rien pendant douze jours.

Ils étaient assaillis sans relâche par un ennemi qui rendait plus redoutable encore la chaleur humide ambiante : une véritable armée de sangsues affamées, qui semblaient percevoir la chaleur de leur corps à des kilomètres à la ronde. Ces bestioles se collaient partout, jusqu'au bout des doigts et même sous les vêtements. Et une fois qu'on les avait arrachées, elles provoquaient une hémorragie qui éveillait l'intérêt des prédateurs – ce que Rajan avait pu vérifier l'avant-veille, quand il s'était trouvé nez à nez avec un ours à collier alors qu'il sortait de sa tente pour prendre son quart. L'animal, qui ne craignait visiblement pas le feu de camp, se dressait devant lui, gueule grande ouverte, levant la patte sur le traducteur. Le coup lui aurait sans doute été fatal si Peet, qui revenait de son tour de garde, n'avait pas eu le réflexe de tirer sur l'animal.

L'exploration concentrique menée par les militaires porta enfin ses fruits au matin du treizième jour, lorsqu'ils découvrirent un ensemble de bâtiments entouré de parois de bétons autoportantes de trois mètres de haut, caché du ciel par des filets de camouflages savamment tendus. Les hommes passèrent une journée à explorer les environs du complexe afin de repérer le moindre mouvement.

Le matin du 2 octobre 2007, après quatre heures d'observation dans la moiteur de la forêt, Raven fit savoir à ses hommes que l'assaut était imminent et leur demanda de se tenir prêts à intervenir.

Alors qu'il coupait la communication, un message lui parvint dans l'oreillette :

— Colonel, j'ai… euh… un berger en visuel.

— Vous avez quoi, Rajan ?

— Un berger… un vieux avec des moutons.

— Faites-moi dégager ça.

— Je veux bien, mais je lui dis quoi ?

— Putain, il faut tout faire soi-même ! Rejoignez-moi en mode touriste égaré.

Les faux randonneurs se retrouvèrent juste avant de déboucher sur la clairière où Rajan avait repéré le vieil homme. Celui-ci demanda à Rajan ce qu'ils cherchaient dans cet endroit perdu. Ils discutèrent quelques instants et le vieillard, qui sentait aussi fort que ses bêtes, lui indiqua une direction. Raven le laissa effectuer quelques pas avant de le ligoter et le bâillonner en prenant soin de ne pas lui faire trop de mal. Rajan s'efforça de le rassurer tandis que Raven l'attachait à un arbre :

— Dans une heure ou deux, on te relâche. Reste tranquille et tu retrouveras tes moutons avec en prime une belle somme d'argent. Secoue la tête si tu comprends.

Indivar Suresh hocha la tête en souriant sous son bâillon et regarda ses agresseurs disparaître sous les épais feuillages, savourant l'ironie de la situation, car il avait lui-même soudoyé un paysan en échange de ses vêtements et de ses bêtes lorsqu'on l'avait prévenu de l'attaque imminente. Par jeu, par défi, il n'aurait su le dire lui-même, il avait décidé d'assister à l'anéantissement de son laboratoire – après, bien sûr, avoir détruit les papiers compromettants et lâché dans la nature ses plus belles créations. En somme, il ne sacrifiait là que des pions. Il se tortilla quelques secondes afin de sortir le canif qu'il avait caché dans sa ceinture de tissu. Il coupa ainsi ses liens de plastique et se libéra de son arbre, juste à temps pour assister à l'assaut.

Deux explosions presque simultanées, de part et d'autre de l'enceinte, provoquèrent des brèches dans le béton, par lesquelles l'équipe, divisée en deux groupes, s'engouffra sans rencontrer de résistance. Raven, Peet et Rajan pénétrèrent dans un long couloir éclairé par des néons blafards, dont les parois vitrées laissaient entrevoir des salles bourrées de haute technologie.

Assourdi par les hurlements d'une alarme, Raven ouvrait la marche tandis que Rajan faisait sortir un à un les scientifiques hébétés et que Peet assurait leurs arrières. Mais c'est de l'avant que survint le danger, quand un molosse aux babines écumantes se précipita droit sur Raven qui l'abattit d'une balle dans la tête.

⁂

Quelques minutes et quelques arrestations plus tard, ils retrouvèrent le groupe mené par Steve.

— Tous les labos sont sous contrôle. Pas de pertes. Deux chiens abattus. Vingt-trois prisonniers, dont un blessé… il a résisté.

Ils réunirent les prisonniers dans une grande salle et les encerclèrent, l'arme au poing. Raven envoya Rajan couper l'alarme et s'adressa aux scientifiques, qui regardaient leurs pieds, comme s'ils détenaient la clé de leur salut.

— Qui parle ma langue ?

Sept mains tremblotantes se levèrent.

— Toi, le petit à lunettes, suis-moi !

L'homme d'une cinquantaine d'années obéit avec l'entrain d'un condamné à mort et rejoignit Raven dans la pièce attenante, d'où l'on entendit très vite monter des cris d'effroi suivis, quelques minutes plus tard, d'un coup de feu. Puis ce fut le silence, jusqu'au retour du colonel, qui s'empara au hasard d'un autre otage et le traîna dans un autre bureau. L'homme tremblait comme une feuille et sembla près de s'évanouir quand Raven lui demanda ce qu'il savait des activités du labo :

— Rien ! Je ne sais rien !

— Tu as entendu ce qui est arrivé à ton copain ? Tu veux connaître le même sort ?

— Non, non, pitié !

— Alors, parle !

Le chercheur ne se le fit pas dire une seconde fois et débita sa confession à une allure de mitrailleuse. Il raconta comment, à grand renfort de matériaux de construction acheminés par camion et de main-d'œuvre venant de très loin, ce complexe était sorti de terre. Aiguillonné par la peur, il lâcha qu'il travaillait depuis des années sur la mutation génétique des espèces afin de les rendre plus agressives et qu'ils étaient en phase de production de masse pour trois d'entre elles : le tigre, l'ours à collier et le léopard des neiges. Quelques coups bien dosés permirent à Raven d'apprendre que les bêtes étaient élevées dans un sous-sol protégé par une porte blindée, dont il obtint la combinaison grâce à une nouvelle paire de gifles.

Le responsable scientifique passa également aux aveux et osa émettre un avis :

— Je ne comprends pas ce que vous faites ici. Vous êtes américains !

— Et alors ?

— C'est de l'ingérence ! Le gouvernement finance notre projet, vous n'avez rien à faire sur notre sol.

Raven crut avoir mal entendu et lui fit répéter.

— Nous sommes payés par le ministère de la Défense, précisa le chercheur, qui paraissait sincère.

— Comment pouvez-vous croire que le gouvernement financerait une chose pareille ? J'imagine que vous êtes bien payés et que l'argent vous aveugle… Du moins je l'espère, sinon vous méritez le prix Nobel de la stupidité.

L'homme baissa les yeux et Raven secoua la tête, plus atterré que furieux.

— Où est ton chef ?

— Je ne sais pas, nous ne l'avons jamais vu, commença-t-il, avant d'ajouter précipitamment, à la vue de l'arme que Raven lui agitait sous le nez : mais un homme est parti juste avant votre arrivée. Je ne sais pas si c'est le chef que vous cherchez, mais en tout cas il donnait des ordres.

— Un homme comment ?

— Cheveux gris, indien. Lui, il sait tout.

— Merde ! Peet, allez me chercher ce putain de berger, il est attaché à un arbre dans la prairie ! gueula-t-il avant de se tourner vers le chercheur. Vous, vous m'emmenez dans votre zoo des horreurs.

Peet fonça hors du complexe et traversa la forêt pour trouver une prairie vide à l'exception de quelques moutons qui paissaient paisiblement. Il en informa Raven, devant qui s'ouvrait la porte du sous-sol.

— Eh bien, cherchez-le ! Il ne doit pas être bien loin !

Ses derniers mots furent couverts par le bruit infernal qui s'échappait des dizaines de cages qui s'étalaient devant lui.

— Colonel ? Vous êtes où ? Qu'est-ce que c'est que ce boucan ?

— Pas de questions, retrouvez-le.

Raven haussa le ton pour se faire entendre par-dessus les grognements, les rugissements et le bruit du métal cogné et griffé par les bêtes surexcitées.

— Alors ?

— On travaille aussi sur des chiens, mais ce n'est pas parfait.

— Vous êtes les seuls à faire ça ?

— Oui, oui. Les meilleurs chercheurs du pays.

— Pourquoi cette cage est-elle vide ?

— Je… je ne sais pas…

— Vous vous foutez de moi ? J'imagine au moins que vos monstres sont pucés ? Où sont les appareils de repérage GPS ?

Le scientifique regarda autour de lui et parut paniqué par le nombre de cages inoccupées.

— Je ne comprends pas…

Raven le fit redescendre sur terre d'un coup de crosse et l'homme l'emmena en courant jusqu'à ce qui ressemblait à un PC de sécurité.

Ils remontèrent pour rejoindre les autres dans la salle de réunion, où Raven demanda à ses hommes de bourrer les lieux d'explosifs en prenant garde aux coups de griffes et d'attendre son signal. Puis il s'adressa aux chercheurs :

— Eh bien, messieurs, je suis au regret de vous apprendre que vous allez être au chômage. Vous ne travaillez pas pour votre gouvernement, mais pour une organisation terroriste.

— C'est vous les assassins, vous avez tué Santi !

— Mais non ! On n'est pas des monstres, nous… Rajan, allez le chercher. On se retrouve dehors.

Les otages furent évacués dans la prairie où paissaient toujours les moutons de Suresh. Raven ordonna la destruction du site, qui s'écroula sur lui-même dans un fracas impressionnant, puis il appela Peet.

— On l'a perdu, colonel. D'après les traces relevées au sol, il a pris un véhicule.

— Revenez, on a un safari sur le feu.

Rajan libéra les scientifiques, qui filèrent sans demander leur reste, tandis que les militaires se préparaient pour une partie de chasse un peu particulière, une chasse au GPS dans la jungle et les montagnes.

Ce furent dix jours de traque harassants, au terme desquels Raven décida que ses hommes et lui se reposeraient dans l'usine désaffectée qu'ils avaient quittée trois semaines plus tôt.

***

Le lendemain de leur arrivée à Saharanpur, Polson réveilla Raven pour lui annoncer que la journaliste se trouvait devant le portail. Le colonel s'habilla en grommelant et sortit rejoindre la jeune femme.

— Mademoiselle Marsh. Que me vaut ce plaisir ?

— Eh bien, si ma mémoire est bonne, vous m'aviez promis un scoop. Cela tient toujours ?

— Je suis un homme de parole, sourit-il.

Il appela Polson, qui arriva aussitôt avec une clé USB.

— Voilà. Vous pourrez dire qu'un commando non identifié a détruit un laboratoire clandestin spécialisé dans les expériences sur les animaux. Les chercheurs pensaient travailler pour le gouvernement indien, ce qui n'était évidemment pas le cas. Tous les spécimens lâchés dans la nature ont été tués et incinérés.

— Et c'est tout ?

— C'est déjà pas mal. Les informations sont vérifiables. Tout est dans ce machin. Vous jouez le jeu, je vous fournis les renseignements. Vous me mettez des bâtons dans les roues, je vous fais enfermer. Les termes du contrat n'ont pas changé, suis-je clair ?

— Parfaitement clair. Je regarde tout ça et je reviens.

— Faites donc ça…

Raven tourna les talons sans autre forme de politesse, ce qui ne sembla pas offenser Jane. Ravie de ces informations tombées du ciel, elle regagna son hôtel d'un pas rapide. Elle s'installa sur le lit, brancha la clé USB et fit défiler les informations. Il lui fallut très peu de temps pour comprendre qu'elle tenait une première page.

⁂

L'après-midi même, Jane se présenta de nouveau devant le portail. Elle appela, tapa du plat de la main et même des poings sur la tôle, mais personne ne répondit. Elle pénétra dans l'usine en se glissant entre les deux vantaux laissés entrouverts, mais n'y gagna que quelques accrocs à ses vêtements : les lieux étaient vides.

Jane repartit vers son hôtel en cogitant sur la suite des opérations. Elle ne voyait qu'une solution pour écrire son article : se rendre sur le site du laboratoire détruit et le passer au peigne fin. Elle repensa à ce que lui avait dit « Faust » et croisa les doigts pour qu'ils aient vraiment éliminé tous les animaux.

10 novembre 2007, 17 h 02, bureau du général Potter, Pentagone, Arlington, État de Virginie, États-Unis d'Amérique

Après s'être plaint du montant exorbitant de la facture de son petit safari, le général Potter daigna écouter ce que Raven avait à lui dire. Il demeura néanmoins dubitatif au terme du récit de cette chasse aux animaux génétiquement modifiés.

— Colonel, vous écrivez dans votre rapport avoir tué tous les spécimens en un mois. En êtes-vous certain ?

— Tout comme je peux affirmer que le chef du laboratoire s'est volatilisé en quelques minutes. Il puait, il portait des guenilles et avait même des moutons ! Même mon traducteur s'est laissé prendre. Il a forcément été prévenu de notre venue.

— Mais 300 000 dollars, tout de même !

— Général, il ne me viendrait pas à l'esprit de dilapider l'argent du contribuable sans avoir du solide. Nous avons épluché tous leurs documents, et cela va beaucoup plus loin que ce seul laboratoire. Ce sont des terroristes !

— Colonel, vous dépassez les bornes !

— Je sais de quoi je parle. Ils comptaient vendre des chiens modifiés dans des animaleries sur le territoire américain ! Ils…

Raven s'interrompit en sentant son portable vibrer. Le message était lapidaire, mais sans équivoque : « Les puces ont été interrogées à chaque mission depuis le Canada. » Raven dévisagea son supérieur et lui demanda l'autorisation de passer un coup de fil. L'autre acquiesça en lui demandant de faire vite.

— Polson ? Vous me confirmez ce que je viens de lire ?

— Oui. Vous êtes bien dans le bureau du général Potter ?

— Oui, pourquoi ?

— Faites semblant de raccrocher et laissez le téléphone à portée de voix.

— Très bien, on en reparle plus tard.

Potter se cala dans son siège en essayant de déchiffrer le regard noir de Raven, qui lui facilita la tâche après avoir posé son téléphone bien en vue.

— Alors c'était vous ?

Le général se redressa vivement.

— Moi quoi ?

— Ne jouez pas à ça avec moi ! Polson et vous êtes les seuls à avoir les codes des puces et à pouvoir nous localiser.

Raven s'avança, appuyant les poings sur le bureau, et approcha son visage de celui de Potter.

— Mais je ne…

— Vous savez parfaitement de quoi je parle ! Maintenant, je comprends mieux pourquoi toutes nos opérations ont échoué, et comment leur chef a pu chaque fois s'en tirer. J'ai le comment et le qui, maintenant il me manque le pourquoi. Quel est le sens de tout cela, général ?

Potter ne chercha pas à nier l'évidence et se leva, drapé dans sa dignité.

— Je suis un patriote.

— Je ne comprends pas.

— Il fallait une guerre à ce pays. Nous vivons au-dessus de nos moyens et, dans le même temps, ces étrangers qui veulent nous imposer une culture qui n'est pas la nôtre achètent la nation à grands coups de pétrodollars. Nous ne pouvions plus laisser faire ! Il faut parfois taper du poing pour que les autres mesurent notre détermination, quitte à utiliser de faux prétextes.

— Et à sacrifier des milliers d'innocents, civils, pompiers, policiers ?

— Dommages collatéraux. Quand vous aurez mon expérience, vous comprendrez que dans toute guerre, il y a du bon, que ce soit de l'or, du pétrole, l'entraînement de nouvelles générations de soldats, ou l'euphorie de la paix qui la suit…

— Foutaises ! Comment pouvez-vous croire à ces théories dégueulasses ?

— Je vous choque, mais c'est ainsi. Un analyste pointe le risque tout à fait virtuel d'une attaque par avions de ligne ? On s'en sert pour faire peur au monde. On livre sur un plateau un nouvel ennemi de la patrie.

— « On » ? Mais bon Dieu, de qui parlez-vous ?

— Ne rêvez pas, colonel, la discussion est close.

— Vous êtes une ordure, Potter. Ma femme et ma fille sont mortes à cause de vous. Vous ne vous en tirerez pas à si bon compte, je vous le jure.

— Ah oui ? Et avec quelles preuves ?

Raven se retourna et montra son téléphone, qui affichait la durée de la conversation en cours.

— Celles que vous venez de m'offrir, pour commencer. J'en trouverai d'autres, je remonterai la piste, j'en créerai de toutes pièces, au besoin. S'il le faut, j'en référerai au Président lui-même !

— Mon pauvre Robert, vous êtes encore plus naïf que je le pensais… Nous sommes des soldats, nous ne faisons qu'obéir aux ordres. Nous sommes des hommes d'honneur. Si, si je vous assure. Allez, rompez.

Depuis le seuil du bureau, Robert – qui hésitait encore à sortir son couteau en céramique pour exécuter lui-même le traître, mais évaluait à présent les risques d'un passage en cour martiale – entendit Potter lui dire qu'il était désolé, qu'il n'était pour rien dans l'attaque en elle-même et que sa famille n'aurait jamais dû se trouver sur un de ces vols. Il claqua la porte puis rappela Polson pour qu'il enquête sur le passé et les fréquentations du général et donna l'ordre de faire retirer les puces.

— On peut faire mieux que ça.

— Soyez concis, pour une fois.

— Je les reprogramme et vous êtes le seul à pouvoir suivre leurs mouvements.

— Je vais y réfléchir.

Lorsqu'il parvint à la sortie, une alarme se déclencha et l'un des gardes s'en fut précipitamment. Intrigué, Raven le suivit, et comprit très vite qu'il lui faisait refaire, au pas de course, le trajet en sens inverse. La porte du bureau du général Potter était fermée à clé. Les soldats déjà sur place, qui tentaient de l'enfoncer à coups d'épaule inutiles, cédèrent le passage à l'homme de la sécurité qui ficha son pass. La porte s'ouvrit en grand, révélant le corps du général, qui reposait sur son canapé, une arme à la main, du sang ruisselant de sa tempe droite. Alors que tous les regards étaient fixés sur le cadavre, Raven aperçut, posée sur un guéridon proche du sofa, une enveloppe portant le nom du Président. Profitant de la panique générale, il la subtilisa et, au culot, décrocha le téléphone qui offrait une ligne directe avec le Président :

— Bonjour, général.

— Je suis désolé, je suis le colonel Faust, il est arrivé quelque chose au général. Je dois voir le Président.

— Je ne peux pas vous le passer comme ça, colonel.

— Dites-lui de me contacter au plus vite. C'est une urgence.

Raven raccrocha et sortit du bureau sans que personne n'ait remarqué son manège.

***

Il lui fallut attendre deux bonnes heures avant de décrocher son rendez-vous à la Maison-Blanche, un entretien à la va-vite coincé entre une réunion et le dîner.

— Colonel, entrez. J'ai appris pour le général.

Raven salua au garde-à-vous et remarqua un homme assis, qu'il regarda avec insistance.

— Colonel, ce que vous avez à me dire, vous pouvez le dire devant lui.

— Sauf votre respect, monsieur le Président, je ne crois pas.

Le Président prit un instant pour réfléchir et congédia d'un geste l'homme en costume sombre.

— Allez-y, nous n'allons pas y passer la nuit.

Raven lui tendit la lettre de Potter.

— Lui aussi était dans le coup.

Le Président parcourut rapidement la lettre tandis que Raven lui faisait écouter l'enregistrement de sa conversation avec Potter.

— Effectivement, c'est… comment dire ?… navrant.

— Je me suis longtemps demandé pourquoi toutes les missions de mon unité se soldaient par des échecs. Maintenant, je le sais : nous étions sapés de l'intérieur. Or depuis leur sortie à Davos, nous avons la preuve que la menace est réelle et mondiale.

— Que suggérez-vous ?

— Il faut former des hommes aux meilleures techniques d'investigation. Investir dans cette guerre. Avec l'accès aux fonds secrets de la CIA, je vous assure que ça avancera.

Le Président regarda Raven dans les yeux. Il n'avait pas oublié qu'il devait la vie à cet homme qui pourchassait avec acharnement un ennemi qui ne laissait presque aucune trace.

— Très bien. Vous formerez trois unités dans les meilleurs centres du pays. Vous aurez accès à toutes les bases de données, si votre petit génie de l'informatique ne s'est pas déjà débrouillé pour vous l'obtenir. Par contre, en ce qui concerne les fonds secrets, je ne peux rien pour vous pour l'instant… officiellement.

Le chef d'État eut un petit sourire en tendant à Raven un papier portant sa signature et le sceau présidentiel.

— Avec ceci, personne ne vous posera de question et chacun vous ouvrira ses portes. Tenez-moi au courant dès que vous avez des nouvelles.

— À vos ordres, merci pour votre confiance.

— Rompez, colonel. Rappelez-vous que ce n'est pas votre argent et que vous protégez avant tout votre patrie.

Raven sortit du bureau satisfait, malgré un léger doute, qu'il écarta en songeant aux élections prochaines.

21 février 2008, 15 h 25, église de Montgenèvre, Hautes-Alpes, France

Depuis son retour d'Inde, Kate ne cessait de songer à la curieuse neutralité qu'avaient affichée Swanson, Tanaka et Falachon après sa sortie sur Masanta. Après mûre réflexion, elle avait résolu d'en tirer profit afin de mettre fin aux petits et grands arrangements avec la morale de Biocalypse et à ce qui ressemblait à un pacte de non-agression tacite avec le semencier.

Elle parvint ainsi à mettre de son côté le patron de MicroWare, trop content de trouver une alliée face aux orientations obscures imposées par Suresh. Elizabeth Carlson fut plus difficile à convaincre, persuadée, en bonne scientifique, que l'Indien avait dix coups d'avance dans sa partie d'échecs contre l'humanité, mais elle se rallia à son tour à la fronde de Kate lorsque celle-ci évoqua les études récentes sur la propagation contaminante des OGM.

Elle savait que, quelles que soient ses convictions profondes, Tanaka demeurerait fidèle à l'homme qui avait accompagné les derniers jours de son épouse, et elle écarta d'emblée l'idée d'aborder le sujet avec Abraham.

⁂

Kate admirait les peintures chatoyantes de la petite église de montagne quand la porte s'ouvrit sur Robert Falachon, son dernier espoir d'obtenir la majorité. Frigorifié, le Français avança vers Kate en se frottant les mains.

— Sœur Eve, je suis ravi de vous revoir. Et de revoir cette église. Dieu qu'elle a changé depuis tout ce temps !

— Robert, nous sommes entre nous, j'aime mieux que vous m'appeliez Kate.

Il sourit et ôta ses gants pour lui serrer la main.

— Alors que pensez-vous de ce petit mot que je vous ai envoyé ? J'imagine qu'en un an, vous avez eu le temps de vous faire une idée ?

— J'en pense que ça ressemble à de la sédition.

— Ce n'est pas comme cela que je vois les choses. Depuis le temps que nous nous connaissons, vous savez que je ne veux pas le pouvoir. Je souhaite juste que nous ne perdions pas de vue nos véritables objectifs.

— Vous trouvez que c'est le cas ?

— Pas vous ? Sinon comment justifiez-vous que nous ne nous attaquions pas à l'un des pires ennemis de la planète ?

— Masanta ! Votre Iago, à vous…

— Sauf qu'ici il ne s'agit pas de théâtre, mais de la réalité. Qu'en dites-vous ? Préférez-vous être un bon petit soldat au service de Suresh ou vous battre pour vos idéaux ?

Falachon réfléchit. Elle avait touché le point sensible.

— Si mon intuition est bonne, cela suppose que nous nous opposions aux frères Calvin, Pierre et Abraham. J'imagine que les autres vous sont déjà acquis.

— Vous imaginez bien.

— Et comment comptez-vous mener à bien ce… putsch ?

— Tout de suite les grands mots ! Nous allons juste exprimer notre désaccord et notre volonté de prendre une nouvelle direction. Il me paraît un peu prématuré de songer à la question de la succession de Pierre. Cependant…

— Cependant, je crois qu'il est temps d'aller nous réchauffer devant un bon café, ma chère, après quoi vous me laisserez vous inviter au restaurant. J'ai vécu dans le coin et je connais bien les patrons de l'hôtel d'en face, où je nous ai réservé deux chambres.

***

Le lendemain, après un vol au départ de Turin, ils retrouvèrent les autres à Genève dans un lieu de rendez-vous nettement moins avenant que celui qu'ils venaient de quitter, un restaurant de seconde zone situé près du lac, dont la seule qualité était de disposer d'une cave bien isolée. La réunion commença par le traditionnel tour de table et Elizabeth Carlson, qui s'était gardée de préciser qu'elle avait longtemps participé à la surveillance de Kate, saisit la balle au bond pour ouvrir les hostilités :

— Sans vouloir offenser personne, j'ai la nette impression que nous tournons en rond. Ces réunions commencent à ressembler à des veillées de boy-scouts au coin du feu ! À quoi jouons-nous, Pierre ?

— Elle a raison ! enchaîna Falachon. On joue aux apprentis sorciers, on fait peur aux banquiers, mais au final que se passe-t-il ? Strictement rien ! C'est bien gentil de jouer avec les Bourses, mais ça ne fera pas avancer notre cause. Vous ne croyez pas qu'il serait temps de passer à la vitesse supérieure ? La seule opération d'envergure a été celle du 11 septembre, et cela commence à dater un peu.

— Et encore, précisa Kate, personne ne fait le lien avec nous.

Voyant Abraham serrer les poings, Suresh lui glissa quelques mots à l'oreille et jeta un regard interrogatif à Swanson, qui se leva pour prendre place à côté de Kate.

— Eh bien… Prenons les choses du bon côté, je suis heureux de constater que vous êtes une majorité à vouloir que les choses avancent. Qu'il en soit ainsi, c'est aussi mon souhait. Je vous écoute. Vos propositions ?

Il y eut un blanc de quelques secondes avant que Kate prenne de nouveau la parole.

— Je veux qu'on attaque Masanta.

— Nous en avons déjà parlé. L'heure viendra, mais vous devez être patiente.

— J'ai usé toutes mes réserves de patience, Pierre, mais ma volonté est intacte. Je monterai au créneau, avec ou sans vous.

— Vous parlez comme une enfant, Kate, vous pensez à court terme, tandis que je vois sur une génération.

— Je ne suis pas d'accord avec vous. Nous pouvons établir un plan d'action et faire bouger les choses dès maintenant, osa Falachon. Où en sont vos fauves, Pierre ? Et la drogue, puisqu'elle est au point qu'attendons-nous pour la diffuser à grande échelle ? Et notre épidémie, elle reste dans les éprouvettes ?

— Nous avons connu un revers concernant mon laboratoire, avoua Pierre. L'unité Infinity l'a démantelé. Et, au passage, nous avons perdu notre contact au Pentagone, qui a grillé sa couverture en me prévenant de l'attaque alors que nous mettions la touche finale à notre projet « meilleur ami de l'homme ». Il a mis fin à ses jours, paix à son âme. Toujours est-il que mon projet est aussi mort que le général Potter.

Kate blêmit.

— Depuis quand était-il avec nous ?

Abraham eut un sourire glaçant.

— Depuis novembre 2001. Votre petite vendetta a servi de déclencheur à son adhésion… Comment se porte votre conscience, au fait ?

Ignorant la remarque d'Abraham, Suresh se leva et regarda chacun droit dans les yeux :

— Mes sœurs et mes frères, je vous souhaite de réussir là où j'ai échoué.

— Cela signifie que nous avons carte blanche ?

— Tant qu'aucune action ne nous met en péril… Oui.

Il regarda Abraham, qui se tourna ostensiblement vers le mur. Alors que l'atmosphère semblait se réchauffer un peu, la voix de Kate résonna de nouveau, plus ferme que jamais :

— Juste comme ça ? Après nous avoir dit que vous aviez un plan, une vision pour l'avenir, votre fameux grand projet dont d'ailleurs aucun d'entre nous ne sait rien ?

— Nous attendons un événement, sœur Eve. Et ce jour-là, vous comme les autres, comme le monde entier, vous aurez vos réponses. Pour l'heure, je crains que vous deviez vous contenter de cette réponse, pour votre propre sécurité et celle de nos frères et sœurs ici présents. Je lève la séance en vous souhaitant bonne chance.

Ils se séparèrent sur une poignée de main glaciale et quittèrent un à un la pièce. Abraham tendit son manteau à Kate avec une galanterie qui ne lui ressemblait pas.

— C'était bien joué. J'avoue que je ne l'ai pas vu venir.

— Je ne vois pas du tout ce que…

— Pas de ça s'il vous plaît ! Vous jouez serré, en solitaire et à contretemps. Je respecte ça… tant que cela ne nous nuit pas.

— Vous m'aiderez ?

— Certainement pas, rétorqua-t-il avec un grand sourire. Au revoir, Jeanne d'Arc.

⁂

Kate passa la journée du lendemain à gérer ses deux fondations. Lorsqu'elle regagna, exténuée, sa chambre de l'hôtel Four Seasons, elle remarqua que des affaires avaient été déplacées. Elle appela aussitôt la conciergerie où on lui répondit que la chambre avait effectivement été faite dans la journée, ce qui n'avait rien d'inhabituel.

Par acquit de conscience, elle retourna la pièce à la recherche d'un micro, mais n'en trouva pas. Elle déposa donc ses boucles d'oreilles en diamant, offertes par son défunt mari, au coffre où étaient entreposés ses papiers et son trousseau de clés. Bientôt, la paranoïa céda la place à une angoisse plus profonde, où se mêlaient un sentiment d'impuissance et une culpabilité grandissante de ne pas agir en accord avec ses convictions. Kate s'endormit finalement après avoir regardé une dernière fois le réveil, dont les chiffres lumineux indiquaient 3 heures du matin.

27 octobre 2008, 16 h 45, base aérienne d'Andrews, Camp Spring, comté de Prince George, Maryland, États-Unis d'Amérique

— Patron ? Vous êtes là ? Vous dormez ou quoi ? Colonel ?

Polson frappa une troisième fois à la porte des appartements de Raven sans obtenir de réponse. Il revenait d'un long stage à Langley où il en avait plus appris aux petits génies de la CIA que l'inverse, et souhaitait saluer son boss qui, de son côté, avait passé les six derniers mois à former une vingtaine de nouvelles recrues.

Il secoua machinalement la poignée qui, à sa grande surprise, céda.

— Y a quelqu'un ?

Polson hésita quelques secondes et se décida à franchir le seuil. La pièce empestait le tabac froid et le mur du fond était tapissé de dizaines d'articles dont certains passages étaient surlignés.

De plus en plus intrigué, Polson commença à lire au hasard.

« Morts suspectes, les autorités s'inquiètent… »

Le reste de l'article traitait de la découverte de plusieurs cadavres de drogués dans un squat new-yorkais, un fait divers qui n'avait hélas rien d'exceptionnel.

« La Bank of America rachète pour quatre milliards de dollars Countrywide… Détenant vingt pour cent de subprimes, l'établissement financier était au bord de la faillite… »

« Le Président déclare : les Américains peuvent faire confiance à leur économie. »

« Nous montrons au monde que les États-Unis maîtrisent la situation. »

Polson secoua la tête, atterré :

— Mon cul !

« Nous vivons une situation sans précédent où seul l'État peut sauver le secteur privé, déclare le Pr Kennen. »

« Ce 6 mars, selon les spécialistes, la crise a déjà coûté cent cinquante milliards de dollars. »

« Areva et Shaw choisis pour retraiter, dans l'usine de Aiken, trente-quatre tonnes de plutonium militaire pour en faire du Mox, combustible pour centrales nucléaires civiles. »

« Les représentants des banques centrales se sont réunis à Bâle pour discuter des problèmes économiques mondiaux. Ils se disent impuissants dans la lutte contre les augmentations des prix des denrées alimentaires. »

Plus à gauche, près de la fenêtre, un document de l'OCDE montrait une brusque augmentation des cours à partir de la mi-2006.

« Inquiétude dans le petit monde des fonds d'investissement : que vont devenir les 1 170 milliards investis ?… La question qui se pose à présent c'est la date à laquelle ils annonceront leurs premières pertes qui battront certainement des records… »

« En Inde, une campagne de stérilisation menée dans les bidonvilles rappelle les années soixante… Pour quelques billets, les femmes décident de vendre leur capacité à enfanter… Jane M. »

Commençant à se lasser de ne voir aucun lien entre les coupures de presse, Polson poursuivit sa lecture en diagonale.

« L'explosion des expropriations dans le pays… L'euro au plus bas… Le cours du blé joue au yo-yo… Un chercheur anglais retrouvé mort noyé dans le Potomac… »

L'informaticien cherchait une logique à ces extraits décousus quand une voix retentit dans son dos :

— Polson, l'effraction était prévue dans la formation Windows XP ?

— Désolé, patron, je voulais vous dire que j'étais rentré.

— Du neuf ? À part vos nouveaux talents de fouineur, je veux dire.

L'informaticien rougit.

— Binck s'est fait virer de sa banque, crise oblige. Mais il a eu le temps de repérer des mouvements de clients vers un compte censé appartenir à un fonds d'investissement très fermé. On en a pour des semaines à éplucher tous les documents et nous infiltrer.

— Parfait, le spécialiste des crimes en cols blancs du FBI est prêt ?

— Affirmatif. Et à propos de ces…, commença Polson en embrassant la pièce d'un geste.

Raven désigna la porte et se dirigea vers la salle de bains, le pas lourd. Polson ouvrit la bouche, mais décida de ne pas insister.

14 novembre 2008, 7 h 13, Dunyea Street, ancien domicile des Raven, Newark, New Jersey, États-Unis d'Amérique

Robert Raven se figea quelques instants sur le seuil, hésitant, et poussa la porte avec délicatesse, comme si les murs de cette maison qu'il avait abandonnée depuis si longtemps allaient s'effondrer au contact de sa main. Il poussa du bout du pied quelques-unes des dizaines de lettres qui s'étaient entassées sur le sol avant que Polson ne centralise le courrier. Sans réfléchir, il se dirigea vers les meubles, dont il ôta les draps poussiéreux qui les protégeaient. Le frigo était couvert de petits mots qui lui serrèrent le cœur, et un autre, sur l'évier, d'une écriture inconnue, disait que l'eau était coupée sous la terrasse.

La nuit fut longue dans le lit conjugal. À 4 heures du matin, faute de trouver le sommeil, il enfila un peignoir et s'installa dans le bureau, où il attendit le lever du jour en feuilletant les albums de famille. Il dormit fiévreusement, avachi, moins d'une heure puis se rendit directement dans la cuisine sans repasser par la chambre pour en éviter les fantômes.

⁂

Assis au comptoir, Robert sirotait un mauvais café quand il entendit le bruit caractéristique du clapet de la boîte aux lettres. Intrigué, il se leva, sa tasse à la main : au sol, à l'écart des autres, une enveloppe attendait qu'on la cueille. Il la retourna, pour constater qu'elle ne portait aucun nom de destinataire. De plus en plus étonné, il sortit, en caleçon, et tomba nez à nez avec le gamin qui livrait les journaux des voisins. Réprimant un fou rire, le gosse lui dit qu'il n'avait vu personne et remonta sur sa bicyclette.

En dehors d'une drôle de vieille dame qui promenait ses deux chihuahuas et d'un homme en costume occupé à boucler la ceinture de sécurité de son fils, la rue était déserte. Raven frissonna et regagna la cuisine en palpant l'enveloppe. Au toucher, elle ne semblait contenir que du papier, ce qui lui fut confirmé par un rapide examen à la lumière crue de l'ampoule de la cuisine.

Robert la décacheta et en sortit une feuille A4, sur laquelle étaient collés des lettres et des mots maladroitement découpés dans des magazines. Il fronça les sourcils devant cette caricature de lettre anonyme et sursauta en déchiffrant la première phrase :

« Syed Akbar est aux États-Unis, il utilise de faux papiers. » Une suite de chiffres suivait, dont Raven comprit rapidement qu'il s'agissait d'un numéro de passeport américain. Mais c'est la fin du courrier qui le perturba réellement : « Il cherche votre homme qui l'a trahi. »

Il décrocha son téléphone. Polson répondit à la première sonnerie :

— Je croyais que vous faisiez une pause après les conclusions de l'enquête sur le suicide de ce maladroit de général qui ne savait même pas nettoyer correctement une arme. Paix à son âme, hein ?

— C'était le cas jusqu'à ce matin. Sauf qu'un guignol vient de me déposer une lettre anonyme me disant que Syed Akbar est toujours en vie.

— Le gars de Methar Lam ?

— Lui-même. Je vous envoie le numéro du passeport. J'imagine qu'on ne le reconnaîtra pas sur la photo.

Cherchez-le, trouvez-le et prévenez-moi. Appelez Peet pour qu'il abandonne ses activités et qu'il rapplique à la base, maintenant. Et attendez-moi avant de lancer une descente.

— Euh, j'ai un truc à vous…

Raven venait de raccrocher pour enfiler un treillis noir. Il nettoya sa tasse et s'employa à briquer l'évier, comme pour éloigner une pensée qu'il ne parvenait pas à assumer, mais qui revenait sans cesse : qui d'autre que Kate Gordon aurait pu lui déposer cette enveloppe ? Il plaça délicatement la lettre dans un sac à congélation en plastique afin de préserver d'éventuelles empreintes, même s'il lui paraissait plutôt improbable que l'expéditeur ait commis une telle négligence.

Résigné à écourter son séjour dans le New Jersey, Raven referma les albums et les rangea soigneusement à leur place, comme si quelqu'un d'autre allait venir les consulter. Puis il recouvrit les meubles de leurs draps et resta ainsi quelques secondes, à contempler les fantômes de ce canapé, de cette table basse, de ce guéridon qui avaient connu tant de moments heureux. Un malaise grandissait en lui et il fut tenté d'appeler Kate, l'une des seules personnes encore en vie à connaître son nom, puis se traita d'idiot et reposa son téléphone.

Alors qu'il rassemblait le courrier étalé dans l'entrée, il crut entendre des pas sur le perron. La main posée sur la poignée, il colla son œil au judas et vit deux hommes en costume-cravate. Décidé à ne pas se faire avoir une seconde fois, il ouvrit la porte en braquant son arme sur ses visiteurs, qui restèrent curieusement impassibles.

— Colonel Faust, je suppose, dit le plus proche de la porte, en éloignant du dos de la main le canon qui le faisait loucher.

— Qui le demande ?

— Votre futur Président. Veuillez nous suivre.

— C'est une blague.

— On nous avait dit que vous réagiriez comme cela. Appelez pour vérifier.

— Appeler qui ?

— Faites-le, s'il vous plaît. Nous avons perdu assez de temps.

— C'est vous, la lettre ?

— Quelle lettre ?

Raven sortit son téléphone sans les lâcher des yeux.

— Ah, quand même ! La prochaine fois, vous ne me raccrocherez peut-être pas au…

— Ça va, Polson ! C'est quoi ce bordel ?

— J'ai contacté notre futur patron et je lui ai dit qu'il devait vous rencontrer. Je…

Raven raccrocha et adressa un signe de tête aux deux hommes.

— On va où ?

— Chicago.

— Eh bien, qu'est-ce qu'on attend ?

20 janvier 2009, 10 h 40, Inauguration Day, foyer social Wards Island de Help USA, Wards Island, New York, États-Unis d'Amérique

Deux mois avaient passé depuis sa première entrevue avec le futur chef des armées, au cours de laquelle Raven avait refusé, « par principe » de lui dévoiler les secrets qui justifiaient l'existence de ses unités, mais lui avait fait part de ses soupçons concernant le Président sortant. Loin de s'en offusquer, l'homme avait compris et respecté cette position.

Ce 20 janvier 2009, il fut investi quarante-quatrième Président des États-Unis, mais Robert Raven devrait encore attendre pour figurer sur la photo de famille. Question de priorité. En effet, après des semaines de planque dans les foyers et les centres d'accueil, où il avait inlassablement raconté par provocation son histoire en Afghanistan, Peet – sous l'identité d'Hicham – avait fini par attirer l'attention de Syed Akbar qui s'était enfin montré. Raven mobilisa son équipe et parvint, malgré des échanges de tirs, à capturer le terroriste vivant. Ce fut la première réussite de l'unité depuis des lustres, et la première fois que Raven reprenait confiance en l'appareil d'État. La coïncidence le fit sourire, ce qui n'arrivait pas souvent non plus.

***

Il était bientôt 15 heures à la base d'Andrews et le sergent Black était incapable de dire depuis combien de temps exactement le prisonnier, enchaîné à la table d'acier, récitait inlassablement des sourates du Coran malgré les coups et les brimades. Raven, quant à lui, avait craqué au bout d'une demi-heure et était parti déjeuner, laissant Black maintenir la pression.

Alors que celui-ci commençait à désespérer, Syed interrompit sa mélopée :

— Je veux manger.

— Parle, et tu mangeras.

— Je veux un repas qui respecte mes croyances. Je veux être détaché pour faire mes prières. Après je parlerai.

Black soupira puis cogna la porte métallique et ordonna au troufion de service d'aller chercher un plateau-repas hallal. Puis, s'asseyant face à son interlocuteur qui ne cachait pas sa satisfaction, il appuya sur l'enregistreur.

— Base d'Andrews, 20 janvier 2009… 15 h 43. Interrogatoire de Syed Akbar par le sergent Black. Première question : avez-vous organisé les attentats du 11 septembre ?

— Oui. Nous menons la guerre sainte contre les chiens d'infidèles, ceux qui bafouent…

— Passe-moi ces conneries ! Vous n'êtes pas entrés sur le territoire américain tous seuls ? Qui vous a fourni les faux passeports, la logistique ?

— Je ne me souviens plus. C'est très vieux tout ça…

Black saisit le message et libéra Syed de ses menottes. Celui-ci lui adressa un sourire reconnaissant et recouvra soudain la mémoire.

— Une femme, très belle, une infidèle américaine, est venue nous apporter son aide. Elle n'a demandé qu'une chose, que le jour venu, l'un de nos hommes tire un missile sur une cible qu'elle avait indiquée. Elle n'offrait aucune arme, mais fournissait tout le reste. Je dois prier maintenant. Indique-moi La Mecque.

Tandis que Syed s'agenouillait, Black appela Raven.

— OK, j'arrive.

— Prenez votre temps, colonel, il ne va pas s'envoler.

Le terroriste se releva enfin et se rassit docilement.

— Elle travaillait pour qui, cette femme ?

— Elle avait beaucoup de ressources, c'est tout ce que je sais. Elle ne nous a jamais dit le nom de son commanditaire, et nous ne le lui avons jamais demandé. Je…

Il fut interrompu par le troufion qui apportait le plateau-repas. Contrarié, Black se leva pour refermer la porte et Syed en profita pour subtiliser l'arme que le jeune soldat avait eu l'imprudence d'apporter avec lui. Sans la dégainer complètement, il tira sur son propriétaire, qui s'écroula. Puis il pointa l'arme sur Black, qui comprit qu'il n'aurait pas le temps de sortir sa matraque pour le désarmer. Un second coup de feu résonna dans la pièce et le sergent eut le réflexe de se palper rapidement pour vérifier qu'il n'était pas blessé. En relevant la tête, il vit que le prisonnier gisait au sol, une balle en pleine tête.

Hadow s'approcha de Black.

— Pas de bobo ?

— Moi, ça va, mais lui…, fit-il en désignant le gamin. Merci, Hadow. Sans toi, j'étais foutu.

— On surveille toujours les arrières de ses coéquipiers.

Raven poussa la porte d'un coup de pied en gueulant :

— Putain ! Mais quel est le con qui a laissé entrer une arme en salle d'interrogatoire ?

— Lui, colonel, fit Black, mais…

Raven se baissa pour prendre le pouls du jeune homme.

— Parfait. Il va passer un sale quart d'heure.

Black appela le médecin, qui ne tarda pas à arriver puis passa l'enregistrement à Raven qui l'écouta attentivement.

— En somme, ce que je dois comprendre, c'est qu'en dehors de cette histoire absurde d'Américaine, vous n'avez rien pu en tirer ?

— Eh bien… Un enregistrement où il avoue sa participation. Le nouveau Président devrait apprécier, non ?

— Merde ! Je l'avais oublié celui-là. Il faut que j'y aille ! Nettoyez-moi ce bordel et faites-moi un rapport.

— À vos ordres.

Raven passa le trajet jusqu'à la Maison-Blanche à mettre au point sa stratégie. Avec ses quelques coups d'avance, il saurait rapidement si le nouveau Président serait pour lui un allié ou un nouvel adversaire, dont il faudrait anticiper les mouvements dans cette partie d'échecs grandeur nature. La seule chose dont il était certain, c'était que l'ennemi, le vrai, ce fantôme actif à travers le monde, commençait à trembler sur ses bases.

16 février 2009, 9 h 40, base aérienne d'Andrews, Camp Spring, comté de Prince George, Maryland, États-Unis d'Amérique

Raven se doutait qu'il ne ferait pas partie des priorités du nouveau Président, mais après un mois d'immobilisme, il se demandait néanmoins s'il n'avait pas commis d'impair stratégique en jouant aussi franc-jeu. Tout laissait croire que les comptes spéciaux qui étaient affectés à la traque de BYE avaient été gelés, et Raven n'avait eu d'autre choix que de solliciter de nouveau les réserves de Binck pour verser leur solde à ses hommes.

Ce dernier avait été réaffecté depuis peu à la CIA et préférait faire profil bas malgré d'indéniables victoires contre la délinquance en col blanc.

Son succès, partagé avec leur expert en fraudes fiscales et financières, dans l'arrestation, le 11 décembre, du pire escroc financier de tous les temps ne semblait pas jouer en leur faveur. Il faudrait apparemment plus que les écoutes, les mois de recherches, de recoupages, ce temps investi et relayé par la presse.

Mais peu importait à Binck, il avait mis sous les verrous un voleur et même démasqué un employé corrompu au sein de la Commission de sécurité des échanges. Ce fonctionnaire, un certain Harry Swan, qui avait démissionné depuis, Binck y repensait souvent, car il avait mystérieusement réussi à passer entre les gouttes.

À la base, Raven désespérait de voir ses hommes, contraints à l'immobilisme pour une durée indéterminée, tourner en rond dans des bâtiments où les maintenait enfermés un vent glacial, quand Polson l'informa qu'une alerte venait de tomber : quelqu'un cherchait des informations sur l'agent Faust des services secrets.

— Qu'est-ce qu'on a ?

— On a quelqu'un qui cherche votre pseudo sur ECHELON et sur les bases de données du FBI et de la CIA.

— Qui c'est ?

— Je ne sais pas.

— Comment ça vous ne savez pas ? Il n'y a pas de caméras là où il se trouve ?

— C'est un bureau à Langley, je recherche un point d'accès aux caméras… Mais j'ai le numéro de téléphone si vous voulez.

— Appelez.

Polson s'exécuta. Trois sonneries retentirent dans le haut-parleur du PC, comme si, au bout du fil, on hésitait à répondre.

— Qui est à l'appareil ?

— Non, vous, qui êtes-vous ? Que faites-vous dans le bureau de l'agent Dorian ?

— Je suis l'agent Gregory Sheperd.

— Pourquoi faites-vous des recherches sur l'agent Faust des services secrets ?

— Je dois lui parler.

— Agent Sheperd, malgré vos accréditations élevées, vous n'êtes pas censé connaître l'agent spécial Faust.

— Nous nous sommes croisés en mars 2002 au Walmart, boulevard Ridgeville à Mount Airy, lors d'une intervention sur le terrain.

— Un instant.

Polson coupa le micro et se tourna vers Raven quand la voix de Sheperd se fit entendre de nouveau :

— Je sais que vous êtes en contact avec lui, j'ai des informations à lui communiquer.

— Passez-le-moi. Je me souviens de lui, articula silencieusement Raven. Agent Sheperd, je vous écoute.

— Vous êtes difficile à trouver sur le terrain, mais dès qu'on cherche sur un ordinateur, on tombe sur quelqu'un qui peut vous joindre. Un jour, il faudra m'expliquer.

— Venez-en au fait, s'il vous plaît.

— J'ai des informations sur une attaque, mais je ne peux pas en parler au téléphone, je voudrais vous rencontrer.

— Dans deux heures, sur les marches du mémorial de Lincoln.

***

Raven vit arriver Sheperd de loin. Assis sur les marches du mémorial, à quelques pas de la gigantesque statue du seizième Président, il jeta un dernier coup d'œil aux touristes emmitouflés, portables et appareils photo à la main, et s'imagina leur panique, leurs cris, leur incompréhension si une attaque terroriste survenait en cet instant précis. Il avait le sentiment qu'ils s'accrochaient à leurs gadgets technologiques hors de prix, à leurs chaussures bien cirées et à leur nourriture trop riche, comme si cette opulence pouvait les protéger des dangers bien réels du monde extérieur. L'agent monta les marches et tendit une main que Raven ignora.

— Vous étiez moins grand dans mon souvenir.

— Vous, vous étiez plus jeune.

— On marche ?

— Si vous voulez. Qu'avez-vous pour moi ?

— Je ne sais pas si cela peut vous intéresser, en fait. Mais comme je ne peux pas m'en servir personnellement…

— Pourquoi donc ?

— Mes prérogatives.

— Ah ? Ça n'entre pas dans vos attributions de « collecte d'informations sur les personnalités en rapport de près ou de loin avec la sécurité de la nation » ? Mission qui nécessite que vous passiez la moitié de l'année dans un avion ?

— Chapeau, vous êtes bien informé. Et non, pour répondre à votre question.

— Alors cette info ?

— Il va y avoir une attaque cette nuit ou demain matin au siège de la société Masanta.

— Et en quoi ça me concerne ?

— Nos bases de données sont régulièrement consultées depuis des mois pour une recherche externe au FBI et à la CIA sur un certain AKKRON. Et si je ne m'abuse, cette requête provient d'un service qui pourrait être sous votre responsabilité.

— Si c'était le cas, comment se fait-il que nous n'ayons pas eu vent d'une alerte que vous repérez tranquillement ?

— Qui a dit tranquillement ? Ce qui m'étonne c'est que personne chez vous n'ait pensé qu'il pouvait s'agir de l'initiale d'un prénom associée à un nom de famille. Vous voyez ? Albert Kkron… Alicia Kkron ? Eh bien, moi non seulement j'y ai pensé, mais j'ai aussi trouvé une boîte postale à ce nom.

Raven hocha la tête sans montrer d'intérêt particulier.

— J'ai aussi écouté des conversations cryptées… Bref, j'ai fait mon boulot et j'ai fini par dénicher une date et un lieu : nuit du 16 au 17 janvier, siège social de Masanta à Saint-Louis. Faites-en ce que vous voulez, vous savez où me joindre.

Abraham s'arrêta et tendit de nouveau la main.

— Agent Faust, si c'est bien votre nom, à bientôt j'espère. Et si vous voulez me prendre dans votre unité, sourit-il, je crois que j'ai passé un bon entretien d'embauche !

Raven regarda puis serra la main tendue.

— Vous seriez en haut de ma liste si je formais ce genre d'unité.

— Nous nous sommes compris.

Abraham s'éloigna et Raven se dirigea vers sa voiture, téléphone à l'oreille.

— Polson, haut-parleur ! Hadow ?

— Colonel ?

— On part à Saint-Louis dans une heure pile. Je veux que tous les hommes présents à la base soient sur le pied de guerre. Je veux un véhicule banalisé en plus de la camionnette habituelle. Polson, trouvez-moi une boîte postale au nom d'Alicia Kkron. K-K-R-O-N !

Raven raccrocha et composa aussitôt le numéro de Wally Binck.

— Binck ? C'est Faust.

— Que me vaut un appel sur ligne sécurisée ?

— Vous devrez vous débrouiller sans nous pour l'intervention chez Stockord, à New York, demain. J'ai autre chose sur le feu.

— Vous pouvez me trouver une équipe de remplacement ?

— OK, et tenez-moi au courant du lien avec Swanson.

***

Il était près de 3 heures du matin quand les caméras à infrarouge de Polson, qui scrutaient le siège de Masanta, signalèrent enfin un mouvement suspect. Un homme cagoulé profitait de la nuit sans lune pour avancer furtivement jusqu'à une bouche d'évacuation d'air. Il fit un geste dans la direction opposée et fut rejoint par deux autres silhouettes. Tous trois s'y engouffrèrent comme des chats.

— Qu'est-ce qu'on fait ?

— On attend.

— On attend quoi ?

— Pour l'instant, on n'a rien ! s'emporta Raven, mal installé à l'arrière de la camionnette. Dites-moi plutôt si des alarmes se déclenchent.

Au bout de vingt minutes, les trois hommes réapparurent de leur bouche d'aération.

— Et là, qu'est-ce qu'on fait ?

— Ça va bouger, un peu de patience.

L'homme qui sortit le dernier dit quelque chose à ses compagnons et s'éloigna d'un pas vif.

— Black, fit Raven au micro, suivez les deux qui restent. Hadow, vous me chopez le gringalet qui se dirige vers vous. Et sans le descendre !

— À vos ordres.

Quelques instants plus tard, Hadow prévint que tout était sous contrôle. Presque au même instant, une explosion retentit qui fit trembler le sol et une lueur vive grilla le capteur le plus proche de l'aération.

— Appelez les pompiers… Nous, on dégage dès qu'on aura récupéré Hadow et son poseur de bombe.

Sous sa cagoule, les mains ligotées dans le dos, le prisonnier s'agitait. Quand Hadow le poussa sans ménagement dans la camionnette, il s'écroula en poussant un cri aigu.

— Qu'est-ce que c'est que ce bordel ? fit Raven en tirant sur le masque, qui dévoila le visage apeuré d'une très jeune femme.

— Mais qui êtes-vous ?

— FBI.

— Je n'ai rien à vous dire !

— Ils disent tous ça. Vu votre âge, vous devez être étudiante, activiste écologiste, je suppose. Polson, vous confirmez ?

— Une seconde, ça arrive, dit l'informaticien en appliquant son scanner sur la main droite de la jeune femme, que le lieutenant Hadow maintenait sur le ventre. Bingo, patron ! Je vous présente Claire Finkelstein, 23 ans, membre de « L'âme verte ».

L'intéressée lui jeta un regard assassin.

— Je ne vous dirai rien.

— Si ce n'est pas toi, tes amis le feront demain à ta place. Enfin, j'espère pour vous.

***

Le soleil s'était levé depuis quelques heures quand le portable de Claire sonna. Raven lui apporta l'appareil.

— Réponds, mais pas d'embrouille, à moins que tu préfères passer vingt ans dans une prison de haute sécurité. Dis-leur juste que tu es malade.

— Pour ce que ça changera…

***

— Alors, qu'est-ce qu'elle fout ?

— Elle est malade, on peut y aller.

Les deux jeunes gens sortirent de la voiture, sans remarquer leur escorte. Ils entrèrent dans le bâtiment du service postal et se dirigèrent droit sur une boîte. Ils eurent à peine le temps d'en extraire une enveloppe qu'un cri retentissait derrière eux :

— FBI ! À terre !

En quelques secondes, les deux jeunes furent transférés dans l'immeuble d'en face tandis que, dans le bureau de poste, Clara Monaghan prenait la place de l'employée et installait une caméra discrète pointée droit sur la boîte.

***

Kate Gordon, lunettes de soleil sur le nez et cheveux couverts d'un carré de soie, poussa la porte d'un cybercafé et acheta une demi-heure de connexion. Elle pianota sur l'ordinateur et attendit quelques instants. Puis inséra une clé USB dans l'unité centrale sur laquelle elle copia le très gros fichier qu'elle avait téléchargé. Sur son visage, la satisfaction pouvait se lire malgré les énormes verres fumés.

***

Aussi étonnant que cela pût paraître, les jeunes activistes affichaient un air parfaitement serein. Owen, qui surveillait la rue, lança :

— Mais qu'on les foute en taule !

— Et pour quel motif ? rétorqua un dénommé Clark.

— Cambriolage et destruction de bien privé par exemple, répondit Raven.

— Je parie qu'aucune plainte ne sera déposée. Vous ne nous avez même pas lu nos droits, ce qui fait que l'arrestation sera classée sans suite… Je me trompe Claire ?

— Qui t'a dit qu'on était de la police, petit con ? Regarde autour de toi, tu crois que c'est un commissariat ? Je parie que je peux faire requalifier ça en acte terroriste. Ça vous dirait de vous frotter au *Patriot Act* ?

Un vent de panique ébranla les jeunes gens, qui se jetèrent des regards inquiets. Manifestement, ils n'avaient pas envisagé cette possibilité. Claire fut la première à parler :

— Nous avons été contactés par une femme qui disait vouloir soutenir notre action. Elle nous a donné de l'argent, nous a fourni du matériel, nous a indiqué comment nous en servir.

— Quel matériel ?

— Informatique…, interrompit un certain Harry, qui arborait une barbichette ridicule.

— Pourquoi n'avez-vous rien déposé dans cette boîte ? Pourquoi y avait-il un mot disant juste « merci et à bientôt » ?

— C'est parce que…

— Ne dis rien, Claire !

Raven dégaina son arme et la braqua sur le jeune barbu.

— Toi, Trotsky, on ne t'a rien demandé. Continue, Claire.

La jeune femme regarda son compagnon et hocha la tête.

— Elle nous a fourni l'adresse d'un serveur FTP où on lui a tout envoyé. À cette heure-ci, elle a certainement toutes les preuves des exactions de ces fumiers de chez Masanta.

— Et l'explosion ?

— Son idée.

Elle fit un signe de tête en direction de Clark.

— Avec quoi ?

— Vous ne connaissez pas Internet ou quoi ? En cherchant un peu, vous trouvez de quoi faire une bombe avec un trombone…

— Putain de MacGyver ! cracha Owen, butez-moi ces trois baltringues et qu'on en finisse !

— Il n'a pas tort, renchérit Black. Ils n'ont rien à nous apprendre. On dira qu'ils sont morts dans l'explosion.

La désinvolture de ses gardiens fit visiblement forte impression sur Clark, qui s'empressa de donner l'adresse du serveur. Polson vérifia les informations tandis qu'on emmenait les jeunes activistes en prison. Il tenta de remonter la piste, mais se heurta à un système de renvoi aléatoire qui lui donna du fil à retordre.

Raven, quant à lui, passa un coup de fil à Binck qui lui confirma l'arrestation de Stockord pour violation des lois américaines sur les transactions financières. Il ajouta qu'il tenait des comptes séparés de la banque de Swanson, ce qui rendrait une quelconque collusion entre les deux hommes difficile à prouver, d'autant plus que le patron de MicroWare avait, lui aussi, laissé des plumes dans l'affaire.

— Colonel, l'interrompit Polson, j'ai deux nouvelles qui ne devraient pas vous plaire. La première, c'est que le dernier serveur que j'ai interrogé a été vidé depuis un cybercafé de Washington. Les images des caméras de surveillance ne donnent rien, à moins que vous soyez capable de voir à travers les écharpes et les bonnets. Je suis désolé.

— Et merde ! Espérons que les gamins en diront plus à leur procès. Et la seconde mauvaise nouvelle ?

— Eh bien, euh… À propos des gamins… Le père de la fille est avocat, il les a sortis de prison.

— Mais putain on est maudits ! Comment ils s'y sont pris ?

— Masanta a déclaré un sinistre d'origine électrique et n'a pas porté plainte pour cambriolage. Notre arrestation est donc considérée comme abusive. Nous aurions dû invoquer le *Patriot Act*. Enfin, si des informations remontent, on pourra toujours essayer de les retracer.

— J'admire votre optimisme, Polson, malheureusement je n'y crois pas une seconde.

Raven ordonna à ses hommes de se concentrer sur les junkies retrouvés morts et se retira dans la chambre de l'appartement. Allongé sur le sol, il se repassait le film de ces derniers jours, cherchant le grain de sable qui avait une fois encore grippé sa belle mécanique, quand il tomba sur ce qui lui parut être un véritable rocher.

— Polson, l'alarme !

— Quoi l'alarme ?

— L'alarme du bâtiment, elle ne s'est pas déclenchée !

— Bon sang, mais comment on ne l'a pas vu ?

Polson pianota frénétiquement sur son clavier, tenta plusieurs approches et s'aperçut très vite que le réseau de Masanta était totalement déconnecté.

— Qu'est-ce que ça signifie ?

— Qu'il faut aller sur place.

— Trouvez-moi un juge, faxez la lettre du Président et faites-lui signer une commission rogatoire.

— Pour quel motif ?

— Dissimulation de crime. Et demandez à Peet et Steve d'aller cuisiner le personnel du cybercafé. Il se rappelle peut-être quelque chose.

***

Le jour déclinait déjà quand Raven et Polson poussèrent la porte des locaux de Masanta. Ils brandirent leurs badges sous le nez de la réceptionniste revêche qui se radoucit aussitôt pour appeler son patron d'une voix paniquée.

Après une brève discussion au cours de laquelle l'hôtesse prononça au moins trois fois le mot « FBI », elle leur annonça que Niels Olger allait les recevoir.

Après quelques minutes, que Polson occupa à briefer Raven, deux hommes apparurent à la porte de l'ascenseur. Celui qui portait le costume le mieux coupé s'avança, la main tendue.

— Que me vaut la visite du FBI, monsieur… ?

— Agent Faust. Cette nuit, trois individus masqués se sont introduits dans vos locaux et ont fait exploser une bombe artisanale…

— Je vous arrête tout de suite. Un incident électrique a déclenché un feu que notre système anti-incendie a circonscrit immédiatement.

Raven sourit et sortit la lettre du juge.

— Je savais que vous me serviriez ce genre de baratin. C'est pour cela que j'ai ce bout de papier. Vous savez ce que c'est ?

— Oui, mais…

— « Mais… » rien, je veux aller sur les lieux du sinistre. Votre responsable de la sécurité…

Raven se tourna vers Polson qui enchaîna :

— Jack Cubs, ancien champion de taekwondo, brève carrière militaire, recruté par l'armée privée Blackwater, et débauché depuis six mois.

— Eh bien, votre champion de taekwondo va donc nous emmener dans l'aile est de votre bâtiment.

Olger acquiesça à contrecœur et ils prirent tous les quatre l'ascenseur pour le sous-sol. Lorsque les portes s'ouvrirent, ils furent saisis par une odeur âcre.

— Vous entreposez des produits chimiques ici ?

— Ah non, ce ne serait pas aux normes ! protesta le responsable de la sécurité, qui comprit instantanément son erreur au regard noir de son patron.

— Ça, c'est intéressant. Parce que cette odeur ressemble fortement à celle d'une bombe artisanale…

Polson montra au sol un trou dans le béton.

— Curieux, votre incendie.

— Vous êtes agent du FBI ou pompier ?

— J'en sais assez sur la question pour vous dire que c'est le résultat de l'explosion d'un engin peu puissant posé par des amateurs. On remonte ? Ça pue, ici.

Un silence pesant s'installa, qui permit à Raven d'imposer son rythme. Sans y avoir été invité, il s'installa dans l'un des généreux fauteuils en cuir du bureau du vice-président et désigna l'autre à Polson, qui se fit un plaisir de s'y vautrer.

— Ce qui m'étonne, c'est que vos systèmes d'alarme ne se sont pas déclenchés, vous avez une explication, Jack ?

Soucieux d'éviter une seconde bourde de son gorille, Niels Olger, installé dans son fauteuil de ministre, le fit taire d'un geste.

— Nous n'avons rien à déclarer sur le sujet. Nous maintenons notre version. Nous avons été victimes d'un incendie d'origine électrique.

— Nous voulons avoir accès à vos registres des entrées et des sorties entre vendredi dernier et cette nuit à 3 h 30.

— Votre « commission rogatoire » ne nous impose pas de vous livrer ce genre d'informations.

— Si vous le prenez comme cela, je vous fais accuser d'entrave à la justice et de complicité d'acte terroriste. Je n'ai qu'un coup de fil à donner et l'endroit grouillera d'agents, de comptables et d'experts en tous genres qui trouveront sans aucun doute de quoi vous compliquer l'existence.

— Essayez. Je serais curieux de voir ce qu'ils pourraient contre mon armée d'avocats. Si je l'avais voulu, vous n'auriez même pas posé le pied dans mon ascenseur !

Il se permit une pause théâtrale avant de tendre la main à Raven avec un sourire mauvais.

— Messieurs, je crois que nous nous sommes tout dit.

Quand le gorille de Masanta eut refermé la portière de leur voiture, Raven sortit de la boîte à gants un boîtier métallique.

— Vous avez réussi, n'est-ce pas ?

— Un jeu d'enfant, caché sous le bureau. On entendra tout.

Après quelques instants, ils perçurent un pas lourd, suivi du bruit d'une porte qu'on claque et enfin la voix d'Olger, parfaitement nette.

— Cubs, vous avez merdé ! Vous étiez censé avoir tout nettoyé !

— On n'a pas eu le temps, les gars descendaient les planches qui devaient couvrir le trou quand les deux glandus ont débarqué.

Raven ne put réprimer un sourire.

— Ils ont raison, les glandus ! Pourquoi l'alarme n'a pas sonné ?

— Ils devaient avoir des codes, j'en sais rien, moi.

— Eh bien, si vous n'en savez rien, cherchez !

— Sur votre ordinateur ?

— À votre avis ?

Le cliquetis d'un clavier se fit entendre.

— Adam Gordon ? Qui c'est, celui-là ?

— Un ancien employé que nous avons… disons, perdu en 2000.

— Attendez, le type… perdu, il s'est connecté aussi en mars 2007 !

— Ça, c'est ennuyeux… Mais cela explique les fuites que votre prédécesseur avait été incapable de justifier.

Polson regarda Raven, dont le sourire avait disparu.

— Adam Gordon, comme Kate Gordon ? Qu'est-ce que c'est que ce…

— Comme vous dites. C'était son mari. Il s'est suicidé après avoir tué leur fille. Enfin, c'est la version officielle…

— Et j'en déduis que vous n'y croyez pas ?

— De moins en moins. Et je pense que Kate Gordon non plus.

10 mars 2009, 16 h 10, élevage de porcs Smithfarm, village de La Gloria, contreforts du Cofre de Perote, État de Veracruz, Mexique

Pedro Inliandez s'occupait des cochons destinés à l'exportation dans le plus grand élevage du monde, qui alimentait tout le marché nord-américain en produits charcutiers. Les deux mille mètres d'altitude rendaient le travail particulièrement éprouvant, mais aujourd'hui, en plus de la fatigue habituelle, l'ouvrier agricole se sentait fiévreux. Il tremblait légèrement et suait à grosses gouttes depuis le matin, et ses muscles et ses articulations étaient douloureux. Faute d'assurance sociale, il avait néanmoins dû se résoudre à aller travailler.

Quelques mois plus tôt, l'exploitation avait reçu la visite d'un Américain chargé de vérifier les rendements. Trop jeune, trop incommodé par l'odeur, l'inspecteur n'avait pas vraiment inspiré confiance à Pedro. Il est vrai qu'Andrew Lloyd était plus à l'aise avec ses tubes à essai qu'en compagnie de centaines de milliers de porcs. Après le malheureux « accident » qui avait coûté la vie à Thomas Anderson, le jeune homme s'était procuré la précieuse souche du redoutable virus que le chercheur anglais avait mis au point par erreur avant de lui trouver un vaccin. Il était revenu à la Gloria en début d'année (et Pedro l'avait accueilli avec un peu moins de méfiance). De nouveau, il l'avait observé jouer avec ses accessoires de savant, mais, ce jour-là, l'Américain était venu tester son virus, en faisant croire aux employés, masque vissé sur le nez, qu'il se contentait de regarder l'état des bêtes. Lloyd plongea quelques fioles contaminées dans les abreuvoirs « pour tester la qualité de l'eau ». Il posa quelques questions de routine à Pedro et le félicita pour la bonne tenue de la section dont il avait la charge avant de remballer son matériel du parfait petit chimiste. Pour l'ouvrier, tout ce qui comptait était de garder son travail. Il ne chercha pas plus loin.

***

La journée traînait en longueur pour Pedro, qui se sentait de plus en plus mal. Une dernière hésitation bien vite dissipée par une méchante pression sur les poumons et il se décida à quitter la ferme pour se rendre au poste médical réservé aux victimes de maux respiratoires. Depuis le mois de février, la moitié de la petite communauté de trois mille âmes qui vivait des maigres salaires de l'élevage porcin était en effet victime d'une mystérieuse épidémie de grippe, qui avait déjà causé la mort d'un enfant. Le discours officiel de Smithfarm se voulait rassurant, mais les autorités sanitaires, alertées par la population, avaient fini par se déplacer.

Dans le dispensaire de fortune, des médecins assuraient des consultations jusque tard dans la soirée. Pablo dut patienter deux heures avant de pouvoir décrire ses symptômes à une femme en blouse blanche à l'air exténué, qui l'écouta attentivement en hochant la tête. Elle lui remit deux boîtes de paracétamol et lui promit de l'appeler dès qu'elle aurait les résultats de ses analyses. Quand il eut refermé la porte, elle se tourna vers son collègue :

— Il a les symptômes du petit.

***

Le lendemain, Pedro décida de ne pas aller travailler et se rendit directement au dispensaire, où on le renvoya chez lui. Ce n'est qu'au matin du quatrième jour, toujours malade et économisant son paracétamol, qu'il put enfin revoir le médecin, qui, derrière son masque en papier, paraissait très préoccupée. Elle lui expliqua qu'il s'agissait d'une forme de grippe inconnue, qu'ils n'avaient observée que sur un gamin de 5 ans qui se trouvait actuellement entre la vie et la mort. Pedro était donc la deuxième victime « officielle » de l'*influenza* A, puisque aucune analyse n'avait été pratiquée sur le nourrisson décédé un mois auparavant.

— Ce n'est pas une grippe porcine classique, elle contient de la grippe humaine et aviaire, comme si elle avait muté ou… Mais, nous vous soignerons bien, ne vous inquiétez pas.

Pedro lut dans les yeux du médecin qu'il y avait au contraire lieu de s'inquiéter et préféra rentrer chez lui sans poser plus de questions. Il décéda cinq jours plus tard, après une défaillance rénale due au traitement, suivie d'une forte fièvre qui eut raison de ses dernières forces.

13 avril 2009, 10 h 10, deuxième étage du M&M's Store, 1600 Broadway, New York City, État de New York, États-Unis d'Amérique

Après des mois de travail acharné, un schéma de l'organisation commençait à se faire jour dans la tête de Raven. Il avait déjà identifié au moins cinq des tentacules de la « pieuvre » BYE, dont la tête demeurait dans l'ombre. Le premier, représenté par une certaine « Betty » qui aimait les pseudonymes ridicules, soutenait les cellules terroristes. Le deuxième était celui du faux berger indien qui concevait de redoutables prédateurs. Un troisième tentacule, dont Raven ne savait pratiquement rien, s'occupait de trafic de drogue, une activité qui finançait probablement la quatrième branche, celle du crime en col blanc. Restait à savoir comment s'effectuaient les transferts. Il savait aussi depuis longtemps que l'organisation disposait d'une branche armée chargée d'éliminer les gêneurs, dont il n'était pas encore parvenu à identifier la tête.

L'unité Infinity avait désormais quelques succès à son actif, mais les interrogatoires des prisonniers avaient chaque fois été mis en échec par la peur ou l'ignorance, quand ce n'était pas leur décès. Raven se sentait néanmoins plus optimiste que jamais et avait l'intuition qu'ils étaient sur le point de franchir un cap.

Un mois auparavant, dans la masse d'informations qu'il avait à traiter, il avait repéré un article sur le décès suspect d'un chercheur anglais et demandé à Jane Marsh d'enquêter sur le sujet pour le compte de l'unité. Il appréciait la rigueur du travail de la jeune journaliste et la qualité de ses sources, même si elle donnait parfois rendez-vous dans des lieux insolites comme c'était le cas aujourd'hui. Il était sur le point de demander à la vendeuse si, franchement, il avait une tête à bouffer des M&M's, mais se retint, fidèle à sa nouvelle ligne de conduite qui l'obligeait à rester poli avec les civiles.

— Non, merci, je ne veux rien, j'attends quelqu'un.

— Bien, monsieur, mais si je peux vous aider, profitez-en, ça ne va pas rester calme très longtemps.

Raven songea que le calme était décidément une notion des plus subjectives et regardait sa montre, exaspéré, quand une voix familière se fit entendre par-dessus la pop acidulée braillée par les haut-parleurs :

— Monsieur Faust, enfin si c'est votre vrai nom…

— Mademoiselle Marsh. Vous êtes en retard.

— Vous auriez dû manger du chocolat, c'est bon pour l'humeur.

— Qu'est-ce qu'on fait ici ?

— Je dois rencontrer un informateur et vous allez m'aider. D'ailleurs le voilà, montrez-lui votre jolie plaque.

Raven n'eut pas vraiment le choix et obéit. L'inconnu scruta l'insigne, marmonna un « OK » entre ses dents et tendit une enveloppe à Jane.

— Merci !

L'homme ne prit pas la peine de répondre et leur tourna le dos non sans avoir lancé un regard noir à la journaliste. Raven sourit.

— Qu'est-ce que vous lui avez fait, à celui-là ?

— Il avait une maîtresse et moi, des questions.

— Et vous vous servez de moi pour clore votre petit marché ?

— Oh ! ça va ! Ce n'est même pas une vraie plaque…

— Et les renseignements que vous allez me donner, ils sont vrais ? Vous avez finalement appris quelque chose sur la mort du chercheur ?

— J'imagine que vous avez eu accès au rapport de police, depuis le temps.

— On parle bien de celui qui dit que Thomas Anderson est mort noyé dans l'eau du Potomac ? Oui, bien sûr que je l'ai eu, pourquoi ? Vous avez trouvé quelque chose ?

— Je l'ai lu, mais, comme vous le dites, ça ne colle pas parce que moi aussi, et que je me suis laissé dire que ce n'était pas le genre d'homme à se baigner, encore moins tout habillé, et encore, encore, moins dans une eau polluée. Il n'était même pas du style à mettre le nez dehors. C'est simple, depuis son arrivée aux États-Unis, mes sources affirment qu'il n'était pas sorti de son laboratoire.

— Il était employé chez International Care.

— Oui, et c'est assez curieux.

— Pourquoi donc ?

— Parce que j'ai eu la malchance d'interviewer la nouvelle directrice, Elizabeth Carlson, quand elle a pris ses fonctions, et qu'en plus d'être passablement désagréable, elle m'a paru franchement louche.

Raven tendit l'oreille pour saisir la fin de la phrase, tant le niveau sonore avait grimpé depuis quelques minutes. Se souvenant de ce qu'avait dit la vendeuse, il entraîna Jane à l'extérieur.

Tandis qu'ils prenaient place sur une banquette de la pizzeria Sbarro de Broadway, elle aperçut un visage connu.

— Ronald ? Que faites-vous là ?

Polson se leva pour lui serrer la main.

— Le boss veut que je vérifie vos informations en temps réel.

Furieuse, elle se tourna vers Raven.

— Faust ? Et je me fous de savoir si c'est votre vrai nom ! Depuis plus d'un an, vous me demandez des renseignements sur des gens sans me dire pourquoi, je vous les donne sans vous poser de questions, et tout d'un coup vous me fliquez ?

— Jane, sans vouloir vous décevoir, vous « fliquer » coûterait plus cher que ça ne rapporterait. Non, vos informations sont toujours pertinentes, mais j'ai une intuition et je veux gagner du temps. Au lieu de monter sur vos grands chevaux, dites-m'en plus sur cette Elizabeth Carlson.

Polson leva la tête :

— C-A-R… ?

— L-S-O-N, finit d'épeler Jane. Eh bien…

— Je l'ai ! C'est une chercheuse d'origine russe ; mari et fils morts à Tchernobyl lors de l'explosion ; remariée pendant à peine plus d'un an à…

— Thomas Anderson, compléta la journaliste. Ils ont travaillé des années ensemble et ont été mariés le temps qu'elle obtienne la nationalité britannique. Mais le plus curieux, c'est qu'elle a disparu de la circulation pendant huit ans avant de ressortir comme par magie à la tête d'un consortium d'investisseurs inconnus pour prendre le contrôle d'International Care sans qu'eux-mêmes s'en rendent compte.

— Et qu'est-ce qui est louche là-dedans ? demanda Raven.

— Vous si vous investissiez dans un laboratoire qui fait des bénéfices, vous demanderiez votre part du gâteau, je suppose. Eh bien, elle, non.

— Si vous pensez que ça vaut le coup de creuser, je vous fais confiance. Rien d'autre ?

— Si, elle a lancé une campagne de recrutement de jeunes chercheurs. Rien de nouveau sous le soleil sauf que depuis, on en a un qui est à la tête d'un laboratoire à Denver et deux qui ont disparu.

— Leurs noms ?

— Le petit veinard s'appelle Andrew Lloyd et les deux autres sont Phil Brookivitch et Martin Retrock.

— Attendez…, coupa Polson qui n'avait pas cessé de tapoter sur son clavier. Alors apparemment Retrock s'est envolé pour le Viêt-nam et Brookivitch… rien. Elle a raison, il a disparu de la circulation il y a près de deux ans. La dernière opération sur son compte en banque remonte au 11 juin 2007, un restaurant dans le New Jersey.

Jane, incrédule, regarda Polson, puis Raven, puis de nouveau Polson.

— Vous êtes en train de me dire que vous avez accès aux données bancaires, à celles de la police des frontières et à Dieu sait quoi d'autre depuis ce portable ?…

— Ben oui !

— Alors, à quoi je vous sers ?

Raven se pencha vers elle comme pour lui révéler un secret.

— À raisonner comme un être humain. Vous êtes capable de dénicher des informations parallèles, de recouper, de faire appel à votre instinct et de trouver des liens. Tout ce que sa machine ne pourra jamais trouver.

Polson leva les yeux au ciel.

— Oh ! ne le prenez pas comme ça, Ronald, votre ordinateur n'a rien entendu ! En tout cas je crois que nous allons rendre visite à Mme Carlson.

— Et moi ? Qu'est-ce que ça me rapporte ?

— Une pizza, fit Raven en posant un billet sur la table. Et retrouvez-moi à 9 heures ce soir, au piano-bar *Le Brandy's*, avec d'autres informations sur ce Lloyd.

⁂

Lorsque Jane entra dans le bar, avec une demi-heure de retard, le pianiste terminait une version touchante de la *Sonate au clair de lune*. En reconnaissant la silhouette massive vêtue de noir qui caressait le clavier, elle se crut en proie à une hallucination et, soucieuse de ne pas rompre le charme, s'appuya contre une colonne, à quelques pas du demi-queue, pour le laisser terminer. Mais déjà il attaquait les premières mesures de *My funny Valentine* avec une délicatesse qu'elle ne lui connaissait pas. Raven fit durer le plaisir en rejouant une partie du morceau avant de tourner la tête et de repérer la jeune femme. Un peu gêné, il repoussa le tabouret pour dégager ses longues jambes de sous l'instrument, et lui fit signe de l'accompagner à sa table.

— Je vous ai commandé un cosmopolitain.

— Un peu féminin, mais c'est mon péché mignon… Je ne vous demande pas comment vous le savez. Par contre, vous… Quand avez-vous appris à jouer ainsi ?

— C'était il y a très longtemps. Dans une autre vie, comme on dit. Ma mère me donnait des cours quand j'étais gamin. Elle était pianiste, jusqu'à ce qu'elle tombe amoureuse d'un bourrin de soldat américain en permission qui l'a draguée dans un café parisien. On dirait un roman de Duras, non ? Enfin, c'est comme ça que ma mère s'est retrouvée à m'apprendre le piano dans la campagne du Wisconsin…

— Vous en parlez au passé…

— Elle est morte quand j'avais quinze ans, un accident de voiture. Les leçons de piano et la culture, c'était fini. Mon père ne s'en est jamais remis, et comme il ne savait pas quoi faire de moi, il m'a… « confié » à la seule famille qu'il lui restait, l'armée. C'était juste avant de sombrer dans l'alcool et de mourir sur la tombe de sa femme dix ans plus tard, un soir de décembre, complètement bourré... Voilà, vous connaissez l'histoire.

— Je suis désolée pour vous. Et le deuxième morceau, pour qui était-il ?

— Il n'y a vraiment pas de quoi.

— Je vous demande pardon ?

— Il n'y a pas de quoi être désolée. Alors, dites-moi plutôt ce que vous avez trouvé sur Andrew Lloyd.

Jane pointa le doigt sous le nez de Raven.

— Ne me faites plus jamais ça.

Raven éloigna la tête de cet index vengeur.

— Ne me laissez plus jamais en plan avant que j'aie fini de vous donner des informations. Ne me payez plus jamais une pizza avant de disparaître.

— OK. J'y penserai la prochaine fois.

— Admettons que je vous croie. Alors votre Lloyd était un étudiant brillant, mais sans le sou. Or d'après ses camarades de l'université de Georgetown, il a trouvé un job tellement rentable qu'il a pu se payer tout ce qu'il voulait presque du jour au lendemain. Toujours d'après eux, c'était un petit génie des molécules, un chimiste hors pair.

— Dites-moi plutôt un truc que j'ignore, il a eu son diplôme haut la main.

— Toujours d'après un copain à lui, il passait son temps à voyager et à faire la bringue aux quatre coins du pays et au Mexique. Et puis tout ça se serait arrêté en juillet 2004. Il serait même rentré chez ses parents au lieu de faire la tournée des plages et des bars qu'ils avaient prévue. Après son diplôme de fin d'études, il a été engagé sur-le-champ par le laboratoire dont nous avons parlé.

— Ça, c'est intéressant ! Autre chose ? Sur Elizabeth Carlson ?

— Rien. Le néant. Je n'ai pas trouvé quoi que ce soit sur elle à part un terrain qu'elle a acheté dans la campagne anglaise aux environs de Coventry. Je n'ai jamais vu quelqu'un verrouiller à ce point sa vie privée. Enfin à part vous, peut-être.

Raven esquissa un sourire.

— Vous avez fini ?

— Je crois, oui. Qu'est-ce que ça me rapporte ?

— Pour l'instant, rien. Mais dès que j'ai ce que je cherche, je vous en dis plus. Et ne m'en veuillez pas si je vous offre votre cocktail.

Raven se leva en laissant un billet pour les consommations et salua la jeune femme avant de quitter le bar.

⁂

De l'autre côté de l'Atlantique, Elizabeth Carlson, parapluie à la main, frappait à la porte d'un hangar qui n'avait pas dû être rénové depuis la Seconde Guerre mondiale.

Un homme blond, avenant, vint ouvrir et la salua aimablement, tandis qu'au loin, Big Ben sonnait déjà minuit.

— Bonsoir, Marty.

— Heureux de vous voir, dit-il en lui serrant chaleureusement la main.

— Je n'ai qu'une demi-heure à vous accorder, je retourne aux États-Unis. Allons constater vos progrès. Vous avez des clients ?

D'un geste ample, Marty invita Elizabeth à le suivre. Elle suivit avec une certaine méfiance ce Marty

Mockettash dont elle appréciait de moins en moins l'assurance qui confinait parfois à l'arrogance. Arrivé au premier étage, il sortit un trousseau de clés digne d'un gardien de prison et ouvrit une première porte.

— Tenez, il est arrivé hier, celui-là.

— Comment l'avez-vous sélectionné ?

Dans l'angle de la pièce aux fenêtres aveuglées, un jeune homme était recroquevillé à même le sol et se balançait comme un petit enfant. Il semblait s'émerveiller de quelque chose, mais personne n'aurait pu dire de quoi.

— Une raclure parmi tant d'autres, un braqueur de vieilles dames, prêt à tout pour avoir une dose. Il ne manquera à personne. Tous nos cobayes répondent à ces critères, comme vous l'aviez demandé.

— Bien.

Marty referma la porte et en ouvrit une deuxième. La pièce offrait un spectacle similaire.

— Deux jours qu'il est là.

— Pas intéressant.

Il fallut que Marty ouvre six autres « cages » pour qu'Elizabeth Carlson manifeste un semblant d'intérêt pour les cobayes. Elle s'approcha du sans domicile fixe qui était enchaîné aux barreaux de la fenêtre, les yeux exorbités.

— Huitième jour.

— Oui, je ne suis pas idiote. Mettez-moi de la lumière.

— Tout de suite.

Elle l'examina comme s'il était un rat de laboratoire, indifférente à son râle, son souffle animal et son regard de prédateur.

— Défaillance rénale ?

— Oui.

— Il a l'œil jaunâtre. Défaillance hépatique ?

— Toujours correct.

— Les hallucinations ne sont plus dues au produit.

— Non, c'est le corps qui se défend comme il peut. Cela dure quelques jours, malgré les doses qu'on leur injecte.

— Ils s'alimentent ?

— Non. En fait ce n'est pas tout à fait exact, certains montrent des tendances cannibales, c'est pour cela qu'ils sont tous dans des cachots séparés. Quand ils sont seuls, ils se contentent de boire, comme des animaux, à même le sol. Suivez-moi.

Marty referma la cellule et emmena Elizabeth jusqu'à la cage numéro quinze.

— Pourquoi sont-ils nus ?

— À partir du dixième jour, ils déchirent leurs vêtements, à cause de la chaleur.

— La chaleur ? Ici ?

— Leur corps les brûle, répondit Marty en s'arrêtant devant l'avant-dernière cellule. Regardez. Cet homme est sur le point de mourir. Ses hallucinations l'ont poussé à se crever les yeux.

Elle colla son œil au judas.

— Et il n'est plus conscient de la douleur ?

— Absolument pas. D'ailleurs, il n'est plus conscient de quoi que ce soit. Parfois, il pousse des cris, mais d'ici trois heures, il sera mort, comme les autres.

— Bien. Et la seizième ?

— Ah, elle, c'est une anomalie. Cela fait plus de huit semaines qu'elle est là. Une erreur de dosage.

***

Comme les autres, la jeune fille était nue, très maigre et en piteux état, mais elle était consciente. À la vue d'Elizabeth Carlson, elle se leva comme elle put et tituba jusqu'à la porte, les mains tendues.

— Qu'est-ce qu'elle dit ? Je n'entends rien.

— On n'y comprend rien de toute façon, elle est russe.

— Pourquoi est-elle encore en vie ?

Le responsable des marchés de l'Europe et de l'Asie parut un peu gêné, mais se décida à répondre devant l'agacement de sa redoutable patronne :

— Elle sert de… divertissement. Les chimistes la passent au jet d'eau de temps en temps, la nourrissent quand ils y pensent et lui donnent l'ancienne formule en échange de… ses faveurs.

La scientifique scruta le sol et s'aperçut qu'il était jonché de préservatifs usagés. Sans prendre la peine de détourner le regard, elle demanda :

— Vous avez encore des stocks de l'ancienne version ?

— Plus beaucoup.

— Faites en sorte que la nouvelle formule soit encore améliorée.

— C'est que nous atteignons nos limites…

— Je ne veux pas entendre ce genre d'excuses. Il y a huit jours de trop dans le processus. Nous prendrons de vos nouvelles sous peu. D'ici là, travaillez.

14 avril 2009, 10 heures, laboratoire International Care, Leesburg, État de Virginie, États-Unis d'Amérique

Le siège du laboratoire dirigé d'une main de fer par Elizabeth Carlson était une de ces constructions massives de béton et de verre qui s'étirent sur des centaines de mètres tels des serpents. Un reptile entouré de verdure, à l'exception du parking réservé aux employés et aux visiteurs accrédités. Un symbole de la plus haute technologie pour certains, une pure monstruosité pour la majorité des habitants de la petite ville de Leesburg.

Il ne fallut pas longtemps à Polson pour contrefaire la carte magnétique qui leur permit de passer la barrière de l'entrée. Un geste de la main et un retentissant « salut Joe » dissipèrent aussitôt les doutes du gardien. Il s'agissait maintenant de ne pas perdre de temps pour ne pas laisser à Elizabeth Carlson celui d'effacer les preuves.

Raven poussa la porte vitrée, suivi de Polson, Binck et Black, et se dirigea droit vers les deux hommes de la sécurité qui filtraient les entrées. Dans la remorque du camion, Clara, au casque, ne perdait pas une miette de l'opération et attendait les ordres d'intervention.

— Messieurs, bonjour. FBI, agent spécial Faust et agent Binck. Le bureau de Mme Carlson.

— Veuillez patienter, j'essaie de la joindre.

— Posez ce téléphone ! Je ne vous ai pas demandé de l'appeler, je vous ai demandé de m'indiquer son bureau. Le blondinet, vous nous accompagnez, Black, vous surveillez l'autre.

Curieusement, les deux gardes obtempérèrent sans broncher.

Au dernier étage, les plaques du FBI suffirent à convaincre la secrétaire d'Elizabeth Carlson de ne pas faire barrage. La présidente était en train de signer des papiers lorsque les trois hommes entrèrent sans frapper.

— J'avais dit que je ne voulais pas être dérangée ! aboya-t-elle sans lever la tête.

— Je crains qu'il vous faille prendre quelques minutes de votre précieux temps pour nous, madame Carlson.

— Qui êtes-vous ?

Elle venait de lever les yeux et paraissait sous le coup de la surprise.

— FBI, madame. Agent spécial Faust et l'agent Binck, en charge des enquêtes sur les délits financiers.

— Qui vous a laissé entrer ?

— Notre commission rogatoire qui nous donne un accès illimité à tous vos comptes et données, dit-il en tendant le papier.

Après quelques minutes de lecture attentive, Elizabeth Carlson, épuisée par le voyage et le décalage horaire, renonça à résister, non sans exiger la présence de l'avocat du laboratoire. Polson se fit mener au cœur du système informatique afin de télécharger les documents de gestion tandis que Wally Binck planchait sur la comptabilité.

De son côté, Raven débuta son interrogatoire sans brusquer Elizabeth. Une question la taraudait depuis leur intrusion : comment l'homme qui représentait le plus grand danger pour son organisation était-il arrivé jusqu'à elle ? Rapidement, ils furent interrompus par l'arrivée de l'avocat, qui prit place à côté de sa cliente et lui glissa quelques mots à l'oreille.

— Ma cliente va coopérer, monsieur… ?

— Faust.

— Ça ne s'invente pas… Posez vos questions, nous répondrons dans la mesure des intérêts de Mme Carlson.

— Il faudra faire mieux que ça. Comment avez-vous pris le contrôle de ce laboratoire ?

— OPA.

— Hostile, je le sais déjà. Comment avez-vous fait pour que ça ne se voie pas ?

— Montage financier avec un établissement bancaire. Pas très fair-play, mais tout à fait légal. Vous pouvez vérifier.

— Comptez sur moi. D'où vient l'argent ? Ce n'est pas le vôtre, nous le savons. Les comptes qui ont approvisionné celui qui a servi à acheter les actions n'ont été utilisés qu'une fois.

L'avocat se pencha de nouveau vers sa cliente, qui l'écouta d'une oreille distraite.

— J'espère que vous avez les épaules solides pour vous attaquer à une affaire de ce niveau. Quoi qu'il en soit, la personne qui a financé cette opération souhaite garder l'anonymat et je ne serai pas celle qui le trahira. Très franchement, monsieur Faust, je pense que vous perdez votre temps.

— Ne vous en faites pas pour nous… Ah ! j'allais oublier, madame Carlson. Permettez-moi de vous adresser mes condoléances pour votre mari.

— Ex-mari.

— À propos, vous ne trouvez pas étrange qu'il se soit noyé si près d'ici ?

— Étrange n'est pas le bon terme. C'est un véritable drame, pour l'entreprise et pour ses proches. Je pense que le vol que nous avons subi l'a beaucoup perturbé. Au point de commettre l'irréparable.

— Le vol ?

L'avocat ouvrit la bouche, mais fut interrompu avant d'avoir pu émettre un son.

— Eh bien, je suppose que vous le découvrirez par vous-même, alors autant ne pas perdre plus de temps… Nous nous sommes fait voler un virus et son vaccin, il y a huit mois et demi maintenant. Nous avons fait une déclaration à la FDA, qui a étouffé l'affaire. Le H1N1 était devenu l'obsession de Thomas.

— La grippe A ? Et vous me lâchez ça comme ça ?

— Adressez-vous à votre gouvernement. Nous avons tout fait dans les règles.

— Vous avez découvert qui était à l'origine du vol ?

— Non. Nous avons soupçonné un de nos employés, sans pouvoir prouver quoi que ce soit. Nous l'avons muté dans un laboratoire de Denver, un placard qui nous permet de garder un œil sur lui, au cas où. Il s'appelle…

— Lloyd.

Elizabeth parut surprise, mais se reprit aussitôt.

— En effet. Un chercheur brillant, mais jeune. On suppose qu'une fille cueillie dans un bar lui aura volé ses badges… Mais vous vérifierez, je vous fais confiance. Rien d'autre ?

— Pas pour l'instant. Vous restez en ville tant que nous n'avons pas fini, et vous faites en sorte qu'aucun document ne soit malencontreusement volé, effacé ou détruit tant que nous sommes dans les locaux. Ça durera le temps qu'il faudra.

— Je vous demande seulement de rester discret. Nous n'avons rien à cacher aux autorités de ce pays, mais nous devons préserver nos intérêts.

— Rien, sauf l'identité de votre financier.

Elizabeth Carlson esquissa son premier sourire. Celui d'un carnassier.

— Merci pour votre coopération. Soyez assurée que cette intervention restera confidentielle…

— Merci.

— … Si nous ne trouvons pas ce que nous cherchons.

Elizabeth attendit quelques instants et fit appeler son chauffeur.

— Eebert, dit-elle une fois que la voiture eut quitté l'enceinte du laboratoire, nous avons un problème qui nécessite que vous joigniez Abraham.

— Bien, madame. Qui est la cible ?

— Yesemite Sam, il va avoir de la visite et je crains qu'il n'ait pas les épaules pour tenir sa langue. Laissez Abraham décider. Vous, allez chez le gamin et mettez les fouineurs du FBI sur la piste d'AKKRON. Inventez ce que vous voulez, mais débrouillez-vous pour que ça ait l'air vrai, ce ne sont pas des débutants.

— Bien sûr, madame.

— Une dernière chose, Eebert. Ne vous faites pas attraper et ne laissez pas de trace de votre passage. Vous êtes la seule personne sur qui je peux compter.

⁂

Kate avait obtenu les informations qu'elle voulait sur Masanta et il ne lui restait plus qu'à trouver le moyen de les rendre publiques sans se compromettre. Sans nouvelles de ses apprentis activistes, elle se décida à envoyer une personne de confiance à leur rencontre. Girija était la sœur aînée d'Anasuya, la petite patiente du dispensaire de Calcutta, qui n'avait pas survécu à ses blessures. Dans le plus grand secret, Kate l'avait tirée de son bidonville et s'était chargée de son instruction, mais aussi de son entraînement. En quatre années, la fillette était devenue une jeune femme aussi jolie que redoutable, une véritable Américaine qui ne craignait personne en combat au corps à corps.

Lorsque midi sonna sur le campus, elle se posta à la sortie de l'amphi et s'avança avec une tranquille assurance vers la fille blonde à peine plus âgée qu'elle qui sortit la première.

— Bonjour, Claire.

— Bonjour. On se connaît ?

— D'une certaine façon… Je suis Giri. Une amie de la femme qui vous a demandé des renseignements sur Masanta.

Claire blêmit et fit un pas en arrière.

— J'ai dit quelque chose ? Ça s'est bien passé, non ? Pourquoi ne répondez-vous pas à ses courriers ?

— Bien passé ? Tu délires ou quoi ?

Réalisant soudain qu'on pouvait l'entendre Claire prit Girija par le bras pour l'amener près d'un arbre isolé. Elle chuchota :

— On s'est fait choper à la sortie des locaux ! Enfin moi. Ils étaient au courant pour la boîte postale, aussi, c'est là qu'ils ont eu les autres. D'ailleurs si ça se trouve ils la surveillent encore. Ces mecs étaient dingues, on a été obligés de lâcher ce qu'on savait sinon ils nous flinguaient.

— Comment c'est possible ?

— Mais tu sors d'où, toi ? Réfléchis deux secondes. On nous a vendus ! Et si ce n'est pas de notre côté, c'est du vôtre.

— Impossible ! Tu es sûre que vous n'étiez pas sur écoute ?

— Comme si je pouvais le savoir… En tout cas, « L'âme verte », c'est fini pour nous ! On ne veut plus entendre parler de vous et de vos plans foireux.

— Je vous comprends, on ne vous dérangera plus. Oubliez que vous m'avez vue et on en restera là.

— Je vous ai déjà oubliée, fit Claire en disparaissant.

Girija s'éloigna rapidement en vérifiant qu'elle n'était pas suivie et, sans ralentir, sortit son téléphone sécurisé.

— Eve ?

— Tu les as vus ?

— Oui, mais on laisse tomber. Ils se sont fait attraper le jour même. Soit quelqu'un les a balancés, soit tu es sur écoute, dans les deux cas…

— Merci. Disparais, on se retrouve où tu sais.

Kate comprit très vite que l'hypothèse de Girija était la bonne même si elle veillait toujours à passer au peigne fin les lieux où elle séjournait. Où Abraham placerait-il un mouchard s'il voulait l'avoir en permanence sur écoute ? Elle réfléchit longuement et se leva d'un bond.

— Mes clés !

Elle fouilla frénétiquement son sac à main et en tira un trousseau orné d'un vieux porte-clés en cuir, acheté il y a si longtemps qu'elle en avait oublié l'origine. Armée de ciseaux à ongles, elle défit patiemment les coutures et secoua délicatement l'objet jusqu'à ce que tombe dans le creux de sa main un petit morceau de métal de la taille d'une grosse tête d'épingle. Elle le plongea dans un verre d'eau et s'installa au fond du canapé en réfléchissant à ce qu'Abraham avait pu apprendre.

Puis elle se leva, se servit un verre de vin et songea que la guerre était à présent déclarée.

16 avril 2009, 11 h 35, antenne du laboratoire International Care, Denver, Colorado, États-Unis d'Amérique

Une étude des documents perquisitionnés à International Care apprit à Raven que Retrock, la recrue d'Elizabeth Carlson qui avait disparu au Viêt-nam, était en fait établi dans la ville universitaire de Quy Nhon, où il dirigeait désormais un laboratoire de recherches. D'après l'unité qu'il avait fait envoyer sur place, le chercheur s'était envolé la veille sans prévenir ses collègues pour Pleiku. Cette ville, avec son aéroport et son autoroute vers le Cambodge, disposait manifestement d'une situation stratégique et Raven, qui souhaitait vérifier une intuition, ordonna qu'on ne le lâche pas d'une semelle.

Au même moment, contre l'avis de Polson, Raven donnait l'ordre d'attaquer l'immeuble où travaillait Andrew Lloyd. Cela signifiait que les communications allaient être coupées avant un assaut armé qui neutraliserait toute résistance et envahirait la totalité du bâtiment.

L'opération ne prit que quelques minutes, le temps d'arriver à la porte du bureau du chercheur et de l'enfoncer.

— Qu'est-ce que c'est ce que ce bordel !

— Ce bordel, comme tu dis, c'est une opération du FBI. Andrew Lloyd, je présume.

— À qui ai-je l'honneur et surtout pour quoi ? lança le jeune homme avec une pointe d'arrogance qui déplut souverainement à Raven.

— Agent spécial Faust. Vous êtes en état d'arrestation à partir de… maintenant.

— Puisque vous allez me priver de ma pause déjeuner, puis-je au moins savoir ce que vous me voulez ?

— D'abord des explications sur le vol au laboratoire International Care. Ensuite, votre coopération.

— Je n'ai rien à vous dire, là-dessus. Pour le reste, faites ce que vous voulez, le labo n'a rien à cacher.

— Le « labo », peut-être pas, mais toi si.

— Qu'est-ce que vous insinuez ?

— Comment as-tu payé tes études ? Ta mère est coiffeuse et ton père…

— Charpentier, compléta Polson, qui arrivait comme un général après la bataille.

Lloyd se leva, raide comme un piquet.

— Et alors ? Ça vous pose un problème ?

— Aucun, mais rappelle-moi le coût de…

Un crissement de verre se fit entendre, comme le bruit d'une craie sur un tableau noir, suivi d'un sifflement, tandis que Lloyd s'écroulait en se tenant le cou. Raven se baissa et décocha un coup de pied derrière les genoux de Polson pour le faire tomber.

— Couchez-vous, on se fait canarder !

Raven rampa jusqu'au chercheur et appuya sa main pour faire pression, mais la jugulaire était touchée.

— H… 1…

— Quoi ?

— H… 1… N… 1, pas noyé. Pas volé, drogue, Yesemi…

Raven ôta sa main et regarda Polson en secouant la tête.

⁂

Eebert sourit : encore un tir réussi malgré des conditions délicates. Posément, il remit son fusil à lunette en bandoulière, rangea le sac à douilles dans une poche puis descendit de l'arbre où il était perché depuis le début de l'intervention de l'unité. Quelques secondes plus tard, il démarrait sa voiture et composait le numéro d'Elizabeth Carlson.

***

Raven fit ratisser la zone, mais ses hommes ne trouvèrent ni la douille ni même l'ombre d'un indice. En cinq minutes, Polson s'était connecté aux caméras du réseau routier de la ville, mais faute de savoir quoi chercher, il ne trouva rien.

Steve les informa qu'ils avaient trouvé chez Lloyd, bien en évidence, des documents l'impliquant dans des actions écolos, dont certains faisaient référence à AKKRON.

— Ça fait partie de tout ce merdier qu'on nous sert sur un plateau. C'est un leurre.

— Attendez, on a aussi trouvé un carnet codé. Ça ressemble à des commandes de drogue. Il était bien caché celui-là !

— Ça, ça m'intéresse.

— On dirait une répartition des bénéfices. Il ne prenait pas grand-chose en comparaison d'un certain Eebert. On dirait que le type récupérait des valises de billets.

— Bon boulot, nettoyez et venez nous filer un coup de main.

Raven raccrocha et composa le numéro de Jane Marsh. Il voulait que ceux de BYE et d'AKKRON sachent que l'enquête avançait.

— Je vous fais envoyer des photos par mail. Vous me garantissez que mes informations figureront toutes dans votre article ?

— Je me débrouillerai. Vous êtes certain que je mentionne la mort du chercheur anglais, le H1N1 et cet assassinat dans le même article ?

— Je vous l'ai dit, ce sont ses derniers mots. Tout est lié.

— OK, j'attends vos photos. On se revoit quand ?

Raven avait déjà raccroché.

— Colonel, lança Polson, venez voir.

Raven s'approcha de l'écran sur lequel un signal rouge clignotait.

— Qu'est-ce que ça signifie ?

— Je viens d'intercepter une communication téléphonique entre Kate Gordon et Niels Olger. Apparemment, il veut la voir pour lui donner des infos sur son mari. Elle n'était vraiment pas enthousiaste, mais il a insisté. Ils se voient demain à minuit sur un quai du port de Saint-Louis.

Polson crut déceler chez Raven des signes de fébrilité, qui disparurent en un instant.

— Envoyez-moi les coordonnées GPS exactes sur mon téléphone, je fonce à l'aéroport.

⁂

Raven observait l'impasse déserte, bordée par le fleuve, depuis une fenêtre brisée du hangar abandonné où il était tapi. Après une heure désespérante où il ne se passa strictement rien, une voiture s'approcha enfin, lentement, pour s'arrêter dans sa ligne de mire et laisser sortir un homme vêtu de noir, qui se dirigea vers un angle mort.

Il passait en revue les moyens de sortir sans se faire repérer quand un second bruit de moteur se fit entendre. La voiture fit presque demi-tour avant de s'arrêter, et Robert nota que Kate ajustait quelque chose dans la poche de sa veste en sortant.

— Kate Gordon ? fit une silhouette massive en sortant de l'autre véhicule.

— Vous n'êtes pas Olger !

— Bien observé.

— Je fais le voyage depuis Vienne à sa demande et il ne prend pas la peine de venir en personne au rendez-vous ? J'espère que ça vaut le coup.

— Pour valoir le coup, ça vaut le coup ! Vous allez rire, quelqu'un s'est servi des codes de votre mari pour cambrioler nos bureaux.

— Vous plaisantez ?

— Vous allez sans doute me dire que vous n'y êtes pour rien.

— Je ne sais même pas de quoi vous parlez. Mon mari s'est suicidé et… ne m'approchez pas !

Raven arma son fusil et observa la scène dans la lunette. Il vit Kate faire un pas de côté et l'homme qui était sorti le premier de la voiture se faufiler derrière des tonneaux, revenant ainsi dans son champ de vision. Depuis quelques secondes, il n'entendait plus un mot de la conversation, mais vit nettement Jack Cubs baisser le pouce, comme un empereur romain qui condamne un gladiateur à mort.

Kate recula d'un bond vers sa voiture sans tourner le dos à son interlocuteur, tout en cherchant un tireur du regard. Celui-ci apparut au même instant, fusil à l'épaule, dans les champs de vision de Kate et de Raven. Quand le coup de feu attendu retentit, Jack Cubs regarda Kate sans comprendre pourquoi elle était encore debout. Lorsqu'il saisit enfin, il sortit un pistolet de son holster, ce qui lui valut une balle en plein cœur.

Raven vérifia que les alentours étaient sécurisés et descendit de son perchoir. Kate surgit de derrière la voiture.

— Vous ? Mais vous êtes un grand malade !

— C'est moi qui suis cinglé ? Kate, un inconnu vous donne rendez-vous dans un coin paumé et vous, vous y allez ?

— Il disait avoir des informations sur la mort de Lisa et d'Adam.

— Que vous a-t-il dit ?

— Que le siège de Masanta avait été cambriolé à l'aide des codes d'Adam. Il n'a même pas eu le temps de me dire quoi que ce soit sur sa mort…

Raven leva la main pour l'interrompre.

— Kate, je ne devrais pas vous le dire parce que ce n'est qu'une intuition et je n'ai aucune preuve, mais…

Elle l'encouragea du regard.

— Mais je pense que c'est ceux de Masanta qui l'ont tué.

Il parla du micro installé dans le bureau d'Olger et de la discussion étrange qu'il avait surprise entre le grand patron et l'homme qui gisait devant eux, un trou dans le thorax.

— Je veux juste une information avant de vous laisser partir.

— Laquelle ?

— Comment se fait-il que de vulgaires cambrioleurs aient eu accès aux codes de votre mari ?

— J'aimerais pouvoir vous répondre, mais tout ce que je sais, c'est que le coffre où Adam laissait tous ses documents était ouvert. Je ne peux rien vous apprendre de plus, moi-même je n'y comprends rien. Si ce n'était pas un suicide, ceux qui ont fait ça se sont servis de ma famille pour atteindre Masanta… Peut-être que je me trompe, mais si je pouvais le prouver, je pourrais rétablir la vérité, laver l'honneur de mon mari et même faire justice…

Raven observait attentivement Kate, tentant, en vain, de déceler dans son attitude des signes de mensonge.

— Ça se tient… Je vous laisse repartir. Je suppose que vous ne voulez pas assister à la suite.

— Non, mais moi aussi j'ai des questions. Comment vous êtes-vous retrouvé ici ? Et puis surtout, comment puis-je vous remercier ? C'est la deuxième fois que vous me sauvez la vie. Est-ce que je dois vous considérer comme mon ange gardien ?

Raven sourit sans joie.

— Je surveillais ces types depuis quelque temps, c'est un concours de circonstances, vous ne me devez rien… Cela dit, vous pourriez sans doute m'aider.

— Comment ?

— J'ai besoin d'informations sur deux organisations. Leurs noms sont BYE et AKKRON, avec deux K. Ça vous dit quelque chose ?

— Rien du tout… je suis désolée. De quoi s'agit-il ?

— C'est un nid de criminels. Je les piste depuis le 11 septembre 2001. D'ailleurs, je dois retourner à Denver pour boucler une enquête. Mais filez avant que la police arrive et appelez-moi si vous avez quelque chose. Au revoir Kate.

— Merci encore… Au revoir, Robert.

Kate reprit le volant, aussi bouleversée que soulagée d'avoir donné le change, tandis que Raven s'attelait à maquiller la scène du crime. Il mettait la touche finale à un règlement de comptes inventé de toutes pièces quand son téléphone sonna.

— Polson, qu'est-ce qui vous arrive ?

— Vous allez avoir de la compagnie dans approximativement trois minutes. Il serait temps de bouger.

— Bien reçu.

Il jeta un dernier coup d'œil à la disposition des corps et, satisfait, se dirigea vers sa voiture, garée suffisamment loin pour ne pas attirer l'attention.

— Vous avez des nouvelles du Viêt-nam ?

— Ils ont eu le gars, ça n'a pas été trop compliqué. Apparemment, c'est un trouillard de première qui n'a pas tenu deux minutes avant de leur lâcher tout ce qu'il savait dès qu'ils lui ont promis de le relâcher. Quel naze !

— Venez-en au fait ou je jette ce téléphone dans le fleuve !

— C'est bon ! Le gars affirme avoir été contacté par un certain Marty. Un type qu'il a juste aperçu, un grand blond avec un accent, mais il n'a pas su nous dire lequel.

— Autant dire qu'on n'a rien.

— C'est ce que je crains. Les mails qui arrivent sur sa boîte s'effacent après lecture, comme pour le pirate de Davos. Les valises de cash sont déposées à des endroits toujours différents. Bref, le truc sécurisé à mort. La drogue part en Australie *via* la mer.

— Et le laboratoire ?

— L'unité Diamond est en position.

— Qu'ils donnent l'assaut. Mais attention, il doit être piégé, comme les autres.

— À vos ordres, fit Polson en raccrochant précipitamment.

Le colonel regarda son téléphone et ne put réprimer un sourire. Il démarrait sa voiture quand le son des premières sirènes résonna au loin.

3 juin 2009, 15 h 30, 1111 Southwest 2nd Avenue, commissariat de Portland, Portland, Oregon, États-Unis d'Amérique

Sur ordre de Raven, le caporal Monaghan passa le début du printemps à plancher sur les morts suspectes liées à la drogue. Le vendredi 15 mai, ses recherches aboutirent au démantèlement d'un laboratoire dans la banlieue est de Kansas City et à l'arrestation d'un gang dont le chef se faisait appeler Smeedy Gonzales. Malgré la référence évidente aux *Looney Tunes*, il fut impossible de tirer la moindre information de ce Mexicain en situation irrégulière. Ils y découvrirent aussi une presse à cachets portant le logo « BYE-BYE », mais rien qui puisse incriminer Elizabeth Carlson. Clara fit saisir le matériel et tous les documents qui traînaient sur place et mit Raven sur un étrange rapport émanant d'un flic de Portland.

⁂

La « Cité des roses » n'était pas aussi calme que le maire voulait le faire croire. Signe qui ne trompait pas, on y croisait des unités de terrain composées de trois officiers et d'un sergent, spécialisées dans la lutte contre la criminalité urbaine en général et le trafic de stupéfiants dans le quartier des affaires en particulier. C'était justement l'un de ces hommes qui était l'auteur du rapport que Clara Monaghan lui avait transmis.

Le trentenaire, un Irlandais pur jus, attendait depuis un quart d'heure que l'on veuille bien lui signifier pourquoi il se trouvait dans une salle d'interrogatoire. Il se retourna pour engueuler le miroir sans tain.

— Qui que vous soyez, si vous avez quelque chose à me dire, vous feriez bien de vous magner. J'ai autre chose à foutre de mes jours de repos que venir faire le singe au zoo.

— Votre interlocuteur sera là dans une minute, fit une voix féminine. Merci de votre patience.

Clara coupa le haut-parleur et se tourna vers Raven.

— Vous feriez mieux d'y aller, mon colonel, sauf votre respect, il a l'air d'être coriace.

— Pas de mal, Monaghan, pas de mal, dit Raven en quittant la pièce pour rejoindre la salle d'interrogatoire. Sergent Anderson ? Agent spécial Faust, j'ai des questions à vous poser.

— Spécial ?

— Suffisamment pour pouvoir vous faire convoquer, réclamer votre entière coopération et m'entretenir avec notre Président quand cela me paraît nécessaire. Parlez-moi de votre découverte.

— La drogue foudroyante ?

— À moins que vous ayez trouvé la cache de Ben Laden, oui, c'est bien ce qui m'intéresse.

Anderson émit un rire forcé.

— Très amusant, agent spécial. Concernant les camés, c'est moins drôle. J'ai repéré des signes inquiétants parmi ceux du coin. Apparemment, ils ont commencé à consommer des cachets de drogue synthétique et quelques jours plus tard… oh, moins d'une dizaine de jours en fait… certains ont disparu. Purement et simplement.

— C'est tout ?

Anderson haussa les épaules.

— Non. Sinon, personne ne s'en serait soucié, ce n'est pas comme si on manquait de toxicos ici. Il se trouve qu'une amie de ma nièce a fait une mauvaise rencontre en boîte de nuit, il y a une quinzaine de jours. Le type, un Français, je crois, lui a donné un de ces cachets. Ça l'a mise en vrac en une heure. Comme la came ne coûtait pas cher, elle s'en est aussitôt racheté un petit sachet. On n'a plus entendu parler d'elle à partir de ce moment-là.

— Et ?

— Et vous avez lu le rapport sinon, vous ne seriez pas là ! On l'a retrouvée morte. Son corps était bourré de saloperies, dont du GHB, la drogue des violeurs, belle fin de vie, hein ? Le légiste a dit qu'elle avait dû traîner dans les rues pendant des jours, sans rien manger. Son cerveau, ses reins et son foie étaient grillés. Tout ça avec un petit sachet de cette merde, en une semaine tout rond… C'était une chouette gosse, vous savez.

— Si j'ai bien compris, votre nièce était avec elle ce soir-là. Je suppose qu'elle a vu les cachets… Elle a mentionné quelque chose en particulier ? Un signe, un logo, un mot, je ne sais pas.

— Elle m'a dit qu'il y avait un « B » dessus. Ça vous dit quelque chose ?

— Rien, mentit Raven, laissez tomber. Est-ce qu'elle vous a donné le nom du dealer ?

— Elle n'est pas certaine, mais elle m'a dit Dany… ça ne doit pas être ça, ce n'est pas un prénom français.

— On cherchera. Je vous remercie, votre aide a été précieuse. Dites à la mère de cette gosse qu'elle ne sera pas morte en vain. Je retrouverai ce Dany et il ne l'emportera pas au paradis.

— Ça lui fera une belle… Mais où il est ?

***

Raven retrouva Clara, qui l'attendait de l'autre côté de la porte, prête à lever le camp.

— On a ce qu'on voulait. Vous allez m'aider sur ce coup-là.

— Parfait ! Qu'est-ce que je dois faire ?

L'enthousiasme lui faisait perdre jusqu'à son jargon militaire.

— Trouvez le nom de la boîte de nuit, allez-y en civil et dégottez-moi toutes les infos que vous pourrez. Tenez, et faites-vous belle. Et faites attention, surtout.

Il lui tendit trois billets de cinquante dollars.

— À vos ordres.

⁂

En sortant de l'immeuble de béton et de verre, Raven eut très vite la sensation d'être suivi. Il bifurqua dans la première rue moins passante et accéléra le pas jusqu'à trouver une ruelle totalement déserte. L'arme à la main, il n'eut pas longtemps à attendre avant d'entendre un bruit de pas légers, qui ne correspondait pas à celui que Raven attendait.

Lorsqu'il empoigna son suiveur, il eut un instant de stupeur en constatant qu'il s'agissait d'une femme petite et mince. Girija profita de son hésitation pour se dégager de l'étreinte et utiliser la force de son adversaire pour retourner la situation en sa faveur. Elle lui asséna deux coups de poing stratégiques dans l'estomac avec une rapidité qui ne lui laissa pas le temps de riposter. Vive comme un chat, le ninja en jupons le désarma en frappant de ses mains le revers de celle qui tenait le Beretta. Dans un dernier effort, elle le plaqua au sol grâce à une prise dont elle avait le secret. Elle récupéra l'arme et le braqua sur son propriétaire qui la regardait d'en bas, humilié.

— Vous êtes bien Raven ?

— Comment le savez-vous ?

— Peu importe. Vous êtes aussi Faust ?

Il tenta de se relever et fut aussitôt stoppé par un pied sur la poitrine.

— Vous irez vous balader plus tard. J'ai des choses à vous dire. Vous cherchez une organisation nommée BYE. Cette organisation est internationale et, jusqu'à présent, vos succès sont maigres, n'est-ce pas ?

— Non, pas tant que cela, je…

— Ils sont maigres comparés à l'ampleur de leur emprise sur le monde et l'étendue de leurs actions. Je suis chargée de vous dire que vous avez encore une taupe dans votre entourage, un agent double prêt à s'activer.

Pour prouver sa bonne foi, elle ajouta, sur le même ton autoritaire :

— Le général Potter n'était pas le seul.

— Mais bon sang, qui êtes-vous ? Qui est cette taupe ? Elle est dans mon équipe ? Et comment puis-je vous croire alors que vous braquez une arme sur moi ?

— Certes…

Sans ôter sa capuche, Girija retira le chargeur de l'arme de Raven et enleva la balle de la culasse comme si elle avait fait ça toute sa vie. Puis elle lui tendit l'arme avec un air de défi et le laissa se relever en faisant deux pas en arrière.

— … mais vous posez trop de questions au lieu d'écouter.

— C'est compris.

— Je préfère. Votre « équipe » est clean, mais BYE est partout…

— « Que le Créateur accorde à Adam d'être assis à sa droite, récita Raven sans la quitter des yeux. Nous sommes

BYE. Nous sommes partout. Nous vaincrons. » On a trouvé ça à Montréal. Vous avez autre chose ? Vous savez qui est « Adam » ?

— Je ne connais aucun nom. Mais j'ai autre chose, oui. On me charge de vous dire qu'un assassinat se prépare aux Philippines. La cible sera le Pr Azegawa. Le tireur agira à l'Institut international de recherche sur le riz de Los Baños, dans dix jours. J'ai un second message.

La jeune femme attendit une réaction qui ne vint pas et reprit :

— Vous devriez aussi vous pencher sur le trafic d'huile de sassafras entre le Canada et la France. C'est une piste qui vous mènera directement à BYE.

— Mais comment ? Est-ce qu'Elizabeth Carlson est impliquée ?

— Je ne connais aucun nom, pour ma propre sécurité. Je ne suis qu'une messagère. Vous ne me reverrez plus jamais. Ne cherchez pas à me retrouver, dans votre intérêt et celui de la personne qui vous offre ces renseignements.

— Pourquoi le fait-elle alors ?

— Raisons personnelles, intérêt quelconque, crise de foi. Elle a ses raisons et moi, je lui fais confiance. Elle est désolée pour vous et ne pensait pas que cela irait aussi loin.

— Je ne comprends rien.

Le téléphone de Raven sonna. Il fit un geste pour signifier à la descendante de Bruce Lee d'attendre sagement.

— Polson, c'est pas le moment !

— Qu'est-ce que vous foutez, immobile, dans cette ruelle ?

— Je vous en pose, moi, des questions ? Je suis en train de parler à…

Raven releva la tête. La ruelle était de nouveau parfaitement déserte.

— Vous étiez en train de parler tout seul ?

— À l'informatrice de BYE, elle était là il y a une seconde !

Il courut vers la rue principale sans cesser de beugler.

— Cherchez-la ! Sweat à capuche gris sans marque, pantalon et chaussures noirs ! Une Indienne, jeune !

— Je suis dessus, mais…

— Quoi « mais » ? Elle est où ?

— On n'en sait rien. On n'a rien dans le coin, pas une caméra, pas une banque, même pas un satellite qui survole la zone. C'est mort.

L'informaticien entendit des insultes fuser puis, plus rien. Il espéra que Raven allait au moins garder la carte SIM.

13 juin 2009, 9 h 37, Institut international de recherche sur le riz, Pili Dr, Los Baños, région de Calabarzon, République des Philippines

Tandis que Clara suivait la piste de Dany, le dealer, qui semblait avoir la bougeotte, le reste de l'unité tentait de sauver le Pr Azegawa qui ne voulait rien savoir de la menace qui planait sur lui.

Lors du bref entretien que le chercheur avait consenti à leur donner, les Américains comprirent qu'il travaillait sur une nouvelle génération de riz capable de résister aux changements climatiques et de nourrir l'Asie, dépendante de cette céréale, là où les premiers effets néfastes sur les productions se faisaient déjà sentir. Cela accréditait la menace de BYE.

En parfait désaccord avec l'intéressé, l'unité se déploya le 12 juin, profitant des célébrations de la fête de l'Indépendance pour se fondre dans la foule et accéder en toute discrétion à l'Institut. Le bâtiment principal de trois étages était entouré de rizières et d'une colline couverte d'une épaisse forêt tropicale.

— On se tient prêts, chuchota Raven dans l'oreillette de ses hommes qui subissaient la moiteur de cette matinée en planque sous leurs filets de camouflage. Je le répète, le Japonais est une perte acceptable par contre, je veux le tireur.

En dehors d'une insupportable succession d'averses et d'éclaircies, il ne se passa absolument rien jusqu'à l'annonce du départ imminent du professeur, au point que Raven crut que son informatrice s'était moquée de lui.

— Les gars, dès qu'il décolle, on remballe, soupira-t-il. Polson, rappliquez tout de suite, il faut que nous suivions le véhicule, on ne sait jamais.

— OK, ça commençait à être long. J'arrive.

L'informaticien abandonna son confortable fauteuil club et, avec moins de regrets, sa bière tiède. Il quitta le bar qu'il squattait depuis des heures, son Smartphone à la main.

⁂

Arrivé le même jour que Raven et ses hommes, Abraham loua une chambre dans un hôtel de la ville de Calama, où Azegawa séjournait aussi. Tout se passa sans encombre jusqu'à ce qu'il repère une voiture suspecte garée de l'autre côté de la rue, en face de l'entrée de l'hôtel. Il continua à rouler calmement et reconnut aussitôt Raven, accompagné d'un autre type qu'il n'avait jamais vu.

Abraham fit demi-tour et se posta à quelques mètres du 4×4 en attendant qu'il démarre. Loin derrière, il entama une filature, délicate à cause de la foule qui s'amassait dans certaines rues de la ville et il dut laisser encore plus de distance lorsqu'ils arrivèrent en rase campagne. Tous feux éteints malgré la tombée de la nuit, il les observa, furieux, prendre position et couvrir tous les axes de tirs qu'il comptait exploiter.

⁂

En toute discrétion, l'unité se retira du toit du bâtiment principal pour se serrer dans le véhicule de Polson arrivé juste à temps pour suivre la cible.

Quand le chauffeur du professeur s'arrêta à un feu rouge, Polson l'imita. Derrière eux, le conducteur d'une sorte d'hybride entre un minibus et une Jeep, bariolé et rutilant, se mit aussitôt à klaxonner avant de les doubler en les insultant copieusement par la vitre.

— C'est un Jeepney ! Au départ, ce sont des Jeeps de l'armée américaine qu'ils…

— Fermez-la ! Regardez !

Le Jeepney les avait éclaboussés et Raven désignait un éclat rouge qui se reflétait dans une flaque.

— La voiture d'Azegawa, elle est piégée !

Hadow sortait du 4×4 quand le feu passa au vert. Polson redémarra aussitôt et tenta de doubler le chauffeur du professeur qui, pugnace, donna un coup de volant. Une course-poursuite débuta et Polson, qui se croyait dans un jeu vidéo, ne lâchait pas un pouce de terrain. Le chauffeur les fit soudain sortir de la route principale pour les mener dans des rues plus étroites.

— Regardez le GPS, lança Polson, triomphant, il va se coincer tout seul dans un cul-de-sac !

Effectivement, quelques secondes plus tard, le véhicule s'arrêta au fond d'une impasse, aussitôt imité par Polson, qui laissa descendre ses passagers. Ils braquèrent leurs armes sur le chauffeur, qui se révéla moins courageux qu'au volant.

— Sortez ! La voiture est piégée !

— Je croyais vous avoir dit que je ne voulais pas de votre protection…, dit le scientifique, en s'extrayant de son siège à contrecœur.

Raven désigna la bombe au niveau du pot d'échappement avant de les éloigner, lui et son chauffeur. Steve se coucha sous la voiture.

— C'est de l'artisanal. Rien de bien compliqué. Télécommandé. J'enlève la pile… voilà, on est tranquilles !

Steve se releva et regarda Raven, qui n'avait pas l'air le moins du monde impressionné.

— Steve, inspectez le véhicule. Owen, vous prenez la place du chauffeur. Professeur, vous retournez à votre hôtel.

Dans le 4×4, Polson osa une remarque :

— Vous vous servez d'eux comme appât.

— Et alors ?

— Rien, rien. C'est peut-être un peu radical ?

— Nos ennemis sont radicaux, on n'a pas le choix. Le seul lien que j'avais avec eux s'est évanoui dans la nature, et il semble que ses renseignements étaient exacts. Si elle n'a pas menti sur le reste non plus, ça signifie que nous disposons d'une taupe chez eux et qu'il faut qu'on se concentre sur le trafic d'huile de sassafras. Dès qu'on a une piste sérieuse, vous partez pour le Canada.

— Le trafic d'huile de quoi ?

— De sassafras. C'est souverain contre les problèmes gastriques, et accessoirement, c'est le composé principal de la MDMA. L'ecstasy, ça vous dit quelque chose ?

— Je crois voir. Et quel militaire aura l'honneur de me chaperonner ?

— Monaghan.

Polson contint un sourire avec l'air idiot de celui qui réprime un bâillement.

— Si vous y tenez, boss.

Le jour déclinait et les enseignes s'illuminaient peu à peu, donnant à l'endroit de faux airs de Las Vegas. Polson venait de retrouver un appareil qu'il avait bricolé pour s'amuser et lança un logiciel de triangulation de position avant de placer sa drôle d'antenne sur le toit du 4×4 en planque à quelques dizaines de mètres de l'hôtel du Japonais.

⁂

Devant l'hôtel, grimé, entouré de gamins bruyants, Abraham attendait la voiture de sa cible, un petit pick-up télécommandé entre les mains. Dès qu'il vit arriver le véhicule, il tendit la miniature à l'un des gosses et la télécommande à un autre et partit sans se retourner. Il entendit des disputes, un gamin pleurer et d'autres rire. Mais il n'y eut pas de détonation. Au moment précis où il allait se retourner, il vit arriver sur lui un homme en noir qui courait. Sa respiration s'arrêta net.

⁂

Polson, qui guettait un signal sur son ordinateur, se mit à gesticuler :

— Boss, j'ai quelque chose droit devant ! Il est sur le trottoir le long de l'hôtel ! Trouvez celui qui tient une télécommande.

Black courut vers la cible en dévisageant tous les passants – quelques autochtones, un barbu en chemise hawaïenne et des gosses.

— J'ai trouvé la télécommande, mais…

— Arrêtez le type !

— Ce sont juste des gamins !

— Qu'est-ce que vous racontez ?

— Des gamins avec une voiture télécommandée. Qu'est-ce que je fais ?

— Demandez-leur où ils ont eu la voiture !

Dans l'oreillette, Raven entendit un dialogue de sourds qui ne dura que quelques secondes.

— Où avez-vous eu ça ? Qui vous l'a donné ?... Colonel, ils ne comprennent pas l'anglais ! Voiture, à qui ?

L'un des gosses le regarda en faisant mine de froisser un billet entre le pouce et l'index.

— Colonel, je crois qu'ils me rackettent !

— Donnez-leur du pognon !

Black regarda son billet de vingt en soupirant et le tendit au gamin, qui montra une direction avant de s'enfuir avec ses copains, la voiture et la télécommande.

— Colonel, c'est mort. J'en viens et je n'ai croisé que des gens du coin, à part un barbu en chemise ha...

— Vous dormez ou quoi ? C'est lui ! Chopez-le, on arrive !

Raven appuya sur le champignon et dépassa très vite Black. Dans la rue, il n'y avait que des autochtones.

— Quadrillez le terrain ! gueula-t-il à son micro. Nous, on tourne.

— Là !

Polson désignait un homme en chemise à fleurs qui courait dans une ruelle trop étroite pour laisser passer une voiture. Raven bondit du véhicule.

Le gars cavalait comme un lapin. En se retournant, il vit le géant qui le poursuivait et bifurqua dans l'entrée d'un petit immeuble, d'où il tira plusieurs coups de feu sur son poursuivant avant de détaler de plus belle. Raven se plaqua contre le mur et reprit sa course en ripostant, tandis que l'autre grimpait les marches quatre à quatre. À sa manière d'exploiter tous les angles de tir et de ne lui laisser aucun répit, Raven comprit vite qu'il avait affaire à un pro. Il donna un coup de pied dans la porte du dernier étage.

— On est sur les toits ! Bougez-vous le cul, il est rapide.

Raven manqua de tomber plusieurs fois sur les toits rendus glissants par la pluie, tandis que le barbu semblait parfaitement à l'aise. Il sautait pour la deuxième fois entre deux bâtiments quand il vit l'homme à la barbe se préparer à un saut qui le mènerait droit dans une fenêtre. Il ajusta son tir et appuya sur la détente au moment où le gars donnait la dernière impulsion. Atteint en plein vol, celui-ci traversa la vitre plus lourdement que prévu. Raven regarda les néons en contrebas.

— Il est touché, au bras gauche ! Convergez, vers… vers un peep-show, le *Saigon* !

Il courut pour suivre d'un bond sa cible, mais dans sa hâte, il glissa pour de bon. La chute ne dura que quelques secondes, au cours desquelles il eut le temps d'apercevoir au détour d'une fenêtre un regard noir surmontant un sourire carnassier. Sous l'effet de l'adrénaline, il eut le réflexe de s'agripper à un petit balcon qui céda sous son poids, mais dévia sa chute. Un étage plus bas, il parvint à saisir une rambarde qui, elle résista. Pendu au quatrième étage, il appela à l'aide.

Après de longues minutes d'une intense souffrance, agrippé au métal rouillé avec une épaule démise, Raven entendit enfin le bruit rassurant d'une porte qu'on défonce. Ses hommes passèrent devant une famille furieuse d'être dérangée pendant son jeu télévisé et coururent jusqu'à la fenêtre. Le visage déformé par la douleur, Raven pendait, poussiéreux et prêt à s'écraser au sol comme un fruit trop mûr.

— Et le type ? fit Raven entre ses dents quand Owen lui eut remis l'épaule en place, dans le petit salon déserté où la télévision couvrait leur conversation.

— Évanoui dans la nature. On n'a même pas trouvé une trace de sang. Vous êtes bien sûr de l'avoir eu ?

Raven lui lança un regard furieux.

— Bras gauche, dix centimètres sous l'épaule. Ce salopard va déguster.

— Excusez-moi, colonel.

— Rompez, allez chercher ce gars ! Moi, je vais essayer de me trouver une écharpe…

Les recherches restèrent infructueuses. L'homme semblait s'être littéralement évaporé. Cependant, par recoupements, Polson finit par trouver une piste avant la fin de la journée. Un client de l'hôtel ne s'était jamais présenté alors qu'il était entré dans le pays le 12 juin sur un vol commercial, en classe économique. L'informaticien avait diffusé un avis de recherche international, sans résultat. Le type avait probablement changé d'identité en cours de route, et sans doute de visage. Quant à un blessé par balle, personne n'en avait entendu parler, ni dans les hôpitaux, ni dans les commissariats. Avec ou sans preuve, Raven savait qu'il l'avait touché.

***

Après avoir regardé tomber « Faust » dans les abîmes, Gregory Sheperd décida de faire le ménage. Il commença par se confectionner un garrot de fortune avec un torchon qui traînait dans l'appartement où il avait atterri, puis déversa du détergent sur les traces de sang qu'il avait semées. Ainsi, son ADN ne le trahirait pas. Il enfila dans la douleur une chemise dégottée sur place et ôta ses postiches. Il entendit les pas précipités des deux militaires et attendit qu'ils soient entrés dans l'appartement du dessous pour sortir tranquillement du sien. En passant devant la porte, il saisit des cris dans plusieurs langues par-dessus le boucan d'un téléviseur. Il sourit et disparut dans la ruelle. Il devait à présent se soigner et organiser une extraction discrète. Son fournisseur de C4 l'y aiderait, il lui devait bien ça après lui avoir fourni du matériel défaillant.

22 décembre 2009, 6 heures, sanctuaire des Nibirusiens, à proximité du parc provincial Forks of the Credit, Ontario, Canada

Clara passa énormément de temps à éplucher les documents qu'elle avait récupérés au labo clandestin de Kansas City, travail grâce auquel Polson fit le lien avec la branche canadienne de la secte nibirusienne, à laquelle les narcotrafiquants versaient des sommes exorbitantes sans raison apparente. Le gourou brassait des montants colossaux alors que l'organisation prétendait vivre du commerce d'objets artisanaux confectionnés par les fidèles. Ainsi, quand l'analyse des produits commercialisés par le gang confirma qu'ils contenaient des traces d'huile de sassafras, ces deux « coïncidences » furent considérées comme suffisantes pour agir. Début juillet, toujours à l'affût, Raven ordonna à Polson de profiter de l'attaque par le FBI de la communauté nibirusienne de Floride, accusée de séquestration, pour s'infiltrer. L'assaut du FBI contre la secte, qui ne laissa aucun survivant et fut passé sous silence par les autorités, tombait à point nommé : trois jours après cette offensive macabre, Polson se présentait au portail de l'église canadienne, hagard et en haillons, suppliant ses frères d'accueillir le seul survivant du massacre. La campagne de désinformation menée sur le net par Clara fonctionna à merveille et, après quelques jours d'isolement, il fut convié en héros à la table du gourou.

Tandis que Polson s'initiait aux plaisirs nibirusiens, l'unité épluchait chacune des pistes susceptibles de les mener au cœur de BYE.

Raven, qui planchait sur l'affaire des stérilisations, obtint de Jane Marsh qu'elle lui ouvre son ordinateur portable et lui montre les preuves. Les documents accusaient une mystérieuse organisation dont les fonds, les achats et même les employés étaient impossibles à tracer. Une seule photographie, un peu floue, lui donnait corps : un homme bronzé et une femme, qui tournait la tête à l'objectif, sur une moto. Jane n'avait pas plus à offrir et les deux expéditions en Inde ainsi qu'en Afrique n'avaient rien donné : plus aucune trace, locaux vidés, méticuleusement nettoyés, sans parler du mutisme des populations locales.

Les enquêtes financières de Binck se heurtaient quant à elles à des montages labyrinthiques et Peter Swanson, suspecté de collusion, avait dû avoir vent de quelque chose, car il avait stoppé ses opérations boursières et dépensait tellement en déplacements que le budget de l'unité qui le suivait fut rapidement gelé par le ministère de la Défense. Raven se concentra donc sur la piste de sa mystérieuse informatrice.

Polson devait jouer serré pour protéger sa couverture. Il profitait de ses quelques sorties au supermarché d'Inglewood, bourgade sans histoire qui regardait les adeptes avec plus ou moins de bienveillance, pour faire passer des renseignements à Clara.

L'informaticien jouissait désormais du titre de « guide », ce qui lui ouvrait certaines portes – et pas uniquement celles du harem privé du grand gourou, qui ne leur faisait jamais l'honneur d'une visite – dont celles de la comptabilité. Grâce à ses responsabilités, il put vérifier l'exactitude de ses soupçons sur les « œuvres » produites par les disciples. Sous prétexte d'ateliers pour l'élévation de l'esprit, ils sculptaient en fait avec un talent parfois discutable des racines de sassafras.

Il informa Clara de ses découvertes entre le rayon des conserves et celui des corn flakes, et ajouta :

— … Tu comprends, ils ramassaient le moindre copeau de bois, ça m'avait paru suspect. Si on ajoute qu'ils vendent ça une fortune, on en déduit logiquement que c'est pour faire de l'huile pour la drogue. En parlant de ça, demain nous accueillons un invité très spécial. Notre ami Dany vient visiter l'atelier de sculpture.

— Tu es certain que c'est le même ?

— Parce que tu connais beaucoup de Français qui s'appellent Dany et qui trafiquent de l'ecstasy ?

— J'en parle au colonel. Tiens-toi prêt au cas où.

Le « cas où » arriva à l'aube du 22 décembre. Les hommes de l'unité, Raven en tête, se faufilèrent sans difficulté dans le camp enneigé et pénétrèrent dans les baraquements où la plupart des disciples dormaient encore. Chacun eut droit à une piqûre anesthésiante destinée à prolonger sa nuit, tandis que les hommes passaient le moindre recoin au peigne fin.

Raven commençait à s'inquiéter pour Polson, quand il ouvrit la dernière chambre de l'étage. Il poussa la porte, ôta ses lunettes de vision nocturne, alluma la lumière et se frotta les yeux pour s'assurer qu'il ne rêvait pas : nu comme un ver, l'informaticien était endormi dans un lit king size, enlacé de chaque côté par deux filles sublimes qui, fait encore plus curieux, semblaient très amoureuses. Stupéfait et vaguement envieux, Raven mit quelques instants à se rappeler qu'il devait endormir les demoiselles. Il tira ses deux fléchettes en râlant puis gratifia Polson, qui dormait encore comme un bienheureux, d'un gros coup de pied dans le matelas.

— Maintenant, je comprends mieux pourquoi vous nous donniez les infos au compte-gouttes !

— Colonel ?

— On met au moins un caleçon devant un supérieur. Allez, couvrez-vous exécution !

— Oh ça va ! Vous en avez vu d'autres, grogna Polson en cherchant son caleçon sous un confortable divan. Et puis, c'est moi qui devrais râler, j'étais tranquille avant que vous n'arriviez avec vos gros sabots…

D'un autre coup de pied, Raven lui lança le sous-vêtement.

— Qu'est-ce que vous avez foutu hier soir ? Où est Dany ?

— Méditation sensorielle. C'est génial, on devrait importer ça chez nous, les nanas…

— Polson !

— C'est bon ! Chalet douze. J'arrive, le temps de trouver mes chaussures.

— Et pensez à récupérer les fléchettes, je ne veux aucune trace de notre passage. On vous récupère avec le Français et on dégage ! Bougez-vous le cul.

Huit heures plus tard, tout le monde était rentré au bercail et Polson informait Raven que Dany semblait enfin s'éveiller.

— Polson, évitez de vous montrer, on ne sait jamais.

— Vous avez raison. Un jour, je prendrai peut-être ma retraite chez les Nibirusiens.

— Dehors, Polson.

L'informaticien émit un soupir nostalgique et tourna les talons.

⁂

Raven, en uniforme, observa quelques minutes le prisonnier ligoté à une chaise scellée au sol, presque nu, avant de lui asséner deux lourdes claques qui eurent raison de son sommeil de Belle au bois dormant.

— Où je suis ?

Derrière le miroir sans tain, Polson haussa les épaules et plaça un billet dans la paume d'Owen.

— Je t'avais prévenu. Ils disent tous ça après les fléchettes !

De l'autre côté, on entendit la voix de Raven.

— Base de l'US Air Force. États-Unis d'Amérique.

— Qui êtes-vous ?

— Colonel Faust. Et vous, vous êtes dans de sales draps, monsieur…Raven regarda son dossier.

— Monsieur Qasim Shamilli, de nationalité française, résidant à Cergy-Pontoise dans une habitation à loyer modéré, alors que ses comptes en banque en Espagne lui permettraient de se payer une villa avec vue sur la mer et que sa voiture coûte trois ans de salaire d'un employé moyen. Je continue ?

— Je veux un avocat !

— Décidément vous ne faites pas dans l'originalité. Vous n'êtes pas citoyen américain, vous avez été identifié par des témoins comme étant un dealer d'ecstasy et on vous soupçonne d'entretenir des liens étroits avec une organisation terroriste. Vous devriez vous estimer heureux d'avoir été endormi et pas refroidi sans autre forme de procès.

— Organisation terroriste ? Vous délirez ? Jamais de la vie ! Je veux bien admettre avoir refourgué quelques pills, mais…

— … Mais nous avons les preuves que vous vous fournissiez auprès de labos clandestins appartenant à deux organisations terroristes bien connues de nos services.

« B » comme « BYE », ça vous dit quelque chose ? Par conséquent, pour vous, c'est Guantánamo assuré. Décollage en avion-cargo cette nuit. Bon voyage, « Dany ».

En quelques secondes, le regard du prisonnier changea. Avant de sortir de la pièce, Raven lut dans ses yeux qu'il pesait le pour et le contre et envisageait les issues possibles.

— Attendez, attendez ! J'aimerais vous aider, mais si je parle, je suis un homme mort.

Raven fit demi-tour et approcha sa chaise de celle du dealer.

— Je sais. Aucun de ceux que nous avons arrêtés n'est encore en vie. Certains se sont arrangés pour que nous les suicidions, d'autres n'ont même pas eu le temps d'arriver jusqu'ici. Vous, c'est différent. Personne ne sait que vous êtes là. Personne ne s'inquiète. Alors, soit vous parlez et je vous promets de m'arranger pour que vous soyez tranquille, soit c'est Guantánamo.

— Je veux une nouvelle identité américaine avec passeport et permis, et je veux pouvoir vider mes comptes, en billets non marqués avant de disparaître. Si vous pouvez faire ça, je parle.

— Accordé. Maintenant, à table.

Raven positionna le micro plus près de la bouche de Qasim, qui s'éclaircit la gorge.

— J'ai été chargé par un type qui se fait appeler Eebert de livrer à des chimistes de tout le pays la formule d'une ecstasy d'un nouveau genre. Ensuite, je devais faire la tournée des boîtes et vendre les pilules à bas prix pour fidéliser la clientèle. C'est du business.

— Du « business » ? Ton « business » sème des cadavres partout où tu passes. Ta saloperie tue tes clients en une semaine !

— Je ne le savais pas, je ne restais que quelques jours dans chaque ville.

— On sait, on t'a suivi. Pour l'instant tu n'en as pas dit assez pour gagner ton passeport pour la liberté, ça se mérite. Là, tu as à peine une fausse carte au marché noir.

— J'ai des noms, des adresses. Donnez-moi de quoi écrire.

Clara apporta un bloc-notes et un stylo, tandis que Raven rejoignait Polson.

— Alors, « Eebert », ça donne quoi ?

— Ça colle. J'ai un Eggbert, poussin génial.

Le visage de Raven s'éclaira un instant.

— Excellent. Tant que vous y êtes, chargez-moi sur votre machin les photos des employés d'Elizabeth Carlson, et puis mettez la sienne en troisième position.

— Ça vient.

Polson lui tendit avec réticence son prototype de tablette tactile.

— Vous passez de photo en photo avec le doigt, comme ça. Et traitez-la mieux que vos téléphones !

⁂

Dans la salle d'interrogatoire, Qasim tripotait nerveusement son crayon. Il tendit la liste à Raven, qui la passa à un troufion sans y jeter un coup d'œil.

— Mais si ça ne vous intéresse pas, qu'est-ce que vous voulez, alors ?

Raven s'assit sur un coin de la table et lui mit la tablette sous le nez.

— Dis-moi si tu identifies quelqu'un sur ce machin. Et attention, c'est fragile, ajouta-t-il à l'intention du miroir sans tain.

À sa grande déception, le dealer ne tiqua pas en voyant Carlson. Il passa en revue une trentaine de portraits avant de pointer du doigt un visage.

— C'est lui, c'est Eebert !

Raven lui prit la tablette des mains et la posa contre la vitre.

— C'est qui ?

Le haut-parleur répondit avec la voix de Clara :

— C'est le chauffeur de la patronne.

Raven adressa un grand sourire à Qasim, qui poussa un soupir de soulagement.

— Ne te réjouis pas trop vite et commence par m'expliquer pourquoi ce type est venu te chercher, toi !

— Je bosse en France pour des types qui veulent la formule. Je suis venu faire mes preuves ici, c'est tout.

— Je veux des noms.

— J'ai votre parole ?

— Épargne-moi ce genre de cliché.

— Mon chef se fait appeler Daffy Duc et il bosse pour un type qu'il appelle Marty. Lui, je ne sais pas s'il a un boss.

— Marty comment ?

Qasim haussa les épaules. Le haut-parleur se remit à parler.

— C'est peut-être le Marty du Viêt-nam, le grand blond avec un accent.

Raven se tourna vers Qasim.

— Tu le connais ?

— Je ne l'ai jamais vu. Peut-être que Daffy… mais ce n'est même pas sûr !

— Je te laisse trois heures pour me noter tout ce que tu sais. Pour l'instant tu as gagné un repas, des vêtements et un sursis. Le reste dépend de ta bonne volonté.

— Vous avez donné votre parole.

Raven quitta la pièce sans répondre et trouva Polson et Clara en pleine engueulade.

— Qu'est-ce qu'il vous arrive ?

— Rien, mon colonel, désolée.

— Rien ? Colonel, elle m'a traité de gros naze !

— Eh bien, il était temps que quelqu'un vous le dise, Polson.

— Mais…

— Si vous alliez plutôt vérifier les infos, au lieu de faire la gueule ? Et si vous avez cinq minutes, profitez-en pour pirater le compte de notre ami et mettre son argent en lieu sûr. Monaghan, faites-lui fabriquer un passeport américain tout neuf, ça ira bien comme ça. Et vous informerez l'unité Infinity que, demain, nous allons chercher cet « Eebert ».

— Au fait, c'est un ancien para et sniper de l'Air Force, ajouta Clara.

— Alors ça sera plus compliqué que prévu. Mais on l'aura quand même. Rompez.

***

Trois heures pile plus tard, Raven se présenta devant son prisonnier qui, bien qu'habillé et libre de ses mouvements, n'en menait apparemment pas large. Il rompit un silence qui lui parut interminable en abattant sa dernière carte.

— Donnez-moi ma nouvelle identité et vous aurez la cerise sur le gâteau.

— Tu as de la chance que je sois de bonne humeur.

Raven jeta le passeport tout neuf sur la table.

— Tu t'appelles Burhan Treacherouch.

— Presque lettre pour lettre « le donneur de preuve »… je deviens « le traître » ?…

Apparemment, Polson avait retrouvé son humour. Raven inclina légèrement la tête en direction de la vitre.

— Je tiens ma parole. Ton argent arrivera en même temps que l'annonce officielle de ton décès, demain ou après-demain. D'ici là, tu restes un invité de la base d'Andrews.

— Je vous remer…

— Pas de ça. Avec tes infos, je peux démanteler le réseau, mais sache que si tu déconnes de nouveau, je me chargerai personnellement de toi.

— Compris.

— T'as plutôt intérêt. Respecte ta nouvelle patrie et ses lois, et tout ira bien.

***

Avant de pousser la porte de son domicile, une maison au bout d'un chemin perdu dans la campagne de Leesburg, Eebert s'assura que les champs alentour étaient silencieux. La nuit était opaque et ne laissait transpirer aucun bruit, et pour cause, les hommes de l'unité Infinity, postés à une centaine de mètres, avaient pour consigne de ne communiquer qu'en cas d'extrême urgence.

Vers deux heures et demie du matin, Raven donna l'ordre de prendre la maison. Les hommes avancèrent à pas feutrés jusqu'au perron, dont les marches craquèrent sous le poids de Hadow.

Au même moment, la voix de Raven se fit entendre dans l'oreillette.

— Merde ! De la lumière dans l'entrée, planquez-vous ! Les autres, on attaque !

***

Hadow se jeta dans la neige sur le côté de la véranda et entendit les fenêtres voler en éclat, puis le bruit sourd des grenades aveuglantes et des fumigènes. À l'intérieur, Eebert ne tarda pas à riposter à l'arme automatique, trahissant sa position, à l'avant de la maison.

À l'arrière, Raven enjamba le montant de la fenêtre et tendait la main à Polson quand ce dernier s'immobilisa.

Sans distinguer son regard, il comprit qu'il y avait un problème et saisit son pistolet. La chaleur du canon d'une mitraillette posé sur sa nuque l'arrêta net.

— Tiens donc, des militaires…

— Forces spéciales, répondit Raven, furieux.

— Faust ? Eh bien, vous ne lâchez jamais le morceau !

— Pas vraiment.

Eebert regarda par la fenêtre.

— Aidez votre copain Spiderman à grimper, et pas de blague.

Polson saisit l'avant-bras de Raven, qui en profita pour sortir son couteau en céramique de son gilet avant de se retourner.

— Dites à vos hommes de poser leurs armes, ordonna Eebert.

— Vous pouvez toujours courir, je vous arrête.

Eebert lui rit au nez, ce qui lui fit baisser légèrement son arme. Raven pivota pour sortir de la ligne de mire et, dans un geste circulaire, enfonça sa lame dans l'avant-bras qui tenait la mitraillette. Une balle partit, que Polson évita de justesse en se jetant à terre, aussitôt rejoint par Eebert. L'informaticien n'eut pas le temps de sortir un bon mot qu'il sentit qu'on sortait son arme de son holster.

— J'ai dit « je vous arrête », c'est clair ? aboya Raven en tirant une balle dans l'épaule d'Eebert.

De retour à la base d'Andrews, Raven emmena son prisonnier directement de l'infirmerie à la salle d'interrogatoire.

— Comment un ancien commando peut-il bosser pour une femme pareille ?

— Je ne vous permets pas de parler comme ça de Mme Carlson.

— Gardez votre numéro pour d'autres. Pour elle, vous n'êtes qu'un vulgaire homme de main. Et l'honneur dans tout ça ?

— Ne venez pas me parler d'honneur ! Les gars de mon unité m'ont abandonné sur le front avec une cheville cassée, j'ai dû ramper sur des kilomètres pour m'en sortir. Quand je suis rentré à la base, deux mois plus tard, on m'a fait passer pour déserteur. Je me suis fait virer comme un malpropre, sans pension ni remerciements. Il était où, l'honneur ?

Eebert se radoucit.

— La seule qui m'ait tendu la main, c'est Mme Carlson.

— Je vois. Donc vous ne me parlerez pas de ses petits trafics ni de ses liens avec une organisation terroriste, c'est ça ?

— Je ne sais pas de quoi vous parlez, ni elle ni moi n'avons rien à voir avec ce genre de choses.

— Très bien. Alors je retiens la charge d'agression contre des soldats américains. Cela vous coûtera cher.

— Erreur, je n'ai fait que me défendre contre ce que je croyais être des cambrioleurs entrés chez moi en pleine nuit. Aucun juge ne me condamnera pour ça.

Raven soupira et se tourna vers le miroir.

— Je laisse tomber, trouvez-moi un spécialiste de l'interrogatoire musclé.

Et mettez-lui un peu de Metallica pour lui tenir compagnie.

— Vous vous fatiguerez avant moi, fit Eebert en riant. Mettez-moi *And justice for all*, c'est mon préféré.

Raven quitta la pièce pour éviter de le frapper et doubla la garde avant d'aller se coucher.

***

À 9 heures du matin, un homme vêtu de noir se présenta à l'entrée de la base et présenta sa plaque et son ordre de mission.

— Bonjour, agent Sheperd. Montez dans la voiture, le colonel Faust vous attend.

Depuis la Jeep, il aperçut Raven qui l'attendait devant le hangar et repensa à la balle qu'il lui avait collée dans le bras.

— Sheperd ? fit Raven en lui tendant la main. Comment êtes-vous arrivé ici ?

— Très simple, le degré d'accréditation que vous avez demandé ne court pas les rues, surtout la veille de Noël. Et me voilà.

— Content de vous voir.

— Content de pouvoir vous aider.

— Suivez-moi. Je vous amène voir la bête. Le gars est l'homme de main d'une certaine Elizabeth Carlson, une chercheuse qui est à la tête d'un réseau de drogue pour une organisation terroriste. Je la piste depuis bientôt dix ans. Notre homme est le seul témoin, le seul lien, mais c'est aussi un ancien militaire qui ne dira rien à un gradé.

Si Abraham fut surpris d'entendre mentionner le nom de Betty, il n'en laissa rien paraître.

— Je vois.

Ils arrivèrent à la porte de la salle d'interrogatoire, gardée par quatre soldats.

— Je vous abandonne ici. Ne lésinez pas.

— Faites-moi confiance.

Le colonel rejoignit Polson de l'autre côté du miroir sans tain et observa Sheperd qui poussa la porte d'un air décidé.

— Je ne connais pas votre nom et je m'en fous.

— Et moi je me fous de qui vous êtes, je n'ai rien à dire.

***

Abraham tourna le dos au miroir et balaya la pièce du regard pour repérer les caméras. Il n'en trouva qu'une et se plaça de telle sorte que ses gestes restent hors champ.

— Qu'est-ce qu'il fout ?

— Qu'est-ce que j'en sais ? C'est lui l'expert.

Sans interrompre son interrogatoire, Sheperd s'installa au coin de la table, les bras croisés, et commença à tapoter légèrement du doigt sur la surface métallique. Le prisonnier mit quelques secondes à comprendre le sens de son manège et acquiesça du regard.

— Que faites-vous pour Elizabeth Carlson ?

— Je suis son chauffeur et son garde du corps.

— Quels sont vos liens ?

— Elle m'a donné un job et un toit quand l'armée et ma femme m'ont laissé tomber.

Après deux heures d'échanges de banalités, Sheperd sortit, imité par Raven.

— Qui l'a donné ?

— Un dealer, qui y est resté.

— Et vous avez des preuves ?

— Non. Juste la parole d'un mourant.

— Si je le bouscule un peu, je dois pouvoir en obtenir. Vous me donnez le feu vert ?

— Faites.

Sheperd se dirigea droit sur le prisonnier et lui asséna un coup qui le fit presque tomber de sa chaise. Polson regarda Raven, légèrement inquiet.

L'agent de la CIA le remit d'aplomb et retourna se placer dans l'angle mort de la caméra, avant de reprendre l'interrogatoire depuis le début.

Ce manège dura six heures durant lesquelles il fit la démonstration de toutes les techniques d'interrogatoire recensées dans les manuels. Au milieu de l'après-midi, Raven fit irruption dans la salle et lui demanda de sortir avant d'affirmer :

— On n'en tirera rien.

— Je crois qu'il est innocent. Ou alors vous avez raison et il est très fort, trop pour moi en tout cas. Je suis navré, mais je jette l'éponge.

Par acquit de conscience, en serrant la main de Sheperd, Raven lui tapa sur le bras, juste là où il avait tiré une balle du poseur de bombe moustachu. Mais Sheperd ne réagit pas et le colonel regretta ce qui pouvait passer pour une familiarité déplacée.

— Au revoir, Sheperd. Merci et passez de bonnes fêtes.

— Encore désolé.

Raven poussa la porte de la salle d'interrogatoire et posa un plateau-repas sur la table.

— Si vous aviez été sous mes ordres, jamais on ne vous aurait abandonné. Je me serais farci votre corps sur le dos jusqu'à ce que les renforts arrivent.

— J'ai envie de vous croire.

— Moi aussi. Mais je sais que vous êtes l'homme de main d'Elizabeth Carlson. Alors vous ne me laissez pas le choix, question de sécurité nationale.

— Je vous remercie pour le repas. Quand vous vous serez rendu compte de vos erreurs, vous me libérerez.

23 janvier 2010, 8 h 49, quelque part dans les carrières du 13e arrondissement, Paris, France

Kleber traînait la patte, ce qui commençait à agacer sérieusement Raven, qui n'entendait déjà plus les bruits de pas de Mockettash.

— Alors vous arrivez ou il faut que je vienne vous chercher ?

— Larguez-moi là, tant que vous y êtes !

— Allez, bougez-vous le cul.

Raven, qui devait évoluer courbé en deux pour faire entrer ses deux mètres dans ce trou de souris, entendit soudain le grondement d'un train.

— Kleber, c'est le métro, on prend à gauche !

Il cavala dans le boyau, contorsionné, quand un cri retentit derrière lui.

— ÉRIC ! Arrêtez-vous immédiatement !

— C'est qui ça, Éric ?

— Lâchez cette arme ! Police ! hurla une autre voix.

— Équipe de recherche et d'intervention en carrières, lâchez votre arme !

Raven se retourna doucement et attendit calmement que Kleber intervienne. Essoufflé, ce dernier trouva la force de crier :

— C'est bon les gars, DNAT, on poursuit un trafiquant de drogue ! Qu'est-ce que vous foutez là ?

Il arriva enfin et plaça sa carte sous le faisceau de la lampe des policiers.

— Équipe de recherche et d'intervention en carrières, monsieur. Vous ne devez pas suivre grand monde, c'est un cul-de-sac !

— Où on est ?

— Sous le métro Tolbiac.

— Et le type qu'on suivait ? Où il a pu passer ?

— En toute logique, il va se diriger en direction de Montsouris, c'est le chemin le moins chaotique. Mais s'il tourne à gauche avant l'avenue Reille, c'est foutu. Je vous emmène jusqu'aux chemins de fer, si vous voulez.

— Parfait.

Raven tendit son téléphone à l'autre flic des carrières.

— Vous, remontez à la surface et dites à mes hommes où on est.

Au bout de quelques minutes d'une course épuisante dans des boyaux et des salles voûtées, le policier s'arrêta.

— Qu'est-ce que vous fabriquez ?

— Je n'ai pas le droit de laisser mon coéquipier seul trop longtemps. Vous, vous tournez à gauche deux fois dans le souterrain principal, jusqu'à une petite salle. De là, vous tournerez à droite dans ce même tunnel jusqu'à la rue Nansouti où vous tournerez à gauche puis à droite. Si votre gars sait ce qu'il fait et va là où je crois qu'il va, c'est-à-dire au réservoir de la vanne qui approvisionne un quart de la ville en eau potable, alors c'est son seul point d'accès.

— Faites une dernière chose pour moi.

— Oui ?

— Raccompagnez celui-là à la surface, je crains un geste désespéré de la part du dealer.

— OK, j'irai par en haut, répondit Kleber, soulagé.

Raven parvint sans encombre au réservoir Montsouris, et fut frappé par la beauté et la paix des lieux, dont l'eau, limpide, était éclairée par des puits de lumière. Au bout de quelques minutes, des pas résonnèrent sur le pavage de béton et bientôt, une silhouette émergea au grand jour. Le dealer regarda autour de lui et s'avança le long du chemin, cherchant visiblement une sortie.

— On s'arrête ici, Mockettash !

L'homme, blond et athlétique, se retourna en agrippant son sac de toile.

— Mais qui êtes-vous ? Vous êtes pire qu'un chien de chasse !

— Contente-toi de lever les mains, doucement. Et pose ton sac.

Tout en s'exécutant, Mockettash sortit un gros sachet de sa sacoche.

— N'essaie pas de jouer au con.

— Pourtant, imagine que le contenu de ce sachet se retrouve dans cette belle eau limpide et désaltérante. Ce serait dommage, non ? Alors tu me laisses partir et tout se finit bien, fit-il en reculant, les yeux plantés dans ceux de Raven.

Il continua sa progression le long des parois, rasant le béton et jetant des coups d'œil de tous côtés, conscient que s'il y allait doucement, il avait des chances de s'en sortir sans se prendre une balle.

— Sois raisonnable, Mockettash, donne-moi ton oxidado. On aura une petite discussion sur tes patrons et tu repartiras comme tu es venu.

— Mes patrons ? Quels patrons ?

— Ta patronne.

— N'approche pas ou je balance tout dans la flotte.

— OK, du calme…

— Je suis calme !

Apercevant une échelle, Mockettash accéléra le pas. Il agita son sachet d'une main et posa l'autre sur le montant, tandis que Raven, à quelques mètres de là, hésitait à tirer. Le dealer mit un pied sur le premier barreau et un coup de feu venant du bassin mit fin à son hésitation. Raven vit le blond chanceler dangereusement en direction de l'eau, courut vers lui et parvint à saisir le sachet au vol avant qu'il ne prenne le même chemin que son propriétaire. Kleber, immergé jusqu'au torse dans l'eau glacée, apparut derrière un poteau.

— Putain Kleber ! Qu'est-ce que vous avez foutu ?

— Oh ! ça va ! Si ça se trouve, il n'est pas mort. Aidez-moi plutôt à remonter sur la banquise, je suis gelé.

Raven le laissa se débrouiller tout seul et préféra sortir son seul témoin de l'eau. Il observa la plaie d'un œil sombre.

— Vous l'avez transpercé ! Vous tirez avec quoi ?

Il se pencha sur le blessé.

— Vous avez de la chance, il respire… Allez dis-moi qui est ton patron, fais au moins un truc bien avant de mourir.

— Pas de nom… Ils sont partout et nulle part.

— Qui ? Où ?

— Partout : Paris, Londres, Rome, Prague… AKKRON est… partout.

— Comment ça AKKRON ? Pas BYE ?

Mockettash sourit une dernière fois et sa tête roula sur le côté. Furieux, Raven secoua le cadavre, comme pour lui soutirer une dernière information et, pour toute réponse, un téléphone portable tomba d'une poche de son blouson. Il le ramassa, sous les yeux de Kleber qui ruisselait sur le béton, hors d'haleine.

— Faust, qu'est-ce que vous faites ?

Sans un mot, Raven ramassa la drogue et la lui remit avant de monter à l'échelle qui menait à l'air libre. Kleber suivit.

— Faust ? Vous faites quoi ?

— Vous, foutez-moi la paix, vous venez de faire foirer un an d'enquête !

— Je ne pouvais pas le laisser contaminer l'eau.

— Eh bien, vous êtes un héros. Profitez-en bien et allez vous faire foutre.

Raven s'éloigna. Un 4×4 arriva après quelques secondes et s'arrêta à sa hauteur.

— Quoi de neuf, patron ? Polson se boucha le nez.

— Vous puez.

— Je sais. Il l'a flingué. Ce con de flic français a flingué Mockettash. On n'a plus de piste, Polson ! Plus une qui tienne.

— Avec ses empreintes, on remontera des pistes.

— Espérons. Il a parlé d'AKKRON, de Paris, de Londres, de Rome et de Prague.

— On les trouvera. Au fait, reprenez, votre téléphone. Et il est intact ! Vous progressez.

***

Le lendemain, Raven fut réveillé par la sonnerie de son portable.

— Oh ! je vous réveille ? Je croyais que vous n'aviez « pas le temps pour ces conneries ».

— Pépin ?

— En personne. J'ai deux nouvelles pour vous !

Robert se redressa sur son lit et se frotta le crâne.

— Je croyais que vous étiez en vacances.

— Oui, comme tout le monde, mais je n'allais pas vous laisser tomber. Votre petit dealer, Ahmed Malik Aouaf, je sais où il est. Il est sorti par le même trou où vous l'aviez vu entrer.

— Vous nous surveillez ?

— Je vais me gêner. Je vous envoie son adresse par SMS… La deuxième bonne nouvelle, vous la voulez ?

— Dites toujours.

— C'est Kleber, il vient de quitter un bar.

— Et alors ?

— Alors, en plus de faire la une des quotidiens comme le sauveur de Paris, il a reçu une enveloppe d'un gars en costume gris dont la voiture est immatriculée 2211 ZZ 75. J'ai même pris des photos.

— Ça, c'est une bonne nouvelle. Surtout, n'en parlez à personne. Vous pouvez me les envoyer sur mon portable ?

— Euh… c'est de l'argentique, il faut que je les développe… Mais d'accord, je n'en parle pas. Enfin, à une condition : je veux en être.

— C'est entendu.

— Merci.

Raven s'habilla rapidement et fonça vers la remorque en consultant son téléphone portable.

— Rompez ! On a du neuf. Kleber est dans le coup. Clara, trouvez-moi le propriétaire du véhicule immatriculé 2211 ZZ 75, Polson, localisez-moi cette adresse et envoyez Hadow et Black.

Il montra le message.

— Et contactez l'unité Diamond.

— OK, boss.

— Colonel, j'ai le propriétaire du véhicule Renault Safrane gris. C'est un certain Robert Falachon, un économiste.

— Donnez-m'en plus.

Une voix sortit de l'ordinateur :

— Unité Diamond.

— Binck ? Vous n'avez pas encore fait le ménage au Maroc ?

— Nous attendions vos ordres.

— Eh bien, faites une descente, enlevez-les et, surtout, faites leur peur. Vous m'appelez quand c'est fait et vous attendez les photos qu'on vous enverra avant de bouger le petit doigt.

— Compris.

Raven, survolté, se tourna vers Clara.

— Qu'est-ce qu'on a ?

— J'ai eu le relevé des appels de Kleber. Il a appelé deux fois un numéro à carte prépayée, dans le centre de Paris.

— Alors Polson, les infos, ses comptes ?

— Je ne peux pas pirater ça en moins de cinq minutes ! J'y suis presque… Rien d'anormal à première vue. Je regarde sa fiche d'impôt, rien de suspect non plus. Et pour l'adresse du dealer, c'est en banlieue, Hadow et Black sont en route.

— Je le veux vivant. Les autres, on se concentre sur ce Falachon.

***

Il était bientôt 17 heures, l'équipe avait occupé la journée à passer la vie de Robert Falachon au peigne fin, sans grand succès, en dehors d'un montage basé sur une holding et une société civile immobilière pour l'achat d'une maison sur la Côte d'Azur.

Polson prit une communication sécurisée.

— C'est Binck.

— Montrez-leur les photos, secouez-les un peu et rappelez-moi.

Une heure plus tard, une sonnerie retentit dans la remorque.

— On a montré toutes les photos. Le vieux a reconnu l'homme, mais dit n'avoir jamais vu la femme. Le Français est venu le voir une fois, en février 2004, à Béni Mellal, avec des ordres. Il le connaît sous le nom de Bernard. Après, c'est un homme à l'accent allemand qui a pris le relais, avec des formules chimiques et de quoi nourrir sa famille. Ils disent qu'ils n'en savent pas plus, que l'argent liquide passe de main en main et que la marchandise part par la mer.

— Vous avez enregistré son témoignage ?

— Affirmatif.

— Et son pseudonyme ?

— Emil S. pour Scientist, ça vient de Evil Scientist. Attribué par le Français. Il utilisait un téléphone spécial pour communiquer avec son contact.

— Merde, le téléphone de Mockettash ! Bien, remettez-les à la justice de leur pays avec des preuves suffisantes du trafic de drogue.

Raven alla chercher le téléphone récupéré sur le corps à peine sec du dealer et demanda à Clara d'en extraire les numéros enregistrés.

— Il n'y en a que trois.

— Appelez-les un par un. Dites que vous avez trouvé le portable, faites durer le plaisir et localisez-moi les correspondants. Regardez le journal d'appel et pistez-moi tout ça.

Le premier numéro, celui des fournisseurs marocains, ne surprit personne. Le deuxième sonna dans le vide et fut impossible à localiser, car l'appareil avait été totalement éteint. Au troisième, en revanche, une voix masculine répondit :

— Mockettash, qu'est-ce que tu veux ? demanda une voix interloquée.

— Ah, formidable, il va être content ! Vous savez où je peux le joindre ? J'ai retrouvé son portable par terre ! J'espère qu'il n'est pas trop inquiet, parce que…

Clara tentait de gagner du temps tandis que le traceur informatique réduisait, seconde après seconde, le champ de localisation de l'appel. Il ciblait le sud de la Grande-Bretagne quand l'autre lui coupa la parole.

— C'est très aimable, mais je ne peux rien pour vous. Le mieux, c'est de le rapporter au commissariat le plus proche. Où êtes-vous ?

— Paris.

— Parfait, au revoir, mademoiselle. Le signal perdura quelques instants, le temps de s'approcher de Londres, puis il disparut.

— Il a désactivé son téléphone, on peut dire adieu à cette piste.

Polson prit la parole après la déclaration laconique de Clara.

— Les analyses de la drogue sont arrivées. Ils n'ont jamais vu ça, c'est d'une toxicité rarement égalée, un vrai poison.

— Ça confirme ce qu'a dit le Marocain dans la carrière. Refilez le bébé à la DEA, nous, on se concentre sur Londres, Rome et Prague, je suis sûr que Mockettash n'a pas menti. Chaque unité sur une ville, Pearl à Londres, Diamond à Rome et nous, on piste Falachon et on s'occupe de Prague, j'ai le sentiment qu'on y trouvera quelque chose.

— Colonel, intervint Clara, j'ai Black en ligne. Ils ont eu Aouaf. L'argent du deal était dans la cave. Ils demandent ce qu'ils en font.

— Qu'ils l'amènent à Kleber à la DCRI, on verra ce qu'il en fait. Dans tous les cas, ce sera instructif.

26 février 2010, 23 h 26, à l'angle de Babengergerstrasse et Niebelungengasse, Vienne, Autriche

Raven, Monaghan et Polson passèrent le mois de février à l'affût du moindre battement de cil de Robert Falachon. Ce fut la planque la plus ennuyeuse de leur carrière, surtout pour Clara, qui maudit Polson d'avoir su convaincre Raven qu'elle ferait une étudiante plus crédible que lui, et dut assister aux cours magistraux de l'économiste. En dehors de ces grands moments d'autosatisfaction et de quelques conférences en Italie et en Espagne, il ne se passa strictement rien.

Le 25 février, Peet boucla sa mission en aidant la police lyonnaise lors d'une opération des stupéfiants qui permit la saisie d'une importante cargaison d'une méphédrone siglée « 4MC » en provenance de Chine. Le commissaire en charge, interviewé par la presse, se montra très fier de cette prise, alors que sur le terrain, Peet avait noté que l'homme ne paraissait pas très satisfait.

Ce n'est qu'au matin du 26 février que les choses devinrent intéressantes. Falachon quitta son pied-à-terre parisien pour prendre un train à destination de Vienne, puis un taxi qui le mena à un hôtel où il avait réservé une chambre sous un faux nom. Chambre qu'il quitta aussitôt pour une virée gastronomique en centre-ville.

Après le dîner, il reprit un taxi, toujours suivi des deux voitures de location respectivement occupées par Raven et Peet, et par Polson et Clara, et s'arrêta devant une pizzeria.

— Qu'est-ce qu'il fout là ? Il se tape une margherita pour le dessert ou quoi ? s'impatienta Peet en se retournant vers la deuxième voiture. Tiens, ça sent la scène de ménage, là-dedans !

Derrière, une discussion houleuse se déroulait effectivement.

— Mais qu'est-ce que j'ai encore fait ?

— Rien !

— Contrairement à ce que tu as l'air de croire, je ne suis pas débile ! Dis-moi ce qui se passe.

— Tu es un obsédé, tu sautes sur tout ce qui bouge et tu n'es qu'un goujat !

— Mais… mais tu ne peux pas me voir depuis le début, tu prends la mouche dès que j'essaie de te parler et…

— … et en plus, tu es aveugle !

Clara tourna ostensiblement le dos à Polson et fixa le trottoir en croisant les bras.

— Je ne…

— Attends, regarde, ils sortent ! Mais… je rêve ou c'est encore Mardi gras ?

Polson se retourna juste à temps pour apercevoir deux silhouettes emmitouflées dans des capes, le visage à demi couvert d'une capuche. La lumière des lampadaires ne les laissa entrevoir que celui de Falachon.

— C'est lui ! Préparez-vous à les suivre de loin.

— À vos ordres, colonel.

Le taxi qui les attendait démarra aussitôt la portière refermée. Après un court trajet, le chauffeur s'arrêta sur l'avenue Getreidemark.

— Ils sortent, colonel !

— Je ne suis pas aveugle. On se gare et on avise.

Falachon et Swanson traversèrent les jardins et disparurent derrière une porte discrète située à l'arrière du palais de la Sécession, un imposant bâtiment surmonté d'un immense globe doré composé de feuilles entremêlées. Dans les minutes qui suivirent, un second véhicule déposa deux autres silhouettes aussi curieusement vêtues, qui empruntèrent le même chemin.

— Vous croyez qu'on est tombés sur une réunion de BYE ? chuchota Polson à l'oreillette.

— Ça m'en a tout l'air. Vous avez vos gadgets ?

— J'ai tout ce qu'il faut, je pense.

— Alors on y va. Clara et Peet, tenez-vous prêts à nous couvrir.

Ils traversèrent l'avenue et se postèrent dans un bosquet, en face de la porte. Polson braqua son scanner sur le bâtiment.

— Je n'ai pas de signal. Ils doivent être hors de portée.

— Ou alors ils ont un brouilleur. Essayez avec un micro parabolique.

Polson s'exécuta et secoua la tête.

— Je ne comprends pas, on n'a rien que du grésillement.

— Ils brouillent les fréquences.

— Si c'est le cas, c'est du travail de pro !

— On n'a plus qu'à attendre qu'ils sortent pour les suivre.

— Dites, puisqu'on a du temps pour parler alors…

— On n'en a pas.

— Vous savez ce que Monaghan me reproche ?

— Je m'en fous, Polson.

— De draguer ! Alors qu'elle m'envoie sur les roses dès que j'essaie d'être gentil !

— Polson, vous êtes peut-être un génie, mais parfois vous êtes aussi le pire des crétins…

Polson s'apprêtait à répondre quand les casques branchés sur son micro se mirent à émettre des voix humaines. La première phrase fut presque inaudible, mais en réglant mieux l'appareil, ils entendirent distinctement ce qui ressemblait à une conversation téléphonique entre un homme et une femme.

***

Kate Gordon était assise à son bureau, pensive. Emmitouflée dans un châle épais, elle regardait des photos de famille. Des mouchoirs gisaient autour de la corbeille à ses pieds et une infusion fumait dans une tasse. Les murs dénudés de son appartement du quartier juif de Prague lui rappelèrent à quel point sa vie avait changé en une décennie.

Il était presque minuit quand son téléphone sécurisé sonna à plein volume. Elle bondit dessus en tendant l'oreille vers la chambre adjacente, mais tout était silencieux.

— Eve, j'écoute.

— C'est Pierre. Pourquoi n'êtes-vous pas parmi nous ?

— Je ne peux pas.

— Vous êtes malade ?

— Un gros rhume, ça passera. Mais ce n'est pas pour cette raison que je ne suis pas venue. J'ai croisé des hommes de l'unité de Raven. Ils sont sur nos traces. Je n'ai pas voulu prendre le risque.

— Ils ont frappé fort le mois dernier, nous devons réagir. Nous mettons en place une nouvelle procédure de sécurité que nous vous communiquerons. D'ici là, ne faites rien. Vous avez une préférence pour la boîte postale ?

— Celle de Prague. Force.

***

Polson tenta à plusieurs reprises de repérer les signaux entrants et sortants, sans résultat, puis le son fut de nouveau coupé.

— Ils ont remis le brouillage !

— J'avais compris. Leurs voix ne vous disent rien ? Celle de la femme ?

— Non, mais enrhumée comme ça, c'est difficile de juger… ça pourrait être ma tante Mildred… Qu'est-ce qu'on fait ? On attaque ?

Raven regarda Polson, amusé, ce qui lui valut un regard vexé.

— À quatre, sans preuve, sans savoir combien ils sont ou si la porte est piégée ? Sans avoir de preuves de ce qu'ils font ? Non, Polson, désolé de vous frustrer, mais on attend et on essaie de les identifier.

Une longue planque débuta dans un froid intense. Polson vissa à ses deux reflex Canon des téléobjectifs puissants et stabilisés pour ne pas rater les portraits des suspects.

Une première silhouette sortit au bout d'une heure et demie, la tête couverte d'une capuche, et se tourna vers la rue, plaçant son visage dans l'axe de l'appareil de Polson, qui filmait tandis que Raven jouait les paparazzi. Falachon. Celui qui la suivait, probablement un homme, petit et voûté, se montra plus prudent et demeura à l'abri des objectifs.

— Monaghan, suivez-le, chuchota Raven au micro.

Il finit sa phrase à l'instant où ce qui lui semblait être un homme et une femme faisaient à leur tour leur sortie. En appuyant sur le déclencheur, il murmura :

— C'était Carlson, non ?

— Difficile à dire, on vérifiera sur les photos. Et le type, jamais vu.

Il ordonna à Peet de les prendre en chasse en mitraillant un cinquième suspect.

— Polson, c'est le berger ! L'enfoiré qui nous a roulés dans la farine en Inde !

La prudence quasi paranoïaque de Suresh ne l'empêcha cette fois pas de se faire photographier et filmer en gros plan lorsqu'il passa à moins de deux mètres de Polson et Raven en allant rejoindre sa voiture.

— Polson, vous avez des traceurs ?

— Non ! Qu'est-ce que je…

— Tant pis, j'y vais ! Restez là et continuez à filmer.

Polson soupira, produisant un petit nuage de givre, mais s'abstint de tout commentaire. Raven était déjà suffisamment près de la voiture en mouvement pour noter le modèle et le numéro de la plaque quand un bruit de moteur se fit entendre derrière lui. Il se posta au milieu de l'avenue et braqua son arme sur le conducteur d'une Smart, qui ralentit aussitôt.

— *Raus ! Ich nehme deines Auto ! Raus !*

Le conducteur sortit de l'auto les mains en l'air et ne se fit pas prier pour remettre les clés à ce fou furieux. Raven manqua d'arracher la portière avant de s'apercevoir très vite que sa haute stature lui interdisait d'entrer dans un si petit habitacle. Il fut tenté de fracasser son téléphone contre le pot de yaourt, mais se contenta de sortir une plaque de la police viennoise et de laisser repartir le conducteur, qui ne parut pas plus rassuré que ça à la vue de l'insigne.

Il rejoignit Polson, soulagé de ne pas avoir à se justifier à propos du portable, et reprit une planque qui s'avéra aussi longue qu'inutile. En agent avisé, Abraham avait mis en pratique cette règle d'or de la survie : « Toujours deux issues, qu'on n'emprunte qu'une fois chacune. »

Moins d'une heure après, le premier rapport lui parvint. Clara avait suivi celui qui s'était avéré être un Japonais jusqu'à l'aéroport international Schwechat, à une vingtaine de kilomètres de là. L'homme attendait dans un salon inaccessible au commun des mortels l'autorisation de décoller d'un jet privé.

— Un nom ?

— La compagnie ne communique pas le nom de ses clients VIP. De toute façon j'ai une photo nette. S'il est connu de nos bases, ce sera plus fiable qu'un faux nom.

La porte surveillée par Polson et Raven ne s'était plus ouverte une seule fois de la nuit quand, au petit matin, les employés commencèrent à arriver. Raven envoya Polson récupérer au chaud et se servit de sa fausse plaque pour aller visiter les lieux. Ce n'est que lorsqu'il referma la porte qu'un détail le fit tiquer. Il la rouvrit et approcha son visage de la peinture du cadre et de l'ouvrant pour distinguer cinq marques à peine visibles. Quatre cercles identiques à l'intérieur de la pièce, un à l'extérieur.

Il prit quelques clichés, fit un dernier tour au sous-sol, où il trouva la sortie de secours qu'avaient probablement empruntée plusieurs des suspects, quand son téléphone sonna.

— Peet ? Où êtes-vous ?

— Frontière Suisse. Les douaniers m'ont arrêté, ils désossent la voiture à cause des armes. J'ai besoin d'un coup de pouce pour m'en sortir. Ces types ne plaisantent pas avec la sécurité.

— Je fais intervenir qui de droit. Restez discret et ne bougez pas.

— À vos ordres.

***

Sheperd quitta le pays le soir même pour se rendre directement à Prague, où Kate lui donna rendez-vous dans un petit salon de thé de la rue Nerudova, qui menait au château. Il eut beau lui expliquer que la proximité des ambassades rendait le lieu peu sûr, elle ne voulut rien savoir.

L'endroit, un petit rez-de-chaussée cosy à la décoration d'inspiration hippie, déplut instantanément à Abraham. Kate arriva pile à l'heure, la chevelure dissimulée sous un foulard et les yeux cachés par des lunettes noires qu'elle ôta en entrant. Elle remit quelques billets à la patronne qui ferma l'établissement et disparut dans la réserve.

— Expliquez-moi d'abord ce que vous faites à Prague. C'est risqué.

— Vous sembliez avoir besoin d'aide.

— Je suis malade, Abraham, pas invalide ou incapable. Je suis une grande fille et je sais parfaitement ce que je dois faire.

— Mais de quoi parlez-vous ?

— Un changement d'identité, peut-être quelques modifications sur mon visage…

— Vous délirez, Eve.

— Je ne crois pas. Après tout, c'est vous qui m'avez mis nos poursuivants entre les pattes.

— Comment ça ?

— Vous l'ignoriez ? Les deux frères qui m'ont aidée à éliminer les Russes, ils sont en ville.

— Vous payez vos imprudences, Eve. Si vous n'aviez pas sorti « BYE » de votre chapeau…

— Si je n'avais pas pris les choses en main, aucune action d'envergure n'aurait eu lieu. Vous le savez aussi bien que moi.

Kate regretta aussitôt sa phrase et appréhendait le retour de bâton qu'elle lisait déjà dans les yeux d'Abraham.

— Que croyez-vous, ma chère Eve ? Que si votre mission, dont vous ignoriez tout, avait échoué, nous serions restés les bras ballants ?

— De quoi parlez-vous ?

— Je vous parle des explosifs placés dans les tours et le bâtiment 7 qui, lui, n'a pas eu besoin d'un avion pour s'effondrer, et dont personne n'a parlé. Je vous parle d'un rapport de la CIA que j'ai personnellement rédigé et remis au Président le 6 août, mentionnant un certain Ben Laden. Je vous parle du Président qui a décidé de ne pas en tenir compte ou d'en jouer, au choix. Et devinez qui avait financé sa campagne ?

— Nous ?

— Bingo.

— Autrement dit, Pierre et vous m'avez utilisée comme un simple pion ?

— Ne le prenez pas comme cela. Vous avez pris des décisions en toute conscience. Il ne tient qu'à vous de remettre de l'ordre dans vos priorités.

— Je vais disparaître pendant un ou deux mois au moins. Vous vous passerez de mes services, je reviendrai pour la prochaine réunion, avec un nouveau visage.

— Très bien, si c'est ce que vous voulez, j'en informerai tout le monde. Comment comptez-vous survivre ?

— Eh bien, je pense qu'il serait fair-play de la part de Pierre de me laisser utiliser l'argent de la drogue, tout ce cash au coffre dont personne ne semble savoir à quoi il peut servir. Cela devrait suffire à assurer ma subsistance.

— Vous pouvez compter sur notre appui. Bonne chance. Force, ma sœur.

10 mars 2010, 13 h 56, place de l'église Saint-Nicolas, Prague, République tchèque

Le 9 mars, Raven et son équipe rendirent une visite de courtoisie à ce qu'ils supposaient être une antenne de BYE. Parmi les trois « employés », qui ripostèrent à feu nourri, un seul survécut assez longtemps pour donner des informations.

— Qui… qui êtes-vous ?

Raven lui présenta sa plaque. L'homme eut un faible sourire.

— Bon Dieu, si vous m'aviez laissé le temps… Nous sommes dans le même camp.

— Comment ça ?

— CIA.

— Votre nom et l'identifiant de votre unité ?

— John Wilson, AKKRON.

L'homme toussa de minuscules gouttelettes d'un sang rouge vif.

— Je suis désolé, intervint Polson en tendant sa tablette, vous ne faites pas partie de la CIA. Si vous travaillez pour quelque chose, c'est pour une organisation terroriste que nous traquons depuis neuf ans.

Wilson ne pouvait détacher son regard de l'écran.

— Nous étions une cellule d'information… désinformation. Notre cible était les régimes et les gouvernements… religieux.

Il respirait à grand-peine et Raven ne parvenait plus à contenir l'hémorragie.

— Eve. Une Américaine, blonde, fonctionnaire. Elle donnait les ordres. Rue Nerudova. Elle… elle…

— Tenez bon !

Wilson s'évanouit. Raven donna l'ordre de nettoyer les lieux en attendant l'ambulance. Ses hommes embarquèrent quelques dossiers portant le cachet de l'ONU, mais ne purent rien tirer des ordinateurs, sabotés dès leur arrivée.

Perdu au milieu d'un flot continu de touristes, Raven remarqua les caméras qui scrutaient le pont Charles, et demanda à Polson de se brancher sur le réseau.

— On cherche quoi, exactement ?

— Une tête connue. Une « fonctionnaire américaine blonde ».

— Une blonde, quoi. Vous êtes au courant que dans ce pays, une femme sur deux correspond à ce critère ? Et vous avez une petite idée du nombre de personnes qui empruntent ce pont chaque jour ? C'est impossible !

— Bon sang, je ne sais pas, c'est vous le spécialiste. L'ambassade de Roumanie donne sur la rue Nerudova, vous n'avez qu'à vous brancher sur leurs caméras. Ça doit être dans vos cordes, ça…

***

Kate avait coupé tout contact avec sa cellule d'action pragoise sur les conseils d'Abraham, mais à présent, à quelques jours seulement de sa disparition, elle devait donner ses dernières instructions à Wilson, son bras droit, pour effacer toute trace de son ancienne vie. Alors qu'elle arrivait au niveau des échafaudages dressés de part et d'autre du pont Charles, dont elle regrettait déjà la splendeur baroque, Kate distingua un visage qui dépassait de la foule. Elle reconnut aussitôt son regard sévère. Sa joie fut intense, mais de courte durée et elle profita des escaliers latéraux pour filer discrètement jusqu'à la rue Nerudova. N'apercevant pas Wilson, elle remonta l'artère pavée, un peu inquiète, et repoussa son foulard pour passer un coup de fil.

***

De retour dans la remorque, Polson pianota nerveusement sur son clavier pour infiltrer le système informatique de l'ambassade de Roumanie. Il mettait la touche finale à une technique imparable enseignée à Langley quand l'un des téléphones récupérés sur les lieux de leur intervention sonna. Il décrocha tout en prenant le contrôle des caméras de sécurité donnant sur la rue.

— Allô ?

À l'autre bout de la ligne, un déclic indiqua qu'on avait raccroché. Polson regarda le téléphone en soupirant et se remit au travail, sans remarquer la jeune femme au foulard qui apparaissait sur son écran.

***

— Voilà ce que nous avons trouvé à l'ambassade, exposa Raven à ses hommes le soir même. Sur le territoire tchèque, nous n'avons aucune fonctionnaire, juste deux diplomates qui, après vérification, ne sont pas des femmes, et encore moins blondes. Polson s'est branché sur les caméras de l'ambassade de Roumanie, mais la description est trop vague, il pourrait s'agir de n'importe quelle femme blonde, châtain, ou même brune, si elle a eu la présence d'esprit de se teindre les cheveux. Black, les dossiers que vous avez saisis ont donné quelque chose ?

— Leur dernière opération visait à déclencher des révoltes au Maghreb, en jouant sur le terrain du niveau de vie et du pouvoir d'achat plus que de la religion. Mais le plus curieux, c'est la méthode employée. D'après ce que j'ai vu, ça ressemble effectivement à une opération qu'aurait pu mener la CIA. Je comprends presque que les gars soient tombés dans le panneau.

— Oui, mais l'inconvénient de faire croire aux gars qu'ils bossent pour la CIA, c'est que les patriotes parlent quand ils se rendent compte qu'ils ont été bernés… Et ça, c'est bon pour nous. Polson, vous n'avez vraiment rien pour moi ? Pas le moindre détail qui apparaîtrait sur le film ?

— Je vous laisse regarder, j'ai passé deux heures dessus.

Il lança sa vidéo sur grand écran et il ne lui fallut que quelques secondes pour comprendre sa bourde.

— Stop ! ordonna Raven. Bon Dieu, Polson, comment avez-vous pu la rater ?

— La reconnaissance faciale recherchait une femme blonde et… et… Je suis désolé, colonel, j'aurais dû la voir.

Blême, Owen se tourna vers son frère.

— C'est elle, non ?

Steve hocha la tête.

— Aucun doute.

— Vous connaissez Kate Gordon ? demanda Raven stupéfait.

— Vous aussi ?

— Vous d'abord. Et chacun son tour.

Owen prit une grande inspiration et leur raconta comment ils avaient été embauchés par cette femme dix ans auparavant, à Baltimore, pour éliminer les deux mafieux russes qui avaient assassiné sa famille.

— Elle avait dit que ce n'était pas fini, compléta Steve. On n'a jamais su son nom, elle voulait qu'on l'appelle « Madame ». Et vous, qu'est-ce que… ?

— Nous l'avons rencontrée en Afghanistan. Je devais assurer sa sécurité… Elle bosse pour l'ONU.

— Une fonctionnaire américaine, plutôt châtain… Et moi, je faisais le guide. Mais… Et son enlèvement ? Et si elle nous l'avait faite à l'envers ? ajouta Polson.

— Ça me paraît énorme, mais après tout, au point où on en est… Je me rappelle qu'elle a prévenu le général Potter de l'éventualité d'une attaque quelques jours avant le 11 septembre… j'ai du mal à le croire, mais on va creuser. Elle appelait qui, là ?

— Euh… moi ! Enfin, Wilson.

Polson comprit qu'il était dans son intérêt de se bouger rapidement pour retrouver Kate Gordon.

***

Kate entra dans son bureau sans prendre garde au désordre qui régnait dans l'appartement et introduisit un à un les documents compromettants dans la broyeuse. En traversant le salon pour aller brûler les restes dans le poêle à bois, elle buta sur un jouet qui couina de manière exaspérante. Manifestement, la femme de ménage n'était pas là ; elle avait sûrement emmené Brodie se promener, ce qui n'était pas plus mal.

Kate retourna à son bureau, se connecta au site Internet de sa banque et commença à passer des ordres de virement. Elle eut un sourire triste.

Cela faisait deux heures qu'elle détruisait des clés USB quand le téléphone réservé à sa cellule d'information sonna enfin.

— Wilson, ce n'est pas trop tôt.

— Kate, ce n'est pas Wilson, c'est Robert.

Raven ressentit une vive douleur doublée d'une grande déception en entendant la voix de Kate. Il avait tant prié pour que sa présence à Prague ne soit qu'une malheureuse coïncidence.

— On doit se parler.

— Je comprends.

— Soit je viens vous chercher et cela se passera mal, soit…

— On se donne rendez-vous. Demain matin, 6 heures, sur le pont Charles. Venez avec un kit de prise de sang. Je vous expliquerai.

— Je pensais…

Surpris, Raven se retourna vers ses hommes.

— Elle m'a raccroché au nez ?

Il ne comprit pas pourquoi tous souriaient.

— Le numéro, vous l'avez tracé ?

— Prague centre. C'est tout ce que j'ai. Pourquoi un kit de prise de sang ?

— Qu'est-ce que j'en sais ?!

⁂

— Alors, Jane, laquelle tu choisirais ?

Henri Meyer, qui participait pour la première fois au festival Visa pour l'image de Perpignan, avait sollicité sa vieille amie Jane Marsh pour qu'elle l'aide à sélectionner des clichés. Ils étaient cinq photographes, installés dans le salon d'un bel appartement parisien, autour d'un ordinateur portable, verre à la main.

Alors que le diaporama commençait à s'éterniser, une image la fit sursauter.

— Henri, attends ! Remets-moi cette photo.

— Pourquoi ? Je ne la trouve pas si terrible que ça, finalement.

— Ce n'est pas pour ça. Dis-moi où et quand elle a été prise.

— C'était à Bâmiyân en 2001… Attends, je regarde mes notes.

Il fouilla dans son tiroir et en sortit un carnet Moleskine.

— C'était le 26 mars 2001. La femme travaillait pour l'UNESCO, ils l'avaient envoyée là pour constater les dégâts. Le type était une sorte de garde du corps, elle l'avait appelé Ravon ou Raven, quelque chose comme ça. Je n'en sais pas plus. J'ai pris la photo en douce parce que le gars nous l'avait interdit.

— Elle n'est pas de l'UNESCO, mais de l'ONU.

— Qu'est-ce que ça change ?

— Pour vous, pas grand-chose, pour moi c'est un maillon essentiel d'une chaîne qui remonte à bientôt dix ans. Je peux passer un coup de fil ?

— Je t'en prie.

Jane appela pour la première fois depuis qu'ils se connaissaient le numéro de Raven, violant ainsi les règles qu'il avait imposées en Inde : « *Je* n'existe pour personne d'autre que vous. *Je* vous appelle. »

Il décrocha à la première sonnerie.

— Faust, ou peut-être devrais-je dire Raven ?

Interloqué, Raven lança un regard noir à Polson qui, lui, fixait ses écrans. Il lui fallut deux secondes pour se reprendre.

— Allô ?

— Pour vous, Jane, c'est Faust. Qu'est-ce que vous voulez ? Je croyais avoir été clair, c'est moi qui vous…

— … appelle, je sais. Mais j'ai une question.

— Je n'ai pas vraiment le temps, je suis à Prague en opération, ça ne peut pas attendre ?

— Non. Pourquoi étiez-vous avec Kate Gordon à Bâmiyân en 2001 ?

— Je vous demande pardon ?

— Kate Gordon, vous l'avez fait passer pour une employée de l'UNESCO et…

— Vous êtes avec un journaliste français, non ?

— Vous comprenez vite. Alors ?

Il y eut un bref silence au bout du fil, puis la voix de Raven, tendue.

— Rien ne me force à vous répondre… Elle était en mission pour l'ONU afin de rallier les chefs de clan afghans contre la menace talibane. C'est tout ce que je peux vous dire. Contente ?

— Pas tout à fait. Saviez-vous que c'était elle, la femme sur la moto, à Kinshasa ?

— Quoi ? Pourquoi ne me l'avez-vous pas dit avant ?

— Il aurait fallu m'en laisser le temps, au lieu de me raccrocher au nez. J'ai des soupçons la concernant depuis un certain temps.

— Voyez-vous ça.

— Je pense qu'elle a fait éliminer deux hommes à Baltimore pour venger la mort de son mari et de sa fille.

— Développez…

Jane s'assit sur le lit.

— Vous ne me raccrocherez pas au nez ?

— Non. Allez, crachez le morceau !

— L'attentat du 11 septembre contre le Pentagone…

— Pardon ?

— Je pense, comme d'autres, qu'il n'y a pas eu d'avion, mais un missile et que, seules deux personnes étaient visées : le sénateur Baum et sa responsable de la sécurité.

— Vous êtes cinglée, Jane.

— J'ai des preuves qui attestent que le sénateur Baum était lié à Masanta, la multinationale qui employait Adam Gordon. Je pense qu'ils l'ont éliminé et que sa femme a décidé de mener une vendetta.

— Jane, si ce que vous dites est vrai, je vous en prie, n'en publiez pas un mot !

Entendant Raven hausser le ton, ses hommes se retournèrent. Il mit sa main sur le téléphone et demanda à Clara de tracer l'appel.

La jeune femme désigna le 16e arrondissement de Paris sur l'écran.

— Vous me croyez, maintenant ? reprit la journaliste.

— Je ne peux pas discuter de cela sur une ligne non sécurisée. Je vous demande d'attendre que je vienne vous voir avant d'écrire une ligne sur quelque engin informatique que ce soit. Je peux compter sur vous ?

— Ai-je le choix ?

— On l'a toujours, Jane. Mais entre courage et orgueil, on doit faire la part des choses. Je vous retrouve à Paris dans quelques jours, ne bougez pas. Au revoir.

11 mars 2010, 6 heures, pont Charles, Prague, République tchèque

Le jour ne s'était pas encore levé sur les pavés du pont Charles, blanchis par une pellicule de neige brillante. Sous leur bonnet immaculé, les statues semblaient adresser un regard de reproche à Kate, qui avançait dans le froid glacial. Elle vit arriver de loin Raven, suivi d'Owen et Steve, qui avaient lourdement insisté pour venir, et exigea d'un geste qu'ils restent où ils étaient. Raven comprit le message et fit seul les derniers pas qui le séparaient d'elle.

— Bonjour, Robert.

— Bonjour, Kate.

Un silence s'installa, aussi blanc et froid que le climat.

— Je suis désolée. J'ai voulu vous le dire tellement de fois, mais je ne pouvais pas.

— Ne me servez pas votre petit numéro de victime, contentez-vous de me dire pourquoi on en est là aujourd'hui.

— C'est une longue histoire…

— J'ai tout mon temps.

— Le jour de l'enterrement d'Adam et de Lisa, un homme est venu me voir au cimetière, après la cérémonie. Il s'est présenté comme un agent du gouvernement et… et il m'a présentée à ces gens… cette confrérie. Ils m'ont donné des preuves que mon mari et ma fille avaient été assassinés et m'ont promis de m'aider à les venger. Alors j'ai prêté allégeance.

— Dites plutôt que vous avez signé un pacte avec le diable.

— Je ne pouvais pas le savoir, j'étais aveuglée et…

Raven lui jeta un regard glacial.

— Donnez-moi des noms.

— L'organisation s'appelle Biocalypse. Mais vous la connaissez sous le nom de BYE. Elle est mondiale et prétend défendre la nature contre l'humanité. Son chef s'appelle Indivar Suresh, c'est un Indien qui considère que les États-Unis sont responsables de la mort de sa femme et de sa fille.

— Eh bien, comme ça nous sommes trois que la perte ronge, fit Raven, qui sentait monter une envie de meurtre.

— En réalité, cette organisation n'a rien fait de vraiment concluant en quinze ans.

— Ah non ? Les attentats du 11 septembre ne sont pas « vraiment concluants » ?

— Je suis vraiment désolée pour ça. Je n'avais aucune idée de ce qu'ils allaient faire. Si j'avais su…

— Vous ne vous seriez pas associée avec Al-Qaida ?

— Nous n'avons fourni que des passeports et des ordinateurs !

— J'oubliais, ce n'est pas une aide « vraiment concluante ».

Raven se sentait prêt à bondir sur Kate. Son instinct voulait sa mort, sa raison exigeait des réponses.

— Je vous dis la vérité. J'aurais pu fuir mes responsabilités, mais je suis là, devant vous. Ils m'ont surveillée jour et nuit pendant dix ans, ils étaient au courant de tous mes faits et gestes. J'ai prévenu le général Potter, mais comme vous le savez…

— Il était avec eux.

— Oui. Ensuite, je vous ai fait parvenir des informations. La lettre anonyme vous prévenant que Syed Akbar était aux États-Unis, c'était moi.

Raven se repassa le film de cette journée et comprit ce qui lui avait échappé.

— C'était vous, la grand-mère aux petits chiens ?

— Les papiers, et le reste, oui c'était moi.

— La boxeuse indienne ?

— Aussi. Elle ne s'en mêlera plus, promettez-moi de la laisser tranquille, elle n'a rien à voir avec tout ça.

Raven hocha la tête et enchaîna :

— Et le Pentagone ?

— Je ne savais pas que Baum serait au Pentagone. Le missile était guidé par une puce dissimulée dans l'un de ses cigares, pour faire le moins de dégâts possible. Ces terroristes sont des barbares et lui se trouvait au mauvais moment, au mauvais endroit, ça n'aurait pas dû…

— Mais c'est arrivé.

Kate baissa la tête.

— Je ne dors plus depuis. C'est pour cela que je vais vous aider aujourd'hui. Vous avez la seringue ?

Il lui tendit un étui et Kate s'approcha de lui au point de sentir son souffle. Elle se planta, froidement, l'aiguille dans une veine du poignet et en tira une petite quantité de sang tout en continuant à lui parler.

— AKKRON était un leurre, mais vous le saviez sûrement. Tenez. Conservez-le précieusement. Cela sera votre sésame pour vous infiltrer.

Elle prit la main de Raven et y glissa un papier.

— C'est le code qui permet de décrypter les messages de BYE. Rendez-vous à l'adresse indiquée au bas de la feuille et prenez soin de bien respecter le code pour décrypter celui que vous y trouvez. Promettez-le-moi.

— Très bien, vous avez ma parole pour la boxeuse et pour ça. Mais pourquoi faites-vous cela ? Je pourrais vous aider, il suffirait que vous veniez avec moi pour que…

— Vous ne pouvez rien pour moi. Je suis démasquée et, sans l'ombre d'un doute, Abraham le sait déjà. Ils tenaient même l'ancien Président, alors un pion comme moi… Les tours seraient tombées même sans l'intervention de Biocalypse. Même si je n'avais pas… Je ne sais pas jusqu'où ça remonte. Maintenant je dois partir, c'est la seule solution.

— Qui est Abraham ?

Kate prit appui sur une statue pour escalader le garde-corps en pierre et s'y assit, un bras tourné vers le vide. Robert tenta de l'arrêter, mais elle le repoussa de son autre main.

— Descendez, Kate ! Je vais vous aider. Je vous blanchirai si vous coopérez.

— Il est trop tard pour moi, Robert. Si j'ai compté un tant soit peu pour vous ou si j'ai pu vous être utile par le passé, déclarez-moi morte, c'est ma seule issue. Avant de le faire, profitez-en pour infiltrer quelqu'un de confiance.

Kate marqua une pause.

— Son sang sera vérifié, servez-vous de l'échantillon que je vous ai donné.

— Y a-t-il autre chose que je dois savoir ?

— Je sais seulement qu'ils ont un grand projet, mais j'ignore de quoi il s'agit. Ils en sont au stade des répétitions, ensuite ils monteront sur scène pour frapper le monde. Il faut faire vite, Robert, maintenant, c'est vous qui avez les clés pour en finir avec eux.

Voyant Owen et Steve approcher, Kate décida d'abréger la conversation.

— Robert, pardonnez-moi, je vous en prie. Et puis… je vous ai fait un cadeau, prenez-en soin.

Raven n'eut pas le temps de réfléchir au sens de ses dernières paroles, car Kate venait de basculer dans le vide. Malgré tous ses efforts, il ne parvint pas à la rattraper et ne put qu'assister, impuissant, à sa chute sur le contrefort de pierre puis sur les rondins de bois qui protègent depuis des siècles les pierres de la morsure de la glace. Il cria son nom, mais déjà son corps disparaissait dans les eaux de la

Vltava. Owen grimpa aussitôt sur le parapet, mais le colonel l'empêcha de sauter.

— On dégage, on ne peut plus rien pour elle, ce n'est pas la peine que vous risquiez vous aussi la noyade. Si le choc ne l'a pas tuée, l'eau glacée s'en chargera. On déclarera le suicide à la police locale.

⁂

C'est en arrivant sur son coin à poissons favori que Pavel, chaussé de cuissardes et gaule à l'épaule, distingua une forme qui reposait sur la rive de la Vtlava. Il enjamba les branches mortes pour s'assurer qu'il ne s'agissait pas d'un amas de bois et de sacs en plastique, comme la rivière en charriait tant ces dernières années, et se pencha sur ce qui était bel et bien le corps trempé d'une femme.

— Madame ? Madame ?

Il effleura le corps et eut un mouvement de recul, comme si le froid glacial de la peau de Kate lui avait brûlé les doigts.

Il la retourna délicatement et constata, sous les vêtements déchirés, la présence d'un hématome au-dessus de ses côtes, ce qu'il interpréta comme un bon signe.

Faute de téléphone portable qui lui aurait permis d'appeler les secours, Pavel se décida à entrouvrir les lèvres déjà bleues de Kate pour tenter l'impossible.

27 juin 2010, 13 heures, base aérienne d'Andrews, Camp Spring, comté de Prince George, Maryland, États-Unis d'Amérique

Grâce aux informations fournies par Kate, l'unité Pearl pista Indivar Suresh à travers l'Inde, l'Afrique et les États-Unis d'Amérique, sans pouvoir établir le lien avec Biocalypse.

Les hommes de Raven parvinrent également à mettre un nom sur le mystérieux passager du jet privé, mais ce Tatsuo Tanaka, qui collaborait activement avec l'OMS, semblait blanc comme neige.

L'unité Diamond, chargée de la surveillance de Robert Falachon, rapporta qu'au cours de ses nombreux périples, il rencontrait de jeunes gens à casquettes, qui furent identifiés par la suite comme les auteurs de blogs écologistes spécialisés dans la divulgation d'informations compromettantes sur des multinationales peu scrupuleuses envers l'environnement. Le Français entretenait aussi des contacts avec un fonds d'investissement spécialisé dans l'attaque de certaines monnaies du globe, dont l'Euro, et spéculant activement sur le marché des matières premières. Raven avait creusé la question et découvert que Peter Swanson jouait au même jeu par le biais d'un *hedge fund* particulièrement virulent. Les sommes récoltées transitaient par sa banque, et se dispersaient aux quatre coins du monde en passant par des sociétés-écrans.

Quant à Elizabeth Carlson, elle était sous surveillance rapprochée depuis la libération de son chauffeur. Celui-ci se montra assez malin pour faire capoter les plans de Raven, qui comptait l'utiliser comme appât, et déménagea à l'autre bout de pays en coupant tous les ponts avec son ex-patronne.

Raven arriva avec quelques minutes de retard dans la salle de briefing où dix-huit hommes surentraînés attendaient ses instructions. Polson apparut derrière lui, hors d'haleine et apparemment excité.

— Nous avons intercepté un message que Polson a décodé. Apparemment ils vont passer à l'action cette nuit. Et nous allons le faire aussi. Nous allons passer à l'action pour démanteler l'organisation que nous traquons depuis plus de dix années. Je sais que chacun d'entre nous a des raisons de vouloir faire justice, cependant, notre objectif est d'attraper tous ces salauds et de les confronter à leurs actes devant un tribunal. Mes ordres sont donc d'éviter toute confrontation armée.

Des murmures de protestation se firent entendre.

— Il va de soi que si vous êtes en danger, vous serez autorisés à tirer, mais uniquement pour neutraliser la menace, pas pour tuer. Suis-je clair ?

Les hommes acquiescèrent sans grande conviction, mais Raven ne leur laissait pas le choix.

— Autre chose, que cela vous plaise ou non, vous êtes, à partir de cet instant, assignés à un binôme. Aucun d'entre vous ne devra rester seul, même pas pour chier. Aucun appel téléphonique, vous me laissez vos portables sur la table.

Raven coupa court aux protestations en donnant à ses hommes la liste des duos qu'il avait composés, avec pour objectif d'écarter au maximum le danger lié à la présence d'une taupe dans leurs rangs. Les partenaires, issus d'unités différentes, ne se connaissaient pratiquement pas. C'était un risque sur le terrain, mais il l'assumait.

— Préparez vos paquetages pour une intervention nocturne en milieu urbain. Nous levons le camp dans quinze minutes. Rompez. Deux par deux !

Un quart d'heure plus tard, sans qu'aucun des hommes ne sache où il allait, le convoi prit la route en direction de New York, pour jouer l'ultime coup de cette partie d'échecs.

***

Clara Monaghan profitait de ce trajet nocturne en taxi pour réviser sa partition dans les moindres détails. Elle serait soliste sur ce coup-là et sentait le trac monter en elle avant d'entrer en scène. Le faux passeport découvert dans l'appartement de Kate Gordon semblait tenir la route puisque personne jusqu'à présent – même pas la douane suisse, pourtant réputée pour son intransigeance – n'avait douté de sa nouvelle identité, et elle espérait qu'il en irait de même avec ses « frères » de Biocalypse, qui la croyaient fraîchement sortie d'une clinique de chirurgie esthétique. Elle portait une robe de bure, des lentilles et, dans sa paume, une capsule de sang de Kate était dissimulée sous une couche de peau synthétique reproduisant les empreintes palmaires de cette dernière et vieillissant les mains de Clara de dix ans. L'illusion était parfaite, et la jeune femme espérait que ses semaines de travail façon Actors Studio auraient l'effet escompté sur sa voix malgré le stress, qui la faisait monter dans les aigus.

Le chauffeur se retourna en arrêtant son véhicule :

— Vous êtes certaine que c'est bien ici ?

— Parfaitement. Je vous remercie, gardez la monnaie.

Clara descendit du taxi et ajusta sa capuche. Les lieux étaient lugubres à souhait et l'odeur de poubelles, omniprésente. Elle se sentait comme un petit chaperon rouge new-yorkais, exposé à tous les dangers, portant son panier à sa grand-mère entre les 42e et 43e rues. Elle repéra un homme qui montait la garde devant un escalier qui menait apparemment à un sous-sol et s'apprêtait à se lancer, quand une main lui tapota l'épaule.

— Madame, puis-je savoir qui vous êtes ?

— Vous connaissez beaucoup de femmes qui se promènent seules dans des ruelles puantes à minuit accoutrées de la sorte ?

— Ah, sœur Eve ? Excusez-moi, je suis content de vous revoir.

— Je le suis aussi.

L'économiste lui saisit la main droite, la lui serra et positionna son autre sous la sienne. Clara dut réagir au quart de tour et reproduire le mouvement.

— Force.

— Force.

— Je vous précède ?

Clara fit un signe de tête et suivit prudemment Falachon dans l'escalier raide, qui menait à une porte sur laquelle était installé un curieux dispositif circulaire.

— Ma chère, permettez-moi de vous présenter la dernière invention d'Abraham, dit-il avec emphase, comme s'il en était lui-même l'auteur, en posant son doigt au centre du cercle. Si quelqu'un dont l'empreinte n'est pas répertoriée essaie d'ouvrir la porte de l'extérieur, cela explose.

— Très ingénieux !

Clara espéra que le téléphone bidouillé par Polson qu'elle dissimulait sous sa robe résiste aussi bien que prévu au brouillage, et que lui et Raven, qui devaient être en planque à proximité, aient entendu l'avertissement.

Après un claquement, la porte s'ouvrit sur une pièce qui ressemblait plus à une chambre froide qu'à une salle de réunion. Quatre silhouettes identiques se retournèrent quand ils firent leur entrée. Clara identifia Elizabeth Carlson, Tatsuo Tanaka, Indivar Suresh et Peter Swanson et tâcha de retenir les pseudonymes qu'elle saisissait au vol tout en repérant une sortie à l'autre bout de la pièce.

— Alors, que pensez-vous de la nouvelle Eve ? Plutôt réussie, non ? plastronna Falachon.

— Ravissante, frère Bernard, mais j'aimerais d'abord m'assurer qu'elle n'est pas trop différente de l'ancienne. Venez, Eve.

Clara suivit Suresh vers le centre de la pièce et saisit instinctivement la dague posée à côté de l'ordinateur. Sans protester, elle s'entailla la paume et versa le mince filet de sang sur la lamelle de verre que Suresh lui tendait. Elle s'enroula ensuite la main dans un mouchoir pour dissimuler l'absence de plaie.

Le résultat, positif, tomba en quelques minutes.

— Si vous le permettez, je vais reprendre vos empreintes. Pour le dispositif de l'entrée. Ça vous évitera d'exploser la prochaine fois.

— Bien sûr.

À l'issue du second test positif, tout le monde se détendit enfin et prit place autour de la table.

— Nous n'attendons pas Abraham ?

— Non, sœur Betty, il est retenu ailleurs, nous en discuterons dans quelques minutes. Avant tout je voudrais savoir comment sœur Eve est parvenue à arriver jusqu'à nous.

— Eh bien… Pierre, j'ai sauté d'un pont, je suis passée en Suisse grâce à de faux papiers puis j'ai séjourné deux mois dans une clinique de chirurgie esthétique… et me voici anonyme.

— Ça explique les sommes retirées de notre compte… fit remarquer Pierre.

Perdue, Clara préféra s'abstenir de tout commentaire.

— Abraham m'avait prévenu. Nous pouvions bien faire cela pour vous, conclut-il sans écouter le discret « merci » de Clara. Mes sœurs et mes frères, face à la menace qui se rapproche, Abraham et moi avons décidé de passer à la vitesse supérieure. Comme vous l'imaginez sans doute, je n'ai pas choisi cet endroit, à deux pas de Wall Street, par hasard. Le moment est venu pour nous de porter un coup décisif à ce pays et à l'économie mondiale. En fait, le moment viendra dans… Indivar Suresh regarda sa montre… dans vingt-deux minutes exactement.

— Frère Pierre, qu'est-ce que… ? intervint Swanson.

— J'y viens. J'ai une confiance absolue en chacun de vous, sans quoi vous ne seriez pas là, mais il valait mieux pour chacun d'entre nous de ne rien savoir des plans d'Abraham. Je sais que vous vous demandiez tous ce qu'il faisait quand il n'assurait pas votre sécurité. Je sais aussi que certains se demandaient pourquoi nous leur avions fait acheter une propriété autonome et éloignée des agglomérations. Aujourd'hui, vous avez la réponse : en ce moment même, il est en train d'armer un dispositif à impulsions électromagnétiques. Autrement dit une arme qui anéantira toute activité électrique, et donc informatique dans un rayon de deux kilomètres, dont celle de l'ensemble des serveurs du New York Stock Exchange.

Swanson se leva, le visage écarlate.

— Je proteste, je vais y laisser ma chemise ! Il faut que je donne l'ordre de vendre mes actions !

— C'est impossible ! Cela déclencherait des mouvements qui attireraient l'attention sur vous, puis sur nous. Vous connaissiez les risques.

— Je me bats pour sauver la planète, pas pour perdre mes plumes ! J'annule le brouillage et je passe mes ordres. Si vous avez envie de vous ruiner, c'est votre problème, moi, j'investis dans l'or.

Swanson arracha la prise du brouilleur et ouvrit son ordinateur portable.

— Frère Pierre. Où est Abraham ? demanda Clara. Je ne sais pas exactement ce qu'est une machine à impulsions électromagnétiques, mais j'imagine que…

— Il est dans un lieu sacré pour les Américains. Il règle les derniers préparatifs avant notre action. Je suis navré de ne pas pouvoir satisfaire votre curiosité, qui me semble particulièrement vive ce soir.

Clara avait pleinement conscience de la fragilité de sa couverture et préféra ne pas insister.

⁂

Depuis l'escalier de secours qui leur tenait lieu de planque, Raven et Polson virent Clara s'engouffrer sous terre en compagnie d'un autre membre de la confrérie. Ils entendirent Falachon lui donner des explications sur le dispositif.

— Vous voyez Polson, je vous l'avais dit ! Vous avez les empreintes de Kate Gordon sous le coude ?

— Dans la remorque.

Alors qu'il demandait à Peet un jeu d'empreintes, Raven nota que l'ordinateur de Polson n'émettait plus aucun son.

— Il y a un problème ?

— Apparemment, mon matos marche, mais…

Polson fit quelques tests, qui restèrent sans effet, puis il jeta l'éponge.

— La pièce doit être isolée avec du métal. Je ne pouvais pas prévoir.

— Bon Dieu, Polson, vous n'avez aucune excuse ! On a quelqu'un à l'intérieur, seule, sous couverture et sans soutien. On ignore même si elle est encore en vie et tout ce que vous trouvez à dire c'est « je ne pouvais pas prévoir » ?

— Chut ! Vous allez nous faire repérer.

Raven lui jeta un regard furieux, puis vit le garde qui continuait sa petite ronde et se tut. Il commençait à trouver le temps long quand le son revint. On entendit des éclats de voix, puis un bref échange entre Clara et un inconnu à la voix sévère. Quand il fit une remarque sur sa curiosité, Raven ordonna à Hadow et Owen de le rejoindre en bas. Il descendit les escaliers jusqu'au premier étage et donna un coup de crosse sur le cran qui retenait l'échelle. Elle se déplia jusqu'en bas dans un fracas qui détourna l'attention du planton. Raven s'avança vers lui d'un pas décidé.

— Hé, vous, vous ne pouvez pas rester là ! cria le garde, en tendant le bras.

— Ah bon, vous en êtes sûr ?

Raven attrapa son poignet et lui asséna un coup de genou dans le ventre, suivi d'un coup de coude derrière la nuque qui le laissa KO.

— On est en Amérique, connard, je vais où je veux.

⁂

Hadow et Owen arrivèrent au pas de course, suivis de Peet, qui tendit à Raven un doigt en silicone.

— On doit entrer dans la salle. Owen, Hadow, qu'est-ce que vous avez foutu de vos binômes, putain !

Devant la porte piégée, furieux de cette erreur de débutant, le colonel leur demanda d'appeler des renforts puis leva les yeux vers Polson qui descendait les dernières marches.

— Si on essaie qu'est-ce qu'on risque ?

— Que ça explose. Mais *a priori*, puisque le dispositif n'a pas lu ses empreintes, mais celles de Falachon, ça devrait passer. Après, s'il est connecté au système qui analyse le sang, alors, je ne garantis rien…

— En somme, vous ne savez pas, fit Raven.

Face au dilemme de son supérieur, Hadow se jeta à l'eau :

— Colonel, je m'en charge. Vous avez autre chose à faire.

— Très bien, allez chercher Clara, mais jouez pas les héros. Polson, vous me trouvez un lieu sacré du côté de Wall Street, et magnez-vous, on n'a plus que treize minutes. Dites à Black et Steve de prendre une voiture et de me suivre.

Raven, qui renonçait dans l'urgence à son idée de binôme disparate, remonta les marches en courant et grimpa à l'avant du dernier véhicule conduit par Wally Binck et prit la place du soldat assis à côté de lui. Il jeta un coup d'œil à l'arrière et y trouva trois hommes de l'unité Diamond. Au militaire éjecté du 4×4, il ordonna :

— Vous, allez appuyer la surveillance de la sortie ouest. Nous, on va à Wall Street. Binck, vous avez quatre minutes pour nous y conduire !

— À vos ordres.

Binck fit une marche arrière rapide avant d'opérer un dérapage contrôlé, se glissa dans le sens de la circulation et appuya sur l'accélérateur, secouant sans ménagement ses quatre passagers. Polson appela alors qu'ils atteignaient la 7e Avenue, où le flux de véhicules s'intensifia. Il venait de repérer un pic de consommation d'électricité dans la zone de Wall Street, qui pouvait être lié à la machine.

Raven ordonna à Binck d'accélérer encore.

— Rien n'est impossible, Black et Steve vous rattrapent déjà !

Vexé, celui-ci appuya enfin sur le champignon, prenant tous les risques, grillant des feux, et slalomant entre les taxis qui klaxonnaient. Ils entendirent des coups de frein et des froissements de métal, puis le hurlement des sirènes de la police. Raven décrocha son téléphone :

— Polson, rappelez la meute qui nous suit ! Et essayez de nous faire avoir les feux au vert parce que c'est un carnage !

***

En bas de l'escalier, Hadow inspira un grand coup, pressé par un Polson de plus en plus inquiet. D'après ce qu'il entendait, la couverture de Clara était sur le point de tomber. Le lieutenant passa le doigt en silicone sur le lecteur d'empreintes, qui émit un son rassurant et ouvrit la porte. Il fit signe aux autres de descendre.

Quelques mètres plus loin, Suresh, incrédule, regardait entre ses doigts le morceau de peau artificielle qui s'était détaché de la main de Clara quand il avait voulu la saisir. Les autres mirent quelques secondes à comprendre. Puis furieux, ils se dirigèrent vers elle pour la neutraliser, quand les deux bras du X qui maintenaient la porte fermée se détachèrent du chambranle. Mais au lieu de voir entrer Abraham, Indivar Suresh aperçut un petit objet cylindrique qui roula jusqu'à lui. Clara ferma les yeux et dans la seconde qui suivit, un flash lumineux déchira la pénombre de la salle. Clara en profita pour mettre Suresh à terre pendant qu'une douzaine de militaires investissait les lieux.

— Tout va bien, Clara ?

— Affirmatif. Vous les tenez tous les cinq ?

— Affirmatif. On embarque et on sécurise la zone avant l'arrivée des démineurs.

À travers leurs yeux plissés, les prisonniers jetèrent des regards rivalisant de mépris à Clara, qui leur offrit en retour son plus beau sourire.

— Vous ne pouvez rien contre nous, cracha Swanson en passant devant elle. Nous serons sortis demain matin.

— On verra ça. J'imagine que vous êtes au courant que le terrorisme est assez mal accepté dans notre pays depuis le 11 septembre… Et puis, pour vous, on majorera avec un petit délit d'initié.

— Profitez bien de votre petite victoire, j'ai les meilleurs avocats à mon service.

Hadow envoya un coup de crosse dans l'épaule du milliardaire.

— Pour ça, il faudrait pouvoir les appeler… Là où vous allez, ce n'est pas gagné.

***

Polson avait sans doute réussi à pirater le réseau routier parce que tous les feux passaient au vert comme par miracle à l'approche du véhicule de tête. À l'embranchement avec Canal Street, deux voitures de patrouille leur ouvrirent la route, permettant à Binck d'accélérer suffisamment pour espérer atteindre l'objectif dans le temps imparti – deux minutes.

Alors que Binck donnait un coup de volant pour prendre Broadway, Polson rappela.

— J'ai une piste sérieuse. Il y a un pic de consommation inexplicable en ce moment même au niveau de l'église Trinity. Continuez sur Broadway !

— Reçu. Dites aux forces de l'ordre d'arrêter de nous ouvrir la voie. Je ne veux aucun mouvement suspect autour du bâtiment.

— C'est comme si c'était fait. J'ai utilisé les identifiants du service de sécurité de la Maison-Blanche…

— Faites en sorte que personne ne vienne foutre la merde. C'est quoi ce bordel, à côté de vous ?

Le colonel avait cru entendre un bruit de tôle froissée, mais Polson avait déjà raccroché et l'église était en vue.

Raven sortit le premier et courut vers le bâtiment. En s'adossant à la porte principale, il remarqua que Binck était resté quelques mètres en arrière et semblait ranger quelque chose dans sa poche.

— Qu'est-ce que vous foutez ?

— Rien, je suis opérationnel, colonel !

Un petit pain d'explosif spécial posé sur la serrure leur permit d'ouvrir sans faire de bruit. Raven avança rapidement, toujours en tête, et se trouva plongé dans un noir d'encre, tandis que ses hommes sortaient leurs jumelles à vision nocturne.

— Où est Binck ? chuchota Raven à Owen.

— Je pensais qu'il était avec vous, colonel, je…

Un déclic se fit entendre, suivi d'un sifflement, à quelques centimètres de la tête de Raven, puis la voix de Binck, qui résonna dans l'espace vide de l'édifice :

— Désolé colonel, mais votre entêtement va vous mener à votre perte. Il ordonna dans l'oreillette :

— Opération « Real face », les gars, je répète « Real face ».

Raven et ses hommes se jetèrent au sol, au milieu des bancs.

— Bon sang ! Binck, vous êtes des nôtres maintenant, ne faites pas le con !

Raven essayait de gagner du temps tout en rampant vers l'allée centrale, dans l'espoir de surprendre ses assaillants avant d'être encerclé. Le bruit d'un pied qui heurte un meuble le fit se retourner. À l'instinct, il tira sur son assaillant et lui explosa la tête.

— Binck ? Un de moins pour vous.

— Ne vous inquiétez pas pour nous, on est encore trois.

Tapi sous un banc, masquant de la main la lumière de l'écran de son portable, Raven envoya un message à son unité. Dans les secondes qui suivirent, des coups de feu retentirent depuis les portes. Puis l'oreillette de Raven grésilla trois fois.

— Black, Steve ? Vous les avez eus ?

— Deux sur trois, colonel. L'un d'entre eux s'est planqué derrière le chœur.

Raven prit soudain conscience du ronronnement inquiétant qui faisait vibrer l'église et regarda sa montre. Si ce que Suresh avait dit était vrai, il n'avait plus que deux minutes à peine pour agir.

Arme à la main, Robert se dirigea au pas de course vers l'abside, dont le mur de marbre blanc ressortait dans la pénombre. Ses hommes le suivaient en silence quand un coup de feu retentit depuis les hauteurs du bâtiment.

— Je suis touché, planquez-vous ! cria Black.

— Non, on avance, couvrez-moi !

Steve tira en direction du sniper, permettant à Raven d'avancer sans quitter Binck du regard. Il ajusta son tir et ne dévia pas d'un millimètre lorsque Steve fut touché à son tour, puis il appuya sur la détente. Curieusement, à l'instant où Wally Binck s'écroula, le ronronnement et les vibrations cessèrent. Raven s'assit sur le sol froid de l'église et déposa son arme, soudainement accablé par le poids de la défaite.

— Patron ? Vous m'entendez ?

Le colonel releva la tête, incrédule.

— Boss ? Robert ? Vous êtes vivant ? Allez, répondez, quoi !

— Polson ? Mais je pensais que les oreillettes…

— J'ai coupé l'arrivée d'électricité !

— Vous voulez dire que la machine n'a pas fonctionné ?

— Non, je lui ai réglé son compte ! Vous pouvez vous occuper tranquillement des méchants.

Raven sourit et releva la tête. À travers les vitraux, on distinguait les lumières de la ville. Il emprunta un couloir dans la chapelle réservée aux prêtres, au bout duquel se trouvait le dispositif, abandonné, et s'agenouilla pour l'examiner.

— Lâchez votre arme et ne bougez plus. Doucement.

La sensation de l'acier d'une arme posé sur l'arrière de son crâne le dissuada de se retourner et il préféra obtempérer.

— Qui êtes-vous ?

— Je suis celui que vous avez suffisamment emmerdé en bientôt dix ans et à qui vous allez enfin foutre la paix.

— Sheperd ? Pourquoi faites-vous ça ?

— Oh… mes raisons ne manquent pas. Ce pays m'a pris ma future femme, l'humanité grouillante et néfaste, toujours plus nombreuse, détruit notre planète… Je suis un descendant de Malthus, alors vous savez… Enfin sans ces bras cassés que vous avez dû arrêter et ceux que vous venez de descendre, Wall Street ne serait plus qu'un souvenir à l'heure qu'il est, les animaux domestiques boufferaient leurs maîtres intoxiqués à nos produits maison et la moitié des occupants des bidonvilles seraient stérilisés… Je suppose qu'on ne peut pas toujours avoir ce qu'on veut, n'est-ce pas Robert ?

— Vous n'êtes pas obligé de me tuer. Vous pouvez partir et changer de vie.

L'éclat de rire tonitruant qui suivit résonna dans toute la chapelle.

— Allez retournez-vous, Raven, je vous fais un dernier cadeau en vous permettant de mourir debout. Ne me remerciez pas.

Sheperd posa le doigt sur la détente quand plusieurs détonations retentirent. D'un bond, Raven se réfugia derrière la machine infernale tandis que Sheperd répondait aux coups par coups. Avançant dans le couloir, Polson tentait de maîtriser les tirs de son fusil automatique tout en esquivant ceux de son adversaire. Raven se demandait qui, de Polson ou de Sheperd, était le plus dangereux. Entre deux échanges de coups de feu, une conversation surréaliste s'engagea entre l'informaticien et le militaire :

— Vous allez bien, patron ? Je suis venu pour couper le jus.

— Comme vous le voyez, enfin si vous voulez bien arrêter de tirer, Polson, vous allez finir par me descendre !

Polson s'apprêtait à se plaindre de l'ingratitude de Raven, quand ils virent Sheperd profiter de l'accalmie pour foncer vers la sortie.

— Patron, vous ferez la gueule plus tard, il se casse !

Raven se lança à la poursuite de l'ex-agent du FBI qui zigzaguait entre les tombes du petit cimetière attenant à Trinity Church. Raven avait l'avantage de la taille, mais Sheperd n'avait rien perdu de sa vivacité. Alors que Raven atteignait la grille, Sheperd avait déjà traversé l'avenue Broadway et se dirigeait vers l'entrée du métro. Le militaire ne prit pas le temps d'ajuster son tir avant de presser la détente et ne parvint qu'à exploser le globe vert du lampadaire qui surplombait les escaliers. Sheperd prit quelques secondes pour regarder son poursuivant et lui adressa un dernier sourire avant de plonger dans les entrailles de la ville.

La station était complètement vide quand Raven déboula sur le quai et braqua son arme sur Sheperd, qui faisait de même de l'autre côté des rails.

— Vous êtes fini, Sheperd.

— Méfiez-vous, Raven, vous vendez toujours la peau de l'ours. Tant de certitudes et si peu de résultats… Je n'irai pas jusqu'à dire que vous me faites de la peine, mais…

Il s'interrompit, entendant au loin un fracas métallique.

— Vous comptez aller où ?

— Ne vous en faites pas pour moi. Je suis un grand garçon, j'ai survécu aux Philippines, je survivrai à New York. Comptez sur moi !

La rame fit son entrée dans la station du côté de Sheperd, qui monta et se dirigea vers la fenêtre pour adresser un ultime au revoir à son vieil adversaire. Raven arma son revolver et tira. Sa balle fit exploser la vitre et projeta Sheperd, touché à l'épaule gauche, contre une barre métallique. Il s'effondra dans une banquette alors que le métro redémarrait.

Polson aidait Steve à sortir Hadow de l'église quand il vit son boss émerger de la bouche du métro comme un diable. Il comprit aussitôt que ses collègues allaient devoir se débrouiller tous seuls.

Dans le 4×4, l'informaticien lança une recherche sur les lignes de métro. Déjà, le bruit des sirènes de la police approchait.

— Polson, guidez-moi. Quelle station ?

— Direction Fulton, il y a une rame, mais j'ai peur qu'on l'ait déjà ratée et…

Polson se retrouva plaqué à son siège par le demi-tour de Raven, qui conduisait à présent à contresens.

— Oh ! Vous êtes certain de vouloir faire ça ?

— Oui. Et bouclez-la et branchez-vous sur le réseau pour savoir où est ce foutu métro.

— Facile à dire !

Le 4×4 roulait maintenant à pleine vitesse en zigzaguant pour éviter de faire trop de dégâts. Polson tenait comme un trésor son ordinateur qui menaçait de valdinguer dans le véhicule. Raven donna un coup de frein qui faillit pulvériser le portable et descendit dans la station pour constater que la rame repartait déjà.

— C'est mort. Station suivante ?

— Brooklyn Bridge-City Hall ! Il y sera dans sept minutes.

Quatre minutes plus tard, ils sautaient par-dessus les portiques comme de vulgaires resquilleurs. Sur le quai, Raven sortit son insigne et le tendit à bout de bras de façon à ce que le conducteur ne puisse pas le rater.

— Polson, démerdez-vous comme vous pouvez, mais faites en sorte que cette rame ne quitte pas cette station tant que je n'en aurai pas donné l'ordre.

Raven remonta le quai à la recherche de sa vitre cassée. Lorsqu'il la trouva enfin, il sauta dans le wagon pour ne trouver qu'une mare de sang, mais pas de corps.

— On remballe ! cria-t-il depuis l'entrée du tunnel.

— Vous êtes sûr que c'est la bonne rame ?

— Vu la quantité de sang, si ce n'est pas celle-là, le métro new-yorkais est un vrai coupe-gorge. Allez, on remonte et on piste ce fumier.

29 juin 2010, 8 h 37, aux abords du réservoir Jacqueline Kennedy Onassis, Central Park, Manhattan, New York City, État de New York, États-Unis d'Amérique

Après une brève promenade au bord de l'eau qui rappela le temps où, jeunes mariés, Tiffany et lui prenaient encore le temps de flâner, Robert Raven s'arrêta sur l'arche gothique et déplia le *New York Times*.

« New York : un deuxième 11 septembre évité de justesse. »

Alors elle l'a enfin eue, sa une, songea-t-il avec un sourire. Un peu grâce à moi.

« Dans la nuit du 27 au 28 juin, écrivait Jane Marsh, New York a échappé à une nouvelle Apocalypse.

Une unité spécialement, formée depuis les attentats du 11 septembre 2001, ayant enquêté, traqué et capturé les pires ennemis de la nation a déjoué une attaque terroriste en plein cœur de Wall Street.

Nos sources sont formelles, aucun indice ne mène à la piste d'Al-Qaida. Mais cette organisation connue de la CIA, du FBI et de quelques services spéciaux du gouvernement sous le nom de BYE a bel et bien aidé Ben Laden en lui fournissant passeports et outils informatiques.

Après neuf ans d'enquête internationale, cette unité, en rapport direct avec le Président, a démantelé l'organisation dont le but était rien de moins qu'éliminer une grande partie de la population de la planète. Leur influence sur notre monde aura été multiple. Organisée en confrérie, BYE comptait sept membres qui s'assignaient des missions à peine imaginables. Les preuves qui nous ont été fournies attestent qu'ils menaient notamment des recherches génétiques sur des animaux dans le but d'en faire des prédateurs de l'espèce humaine et qu'ils pilotaient aussi des laboratoires qui concevaient des drogues de synthèse mortelles en quelques semaines seulement.

De multiples meurtres et faits de corruption leur sont imputés. Il m'a été personnellement donné d'enquêter sur une de leurs cellules qui se chargeait de stériliser les femmes des bidonvilles de Kinshasa. »

Raven leva le nez de son canard pour regarder passer des joggers et reprit sa lecture.

« Les responsables de l'organisation avaient même réussi à infiltrer la CIA. Le cerveau de l'attaque manquée contre Wall Street est l'ex-agent Sheperd, aux états de service jusque-là sans tache, qui reste introuvable malgré tous les moyens mis en œuvre. Il était parvenu à installer un dispositif d'impulsions électromagnétiques, dans l'église Trinity, sur Broadway, qui, s'il avait fonctionné, aurait eu pour effet de rendre inopérants tous les ordinateurs dans un rayon de deux kilomètres, déclenchant la panique des marchés mondiaux.

Nos sources nous ont également informés qu'à ce jour les cinq autres membres de BYE, capturés dans une ancienne chambre froide entre la 42e et la 43e Rue, étaient inculpés pour acte de terrorisme. Peter Swanson, le PDG de MicroWare, est inculpé pour détournements de fonds et délit d'initié. Le Dr Indivar Suresh, Indien arrivé sous une fausse identité sur notre territoire, est inculpé pour association de malfaiteurs en vue d'actes de terrorisme et clonage illégal. Elizabeth Carlson, chercheuse anglaise de renom, est, en plus du trafic de drogue, suspectée de plusieurs meurtres, dont celui de son ex-mari, mort noyé dans le Potomac. Le rôle dans la confrérie de Robert

Falachon, un économiste français – qui revendique aujourd'hui d'être le cerveau de la crise des subprimes ainsi que le responsable des fuites de documents accablants ayant circulé sur les réseaux qui ont secoué Masanta – et de Tastuo Tanaka, un industriel japonais, ne sont pas encore déterminés. L'enquête est en cours et la justice décidera de leur sort.

Il semble aussi que plusieurs morts suspectes officiellement considérées comme des suicides, parfois au plus haut de la hiérarchie gouvernementale, soient aussi liées aux activités de cette organisation, dont nous ne voyons sans doute aujourd'hui que la partie émergée. Je dédie cette enquête à mon amie et collègue Pamela Guers, décédée le 20 novembre 2000, ainsi qu'au scientifique Adam Gordon et à sa fille, la petite Lisa, morts d'une balle dans la tête la même nuit. Selon nos sources toujours, Kate Gordon, la veuve et mère de la fillette, en poste à l'ONU, avait rejoint cette organisation pour pouvoir assouvir sa soif de vengeance. Elle s'est suicidée il y a quelques jours en sautant du pont Charles à Prague durant son arrestation. Pour le *New York Times* : Jane Marsh. »

Comme d'habitude avec Jane, Raven était partagé entre l'agacement et l'admiration. Il replia son journal et déverrouilla son téléphone qui indiquait qu'un message venait d'arriver. « Je vous en devais une. » Il tourna la tête à gauche puis à droite, sans observer le moindre mouvement suspect dans les allées qui avaient l'innocence d'un début d'été. Puis il ressentit une vive piqûre dans le dos et porta la main à son épaule gauche sans comprendre. Il regarda ses doigts tachés de sang et se sentit aussitôt partir. Il eut juste le temps de déclencher l'appel de secours avant de s'effondrer sur le sol de la passerelle sous les regards et les cris des passants.

04 juillet 2011, 9 h 26, centre médical militaire Walter Reed, Georgia Avenue Northwest, Washington, District de Columbia, États-Unis d'Amérique

Cela faisait maintenant un an et quelques jours que Robert Raven était allongé sur un lit d'hôpital, plongé dans un coma profond. Malgré l'intervention rapide des secours, contactés par Polson dans les secondes qui suivirent l'appel d'urgence du colonel, les médecins n'étaient pas parvenus à lui faire reprendre conscience après le traumatisme crânien consécutif à sa chute.

Après l'avoir placé sous respirateur les six premiers mois, constatant qu'il n'y avait plus d'espoir et faute de proches pour soutenir le contraire, l'équipe médicale l'avait « débranché ». Mais son cœur s'étant remis à battre tout seul, les médecins prirent la décision de tester sur ce patient atypique un médicament jusqu'alors expérimenté uniquement sur des rats. Le protocole fut appliqué cent soixante jours par adjonction du prototype aux nutriments injectés par sonde gastrique – un dérivé de la protéine S6 kinase1 – qui permit au corps de Raven de conserver pratiquement toute sa masse musculaire, tandis que les soins des kinésithérapeutes maintenaient sa souplesse articulaire.

Le voyant toujours plongé dans un coma profond à l'issue de la période, malgré les soins et quelques visites, les médecins essayèrent en dernier recours un traitement combinant l'injection d'un somnifère à base de Zolpidem et des électrochocs censés stimuler son cerveau. Le 3 juillet, les tests de stimulation à la douleur montrèrent sans aucun doute que Raven était passé du stade 3 au stade 2.

***

Le lendemain, jour de fête nationale, l'infirmière de garde laissa entrer dans la chambre du « colonel » une jeune Indienne, étudiante en médecine, sur la foi d'une recommandation de son directeur de thèse.

D'abord un peu mal à l'aise face à ce corps dont elle n'aurait su dire s'il était mort ou vivant, Girija se décida après quelques minutes à livrer son message :

— Colonel, pardon, Robert. Vous ne reconnaissez sûrement pas ma voix, mais je suis Girija, l'amie de Kate Gordon, celle qui vous a malmené dans une rue de Portland, il y a un peu plus de deux ans, enfin si le temps signifie encore quelque chose pour vous. J'ai deux nouvelles à vous transmettre, Robert, une bonne et une mauvaise. La mauvaise, c'est que les membres de Biocalypse s'en sont presque tous sortis. Suresh et Tanaka ont été extradés, et Falachon est poursuivi pour corruption de fonctionnaire de police, mais les preuves se sont volatilisées. Quant à Swanson, il a des avocats redoutables qui feront traîner les choses des années. J'oubliais, Elizabeth Carlson sortira des prisons d'Interpol dans peu de temps, si on en croit les journalistes. La bonne… Eh bien, je sais qu'officiellement, Kate est morte et que vous vous sentez sans doute trahi, mais vous devez savoir qu'elle vous a fait un formidable cadeau. Robert, vous avez un fils. Il s'appelle Brodie, il a huit ans et demi maintenant. Depuis la disparition de Kate et à sa demande, il est placé sous ma garde. Presque tous les soirs, je lui raconte l'histoire de son père, qui est un grand combattant. Je lui dis que vous êtes un géant endormi qui viendra le sauver, si un jour il a besoin de l'être…

***

Robert se réveilla d'un bond, en sueur et complètement désorienté. La lueur du jour qui filtrait à travers les volets révélait un lieu familier.

— Mon chéri, tu as encore fait un cauchemar. Viens plutôt me dire bonjour.

— Tiffany ?

— Qui veux-tu que ça soit ?

— On est quel jour ?

— Eh bien… Hier, on était le 3 donc aujourd'hui on est le 4. C'est vrai qu'on n'a pas beaucoup dormi cette nuit, mais…

— Le 4 septembre ?

— 2001, si tu veux tout savoir. Et aujourd'hui, tu dois nous faire un barbecue dans le jardin et nous annoncer une grande nouvelle. Et tu dois aussi faire des crêpes à Rebecca. Tu m'inquiètes, tu es sûr que ça va ?

— Oui, oui, une impression de déjà-vu, c'est tout.

Ce jour-là, Robert ne termina pas la peinture de la chambre comme il l'avait prévu, mais serra sa femme et sa fille dans ses bras aussi fort qu'il le put. Ils prirent tous les trois un petit déjeuner préparé par ses soins et passèrent la journée à rire et à discuter.

Il sortit une table et trois chaises dans la douceur du soir et alluma le barbecue pour cuire son fameux « steak à la sauce secrète », sans cesser de penser qu'il avait déjà effectué, dans son cauchemar, chacun de ces gestes.

Pieds nus dans l'herbe, Tiffany arriva derrière lui sans un bruit, les assiettes à la main. Il se retourna avant qu'elle dise un mot, comme s'il l'attendait.

— Tu es certain que ça va, mon amour ? Tu as l'air préoccupé.

— Au contraire, tout va très bien, tu ne peux pas savoir à quel point. J'ai quelque chose d'important à t'annoncer, mais il faudra que tu patientes jusqu'au dessert.

— Tu ne veux pas me le dire tout de suite ?

Submergé par le souvenir de son rêve, Robert hésita un instant et finit par céder.

— Je démissionne de l'armée, j'ai trouvé un poste dans le privé.

Tiffany posa les assiettes et lui sauta au cou.

— Mais...elle éclata de rire... qui va sauver le monde ?

— Le monde se débrouillera tout seul cette fois. Pour moi, ce qui compte, c'est vous.

Durant le repas, Raven expliqua à Rebecca qu'il revenait vivre avec eux à la maison, puis il imita le tigre à dents de sabre en plaçant deux frites dans sa bouche, ce qui la fit mourir de rire. Il observa avec tendresse Tiffany, qui semblait libérée d'un poids et aussi heureuse qu'au début de leur relation. Puis son regard changea d'un coup et il porta la main à sa poche pour en sortir son téléphone, qui sembla attendre ce moment précis pour se décider à sonner.

— Excuse-moi.

Robert, qui avait remarqué l'air soucieux de Tiffany, s'éloigna pour prendre l'appel et écouta silencieusement, droit comme un « i » avant de raccrocher. Il se tourna enfin vers sa femme.

— Je pars pour Washington, demain, à la première heure.

— Pour sauver le monde ?

— Pour donner ma démission. Bruce Willis prend sa retraite.

— C'est marrant que tu dises ça, j'y pensais justement !

— Je sais, dit-il en souriant. Quelqu'un voudra un dessert ?

— Des crêpes ! répondirent-elles en chœur.

Un peu plus tard, serrant contre elle le corps nu de son mari au bord du sommeil, Tiffany lui murmura en souriant :

— Chéri, j'ai quelque chose à te demander.

— Tout ce que tu voudras.

— Je voudrais que tu nous accompagnes chez mes parents. À vrai dire… j'ai déjà pris les billets d'avion pour Rebecca et moi. Tu pourrais en prendre un aussi et nous pourrions aller tous ensemble leur annoncer la bonne nouvelle.

Raven se redressa et sentit une sueur glacée lui couler dans le dos.

— Quand ?

— Le 11.

— De ce mois ?!

***

Robert ouvrit les yeux, mais ne vit rien, pas plus qu'il n'entendit la réponse de sa femme. En revanche, plongé dans le noir, une voix qui ne lui était pas inconnue parlait dans sa tête. Les mots « fils » et « Brodie » lui percutèrent le crâne, déclenchant une douleur invisible.

— Ce jour est arrivé, j'en ai bien peur. J'ai besoin de vous. Brodie a besoin de vous.

Girija articulait chaque mot, comme pour leur donner le pouvoir de traverser l'océan du coma.

— J'ai reçu un message. Cela va vous paraître fou, mais je suis certaine qu'il vient de Kate. Elle dit que votre fils est en danger. Que Gregory Sheperd a appris son existence et qu'il arrive. Robert Raven, si vous m'entendez, il faut que vous m'aidiez. Débrouillez-vous comme vous voulez, mais bougez-vous. Je ne pourrai pas nous cacher indéfiniment. Je vais à la maison de la plage.

Elle regarda le géant étendu, se demandant si la bouteille qu'elle venait de lancer à la mer avait atteint un rivage.

Comme un naufragé, Raven luttait de toutes ses forces pour émerger, sans pouvoir répondre à l'appel.

Girija soupira, reprit son petit sac à dos et tira le rideau pour partir.

— Eh, vous !

Elle se retourna et se trouva nez à nez avec un jeune couple aux allures de touriste. Les cheveux de la femme étaient retenus par de grosses lunettes de soleil et l'homme, mal rasé, en bermuda et chemise à fleurs, la regardait d'un air inquisiteur.

— Qui êtes-vous ?

— Une… visiteuse. Je viens voir les patients dans le coma, je leur parle pour maintenir un lien… Enfin bref, j'allais partir. Et vous, qui êtes-vous ?

— D'anciens frères d'armes.

— Vraiment ? Eh bien, vous n'en avez pas l'air ! Mademoiselle, je ne dis pas, mais…

— Madame ! rectifia Clara en montrant fièrement son alliance.

— … mais votre bermuda ne me paraît pas très réglementaire, sourit la jeune Indienne. Je vous laisse avec Raven. Si ça peut vous rassurer, il ne vous soûlera pas trop avec ses histoires.

Tandis que Girija s'éloignait, Clara se tourna vers Polson.

— Raven ?

Mais un bruit derrière le rideau ne laissa pas à Polson le loisir de répondre. Il se précipita vers le lit, où le patient tentait d'arracher ses perfusions.

— Oh ! Boss, vous êtes réveillé ? Calmez-vous, j'appelle un médecin !

Raven tenta d'articuler une phrase.

— Pas le temps pour ces conneries ? C'est ça que vous avez dit ?

— Oui ! Suivez la fille ! dit-il d'une voix rauque.

— Ça va mieux, vous ! Quelle fille ?

Raven grogna.

— La visiteuse, idiot, qui veux-tu que ce soit ? fit Clara, qui partait déjà à ses trousses.

Dans son élan, elle marqua un temps d'arrêt et se tourna en montrant le revers de sa main.

— Au fait, on s'est mariés la semaine dernière !

Le regard du colonel en dit long sur l'intérêt qu'il portait à la nouvelle.

— Euh… À vos ordres, mon colonel !

Près de trois heures plus tard, Clara rappela Polson qui la mit en mode conférence.

— Elle vit dans une maison au bord de l'océan.

Raven, qui venait de subir une batterie de tests et un interrogatoire destinés à évaluer ses séquelles, enfila son treillis noir devenu trop ample. Il commençait à retrouver son équilibre ainsi que sa voix, et répondit à la question de Polson avant même qu'il la pose.

— À Lewes, dans le Delaware… ce n'est pas très malin. Clara, appelez l'unité, on va choper Sheperd !

Clara ne sut pas quoi répondre et, voyant que Polson regardait obstinément ses pieds, Raven s'emporta :

— Qu'est-ce qu'il y a encore ?

— Eh bien…

— Quoi ? Vous voulez me montrer des photos de votre voyage de noces ou quoi ?

— Vous… vous étiez dans le coma. L'unité a été démantelée dans les deux mois qui ont suivi votre…

— Quel jour on est ?

— On est le 4 juillet 2011.

— Qu'est-ce que vous racontez ?

Raven écarta le col de son T-shirt et regarda sa blessure, dont la cicatrice était devenue pratiquement invisible.

Robert se rassit sur son lit, sonné.

— On est seuls alors ?

— Seuls pour quoi ? Polson semblait réellement navré d'être le messager de tant de mauvaises nouvelles.

— Pour aller sauver mon fils…

— Pardon ? Vous êtes sûr que vous allez bien, patron ? Vous ne voulez pas vous rallonger ?

— Emmenez-moi dans le Delaware à Dune Road, dans la ville de Lewes.

Le téléphone émit un bruit de protestation :

— Hé oh ! Je suis toujours en ligne, moi…

— Désolé chérie, on te rejoint.

Il se tourna vers Raven :

— Euh, on la rejoint comment ?

— En voiture, on réquisitionnera et on passera à l'armurerie avant… je suis toujours colonel, après tout.

— Et même un colonel avec une Silver Star. Vous l'avez obtenue deux semaines après votre agression.

Polson crut remarquer l'ombre d'un sourire sur le visage émacié de Raven.

⁂

Quatre heures plus tard, Polson et Raven arrivèrent à Lewes, où Clara les attendait, vêtue d'un treillis militaire couleur sable. Polson se changea en râlant.

— Ne vous inquiétez pas, Polson, votre bermuda ne va pas s'envoler.

— Je n'aime pas le camping. Et puis dans votre état, c'est déconseillé.

— Je ne suis pas encore bon à mettre au rebut, Polson. Et puis croyez-moi, il passera à l'attaque cette nuit. Vous restez ou vous avez mieux à faire ?

Clara fit un geste de la main pour l'empêcher de mentionner leur lune de miel à Hawaii.

— Absolument rien. Toujours à vos ordres.

— Au fait, Clara, vous connaissez son prénom, vous, maintenant ?

— Bien sûr, c'est…

Polson répéta le geste de sa femme pour la faire taire.

— Oh ! c'est bon ! Tu peux le lui dire, ce n'est pas si catastrophique…

— Pas question ! Je ne me suis pas fatigué à l'effacer de toutes les bases de données pour que tu le dises au premier venu. Sans vouloir vous offenser, patron.

— Mais comment avez-vous pu craquer sur ce type, Clara ?

— C'était… en 2006, avoua Clara un peu embarrassée. Quand il a continué à prendre de mes nouvelles alors que je croupissais dans un bureau de l'Air Force à classer des papiers.

— Mais… tu ne me l'avais jamais dit, ma…

— Allez, les tourtereaux, en poste, coupa Raven.

***

Une brise légère se leva avec la nuit, qui fit doucement baisser la température. Ils virent les lumières de la maison de Kate s'éteindre une à une.

Depuis leurs postes stratégiques, ils ne pouvaient rater aucune intrusion. Et pourtant, Polson, par son micro parabole, entendit un petit cri étouffé, suivi d'un chuchotement. Il lâcha son matériel et fonça en direction du colonel. Il le trouva couché sur le ventre, le visage et les jumelles dans le sable. La stupeur laissa place à l'espoir lorsqu'il vit ses côtes se soulever à travers le T-shirt. Il le retourna, le secoua aussi fort qu'il le put et alors qu'il levait le bras pour lui asséner une gifle, la main de Raven lui saisit le poignet.

— Oh ! ça va pas ?

— J'ai cru que vous étiez mort !

— Je me suis assoupi, c'est tout…

— Je croyais que vous n'aviez pas le temps pour ces conneries ? Je vous signale qu'il est dans la maison !

— Quoi ? Vous ne pouviez pas le dire avant !

Raven se leva d'un bond. Enfin, il fit du mieux qu'il put et se résolut à accepter le bras tendu de Polson.

— Restez là ! C'est une affaire entre lui et moi.

Luttant contre l'épuisement, il courut jusqu'à l'escalier de la terrasse sous le regard inquiet de Polson.

⁂

Sheperd s'assura une nouvelle fois que le chloroforme administré à Girija avait fait son effet et se pencha sur l'enfant.

— Brodie ? réveille-toi. Ah, tu sors de tes rêves, c'est bien. Bonjour, Brodie.

Le garçonnet ouvrit doucement les yeux et sursauta à la vue de l'inconnu au-dessus de son lit. Il battit des pieds et des mains pour se défendre, et Sheperd saisit un petit poing en souriant.

— Ta maman et ton papa seraient fiers de toi.

Brodie se détendit et regarda l'inconnu avec curiosité.

— Vous connaissez mes parents ?

— Bien sûr. Ta maman s'appelle Kate, c'est une bonne amie. Elle m'a demandé de venir te chercher pour qu'on aille la retrouver ensemble.

— Et papa ?

— Papa ? Eh bien, papa va nous rejoindre bientôt, mais pour cela, il faut que tu viennes avec moi.

Le gamin réfléchit quelques secondes et regarda le corps endormi de celle qui prenait soin de lui depuis leur départ de Prague.

— Et Girija, on la laisse ? Et est-ce qu'on va aller voir tonton ?

— Oui, bien sûr qu'on ira voir le frère de ta maman, je lui ai rendu visite à Prague il y a trois jours, il m'a raconté des choses sur toi. Et on laisse dormir Girija, je lui laisse un mot pour lui dire où nous trouver. Tu es d'accord ?

— D'accord. Je peux prendre mes affaires ?

— Prends une petite valise, si tu veux.

Habitué aux déménagements soudains, Brodie alluma la lumière et sortit sa valise de sous le lit. Il y déposa deux peluches offertes par sa mère et ses vêtements préférés, tandis que Sheperd écrivait un mot qu'il laissa en évidence sur l'oreiller de l'enfant.

— Tu es prêt ?

Brodie hocha la tête.

— Parfait. Suis-moi.

Sheperd traversa le salon et ouvrit la baie vitrée en regardant l'enfant.

— Tu es déjà monté dans un bateau Brodie ? Tu vas voir, c'est…

Il fut plaqué au sol avant de pouvoir finir sa phrase, détruisant au passage une lampe et un guéridon. Comme Girija le lui avait appris, Brodie fit volte-face et courut se réfugier sous le lit. Il essaya au passage de réveiller la jeune femme, sans succès.

Dans le séjour, Sheperd se débattait pour échapper à l'étreinte de Raven qui, malgré sa cure d'amaigrissement, demeurait plus lourd que lui. Il sentit néanmoins que la prise de son adversaire était hésitante et en profita pour le repousser et se remettre sur ses pieds, face à son vieil ennemi qui le dominait d'une tête.

— Alors, Raven, pas trop dur, le réveil ?

— Pile à l'heure pour vous mettre une raclée à l'ancienne. Qu'est-ce que vous voulez à ce gosse ?

— À vrai dire, je comptais l'entraîner quelques années et le retourner contre vous pour qu'il finisse mon boulot, mais puisque vous êtes là…

— Vous êtes un malade, je vais vous pulvériser !

— Vous pensez vraiment en avoir la force ? Parce que vous m'avez l'air un peu fatigué. Notez, ça se comprend, un an, c'est…

Raven se jeta de nouveau sur Sheperd, seule forme d'attaque que lui permettaient ses muscles ankylosés. Cela ne sembla pas déranger le moins du monde l'ex-agent de la CIA, qui saisit son adversaire par les épaules et le repoussa violemment contre la baie vitrée, qui explosa sous son poids, dans un fracas de verre scintillant à la lueur de la lune. Raven resta au sol, sonné, assez longtemps pour que Sheperd vienne s'installer à califourchon sur lui et lui assène de violents coups de poing au visage. Dans un ultime effort, Robert exécuta une *tomoe-nage*, une planchette japonaise qui envoya son adversaire quelques mètres plus bas, dans le sable.

Alors qu'il peinait à se relever, Raven entendit le cliquetis d'un pistolet. Encore courbé, il dégaina son Beretta se jeta sur le côté. Il vit briller l'arme de Sheperd et tira dans sa direction à plusieurs reprises, roulant sur le sable pour amortir sa chute. Il vit Sheperd s'écrouler, mais, affaibli, il préféra rester au sol le temps que Clara et Polson arrivent en renfort.

— Trois balles sur cinq, dont une dans la tête. Joli. Vous pouvez vous relever, colonel !

— Je ne suis pas encore bon pour la retraite, hein ?

La difficulté qu'il éprouva à monter les quelques marches qui menaient à la maison venait toutefois affaiblir cette certitude. Il passa sa douleur sous silence et se dirigea vers la chambre de l'enfant.

— Brodie ? Brodie, tu peux sortir, le méchant monsieur est parti.

Une petite voix s'éleva depuis le lit :

— Non ! C'est vous le méchant, je le sais !

— Je t'assure que non. Girija est venue me chercher aujourd'hui et m'a dit où vous habitiez. Elle t'a parlé de moi.

— Tu connais Girija ?

Une petite tête brune sortit de sous le lit, un peu méfiante. Raven lui sourit et hocha la tête.

— Elle dort, je n'arrive pas à la réveiller.

— C'est normal, Brodie, mais elle va aller mieux très bientôt.

Les yeux de l'enfant s'écarquillèrent quand il vit Raven se relever.

— Vous êtes le géant qui est endormi ?

Arrivés en silence, Clara et Polson restèrent un instant sur le seuil de la pièce et s'éclipsèrent discrètement dans le salon. Brodie se tenait à présent debout devant le géant qu'il attendait depuis si longtemps.

— Oui, c'est moi. Je suis ton père. Je me suis réveillé parce que tu avais besoin de moi.

Il se baissa de nouveau pour regarder son fils droit dans les yeux.

— Maintenant, Brodie, nous allons retrouver ta maman.

Fin.

CLASSIFIED

Table des matières

20 novembre 2000, 19 h 30, maison des Gordon, Saint-Louis, Missouri, États-Unis d'Amérique 7

11 septembre 2001, aéroport de Newark Liberty, Newark, New Jersey, États-Unis d'Amérique. 15

16 janvier 2010, heure indéterminée, troisième sous-sol de l'immeuble Villiers, Direction centrale du renseignement intérieur, Levallois-Perret, France 19

17 janvier 2010, 00 h 43, boulevard de Clichy, Pigalle, Paris, France 29

18 janvier 2010, au petit matin, sous-sol d'un parking, Paris, France 33

20 novembre 2000, 23 h 56, hôtel Palomar, Washington DC, États-Unis d'Amérique 37

28 novembre 2000, 10 h 15, cimetière Bellefontaine, Saint-Louis, Missouri, États-Unis d'Amérique 39

29 novembre 2000, 11 h 26, domicile des Gordon, Saint-Louis, Missouri, États-Unis d'Amérique 45

10 novembre 2007, 16 h 27, bureau du général Potter, Pentagone, Arlington, Virginie, États-Unis d'Amérique 53

12 septembre 2007, 9 heures, minibus de tourisme, centre de New Delhi, Inde 59

22 décembre 2000, 18 h 30, domicile de Kate Gordon, Saint-Louis, Missouri, États-Unis d'Amérique 67

15 février 2001, 7 h 30, domicile de Kate Gordon, Saint-Louis, Missouri, États-Unis d'Amérique 83

17 février 2001, 15 h 12, parc Wilson and Etting, Baltimore, Maryland, États-Unis d'Amérique 89

17 septembre 2007, 12 h 47, une rue passante de Saharanpur, Uttar Pradesh, Inde 93

21 janvier 2010, 7 h 30, niveau 9 de l'immeuble Villiers, Levallois-Perret, France 101

23 janvier 2010, 6 h 57, chemin du Cimetière, Charenton-le-Pont, France 111

22 mars 2001, 17 h 56, aéroport de Kaboul, Afghanistan 121

26 mars 2001, 15 h 21, site de destruction des deux bouddhas géants, Bâmiyân, Afghanistan 125

24 août 2001, 22 h 37, quelque part dans la réserve indienne de Papago, Arizona, États-Unis d'Amérique 143

4 septembre 2001, 8 h 36, Dunyea Street, nouveau domicile des Raven, Newark, New Jersey, États-Unis d'Amérique 149
24 mars 2002, 3 h 12, Court Street, Brooklyn, New York City, État de New York, États-Unis d'Amérique 161
12 avril 2002, 10 h 46, Maryland State Police, Washington Boulevard, Jessup, Maryland, États-Unis d'Amérique 165
8 septembre 2001, 17 h 30, hôtel Palomar, Washington DC, États-Unis d'Amérique 171
Mardi 11 septembre 2001, 8 h 20, école primaire Emma Booker, Sarasota, Floride, États-Unis d'Amérique 177
14 septembre 2001, 6 heures, base aérienne d'Andrews, Camp Spring, comté de Prince George, Maryland, États-Unis d'Amérique 187
9 mars 2002, 19 h 16, domicile de Kate Gordon, Dune Road, Lewes, Delaware, États-Unis d'Amérique 195
15 mars 2002, 15 heures, Quantico, centre de formation des marines, FBI et CIA, comté de Prince William, Virginie, États-Unis d'Amérique 217
1er avril 2002, 18 h 27, autoroute Seashore, à la hauteur de l'aéroport Sussex County, Delaware, États-Unis d'Amérique 227
30 mai 2002, 17 h 12, à quelques milles marins de Miami, eaux territoriales, Floride, États-Unis d'Amérique 235
12 juin 2002, 11 h 43, trente-neuvième étage de l'immeuble des Nations unies, New York City, État de New York, États-Unis d'Amérique 239
17 octobre 2002, 17 h 55, bar de l'hôtel Four Seasons, 2800 Pennsylvania Avenue NW, Washington DC, États-Unis d'Amérique 241
05 janvier 2003, 8 h 12, un kiosque à journaux de Central Park, New York City, État de New York, États-Unis d'Amérique 253
07 février 2003, 18 h 34, aéroport d'Islamabad, Rawalpindi, Pakistan 257
11 février 2003, 11 h 23, camp d'entraînement, sud-ouest de Methar Lam, Laghmân, Afghanistan 263
2 mai 2003, 12 h 31, devant l'Internet-café Galaxity du 301 George Street, Sydney, Nouvelle-Galles du Sud, Australie 269
29 août 2003, 20 h 37, soirée de charité Summerend, Royal Pavilion, Brighton, Royaume-Uni 273
8 septembre 2003, 7 h 30, bureau du général Potter, Pentagone, Washington DC, États-Unis d'Amérique 279
23 décembre 2003, 9 h 45, zone industrielle désaffectée de Purcellville, Purcellville, Virginie, États-Unis d'Amérique 283
26 janvier 2003, 10 h 18, devant l'immeuble de la Trust Investments, Miami, Floride, États-Unis d'Amérique 287

15 février 2004, 15 h 27, grand salon de l'hôtel Carlton, Cannes, France 297

13 avril 2004, 13 h 24, bidonville de Calcutta, État du Bengale occidental, Inde 303

28 mai 2004, 11 h 28, université de Georgetown, Washington DC, États-Unis d'Amérique 309

29 juin 2004, 15 heures, laboratoire clandestin de Biocalypse, Purcellville, Virginie, États-Unis d'Amérique 315

16 juillet 2004, 22 h 30, salle souterraine du restaurant Sukiyabashi Jiro, Roppongi, Tokyo, Japon 327

13 octobre 2004, dispensaire Hope de la fondation Inde/Afrique, bidonville de Kinshasa, République démocratique du Congo 331

20 novembre 2004, 14 h 12, cimetière Bellefontaine, Saint-Louis, Missouri, États-Unis d'Amérique 337

20 novembre 2004, 20 h 05, stade Comerica Park, 2100 Woodward Avenue, Detroit, Michigan, États-Unis d'Amérique 345

21 décembre 2004, 11 h 15, bureau du secrétaire général de l'AIEA Frederick Thompson, 5 Wagramer Strasse, 1220 Vienne, Autriche 347

10 janvier 2005, 8 h 34, bureau du général Potter, Pentagone, Arlington, Virginie, États-Unis d'Amérique 355

11 janvier 2005, 8 h 30, base aérienne d'Andrews, Camp Spring, comté de Prince George, Maryland, États-Unis d'Amérique 361

15 janvier 2006, 22 h 45, château de Bran, Transylvanie, Roumanie 365

13 avril 2006, 13 h 30, bidonville d'Accra, région du Grand Accra, République du Ghana 375

29 juin 2006, 15 h 30, base aérienne américaine de Bagram, province de Parvan, Afghanistan 381

11 novembre 2006, 14 h 20, cimetière national d'Arlington, comté d'Arlington, Virginie, États-Unis d'Amérique 389

2 janvier 2007, 7 heures, base aérienne d'Andrews, Camp Spring, comté de Prince George, Maryland, États-Unis d'Amérique 395

27 janvier 2007, 18 h 30, Forum économique mondial, palais des congrès de Davos, canton des Grisons, district de Prättigau/Davos, Suisse 407

18 février 2007, 10 h 47, parc Stanley, Vancouver, Colombie britannique, Canada 417

30 mars 2007, 23 h 12, Samode Palace, Samode, Rajasthan, Inde 423

12 avril 2007, 19 h 25, entrepôt de stockage, route de Khimki, Moscou, Russie 427

2 octobre 2007, 10 h 15, parc national Jim Corbett, État d'Uttarakhand, Inde 431

10 novembre 2007, 17 h 02, bureau du général Potter, Pentagone, Arlington, État de Virginie, États-Unis d'Amérique 439

21 février 2008, 15 h 25, église de Montgenèvre, Hautes-Alpes, France 445

27 octobre 2008, 16 h 45, base aérienne d'Andrews, Camp Spring, comté de Prince George, Maryland, États-Unis d'Amérique 451

14 novembre 2008, 7 h 13, Dunyea Street, ancien domicile des Raven, Newark, New Jersey, États-Unis d'Amérique 455

20 janvier 2009, 10 h 40, Inauguration Day, foyer social Wards Island de Help USA, Wards Island, New York, États-Unis d'Amérique 459

16 février 2009, 9 h 40, base aérienne d'Andrews, Camp Spring, comté de Prince George, Maryland, États-Unis d'Amérique 463

10 mars 2009, 16 h 10, élevage de porcs Smithfarm, village de La Gloria, contreforts du Cofre de Perote, État de Veracruz, Mexique 479

13 avril 2009, 10 h 10, deuxième étage du M&M's Store, 1600 Broadway, New York City, État de New York, États-Unis d'Amérique 483

14 avril 2009, 10 heures, laboratoire International Care, Leesburg, État de Virginie, États-Unis d'Amérique 495

16 avril 2009, 11 h 35, antenne du laboratoire International Care, Denver, Colorado, États-Unis d'Amérique 503

3 juin 2009, 15 h 30, 1111 Southwest 2nd Avenue, commissariat de Portland, Portland, Oregon, États-Unis d'Amérique 511

13 juin 2009, 9 h 37, Institut international de recherche sur le riz, Pili Dr, Los Baños, région de Calabarzon, république des Philippines 519

22 décembre 2009, 6 heures, sanctuaire des Nibirusiens, à proximité du parc provincial Forks of the Credit, Ontario, Canada 529

23 janvier 2010, 8 h 49, quelque part dans les carrières du 13e arrondissement, Paris, France 545

26 février 2010, 23 h 26, à l'angle de Babengergerstrasse et Niebelungengasse, Vienne, Autriche 555

10 mars 2010, 13 h 56, place de l'église Saint-Nicolas, Prague, République tchèque 565

11 mars 2010, 6 heures, pont Charles, Prague, République tchèque 575

27 juin 2010, 13 heures, base aérienne d'Andrews, Camp Spring, comté de Prince George, Maryland, États-Unis d'Amérique 581

29 juin 2010, 8 h 37, aux abords du réservoir Jacqueline Kennedy Onassis, Central Park, Manhattan, New York City, État de New York, États-Unis d'Amérique 599

Jérôme Doe

04 juillet 2011, 9 h 26, centre médical militaire Walter Reed, Georgia Avenue Northwest, Washington, District de Columbia, États-Unis d'Amérique 603

À propos de l'auteur

En l'an 2000, alors âgé de 25 ans, Jérôme Doe se lance dans l'écriture de son premier essai. D'abord intéressé par la métaphysique, la sociologie et la chose politique, il rédige trois ouvrages atypiques. Inspiré par ses états d'âme, il succombe à l'attrait du genre romanesque en produisant trois tomes d'une histoire d'amour intense. Il signe son premier contrat en 2013 chez Harper Collins aux éditions HQN pour la publication de *BIOCALYPSE* (sorti en 2014 en numérique), fruit de trois années de recherches et de rédaction. Un pavé dans la mare qui préfigurait *La Légende du Gecko aux Yeux d'Or*, sorti en février 2018, qui bouscule toutes nos certitudes politiques, économiques et sociales. Il continue sur sa lancée en nous offrant *EUROPILOOM*, roman-choc sorti en décembre 2018 qui nous fait vivre une aventure haletante et émouvante dans l'enfer d'une dictature théocratique.

Ce qui caractérise Jérôme Doe depuis plus d'une décennie c'est une soif de vérité. C'est pour cela que ses dernières œuvres sont très étayées par des recherches approfondies. La vie, la liberté, l'humain, la quête et la perte sont au cœur de ses écrits. Son style décomplexé et dynamique vise à présenter un autre regard sur le monde grâce à des histoires originales.

Comme il le dit lui-même, Jérôme Doe n'est personne, juste un quidam (on comprend alors le choix de son nom de plume, référence aux *John* et *Jane Doe*). Il se pose en observateur inquiet de nos sociétés quand certains utilisent les qualificatifs d'activiste et d'autres de résistant.

Jérôme Doe préfère se présenter comme un créateur d'histoires devenu, malgré lui et parmi d'autres, un ambassadeur d'un autre système. Il concède qu'il contribue humblement à redonner du pouvoir au peuple en militant sur les réseaux sociaux, comme dans la réalité, en faveur de l'instauration d'une démocratie participative et éthique, contre les dérives du néo-libéralisme.

C.F.

Retrouvez l'actualité, les vidéos et les photos de Jérôme Doe sur :

- *Facebook* : @jeromedoeofficiel
- *YouTube* : Jérôme Doe
- *Twitter* : @AuteurJeromeDOE
- *Instagram* : jerome.doe.officiel

Jérôme Doe

Titres disponibles du même auteur :

- ***BIOCALYPSE*** (éditions HQN, en numérique) ;

- ***La Légende du Gecko aux Yeux d'Or*** (JFE, numérique et livre papier)

- ***EUROPILOOM*** (JFE, numérique et livre papier)

www.ingramcontent.com/pod-product-compliance
Lightning Source LLC
Chambersburg PA
CBHW061520050726
47503CB00015B/2210

* 9 7 8 2 9 5 6 3 0 7 1 5 0 *